蘇州文獻叢書第四輯

王衛平 主編

# 林屋民風

（外三種）

上

【清】王維德 等撰
侯 鵬 點校

圖書在版編目(CIP)數據

林屋民風：外三種／（清）王維德等撰；侯鵬點校.
—上海：上海古籍出版社，2018.11
（蘇州文獻叢書.第四輯）
ISBN 978-7-5325-8657-8

Ⅰ.①林… Ⅱ.①王…②侯… Ⅲ.①古典詩歌－詩集－中國－清代②古典散文－散文集－中國－清代 Ⅳ.
①I214.92

中國版本圖書館CIP數據核字(2017)第267404號

蘇州文獻叢書第四輯
# 林屋民風（外三種）
（全二册）

［清］王維德　等撰
侯　鵬　點校
上海古籍出版社出版發行
（上海瑞金二路272號　郵政編碼200020）
(1) 網址：www.guji.com.cn
(2) E-mail: guji1@guji.com.cn
(3) 易文網網址：www.ewen.co
浙江臨安曙光印務有限公司印刷
開本890×1240　1/32　印張31.625　插頁7　字數765,000
2018年11月第1版　2018年11月第1次印刷
印數：1—1,200
ISBN 978-7-5325-8657-8
I·3229　定價：118.00元
如有質量問題,請與承印公司聯繫

# 《蘇州文獻叢書》編纂工作委員會

**主 任 委 員**　　盛　蕾　王鴻聲

**副主任委員**　　繆學爲　陳　嶸

**委　　　員**　　徐春宏　朱建强　金德政　陳瑞近　王衛平
　　　　　　　　　母小勇　馬衛中　朱小田　王稼句　黄阿明

**主　　　編**　　王衛平

# 總　序

王衛平　羅時進

　　吳之地域，自古形成，至今已有數千乃至萬年歷史。這一歷史的浩瀚川流，混茫遠接，涵演淵深，太湖文化於兹含孕；這片天賜的豐沃土壤，一望無際，滿目森茂，江南文明緣此成長；而憑陵高峻，俯瞰川原之古往今來，所映現的又不止是吳地之文化與文明，而是中華民族發展史，人類社會進步史的縮影。

　　初民遠逝，先賢杳渺。我們無法真正站在歷史的源頭，透過世代的時序去説明什麽，也無法站在其中任一驛站，撫摩當時的現場去顯示什麽。但憑藉前人留給我們的豐富遺産，對吳地的歷史事件、過程、走向、結果都可以做某種程度的考證，做力所能及的還原，而視今探古，唯物以求，也能進行一定意義上的總結。吳文化，正是人們對吳地古往今來一切物質和精神現象的概括、提煉、呈現。她是吳地在漫長的歷史過程中的"人文化成"，即"文"作爲一種存在意識和方式"化"入生産、生活、生命而形成的物質和精神的發展成果。

　　考察吳地"人文化成"的過程，當着眼於地、人、文三者的互動共生的關係。"仰以觀於天文，俯以察於地理"，這在吳文化研究中是非常必要的。自然地理環境在吳地的歷史發展中具有極爲重要的意義，是人才與文化産生的土壤。正如陳去病云："端委化俗文明開，延陵觀樂中原回。四科言氏尚文學，宗風肇起孳胚胎。加以太湖三萬六千頃,澄泓渟蓄何雄恢。朝鍾夕毓孕靈秀,天然降兹追屈攀宋之奇才。"①穆彰阿亦謂:"蓋聞文章之事關乎其人之學之養,而其所由極盛而不已者,則非盡其人之學之養爲之,而山川風氣爲之也。江南乃古名勝之區,其分野則上映乎斗牛,其疆域則旁接乎閩越,而又襟長江而帶大河,挺奇峰而出秀巘,故其靈異之氣往往鍾於人而發於文章。"②正是清明靈秀的地理環境作用於人,方促進了"詩書之澤"、"文獻之邦"的形成,使得唐宋以來,尤其是明清時期,吳地出現了海内千百年從未產生,其他地域環境中也難以復現的人文盛景。這裏不妨看一看嘉靖年間陸師道在《袁永之文集序》中對明代吳中文苑巨匠騰躍景況的描述:

> 吴自季札、言游而降,代多文士。其在前古,南鏐東箭,地不絕產,家不乏珍,宗工巨人,蓋更僕不能悉數也。至於我朝受命,郡重扶馮,王化所先,英奇瑰傑之才,應運而出,尤特盛於天下。洪武初,高、楊四雋,領袖藝苑。永宣間,王、陳諸公,矩矱詞林。至於英孝之際,徐武功、吳文定、王文恪三公者出,任當鈞冶,主握文柄,天下操觚之士,向風景服,靡然而從之。時則有李太僕貞伯、沈處士啓南、祝通判希哲、楊儀制君謙、都少卿元敬、文待詔徵仲、唐解元伯虎、徐博士昌穀、蔡孔目九逵先後繼起,聲景比附,名實彰流,金玉相宣,黼黻並麗,吳下文獻於斯爲盛,彬彬乎不可尚已。正德、嘉靖以來,諸公稍稍凋謝,而後來之秀,則有黄貢士勉之、王太學履吉、陸給事浚明、皇甫僉事子安,皆刻意述作,力追先哲,而袁君永之,實頡頏其間。③

---

① 《陳去病詩文集》卷一《浩歌堂詩鈔》,社會科學文獻出版社,2009年。
② 潘世恩《潘氏科名草》,光緒三年吳縣潘氏燕翼堂刻本。
③ 《袁永之集》,明嘉靖二十六年姑蘇袁氏家刊本。

這是一份"文壇點將錄",然而才開到明嘉靖中期,已是繁不勝舉了,後來之英哲宗師復有多少?綜觀歷代,豈能盡數!這是值得吳中,即今天蘇州驕傲的成就。對於吳中這一人文盛況,我們應當從吳文化的層面上加以研究。

這一研究具有十分重要的意義。吳文化具有歷史的屬性,也有現實的價值。廣袤的吳地,現代的發展與成就,與其過往悠悠的步履迹脈相連。今日萬物生命之根系,存在於歷史的土壤中;當下事物運動之動能,亦由歷史而累積。因此回望吳文化,不但可以建立一種文化自信,也能從傳統中為人們今天所從事的事業,尋求到借鑒與經驗。除此之外尚應看到,吳文化是地域文化,具有鮮明的地方性特點。這種地方性特點,正包含了豐富的地方經驗,她不但是方言音聲、風俗習慣、社會公序等形成的條件,也是在文化層面上與其他地域進行比較、映照的根據。從這一意義上說,研究吳文化,就不僅僅具有某種地方性意義了。她是對吳文化寶庫的建構,也是對民族文化寶庫的豐富。

吳文化研究,可以從不同路徑進行,而最基礎性的工作,當推文獻整理。1918年冬,吳江一批有識之士認識到地方文獻保護的重要,由柳亞子和薛鳳昌發起,成立了"吳江文獻保存會"(又稱"松陵文獻保存會"),其《吳江文獻保存會書目序》曰:

> 吾吳江地鍾具區之秀,大雅之才,前後相望,振藻揚芬,已非一日。下逮明清,人文尤富,周、袁、沈、葉、朱、徐、吳、潘,風雅相繼,著書滿家,紛紛乎蓋極一時之盛。且也一大家之出,同時必有多數知名之士追隨其間,相與賞奇析疑,更唱迭和;而隔世之後,其風流餘韻,又足使後來之彥聞風興起,沾其膏馥,而雅道於以弗替。用是詞人才子,名溢於縹囊,飛文染翰,

卷盈乎緗帙,斯故我鄉里之光也。①

松陵一地之文獻尚且如此,蘇州一府文獻之富就更爲洋洋可觀了。"文獻無徵,後生之責。夫責固有之,情更應爾",因此,我們有必要對吳中文獻做有計劃的整理和研究,在現代學術理念指導下,建構與蘇州文化、經濟、社會發展相適應的文獻庫,作爲儲存吳文獻、發展吳文化的平臺。

兩年前,經江蘇省哲學社會科學領導小組批准,我們蘇州大學建立了江蘇省吳文化研究基地。這是一個面向環太湖地區,面向江南,全面研究吳文化的科研機構。我們擬將吳文化之文獻作爲研究重點之一,而蘇州是吳文化的核心地區,自然希望利用在地研究的條件,首先從蘇州文獻整理入手。蘇州市委、市政府高度重視地方文化建設,對地方文獻整理具有自覺的文化意識,非常支持這項工作,特別設立了專門項目,於是便有了這套蘇州文獻整理研究的系列。

文獻,是一個廣義的概念,古人以經史子集劃分四部,而每一部又有衆多類別。這些類別的著作在蘇州文獻中無不具備,由於各方面條件的限制,我們難以窺其全貌,畢功一役,故叢書擬擇其精華,逐步整理面世。而在選擇中尤其注意有代表性,且到目前爲止尚未見整理的著作。古籍整理是一項學術性很強的工作,我們希望盡可能遵循學術規範,精益求精,但一定會不同程度地存在問題,尚望各方面人士給予批評指正,使我們的整理工作不斷走向完善。

(作者王衛平爲江蘇省吳文化研究基地主任,羅時進爲江蘇省吳文化研究基地首席專家)

---

① 張明觀、黃振業編《柳亞子集外詩文輯存》,上海人民出版社,2011年,第289頁。

# 前　言

本書所收録的《林屋民風》、《洞庭山金石》、《書隱叢説》、《林屋詩集》主要是關於蘇州洞庭山地區的地方文獻。下面對其内容和史料價值做一簡單介紹。

## 一

《林屋民風》撰者王維德(1659—?)，字林洪，一字洪緒，又字澹然，吴縣洞庭西山人，自號定定子，世人尊之曰"林屋先生"。曾祖若谷，行醫，留心於瘍科。王維德自幼承繼家學，通曉内、外、婦、兒各科，尤擅瘍醫。《清史稿》有傳，述其能"開腠理"，論陰陽虚實以分辨癰疽，醫者宗之。著有《外科症治全生》六卷，前集三卷，後集三卷。王維德青年時期家境富裕，祖業豐隆，婚後家道漸衰，只好以賣卜爲生，亦曾出門遠行謀生，因此兼通陰陽家言，善卜決人休咎，有《卜筮正宗》、《永寧通書》行世。

《林屋民風》是太湖史志中的一部，刊於康熙五十二年(1713)，此前已有蔡昇《太湖志》、王鏊《震澤編》、翁澍《具區志》等數種問世。據王維德在自序和凡例中所言，此前幾部多詳於山川名勝和名人題咏，於一方人物、風教之事多有網羅未盡，甚至闕而不詳之憾。如婦人節烈，《震澤編》只載至嘉靖以前，《具區志》散佚頗多。他撰輯此書的目的，就是要在前述三書的基礎上，訂其訛，删其繁，參酌損益，别以稗史别集補其遺佚，將婦女節烈有關風教者附入，

1

更標列出洞庭山七十二峰之名。又以太湖諸山，洞庭最大，故集以"林屋"爲名，諸山附載其中。歷二十年方編纂成書。

全書從卷一至卷六縷列山川名勝，分湖山圖、太湖七十二峰、洞庭七十二峰、泉、石、古蹟、名蹟七門。後六卷依次分民風、科目、人物、土産、賦稅、水利、官署、支山、鄉里、灣塢、村巷、太湖港瀆、諸山港瀆、洲磯、渡、橋、祠、廟、寺觀、庵院、用兵紀略、災異、雜記，計二十三門。整個體例與《具區志》並無大異。在山川名勝部分，一秉前志體例，廣泛搜集方志筆記以注明其沿革，並將歷代相關的題咏、遊記等內容附於其後。他的一個重要補充是對洞庭山七十二峰的詳細列舉。王維德自幼生長於其間，熟悉典故，幾乎遍歷諸峰，對其方位、坐落的標注多由親身所歷而得，書中記載有許多村落名稱，又非尋常遊覽者可比。但從總體篇幅來看，還是以對歷代賦咏的分類彙編居多。在後六卷中，《民風》八篇價值極高，涉及洞庭山一帶的物産、經濟、家族、時令等方面，可與《具區志》相互補充，其具體內容下文再集中介紹。此外，人物一門比之《具區志》，又增加了孝友、儒林、名臣、循吏、良將、文學等類。卷後所附《見聞錄》，據其自述，是由同鄉里人蔡鶴峰所撰，記載了其所見聞的西山節婦、孝子、善士等事蹟數條。

《林屋民風》纂成後，於康熙五十二年(1713)刊于家，王氏二子其龍、其章任校刻之役，史稱王氏鳳梧樓刻本是也。此書後世未見新刻本，但賴天佑，王氏家刻本至今頗有留存於世者。《四庫全書存目叢書》據清華大學圖書館藏本影印(下簡稱《存目》本)，廣陵書社出版《中國風土志叢刊》，亦收錄此書(下簡稱《風土志》本)，未知據何藏本影印。比較《存目》本與《風土志》本，發現二者版式完全相同，同爲王氏鳳梧樓刻本，但部分內容頗有差異，大體如下：其一，目錄下、每卷題下《存目》本題"古吳洞庭王維德編輯，男其龍、其章錄"，《風土志》本"錄"字作"校訂"；其二，《存目》本有康熙五十二年杜學林序一篇，《風土志》本則省去；其三，卷七《民風》部分，二本則内容完全不同；其四，卷九末《風土志》本增加"堯峰文鈔"云云按語一條；其五，附《見聞録》一卷，《風土志》有目無文（此蓋影印時所去）。綜合判斷，《風土志》本所據底本爲後印本，且作了部分修改、增補或挖改。校訂者顯然是其龍、其章二位，其所校訂想必也是得到其父之授意或認可。今整理此書即按《風土志》本録入，加以點校。附《見聞録》一卷按《存目》本補全。卷七《民風》部分鑒於二本差異較大，或有可研究之價值，今將《存目》本《民風》部分録於書後，以供參考。

《洞庭山金石》編者李根源（1879—1965），字印泉，又字養溪、雪生，號曲石，別署高黎貢山人，祖籍山東益都（今山東青州），生於雲南騰越（今雲南梁河九保）。光緒二十四年（1898）應永昌府試，獲生員。二十七年（1901）入昆明高等學堂。光緒三十年（1904）考取留日官費生，先後入東京振武學堂、日本陸軍士官學校步兵科。參與創辦同盟會，爲同盟會會員。宣統元年（1909）回國，任教於雲南講武堂。這期間究心滇西邊疆地理，精心繪製滇緬防務地圖。民國建立後，參加"二次革命"、"護法運動"，參與創辦歐事研究會，曾任衆議院議員、陝西省長、北洋政府農商總長、代總理等職，後因憤於曹錕賄選，退出政壇，歸隱吳中。抗日戰争爆發後，積極投入抗日救亡運動，與張仲仁等倡議組織"老子軍"，建"英雄冢"。後應龍雲之邀，任雲南省政府顧問、雲貴監察使等職。新中國成立後，歷任西南軍政委員會委員、西南行政委員會委員、全國政協委員等職。1965年病逝於北京。

李根源具有豐富的政治經歷，又始終保持着濃厚的學術研究興趣，在志書編纂、邊政研究、碑刻録著、史事記述、詩詞創作等方面貢獻卓越。據統計，李根源一生先後編纂了四十餘種著作，目前行世者共計二十三部：

《赴日旅程録》、《滇粹》、《記丁振鐸事》、《弘前日記》、《青森見習記》、《滇西兵要界務圖》、《永昌府文徵》、《曲石詩録》、《曲石文録》、《景邃堂題跋》、《吴郡西山訪古記》、《鎮揚日記》、《叠翁行踪録》、《洞庭山金石》、《虎阜金石經眼録》、《觀貞老人壽序録》、《民國騰衝縣志稿》、《明滇南五名臣遺集》、《明雷石庵胡二峰遺集合刊》、《陳圓圓事輯》、《曲石叢書》等(參見《李根源著述考略》,李孝友《娜嬛著稿》,雲南人民出版社,2010年版)。

在碑刻搜集方面,1926年春夏時,李氏探幽訪古,遍歷穹窿、天池、鄧尉、天平、靈巖諸山,實地踏勘,探訪名人故居墓葬,查考碑碣,補文獻所未收,訂正錯謬,拓印抄録,在此基礎上撰寫了《吴郡西山訪古記》五卷、《虎阜金石經眼録》一卷,詳録蘇州近郊文物古蹟狀況,爲當時正在編纂的《吴縣志》提供了豐富的史料。本輯所收録的《洞庭山金石》是李氏在編完《虎阜金石經眼録》後,復將洞庭山所得摹本編輯而成。

全書二卷三册,卷一又分上、中、下三部,刊刻於民國十八年(1929),收入《曲石叢書》,前有王佩諍《序》一篇,此次標點整理即以此爲據。其輯録碑刻分西山、東山兩卷,涉及李唐以降歷代詩文、墓誌、塔銘、經幢、刻經、造像、橋柱、井欄、坊表、題名、摩崖等,其中又以明清兩代内容居多,其補証舊志缺失錯訛之處甚多。

《書隱叢説》撰者袁棟,字國柱,一字漫恬,吴江同里人,乾隆間監生。先世姓陶,爲松江鉅族,明代有贅吴江袁氏者,遂承其姓,爲吴江人。父袁潢,長洲籍附貢生。袁棟雅擅詩詞,工隸書,善寫枯木竹石,著有《禮記類謀》三十六卷、《四書補音》、《漫恬詩餘》、《玉田樂府》等。一生專意於科舉仕進,却無大成,中年之後,於詩文創作之外"更肆力於經史子集",多以讀書爲事,《書隱叢説》即是他遍覽唐宋以來經典雜家之言彙集而成的札記。書名"書隱",以其所居書樓名之。此次標點以《四庫存目叢書》影印本爲據,全書十九卷,涉及音韵、詩文、戲劇、人物、風俗、科舉、衣食、神怪及軼聞等。所記内容並無分類,雖自云仿自洪邁《容齋隨筆》與顧炎武《日知録》,但議論考據,辨駁援引多因襲前人舊説,參以一己之言,亦涉及時事見聞,其中對吴中風俗多有涉及。

《林屋詩集》撰者鄧旭,字元照,號九日。其遠祖鄧肅,宋時主管江州太平觀,始卜居洞庭山林屋洞,著有《栟櫚集》。明初徙户實鳳陽,遷居臨淮,後又移居壽州。明末,旭父鄧汝謙爲避戰亂,遷於金陵,世居西城西南角萬竹園,遂爲江寧人。鄧旭順治四年中進士,官翰林院庶吉士,授國史檢討。八年,典江西鄉試。仕至甘肅姚岷道按察使,旋乞病歸。鄉居三十年,五嶽遊歷其四。喜爲詩,好李賀,古體多奇語,錢謙益、王士禎皆推重之。鄧旭著述甚多,皆隨手棄置,散佚過半,其子鄧燧等搜輯舊帙,得古今雜體詩若干,由門人錢陸燦校定,於康熙三十年以《林屋詩集》之名刊行,道光三年復由六世孫鄧廷楨重刊,此次標點整理即以此重刊本爲底本(《四庫全書未收書輯刊》影印)。全書共九卷,多爲鄧旭遊歷之作。鄧之誠《清詩紀事初編》對其古體評價甚高,謂其"詩學唐人,不事塗抹,亦不作頽唐語。古體尤奇放,半生踪迹多在山水間,莫釐、九華、廬山、華山、衡山皆屢有題咏,不啻一部遊記也"。楊鍾羲《雪橋詩話餘集》評價其近體詩"似王、孟,間入於温、李"。其中對東、西山等地的遊歷詩亦可作爲洞庭鄉土文獻的補充。

二

蘇州洞庭山分峙於太湖東南部,是太湖地區面積最大的兩座島嶼。自來山水秀麗,重岡叠嶺,隱没於波濤之中,居民則環山而居以成村落。不論從經濟地理還是社會組織方面來看,其與江南地區的整體格局有着很大的差異。不同於江南低地地區以圩田開發爲主的耕作形態,兩山地區缺乏大面積種植水稻的條件,只能以經濟作物種植爲主,山田種稻十之一,其餘非植果樹即業桑麻,以家族爲單位從事遠距離長途貿易的情況非常普遍,在明代即有了"鑽天洞庭"的美譽。至清前期,隨着江南低地圩田開發的結束,江南富人多以發達的市鎮經濟爲依託,坐擁土地、坐賈、牙行,以本地手工業、商業性農業作爲投資對象,而洞庭地區則一直保持着外出經商的悠久傳統,聚族而居,宗族勢力發達是其基本特徵。這種基於地緣與血緣關係的强固結合在江南其他地區極爲少見,自然引起學者研究的興趣。自傅衣凌先生在資本主義萌芽研究中首先關注到洞庭商幫以來,對於洞庭山商人的經濟活動、宗族組織的研究已積累了不少成果,本輯所收録的《林屋民風》與《洞庭山金石》在這方面的内容亦極爲豐富。

《林屋民風》卷七《民風》一目,縷述該地經濟與風俗,價值極高。如對經濟作物的産地及種植的描述就極爲詳細:

> 梅盛於涵村後堡鎮下,櫻桃、桃、李盛於陳巷勞村,梨、橘、橙盛於甪頭,而慈里則植不一種,號爲萬花谷。……糞多而力勤者,畝可得二三千錢,甚者至萬錢。培治之功,視田數倍。……產業皆世守,非窘急不輕售。人民雖極貧,亦有百金之産,田不出租,貧富皆親荷鋤。……富家貲蓄千金,而樵汲樹藝未嘗廢云。(《民風》一)

由於經濟作物獲利甚豐,本地人如不貿遷則投資於山地,在鄉地主直接經營的模式在清代依然非常普遍,租佃經營則相對不是很發達。出而經商者,則坐賈與行商並重,坐賈方面,記載了洞庭商人於楓橋設立會館,以與當地牙行抗衡的過程:

> 先是,楓橋無會館,商賈多投牙行,行玩巧而多姦,往往糶

者賤而糴者反貴。山人蔡鶴峰、王榮初倡義建立,擇心計強幹者輪主之。米石扣十錢,給賈人飲食,價隨時低昂,不爲牙行欺,民甚便之。(《民風》四)

而行商流寓在外,依靠同鄉關係相互扶持則非常重要:

其他行賈遍郡國,滇南、西蜀靡遠不到,到則數年不歸,至鄉人之寓如至己寓,雖流離顛沛,而扶持緩急者不乏人。(《民風》四)

這些基本的生產生活特徵使得整個地區聚族而居的社會形態非常突出:

兄弟同居,財不私蓄,一人力而求之,三四昆弟均得析。既析煙,亦不遠徙,祖宗廬墓,永以相依。故一村之中同姓者至數十家,或數百家,往往以姓名其村巷焉。(《民風》八)

《洞庭山金石》中明清兩代寺廟重建的題記較多,從中亦可感受到洞庭世家大族在明清時期發生的變化。

明前期崇佛之風甚盛,不論從重建的發起人還是捐資者來看,大都有來自兩山鉅族的支持。如宣德初年水月禪寺的重建即是如此,主持名妙潭,字古清,"包山鄭氏子也","以身率衆,食淡衣粗,以經營爲己任,不捨其晝夜之勤,募緣興造,鄉邦檀信,聞之爭發槖貲爲助,妙潭仍捐己積以具未備",只花了三年時間即告竣工(《水月禪寺重創殿記》)。

再如宣德間獸庵重建包山寺院:

> 師爲法住,字無爲,號獸菴。姓張,族出蘇之吳縣。父榮甫,母顧氏。……四方禪衲慕其高致,多來依居,遠近庶士諮詢道要者甚衆。咸謂安衆之所卑隘,遂經畫拓而大之,施材獻技者鱗萃。(《重開山獸菴住禪師塔銘》)

正統間渚山候王寺的重建:

> 釋有覺源者,出甲族,自幼脫俗,習佛氏教,嘗復包山廢寺。里人知其能,將要之,意欲其復是廢者。……退邇巨室,聞其風者,如佛之敬,悉以資助其營建。(《候王院記》)

類似的資料還有不少。明中前期,洞庭家族將積累的財富更多地用於寺廟修建,可視爲一種奢侈性消費的風尚。而到了明後期和清代,這樣的情景不復再有,寺廟廢圮者頗多,興建耗時很長,如福源寺的重建:

> 入國朝,而寺僧俱以徭役重困,散走四方,紺殿珠林,鞠爲茂草。至嘉靖中葉,比丘洞然縛茆三楹,焚修於此。攻苦茹淡,踰三十年……萬曆辛巳,有均田之令,邑宰傅公光宅爲減重額,捐積逋,寺於是不苦國課,興有基矣。後三十年辛亥,乃始拮据爲重興計。(《福源寺記》)

這段材料顯示出,明中後期的重役之困嚴重影響到了寺廟復建的進度,隨着明王朝遷都北京,漕白糧的解運成爲糧長的巨大負擔,使地方社會不復再有財力以支持寺廟的重建。事實上,上述福源寺的艱難重建中,中湄王宗出力甚多,但由於身份問題,未被載入。而從清代中前期的碑刻記載中來看,洞庭世家大族對寺廟修建的熱情有所下降,相反,在地方水利、慈善事業中則有了較多的投入。如在《留嬰堂記》、《琴山石堤記》中就分別記載了乾隆年間當地士庶和徐姓一族擴大育嬰堂規模,築長堤以捍外湖的事蹟。

其次,日常百姓所信奉的各類民間神靈在本輯中也有所體現。在《洞庭山金石》卷一《普濟寺石佛題字》中有一段由寺僧鐫刻的捐贈人題名,其對地界的記載非常引人注目:

> 二、萬曆丙申歲七月吉旦,吳縣三十二都朱墓村聖姑明王土地界居,敬奉三寶,信人殷治,倩工精造彌勒尊佛石雲像一尊,願老年康健,壽算延洪,冀門闌永遠清寧,吉祥如意。清珊拜書。

衆所周知,在明清江南的聚落中,普遍存在着各種地方性的神靈信仰,每個聚落都有自己明確供奉的土地廟,它構成了鄉村地域社會的一個明顯特徵。在這段記載中,對捐贈人鄉貫的記錄同時使用了兩種不同的系統,其一爲常見的基層行政組織系統,載明了所居都圖村落,其二則將該村落所在的土地廟界標示了出來。這說明鄉民對自身所處的廟界有着非常明確的概念,可以直接用它來標明居住的方位,並與基層行政體系自然地嫁接在一起,靈活地表達出自身的地域認同觀念。結合《林屋民風》中關於迎神賽會的描述,我們可以對當地信仰圈的實態作出更切實的把握。再如鄧旭在《林屋詩集》中,對上方山五聖蕭王太母廟的歲祀活動亦有描述,每歲九月二十八日太母誕辰,"諸舟鱗集爲尤勝,雖曰賽報,實係冶游","巖巒織灌獻,閨閣市風流","疊鼓焚刀幣,神光定有無"。

此外,對於明清時期蘇州的奢靡消費之風,本輯內容亦有不少反映,《書隱叢說》卷十中對康熙中葉蘇州衣食之奢靡的描述極爲詳細:

蘇州風俗奢靡，日甚一日。衣裳冠履，未敝而屢易。飲食宴會，已美而求精。衣則忽長忽短，袖則忽大忽小，冠則忽低忽昂，履則忽銳忽廣。造作者以新式誘人，遊蕩者以巧冶成習，富室貴宦自堆篋盈箱，不惜紈扇之棄置矣。而販夫賤隸，負販稍畢，即鮮衣美服、飲茶聽唱以爲樂。其宴會不常，往往至虎阜大船內羅列珍羞以爲榮。春秋不待言矣，盛夏亦有爲避暑之會者，味非山珍海錯不用也。雞有但用皮者，鴨有但用舌者，且有恐黃魚之將賤，無錢則寧質蚊帳以貨之者。此其衣食之侈靡也。

再如對蘇州木活字刊刻的記載亦非常重要：

　　印板之盛，莫盛於今矣。吾蘇特工，其江寧本多不甚工。世有用活字板者，宋畢昇爲活字板，用膠泥燒成。今用木刻字，設一格於桌，取活字配定，印出則攪和之，復配他頁。大略生字少刻而熟字多刻，以便配用。

綜上所述，本輯所收四部著作體裁各異，作者身份、時代背景不一，但其內容則多集中於明清時期蘇州東、西兩洞庭之間的山川風物、地理民俗，對於我們詳細瞭解該地區特殊的人文地理樣貌多有裨益。

刻本訛誤難免，凡誤字參以相關文獻改正，原誤字仍保留於文中，加（　）排小字，正字或補字加〔　〕，不出校記。

# 目 錄

總序 ·················································· 王衛平　羅時進　1
前言 ·································································· 1

## 林屋民風

序 ·································································· 3
序 ·································································· 4
自序 ································································ 5
凡例 ································································ 6

## 林屋民風卷一

湖山圖 ······························································ 9
  五湖記 ·························································· 9
  震澤賦 ························································· 10
  自礪山東望震澤 ················································ 13
  泊震澤口 ······················································ 13
  太湖秋夕 ······················································ 13
  宿湖中 ························································ 13
  望五湖 ························································ 13
  五湖 ·························································· 14
  初入太湖自胥口入，去州五十里。 ································ 14
  過太湖 ························································ 14

1

| | |
|---|---|
| 咏太湖 | 15 |
| 望太湖 | 15 |
| 前題 | 15 |
| 前題 | 15 |
| 前題 | 15 |
| 前題 | 16 |
| 憶具區 | 16 |
| 渡太湖 | 16 |
| 太湖秋晚 | 16 |
| 前題 | 16 |
| 前題 | 16 |
| 太湖 | 17 |
| 前題 | 17 |
| 太湖秋晚 | 17 |
| 五湖遊 | 17 |
| 分題太湖 | 17 |
| 題洞庭湖 | 18 |
| 震澤 | 18 |
| 〔過太湖〕 | 18 |
| 題震澤湖 | 18 |
| 月夜遊太湖 | 18 |
| 遊太湖望洞庭 | 19 |
| 震澤 | 19 |
| 前題 | 19 |
| 前題 | 19 |
| 前題 | 19 |
| 太湖佳趣 | 20 |

| 太湖夜泊聞雨 | 20 |
| 望太湖 | 20 |
| 寓遊 | 20 |
| 前題 | 21 |
| 前題 | 21 |
| 太湖夜泊 | 21 |
| 過太湖 | 21 |
| 前題 | 21 |
| 太湖遠眺 | 22 |
| 前題 | 22 |
| 前題 | 22 |
| 泛太湖 | 22 |
| 前題 | 22 |
| 前題 | 23 |
| 前題 | 23 |
| 前題 | 23 |
| 太湖次太守胡公韻 | 23 |
| 自胥口入太湖 | 23 |
| 過太湖 | 24 |
| 靈巖山頂望太湖 | 24 |
| 同顧九和侍講輩泛太湖 | 24 |
| 碧崑下小憩望太湖 | 24 |
| 漁家樂 | 24 |
| 泛湖遊林屋二首 | 25 |
| 過太湖贈可泉太守 | 25 |
| 縹緲峰望太湖 | 25 |
| 賦得太湖送別 | 25 |

| | |
|---|---|
| 過太湖懷古 | 25 |
| 登堯封絕頂望太湖 | 26 |
| 謁墓過太湖 | 26 |
| 詠具區 | 26 |
| 前題 | 26 |
| 秋日泛太湖 | 26 |
| 詠五湖 | 26 |
| 春泛震澤 | 27 |
| 眺震澤 | 27 |
| 太湖秋晚 | 27 |
| 登莳山亭觀太湖 | 27 |
| 風雨泛太湖訪友 | 27 |

## 林屋民風卷二

| | |
|---|---|
| **太湖七十二峰** | 28 |
| 　太湖七十二山記 | 28 |
| 　洞庭山記 | 30 |
| 　前題 | 30 |
| 　洞庭賦 | 31 |
| 　望洞庭 | 33 |
| 　游洞庭山 | 33 |
| 　過洞庭 | 34 |
| 　游包山 | 34 |
| 　題元暉太湖西山圖 | 34 |
| 　望洞庭 | 34 |
| 　前題 | 34 |
| 　過洞庭西山 | 35 |

| | |
|---|---|
| 游東西洞庭 | 35 |
| 日暮過洞庭二首 | 35 |
| 遊洞庭山 | 35 |
| 湖上望西洞庭山 | 36 |
| 游洞庭觀太湖 | 36 |
| 泊西洞庭 | 36 |
| 洞庭有感 | 36 |
| 東山記 | 37 |
| 鎮下放舟過東山二首 | 37 |
| 冬日東山即事 | 38 |
| 東山晚望 | 38 |
| 月下泛湖抵東洞庭 | 38 |
| 中秋自西山返東山玩月歌 | 38 |
| 過葉余山口占 | 39 |
| 登橫山 | 39 |
| 橫山晚眺 | 39 |
| 飲橫山吳氏醒酣亭 | 39 |
| 秋日游洞庭汎湖遇風遂泊橫山 | 40 |
| 游武峰記 | 40 |
| 奉應顏尚書真卿觀玄真子置酒張樂舞破陣畫洞庭三山歌 | 41 |
| 石蛇山跋 | 42 |
| 游石蛇山記 | 42 |
| 游石蛇後記 | 43 |
| 登石蛇山 | 43 |
| 大小竹山詩 | 44 |
| 詠琴山 | 44 |
| 題東西兩獄山 | 44 |

題紹山 …………………………………… 45

題思夫山 ………………………………… 45

前題 ……………………………………… 46

大貢小貢二山 …………………………… 46

游馬跡山記 ……………………………… 46

過震澤望馬跡山 ………………………… 48

游馬跡山漫賦 …………………………… 48

夫椒山懷古 ……………………………… 49

前題 ……………………………………… 49

前題 ……………………………………… 49

前題 ……………………………………… 50

望夫椒山 ………………………………… 50

望夫椒山弔古 …………………………… 50

秋晚宿獨山門下 ………………………… 51

詠錢堆山 ………………………………… 51

過太湖望漫山 …………………………… 51

## 林屋民風卷三

洞庭七十二峰 …………………………… 53

縹緲峰記 ………………………………… 54

前題 ……………………………………… 55

遊洞庭縹緲峰忽遇雷雨龍挂 …………… 55

洞庭山登縹緲峰觀湖歌 ………………… 56

縹緲峰 …………………………………… 56

登西山縹緲峰絕頂 ……………………… 56

前題 ……………………………………… 56

前題 ……………………………………… 57

| 前題 | 57 |
| 前題 | 57 |
| 前題 | 57 |
| 前題 | 57 |
| 前題 | 58 |
| 前題 | 58 |
| 晚步縹緲峰 | 58 |
| 前題 | 58 |
| 又 | 58 |
| 登縹緲峰遠眺 | 58 |
| 陟縹緲峰適遇風雨 | 59 |
| 縹緲峰望笠澤懷古 | 59 |
| 游縹緲峰 | 60 |
| 前題 | 60 |
| 涵村 | 60 |
| 五峰跋并詩 | 61 |
| 飛仙山記并詩 | 61 |
| 栖賢山跋并詩 | 62 |
| 雞籠山跋并詩 | 62 |
| 石公山記 | 63 |
| 石公記 | 64 |
| 石公山 | 64 |
| 游石公山 | 65 |
| 前題 | 65 |
| 清晨泛舟游石公 | 65 |
| 前題 | 65 |
| 前題 | 66 |

登石公 ································································ 66
萬羊岡記并詩 ························································ 66
跋 ········································································ 67
游大小龍渚記 ························································ 67
登小龍山 ······························································ 68
遊龍渚 ································································· 68
大小二龍山咏 ························································ 69
萬仞岡記并詩 ························································ 69
渡渚跋并詩 ··························································· 70
渡渚山懷古 ··························································· 71
題梭山 ································································· 71
過蛇頭山口占 ························································ 71
崌山跋并詩 ··························································· 72
禹期山 ································································· 72
黿山跋 ································································· 73
歸自西洞庭阻風登黿山 ············································ 73
登黿山曉望 ··························································· 73

## 林屋民風卷四

泉 ············································································ 74
　無礙泉詩并序 ························································ 74
　以毛公泉一瓶獻上諫議因寄 ····································· 75
　以毛公泉獻大諫清河公 ············································ 75
　酌鹿飲泉記 ···························································· 75
　三月八日到鹿飲泉 ·················································· 76
　鹿飲泉遊眺 ···························································· 76
　黃公泉詩 ······························································· 77

| 華山泉 | 77 |
| 隱泉 | 77 |
| 又 | 77 |
| 謝吳承翰送悟道泉并序 | 78 |
| 吳東磵品悟道泉 | 78 |
| 詠青白泉 | 79 |

# 石 ········ 80

| 太湖石記 | 80 |
| 石記 | 81 |
| 太湖石賦 | 82 |
| 李蘇州遺太湖石奇狀絶倫，因題二十韻呈夢得樂天 | 82 |
| 和題太湖石兼寄李蘇州詩二十韻 | 83 |
| 題牛相公宅太湖石詩二十韻 | 83 |
| 又 | 83 |
| 又 | 84 |
| 買太湖石 | 84 |
| 太湖石 | 84 |
| 前題 | 84 |
| 前題 | 85 |
| 前題 | 85 |
| 西齋初成廨中舊有太湖石數十株因植之庭下 | 85 |
| 烟江叠嶂并序 | 86 |
| 太湖石歌 | 86 |
| 太湖石古風一首 | 86 |
| 太湖石 | 87 |
| 太湖採石賦 | 87 |
| 登小洞庭石 | 89 |

| | |
|---|---|
| 泛小洞庭觀奇石 | 89 |
| 震琳震澤中洞庭樂石也。 | 89 |
| 題石板 | 90 |
| 前題 | 90 |
| 咏釣臺石 | 91 |
| 題仙人石 | 91 |
| 前題 | 91 |
| 飯石 | 92 |

## 林屋民風卷五

| | |
|---|---|
| 古蹟 | 93 |
| 靈仙之境 | 93 |
| 　林屋館銘 | 95 |
| 　林屋圖跋 | 95 |
| 　游林屋洞記 | 96 |
| 　遊林屋洞記 | 97 |
| 　入林屋洞 | 99 |
| 　入林屋洞 | 100 |
| 　林屋洞《仙經》一名左神幽虛洞天,正洞門左觀中,出觀左門又有二門,一名雨洞,一名暘谷洞。 | 100 |
| 　和默菴游林屋 | 100 |
| 　林屋洞 | 101 |
| 　放歌林屋 | 101 |
| 　與客至林屋洞 | 102 |
| 　題林屋洞天 | 103 |
| 　游林屋洞 | 103 |
| 　林屋洞 | 104 |

| 登毛公壇 | 104 |

毛公壇西山最深處。毛公,劉根也,身生綠毛,故云。有劉道人作小菴,在隱泉之上。 …… 105

| 舟泊龜山 | 108 |
| 題杜蘭香下嫁張碩 | 109 |

## 故國之墟 …… 111

| 可盤灣懷古 | 111 |
| 夜泛陽塢入明月灣即事寄崔湖州 | 112 |
| 游明月灣 | 112 |
| 消夏灣記 | 114 |
| 游消夏灣 | 115 |
| 消夏灣吳王避暑處,平湖循山一灣,雲水勝絕。 | 115 |
| 消夏灣覽古 | 116 |
| 消夏灣呈鹿泉丈人 | 116 |
| 練瀆懷古 | 117 |

## 先賢遺蹟 …… 120

| 胥口即事六言二首 | 122 |
| 和胥口即事 | 122 |
| 胥口 | 122 |
| 再渡胥口 | 122 |
| 胥口 | 123 |
| 泊胥口望太湖月中作 | 123 |
| 夜泊胥口泛月作 | 123 |
| 胥口觀太湖有懷古昔 | 123 |

## 林屋民風卷六

- 名蹟 ······ 124
- 勝景 ······ 124
  - 風弄 ······ 124
  - 曲巖記 ······ 125
  - 遊屏巖 ······ 125
  - 玄陽洞 ······ 126
  - 前題 ······ 126
  - 羅漢松有感 ······ 126
  - 題臥龍松 ······ 127
  - 萬花谷 ······ 127
  - 憫松歌并序 ······ 128
  - 題吟風岡 ······ 129
  - 避暑偃月岡 ······ 129
- 第宅 第宅、園亭、塚墓，《震澤編》載入《古蹟》，今附在《名蹟》後。 ······ 130
  - 過范蠡宅 ······ 130
  - 送周先生住山記 ······ 131
  - 題周隱遙廬 ······ 131
  - 題章博士新居 ······ 132
  - 題善慶堂 ······ 132
  - 湖山小隱記 ······ 133
  - 湖山小隱詩 ······ 133
  - 西村別業記 ······ 134
  - 聽琴軒記 ······ 135
  - 聽琴軒詩 ······ 136
  - 可泉諸公枉駕崦西草堂 ······ 137
  - 蔡師西山草堂 ······ 137

蔡師玄秀樓與諸友燕集 ·················· 137
　過王子徑林西別墅 ···················· 138
　書天際樓壁間 ······················ 138
　咏天際樓 ························ 138
　松軒記 ························· 139
　聽濤軒記 ························ 139
　西青小隱詩 ······················· 141
　靜觀樓記 ························ 141
　宿靜觀樓 ························ 142
　翁季霖山園即事 ····················· 142
　宿洞庭東山翁氏山樓 ··················· 142

## 園亭 ·························· 143
　無礙居士自撰道隱園記 ·················· 143
　題沈氏園亭 ······················· 143
　南園賦 ························· 144
　題集賢圃 ························ 145
　過洞庭亘寰親翁開襟閣 ·················· 145
　過吳斌文南村草堂賦贈 ·················· 146
　望湖亭有感 ······················· 146
　塚墓 ·························· 147
　題莫鰲將軍墓 ······················ 148
　過故狀元施宗銘墳 ···················· 148
　過東山拜王文恪賜塋 ··················· 148

## 林屋民風卷七

**民風** ·························· 150
　民風一 ························· 150

民風二 ……………………………………… 151
　　民風三 ……………………………………… 151
　　民風四 ……………………………………… 151
　　民風五 ……………………………………… 152
　　民風六 ……………………………………… 153
　　民風七 ……………………………………… 153
　　民風八 ……………………………………… 154
**科目**坊表附 …………………………………… 155
　　進士 ………………………………………… 155
　　舉人 ………………………………………… 157
　　歲貢 ………………………………………… 158
　　薦舉 ………………………………………… 160
　　廕叙 ………………………………………… 160
　　武職 ………………………………………… 161
　　坊表 ………………………………………… 162

## 林屋民風卷八

**人物** ……………………………………………… 163
　　孝友 ………………………………………… 163
　　名臣 ………………………………………… 168
　　儒林 ………………………………………… 170
　　循吏 ………………………………………… 172
　　良將 ………………………………………… 175
　　文學 ………………………………………… 176

## 林屋民風卷九

**人物** ……………………………………………… 183
　　隱逸 ………………………………………… 183

義俠 ································· 187
　　貨殖 ································· 192
　　游寓 ································· 193
　　列女 ································· 194

## 林屋民風卷十

**人物附錄** ······························· 205
**仙釋** ································· 205
　　神皓和尚寫真讚 ······················· 206
**土産** ································· 209
　　洞庭獻新橘賦 ························· 209
　　諒公洞庭孤橘歌 ······················· 210
　　揀貢橘書情 ··························· 210
　　贈故人重九日求橘 ····················· 210
　　早春以橘子寄魯望 ····················· 211
　　襲美以春橘見惠次韻酬謝 ··············· 211
　　洞庭山維諒上人院堦前孤生橘樹歌 ······· 211
　　新橘 ································· 211
　　橘園 ································· 211
　　觀橘有懷 ····························· 212
　　謝包山蔣世英橘樹 ····················· 212
　　謝濟之送橘二首 ······················· 212
　　陸山人自洞庭惠橘 ····················· 212
　　洞庭揀橘 ····························· 212
　　洞庭春色賦并引 ······················· 213
　　洞庭春色吟 ··························· 214
　　曾宏父分餉洞庭柑 ····················· 214

次韻謝天鏡上人送柑二首 …………………… 214

　　訪曉菴禪師供余洞庭柑 ……………………… 214

　　瑞柑詩并引 …………………………………… 215

　　謝濟之送銀杏 ………………………………… 217

　　匏菴謂木奴與鴨脚子同至不宜見遺仍次前韻 … 217

　　贈鄒舜五採蓴 ………………………………… 218

　　寄賈耘老 ……………………………………… 221

　　初冬憶蟹 ……………………………………… 221

賦稅 ……………………………………………… 222

水利 ……………………………………………… 225

　　宋郟亶奏略 …………………………………… 225

　　蘇軾奏略 ……………………………………… 226

　　單鍔風土記略 ………………………………… 227

　　郟僑書略 ……………………………………… 227

　　陳彌狀略附曹胤儒水利續議 ………………… 229

　　元潘應武論略 ………………………………… 229

　　明歸有光論略 ………………………………… 230

## 林屋民風卷十一

官署 ……………………………………………… 233

　　甪頭巡檢司衙署序 …………………………… 233

　　防湖論略 ……………………………………… 234

　　防湖論略二 …………………………………… 235

　　防湖論略三 …………………………………… 235

　　防湖論略四 …………………………………… 236

　　防湖論略五 …………………………………… 237

支山 ································· 237
　題官長山呈李方伯 ··············· 237
　題雞山 ···························· 238
　題射鴨山 ························· 238
峰嶺 ································· 238
　與嚴太守道卿同登莫釐峰 ······ 238
　望莫釐峰 ························· 239
　遊東山登莫釐峰二首 ············ 239
　九日登莫釐峰 ···················· 239
　飯石峰晚步 ······················· 240
　詠碧螺峰 ························· 240
　春日過支嶺 ······················· 241
　題砂磧嶺 ························· 241
鄉里 ································· 242
灣塢 ································· 243
　桃花塢 ···························· 244
村巷 ································· 246
　題崦裏 ···························· 247
　社山放船 ························· 248
港瀆 ································· 249
港瀆 ································· 254
洲磯 ································· 256
渡 ···································· 257
橋 ···································· 257

# 林屋民風卷十二

祠《舊志》列寺院後，今別爲一條。此皆有功烈於民者也，豈可與異教

同科。 ………………………………………………… 260
　　附 ……………………………………………………… 261
**廟** …………………………………………………………… 261
　　附 ……………………………………………………… 264
**寺觀** ………………………………………………………… 264
　雨中遊包山精舍 ……………………………………… 265
　寓包山精舍 …………………………………………… 265
　包山遠眺 ……………………………………………… 266
　記 ……………………………………………………… 266
　孤園寺 ………………………………………………… 267
　上方寺 ………………………………………………… 268
　暮投上方寺 …………………………………………… 269
　福源寺田記 …………………………………………… 269
　遊福源寺 ……………………………………………… 269
　再過天王寺有感 ……………………………………… 270
　憩天王寺 ……………………………………………… 270
　華山寺在西山盡處，多泉泓，僧房中數處有之。有湯岐公、胡茂老樞密、孫仲益尚書諸公題詩。 …………… 272
　咏西小湖 ……………………………………………… 274
　下縹緲峰小憩西湖寺 ………………………………… 274
　入翠峰寺 ……………………………………………… 276
　興福寺小憩 …………………………………………… 277
　同張裏齋王少溪諸君遊興福寺 ……………………… 277
　靈源寺僧求詩從所創韻而賦 ………………………… 278
　靈源寺贈友人 ………………………………………… 278
　游彌勒寺 ……………………………………………… 279
　聖僕宿永福寺同賦空字 ……………………………… 279

雨宿永福山房喜陳懋功至 ························· 279

高峰寺觀臥佛 ···································· 279

渡太湖憩橫山寺 ·································· 280

曉次神景宮 ······································ 280

三宿神景宮 ······································ 281

菴院尼菴不錄。 ···································· 283

翠峰山居過陳仲醇 ································ 284

初夏武山菴 ······································ 285

渡水菴後樓 ······································ 286

**用兵紀略**兵，凶事也。王道不行，而干戈起焉，志之以考得失。 ··· 286

**災異**天災流行，國家代有，救災恤民，長民者之責也。志之以備
　　覽觀。 ········································ 288

**雜記**《舊志》有荒誕不經事，概削不錄。 ··············· 292

## 附錄一　見聞錄 ······························ 296

## 附錄二　《四庫全書存目叢書》所收《林屋民風》
　　　　鈔錄本卷七《民風》 ··················· 299

民風 ············································ 299

教子 ············································ 299

兄弟 ············································ 300

婦女 ············································ 300

聯姻 ············································ 300

嫁娶 ············································ 300

媒妁 ············································ 301

喪葬 ············································ 301

慶弔 ············································ 301

酒席 ············································ 301

19

| 禮貌 | 301 |
| 餽送 | 302 |
| 稱呼 | 302 |
| 房產 | 302 |
| 墳墓 | 302 |
| 祭掃 | 302 |
| 讀書 | 303 |
| 耕種 | 303 |
| 樵採 | 303 |
| 漁船 | 303 |
| 畜牧 | 304 |
| 蠶桑 | 304 |
| 花果 | 304 |
| 租佃 | 304 |
| 傭工 | 305 |
| 船戶 | 305 |
| 好惡 | 305 |
| 稱頌 | 305 |
| 鄙薄 | 305 |
| 畏懼 | 306 |
| 坐賈 | 306 |
| 商販 | 306 |
| 鄉情 | 306 |
| 公店即會館 | 306 |
| 領本 | 307 |
| 扶持 | 307 |
| 交易 | 308 |

| 姬妾 | 308 |
| 乳媪 | 308 |
| 賤役 | 308 |
| 婢僕 | 308 |
| 僧尼 | 309 |
| 廟宇 | 309 |
| 治蠱 | 309 |
| 時節 | 310 |
| 附古志風俗 | 310 |

# 洞庭山金石

序 ············ 315

## 洞庭山金石卷一

**西山** ············ 317

  唐 ············ 317

  宋 ············ 319

  元 ············ 324

  明 ············ 325

  清 ············ 362

  坊表先祖母黃恭人苦志撫孤,得旌建坊,故根源所到之處,每見節孝坊,必敬必式。茲游所得諸坊備録如次。 ············ 415

  近刻 ············ 416

**洞庭山金石卷二**

東山 ································· 420
   明 ································· 420
   清 ································· 443
   坊表 ······························· 460
   近刻 ······························· 461

# 書 隱 叢 說

**隱序** ································· 465
**序** ··································· 466
**叙** ··································· 467
**叙** ··································· 468
**自叙** ································· 469

**書隱叢說卷一**
   盈虛消息 ··························· 471
   性理之祖 ··························· 471
   性善 ······························· 471
   天人感應 ··························· 471
   是非利害 ··························· 472
   老氏嚴厲 ··························· 472
   牛首蛇身 ··························· 472
   學問境遇 ··························· 472
   瓏玲 ······························· 473
   寬靜退遠 ··························· 473
   忠恕 ······························· 473
   無才是福 ··························· 473

| 杜語脫胎 | 473 |
| 三統 | 473 |
| 夏時 | 474 |
| 今不如古 | 474 |
| 毀逆閹祠 | 474 |
| 用古語 | 475 |
| 鄜柏絮 | 475 |
| 南無 | 475 |
| 春秋少陽篇 | 475 |
| 博學鴻詞 | 476 |
| 脫胎國策 | 476 |
| 學校 | 476 |
| 今不古若 | 477 |
| 民蠹 | 477 |
| 納民軌物 | 477 |
| 齊之逐夫 | 477 |
| 詩文境界 | 478 |
| 誣告反坐 | 478 |
| 稗官有本 | 478 |
| 材質不同 | 478 |
| 韓袞狀元 | 478 |
| 丈人泰山半子布代 | 479 |
| 少累潛心 | 479 |
| 地理論辨 | 479 |
| 受命于天 | 480 |
| 趨吉避凶 | 481 |
| 天命不假 | 481 |

| | |
|---|---|
| 楊玢達識 | 481 |
| 佛語合儒 | 481 |
| 風月三昆 | 481 |
| 説郛 | 482 |
| 不作佛事 | 482 |
| 屏絕祈禱 | 482 |
| 深山焚修 | 482 |
| 淫祠 | 483 |
| 千家詩 | 483 |
| 豐縣石龍 | 483 |
| 體物不遺 | 483 |
| 精氣爲物 | 484 |
| 一氣感通 | 484 |
| 生死聚散 | 484 |
| 伯有爲厲 | 485 |
| 游魂爲變 | 485 |
| 形聲怪異 | 485 |
| 氣以成形 | 486 |
| 鬼由心感 | 486 |
| 不食周粟 | 486 |
| 甘羅不爲秦相 | 487 |
| 虛文懺悔 | 487 |
| 懺悔改過 | 487 |
| 放下屠刀 | 488 |
| 上方山 | 488 |
| 生契生稷 | 488 |
| 不餌五穀 | 489 |

聖人治生 ·················· 489
知處稍偏 ·················· 489
韞藉難能 ·················· 489
懶於修爲 ·················· 489
病痛 ······················ 490
綠沉 ······················ 490

**書隱叢說卷二**

有幸不幸 ·················· 491
中知以下 ·················· 491
不延醫爲妙藥 ·············· 492
溪嶺惡氣 ·················· 492
陝西災異 ·················· 492
叫人蛇 ···················· 493
京師地震 ·················· 493
孤室火焚 ·················· 493
讀書爲上 ·················· 493
謹厚醇默 ·················· 494
恕字爲本 ·················· 494
私不勝公 ·················· 494
新月謠 ···················· 494
紅蘭室主人 ················ 494
甲乙問答 ·················· 494
《齊物論》隱居放言 ········ 495
不可害人 ·················· 495
果敢和平 ·················· 495
術法 ······················ 495

25

| 頃刻花 | 496 |
| 修吳江塔 | 496 |
| 管蔡 | 496 |
| 管蔡以殷畔 | 496 |
| 食譜食經 | 497 |
| 明通榜 | 497 |
| 忘世紅塵 | 497 |
| 欲盡理全 | 497 |
| 含生之屬 | 498 |
| 先出爲兄 | 498 |
| 正神精氣 | 498 |
| 內多欲而外施仁義 | 499 |
| 以術愚人 | 499 |
| 誠格天心 | 499 |
| 瓶花倏忽 | 499 |
| 親迎大禮 | 499 |
| 貴乎自然 | 500 |
| 作事存心 | 500 |
| 塑像皆星 | 500 |
| 一氣團結 | 500 |
| 海市蜃樓 | 501 |
| 恂慄威儀 | 501 |
| 忠信篤敬 | 501 |
| 退讓爲本 | 501 |
| 十醫 | 501 |
| 放翁詩句 | 502 |
| 夜夜秉燭 | 502 |

| 見譽聞毀 | 502 |
| 強附知己 | 502 |
| 恩威並濟 | 503 |
| 人情不古 | 503 |
| 鋤經樓榜聯 | 503 |
| 達觀靜守 | 503 |
| 當思後患 | 503 |
| 詩無定例 | 504 |
| 提掇跌宕 | 504 |
| 詩餘四六 | 504 |
| 體裁不一 | 504 |
| 殿試儀注 | 504 |
| 推算未來 | 505 |
| 七月大風 | 505 |
| 義理之性 | 505 |
| 戾氣所鍾 | 506 |
| 陰陽拘忌 | 506 |
| 會狀兩元 | 506 |
| 多聞闕疑 | 507 |
| 文武互試 | 507 |
| 金石經眼錄 | 507 |
| 醉翁亭句法 | 507 |
| 滄浪子 | 508 |
| 超越前代 | 508 |
| 錢價低昂 | 508 |
| 孕產多兒 | 509 |
| 歲名互異 | 509 |

| 遏欲窮理 | 509 |
| 不可妄求 | 510 |
| 一甲三名 | 510 |

## 書隱叢說卷三

| 百子長成 | 511 |
| 蘇州狀元 | 511 |
| 一門科第之盛 | 511 |
| 秦始皇 | 512 |
| 荆軻劍術 | 512 |
| 國策妙語 | 512 |
| 樊將軍頭詩 | 513 |
| 曹陳語異 | 513 |
| 班婕好語 | 513 |
| 雷觸即發 | 513 |
| 季漢書 | 513 |
| 退一步 | 514 |
| 小怯大勇 | 514 |
| 不可足意 | 514 |
| 眼鏡 | 515 |
| 火雞毛 | 515 |
| 國策文法 | 515 |
| 檀弓明潔 | 516 |
| 史漢公羊文法 | 516 |
| 戰國策文法 | 516 |
| 《史記》藍本 | 516 |
| 知今知古 | 516 |

| 人之好怪 | 517 |
| 收金最愚 | 517 |
| 江南解額 | 517 |
| 演弄木偶 | 518 |
| 燕窩 | 518 |
| 政在養民 | 518 |
| 彌縫間隙 | 519 |
| 寺尼有識 | 519 |
| 仁至義盡 | 519 |
| 不當謀利 | 519 |
| 天下太平 | 520 |
| 誤入天台 | 520 |
| 刺客 | 520 |
| 五經中式 | 520 |
| 明時五經 | 521 |
| 宋時五經 | 521 |
| 兼通五經 | 521 |
| 作詩 | 521 |
| 風之爲象 | 521 |
| 虞初志 | 522 |
| 文王陰行善 | 522 |
| 後世變更 | 522 |
| 士事通用 | 522 |
| 史百户嗜酒 | 523 |
| 信道不篤 | 523 |
| 天師牧馬 | 524 |
| 郭象註語 | 524 |

改早朝詩 ……………………………………… 524
饑渴甘飲食 …………………………………… 524
一邑兩魁 ……………………………………… 524
玉篇廣韻 ……………………………………… 525
河源 …………………………………………… 525
海中遇龍 ……………………………………… 525
百家姓 ………………………………………… 525
禄命紛紛 ……………………………………… 526
不可邀福 ……………………………………… 526
死生大數 ……………………………………… 526
患難不死 ……………………………………… 527
因勢利導 ……………………………………… 527
著書設律 ……………………………………… 527
度量相越 ……………………………………… 528
正人鳴冤 ……………………………………… 528
程文一厄 ……………………………………… 528
時文古學 ……………………………………… 528
讀書種子 ……………………………………… 529
二十二月始生 ………………………………… 529
高誘注 ………………………………………… 529
井中《心史》 ………………………………… 529
作事存心 ……………………………………… 530
爲好勇戒 ……………………………………… 530
諫君教子 ……………………………………… 530

## 書隱叢說卷四

陰德陽報 ……………………………………… 531

毋爲己累 ………………………………… 531
紅線脫胎 ………………………………… 531
餅匣 ……………………………………… 531
螻蟈鳴 …………………………………… 532
孝經精義 ………………………………… 532
聚寶門 …………………………………… 532
強爲附會 ………………………………… 532
孝弟爲仁之本 …………………………… 533
祭必有尸 ………………………………… 533
《阿房宫賦》脫胎 ……………………… 533
日知無忘 ………………………………… 533
猩猩嗜酒 ………………………………… 533
紅鷲 ……………………………………… 534
收拾 ……………………………………… 534
由近及遠 ………………………………… 534
明理治情 ………………………………… 535
南山詩 …………………………………… 535
五平五側 ………………………………… 535
善學杜詩 ………………………………… 535
可已則已 ………………………………… 536
造物巧拙 ………………………………… 536
秋發瘧痢 ………………………………… 536
義以方外 ………………………………… 536
類林新咏 ………………………………… 537
七絃琴 …………………………………… 537
少樂多累 ………………………………… 537
曲江 ……………………………………… 537

| 陳貞女 | 538 |
| 諸神木主 | 538 |
| 中天中文 | 538 |
| 零丁 | 538 |
| 古人姻眷 | 539 |
| 吉光 | 539 |
| 保生 | 539 |
| 祭土 | 539 |
| 中雷 | 540 |
| 攘羊子證 | 540 |
| 真武 | 540 |
| 陰騭文 | 540 |
| 杜詩繪神 | 541 |
| 公平 | 541 |
| 沙鼠非兔 | 541 |
| 南千佳句 | 541 |
| 石蠏 | 542 |
| 夢及兩世 | 542 |
| 浦城蒲城 | 543 |
| 岣嶁碑 | 543 |
| 事適相類 | 543 |
| 制度不廢 | 543 |
| 張真人 | 544 |
| 丁憂 | 544 |
| 武職終喪 | 544 |
| 葬不擇年月日時地 | 545 |
| 遏欲不可縱欲 | 545 |

| | |
|---|---|
| 西瓜 | 545 |
| 異物 | 546 |
| 欹床 | 548 |
| 娑羅樹 | 548 |
| 勇於爲善 | 548 |
| 用功從正心始 | 549 |
| 聰慧天授 | 549 |
| 爲己爲人 | 549 |

## 書隱叢說卷五

| | |
|---|---|
| 《易經》紊亂 | 550 |
| 不躁不逆 | 550 |
| 讖緯書名 | 551 |
| 公私之辨 | 552 |
| 長恨歌傳 | 552 |
| 內自訟 | 552 |
| 自强 | 553 |
| 鼇山景 | 553 |
| 古人姓名 | 553 |
| 處世闇修 | 554 |
| 品格迥別 | 555 |
| 胡僧呪術 | 555 |
| 假面 | 555 |
| 骨力超群 | 555 |
| 減嗜欲 | 556 |
| 無諂無驕 | 556 |
| 才鬼頑仙 | 557 |

| 塞諸河源 | 557 |
| 織錦迴文 | 557 |
| 不可驟藥 | 557 |
| 可欲不亂 | 558 |
| 神道事之 | 558 |
| 仁術 | 558 |
| 改過遷善 | 559 |
| 名過其實 | 559 |
| 虛心實腹 | 559 |
| 處己處事 | 560 |
| 老人 | 560 |
| 桂枝冤銷 | 560 |
| 《檀弓》文法 | 560 |
| 物化 | 561 |
| 瓦礫塲 | 562 |
| 秋笳集 | 562 |
| 辛卯科塲 | 562 |
| 獨樂園詩 | 563 |
| 趙學究 | 563 |
| 風流公案 | 563 |
| 日本風俗 | 564 |
| 《左傳》人物表 | 564 |
| 博異志 | 568 |
| 內魔外魔 | 569 |
| 可消鄙吝 | 569 |

# 書隱叢説卷六

- 經史子集 ····· 570
- 乙丙丁 ····· 570
- 終身戒色 ····· 570
- 徽欽棺木 ····· 571
- 宋祖誓碑 ····· 571
- 英雄末路 ····· 571
- 燈焰未息 ····· 572
- 泡影喻鬼 ····· 572
- 霞天膏倒倉法 ····· 572
- 結姻擇對 ····· 573
- 五大夫漢壽亭 ····· 573
- 珠獅猻 ····· 573
- 名心未淡 ····· 573
- 數已預定 ····· 574
- 術未盡驗 ····· 575
- 占家不同 ····· 576
- 屈俗伸道 ····· 576
- 僧道鬭法 ····· 576
- 姆姆 ····· 576
- 長橋烟水 ····· 577
- 明祖御容 ····· 577
- 相思草 ····· 577
- 竈間土湧 ····· 577
- 得失有命 ····· 578
- 不爲境困 ····· 578
- 范增龔勝 ····· 578

| | |
|---|---|
| 容容多厚福 | 578 |
| 行仁用智 | 579 |
| 雁帛鱷魚 | 579 |
| 肺病遇醫 | 579 |
| 病中聲息 | 580 |
| 赤白石 | 580 |
| 《琴操》語 | 580 |
| 心之神明 | 581 |
| 夏草冬蟲 | 581 |
| 陸仲和 | 581 |
| 理直氣壯 | 581 |
| 仁不徒行 | 582 |
| 工穩爲貴 | 582 |
| 《牡丹亭》本 | 582 |
| 木棉 | 582 |
| 盡人謀通下情 | 583 |
| 謝絕世事 | 583 |
| 早年人事具備 | 583 |
| 性命 | 584 |
| 性以生心 | 584 |
| 柏人彭亡 | 584 |
| 魚尾鷗吻 | 584 |
| 長松愈風 | 585 |
| 天理撐持 | 585 |
| 宿秀二音 | 585 |
| 治生爲急 | 586 |
| 薛瓚 | 586 |

三宥 ……………………………………………… 586
紅雨 ……………………………………………… 587
太素脉 …………………………………………… 587
繞指柔 …………………………………………… 587
父子名人 ………………………………………… 587
詩下轉語 ………………………………………… 588
詞調 ……………………………………………… 588

## 書隱叢説卷七

處處見道 ………………………………………… 589
項羽 ……………………………………………… 589
《琵琶記》本 …………………………………… 589
纏足 ……………………………………………… 589
邪不敵正 ………………………………………… 590
西樓記 …………………………………………… 591
令節不定 ………………………………………… 591
倪迂潔癖 ………………………………………… 592
雀巢 ……………………………………………… 592
父子同名 ………………………………………… 592
人生如四時 ……………………………………… 592
酎金失侯 ………………………………………… 593
周處碑 …………………………………………… 593
不求奇功 ………………………………………… 593
弈棋 ……………………………………………… 594
分縣 ……………………………………………… 594
唐詩用字 ………………………………………… 594
自負不淺 ………………………………………… 595

南邦黎獻集 ························ 595
芭蕉 ····························· 596
續左傳類對賦 ······················ 596
忘書剌名 ·························· 596
天漢非河精 ························ 596
飛走通稱 ·························· 597
不貴多言 ·························· 597
河間好儒術 ························ 597
唐詩熟用 ·························· 597
吳王不朝就賜几杖 ·················· 598
后爲君稱 ·························· 598
男女名互相似 ······················ 598
西洋畫 ···························· 599
傳寫之訛 ·························· 599
議論行文 ·························· 599
戰國幸姬 ·························· 600
僞舉人僞摘印僞抄沒 ················ 600
對句 ······························ 601
異相 ······························ 601
文法變換 ·························· 601
治盜之法 ·························· 601
《史記》世次不可盡信 ·············· 602
異世同符 ·························· 602
南門星天孫星 ······················ 603
便於卜筮 ·························· 603
霹靂生全 ·························· 603
廣東地濕 ·························· 603

| 利令智昏 | 604 |
| 道士合丹 | 604 |
| 烏聲鵲聲 | 604 |
| 先求生路 | 604 |
| 量入爲出寬而有禮 | 605 |
| 銅雀硯 | 605 |
| 雅琴不當入俗調 | 605 |
| 高人一等 | 606 |
| 算數 | 606 |
| 成敗有數 | 607 |
| 圻剖而産 | 607 |
| 西域取經 | 607 |

## 書隱叢説卷八

| 史語勝左 | 608 |
| 秦皇一年無事 | 608 |
| 奸民舞文 | 608 |
| 臭作氣解 | 609 |
| 李斯陸機 | 609 |
| 兒食磚甓 | 610 |
| 《史記》輕信 | 610 |
| 《連山》《歸藏》 | 611 |
| 長城不始於秦皇 | 611 |
| 見異不遷 | 611 |
| 義馬 | 612 |
| 嘉定大男兒 | 612 |
| 天井 | 612 |

| | |
|---|---|
| 五行化真 | 613 |
| 高出庸衆 | 613 |
| 爲身不顧後 | 613 |
| 秀才 | 614 |
| 秦檜死報 | 614 |
| 如是觀 | 614 |
| 《易圖》非伏羲作 | 615 |
| 荀孟同時未遇 | 615 |
| 讀書最樂 | 616 |
| 庶人曰死 | 616 |
| 《史記》脫胎《國語》 | 616 |
| 扁鵲列傳 | 616 |
| 河套不可棄 | 616 |
| 公孫敖 | 617 |
| 讀書獨出真意 | 617 |
| 三字名姓 | 617 |
| 文券手摹 | 618 |
| 渾脫舞名 | 618 |
| 天公地公人公 | 618 |
| 尹焞對君 | 618 |
| 黔首 | 619 |
| 《易》理會通 | 619 |
| 壽算之多 | 620 |
| 提要鈎玄 | 620 |
| 議論當公平 | 621 |
| 族姓譜牒 | 621 |
| 同能不如獨勝 | 624 |

| 用情不失性 | 624 |
| 《荆州記》語似《水經注》 | 624 |
| 不可以女限 | 624 |
| 三恪 | 625 |
| 九州 | 625 |
| 院本脚色 | 625 |

## 書隱叢説卷九

| 大人星 | 627 |
| 鍾馗石敢當 | 627 |
| 拐子 | 628 |
| 圖書有本 | 629 |
| 幻術 | 629 |
| 除民害 | 629 |
| 方響 | 630 |
| 樹松柏 | 630 |
| 尊西卑東 | 630 |
| 六禮 | 630 |
| 角端 | 631 |
| 生我死我 | 631 |
| 鄭重反覆 | 631 |
| 調饑爲朝饑 | 631 |
| 民間祀竈 | 632 |
| 麟有別種 | 632 |
| 奔非淫奔 | 632 |
| 詩語 | 633 |
| 便面 | 633 |

| | |
|---|---|
| 集句 | 633 |
| 金陀粹編 | 634 |
| 太元潛虛 | 634 |
| 高僧冤業 | 634 |
| 左个 | 635 |
| 叠字 | 635 |
| 鍊句 | 635 |
| 知來者逆 | 635 |
| 赤芾邪幅 | 636 |
| 《史記》過火語 | 636 |
| 要離刺慶忌 | 636 |
| 石經 | 637 |
| 注書 | 637 |
| 海上浮圖辨 | 637 |
| 剪商 | 638 |
| 水性不同 | 638 |
| 君與天通 | 639 |
| 漕運 | 639 |
| 原文獲售 | 640 |
| 精鑒畫一 | 640 |
| 古碑幸存 | 640 |
| 怨毒 | 641 |
| 祀其功德 | 641 |
| 容齋論曆 | 641 |
| 柔存剛廢 | 642 |
| 飛白 | 642 |
| 方圓剛柔 | 642 |

| 干支之數 | 643 |
| 貪暴性成 | 643 |
| 長人 | 643 |
| 撒帳 | 644 |
| 持戒堅忍 | 644 |
| 混沌 | 644 |
| 以徽隸杭 | 645 |

## 書隱叢說卷十

| 福生無爲 | 646 |
| 定情賦 | 646 |
| 鰥寡 | 646 |
| 四家詩異同 | 647 |
| 蚔醬 | 649 |
| 螟蛉蜾蠃 | 649 |
| 以石爲鍼 | 649 |
| 轉注 | 650 |
| 三表五餌 | 650 |
| 雙翼 | 651 |
| 祭豐養薄 | 651 |
| 風俗奢靡 | 651 |
| 祠廟額 | 652 |
| 火烈水懦 | 652 |
| 稽留山 | 652 |
| 罕譬曲喻 | 653 |
| 雷峰夕照 | 653 |
| 作文如寫家書 | 654 |

| 紫陽洞 | 654 |
| 朱子《綱目》 | 654 |
| 岳墓鐵人 | 655 |
| 事必有本 | 655 |
| 風伯雨師 | 655 |
| 玉女 | 656 |
| 驚蟄雨水 | 656 |
| 九世之仇 | 656 |
| 謝逸論河 | 656 |
| 坤輿圖說 | 658 |
| 三江 | 660 |
| 同里 | 661 |
| 不信陰陽 | 661 |
| 不善學祖 | 662 |
| 定身呪 | 662 |
| 苦亂苦貧 | 662 |
| 口過當戒 | 662 |
| 天生絕對 | 663 |
| 紀載有益 | 663 |
| 稱名共知 | 663 |
| 信古信今 | 663 |
| 左旋右行 | 664 |
| 彭亨 | 664 |

## 書隱叢說卷十一

| 三家三《易》 | 665 |
| 龍虎之變 | 665 |

| | |
|---|---|
| 長生訣 | 665 |
| 三綱六紀 | 666 |
| 西王母 | 666 |
| 有書不讀 | 666 |
| 痘疹 | 667 |
| 家翁家公 | 667 |
| 雷神雷鼓 | 667 |
| 骨鯁方 | 667 |
| 服制 | 668 |
| 古詩誤用 | 669 |
| 左旋右旋 | 670 |
| 仁義財色 | 670 |
| 浮玉洲橋石井欄 | 671 |
| 便頂 | 671 |
| 詩賦做六經 | 671 |
| 羅星洲 | 671 |
| 督撫布政 | 672 |
| 換季 | 672 |
| 貧者老者 | 672 |
| 太子 | 672 |
| 崑山 | 673 |
| 韓詩內傳 | 673 |
| 經義考 | 673 |
| 戴九履一 | 674 |
| 故宮殿基 | 674 |
| 正史之外 | 674 |
| 杜詩定本 | 675 |

| | |
|---|---|
| 龔孺人孝行 | 675 |
| 半歲小兒 | 675 |
| 空虛慈悲 | 675 |
| 善留地步 | 676 |
| 屠龍技 | 676 |
| 章服有別 | 676 |
| 峽棺硯塔 | 676 |
| 萬物歸土 | 677 |
| 瓊州 | 677 |
| 取士 | 677 |
| 長孫皇后 | 677 |
| 撞墓鞭尸 | 678 |
| 墓銘壙誌 | 678 |
| 初度詩 | 678 |
| 仙桃碧桃 | 678 |
| 人生 | 679 |
| 赤壁賦語 | 679 |
| 牀下拜官 | 680 |
| 俗語出處 | 680 |
| 墓祭 | 681 |
| 雙珠記 | 682 |
| 三姑六婆 | 682 |
| 不受饋魚 | 682 |
| 關龍逢事 | 683 |
| 陽明病 | 683 |
| 小兒文章 | 683 |
| 生祠德政 | 684 |

## 書隱叢說卷十二

祖孝子 …………………………………… 685
同姓名 …………………………………… 685
用其力恕其過 …………………………… 688
五臟圖 …………………………………… 688
長橋 ……………………………………… 689
女國 ……………………………………… 689
針法 ……………………………………… 689
鵞籠書生 ………………………………… 689
術數偶中 ………………………………… 690
何立 ……………………………………… 690
太牢少牢 ………………………………… 690
扁舟五湖 ………………………………… 690
古人貌不揚 ……………………………… 691
幻術 ……………………………………… 691
納息下氣 ………………………………… 691
盃珓 ……………………………………… 692
蠟燭 ……………………………………… 692
舉人貢士 ………………………………… 692
古事相類 ………………………………… 692
七女浴池 ………………………………… 695
性善本誠 ………………………………… 696
見風成石 ………………………………… 696
噶張互參 ………………………………… 696
海水轉運 ………………………………… 697
歙硯 ……………………………………… 698
渾天儀 …………………………………… 698

刻漏異制 ··············· 698
賢愚不齊 ··············· 699
改火 ·················· 699
黃銀 ·················· 699
長鬚 ·················· 700
月華 ·················· 700
龍王與珠 ··············· 700
科頭 ·················· 700
闌干 ·················· 701
浣腸 ·················· 701
五指 ·················· 701
蓮花峰 ················· 701
金根車 ················· 701
峨嵋精 ················· 702
旛聯 ·················· 702
八劍 ·················· 702
吸火瓶 ················· 702
抱螺酥 ················· 703

## 書隱叢說卷十三

同居 ·················· 704
堅凝化石 ··············· 705
鐵樹 ·················· 705
引端竟緒 ··············· 706
托生爲猪辨 ·············· 706
秋風蓴菜 ··············· 708
性情苛急 ··············· 708

土中生珠 ............................................................. 708
聖賢冢派 ............................................................. 708
解鳥獸語 ............................................................. 709
物名 ..................................................................... 709
鹿馬虎狗 ............................................................. 710
務本務末 ............................................................. 710
退步收成 ............................................................. 711
材能殊絕 ............................................................. 711
混堂 ..................................................................... 711
七步著名 ............................................................. 711
活字板 ................................................................. 712
倉儲利弊 ............................................................. 712
天人各半 ............................................................. 713
黑水 ..................................................................... 713
曹全碑 ................................................................. 713
樂調 ..................................................................... 713
有數存焉 ............................................................. 714
甲子鄉試 ............................................................. 714
卜將軍廟 ............................................................. 715
樟柳神 ................................................................. 716
人元 ..................................................................... 716
高佚出身 ............................................................. 716
乘轎 ..................................................................... 717
安靜不擾 ............................................................. 717
火浣布 ................................................................. 718
異產 ..................................................................... 718
小物 ..................................................................... 719

49

昇平盛事 …………………………………… 719
蕭翼計賺不足信 …………………………… 720
經禮補逸 …………………………………… 720
錢背文 ……………………………………… 720
卷軸葉子 …………………………………… 721
渾脱取義 …………………………………… 721
本相畢露 …………………………………… 721
轉變操持 …………………………………… 721

## 書隱叢説卷十四

地氣不同 …………………………………… 723
用字平仄 …………………………………… 723
正氣長存 …………………………………… 724
印文 ………………………………………… 724
荒唐之説 …………………………………… 725
偕隱 ………………………………………… 725
徐庶 ………………………………………… 725
物能爲火 …………………………………… 726
櫻魚 ………………………………………… 727
刻書 ………………………………………… 727
傳國璽 ……………………………………… 727
内助爲要 …………………………………… 728
文丹 ………………………………………… 729
一子承兩房 ………………………………… 729
紙錢 ………………………………………… 729
似人非人 …………………………………… 729
宗室封爵 …………………………………… 731

| 奠雁 | 731 |
| 虹蜺 | 731 |
| 寒士著述 | 731 |
| 猛將 | 732 |
| 天人入月辨 | 732 |
| 相士偶中 | 733 |
| 代食 | 733 |
| 澄清保障 | 733 |
| 遲速有時 | 733 |
| 踰墻高隱 | 734 |
| 夏正周正 | 734 |
| 僞書 | 735 |
| 朱仙人 | 736 |
| 救生舡 | 736 |
| 龍生九子 | 736 |
| 重瞳 | 737 |
| 禹步 | 737 |
| 樂經笙詩無傳 | 737 |
| 生物肖形 | 738 |
| 溫泉 | 738 |
| 寶祐登科錄 | 738 |
| 麒麟 | 739 |
| 四載 | 739 |
| 不可以理測 | 739 |
| 花神廟 | 740 |
| 試士場期 | 740 |
| 格五 | 740 |

是非不明 …… 741

## 書隱叢説卷十五

警俗 …… 742
某爲厶 …… 742
中山傳信録 …… 742
朱竹墨菊 …… 743
聲韻之學 …… 743
孟姜 …… 744
洞天 …… 744
赤通尺 …… 745
傳聞之異 …… 745
雙金榜 …… 745
大物 …… 746
禮行巽出 …… 747
火炭畫竹 …… 748
數目字 …… 748
金鐘罩 …… 748
裹足 …… 748
八股取士 …… 748
雞口牛後 …… 749
對食 …… 749
立位入社 …… 749
飲茶 …… 749
舉按 …… 750
吸毒石 …… 750
汝烈婦 …… 751

| 盲目不盲心 | 751 |
| 遲速有候 | 751 |
| 學問從患難生 | 751 |
| 天雨物 | 752 |
| 蚊母 | 752 |
| 飲酒賦詩 | 752 |
| 五經博士 | 753 |
| 正統論 | 753 |
| 長人短人 | 753 |
| 訛傳采秀女 | 754 |
| 死所 | 754 |
| 五岳搜捕 | 754 |
| 月令 | 755 |
| 稗官所祖 | 755 |
| 石栗 | 756 |
| 幻惑愚人 | 756 |
| 心蔽鬼攝 | 756 |
| 求福之惑 | 757 |
| 饗奠祭 | 757 |
| 祖有古風 | 758 |
| 薛義兒 | 758 |
| 三尸 | 758 |
| 避諱 | 759 |
| 秦墓 | 759 |
| 真隸八分 | 760 |

## 書隱叢説卷十六

讀書有爲 …… 761
居家三厄 …… 761
妄鬼假托 …… 761
弟子門人 …… 762
馬牛風 …… 762
張仙 …… 763
文昌 …… 763
陳日照 …… 763
分韻字學 …… 764
王景亮 …… 764
文章本天然 …… 764
獄訟難正 …… 765
澄心養氣 …… 765
逸書 …… 765
三槐 …… 766
緯讖之言 …… 766
時日吉凶 …… 766
事同禍福異 …… 767
純任自然 …… 767
臂針自出 …… 767
得閑讀書 …… 768
木石狐狸 …… 768
不以世類 …… 769
消患未萌 …… 769
天與人歸 …… 769
休徵咎徵 …… 770

| 戒律字音 | 770 |
| 有權者主之 | 770 |
| 壽星 | 771 |
| 五星聚 | 771 |
| 針盤所本 | 771 |
| 拐子敗露 | 772 |
| 品泉 | 772 |
| 有司當慎擇 | 773 |
| 杭城事佛 | 773 |
| 紅苗 | 773 |
| 夷言改訛 | 774 |
| 封神藍本 | 774 |
| 吉兆有命 | 774 |
| 五王 | 775 |
| 音韻直圖 | 775 |
| 釵釧記本 | 776 |
| 幻術迷人 | 776 |
| 假中風 | 776 |
| 修身 | 777 |
| 卦影 | 777 |
| 洗筋惡俗 | 777 |
| 窮變通久 | 777 |
| 方家幻術 | 777 |
| 臨摹逼真 | 778 |
| 現身說法 | 778 |
| 律有幾種 | 778 |
| 雞鳴歌 | 779 |

微子行遯 ……………………………………………… 779

## 書隱叢説卷十七
　　用事之誤 ……………………………………………… 780
　　名句來歷 ……………………………………………… 781
　　火棗 …………………………………………………… 782
　　詞品 …………………………………………………… 782
　　毛詩稽古編 …………………………………………… 782
　　詩句指摘 ……………………………………………… 783
　　塞洪橋 ………………………………………………… 783
　　臨岐詩歌 ……………………………………………… 784
　　流傳異域 ……………………………………………… 784
　　衣尺匠尺 ……………………………………………… 784
　　鍾馗妹 ………………………………………………… 784
　　都畾 …………………………………………………… 785
　　劍池夜光木 …………………………………………… 785
　　商人報冤 ……………………………………………… 785
　　修志 …………………………………………………… 786
　　仁義 …………………………………………………… 786
　　行夏之時 ……………………………………………… 786
　　包荒馮河 ……………………………………………… 787
　　特奏名 ………………………………………………… 787
　　卑官受杖 ……………………………………………… 787
　　少林僧兵 ……………………………………………… 788
　　古今異名 ……………………………………………… 788
　　百二　十二 …………………………………………… 789
　　百歲臣工 ……………………………………………… 789

甲子詩讖 …… 789
三世服藥 …… 789
近體詩法 …… 790
養生養品養心養性 …… 790
博物 …… 790
不利長子 …… 791
金山詩句 …… 792
禄命 …… 792
急就句法 …… 793
梓人傳 …… 794
遇合之奇 …… 794
河圖洛書 …… 794
事功遺憾 …… 795
群妃御見辨 …… 796
妾服 …… 796
格物精義 …… 797
新黄孝子 …… 797

## 書隱叢説卷十八

人參 …… 799
利害禍福 …… 800
歸藏易 …… 800
化有爲無 …… 801
發於中心 …… 801
羅刹夜叉 …… 801
后妃傳 …… 801
程嬰公孫杵臼 …… 801

| | |
|---|---|
| 曆數 | 802 |
| 潮汐 | 802 |
| 石鼓 | 803 |
| 相沿難革 | 803 |
| 先生田 | 803 |
| 翰林院 | 804 |
| 闈中命題 | 804 |
| 要好看 | 804 |
| 十二肖 | 804 |
| 召神而問 | 805 |
| 五祀 | 805 |
| 狐屬惑人 | 805 |
| 高出凡庸 | 806 |
| 儉以成廉 | 806 |
| 字易誤讀 | 807 |
| 禮制變通 | 808 |
| 齊服 | 808 |
| 庶孫不承重 | 808 |
| 荒親 | 809 |
| 安於義命 | 809 |
| 書酒相兼 | 809 |
| 怨而不怒 | 809 |
| 穀名 | 810 |
| 鬼方 | 810 |
| 清和 | 810 |
| 《周禮》疏誤 | 810 |
| 伯叔 | 811 |

| 異鏡 | 811 |
| 未及殿試 | 811 |
| 魘鎮 | 812 |
| 九拜 | 812 |
| 《道德經》別解 | 812 |
| 知彼知己 | 813 |
| 歙用喪服 | 813 |
| 俠拜 | 813 |
| 觸忤生學問 | 814 |
| 俗字之訛 | 814 |
| 篤好讀書 | 814 |
| 物生應閏 | 815 |
| 田畝清册 | 815 |
| 自稱曰身 | 816 |
| 少陵喜用乾坤字 | 816 |
| 郭公磚 | 816 |
| 聖廟四配 | 816 |
| 昔人詩病 | 816 |
| 文章偶誤 | 817 |

## 書隱叢説卷十九

| 文董名埒 | 818 |
| 杜詩似選 | 818 |
| 人莫狥私 | 818 |
| 揣骨相 | 819 |
| 崑崙 | 819 |
| 火燄山 | 819 |

| | |
|---|---|
| 河伯 | 819 |
| 西伯爲武王 | 820 |
| 但當順受 | 820 |
| 蘇詩習氣 | 820 |
| 鍊意 | 820 |
| 雙聲叠韻 | 820 |
| 好仁惡不仁 | 821 |
| 聽琴詩 | 821 |
| 徹上徹下 | 821 |
| 蒲鞋 | 822 |
| 彭祖觀井圖 | 822 |
| 毛車颭輪 | 822 |
| 韓歐詩本 | 822 |
| 斷碑膾炙 | 823 |
| 天官二十八舍 | 823 |
| 趨吉避凶 | 823 |
| 素位而行 | 824 |
| 詩壇耆碩 | 824 |
| 宣有三音 | 824 |
| 孔孟言性 | 825 |
| 古韻 | 825 |
| 剪愁吟 | 826 |
| 神劍疾長 | 826 |
| 近讒近諂 | 826 |
| 妄想無益 | 827 |
| 通卦驗 | 827 |
| 九錫文 | 827 |

| 口吃 | 827 |
| 《參同契》卦圖 | 827 |
| 白露國鷄 | 828 |
| 易墓非古 | 828 |
| 《大學》改本 | 828 |
| 分野異同 | 831 |
| 桓譚《新論》 | 831 |
| 倪孝子 | 832 |
| 易爲君子謀 | 832 |
| 主之者謂之神 | 832 |
| 魂强魄强 | 833 |
| 至人不動 | 833 |
| 卦變 | 833 |
| 至而伸者爲神 | 834 |
| 族黨 | 835 |
| 五行志 | 835 |
| 稻蟹不遺種 | 835 |
| 一字金針 | 836 |
| 讀易免禍 | 836 |
| 鼯鼠 | 836 |

## 林屋詩集

### 林屋詩集卷一

| 五言古詩 | 841 |
| 　自南康發石壁 | 841 |
| 　其二 | 841 |
| 　珠璣灘懷婁子 | 841 |

夜泊聞雁念留北兩兒 …… 842
蘇公墩舟中紀事 …… 842
潭下早發 …… 842
道過浮梁婁中立同年招遊寶積寺 …… 842
夜泊石壁灘限盡江字韻五十句 …… 843
倒湖觀水碓燈下次樊又新韻 …… 843
有感 …… 843
聽女子吳若耶彈琴贈范生崑崙 …… 844
擬古 …… 844
其二 …… 844
其三 …… 844
其四 …… 845
其五 …… 845
其六 …… 845
其七 …… 845
遣懷 …… 846
花山寺卜居 …… 846
別浮渡戲題 …… 846
阻風石頭口對岸風覆二舟無術拯放歌以哭之丁未十一月三日作 …… 846
謁南嶽雜詩 …… 847
其二 …… 847
其三 …… 847
其四 …… 847
其五 …… 848
丁未冬杪踏雪過嶽麓尋禹碑歸值腑山和尚馬首留宿賦贈 …… 848

偶感 849
送宫紫元 849

## 林屋詩集卷二
**七言古詩** 850
辛卯初冬,江西典試事竣,北還。舟次南康,風阻,太守徐伯羽偕同官諸公邀遊廬岳。登眺凡數閱日,略盡名勝,遂裁長歌紀事,併寄諸公 850
贈沈朗矔 851
雪中登釣臺作 851
錢塘看潮 852
登九華長歌并序 852
嘉魚赤壁箭頭歌并序 853
由岳陽詣君山紀事丁未十一月十二日作 854
湘水曲 855
壬子冬日,偕馬寅公、樊又新、唐庶咸過晤永壽,石舸、語山兩公隨同登徽恩閣,訪古桂即事 856
送李操江 856
自在菴早發歡喜嶺 856
別揚州守蕭五雲 857
題宗源弟橘井詩後并序 857

## 林屋詩集卷三
**五言律詩** 858
文殊臺觀瀑布 858
見大兄志喜 858
飲崔鹽法 858
西塞山詩并序 858

| | |
|---|---|
| 其二 | 859 |
| 張仙洞 | 859 |
| 題報恩觀 | 859 |
| 宿龍窟寺慧先僧舍 | 859 |
| 同克生、正持、方來遊茅坪，止宿僧舍，留別異目大師暨恒一、映徹、善生、石修諸上人 | 859 |
| 金谷巖 | 860 |
| 紫霞關 | 860 |
| 抱龍峰 | 860 |
| 首楞巖小憩看鸚鵡石 | 860 |
| 石龍峰 | 860 |
| 會聖巖 | 860 |
| 眺朝陽洞崖頂 | 861 |
| 寶藏巖 | 861 |
| 陳友諒將臺 | 861 |
| 妙高峰 | 861 |
| 金雞洞 | 861 |
| 仙人橋 | 861 |
| 海島巖 | 862 |
| 洞賓巖 | 862 |
| 蜃結洞 | 862 |
| 水簾洞 | 862 |
| 連雲峽 | 862 |
| 佛母巖原名太乙洞，又鐫阮君洞。 | 862 |
| 雪浪巖 | 863 |
| 流霞洞 | 863 |
| 張公洞 | 863 |

遊仙徑 ································································ 863

遊龍峽 ································································ 863

懸梭洞 ································································ 863

觀音巖原名嘯月巖，在翠屏峰下。 ······························· 864

茅眼坑施壙地在青陽。 ············································· 864

途次石埭流淚嶺，土人云："彭祖、張果老葬此山麓。"且言：
　彭先張逝，張至此嶺淚下。後張逝，奉遺囑，亦葬此。飛
　渡橋茶菴僧若虛導余親至，窆次兩塚，蓋相望也。其說甚
　荒唐，姑妄聽而妄詠之 ·········································· 864

獅子林晤卧雲籜菴上人微雨留宿 ·································· 864

文殊臺訪壁立禪伯不值留題 ········································ 864

袖閒禪宗舊爲吳門煙月主人，凡海内名賢，至止必下榻焉。
　今隨檗菴老和尚住靜黄山，余遊此，出賣閒書畫册見示，
　題以贈之 ···························································· 865

舟中 ·································································· 865

其二 ·································································· 865

其三 ·································································· 865

其四 ·································································· 865

寄唁江寧孫遜菴明府 ················································ 865

其二 ·································································· 866

憶山居 ································································ 866

三月十九日秦郵歸棹泊楊家莊 ····································· 866

暮春過邗上平山堂攜八兒爝操舟閒泛作 ························· 866

其二 ·································································· 866

真州莊上聞謠 ························································ 866

## 林屋詩集卷四
### 五言律詩 ·················· 867
菊月朔日率諸孫詣綺里掃墓 ········ 867
明月灣諸孫辰玉、祥予、治甫、伯英、廷玉、君清輩喜余同吳子晴巖、呂子六英、程子畫先至，邀飲無空日，且欲割地爲余結茅，古風不再，實獲我心 ········ 867
登縹緲峰 ·················· 867
戊午秋杪同吳晴巖、呂六英諸子由石公洞林屋入包山訪妙峰禪師及家衲、白行，晚宿山閣留贈 ········ 868
其二 ····················· 868
其三 ····················· 868
其四 ····················· 868
石公歸雲洞 ················ 868
毛公壇偶見秋芙蓉一本 ·········· 868
嘲僧 ····················· 869
九月四日宿報忠寺禪房，次早承虛一師同家衲、白行、鄰雲導余遍遊西山十八寺之勝，賦詩報謝 ········ 869
元陽洞贈天真禪師 ············ 869
其二 ····················· 869
實濟寺殿廡盡圮，基地悉被有力者占以作塚，左右多種櫻樹，即事一章 ········ 869
入天王寺尋葛洪丹井及石根泉試茗，味極甘冽。古柏堂有柏一章，高可百尺，大數十圍，云係六朝物。僧觀空出前後賢詩一册屬觀，遂同古石、虛一、白行、慧如、鑑真諸禪丈看鄰山，歸宿古石山房，留贈 ········ 870
其二 ····················· 870
東湖寺天祐大師以副總戎棄職披薙，知余結茅歸隱，雅有同

志，遂由西灣過東灣，導余看嚴氏山居，留別 …………… 870
西灣 …………………………………………………………… 870
東村云係東園公舊隱，面山背湖，林木翛然，漁笛樵歌與湖
　聲相應答，致足樂也。悲昔思今，徘徊者久之 …………… 870
西湖寺在山之絕巘，有西方殿、輪藏諸勝，左右兩湖鏁其趾。
　到來生隱心，非虛語也 ……………………………………… 871
長壽寺 ………………………………………………………… 871
水月寺產茶極佳，蕭梁時曾入貢，與無礙泉稱並勝，今無復
　有過而問者 …………………………………………………… 871
銷夏灣卜居 …………………………………………………… 871
九月丁未夜同虛一、家衲、白行經上方寺臥龍松入恒源禪丈
　破院宿，與照徹師話朱未孩舊事，悽然予懷 ……………… 871
羅漢寺訪雪山和尚舊樓，高足補石、香水出所註彌陀、金剛
　二經示余，口占 ……………………………………………… 872
舟返姑蘇臺晚眺 ……………………………………………… 872
姑蘇臺四周山頂所在墳起，初謂山崿固然，詢之土人，云係
　甃砌空穴，上覆以土，乃吳王藏兵處，一帶壁趾在焉，感而
　有作 …………………………………………………………… 872
上方山有寺巋然，下臨石湖，云係祀五聖蕭王太母處。每歲
　祀事不絕，而九月廿八日屬母誕辰，諸舟鱗集爲尤勝，雖
　曰賽報，實係冶遊，即事感賦 ……………………………… 872
其二 …………………………………………………………… 872
其三 …………………………………………………………… 873
再題上方山 …………………………………………………… 873
羅漢寺雪山師所註金剛、彌陀二經，反覆披誦，有省 ……… 873
贈鳳凰山咸菴禪丈，菴名鳳巢 ………………………………… 873
壬子長至前一夜，次錢湘靈韻，送周鄰霍南歸，兼懷牧菴、子

67

  遠、韓傅諸同志 ················································ 873
  其二 ························································ 873
  其三 ························································ 874
  其四 ························································ 874
 再疊周鄰藿錢湘靈首韻 ·············································· 874
  其二 ························································ 874
  其三 ························································ 874
 白洋村舍早起 ······················································ 874
  其二 ························································ 875
 歸仁隄早發 ························································ 875
  其二 ························································ 875
 吳城夜度 ·························································· 875
 除夕前一日皇廠河阻風 ·············································· 875
 和宋荔裳同年僻園八首呈佟匯白 ······································ 875
  其二 ························································ 876
  其三 ························································ 876
  其四 ························································ 876
  其五 ························································ 876
  其六 ························································ 876
  其七 ························································ 876
  其八 ························································ 877

## 林屋詩集卷五
五言律詩 ···························································· 878
 遊華嶽四十首并序 ·················································· 878

## 林屋詩集卷六
七言律詩 ···························································· 885

| | |
|---|---|
| 匡廬懷古 | 885 |
| 遊歸宗寺 | 885 |
| 偕徐伯羽諸君子集開先寺 | 885 |
| 偕諶聖問登黃巖望雙劍香爐二峰 | 886 |
| 登五老峰,其中多隱君子,歌以招之 | 886 |
| 芝山聞警,翟太守邀飲鄱江樓,兼訂次日訪薦福寺 | 886 |
| 辛卯陽月道次芝山,吳憲副繁祉治行籍甚,月朔值其生辰,邀遊浮洲寺新構亭子,酒酣請予撰扁額,予以繁祉深禪悅,而臨政清閒,率筆以伴鷗顏之,遂即席賦壽 | 886 |
| 其二 | 886 |
| 夜泊彭蠡懷內 | 887 |
| 贈翟學憲并壽 | 887 |
| 湖上懷呂蒼忱、姚若侯、程其相、蔣虎臣諸子 | 887 |
| 雪夜飲查伊璜別業聽小童唱歌 | 887 |
| 贈嘉湖觀察霍魯齋 | 887 |
| 賀嘉湖馮副鎮遷寧夏總戎 | 888 |
| 與魯大啓司理 | 888 |
| 吳門遇原屬嶽觀察有贈 | 888 |
| 與王我涵總戎 | 888 |
| 寄張子美員外 | 888 |
| 酬吳巖子女郎兼次來韻 | 889 |
| 酬吳駿公前輩 | 889 |
| 酬胡卣臣給諫 | 889 |
| 酬松江韓司理長公 | 889 |
| 酬吳魯岡觀察 | 889 |
| 酬宋上木中翰 | 890 |
| 潯陽喜晤陳自修 | 890 |

| 蘄春阻風登鳳凰山展眺抵暮歸舟 | 890 |
| 柬黃陂楊明府容如 | 890 |
| 渡江望西塞山次韻二首 | 890 |
| 其二 | 891 |
| 別劉元伯方伯 | 891 |
| 別糧憲王茂衍年丈 | 891 |
| 將之衡嶽題留饒型萬 | 891 |
| 其二 | 891 |
| 晚眺即事 | 892 |
| 望日亭 | 892 |
| 題九仙壇 | 892 |
| 除夕前一日宿雲田村中，時聞虎嘯，次早冒雨謁黃陵廟，見棟宇已墟，遺像露處，愴焉感懷，題寄湘陰明府唐盛際同年 | 892 |
| 其二 | 893 |
| 冬杪立春後五日同吳正持投弔屈潭 | 893 |
| 屈潭再題 | 893 |

## 林屋詩集卷七

**七言律詩** ……894

| 戊申元旦泊舟陳陵磯，喜霽，感懷先贈君先宜人，率筆賦此 | 894 |
| 石塘湖早起 | 894 |
| 小龍灣 | 894 |
| 鮑家沖 | 895 |
| 黃棟嘴過渡宿官埠橋田家 | 895 |
| 浮渡華嚴寺晤山足、道微兩上人，戲拈釋語步孫魯山先生壁間韻二首，奉懷無可禪師 | 895 |

| 其二 | 895 |
| 和陳默公中翰口號 | 895 |
| 其二 | 896 |
| 偶入浮渡，見山足、道微兩上人深於禪悟，因言本師西生禪師僧臘六十，索詩寄壽，漫賦 | 896 |
| 丁巳除夕泊舟燕子磯遇雪 | 896 |
| 初春望繖山懷瑤星楚雲二公 | 896 |
| 偶成 | 896 |
| 江上春雪 | 897 |
| 避人 | 897 |
| 有觸俳體 | 897 |
| 閒情 | 897 |
| 鑾江舟中 | 897 |
| 丁巳秋仲集晴巖、澹心、抑之、勉中、學在諸子共飲，和澹心韻 | 898 |
| 黃山白龍潭 | 898 |
| 攝山田家 | 898 |
| 弔伍相國廟 | 898 |
| 其二 | 898 |
| 再題四皓祠 | 899 |
| 九日泊船渡渚，念諸兒不第，慨然 | 899 |
| 觀洞庭網魚巨艦戲題 | 899 |
| 賦懷 | 899 |
| 壬子小春總戎沈恒文邀陪大司馬王玉銘先生遊東山 | 899 |
| 壬子初冬維舟瀨上，晨起偕馬寅公、樊又新、唐庶咸登永壽塔，晤石舸、語山兩開士，即席賦贈，聊寓枯樹吟風、哀鴻叫雪之意云爾 | 900 |

| 其二 | 900 |
| 代友人和韻 | 900 |
| 其二 | 900 |
| 壬冬聞周鄰藿先生至白門，即由白菱水返棹赤石磯，去城如咫不敢入承，同錢湘靈過晤，追述顧松交、周靜香諸親舊，強半物化，夜寒不寐，感而成咏 | 901 |
| 姜彝菴晚年棲心二氏，與余結社香山，別未逾旬，奄忽喪逝，夜坐愴懷，哭之以詩 | 901 |
| 贈周郁然方伯 | 901 |
| 贈丁瑞軒按察 | 901 |
| 李承蜩觀察進表還任 | 901 |
| 贈周子靜太守 | 902 |
| 甲寅冬暮，張鞠存吏部移樽止園，索賦 | 902 |
| 丁酉首春早起詣畢郔岡展文武成康四陵暨祔葬齊魯諸公墓 | 902 |
| 唐庶咸久不至，除夕忽與余同抵石城，喜新歲可偕放棹避地之計 | 902 |
| 其二 | 903 |
| 乙卯夏杪卜居甓社湖，麟士徐文學邀陳令邱年丈共酌，次日令邱以佳句見投，即命棹同妙宗、繪宗兩禪人由沙港湖過西安寺訪漢高帝廟於沛城尖，踵韻 | 903 |
| 辛酉仲冬崔鎮道中 | 903 |
| 其二 | 903 |
| 西極菴寒夜書懷 | 903 |
| 贈西極菴道行律師 | 904 |
| 雪夜 | 904 |
| 對月 | 904 |

春社 …… 904
初入少陵謁祖塔,晚赴田明府約 …… 904
初二日晨謁嵩嶽廟 …… 905
萬歲觀步陳嬰白韻 …… 905
王寺岡遇雨 …… 905
夜夢兩先人先人於辛巳見背,今十六年矣。 …… 905
江上阻風偶有所聞 …… 905
過鍾離、鐘鼓二樓有感,索吳秀才和 …… 906
登舊中都城望陵 …… 906
辛亥三月次孫週歲,錢湘靈自白門寄賀,次韻答謝 …… 906
其二 …… 906
送弟宗源 …… 906

## 林屋詩集卷八

### 五言長律 …… 907

奉命典試江右謝別諸閣老 …… 907
偶感紀事 …… 907
上蕭撫軍 …… 908
遊能仁寺紀事,留別字雲大師,并致靈巖和尚 …… 908
丁未嘉平偕正持、方來暨湘南羅克生、吳泰昇、羅爾旋、李日昇、王褐公、季譽、吳虎臣諸文學由衡嶽能仁冒雪入方廣晤雪度、字雲兩禪席,紀事一百二十韻 …… 909
簡賈膠侯撫軍 …… 911

### 七言長律 …… 911

君山謁二妃廟丁未十一月十日作。 …… 911

## 林屋詩集卷九

### 五言絕句 …… 912

初陟五老峰 … 912
九華紀事 … 912
其二 … 912
其三 … 912
其四 … 912
其五 … 913
其六 … 913
其七 … 913
其八 … 913
漫興 … 913
其二 … 913
其三 … 913
其四 … 913
其五 … 914
其六 … 914
其七 … 914

七言絕句 … 914
　棲賢橋 … 914
　八里江買黿放生 … 914
　鯉魚山 … 914
　武家穴乞食烏 … 914
　田家鎮早起 … 915
　魯子敬開府舊山 … 915
　讀指月錄說偈 … 915
　其二 … 915
　金簡峰 … 915
　茅坪 … 915

| 九龍坪 | 915 |
| 安上峰登眺舜洞暨舜溪,至舜廟與舜樟,僅存名蹟,感而賦此 | 916 |
| 遊衡嶽水簾洞 | 916 |
| 舟泊木瀆,登靈巖弔退菴和尚 | 916 |
| 其二 | 916 |
| 館娃宮 | 916 |
| 響屧廊 | 916 |
| 琴臺 | 917 |
| 吳王二井一圓一八角 | 917 |
| 翫花池 | 917 |
| 香水溪 | 917 |
| 姑蘇臺 | 917 |
| 胥口 | 917 |
| 仲秋月杪,家祥予、治甫、伯英、文常、辰玉同大郎繩武、二郎穉籛,君清子長官、九如、産時、肇英、磻臣、千元郎,名臣子四郎,逆余於水瀆,遂同渡湖 | 918 |
| 其二 | 918 |
| 戲贈僧家 | 918 |
| 過橘香菴,訪桐岑禪師,係洞宗浪老人法眷,口占四絕 | 918 |
| 其二 | 918 |
| 其三 | 918 |
| 其四 | 919 |
| 憶丁酉中秋梅村、牧菴、松交、子京、鄰藿、靜香、蒨來諸公邀余上方看月,畫船簫鼓,詩酒贈答,洵一時高會。今俱即世,晚泊遇雨,愴焉興懷,口占一絕 | 919 |
| 陝州登三門 | 919 |

| | |
|---|---|
| 其二 | 919 |
| 其三 | 919 |
| 其四 | 919 |
| 跋一 | 920 |
| 跋二 | 921 |

# 林屋民風

# 序

太湖周五百餘里，中有峰七十二，洞庭最大。洞庭有東西兩山，東曰莫釐，西曰林屋。其間民俗淳朴，巖崖映蔚，竹木茂美，山人王洪緒居之。洪緒深於《易》卜，以時日偵事理吉凶。其精者，往往抉先天之奥。尤好表揚人忠孝節義，嘗綴一卷，書曰《林屋民風》。自名人題咏之外，凡兩山中忠臣良將，潛德隱行，及婦女節烈、卓然有關風教者，罔不搜輯爲傳。其書上接《震澤編》、《洞庭紀勝》，旁摭郡縣志，附以近代里俗所傳。其大要歸於道揚風化，紀述見聞，益漸人以淳朴，而砥人以行誼也。皮襲美有言："古聖王能旌夫山谷民之善者。"方今聖天子屢巡吴會，過化存神，躋民雍動。余昔承乏守土，愧未暇表章遺軼，洪緒此篇，輶軒采之，其亦稗史之一得矣。抑予考《襄陽耆舊》、《益州先賢》諸傳，其作者蓋亦留心風化之士。百世而下，讀之使人懷古情深，其功與正史互發。而今乃得之洪緒也，吾安知夫後之傳洪緒者，不目爲君平、士元之徒乎？向余稱其精日者術，合司馬季主諷人忠孝之義也。今復書此，爲《林屋民風》序。歲在癸巳仲夏既望，前姑蘇郡守長沙陳鵬年題。

# 序

具區七十二峰,而洞庭兩峰爲最,東曰莫釐,西曰林屋。凌霄絕巘,俯視巨浸。沐日浴月,煙靄無際。遊者謂如海上三神島云。余始祖造玄公仕於吳越,樂其風土之嘉,爲置別業在洞庭。而石林公自致政後,復杖履逍遙,愛玩其勝,不忍去。以故,余子姓多散處東西兩山間,而聚於西者尤衆。余往歲扁舟過其地,與宗人尋林屋石公之勝、甪里吳猛之遺,連月不返。既而見民俗之淳樸,物產之茂美,耕讀桑麻,怡然足樂,如睹古《豳風》遺意。即晉代所稱桃源避世處,應亦不過是,意其間必有隱君子在也。訪諸父老,則言有王子洪緒氏,急欲求其人,不果。數年以來,心焉慕之。今春復續舊遊,至慈里灣,灣爲夏黃公所隱處,又名萬花谷,王子洪緒居焉。造其廬,與語,不覺膝之前於席,而後歎人之稱述洵不虛,予之相見恨已晚也。因出所著《林屋民風集》問序。展卷下,見其詳誌土風,標舉名勝,兼及山中名臣、懿德、節烈之可傳者,無不燦列。因歎此書之作,甚有裨於風教,而非世之噉名者。妃青儷白,薈雜成編,如昔人所云"吟諷銜其山川,童蒙拾其香草"已也。維持世道,不在斯歟?因泚筆以叙。

時康熙癸巳春王正月下澣,玉峰葉淳淵發氏拜稿。

# 自　序

　　志太湖者詳矣。蔡景東《太湖志》、王守溪《震澤編》、翁季霖《具區志》，不下數十卷。而晉唐迄至於今，名人題咏數萬言，山水之勝，爬羅剔抉，漁獵罔遺。然吾聞元氣之融，結爲山川，人居其間，得之爲俊傑。太湖諸山渺然物外，蜿蜒扶輿，磅礴鬱積，殆千尋之名材不能獨當者。而其間風俗古朴，則昔人言士好客，民可使，里無郭解、劇孟之俠，市無桑間、濮上之音，至比之圓嶠、方壺云。乃蔡、王二書闕而不詳，《具區志》網羅已富，而遺佚散棄者未易更僕數，大率於風教之事略焉。余生長洞庭，任其湮没弗論，載心以爲恥。用是取蔡、王、翁三氏書，訂其訛，刪其繁，旁摭稗史别集，補其遺佚，而婦女節烈有關風教者附見焉。年稽月考，越二十年成書。編次若干卷，蓋勤一世以盡心於此矣。抑又聞求珠者必之乎海，求玉者必之乎藍田，求賢者必之乎通邑大都。洞庭僻處一鄉，而鉅儒勝流，與夫士女之卓犖，皆可燿史策而煒彤管。雖爲湖山一隅，實小國寡民所罕及，非得山川融結之氣，而能有此乎？秦太虚云：靈氣之聚而爲寶，必先人而後物。則是書也，不敢謂有裨於風教也，庶幾補前人所未逮，不僅以志山志水，佐人遊覽之資云爾。

　　康熙癸巳仲春朔有三日，洞庭布衣王維德洪緒氏書。

# 凡　例

一、太湖諸山，洞庭最大。袁袠記："既登洞庭，則東山如帶，七十峰若屛拱。"至於層巒叠嶂，靈蹤異跡，自昔紀遊者尤稱絕勝。故舉"林屋"以名集，諸山並附載集中。

一、忠臣、孝子，民之師表也。儒臣、學士、隱逸、義俠，以及婦女節烈有關風教者，皆留心世道之士所當深致意。愚雖力弗逮，特於此致詳焉。

一、士君子有可傳之蹟而名不稱，可慨也！李唐以前，書闕有間矣。五代下，其軼時時見於他說。乃蔡、王、翁三家網羅未盡，今悉採焉，爲鄉黨自好者勸。

一、湖中爲山七十二，洞庭一山，其峰巒亦七十二。顧其名古未之傳，今特標舉，非好異也，志此以見化工之巧，爲好事者玄覽焉。

一、古人記洞庭云：山之民樸愿而信，塗無婦人，婚姻相通若朱陳之俗，理亂不識若武陵之源。林屋民風之美，伊古稱之，詳記之以備採風。

一、婦人節烈，國有旌典。顧或限於力之不逮，則稗史野乘亦風化有關。《震澤編》止載正嘉前數十年人物，《具區志》遺佚頗多，至以争光日月之人，姓氏不克昭著，殊可悲也！然事關闡幽，苟非老死無異議者，不敢漫登。

一、舊志每條各有序引，今仍之。間有增出條目，亦列數行於首。

一、蔡景東《太湖志》十卷，王文恪節取其十七，釐爲八卷，名《震澤編》。翁季霖以明季本朝事類入，輯《具區志》十六卷，今參酌損益，共成十二卷。

一、男子七尺軀，頂立兩間。上則立德，次則立功，再次則立言。而歐陽永叔戒徐無黨則謂：言猶不可恃，矧言之未工者？予洞庭布衣，躬耕隴畝之下，集成是編，庶幾使忠孝節義之士不致歸於腐壞，漸盡泯滅。則腐草朽木之文，雖不敢附立言之末，或未必無小補云。

一、是集專記太湖諸山，未暇旁及。《見聞錄》一冊，承蔡鶴峰之意，今附於後，擬異日策杖遍遊，博訪逸人，以廣其集。倘有載之鴻文鉅筆，已爲大君子所論定者，予將隨所得而採列焉。

維德再識。

# 林屋民風卷一

## 湖山圖

江南巨藪，首曰太湖。地屬三州，水通五道。東西二百里，南北一百二十里，周圍五百餘里。中有峰七十二，洞庭山爲最大，而奠峙於中央，群峰環拱，遠近參差，若圭若璧。湖光三萬六千頃，澄碧如鏡。房琯云："不遊洞庭，未見山水。"樂天詩云："十隻畫船何處宿，洞庭山脚太湖心。"皆言此山之名勝也。予生長湖山間，稔知其概，故繪圖首列，以供幽人之觀覽云。

### 五湖記　　　明　王鏊

吳郡之西南有巨浸焉。廣三萬六千頃，中有山七十二，襟帶三州，蘇、湖、常也。東南諸水皆歸焉。其最大者二：一自寧國、建康等處入溧陽，迤邐至長塘湖，并潤州、金壇、延陵、丹陽諸水，會於宜興以入；今寧國、建康之水不由此矣。一自宣、歙天目諸山，下杭之臨安、餘杭，湖之安吉、武康、長興以入；而皆由吳江分流以入海。一名"震澤"，《書》所謂"震澤底定"是也。一名"具區"，《周禮・職方》"揚州之藪曰具區"，《山海經》"浮玉之山，北望具區"是也。一名"笠澤"，《左傳》"越伐吳，吳子禦之笠澤"是也。一名"五湖"，范蠡乘舟出五湖口、太史公登姑蘇望五湖是也。五湖者，張勃《吳錄》云："周行五百里,故名。"虞仲翔云:"太湖東通長洲松江,南通烏程霅溪,西通(義)〔宜〕興荊溪,北通晉陵滆湖,東連嘉興韭溪,水凡五道,故謂之五湖。"陸魯望云:"太湖上禀咸池五車之氣,故一水五名。"然今湖中亦自有五湖,曰菱湖、莫湖、游湖、貢湖、胥湖。莫釐之東,周三十餘里,曰菱湖。其西北,周五十里,曰莫湖。長山之東,周五十里,曰游湖。沿無錫老岸,周一百九十里,曰貢湖。胥山之西南,周六十里,曰胥湖。五湖之外,又有三小湖:夫椒山東曰梅梁湖,杜圻之西、魚查之東曰金鼎湖,林屋之東曰東皋里湖。而吳人稱謂,則惟曰太湖云。

## 震澤賦　　　　　朱　右

客有鄱陽生,號遠遊公子。傲儻玫瑰,超奇拔偉。衣白雲之翩翩,戴危冠之韡韡。神怳怳以欲逸,風飄飄而凝佇。於是上會稽,探禹穴,訪遺踪,超洞壑,軺車前驅,輜重紛錯。王子進之以笙鶴,江令贈之以芍藥。遂乃揚帆錢塘,鼓枻中吳,將欲窮覽山川,壯遊江湖。造松陵主人,而懼然從予,主人曰:"子號歷覽,亦常聞澤藪之大有三萬六千頃者乎?"生曰:"未也,可得而聞歟?"主人曰:"唯唯。夏名震澤,周曰具區。下屬三江,實爲五湖。右接天目,宣歙出溪之源;左通松婁,中江入海之湎。衆流之委,群利之儲,苕溪出其南,溧水經其西,五灣潴其東,垂虹界其陧。流甘泉之清液,隱雪灘於北隈。洞庭中起,林屋天開。渺彭蠡,吞雲夢。駕雷夏,軼孟瀦。杳不知其幾千里之爲遠,疇能計夫三萬項之有餘?其澤則汪濊浩汗,汹湧齋瀯。瀰漫溄溟,渙渙沄沄。流飇吹波,結絡龍鱗。日光玉潔,澄泫氳氳。清瀾凝漪,錦花成文。浪濤噴潰,澎湃泫鄰。出雷騰虹,蒸雨生雲。呼吸陰陽,吞吐乾坤。如潮汐之不測,或早莫而異觀。飛揚蕩薄,迅澓汩淪。千態萬狀,不可殫論。其藪則碧沙曼衍,黃石琖珠。莎薜蒹葭,白蘋青蒲。荇芹蘊藻,茭蓀荻蘆。蔓青杜若,江蘺蘪蕪。芡實雞頭,草長龍須。芰荷翠沃,蓮藕芬葶。衆物居之,何可勝圖。其土垠則塗泥微露,埤濕就乾。葳薪蘢蒿,苴芷蘅蘭。菖蒲馬荔,荃蒢射干。圩楊絮白,水柳葉丹。蘋蓼早綠,榆楓莫殷。朱橘火齊,黃柑金丸。連枝并秀,駢集乎其間。爾乃風流梗概,溥覽闌斑。兩兩相峙,鬱乎崇山。其山則層巒崑崙,疊嶂嶙峋。岑嶔參差,如陵如墳。崔嵬嶜崒,陂陀糾紛。上拔仞岡,下臨溶瀆。控地軸以磅礡,逐水曲而折旋。馬跡屹立以巍巍,翠峰峻拔以盤桓。憂浮雲之流景,俯蛟龍之深淵。空谷谽谺以無底,磴道蜿蜒而相連。其中乃有奉真之祠,供佛之堂。琳宮道館,梵宇禪房。煙雲縹緲,金碧焜煌。黃冠緇衣,往來而徜徉。談玄讚空,學幻言嚨。或高堂以演武,或擊鮮而稱觴。駕白魚之飛艎,泝重洑之流光。水產則粘蠔旋螺,土蛤石花,鮊鱨鯽鯉,鱖鱖鱣鮒。縮項之鯿,頳尾之魴,細鱗之鱸,紫甲之蝦。稻蟹盈尺,巨黿專車。長蛟潛鱷,穿龜靈鼉。周游涵泳,其樂無涯。羽禽則晨鵠莊雞,鵲鸛鳬鷖。鴆鵲鴇鶉,鸂鶒鴿鵡。群鴻來賓,陽鳥攸居。鵁鶄遠舉,鷗鷺忘機。王雎並鷺,鶌鵅交飛。振翮刷羽,以敖以嬉。來如雲集,去若烟睎。若乃絕岸之濱,漸水之石。或伏或倚,或卧或立。或方如珪,或圓如璧。或矗如峰巒,或平如几席。或滑若脂肪,或廉若劍戟。或赭而赤,或蒼而碧。或編如玉,或黝如漆。爲中流之砥柱,若逆河之碣石。怪怪奇奇,熒熒磔磔。斯又天造之神工,而出乎茲水之蕩激也。思昔夫差,競霸圖勳。鏖戰於此,勝負未分。旌旗蔽空,舴艋如雲。始魚鱉以爲樂,終麋鹿而成群。迺若歸釣之徒、著書之士,去國鴟夷、泛舟西子,亦復渺渺滄波,茫茫白水。"主人之辭未終,鄢陽生肅乎改容,喟然而嘆曰:"甚矣,世道逾下,而人心之不古也。吾子好學,頗識典策,不述職方之經邦,而盛稱茲澤之庶殖。不思禹蹟之胼胝,而徒嘆英賢於戰國。皆非所以極遊覽

11

之願望,而擴夫五性之至德也。遐思往古,擊節太息,請誦主人所聞,而陳予所得。嗚呼,噫嘻。浩蕩方割,懷襄未平。九域混而莫辨,百潦壅而不行。支祈倔強於淮甸,天吳披猖於海溟。時維茲水,震蕩靡寧。浡浡汹汹,耆耆轟轟。疑撼天而動地,猶駕雷而鞭霆。類不周觸而天柱折,若巨鰲拚而洲島傾。斯震澤之所以錫名也。迨夫九載既南,庶土交正。波神受職,川后奉令。應龍畫地以効功,庚辰持戟而制命。道吳松以安流,別淮海而表境。於時澤安其所,水順其性。鳴者自停,動者自靜。斯震澤之所以底定也。千載而下,美哉禹功。昏墊之害既遠,灌輸之利無窮。故漁人舟子之出入,豪商薄宦之經從。擊檝鼓浪,引帆隨風。莫不連檣接舳,往來乎其中。斯又具區之藪以萬民惟正之供也。方今海寓清明,朝廷靜謐。內宣民化,外修貢職。農安其耕,女効其織。工習其業,商估其直。士守遺經,民食餘力。風不揚波,水不濫汱。方鎮以寧,土地墾闢。開禹之疆,廣禹之績。是以九州之外,咸仰聖育。沾濡乎仁義,涵泳乎道德。浹洽恩波,沐浴膏澤。漸摩浸潤,流衍洋溢。天無亢燥之災,人樂沃土之逸。試言其故,則辟雍湯湯,聖化行矣;靈沼洋洋,聖澤在矣。御溝溶溶,生意茫矣;溥德川流,達道荒矣。下視一隅,寧不隘杯水於坳堂矣。"主人於是聳然樂聞,憮然自失,仰神功之長存,慨餘子其何益。相與鼓枻乎滄浪,曾不芥蒂乎胸臆。迺起爲詩歌以頌德。詩曰:於赫禹功,配天比隆。生我遺氓,宅我土中。原隰昀昀,江漢爲東。萬世永賴,維禹是崇。於皇禹德,立我民極。手胼足胝,救焚拯溺。鑿井而飲,耕田而食。靡謝天功,焉知帝力。於昭太上,示民以應。眷佑我皇,與民立命。開禹疆土,繼禹作聖。其混合四大,維民之正。於穆聖王,維上帝不常。敬哉有土,豐豐弗敢康。五嶽四瀆,七澤九岡。(罔)〔岡〕不脩其職,來享來王。來享來王,受天之祐。於萬斯年,睠我有土。有土有民,有子有孫。有引勿替,以頌茲文。

### 自礪山東望震澤　　　　　　晉　鮑　照

瀾漫潭洞波,合沓崿嶂雲。漲島遠不測,岡澗近難分。幽篁愁暮見,思鳥傷夕聞。以此藉沉痾,棲迹別人群。結言非盡書,有念豈敷文。

### 泊震澤口　　　　　　　　　　唐　薛　據

日落草木陰,舟徒泊江汜。蒼茫萬象開,合沓聞風水。洄沿值漁翁,嗷嘯逢樵子。雲開天宇靜,月明照萬里。早雁湖上飛,晨鐘海邊起。獨坐嗟遠遊,登岸望孤舟。零落星欲盡,朦朧氣漸收。行藏空自秉,知識仍未周。伍胥既伏劍,范蠡亦乘流。歌竟鼓枻去,三江多客愁。

### 太湖秋夕　　　　　　　　　　王昌齡

水宿烟雨寒,洞庭霜落微。月明移舟去,夜靜魂夢歸。暗覺海風度,蕭蕭聞雁飛。

### 宿湖中　　　　　　　　　　　白居易

水天向晚碧沉沉,樹影霞光重疊深。浸月冷波千頃練,飽霜新橘萬株金。幸無案牘何妨醉,縱有笙歌不廢吟。十隻畫船何處宿,洞庭山脚太湖心。

### 望　五　湖　　　　　　　　　胡　曾

東上高山望五湖,雪濤烟浪起天隅。不知范蠡乘舟後,更有功臣繼踵無。

### 五　　湖　　　　　　　　　　　汪　遵

已立平吳霸越功，片帆高颺五湖風。不知戰國縱橫者，誰似陶朱得始終。

### 初入太湖自胥口入，去州五十里。　　　　皮日休

聞有太湖名，十年未曾識。今朝得遊泛，大笑稱平昔。一舍行胥塘，盡日到震澤。三萬六千頃，頃頃波瓈色。連空淡無類，照野平絕隙。好放青翰舟，堪弄白玉笛。疏岑七十二，巉巉露矛戟。悠然嘯傲去，天上搖畫艦。西風乍獵獵，驚波蹙涵碧。倏忽雪陣吼，須臾玉崖折。樹動爲蜃尾，山浮似鼇脊。落照射鴻溶，清輝蕩抛擲。雲輕似可染，霞爛如堪摘。漸暝無處泊，挽帆從所適。枕下聞澎汃，肌上生瘮瘰。討異足邅迴，尋幽多阻隔。願風與良便，吹入神仙宅。甘將一蘊書，永事嵩山伯。

### 過　太　湖　　　　　　　　　　　陸龜蒙

東南具區雄，天水合爲一。高帆大弓滿，羿射爭箭疾。時當暑雨後，氣象仍鬱密。乍如開雕籤，音奴，籠也。翚翅忽飛出。行將十洲近，坐覺八極溢。耳目駭鴻濛，精神寒佶栗。坑來斗呀谽，涌處驚崒崪。嶮異一作險若。拔龍湫，喧如破蛟室。斯須風妥帖，若受命平秩。微茫識端倪，遠嶠疑格音閣。筆。巉巉見銅闕，湖中穹崇山有銅闕。左右皆輔弼。盤空儼相趨，去勢猶橫逸。嘗聞咸池氣，下注作清質。至今涵赤霄，尚且浴白日。太湖上稟咸池五車之氣，故一水五名也。又云構浮玉，宛與崑閬匹。肅爲靈官家，此事難致詰。太湖乃仙家浮玉之北堂。纔迎沙嶼好，指顧俄已失。山川互蔽虧，魚鳥空聲語虪反。耴魚乙反。何當授真檢，得召天吳術。一一問朝宗，方應

可殫悉。

### 咏太湖　　　　　　　宋　羅處約

三萬六千頃，湖侵海內田。逢山方得地，見月始知天。南國吞將盡，東溟勢欲連。何當灑爲雨，無處不豐年。

### 望太湖　　　　　　　蘇舜欽

杳杳波濤閱古今，四無邊際莫知深。潤通曉月爲清露，氣入霜天作暝陰。笠澤鱸肥人膾玉，洞庭柑熟客分金。風烟觸目相招引，聊爲停橈一楚吟。

### 前題　　　　　　　梅堯臣

東吳臨海若，看月上青冥。河漢微分練，星辰淡布螢。細烟沉遠水，重露裹空庭。孤坐饒清興，惟將影對形。

### 前題　　　　　　　楊備

漁舠載酒日相隨，一笛蘆花深處吹。湖面風收雲影散，水天交照碧琉璃。

### 前題　　　　　　　王令

西南無盡望，吞恐罄吳郊。海近私憑蓄，天低不敢包。蛟龍宜自宅，螾蛭莫令巢。遠浦縈分點，歸檣略認梢。水乘潮更闊，地過底宜坳。鳥截烟維斷，風凌浪脊交。大橋橫作畫，別岸缺成爻。吟恐詩無氣，圖憂筆費鈔。婦輸范蠡得，官許季鷹拋。去憶心應繫，歸誇口定譊。窮何須蹈海，來好卜編茅。著戶生同隱，居民釣自庙。滄浪未容濯,魚枻夜停敲。

### 前　題　　　　　　　　　吳思道

雲樹烟波浩渺,漁村橘里縈環。想見三高不死,飄然來往其間。

### 憶具區　　　　　　　　　錢昭度

平生愛具區,島嶼夾波湖。竹雨籠鸂鶒,花烟滋鷓鴣。神仙疑有宅,魚鼈自爲都。何事勞長想,機雲本在吳。

### 渡太湖　　　　　　　　　范成大

囊風閤雨半晴陰,慘澹誰知造化心。委命沈浮惟一葉,計身輕重亦千金。紅塵猶道不勝險,白浪莫嗔如許深。晚得獮山堪寄纜,臥聽黿吼與龍吟。

### 太湖秋晚　　　　　　　　楊萬里

水氣清空外,人家秋色中。細看千萬落,戶戶水晶宮。

### 前　題　　　　　元　唐桂芳

向晚推篷望,群山隱約青。篙工排隱勢,野飯雜魚腥。水闊疑無地,天低剩有星。吳音相爾汝,聊復慰飄零。

### 前　題　　　　　　　　　許　謙

周迴萬水入,遠近數州環。南極疑無地,西浮直際山。三江歸海表,一徑界河間。白浪秋風疾,漁舟意尚閒。

### 太湖　　　　　　　　　　李洞

衆水東南會，三江左右通。夫差中習戰，范蠡此休功。鷗鳥青銅鏡，魚龍紫貝宮。扁舟嗟未遂，蕭散媿漁翁。

### 前題　　　　　　　　　　張雨

漾溢魚龍戲，僻側鳧雁宿。併吞三萬頃，寧不爲小曲。惟應鴟夷子，曾泊西山麓。

### 太湖秋晚　　　　　　　　程煜

擊楫中流去，西風客思催。地吞南極盡，波撼北溟迴。蛟館懸秋月，龍宮起夜雷。濯纓人不見，長嘯倒金罍。

### 五湖遊　　　　　　　　　楊維禎

鴟夷湖上水仙舟，舟中仙人十二樓。桃花春水連天浮，七十二黛吹落天外如青漚。道人謫世三千秋，手把一枝青玉虯。東扶海日紅桑杪，海風約住吳王洲。吳王洲前校水戰，水犀十萬如浮鷗。水聲一夜入臺沼，麋鹿已無臺上遊。謌吳歈，舞吳鉤，招鴟夷兮狎陽侯。樓船不須到蓬丘，西施鄭旦坐兩頭。道人卧舟吹鐵笛，仰看青天天倒流。商老人，橘幾奕，東方生，桃幾偷。精衛塞海成甌窶，海盜邛山漂髑髏，胡爲不飲成春愁？

### 分題太湖　　　　　　　　陳基

朝飲太湖水，暮詠太湖秋。太湖三萬六千頃，七十二峰居上頭。上禀咸池五車氣，下浸日月涵斗牛。鴟夷之舟從此遊，功成身退合天道，聲名萬古齊伊周。江東步兵輕冕旒，長楫齊王歸故丘。

17

蓴羹鱸鱠何足道，上與造物同遨遊。唐家拾遺巢許流，躬耕湖上食杞菊，不與濁世同沉浮。三人之生不並世，出處雖異心則侔。至今血食太湖上，上下雲氣乘蒼虬。君今遙別太湖渚，鼓枻三高祠下路。借得龍成一席風，送君彭蠡湖南去。

### 題洞庭湖　　　　　　　　　　　顧阿瑛

五湖秋水洞庭烟，七十二峰青插天。神禹書藏林屋裏，仙人書刻石屏前。溫溫玉氣穿靈洞，白白銀河瀉瀑泉。鴻雁來時木葉下，送君辰發楚江船。

### 震　澤　　　　　　　　　　　　虞　堪

汪洋巨澤控三吳，不爲黄池入版圖。大禹功成遺鼎在，夫差侈極故臺無。淵靈尚護龍潛窟，國色繚銷鹿卧蕪。神物在川輝日月，生民終古樂涵虛。

### 〔過太湖〕　　　　　　　　　　方　行

震澤留遺號，行人指太湖。封疆連舊壘，形勢壓全吳。水落魚龍蟄，天寒雁鶩呼。扁舟思范蠡，吾亦老樵蘇。

### 題震澤湖　　　　　　　　　　　釋良琦

具區開萬頃，波浪入三江。光怪浮神鼎，馮陵跨石矼。風高帆影亂，天碧鳥飛雙。久客瞻南斗，歸心未易降。

### 月夜遊太湖　　　　　　　　　明　高　啟

欲尋林屋隱，還過洞庭遊。遠水初涵夜，長天盡作秋。湖如青草閣,月似白蓮浮。萬壑風傳笛,三更斗挂舟。葉應隨鳥散,山欲趁波流。浩蕩吾何適,鴟夷不可求。

### 遊太湖望洞庭　　　　　　　　楊　基

天帝何年遣六丁,鑿開混沌見雙清。湖通南極澄冰鑑,山斷東西列畫屏。擠雨龍歸霄漢暝,網漁船過水雲腥。乘風欲往終吾老,甪里先生在洞庭。

### 震　澤　　　　　　　　張　羽

具區維南澤,洪潞奠吳會。并包潢汙聚,涵育魚龍大。崩浪撼坤樞,水氣積陰晦。蒼茫神靈遇,極目光炯碎。中有兩洞庭,秀色迥相對。峭立根虛無,接影浸淡瀨。飛鳥去何窮,長垣亘天外。風波多險阻,舟檣易傾壞。緬思懷襄初,洪濤渺無界。賴茲神禹功,底定永無害。吳越何區區,向此角成敗。賢哉鴟夷翁,臨風發長慨。

### 前　題　　　　　　　　徐　賁

遙天散曉華,疏星斂微采。鳥聲出林繁,木葉過露改。荒村幾家成,平湖眾流匯。鴟夷渺無蹤,空煩艤舟待。

### 前　題　　　　　　　　韓　奕

水落太湖秋,涼風滿目愁。魚龍潛窟穴,蘆荻隱汀洲。地勢三州接,波光萬古浮。誰能隨釣艇,從此狎輕鷗。

### 前　題　　　　　　　　周南老

東南水所都,浩蕩風波橫。三江勢既入,震澤斯底定。琉璃三萬頃，空明炯秋鏡。白浸雲影閑，碧涵水花靜。中浮兩蛾青，東西遠相映。鷗鳧杳無踪，扣舷發孤詠。

### 太湖佳趣　　　　　　　　　　　王璲

我生夙抱烟霞癖，半世林泉寄踪跡。五湖春水洞庭山，沙鳥野猿俱舊識。菲才叨禄在京華，頻看長安陌上花。翻憶湖山昔游處，不知明月落誰家。美人家在東吴住，占得湖山無限趣。採樵常倚桂枝巖，放棹時過荻花漵。我有茅堂與秋田，歸期未卜是何年。玉堂一枕春風夢，飛繞山光水影邊。

### 太湖夜泊聞雨　　　　　　　　　　顧寧

孤篷風雨夜浪浪，攲枕無眠覺夜長。自是客懷聽不得，錯將笠澤比瀟湘。

### 望太湖　　　　　　　　　　　　　施槃

木喬山秀草惟天，西距姑蘇百里遥。水泛具區留禹跡，地連南越見胥潮。霜林橘熟黄金顆，石洞人吹碧玉簫。疊巘層崖堪歷覽，白雲飛處是夫椒。

### 寓遊　　　　　　　　　　　　　徐有貞

遊賞那分雨共晴，從教水宿與山行。畫船載酒過林屋，翠幰衝花入化城。半夜放歌驚鶴夢，三秋浪迹逐鷗盟。閑居每讀龜蒙賦，醉後時吹子晉笙。萬里歸來聊獨樂，五湖占斷有誰爭。老天於我非無意，明月隨人似有情。索靖也知憂世事，謝安雖起愧蒼生。癡人自笑癡猶在，欲爲皇家致太平。

### 前　題　　　　　　　　　劉　珏

筆床茶竈寄孤篷,逸興春來似酒濃。足濯太湖三萬頃,氣吞喬嶽幾千重。銀濤亂湧翻明月,鐵笛橫吹起卧龍。回首雙鳧飛碧落,漁郎何處覓仙踪。

### 前　題　　　　　　　　　秦　夔

茫茫烟浪拍秋旻,吳越山川半汨湮。赤岸銀河微有路,洞庭雲夢闊無津。百年來往雙蓬鬢,千古興亡一釣綸。七十二峰天外碧,含嚬如送北歸人。

### 太湖夜泊　　　　　　　　馬　愈

太湖何茫茫,一望渺無極。但見青蓮花,嵯峨水中立。仙人雙髻丫,弄影鏡光碧。皎皎山月高,船頭幾聲笛。

### 過　太　湖　　　　　　　　王　淮

平湖一棹發朝暉,浪洒篷窗水滿衣。柳外沙晴玄鶴下,洞前雲暖白龍歸。人皆天上求飛鶡,我獨山中學採薇。不道鷗夷何處是,欲尋遺跡共棲依。

### 前　題　　　　　　　　　謝　晉

具區跨三州,震蕩爲底定。茫茫浩無垠,廣大孰與並。南維荆雲水,東注日奔競。瀰兹五百里,莫可深究竟。峰巒七十餘,蒼翠迭掩映。訐爲春雷蟄,波心石筍迸。朝拱各殊狀,吞吐一何盛。十洲徒浪傳,三島諒難勝。我嘗汗漫遊,懸帆得風正。維時值清秋,萬里洗澄淨。黽鼉斂遺腥,幽怪亦潛泳。水天同一碧,上下相磨瑩。將投消夏灣，徘徊日復暝。紺宇出孤園，漁歌雜僧磬。波紋展夏簟，月色呈秋鏡。河澹玉繩橫，露肅金氣應。掀篷對清尊，浩歌發孤興。頓覺宇宙寬，酒酣恣吟詠。棲宿烟濤中，始見天水性。明當卜幽居，終焉醒視聽。

### 太湖遠眺　　　　　　沈　玄

芙蓉縹緲隔烟霞，水國茫茫去路賒。一望河光三萬頃，兩重山色幾千家。甪頭有地唯栽橘，洞口無村不見花。范蠡何須重弔問，且尋漁艇作生涯。

### 前　題　　　　　　　吳　寬

孤篷遙蹲太湖心，著雨高山水墨深。積氣上蒸炊正熟，弱流西注壓將沉。不因迢遞辭清賞，轉覺空濛助醉吟。詩裏白公誇月夜，未知奇觀屬春陰。

### 前　題　　　　　　　王　鏊

茫然不省似人間，卻有人家住近灣。一處便須終日坐，百年能得幾時間。乍開復合雨復雨，乍有忽無山外山。安得扁舟如范蠡，遍尋七十二屏顏。

### 泛太湖　　　　　　　沈　暉

野老春湖上，高臺夕照間。天邊時白鳥，烟際忽青山。神禹功何大，陶朱去不還。古今無限意，逝水自潺潺。

### 前　題　　　　　　　史　鑑

一水遙遙與海通，舟行疑似入虛空。三江共接朝宗勢，萬古常懷底定功。茂苑人烟帆影外，洞庭山色浪花中。登瀛有客頻來往，欲駕雲濤趁便風。

### 前　題　　　　　　　　　　　　　　　唐　寅

具區浩蕩波無極，萬頃湖光净凝碧。青山點點望中微，寒空倒浸連天白。鴟夷一去經千年，至今高韻人猶傳。吳越興亡付流水，空留月照洞庭船。

### 前　題　　　　　　　　　　　　　　　祝允明

咸池五車直下注，峨眉岱岳潛相通。乾坤上下浮元氣，郡國周遭護渚宫。巖穴會因仙跡幻，魚龍不助霸圖雄。擬把玄圭獻天子，再看文命告神功。

### 前　題　　　　　　　　　　　　　　　徐貞卿

浮光滉滉漾遙空，神浚千年説禹功。寒漲平烟吞越分，虛濤日夜撼蛟宫。遠汀嚦嚦悲秋雁，落日微微颭綱風。堪笑吳兒心似石，輕舟衝逆駕扁篷。

### 太湖次太守胡公韻　　　　　　　　　都　穆

巨浸舊傳三萬頃，四無邊際數州連。山浮盡道堪栽橘，洞隱誰知別有天。浩渺鷗波明晚照，飄摇漁艇破蒼烟。我公政暇能乘興，得句人還擬謫仙。

### 自胥口入太湖　　　　　　　　　　　文徵明

蒹葭繚繞帶胥塘，百里沿洄笠澤長。新水浮天波浩蕩，遠山沉日樹蒼涼。風烟西去堪乘興，雞犬中流別有鄉。詠得鱸肥人膾玉，自敲漁榜答滄浪。

### 過太湖　　　　　　　　　　　前人

沙渚依依雲不動，風烟漠漠鳥飛迴。橫空暝色翻波去，絶島秋聲繞樹來。今古奔騰疑地盡，東南偉麗自天開。眼中浩蕩扁舟在，欲喚鴟夷酹一杯。

### 靈巖山頂望太湖　　　　　　　　前人

靈巖山正當胥口，落日西南望太湖。雙島似螺浮欲吐，片帆如鳥去俱無。閒論往事何能説，不見高人試一呼。慎勿近前波浪恐，大都奇絶在模糊。

### 同顧九和侍講輩泛太湖　　　　孫一元

洞庭秋老翠坡陀，景物詼奇望裏過。石柱天風迴鸛鶴，海門波浪見黿鼉。帆檣萬里憐漁父，鼓角中流和棹歌。獨倚篷窗渾不醉，浮雲西北意如何。

### 碧崦下小憩望太湖　　　　　　鄭善夫

長夏碧崦好，蕭蕭千竹林。春山白屋静，息駕古藤陰。震澤驚波在，洞庭歸鳥深。楚臣心去國，漫有卜居吟。

### 漁家樂　　　　　　　　　　　汪衢

玻璃萬頃水雲鋪，大半人家住近湖。捕得細鱗繞出網，兒童穿柳賭呼盧。

### 泛湖遊林屋二首　　　　　　　　　　　　胡纘宗

即看鶴駕盤湖上，擬有仙曹集洞中。日月隔橋生碧海，星河當戶點瑤空。天圍春樹千村合，山漏秋濤十郡通。獨放扁舟領丹詔，白雲深處問三公。

傍海月生潮不出，緣江路隔水還連。兩山雲出東西樹，五夜星搖上下天。洞口鄰鄰千頃玉，水心晶晶萬家烟。鳥諠花發壺觴亂，太守頹然醉欲仙。

### 過太湖贈可泉太守　　　　　　　　　　　　徐　縉

碧水澄波接遠空，錦帆簫鼓送微風。三洲樓閣盤天外，萬里雲峰入鏡中。家指烟村寒橘柚，舟迴秋壑老梧桐。鳴琴已羨陽春調，擊楫仍誇濟世功。

### 縹緲峰望太湖　　　　　　　　　　　　　　袁尊尼

天外晴巒縹緲孤，凌虛一眺俯春湖。地維西盡開千嶂，水勢南空浸一隅。越甸吳墟自形勝，花源桑野更縈紆。峰前欲揖浮丘伯，入望蓬瀛接具區。

### 賦得太湖送別　　　　　　　　　　　　　　皇甫涍

匯澤涵蓬島，仙源隱石壇。日光浮浪細，峰影入波寒。雲向鏡中落，舟從天際看。還聞賦臨水，別思繞征耑。

### 過太湖懷古　　　　　　　　　　　　　　　李維禎

白雲秋色混滄波，擊楫中流一放歌。插漢千峰迷序雁，驚濤片石怒鳴鼉。風前帆影菰蒲小，雨外人烟橘柚多。爲問五湖誰作長，鴟夷新載館姓過。

### 登堯封絶頂望太湖　　張鳳翼

落日堯封望，長空禹澤連。群山分紫翠，萬頃合風烟。身世溟濛上，人天浩蕩邊。杖頭龍欲化，應見火珠懸。

### 謁墓過太湖　　趙寬

湖天一棹拂清秋，蒲葦蕭蕭宿雨收。山色青連雲外寺，日光紅映水邊樓。采菱歌送鳧鷗亂，垂釣磯深浦漵幽。西望若堂何處所，鬱葱烟霧繞松楸。

### 咏具區　　申時行

具區不及大江深，縹緲高無幾萬尋。却笑人思遊五嶽，洞庭猶未一登臨。

### 前題　　袁宏道

野樹澄秋氣，孤篷胃晚暉。漁舟懸網出，溪叟載鹽歸。山叠鸚哥翠，浪毆白鳥飛。暮來風轉急，吹水濺行衣。

### 秋日泛太湖　　馮夢禎

幾犯魚龍窟，曾申鷗鷺盟。十年隨宦轍，此日洗塵纓。秋入菰蒲遠，雲連島嶼平。東西任來往，雞黍足逢迎。

### 咏五湖　　郁迪光

五湖雄長是吾曹，秋水瀰天縱小舠。挂席不殊范蠡桿，揮毫直挾伍胥濤。波心倒浸芙蓉碧,浪影輕飛組練高。萬頃渺茫杯共白,拍浮何可廢持螯。

### 春泛震澤　　　　　　　　　　　陳子龍

碧草連天極望遙,平湖漠漠進輕橈。雲開群島浮春樹,地鑿三江接夜潮。風雨金支龍女過,旌旂玉笈思神朝。霸才寂寞鴟夷去,滿眼烟波不可招。

### 眺　震　澤　　　　　　　　　　湯傳楹

頓覺吾身小,潮音湧大千。點青將沒嶼,飛白欲浮天。氣象孤星際,光芒落水巔。客心迴薄去,吹息入湖烟。

### 太　湖　秋　晚　　　　　　　　葉初春

平湖浩渺水雲鄉,水滿雲深處處涼。菱葉紫時荷葉老,桂花黃日稻花香。臨流每憶嚴陵釣,得句還思李賀囊。吾已無心干利祿,嘯歌從此樂農桑。

### 登莳山亭觀太湖　　　　　　　　前　人

亭下湖猶隱,登亭忽浩然。有山疑隔世,無地可分天。鳥語如留客,雲過欲揖仙。檐前松子落,水面失漁船。

### 風雨泛太湖訪友　　　　　　　　前　人

一片黑雲龍蹴起,狂風頃刻迷烟水。鼉立蛟翻雨作拳,奔騰萬馬來千里。具區波浪浮八埏,七十二峰飛上天。屏息正襟坐帆底,俛仰四顧俱茫然。忽聞漁鼓前邨急,篙師恐懼猶涕泣。雞鳴犬吠迎客船,武陵桃源夢中入。

# 林屋民風卷二

## 太湖七十二峰

山之在水面者,其景最勝。若夫以七十二峰之蒼翠,矗立於三萬六千頃之波濤,其爲勝何如也?遍行天下唯是有之。

### 太湖七十二山記　　　明　王　鏊

太湖之山,其發原自天目而來,奔騰至宜興,入太湖,融爲諸山。湖之西北,爲山十有四,馬跡最大。《毘陵志》云:"山在武進縣東南太湖中,周百二十里,與津里山相接。"又東爲山四十有一,洞庭最大。又東爲山十有七,東洞庭最大。馬跡、兩洞庭,望之渺然如世外之境,即之茂林平野,閭巷井舍,各數千家,仙宮梵宇,往往而是。馬跡之北,津里、夫椒爲大,夫差敗越處也。按:《左傳》吳伐越,敗之扶椒。杜預曰:"太湖中椒山。"《水經》云:"太湖有包山,《春秋》謂之夫椒。"《史記正義》引賀循《會稽記》云:"夫椒山在太湖中,洞庭山西北。"《常州志》云:"夫椒一名湫山,在無錫縣太湖濱。"西洞庭之東北,渡渚、黿山,按:渡渚山、黿山即洞庭之支山。橫山、陰山、葉余、長沙山爲大。長沙山有石鏡,太湖中舟行,人物皆見之。長沙之西,衝山、漫山爲大。東洞庭之東武山,北則余山。《史記》爲徐侯山。西南三山,厥山、澤山爲大,此其上亦有居人數百家,或數十家。馬跡、兩洞庭分峙湖中,其餘諸山或遠或近,若浮若沉,隱見出沒於波濤之間。馬跡之西北有若積錢者,曰錢堆。稍東,曰大舧、小舧,與錫山連。中断爲太湖，舟行其中，曰獨山。有若二凫相向者，曰東鴨、西鴨，中爲三峰。稍南，大隤、小隤，與夫椒相對而差小，爲小椒，爲杜圻，范蠡所嘗止也。事見《古跡》。西洞庭之北貢湖中，有二山相近，曰大貢、小貢。正統十四年正月六日，二貢山闢開而復合，又同沉於水，已而復起，鬭踰時乃止。時見者千餘人。景泰中復然。見杜東原《耕餘雜錄》。有若五星聚，曰五石浮，曰茆浮，曰思夫山。相傳秦時有人採藥不返，其妻思之至死，故名。有若兩鳥飛欲止者，曰南鳥、北鳥。其西，兩山南北相對而不相見，見即有風雷之異，曰大雷、小雷。稍北曰大千、小千。與二千相近，曰紹山，曰瞳浮，曰東獄、西獄。世傳吳王於此置男女二獄也。其前爲粥山，云吴王飼囚者也。有若琴者，曰琴山。若杵者，杵山。有對植者，曰大竹、小竹。與衝山近，有若物浮水面可見者，曰長浮、癩頭浮、殿前浮。其東與龜山相對而差小者，爲龜山。有二女娟好相對立者，曰謝姑、小謝姑。有若石柱戴辥者玉柱，稍却金庭。其南爲峣山，爲歷耳。中高而旁下者筆格，驤首若逝者石蛇。有若老人立石，公石、蚍石，公石最奇。按：石公亦洞庭支山。若螺者，青浮。與龜山、龜山南北相對，曰鼉山，旁曰小鼉。二鼉之間，若隱若見，曰鷺鷥。東洞庭之南，首銳而末岐者，曰箭浮。若屋歌者，王舍浮、芋浮，又南爲白浮。渾、厥之間，有若笠浮水面者，蒻帽山。有逸於前後，追而及之者，猫鼠山。有若穹碑立者，曰石牌。是爲七十二山。然其最大而名者，洞庭山也。按：此篇尚有假借闕失處，愚爲訂正於後。

　　洞庭山周八十餘里，四面林巒，其下皆平原。村落居民不啻數千家，盤旋環繞。或深藏岩阿，或托處田間，類皆聚族以居，遷徙無出其村。問姓則知地未嘗雜亂也。《震澤編》云："漢王瑋玄、韓崇、劉根，梁楊超遠、葉道昌，唐周隱遥、唐若山，皆於此學道。一名林屋山，以其有林屋洞故也。一名包山，以四外皆水包之。"真語云："去洞庭，見包公，問動静。"則又以包公居此而名也。其稱洞庭，則以林屋洞中有金庭、玉柱，又以湖中有金庭山、玉柱山也。左太沖賦云:"指包山而爲期,集洞庭而淹留。山峙太湖之中,望之渺渺忽忽。意其一島而重岡複嶺,縈洲曲潊,洞天福地,靈踪異跡,殆不可窮語云。"不遊洞庭,未見山水,信非虛也。七十二峰之中,推洞庭爲最大,故首列之。

## 洞庭山記　　　　　　　　　　明　袁　袠

　　夫覽山川,辨物宜,稽民俗,舒性情,遊之概也。西洞庭去吳城百里,余自胥口抵山,館於林屋山人。山人負經濟之學,數奇而山居。因山創樓,名曰"玄秀",消夏環其前,〔縹緲倚其後,山之勝萃於玆矣。是日也,遂登〕縹緲之巔。山有九峰,而縹緲獨峻拔而上。披而前,既登,則東洞庭如帶,七十峰特小,湖中諸山皆若屏拱。落日陷波中,金紫萬狀。游之明日,泛消夏灣,觴於小龍山而歸。又明日,度蔡嶺,憩明月灣,登石公山。山之陽有石板,其半沒於湖,猶可坐千人。乃相與濯足而歌曰:"山嵯峨兮,石如砥。湖潰洞兮,百川委。"又觴而歌曰:"震澤定兮,水朝宗。億萬年兮,仰禹功。"於是舍陸而遵舟,復館於蔡氏。明日,乃游上方諸寺。山人知余將歸,明日乃同遊毛公壇,觀林屋洞。洞深黑而中甚卑,入者皆俯而進。余獨與文子探隔凡而出,題其旁曰"通仙隔凡",洞之最深處也。山人曰:"子歸矣,山有曲巖,其石如黛,峻而秀,不可以不觀。"乃觀之,遂張帆而歸。袁子曰:"西洞庭,東南之沃壤也。梅梨橘柑,楊梅枇杷,魚鹽茶竹之饒,錯以良田。山之人朴愿而信,塗無婦人,可不謂美乎?自夫差以來,不被兵燹,抑又美矣。"同游者,伯氏邦正,文子壽承、潘子修伯,山人者,蔡氏九逵也。游之明日而紀其事。

## 前　　題　　　　　　　　　　　　袁宏道

　　西洞庭之山,高爲縹緲,怪爲石公,巉爲大小龍,幽爲林屋,此山之勝也。石公之石，丹梯翠屏。林屋之石，怒虎伏犀。龍山之石，吞波吐浪，此石之勝也。隱卜龍洞，市居消夏，此居之勝也。涵村梅，後堡櫻，東村橘，天王寺橙，楊梅早熟，枇杷再接，桃有半斤之號，梨著大柄之稱，此花果之勝也。杜圻傳范蠡之宅，甪里有先生之村，龍洞築易老之室，此幽隱之勝也。洞天第九，一穴三門，金庭玉柱之靈，石室銀戶之蹟，此仙蹟之勝也。山色七十二，湖光三萬六，層巒叠嶂，出沒翠濤，瀰天放白，拔地插青，此山水相得之勝也。紀包山者，雖雲燦霞鋪，大約不出此七勝外。余居山凡兩日，藍輿行綠樹中，碧蘿垂幄，蒼枝掩逕。坐則青山列屏，立則湖水獻玉。一巒一壑，可列名山；敗址殘石，堪入畫圖。天下之觀止此矣。陶周望曰："余登包山，始知西湖之小也。六橋如房中單條畫，飛來峰盆景耳。"余亦謂楚中雖多名勝，然山水不相遇，湘君洞庭遇矣，而荒寂絕人烟，竹樹空疏，石枯土頹。博觀載籍，與洞庭爲配者，或者圓嶠、方壺乎？若方內則故居然第一矣。

## 洞庭賦　　　　　　明　王鏊

　　楚之湖曰洞庭，吳之山亦曰洞庭，其以相埒耶？將地脉有相通者耶？郭景純曰："包山洞庭，巴陵地道，潛達旁通。"是未可知也。而吾洞庭實兼湖山之勝。始山特爲幽人韻士之所栖，靈仙佛子之所宅。至國朝，名臣徽爵往往出焉，豈湖山之秀磅礴鬱積至是而後泄於人耶？東岡子曰："山川之秀，實生人才。人才之出，益顯山川。顯之維何？蓋莫過於文兩山者。秘於古而顯於今，其實有待，子無用辭。"予曰："然。"乃爲之賦，其詞曰：

　　吳越之墟有巨浸焉，三萬六千頃，浩浩蕩蕩，如滄溟瀚渤之茫洋。中有山焉七十有二，眇眇忽忽，如蓬壺、方丈之彷彿。日月之所升沉，魚龍之所變化。百川攸歸，三州爲界。所謂吞雲夢八九於胸中,曾不芥蒂者也。客曰:試爲我賦之。

夫太始沕穆,一氣推遷。融而爲湖,結而爲山。爰有群峰,散見叠出於波濤之間,或現或隱,或浮或沉,或吐或吞,或如人立,或如鳥騫,或如黿鼉之曝,或如虎豹之蹲。忽起二峰,東西雄據,有若巨君彈壓臣庶,又如大軍之出,千乘萬騎,旌幢寶蓋,繞繞奔赴。東山起自莫釐,或騰或倚,若飛雲旋飈,不知幾千百折,至長圻蜿蜒而西逝。西山起自縹緲,或起或伏,若驚鴻矞鳳,不知幾千萬落,至渡渚迴翔而北折。

試嘗與子登高騁望,近則重岡複嶺,喊呀摩豀,縈洲枉渚,蜿蟺緬邈。遠則烟蕪渺瀰,天水一碧,帆影見而忽無,飛鳥出而復没。靈岩則返照孤稜,弁山則輕烟一抹,此亦天下之至奇也。若乃長風駕浪,歔山欷野,足使人魂驚而汗駭。及其風日晴熙,縠紋漣漪,又使人心曠而神怡。至於瑶海上月,流光萬頃,星河倒懸,蕩漾山影,又一奇也。遥山霽雪,凝華萬叠,玉鑑冰壺,上下相合,又一奇也。風雨晦明,頃刻異候,烟雲變滅,咫尺殊狀,雖有至巧,莫能爲像。

試嘗與子弔古尋幽,則有迴巖穹壑,竘窌相通,琳宮梵宇,暮鼓晨鐘,壽藤靈藥,美箭長松,金庭玉柱,石函寶書,靈威上人之所闚也。貝闕珠宮,繡縠鳴璫,柳毅書生之所媿也。翠峰杜圻,范蠡之所止息。黄村角頭,綺皓之所從逝也。而闔閭、夫差之跡,尤多存者。翫月之渚,消夏之灣,牧馬之城,圈虎之山,練兵之瀆,射鵁之彎,出金鐸於淺瀨,逸梅梁於驚湍。他若毛公燒丹之井,蔡經煉藥之墩,聖姑絶雊之塘,雪竇降龍之淵。其石則岌薜嶙峋,瘦漏嵌空。牛奇章有甲乙之品,宋艮嶽有永固之封。其泉則囷淪觱沸,甘寒澄碧,墨佐君表無礙之名,天衣禪留悟道之跡。

斯地也,孫尚書欲卜居而不能,范文穆思再至而不果。豈如吾人生長兹土,依岩架棟,占野分圃,散爲村墟,湊爲閭閻,桑麻交蔭,雞犬鳴吠,里無郭解、劇孟之俠,市無桑間、濮上之音。婚姻相通,若朱陳之族；理亂不識，若武陵之源。佛狸之馬跡不到，周顗之俗駕自旋。星應五車，地絕三班，盧橘夏熟，楊梅日殷。園收銀杏，家種黃柑，梅多庾嶺，梨美張谷，雨前芽茗，蟄餘萌竹。水族則時裏之白，鱠殘之銀，魴鱸鰤鱉，自昔所珍。吾且與子摘山之薎，掇野之茸，割湖之鮮，釀湖之釀。泛白少傅月夜管絃之舟，和天隨子太古滄浪之歌，弔吳王之離宮，扣隔凡之靈窩，凌三萬頃之瓊瑤，覽七十二之嵯峨，其亦足樂乎？彼岳陽彭蠡，非不廣且大也，而乏巍峩之氣。天台武夷，非不高且麗也，而無浩渺之容。蓋物不兩大，美有獨鍾，茲謂人間之福地，物外之靈峰，是固極游觀之美，而未知造化之工。且夫天地之間，東南為下，非是湖為之尾閭，洩之瀦之，則泛濫橫溢，江左之民其為魚乎？懷襄之世，湖波震蕩，非是山為之砥柱，鎮之繞之，則奔激暴齧，湖東之地其為沼乎？唯夫天作之寬，以納以容。地設之隘，以襟以帶。禹順其流，分疏別派。三江既入，萬世永賴。而後吾人乃得優游於此，蓋至是而後知造化之意深，神禹之功大。

辭曰：吾何歸乎？吾將歸乎湖上之青山。世與我而相遺，超獨邁其逾遠。海山兜率不可以驟到，非茲峰之洵美兮，吾誰與寄此高巘？

## 望洞庭　　　　　　　　唐　劉禹錫

湖光秋月兩相和，潭面無風鏡未磨。遙望洞庭山翠色，白銀盤裏一青螺。

## 游洞庭山　宋　范仲淹《郡志》作王禹偁

吳山無此秀，乘暇一游之。萬頃湖光裏，千家橘熟時。平看月上早，遠覺鳥歸遲。近古誰真賞，白雲應得知。

## 過洞庭　　　　　　　　　　　孫覿

千尺雲山屹嵩華，浪湧雲屯天一罅。榜舟夜傍鼉鼇窟，杖藜曉入雞豚社。處處人家橘柚垂，竹籬茆屋青黃亞。臺殿青紅墜半山，兩腋清風策高架。牛羊出沒怪石走，蛟龍起伏蒼籐挂。饑鼠窺燈佛帳寒，華鯨吼粥僧趺下。世味飽諳真嚼蠟，老境得閒如啗蔗。山靈知我欲歸耕，一夜築垣應繞舍。

## 游包山　　　　　　　　　　　張雨

橘林千黃金，林靜路逾僻。忽臨消夏灣，雲海浩如積。綺季不可追，空餘騏驥跡。

## 題元暉太湖西山圖　　　　　　前人

烟樹參差作岸容，五湖難辨夕陽春。不知甪里家何處，只在西山縹緲峰。

## 望洞庭　　　　　　　　　　　楊維禎

璃田三萬六千頃，七十二朶青蓮開。道人鐵精持在手，嘯引紫鳳朝蓬萊。龍子臥抱明月胎，須臾化作桃花腮。嗟爾雲槎子，何處忽飛來？蓬萊之淺今幾尺，黃河之清今幾迴。雲槎子云是江上來，但知東方生，賣藥五湖上，不知張使者，北犯北斗魁。雲槎子，我與爾何哉。任公釣竿在東海，潮壓桐江江上臺。

## 前題　　　　　　　　　　　　倪瓚

一望洞庭，秋水相逢。南浦孤篷，江干有興。騷客閒居，久約漁翁。

### 過洞庭西山　　　　　　　　　　　　王　鵬

玄洲不復見,縹緲即芙蓉。玉洞連三島,金庭第一峰。芝香雲氣暖,竹色露華濃。我亦尋真者,行探虎豹蹤。

### 游東西洞庭　　　　　　　　　　　　周南老

兩峰東西峙,對屹具區澤。波搖巒嶂浮,雲開蒼翠積。地古山有靈,蛇虎絕踪跡。林屋窈而深,中有神仙宅。靈威探禹符,窮幽振金策。信有不死方,奚爲異今昔。

### 日暮過洞庭二首　　　　　　　　　　徐達左

日落洞庭波,依依一棹過。水光浮玉鑑,山色擁雲螺。閒鳥隨篙楫,冥鴻避網羅。誰知天地內,湖海有清歌。

九月扁舟過洞庭,嵐花不動浪紋平。天含秋色清如許,橘綠橙黃上錦屏。

### 遊洞庭山　　　　　　　　　　　　　謝　晉

我本烟雲客,早與山水儔。廿年居上國,今始還舊丘。興來閒攜綠玉杖,遠從胥口尋扁舟。舟人問我意何適,欲往洞庭山中游。洞庭之山亦何多,參差屹立太湖波。波光潋灩渺無際,奇峰七十浮青螺。中有包山尤嵯峨,靈踪古跡世不磨。林屋洞天通水府,毛公福地存岩阿。嗟余邇年雙鬢皤,寧辭陟險艱捫蘿。行吟澗畔碧苔磴,忽聞雲外紫芝歌。歌聲猶未歇,廓落生明月。長嘯下欹嵌,清風振林樾。林樾陰森洞戶開,側身將入仍徘徊。仙人見我月邊至,舉手相招呼速來。飲我以紫泉,紫泉一勺能長年。食我以白芝,白芝湌後爲神仙。其間一仙撫掌笑,笑我未斷人間緣。相期重來洞天内,共看湖水變桑田。

### 湖上望西洞庭山　　　　　　　　　　吳　寬

百街棧上望西山,縱目遙過消夏灣。未遂真游勞指點,聊憑高興去躋攀。石壇相距纔十里,林屋都來有萬間。報與山靈須少待,會將親手扣仙關。

### 游洞庭觀太湖　　　　　　　　　　　祝允明

影浸三洲混太虛,道通五岳紐坤輿。瑤臺白兔藏仙鼎,寶洞蒼龍守禹書。烟月剩將閒處媚,風雷常與怒時俱。漁郎箇箇不識字,慚愧高吟莫解居。

### 泊西洞庭　　　　　　　　　　　　　袁宏道

白浪浸天冷,青山引黛長。朝童迷水怪,夜女出江黃。種橘皆成市,鑿山半作堂。路疑煩指點,洞口覓漁郎。

### 洞庭有感　　　　　　　　　　　　　釋德祥

玉柱金庭在洞中,當時誰道有毛公。人間白髮三千丈,只見桃花一片紅。

東山在洞庭山東,因名洞庭東山。去洞庭山一十八里,周迴五十餘里。《吳縣圖經》:在縣西七十里,一名莫釐山,相傳莫釐將軍居此,因以名山。《吳地記》莫里山,《洞庭記》本名胥毋山。毋音無,即東山也。《越絕書》晝遊於胥毋,《姑蘇志》山上居民數千家,視包山差小而廬聚,物產大略相似,其風俗好尚,兩山相異也。

## 東 山 記 　　　　　　　　汪明際

　　余之游，先翠峰，次至山居，登莫釐顛，從脊而下。游法海寺，自新廟前而還。翠峰寺在萬松之中，路極盤曲，青松夾道，榦修枝密，山空人稀，壑深路奧。日薄無風，其松自韻，仰接其來，俯送其往，蕭蕭穆穆，徐而又疾。其路陰寒，山僧下來，皆帶雲烟之色。時從松頂，日景下漏，散布石上。寺傍銀杏色黃而明，晃耀人目。山居在寺後，徑益邃，路益僻。有小閣架溪上，雨過泉流，當有妙響，恨不一聽之也。翠峰為席溫之故宅，而寺則雪竇之講壇也。法海在山塢中，從山頂望之，丹扉紺殿，隱隱可數。及拾級而進，則長條垂戶，濃綠拂檻，幾不知有寺。古檜數本，膚理虬結如緪，枝幹枯榮相半，蒼古奇詭，云亦異代物。新廟前，林壑尤美。樹色酣縱，丹黃紫綠，上下搖綴，可以坐卧數日也。莫釐峰望之不甚廣，而登之則山谷迤邐，或聚若茄房，或施若箕張，或複若衣裾，或孑若釜覆。為突為坻，皆可見也。葛震甫，山中韻士也。為五七言詩，有王、孟風致。時具酒艤舟以待，呼舟子放船湖中，月光射波上，白色可掃。而蒼然者山，浩然者水，澹然者月，嗒然頹然者二三子之相對。十五日，風日更麗，命童子攜卧具酒餚，挐舟渡縹緲峰。峰即包山也。舟行從東山之東，沿山而北，前出其西。文岡蔓麓，參差布列，銀杏黃半而未勻，橘柚綠奇而可染。蕩槳其下，即經年月，亦不厭也。

### 鎮下放舟過東山二首 　　　　　　宋　范成大

　　打頭風急鼻雷鼾，醉夢間心鐵石頑。惟有愛山貪未厭，西山纔了又東山。

　　老禪竿本各逢場，詩客端來共葦航。一任巔風駘高浪，滿船歡笑和詩忙。

### 冬日東山即事　　　　　　　　　元　湯仲友

寒色滿空山,翛然一徑間。鳥啼黃葉外,人度翠峰間。古殿藏雲氣,唐碑帶蘚斑。未窮幽絶處,興盡忽思還。

### 東山晚望　　　　　　　　　　明　袁宏道

轉厭人間少,翻愁大地空。石枯山眼白,霞射水頭紅。浪惡驚三老,漁稀祭五風。奇峰探不盡,點點亂流中。

### 月下泛湖抵東洞庭　　　　　　　沈堯中

五湖幽勝開仙島,皓魄飛來況愈佳。光涌中流金萬縷,影搖夾岫翠千厓。橫江鶴似玄衣客,落浦船如白鼻騧。夜半篙師呼渡渚,令人回首憶夫差。

### 中秋自西山返東山玩月歌　　　　申時行

震澤天高波浪闊,洞庭秋淨凉風發。西去窮探湖上山,東來更酌湖頭月。月明如水正秋中,大艑我舡浮半空。瀲灩初開蟾兔窟,清泠直見黿鼉宮。波光浸天天一碧,暈氣成雲雲五色。銀河耿耿星宿稀,玉宇沉沉露華白。汪洋萬頃絶風湍,蕩漾孤槎逼廣寒。青尊白髮自相媚,急管嬌歌殊未闌。主人好客能同玩,浮白呼盧夜將半。已拚痛飲入沉冥,況復壯游凌汗漫。此時此景無處無,含情觸事難爲娛。何似一身超萬象,皎然玉樹涵冰壺。百千世事如流水,對酒當歌行樂耳。但願明月常相隨,一年一醉湖山裏。

金庭山。一名庭山,與玉柱山對峙,所謂金庭玉柱也。

玉柱山。一名柱山,在洞庭山東北。

黿山。在洞庭山東麓。

長沙山。在洞庭山東北。

葉余山。一名葉山,在洞庭山東北。《太湖志》:山皆葉、余二姓,因名。

### 過葉余山口占　　　　　　明　謝晉

突兀蒼波裏,金庭玉柱間。葉余長在水,人老不離山。鷗鳥群群集,漁舟箇箇閑。晚來人喚渡,買畲向城還。

南烏山。在洞庭山東北。

北烏山。在洞庭山北。

橫山。在洞庭山北。

### 登　橫　山　　　　　　明　徐達左

去年船過太湖時,遠望橫山一黛眉。今日杖藜登陟處,峰巒萬疊路逶迤。

### 橫山晚眺　　　　　　謝晉

截流遮却數峰青,隔渚遙遙帶晚晴。可是秋來湖水净,黛眉低掃鏡中橫。

### 飲橫山吳氏醒酣亭　　　　　　王鏊

孤雲落日魚龍界,橫山又在孤雲外。一朝坐我橫山中,回頭翻覺人寰隘。就中最愛吳家亭,浪花堆裏一點青。干山在南紹山北,亭山正值中間停。天風飄飄吹我袂,自覺蓬瀛不難至。安得劉伶李白共此舉瑤觴,百川吸盡無由醉。

### 秋日游洞庭汎湖遇風遂泊橫山　　　申時行

霜飛木脫秋風顛，笠澤浩蕩天茫然。七十二峰三萬頃，吞吐日月生雲烟。洞庭之山渺何許，雙髻湧出波心蓮。茲山信美仍吾土，彷彿丹丘與玄圃。甪里先生茹芝曲，靈威上人探策府。泝洄宛在水中央，絕漢只疑天尺五。我欲憑虛凌素秋，六帆雙舸下中流。荻花蕭瑟漁郎渡，蓮葉飄飄太乙舟。乍驚鵬徙摶羊角，何意鯨吹起石尤。一衣帶水不得涉，長年捩柁愁難捷。舍筏那能登彼岸，濟川虛忝為舟楫。河海從今已息機，風波何事猶相脅。吾聞海上三神山，仙踪可望不可攀。金銀宮闕庶幾遇，將至輒遭風引還。茲山靈秀毋乃是，別有天地非人間。徘徊艤棹橫山側，須臾風止波濤息。桂棹蘭橈恣所如，金庭玉柱行堪即。舉觴屬客和洞簫，一聲吹破滄浪色。

**陰山**。在洞庭山北，與橫山相近，或云陰長生煉丹處。

**余山**。在東山東北。《太湖志》：一名余侯山，一名徐侯山，山形雖小，秀而蒼翠。

**茆浮山**。在洞庭山北貢河中。

**大謝姑山**。

**小謝姑山**。在洞庭山東。

**武山**。在東山東麓，周一十二里。《姑蘇志》：本名虎山，相傳吳王養虎於此。後避唐諱，改今名。

### 游武峰記　　　明　陳宗之

武峰，湖中一孤塿，四面際水，遠近山如疊浪。從山頂望莫釐諸塢，如空空下天狀，又如展萬幅雲屏，縈青繚紫，光氣炫變，亦殊觀也。徑多黃碧，偉石短松，離離錯置。其間如萬兕飲壑，蹄股支撐。土人指其坎而竅者，以為稚川丹竈，余未敢信。勢單易竟，未稱奧如。然葉舟蕩槳，雨後虹初，玉波熨鏡，故當分石公半席，屬胥母解嘲。庚辰首夏，同袁子公白訪友此中，嘯傲移日。有怪樹蟠亘數畝，臃腫輪囷，似數十根併合一根者，以材非梓櫄，扶疏空巖，丁丁莫及。莊生社櫟，將無謎耶。袁子攀枝登其上，幾不得拾級，以梯接之始下。

猫鼠山。在東山之東。

石牌山。在東山之東。

白浮山。在洞庭山東北，近石牌山。

箭浮山。一名寒山浮，在東山西北。

王舍山。一名王舍浮，在東山之北。

苧浮山。一名苧山，一名葉家浮，在東山之西。

大黿山。

小黿山。在東山之西，與黿龜南北相對。

鷲籃山。在二黿之間。

峴山。一名峴子山，在洞庭山東南。

歷耳山。在洞庭山南。

三山。在洞庭山南，山有三峰，地相連接，因名。

## 奉應顏尚書真卿觀玄真子置酒張樂舞破陣畫洞庭三山歌　　唐　皎　然

道流跡異人共驚，寄向畫中觀道情。如何萬象自心出，而心澹然無所營。手援口毫足蹈節，披縑灑墨稱麗絕。石文亂點急管催，雲態徐揮漫歌發。樂縱酒酣狂更好，攢峰若雨縱橫掃。尺波澶漫意無涯，岸嶺崚嶒勢將倒。盼睞方知造境難，象忘神遇非筆端。昨日幽奇湖上見，今朝舒卷手中看。興餘輕拂遠天色，曾向峰東海邊識。秋空暮景颯颯容，翻疑是真畫不得。顏公素高山水意，常恨三山不可至。賞君狂畫忘遠遊，不出軒墀坐蒼翠。

澤山。
厥山。在洞庭山南。
蒻帽山。一名蒻帽浮，在洞庭山南。
筆格山。一名筆架山，在洞庭山南。
石蛇山。在洞庭山西。

### 石蛇山跋　　　　　本朝　蔡旅平

迎風飲濤，孑處湖心，遠龍渚三四里。蟠旋屈伏，首尾蠕動，何形肖至此。山石琳琅，半湮砂磧，陽面陂陀，巉石突屼，水濱牛沉，犀伏以浸以漬。韜藏自惜，得未雁斧鑱，是石林中樗櫟也。桃李丹楓，俱從鏡裏飛來，遠映輕濤駘蕩中，若隱若見，殊多欣想。先太史九逵公最加玄賞，以無烟火氣耳。

### 游石蛇山記　　　　　明　蔡羽

黿鼉龍蛇之山，大抵皆花石之材。嵌者空竅，瀏者廉利，然皆不於山之腹，特出於波濤。黿鼉龍頭，皆負林麓，走飲於湖，惟蛇山爲不然。當太湖之西北，背龍頭而迎風濤。截乎大洋，故境愈險而愈奇，世少得而觀焉。正德己巳清和月，與客放舟龍頭，西踰小洞庭，還見聚落十餘家，爲烏沙井。厥石萬狀，恍恍焉，洞洞焉，緣於巑岏，不敢搖動。然去蛇山尚十里，客請乘東風之便，乃從烏沙井解舟，泊石蛇之東。遙見大石劃下，若有門闕，而無人踪。顧其勢尚阧，水尚急，舟不能停。緣壁里許，則山之陽也，岸始舒，水始緩。若有里墟，而無火烟。鳥嬰獸窟以竄其間者，大抵皆採石之人。厥㟏惟廬，厥坎惟炊，厥寢惟磯，以漬以飲，惟石之宜。始舟人與岸人見獲通語言，而沙詰潭，未可卒進。投竿測之，視岸人指指止行焉，始獲登。登其丘山空地虛，舉足有聲。躋其巔，梯斷石滑，側身而不獲前，復舉帆去。則山之西麓矣，壁愈高，石愈奇，若芙蓉開花，魚龍脫甲。上者屏列，下者橋卧，隱隱波底者，不可窮狀。所見既異，而境復迂僻。由是鎖舟壁下，環卧涯滸。客皆引滿載歌，晨徂而暮忘返。夫蛇山，拳石耳，其勝顧出黿鼉龍頭之上。余與去甚邇，而平生不聞其勝，一日跨波濤，觸烟霧，獲覩其奇，則古之不言石蛇而言黿鼉者，有以也。噫！物愈奇則遇愈難，余志石蛇之奇，俾好奇者覽焉。

## 游石蛇後記　　　　　　　　前人

山林之與臺閣，其味不相堪，非止甘苦也。間有勉嗜之者，得之必不深，與之必不能相忘。惟太傅王公則不然。去臺閣，投山林，釋軒冕，憩泉石，若返故踐真，曾無纖芥，耳與目惟恐其不遠，情與度惟恐其不廣。一日聞濟陽蔡羽言石蛇之奇，欣動不已，即其歲己巳之臘八，挾小舸，載輕鏖，奮發乎消夏灣之上。以羽佑座，貳之以扣舷之客。緣大小明月灣，絕流西去，瞬息而造蛇山。簫管一鳴，林谷振響，山精水怪潛匿而不敢出。乃與客冥搜乎岩穴，循環乎谿澗，扶搖乎梯凳之間。高駕乎洪濤之上，以吐納烟霧。履峭絕，跨蓁莽，與健夫爭先而公不知倦。於是水聲洋洋，萬籟俱和，通乎耳矣。東過雲溪，西過夫椒，通乎目矣。仰周八表，俯接九淵，通乎度矣。黿呼而鼉歡，羽翔而鱗集，通乎情矣。山不必高，王公一踐之，三萬頃之勝可以俯而有也。雖老於山林，曾不如又何嫌於臺閣。日欲落，公手剥石衣，書名於壁而去。

## 登石蛇山　　　　　　　　本朝　蔡旅平

誰識當年白帝雄，幡然明滅向波中。不隨麋鹿盟山友，自侶黿鼉狎釣翁。石隱幽溪藏我拙，雲封隔岸謝人通。乘風吹沸春潮細，鱗甲千層浪影重。

裊安山。一名瓦山，在消夏灣，孤峙水中。

青浮山。在洞庭山西。

大竹山。

小竹山。在洞庭山西。《常州府志》：山在宜興縣東北六十里太湖濱，與夫椒山相對。山產白泥，可以堊壁。

### 大小竹山詩　　　明　蔡昇

竹繞山，山映竹，山色長青竹長綠。大小兩山何處同，瀟湘岸頭淇水澳。昨朝山上清風生，翠梢搖動鳳凰翎。今日山中高旭照，綠陰滿地鷓鴣聲。鷓鴣聲，啼未歇，兩山雨濕琅玕節。

琴山。在洞庭山西北。

### 詠琴山　　　明　謝晉

銷磨軫玉與徽金，抱棄浮灣歲月深。莫道無絃人罷操，天風靈籟自成音。

杵山。一名衣杵山，在洞庭山西北。

東嶽山。

西嶽山。在洞庭山西北。《吳郡志》：吳王置男女二嶽於此。

### 題東西兩嶽山　　　宋　楊備

雷霆號令雪霜威，二嶽東西鎖翠微。彷彿酆都叢棘地，岩扉應是古圜扉。

粥山。在洞庭山北。《震澤編》：吳王飼囚者也。
疃浮山。在洞庭山西北。
唐浮山。在疃浮東唐里北半里。
紹山。與二千山相近。《蘇州府志》作"邵山"。

### 題紹山　　　　　　　　明　謝　晉

山上無人草木荒，岩前有堊白於霜。寄言圬者王承福，取去母鏝糞土墻。

大千山。
小千山。在洞庭山北。
大雷山。
小雷山。《太湖志》：大雷在洞庭山西北，小雷在洞庭山西南。《水經》：湖中有大雷、小雷三山，亦謂之三山〔湖〕。《楊泉賦》：大雷小雷，湍波相逐。周處《陽羨風土記》：震澤中有大雷山、小雷山。《續志》：兩山相去六十里，在晉陵縣馬跡山西。○太湖中大小雷山，周處謂舜之漁澤。按《郡國志》：南朝多以北方山川郡邑名境內之地，故以此擬舜之遺跡也。又《吳興志》：大雷即洞庭西山，屬長興。小雷即洞庭東山，屬烏程。《蘇州府志》引之而未之考焉，更俟博識。

思夫山。《洞庭記》：山在洞庭西北四十里。《吳郡志》：山在太湖中，舊說秦有逸人居此，採藥不回，妻念之而死，後人哀之，因以名山。

### 題思夫山　　　　　　　　明　高　啓

江上曾看望夫石，湖中今見憶夫山。夫君好采山中藥，獨得長生竟不還。不似蕭郎與秦女，乘鸞同去彩雲間。

### 前題　　　　　　　　　　　　謝晉

夫君采藥去，棄妾空山中。空山明月夜，展轉思無窮。不恨夫君去不還，自緣薄命復何言。願君學得長生術，妾没終當為返魂。

**五石浮山。** 一名五浮山，在洞庭山北貢湖中。

**大貢山。**

**小貢山。** 在洞庭山北貢湖中。

### 大貢小貢二山　　　　　　元　王逢

大貢如大人，小貢如小臣。大人方正笏，小臣亦垂紳。太湖七十二，而此我所珍。清淑萃間氣，端厚凝風神。岳露蓮一朵，海偃月半輪。遠分馬跡秀，近奪峨眉真。岫晃敞素夕，雲葢擁高晨。深容虎豹隱，幽絶狐兔鄰。將軍雖相望，逸若越與秦。我行柯村外，紫翠忽鮮新。不無靈異棲，飛度招隱淪。汎汎白水波，杳杳清路塵。芳荨被中沚，采之淚盈巾。父老昧知識，謂我諸侯賓。我豈諸侯賓，均是天王民。

**杜圻山。** 一名杜圻洲，在洞庭山北。《洞庭記》：杜圻洲，一名北崓山，去洞庭六十里，馬跡山東十里，有神廟。

**馬跡山。** 在洞庭山西北。《毘陵志》：在武進縣東南迎春鄉，太湖中西南二十里。山麓周百二十里，與津里山相接。山之西地名西青，石壁屹立，下有兩穴跡，圓各盈尺，深五六寸。水落則見。《舊經》謂秦王巡幸，為馬所踐。按僧文鑒《洞庭記》：漢郁使君為雍州刺史，歸杜圻洲，經從此山，龍馬駐跡留石面。時人語曰："朝為雍州官，暮歸樓九里。"○〔杜〕圻洲，一作"社沂洲"。

### 游馬跡山記　　　　　　　明　黄遵

馬跡山去毘陵東南百餘里，與津里山接。津里又名秦履。山之西曰西青，石上有四穴，圓而不深，若馬跡然。舊説祖龍驅石爲梁，躍馬東海，以觀日出，馬至此踐石，因名。又云漢郁使君歸老游山，龍馬駐跡。事皆莫考。山峙太湖中，其麓周百二十餘里，水四繞。湖名具區，亦曰震澤、笠澤，控帶三州，《禹貢》"三江既入，震澤底定"是也。山由西南而徑東北，可三十里，西北而東南則半之。自苦竹、檀溪、蓬坑、歷大小墅、東西坵、新城、寨前、過張青、西村、牛塘、葚橋、竹塢、桃花，至於内間。世傳吳王闔閭嘗避暑於此。峰巒環抱，如拱如揖。由是而踏青輒籐，伴奴耿灣，抵於雁門山西而極焉。民因灣而散居者，家約數千，籍分九里，土狹人庶，而山林多，田直畝非千百緡不售，故民多資商以給。然俗尚禮好客，每遠客至，則競相招致恐後，誠游覽佳山水處也。永樂改元，予初來教學武進，以旌表史節婦劉氏，曾兩至此。公幹忽遽，弗克縱情爲快。因循通考云滿，將十年於兹，念人生行止難必，由兹謁天官，則他除授東西未可知也。於今不得一覽，他日無由至矣。乃以十一年癸巳春三月十七日，從東關買舟，道戚墅、洛陽，暮止文成橋。翌日渡湖，登苦竹岸，同游者明子肅、王粲、僕華真及舟子。從步二里許，過分水嶺，旁有水平王廟。舊傳王乃后稷庶子，佐禹平水土有功，血食於此。又二里，抵故人杭仲恭家。仲恭倒屣出迓，即要其眷兄於孔嘉聯榻話雨。遲明雨少歇，孔嘉邀至其舍，携子出拜，時園笋透土，斷具茗饌，延宿。次旦，晴煦，孔嘉偕予循山過内間、津里，欲觀石上馬跡。孔嘉謂水落則出，兹水大未見。因登高縱目，但見風恬浪息，水光一鏡，諸峰擁翠。近而咫尺者，曰夫椒，夫差敗越之地。遠而百里者，曰胥山，子胥漂骸之處也。他如洞庭、陽羡、軍將、慧山，皆歷歷可數。風帆沙鳥，烟雲竹樹，恍惚身在圖畫中，飄然自得。坐石久之，熟視夫椒、胥山而有感焉。竊惟夫差居吳，勾踐據越，壤地相接，才百里耳。日尋於干戈，糜爛其民，此正莊周所謂蝸角之争者。民生其間，何不幸之甚耶！夫差有一子胥而不能用,顧乃囂言是聽,自取滅亡。悞冒之悔,噬臍何及。而子胥言不行,諫不聽,不能如范蠡見幾而作,遭其殺戮,均爲可惜。逮宋南渡都杭,以一隅之地與金虜百戰之餘,又交兵胡元,轔轢四十餘年。孰知今日斯民沐浴皇明之化,生養休息,四五十年之間,禾黍桑麻,連畦接畛,户口蕃滋,復睹太平之盛。回視吳越宋元之事,爲可悲也。嘆息再四。孔嘉謂予曰:"子何懷古之深也?且休矣。"適仲恭設席久待,使人要於路。至則歡飲,夜分乃罷。明日辭而返棹焉,仲恭曰:"曷不少留?"予曰:"乘興而來,興盡而返,何必宿留,而重厪館人爲也?"遂歸,援筆以識。

## 過震澤望馬跡山　　　　　　　　　　唐　釋文鑒

瀛洲西望沃州山,山在平湖縹緲間。常說使君千里馬,至今龍跡尚堪攀。

## 游馬跡山漫賦　　　　　　　　　　　明　錢　淵

七十二峰浮震澤,中有一峰名馬跡。云是祖龍神馬經,四蹄石上如雕畫。西青嵫畔盡桃花,暖風遲日蒸紅霞。柴門流水自村塢,幽花籠晝春長嘉。行行內閭相咫尺,六月風吹楊柳陌。千古猶傳避暑宮,躊躇往事空陳迹。誰家種竹滿塢深,猗猗晝日長陰森。行人過此消塵慮,耳邊惟聽鳴瑤琴。長橋曲水村塢小,茅屋人家往來少。綠陰黃鳥啼一聲,落花滿地無人掃。亭亭午日正暄妍,方塘水淺群牛眠。禾黍高低家富足,百年淶水遺風傳。日墮西岩村欲暮,殘紅返照林間樹。頹肩樵子倦歸來,山路雲深不知處。越王敗餘城已覆,新城知是何年築。夜深人有讀書聲,月上女墻猶未宿。村西汩汩流芳泉,湖濱日泊漁人船。魚蝦朝來爭作市,酒家門巷青帘懸。蓬坑寂寂村無主,軟藤花落閒亭午。小橋流水潤東西,茅屋藏春春幾許。檀溪一派清泉分,蒼崖白石波沄沄。臨流飽玩坐終日,知是當年誰隱君。苦竹叢深橫古渡,渡頭芳草迷烟霧。魚龍噴沫水雲腥,十里風帆送朝暮。東谷盡處是鈕埼,村深地僻行人稀。日長無事門半掩,白鷺群飛水滿溪。丹崖翠壁千仞岹,瑤草琪花四時好。山中別是一乾坤,尋真何必蓬萊島。

津里山。一名秦履山,馬跡之右峰也。在武進縣東南一百十里。《四蕃志》:常州有秦履山,註:"始皇嘗登此。"後訛爲今名。唐開成中,邵偃記:山連馬跡、夫椒,峰巒回合,波影映帶,實爲奇觀云。

夫椒山。在馬跡山西南。《毘陵志》:一名湫山,在無錫縣西,太湖濱。《九域志》:縣有大湫山。又《寰宇記》:夫椒山在常州武進縣。《左傳》:吳伐越敗之夫椒。杜預曰:太湖中椒山。《史記正義》引賀循《會稽記》:夫椒山在太湖中,洞庭山西北。按《馬跡山志》:夫椒山,馬跡之從山也。相距不遠,東曰夫,南曰椒,皆馬跡之脉,故總謂之夫椒。

## 夫椒山懷古　　　　　　明　秦夔

千尺巍巍俯洞庭,祖龍巡幸此曾經。馬蹄猶記亡秦迹,厓石誰鐫上古銘。鰲背壓波晴隱隱,芙蓉積翠曉冥冥。樓船此日登瀛客,分載西峰一半青。

## 前　題　　　　　　　　　白昂

勾吳敗越戎,鏖戰此山麓。麟經奚特書,檇李仇能復。往事已成塵,草莽空遺鏃。我來謁山靈,秋深月方朒。丘園老蹲鴟,湖田遍禾菽。今歲幸年豐,國稅無缺縮。喜從絕頂高,曠縱縱游目。仰舒千古愁,長嘯振崖谷。

## 前　題　　　　　　　　　朱昱

霜刃交揮雨箭飛,吳人得志越忘歸。臥薪嘗膽君知否,莫醉蘇臺玩舞衣。

前　題　　　　徐　問

檇李陳師霸業新，夫差三載報相尋。可憐吳越俱塵迹，惟有夫椒自古今。

望　夫　椒　山　　　　金九齡

平墅面湖山，山巒隱約間。遠中堪眺望，險處好躋攀。嶂霧開仍合，沙鷗去復還。何時戒舟楫，携酒遍諸灣。

望夫椒山弔古　　　　本朝　歸莊

三日揚帆泛具區，水面諸峰，大者魚龍，小者凫。其最著名有夫椒，烟中一抹，遠在湖之西北隅。吾欲從之訪古迹，波濤際天阻險途。在昔春秋有強吳，利擅三江與五湖。蕞爾於越仇大邦，檇李一戰斃闔廬。人殺爾父爾敢忘，出入必向君王呼。枕干三年雪仇耻，夫椒之役稱雄圖。臣其君，妾其妃，吳王此時真丈夫。嗟乎吳王真丈夫，春秋大復九世仇。不譏遷紀邘鄁部，彼楚項襄宋思陵。千古罪人死庸奴，曾不若秦符堅，死休自誓殲羌胡。日暮途遠鞭荆平，夫椒之役何愧伍子胥，吾望此山千古猶憑吊，放言不畏迂儒笑。

　　　　小椒山。在馬跡山西南，與夫椒山對而差小。
　　　　大隋山。
　　　　小隋山。在馬跡山東南。《姑蘇志》作"大峰"、"小峰山"。
　　　　東鴨山。
　　　　西鴨山。在馬跡山東北，獨山門外。
　　　　三峰山。《震澤編》：東鴨、西鴨中為三峰。《太湖志》：山在馬跡山東北，獨山門外,有三山相近。向東一山名東鴨,向西一山名西鴨,居中一山,總名三山。蓋七十二峰之三也。今亦稱三山。《常州府志》:三山在無錫縣南太湖中,與獨山相對,鼎立洪濤中。

獨山。與衝山相接。《毘陵志》:與錫山連,中斷爲太湖。舟行其中,北與管社山相望,號浦嶺門。南與充山對峙,號獨山門。蓋梁溪之水流入五里湖,西導至二門,出於太湖。

### 秋晚宿獨山門下　　　　　　　　明　王叔承

掩映湖山界,孤峰結水門。帆檣千里國,烟火百家村。鳥影星辰白,人聲薜荔昏。鄰船蝦易買,沽酒月當罇。

大帆山。
小帆山。在馬跡山東北。
錢堆山。一名錢堆磯。《馬跡志》:在馬跡山北,小墅灣口。

### 詠錢堆山　　　　　　　　明　吳鼎芳

似貫如緡縱復橫,纖雲飄忽五銖輕。人間無限難平事,湖上空傳阿堵名。

衝山。《毘陵志》作"充山"。在洞庭山東北。《常州府志·山》作無錫縣西十八里。

漫山。在洞庭山東北。

### 過太湖望漫山　　　　　　　　明　謝晉

蒼蒼屹立在湖心,勢小形奇冠衆岑。烟水漫迷天瞑處,孤青一點望中深。

長浮山。在洞庭山東北,與衝山相近。

**癩頭浮山**。《太湖志》名亂頭山。

**殿前浮山**。在洞庭山東北,或云穹山。有水平王廟山正當殿前,故名。○按蔡昇《太湖志》：東山之西有王舍浮,洞庭之南有舍山。考之即一山也。白浮兩見。五石浮之外又有五浮。猫鼠山分爲二山,獨山、粥山、蒻帽山闕而不載。而王文恪《七十二峰記》有渡渚山、石公山、黿山,而無唐浮、槳安山。《具區志》刪去渡渚、石公,增以禹期山,而唐浮、槳安仍闕而不錄。夫二山本與洞庭諸山並峙湖中,乃數百年來編書者俱以渡渚、禹期等山附會七十二峰之名,而二山獨逸。豈山之顯不顯,亦有幸不幸耶？抑有所待而名始顯耶？今爲較正,序列如此,無使二山之獨悲乎湮没也。

# 林屋民風卷三

## 洞庭七十二峰

太湖三萬六千頃，中有峰七十二。洞庭周八十里，其爲峰亦如之。然前人之記述闕焉，予生長兹土，又性有山水之癖，則洞庭七十二峰非我其誰志之？峰之最高者曰"縹緲"，群山環拱，儼若植璧秉圭。踐其巔，三萬六千頃之勝可以俯而有也。縹緲之南，紫雲峰、萬羊岡，入圻村爲大龍、小龍。龍山之陽有石，廣二十餘步，七十二峰具焉，曰"小洞庭"。紫雲峰折而東五里，爲飛仙五峰，上方、下方、羅漢諸山。其南接壤於繰車、白茆、廟山，以入南湖。與大龍、小龍二山相峙，會脉於消夏灣焉。縹緲之北，有扶輿磅礴獨當西湖一面者，西湖山也。其巔有池，溶漾紆餘，不過數武，而大澇不溢，大旱不涸。湖之波浪欲興，池先爲之兆，故謂之曰"小西湖"。其山與東湖山對峙，而兩山之間有曰涵峰。南去則秘心山、凌雲峰，而至蛇頭山。東去則東灣山、南陽山，而至夾墩界，接跡於天王山、貝錦峰、鳳凰、苦竹、七賢、張家、金鐸、棹塘諸峰。重山叠障，繚繞盤旋於東村，不可具狀。縹緲之西有塔頭山、馮王山，又西至綺里，有扇子山、木壁峰。蜿蜒而至慈里灣，陡起高峰，曰"霄峰"。峰之北爲華山，縈青繚白，忽斷忽續。又有形如牛者，曰"牛(塲)〔腸〕山"。牛腸之西爲甪頭、雷頭、龜頭、龍舌、西崑、壽山、小步諸山，皆由華山發脉，迤邐至大步山而止。縹緲之東，有重岡迴抱者，曰"包山"。鑽雲峰、父子山峙其前，北望而至崦里，椒山、中腰山、栖賢山在其東，東石、西石峙其北。崦里東去五里，爲渡渚、老鸛渚、鴻鶴、黃渡、唐介、烏峰。再東禹期、囤山諸峰，直至黿山焉。黿山又與石公南北離立。石公之北更有潑紫山、屏風山。石公之西更有梭山、黃家山。而包山之東南即石公之西北，爲大蕭、小蕭、一博、雞籠、天帝壇諸山焉。其環繞於前，爲眾山之宗者，曰"洞山"。洞名"林屋"，銘曰"隔凡"，中有金庭、玉柱之勝，所謂洞天福地者也。因金庭而名，則人兼其稱，曰洞庭山云。夫由其鉅而言，則洞庭不過七十二峰之一，由其小而言，則洞庭亦有七十二峰焉。余童習於茲，平生尚有未歷處。矧名人勝流登茲山者，不過一覽而去，而記述之士又弗深考，此洞庭七十二峰之名所以不傳也。若夫龍山一石，亦具七十二峰，則天作地生之奇，殆有微意存焉，然不可解矣。因備列之，以縹緲始。

縹緲峰。一名杳緲峰，洞庭山主峰也。峰頂有龍穴，穴中有泉。

## 縹緲峰記　　　　　明　蔡　羽

匯三州以爲澤，水始大；中五湖以爲鎮，山始尊。然三州之利不同，而形勝亦異，不歷其尊，未易遍也，而尊莫尊於縹緲峰。其陽空虛，無梯可至。西爲晉陵，水最大，山最遠，第四峰臨之特親。第四峰之於縹緲，猶人之掉右臂。北歷三嶠，以由西面東，踰莫里以窺吳江，秦家嶺臨之最親。秦家嶺之於縹緲，猶人之出左臂。北爲姑蘇城，穹窿、陽山或遠或邇，厥疆不齊，砂子嶺臨之最親。由砂子嶺歷西湖寺，躡峰之陰尤近。是升峰之三道也。然客終以艱危爲病，常中陟而罷，還於所親，以求三方，寧臨寧鬱，寧受屏蔽，而五湖之觀鮮克周遍。正德庚辰十月之望，中山湯子重、太原王履約、履吉客余之明日，得第四峰之道，輿舁以進，蓋踰時而造厥巔也。游於空虛，忽見大水，下求千巖，莫知所在，客已有懼色矣。居頃，獲詢三州之形，如螺如黛，隱映烟際，可以意求，難以形辨。然東北隱起，非河非虹，可指者，靈岩浮圖也。北為無錫，其入最深，可臆者，陽羨諸山也。西方不究厥始，然下山獨親，南屬苕霅，可接餘杭、武康。霅以東不得而擬矣。於是三州始合，象緯始親，客始吐臆去結，消釋壅蔽，混元支離，浮乎須洞，覽乎杳冥，超然萬仞之表矣。時冬氣肅甚，日白無色，密邇天路，非人宜居，各杖策去。

### 前題　　　　　　　　　本朝　蔡旅平

山自坤行，逶迤綿亘至消夏灣，陡起高峰。眾山攢拱，形若蓮花，峰則尊處其旁。級登厥巔，夷險居半。俯瞰三州，如臨虛空，梁溪、晉陵渺焉。北顧天目、道場諸峰，若寮寀秉主。南觀苕霅，罨畫瀠洄，襟帶西藩，穹窿岧崿，趨承於左。靈岩、戴山浮圖，宛銅柱雙擎仙露，鳧沙雁渚，俯仰踏踏，紫綠萬狀。幻移跬步，曳杖峰頭，飄飄作御風想。但數里崎嶇，無亭榭嘉樹以憩足，俗樸少文，民貧風儉，概可見矣。

### 遊洞庭縹緲峰忽遇雷雨龍挂　　　唐　皮日休

頭戴華陽帽，手拄大夏節。清晨陪道侶，來上縹緲峰。帶露饌藥蔓，和雲尋鹿蹤。時驚鼯齡鼠，飛上千丈松。翠壁內有室，扣之虛硿礱。上戶冬切，下音隆。古穴下徹海，視之寒鴻濛。遇歇有佳思，緣危無倦容。須叟到絕頂，似鳥穿樊籠。恐足蹈海日，疑身凌天風。眾岫點巨浸，四方接圓穹。似將青螺髻，撒在明月中。片白作越分，孤嵐為吳宮。一陣霿靆氣，隱隱生湖東。激雷與波起，狂電將日紅。罄罄雨點大，金髇轟下空。暴光隔雲閃，彷彿亘天龍。連拳百丈尾，下拔湖之洪。捽為一雪山，欲與昭回通。移時却擔下，細碎衡與嵩。神物諒不測,絕景尤難窮。杖策下返照,漸聞仙觀鐘。烟波噴肌骨,雲壑填心胸。竟死愛未足,當生且歡逢。不然把天爵,自拜太湖公。

### 洞庭山登縹緲峰觀湖歌　　　　　　唐　陸龜蒙

左右皆跳岑,孤峰挺然起。因思縹緲稱,乃在虛無裏。清晨躡磴道,便是屏顏一作顚。始。據石即賡歌,遇泉還徙倚。花奇忽如薦,樹曲渾成几。樂靜烟霭知,忘機猿狖喜。頻攀峻過斗,末造平如砥。舉首閶青冥,迴眸聊下眎。高帆大於鳥,廣埒徒旦反。纔類蟻。就此微茫中,爭先未嘗已。葛洪話剛氣,去地四千里。苟能乘之游,止若道路耳。吾將自峰頂,便可朝帝宸。盡欲活群生,不惟私一己。超騎明月幹,復弄華星蕊。却下蓬萊巔,重窺清淺水。身爲大塊客,自號天隨子。他日向華陽,敲雲問名氏。

### 縹　緲　峰　　　　　　　　　　　宋　范成大

滿載清閒一棹孤,長風相送入仙都。莫愁懷抱無消豁,縹緲峰頭望太湖。

### 登西山縹緲峰絕頂　　　　　　　　明　王　鏊

仄徑盤空艱復艱,快哉七十二屛顏。星辰可摘九天上,吳越平分一水間。日轉林梢看鳥背,烟橫谷口辨人寰。居然自可小天下,誰道吳中無泰山。

### 前　　題　　　　　　　　　　　　　王　銓

七十二峰惟縹緲,天風吹上最高巔。西來馬跡疑無地,東去龍宮別有天。澗底雨過千尺練,峰頭日出萬家烟。欲窮壯觀何由得,須借禪房一月眠。

### 前　　題　　　　　　　　　　　徐禎卿

　　靈峰俊偉插吳天，鹿道斜通密草間。波瞑遙疑下方雨，烟明微見隔州山。藥苗細染雲絲碧，石䂩重生雉尾斑。塵骨未仙留不得，剛風吹冷布袍還。

### 前　　題　　　　　　　　　　　文徵明

　　薙草遙遵鹿兔踪，飛嵐拂岫映疏松。平湖萬頃玻璨色，落日千尋縹緲峰。烟樹吳都晴上掌，秋風雲夢晚填胸。無煩咋指傷韓愈，儘有閒情在短筇。

### 前　　題　　　　　　　　　　　蔡　羽

　　莫訝登高不用扶，手招鸞鶴興如何。環來島嶼人間小，側去陽烏寒色多。巖下雨來浮碧靄，杖頭霞去落蒼波。千年石上仙人跡，為問王喬幾度過。

### 前　　題　　　　　　　　　　　王　寵

　　絕頂親攀日月行，五湖如帶自迴縈。山川歷歷分南服，今古茫茫混太清。萬里風煙臨海嶠，百年身世悵浮萍。未騁鸞鶴雲車遠，兀坐松杉濁酒傾。

### 前　　題　　　　　　　　　　　王世貞

　　不辭芒屩破蒙茸，賈勇先登第一峰。湖上山圍青玉案，波間島插紫芙蓉。龍宮襲籟俄成吹，鹿苑噓烟忽自封。指點空濛渾未定，乍驚雲物盪吾胸。

### 前　題　　　　　　　　　　　　張鳳翼

湖上孤峰類削成，盤空石磴倚雲平。攀躋忽覺虛無盡，身世真從縹緲行。翠色低浮青嶂小，烟光搖落夕陽明。相攜況是游仙侶，正好臨風理鳳笙。

### 前　題　　　　　　　　　　　　黃姬水

縹緲標靈界，崚嶒鳥道躋。浮峰七十二，宛在五湖西。烟水扁舟路，平蕪翠輦堤。如何臨眺裏，能使客心悽。

### 晚步縹緲峰　　　　　　　　　　申時行

孤峰縹緲入雲烟，十載重來至絕巔。縱目平臨三界盡，攜身獨傍九霄懸。浮沉島嶼飛濤外，斷續汀洲落照邊。呼取一樽收萬象，狂歌欲醉五湖天。

### 前　題　　　　　　　　　　　　葉初春

高峰久不至，晚步興偏奢。隔水雲封徑，連邨樹隱家。野禽相對語，幽草自開花。得句歸來暮，行吟倚彩霞。

### 又　　　　　　　　　　　　　　前人

樹色已重綠，陰陰似掩關。谷幽鶯睍睆，風靜澗潺湲。衆水日就壑，孤雲暮還山。興來思久憩，樂此有餘閒。

### 登縹緲峰遠眺　　　　　　　　　范沇

天近筍輿如踏空，翻翻巾舃泠泠風。遠尋亂嶂出帆外，近數諸村懸鏡中。沙草微茫似楚澤，澗花淒冷非吳宮。湖西湖東盡堪望，兩地鄉心誰與同。

### 陟縹緲峰適遇風雨　　　　　　　　　　　馮夢禎

茲峰洵縹緲，玉卓蒼波上。睠余三度登，廿年一俯仰。茲來挾風雨，奮欲排蓁莽。歲遙徑轉荒，氣銳天忽朗。磴峻或捨車，嶺澀兼扶杖。斷續見積石，曩蹟森可想。路窮入巔際，雲深墮恍罔。長嘯逼九天，獨立卑萬象。三州何綿麗，翠壁平入掌。陰晴故難齊，坦懷惟所往。

### 縹緲峰望笠澤懷古　　　　　　　　　　　鄒迪光

憶昔洪荒未經剖，天地塊然只一物。亡何混沌鑿且破，元氣淋漓日汩沒。瀦為巨浸號笠澤，洩作大海是溟渤。笠澤之間瀉不足，中流翠嶂波心矗。芙蓉離離七十二，直從縹緲為役僕。巍然高座自稱尊，餘者參差禮其足。我來直躡山之巔，手把玉節朝上天。罡風吹人不得墮，兩腋習習如飛仙。陡然六合黑千尺，銀濤懸天吳馮夷。擊節舞土伯九約，鬐鬐戴角而騰騫。乾樞吳越盡地軸，東南偏但見蛟宮。罨窟出沒煙波間，須臾鯨匿虬龍屏。谿開大地山河影，渚青沙白土一區。橘綠楓丹人萬井，瑤天雲樹遠迷離。玉嶼霜花近疏冷，乃知造化多反覆。世間萬事無定局，夫差霸業安在哉？唯有山月湖雲長在目。君不見，伍胥報父仇，屬鏤空賜死。英雄千古恨，化作怒濤起。又不見，范蠡自謂高，舟載夷施逃。神仙那可學，貨殖亦徒勞。吾不學靈胥恨，亦不學少伯浮。具區吾湯沐，縹緲吾閻丘。閒田廢宅倘可買，便欲於此營菟裘。綺園甪里相夷猶千秋，署作五湖長，安能忸怩顏面交公侯。

### 游縹緲峰　　　　　　本朝　蔡旅平

烟嶂晴巒一望寬，岧嶤居攝萬峰端。川原歷布分棊局，吳越微茫混彈丸。鳥背日沉河漢近，嶺頭雲淨斗牛寒。征帆遠影秋旻湛，青出芙蓉天際看。

### 前　題　　　　　　　　吳偉業

絕頂江湖放眼明，飄然如欲御風行。最高尚有魚龍氣，半嶺全無鳥雀聲。芳草青蕪迷近遠，夕陽金碧變陰晴。夫差霸業消沉盡，楓葉蘆花釣艇橫。

涵峰。在山北涵村塢麓。

### 涵　村　　　　　　　　明　謝晉

涵峰湖水水涵村，屋宇參差瓦若鱗。樵子息肩忘谷暝，漁郞鼓枻愛山春。人煙集處雖成市，巷陌行來却斷塵。四海欣逢堯舜理，此中應有葛天民。

西湖山。在涵峰西，縹緲峰北。

東湖山。在涵峰北二里。

凌雲峰。在陳巷龍峰頂，有石名凌雲臺。

秘心山。在砂蹟嶺之南。

攢雲峰。在縹緲峰東，攢雲嶺麓。

紫雲峰。在消夏灣西鹿塢內。

霄峰。在慈里灣徐勝橋北，峰頂有石，名臺磐石。

五峰。在消夏灣蔡母嶺上。

## 五峰跋并詩　　　本朝　蔡旅平

澄湖漾碧，列岫排雲。東瞻葛塢，香雪萬重。南矚廟山，烟林一帶。紅桃綠柳，黃葉丹楓，點染南灣諸村堡。菱歌晚唱，罟網風柔，人世桃源無逾於此。登其巔者，味坡老挾山遨遊之句，想當如是。

柳條吹綠颺絲輕，隔塢風香雪影橫。花氣絪縕千嶂合，波光淡蕩一湖明。征帆遠帶春流急，蘭槳齊爭落日平。山水情多如對畫，相看不厭暮雲生。

繰車山。在消夏灣東南、蔡巷之麓。

白茆山。在消夏灣東南、廟山北，張楊二巷之間。

廟山。在消夏灣東南南灣，與大龍山對峙。

上方山。在葛塢。

下方山。在五峰南麓。

飛仙山。在縹緲峰南三里，消夏灣中。

## 飛仙山記并詩　　　本朝　蔡旅平

北奠縹緲，陽臨消夏，左提右挈，形家指為胎息元也。樓臺相望，雞犬相聞，蔡氏宗裔中州，南渡越居。族推書禮，市列新豐，佩山川之澤五百載。自湖棼狷熾，民胥蕩晰，堂陛鞠為茂草，豈特銅駝荊棘。追念長毛仙客，白日飛昇，憩足此山，抑人傑而留跡於山，抑山靈而注念於客，何五百年衣冠文物頓委泥沙瓦礫哉？花臺月榭，竹館松寮，俱成夢境矣。

仙人振羽上雲逵，何復翱翔下逶迤。疑是武陵三楚勝，何來消夏五湖湄。黃柑紫蟹鄉村美，翠嶼蒼波山水奇。回首黍離揮涕淚，愁聽寒柳夜啼鷗。

角頭山。在牛場山西南,又名角渚。

牛場山。在慈里西。

雷頭山。在角里之南,又名雷渚。

龜頭山。在角里之南,與雷頭並峙。

龍舌山。與龜山相近。

小步山。在角里西小步里。

大步山。在大步灣,有太湖營衙署在於山頂,今名衙里。

壽山。在前湖小步之間。

華山。在霄峰西慈唐嶺麓。

栖賢山。在前後二堡之間,環亘數里。

### 栖賢山跋并詩　　　　　　　本朝　蔡旅平

跨林屋、椒山前後二堡,逾中腰、山田諸村墅,環亘數里,或嶺或坡,或岡或麓。山胻丘趾之間,頡者頏者、平者欹者,高低上下,參差掩映。灌丘樊而紛披偃仰,礧岩塋而布置橫斜。陰晴昏旦,吞吐萬千殊狀,香氣魂消,花光目炫,誦高季迪雪滿山中高士句,惝怳得之矣,何須更下一語也。

寒煙如織曉霜濃,鐵笛吹開霧萬重。驚破夜深姑射夢,醒看早起玉人容。明光怳在瑤臺會,冷艷猶疑月殿逢。寄語花神頻護惜,春風水面莫相從。

雞籠山。在包山之南。

### 雞籠山跋并詩　　　　　　　　蔡旅平

山不甚崇,境不甚幽,蹲乎園圃之上,超於丘樊之表。攜樽便於延攬，着屐易於登高。探梅者咸誦其勝，然不若栖賢、范塢之盤山遍野，綿亘無垠，僅可比肩光福、玄墓云耳。

玉滿一年庾嶺賒，氤氲數里淨無瑕。射姑逸韻山腰雪，洛浦閒情木末霞。石面雲橫清影瘦，琴心香弄古音遐。青蹊迷入寒烟隧，光徹瑤池月未斜。

**羅漢山**。在縹緲峰東南，羅漢寺傍。

**一博山**。與雞籠山相近。

**屏風山**。在許巷屏風塢。

**黃家山**。在黃家潭。

**包山**。在縹緲之東梅園里。

**中腰山**。在華畎里之陰。

**椒山**。在前堡、後堡之間。

**父子山**。一名公子山，在鑽雲峰前。

**石公山**。在可盤灣南二里。

## 石公山記　　　　　　明　姚希孟

游龍渚之夜，夢寐皆石公也。次早盥櫛已，空腹而游。石比龍渚更夥，巨且數倍，如崇丘者，如禪龕者，如夏屋者，如釣臺者，皆突兀水濱，而瞰蛟龍之窟，參差俯仰，連亘離屬。余奮躍而登之，匡坐良久，復效猿猱臂相接，循崖而上，跨石梁，迴顧絕壁，又可梯而企也。興遄發不自遏，忽上忽下，狂呼相賞，水聲搏石根，始若笙簧，風稍猛，漸成鐘鼓。促筆墨，題名壁上。行數百武，至石公菴。菴面南湖，湧湍迅潊，在階墀外，湖之曠而近，諸刹所不及。菴後石壁，從可十丈，橫不下三四丈，削平如版，作黝黑色，光可鑑。尋右而躋，得劍樓，王弇州仍其舊名曰"風弄"，俗子不知，競曰一線天耳。上通圓竅，如瓶去室，天光射入，比燕磯一線天更隘而奇。躡層級徐陟，僅容數趾，無處着踵，手攀藤蔓佐足力，踴身出穴，即山巔矣。盤陀如畝，可作數百人。坐者三四處，但多石礫。山僧謂嘉靖以前尚多伐石於此，而不知其爲朱勔之流殃也。折而下石，愈坦愈廣，與崑之石版相肖。放足驟步，有凌波乘槎之志。其傑峙相向者，名石公，遂以石母配之，何不道兩石丈對塵談經耶？左有歸雲洞，儼成一龕，供大士。又有石之插上者，爲雲梯，衡廣而襟帶不斷者爲聯雲嶂，皆附石公顯。大抵石公之勝在石，石之雄鉅，亡論他山，即此山罕與抗。色瑩碧極矣，而時帶黑，或如梨几，故不覺其新。其負壘而拒水如龍渚然，龍渚水石相戰，而此地石愈壯，阻高而當關，水不敢仰攻，怱決而來者，蕩而灘澌，如遊徼之抄掠而已，固不若龍渚爲玄黃之戰也。獨惜其不遇米南宮，不得一當膜拜，而乃辱於花石綱之役，剝山膚，髠石髮，以成艮嶽，卒半委路隅，半淪兵燹，後之爲金谷者，踵其弊，斤斧相尋未艾也。然釀湖石之禍者，非勔也，其牛奇章乎？

## 石公記　　　　　本朝　蔡旅平

　　截然高者爲雲梯，轉而北則聯雲嶂。坦夷平曠，席布千人者，爲石坂。孤標特峙，待月東山者，曰"落照臺"。臺傍巨石摩空，臨波濯濯，名"石公"。舟行至此，呼之即應，兩壁天開，巉巖如劃者，爲風弄。新闢一線，環走巖腹，而洞口稍谺者，爲飛霞澗。亭亭一朵，覆蓋如雲者，爲歸雲洞。此石之麗於麓，崒律湖濱者，若石梁石琴，蟠龍花冠，形體具備，鱗甲宛然，皆天劃神鏤之巧。然而半沉潛壑，無引道，罕窺靈奧。秋旻皎潔，湖水湛波，此際尤繫人懷，可想而不可道。

## 石公山　　　　　明　王寵

　　島嶼屢崩奔，石林特參錯。朝雲正吐秀，冬水亦漸涸。槎牙熊豹蹲，蜷曲蛟龍蠖。波濤激中洞，嵐靄紛上薄。金膏赤日流，石鏡青天霩。表靈徵名圖，延賞諧幽諾。蒼鼠不驚人，丹楓時自落。玆焉可投綸，畢志甘塲藿。

### 游石公山　　　　　　　　　　　黃姬水

覓異轉崇巒，奇形信駭觀。危崖開斷峽，積石漱飛湍。壁絕無蘿挂，灘空抱石寒。莫愁松路暝，明月正宜看。

### 前　題　　　　　　　　　　　　王世貞

地是排雲上，天從破磵通。乍看雙劍谺，不數五丁雄。一轉成開闢，千尋接混融。竦身爭鳥道，側足瞰龍宮。鼉擁高低石，鯨噓斷續虹。張空帝子樂，疊浪大王風。響答歌增壯，尊扶力未窮。欲尋前相跡，明滅古苔中。

### 清晨泛舟游石公　　　　　　　　郁迪光

晨朝天日爽，沿湖鼓舴艋。安恬靜鱗甲，鮮朗鑒藻荇。徐風偏喜徐，永日愈見永。石公隆然峙，旁坻此襟領。紆巒若逶迤，冠嶺實肅整。鎔壤柔且嘉，簪羅深以靚。下阯何離奇，惝怳萬形騁。紛挐龍象角，躩踢虎豹猛。即地有窮畦，探奇無盡景。呼之應石公，此義不可省。

### 前　題　　　　　　　　　　　　華　淑

圓湖比滿月，青山猶桂影。晴陰綱輕瀾，深翠積遙嶺。瀠洄柔櫓前，如魚狎藻荇。戀彼楓柚香，丹黃點妍靚。潋艷自爲村，水氣兼秋靜。突石攢高天，蓀茭撥寒境。終期宅此居，一樓一舴艋。舴艋石公邊，樓當消夏冷。竹木侍巾裾，烟霞叨簿領。

## 前　　題　　　　　　　陳宗之

天乳晝鷩，墮爲石碣。如犀如虎，如鳧如鴛。乘水而嬉，槎枒披裂。上有奇壁，崢嶸削鐵。洪濤秋戰，鏤空成穴。摩艇而入，醉捫龍舌。瓊隄萬尋，吞縞卷雪。幽綠凝寒，箭括中抉。捫蘿獨登，踞坐盤嵲。沙縫吐花，紺鮮可擷。穆穆萬戶，蜂衙蛛綴。曠若天外，久立骨蛻。雲虎渺然，飛鳥影絕。

## 登　石　公　　　　　　本朝　蔡旅平

聯幢雲梯望幾重，碧螺如髻半烟封。瑤臺影蠹波間雪，靈壑風傳洞底虹。硜爾不磨高士骨，森然無數丈人峰。最憐漱石湖邊叟，坐聽濤奔萬頃淙。

馮王山。在塔頭西南。
塔頭山。在支頭嶺西一里。
木壁峰。在綺里。
扇子山。在綺里。
萬羊岡。在圻村。

## 萬羊岡記并詩　　　　　本朝　蔡旅平

橫臥二龍山之陰，縹緲掉右臂，匯澄湖。湖光如鏡，襯蒔葦蔬，若微雲淡河漢。土人漁澤如武陵，不知有世，何知出世也。地饒橘柚梨棗，溪橋環石，中道如砥，渡橋徑達烏砂泉，二三里無淖泥之患。山岡巉石，若沉若浮，爲羝爲羖，婆娑其上，能無觸藩之恐乎？登巔南，矚目窮兩浙諸峰，麓布平壤，輪廣十丈，曰可盤桓。爲陶朱公宅址，西施隨范蠡居此而命名也。厥名甚雋，固知西子絕世韻人，豈獨紅粉傾城？撫今追昔，曾念及吳宮花草乎？

　　四山如黛復如屏，霧鎖烟橫十里町。漁笛颺風來柳岸，菱歌隨月渡桃汀。乳羝何日歸鄉井，肥息誰人報漢庭。堪羨布帆乘浪客，白雲滿棹故山青。乳羝，漢蘇武事。肥息，漢卜式上苑牧羊事。布帆乘浪，范蠡事。

　　小龍渚山。在圻村大龍山麓。

　　大龍渚山。《郡志》：臨水有石如龍，往年里人疑爲耗稟而殘之。

## 跋　　　　　　本朝　蔡旅平

　　龍渚大小二山，石多瓌異琳琅。大龍石更巑岏，隊列湖湄者，如獅如象，如龍怒奔飲濤，莫敢攖鋒。高者如樓臺，邃者如堂廡，玲瓏透漏，宛轉環通。石坂平鋪，芙蓉倒垂，深淺皆可流觴布席。波濤洶湧，遠匯苕霅諸水，風馳石激，湍飛數仞，嵌空竅穴，溟渤噴薄，嚜吰鏜鞳，晝夜不息，頡頏篤鷙，屺嵼嵢岈，鑚簇如雕鏤斧削者，不可殫述。然而半湮水腹，水落石出，顯靈抉異，方無遁形，否則難晰其奇，以彰厥異。

## 游大小龍渚記　　　　明　姚希孟

　　入洞庭累日，抉幽味玄，皆在山阿，未嘗作水嬉。峒雖水涯，然夜遊冥濛，譬如燈殘燭爐，擁視麗人，逼真矣，然曉妝靚妝時，又何可不觀。從華山還，蕩舟中流，去山稍遠，嵐鋪林繡，更來送媚，若流睞挽客者。從林薄中觀落照，雖不若縹緲、甪菴之曠，因是日日色融麗，霞暉映綠，又成瑋觀。夜宿圻村。詰旦尋小龍渚，其石疏疏落落，秀潤若林屋頂，而苔花涵漬朱翠，斑駁可愛。橘實楓林，互相點染，山光隱起，與晴湖映射。余往來尋賞，或踞石趺坐，或沿村逍遙，自詫此游獨擅其勝者，以其不促不繫，行行止止，見一樹一石堪入畫圖，必盤桓款洽，不作驟馬看花之態，故適也。登舟觀大龍渚，鉅石踞水滸，如兜鍪甲胄，排營列隊者不勝計。崩濤挾長風而來，擊撞轟磕，石作垣墉拒之，營連戰苦，相持不下，幾千萬年於此矣。陽侯裂眦，張喙吞石不得咽，而迅湍激瀨，尋竅導郤，如簇如鑽，使砥者罅，堅者朽，樸者琢，桀驁不可羈制者，亦婉項就絏。而扞骮外衛，鐘鼓叮嚀，相應萬竅齊振，大者怒號，小者悠吟，日夜不絕聲。人謂此地乃湖山姤遇處，夫姤遇者，宜鏘然而環珮垂，嘒然而笙絃奏，即劉先主燕見孫夫人，不過侍婢帶刀宿衛耳，何至刀攢矢控，車衝柵塞，如滎陽成皋間耶？殆山與水，戰場也，俗呼龍嘴，以其頷首若飲於湖者。又一石芒角森起，說者謂七十二峰具焉，呼爲小洞庭。又有片石趺四垂，俗子泥象，取名俚甚，不忍道。獨萬羊岡借叱石事，稍韻耳。張君者從山上行，呼余登，因山根刺舟不可泊，且觀戰者從壁上望殺氣，聽鼓聲足矣，何必尋莽骨燐血哉？又有言其確鬭處在石公，乃掠山而過，湖中行十餘里，至石公灣瞑矣，遂維舟。

## 登小龍山　　　　　　　　　明　馮夢禎

水宿淹晨暮，山尋指玲瓏。犯淖踰黃畦，度彴越淺淙。孤嶼綴人烟，遙瞰洪流中。石勢何窈窕，騫騰欲如龍。又如萬馬飲，巧出造化功。湖波日夜嚙，硈砑韻商宮。移坐眺奇姿，回瞻惜蒼容。伊余酣妙善，朋知故難同。人言水落後，舟沿盡其工。後期如何踐，信宿攜尊從。

## 遊龍渚　　　　　　　　　　邢昉

山行屢鬱紆，數里出烟藪。陟巘觀龍渚，怪石森湖口。一一中皆空，變化無不有。石龍爭天矯，奮鬣如欲吼。亦有石類黿，儼然戴其九。所歷已瓌詭，下瞰仍紛糾。曲折躋堂奧，反側攀戶牖。轉盼呼前侶，相失已在後。左方一小竇，蛇行沙沒肘。盤渦得龍脊，騰踔跨之走。日入暝色來，山寂嵐霧厚。獲勝神已怡，接要趣非苟。俯仰盡石勢，長嘯獨搔首。回首波濤間，佇立不可久。

### 大小二龍山咏　　　本朝　蔡旅平

逐隊龍師出九淵，相從雲水陣湖邊。波連澤國三春雨，花滿桃源二月天。綠漲柳翻吳磵雪，紅浮燕擷越溪烟。湍飛百尺長鯨浪，影與奇峰一樣懸。

鳳凰山。在山北東村。

金鐸山。又名金石山，俗呼爲金宅，在鳳凰山東三里。《震澤編》云吳王藏金鐸於此。

七賢山。在金鐸山北，與苦竹相連。

苦竹山。

萬仞岡山。在金鐸之麓。

### 萬仞岡記并詩　　　本朝　蔡旅平

岡在法華寺之絕頂處，寺匿山窩，四維不見其影。入山門，始知平壤開陽，方輪數十畝。僧寮佛殿，果園蔬園，方塘圓澤，一一具體而微。如朝鮮、扶餘之在寰區，另闢一眼界也。緣寺級登巔，峰崇壁(陡)〔陡〕，俯視平波巉石，龍騰鼠伏，虎負犀蹲，森森雄峙湖干。陰葉二山擁簮門庭，抱膝棲腓，依依岩下。楹(甍)〔甍〕鱗集，瓦縫參差，若金焦侍衞京口。風晴日麗，快口蕩心。烈風怒濤，身搖目眩。無天台石梁之險，有滕王岳陽之概。臨風浩渺，能無鄉關日暮之想乎？

極目重湖逼嶺巔,川原寥廓興翛然。參差雲樹依稀外,斷續丹黃遠近天。千古滄桑來去浪,三州城郭有無烟。馮虛回首風塵色,依舊江山落日邊。

張家山。在鳳皇山之東。

貝錦峰。在東村。

椑塘山。在東村。

天王山。在夾墩界東、馬村西。

南陽山。在夾墩界西天王山五里。

東石山。

西石山。與東石對峙,在崦里麓。

唐介山。在後埠東山,有唐介石,可容千人,建有聖姑廟。

黃渡山。在辛村灣、後埠之間。

老鸛渚山。在辛村灣西南。

烏峰。在前灣。

渡渚山。在金鐸山東三里,唐介山西三里。相傳吳王伐越於夫椒,常渡軍於此。

### 渡渚跋并詩　　　　　　　　　本朝　蔡旅平

洞庭山勢綿亘斷續者四。柯家嶺不屬甪灣,圻村不連石路,二斷也。玄陽洞不屬崦邊,渡渚不連後埠,又二斷也。山氓居止定宅,臂山襟水,左右拱向,惟崦山北落村農,散處泥塗,茅屋宛若水村。厥土塗泥,賦崇租約。明季餉繁,民多逃竄,沿爲石田。邇遵均畝,薙革山鄉,不論田產舊制,賦役倍艱,遺契道左,行將驥而踐之。惜乎風景依然,人思《黃鳥》之什矣。

山民逐末,不藉農業。富則經營四方,貧則株守窮山,若照畝均役,貧富倒施矣。

楓落吳江白露瀼,洞庭山上下紅霜。林光晝吐千枝艷,曙色寒開萬樹香。曲水霞明山半紫,秋田雲滿稻初黃。山人自喜寬徭賦,閒釣烟波歲月長。

## 渡渚山懷古　　　　　明　謝晉

吳師侵越地,曾此渡強兵。戰艦衝波起,兜鍪見日明。國亡無返卒,山在有居氓。幾晚人歸後,孤舟渚外橫。

鴻鶴山。山在後埠,有神女祠,又名聖姑山。
澱紫山。在山之東麓。
洞山。一名林屋山,一名龍洞山,在鎮下東包山麓,以林屋洞得名。王文恪公題"偉觀"二字尚存。
大蕭山。
小蕭山。在林屋西南。《洞庭記》:昔有蕭氏兄弟,各居一山,學道飛昇於此。
天帝壇。在鎮下北。
梭山。在明月灣。

## 題梭山　　　　　明　謝晉

天孫織錦倚天河,玉指寒生墮玉梭。豈料馮夷藏不得,令人捧出在湖波。

蛇頭山。在唐里灣西。

## 過蛇頭山口占　　　　　明　蔡昇

太湖西風片帆渡,舟人忽報蛇頭露。蛇頭一見心懷驚,穴口巖巖吞象形。恍疑昨夜怒雷擊,蟄蟲應候起湖側。落花碎碎千片斑,荒蘚重重一身碧。沛中醉客使見之，寶劍必斬山腰石。

岠山。在甪灣北。

### 岠山跋并詩　　　　　本朝　蔡旅平

甪灣渡口，波心回聚。平沙瀬湖，石坂危磯，昂首濡足，中土墳壚，厥木暢茂。上建禹王宮，平臺廣地，不越數畝。黃城丹垣，隱隆低樹修柯。荆溪北顧，茗嶺西來，盼睞群峰列岫。出没洪濤碧浪，鳥與帆落，超超萬物之表。怳怳惚惚，非霧非烟，如步太虛、遊廣寒也。又安知非馮夷宮闕乎？臨波静想，爲之惘然。

細縜層巒秋水明，嵐光回合四山橫。馮虛心曠雲霞近，引領情深烟雨生。三郡遠聯千頃闊，五湖遥接一葦輕。征帆片片飛鴻下，數點峰青落日平。

囤山。在黿山之南。山產青石，形若米囤，因名。

禹期山。在前灣，去渡渚五里。舊註禹導吳江以洩具區，會諸侯於此。《洞庭記》：一名禹迹山。○按：禹期山、黿山皆洞庭支山也，王《編》、翁《志》列在太湖七十二峰者，誤。

### 禹期山　　　　　唐　白居易

萬代分明見禹心，五湖傍注太湖深。龍舟坐會群僚處，徒想滄波見古今。

黿頭山。一名黿山。《吳郡志》：在洞庭山東麓，有石闒出如黿首，相傳以名。《蘇州府志》：山在禹期山東南三里，山悉巨石，有如黿形之立者，蓋兩山相峙，四角如足，與下石接，其間斷處，縴通一指。宣政間，朱勔力欲取之，不能得，乃碎其首，今完之矣。《紀遺集》：水濱有石黿，眼足皆具，如下水狀。恐即此也。山產青石，徽宗朝采貢，今被土人開鑿，山成砂子坡，不堪游矣。

## 黿山跋　　　　　　　　　本朝　蔡旅平

胥口至黿山五十里，為西洞庭之界。風駛帆迅，瞬息可達。山勢蜿蜒，峰疊委頓；石經鏟削，無復崚嶒震聾之雄。浮沉土膚平麓者，日為土人剥蝕，不堪騁目。瀕湄釣魚臺，鼎峙圉山下，上建五通神祠。康熙二十二年間，大中丞湯公諱斌奏毀之。山在縹紗東北極處，旦氣方昇，旭輪將稅，浪痕躍躍，如在冶之金，晃耀爍睛，滿湖血沸。俄頃光收，蒼球赤玉，羅列萬重，際昧昧爽，克會厥勝。余昔登泰岱，雞鳴時瞻日觀，殆彷彿云。

## 歸自西洞庭阻風登黿山　　　明　王鏊

親朋挽衣留不住，逆風舟向平灘駐。灘頭寂寞誰與言，青鞵飛縱巔厓步。黿頭戴山山不崩，東望東海西吳興。群峰羅列七十二，如拱如立如奔騰。我行天下亦多矣，所至有山或無水。其間有水却無山，何處能兼山水美。蒼茫萬頃浮屏顏，惟有海上三神山。杳然可望不可到，不如此地日夕隨。我往與還，胡為十年纔一到，風乎爾知我所好。

## 登黿山曉望　　　　　　　本朝　蔡旅平

萬頃漣漪曉霧開，參差石壁勢崔嵬。青山遠自雲間出，蒼嶼遙從水上來。太液晴涵清氣肅，扶桑早動赤光洄。誰云蓬島人難會，錦浪銀濤碧玉堆。

# 林屋民風卷四

## 泉

太湖之石名天下,而泉獨無聞焉。然其澄瀅甘冷,與他泉不類。惜其生於僻遠,不爲桑苧翁所賞耳,不然其品當不在惠山下也。然則不遇賞鑒,湮没於荒山窮谷之中者,獨泉也哉?余故表而出之,無亦使茲泉之悲乎不遇也。

無礙泉。在洞庭山水月寺傍,本名水月泉。《蘇州府志》:水月寺有無礙泉,味甘潔,歲旱不涸。

### 無礙泉詩并序　　　　　　　　宋　李彌大

水月寺東,入小青塢,至縹緲峰下,有泉泓澄瑩澈,冬夏不涸,酌之甘涼,異於他泉而未名。紹興二年七月九日,無礙居士李似矩、静養居士胡茂老飲而樂之。静養以"無礙"名泉,主僧願平爲煮泉烹水月芽。爲賦詩云。

甌研水月先春焙,鼎煮雲林無礙泉。將謂蘇州能太守,老僧還解覓詩篇。

毛公泉。在毛公壇下。《蘇州府志》:色白味甘,即煉丹井也。旁有石池,深廣裒丈,旱歲不竭。

### 以毛公泉一瓶獻上諫議因寄　　　唐　皮日休

劉根昔成道,茲塢四百年。氄氄被其體,號爲綠毛仙。因思清泠汲,鑿彼崔嶺巔。五色既煉矣,一勺方鏗然。既用文武火,俄窮雌雄篇。赤鹽撲紅霧,白華飛素烟。服之生羽翼,倏爾沖玄天。真隱尚有跡,厥祀將近千。我來討靈勝,到此期終焉。滴苦破實淨,蘚深餘甃圓。澄如玉髓潔,汎若金精鮮。顏色半帶乳,氣味全和鉛。飲之融痞寒,濯之伸拘攣。有時觚者觸,倏忽風雷顛。素綆絲不短,越甖腹甚便。汲時月液動,擔處玉漿旋。敢獻大司諫,置之鈴閣前。清如介潔性,滌比掃蕩權。炙背野人興,亦思侯伯憐。也知飲冰苦,願受一瓶泉。

### 以毛公泉獻大諫清河公　　　唐　陸龜蒙

先生鍊飛精,羽化成翩翩。荒壇與古甃,隱軫清泠存。四面麼山骨,中心含月魂。除非紫水脉,即是金沙源。香實灑桂蕊,甘惟漬雲根。向來探幽人,酌罷祛蒙昏。況公珪璋質,近處諫諍垣。又聞虛靜姿,早挂冰雪痕。君對瑶華味,重獻蘭薰言。當應滌煩暑,朗詠鞏飛軒。我願得一掬,攀天叫重閽。霏霏散爲雨,用以移焦原。

石井泉。在嚴家山下。《震澤編》云：煎茶不減蝦蟆巖下水。
鹿飲泉。在上方塢。

### 酌鹿飲泉記　　　明　蔡羽

環妙香堂,高下皆篠林大麓,百尺之潭,千尺之崖,離立走拱,坐限兩目。南爲連閣,瞷湖若灣。而梭山最長,屛蔽厥外,南招、雲川、東降、莫里在二十里內,莫之能通。有硎行左右,或分或合,冬夏不絕,盛則壞木偃竹,奪道以去,若決隄破防,莫遡所以。庚辰之清明,從客求鹿飲泉,去妙香西北,遵阜升降,遂陟青硎。緣水八九里,谷路不絕,澗之形遂細,過竹場山,水鳴地中矣。竹場之北,不及二里,巖豁地展,有廢廬之基二。設榻巖曲,穿井泆道,訪諸僧,莫喻厥始。豈古所謂避世人,不然劉根之流也。緣厓屈折,厥道遂阧,隆然雲中,不見其末,大青之山也。乃提策勾石,踏荆棘,崛烟霧,三分大青之一,鹿飲泉在焉。由是,超泄凌遠,絕皋逋高。縱之爲天目,斂之爲莫里,舉之爲浮玉,按之爲苕雲。鳥與之洲,帆落之鄉,俯仰指畫,咸入尊俎,梭之大僅如一縷矣。鹿飲之量,不勝二甒,而窾山成川,泆流幾里,三周妙香之堂,浮諸橋梁,厥源邃哉!客有荷竈至大青者,再沸水,益甘冽,請爲記。

### 三月八日到鹿飲泉　　　　　　　　前　人

　　十里荷茶竈,攀蘿覓遠岑。微軀已世外,寧用浣塵心。危磴緣雲細,寒泉泆竇深。古人巢穴地,百歲幾登臨。

### 鹿飲泉遊眺　　　　　　　　明　王　寵

　　山似屛風疊,谿流鹿飲泉。緣源疲磴滑,掃石愛雲鮮。香雨諸天灑,旃林百道穿。清風激天籟,心賞包冷然。


　　**惠泉**。在金鐸山法華寺傍。
　　**軍坑泉**。在鋼坑西。《洞庭記》:吳王夫差駐兵山中,嘗飲軍於此,故名。
　　**龍山泉**。在龍山下太湖石間,穴深丈餘,一名石井。歲旱不涸,遇歲潦,湖水没井而不相混。

黃公泉。在慈里徐勝塢東。

### 黃公泉詩　　　　元　張　雨

黃公煉藥處,遺井玆丘上。何年一泓碧,襃博照容狀。不意樵者歌,猶聞紫芝唱。

華山泉。在華山寺傍,其源有三:靈泉、蒙泉、鑑泉。

### 華　山　泉　　　　　張　雨

寺以華山名,一一靈泉瀉。會昌舊文字,毀壁存牖下。往劫蓮花開,曷以信來者。

玉椒泉。在西湖寺東。
紫雲泉。一名如砥泉,在縹緲峰玄武宮西南,泉出石穴,不盈不涸。
隱泉。在林屋洞中,一名紫泉。《真誥》:包山下有石室銀房、白芝隱泉,其水色紫。○王文恪公云:華陽雷平山有田公泉,飲之除腹中之蟲,與隱泉同味云。是玉砂之流液也,用以浣衣,不用灰,此爲異矣。

### 隱　　泉　　　　　明　王　鏊

聞有紫隱泉,閟在靈仙境。金庭不可扣,且此汲寒井。

### 又

洞口有深井,雲漿湛虛空。我來攜一甖,會與仙源通。

烏砂泉。在圩村,每汲必有烏砂沉盞底。
石版泉。在天王寺北。

畫眉泉。在明月灣，一名如眉泉，深不滿尺，不溢不涸。以上洞庭山。

悟道泉。在東山翠峰天衣禪院，即天衣義懷禪師汲水，折擔於此悟道，故名，董文敏公其昌題名。

### 謝吴承翰送悟道泉并序　　　　　　明　吴　寬

成化己亥春，余偕李太僕貞伯游東洞庭山，宿吴鳴翰宅。明日，偕過翠峰寺，寺有悟道泉，飲之甘美，相與題詩而去。今二十年矣。一日，鳴翰弟承翰使人舁巨甕，以泉見餉。余嘉其意，以詩贈之。於是，太僕公與鳴翰皆物故矣。

試茶憶在廿年前，碧甕移來味宛然。踏雪故穿東磵屐，迎風遥附太湖船。題詩寥落憐諸友，悟道分明見老禪。自愧無能爲水記，遍將名品與人傳。

### 吴東磵品悟道泉　　　　　　　　　　蔡　　羽

青霞翳沓嶂，綠竹迷重關。豈知天竅靈，千古封潺湲。取供學佛人，一飲通聖頑。吴公我舅氏，心與泉石閒。品水得方法，勝事傳人間。白鹿一朝去，妙韻不可攀。至今蒼巖下，屐齒生苔斑。松杉擁寒磵，惟有雲月還。阿戎亦佳士，吟咏興不慳。欲覓舊茶竈，同子卧東山。

　　　　　　　　　　　　　　　　　　唐　　寅

自與湖山有宿緣，傾囊剛可買吴船。綸巾布服懷茶餅，卧煮東山悟道泉。

　　　　　　　　　　　　　　　　　　張　　本

法井渫浮青玉瀺，山風香拂紫霞紋。客來試汲蓮花水，僧自開關掃白雲。

柳毅井。在社下里。《吳郡志》：在洞庭東山道側。《蘇州府志》：在太湖濱，大風撓之不濁，雖旱不耗，所以爲美。

靈源泉。在碧螺峰下。

海眼泉。在豐圩山頂，石上二穴，涓涓如人目。冬夏不盈不竭，其深莫測。王文恪公題詩尚存。

青白泉。在法海寺傍，有二池，其泉一青一白。

## 詠青白泉　　　　　　明　葛一龍

兩泉同一寺，青白各自好。凳寒人汲稀，寂寂山花照。

白龍泉。在翠峰大塢，俗呼方井。水味甘潔，較悟道泉差勝。

天池泉。在上金。

龍井。在翠峰寺中。《姑蘇志》名降龍井。

石澌泉。在吳灣山下，日汲不淺，味淳性冽，宜瀹茗釀酒。　以上東山。

隱君泉。在馬跡山檀溪。《馬跡山志》：涓涓一脉，注於石池，汲已即盈，山下居民賴以餰饎。

明　錢　孝

白石清池半畝寬，飛流出自野雲端。山僧細汲奔芒屩，稚子遙分裊竹竿。雨重更添琴韻響，月明偏覺鏡光寒。隱君今病文園渴，莫笑頻來沃肺肝。

蒙泉。在竹塢東厓下，湖水暗通，水落則見汲以釀酒，色味清冽。

龍泉。出官長山，經妙湛菴，入潭溉田，大旱不枯。

卓錫泉。在棲雲菴。　以上馬跡山。

79

# 石

太湖之石聞天下，自唐則然矣。牛奇章致天下之石，而獨以太湖爲甲，貴可知也。而亦孰知其爲害乎？語云：夫有尤物，足以移人。宋艮嶽之事可見矣。朱勔以之殺身，宋以之亡國，固非獨石也，而石預有其愆。勔誅後，餘石散留郡之四旁，悉歸張循王家。宋亡，金輦石而置之燕。嗚呼，是何異見車之覆，而復遵其轍乎？然非石之罪也，余志太湖，又安得遺之。

## 太湖石記　　　　唐　白居易

古之達人皆有所嗜。玄晏先生嗜書，嵇中散嗜琴，靖節先生嗜酒，今丞相奇章公嗜石。石無文無聲，無臭無味，與三物不同，而公嗜之，何也？眾皆怪之，我獨知之。昔故友李生名約有云："苟適吾意，其用則多。"誠哉是言，適意而已。公之所嗜可知之矣。公爲司徒，保釐河洛，治家無珍產，奉身無長物，惟東城置一第，南郭營一墅，精葺宮宇，謹擇賓客，道不苟合，居常寡徒，游息之時，與石爲伍。石有族，聚太湖爲甲，羅浮、天竺之徒次焉。今公之所嗜者，甲也。先是，公之僚吏多鎮守江湖，知公之心，惟石是好，乃鉤深致遠，獻懷納奇，四五年間，纍纍而至。公於此物獨不廉讓，東第南墅，列而置之，富哉石乎。厥狀非一，有盤坳秀出，如靈丘仙雲者。有端儼挺立，如真官神人者。有縝潤削成，如珪瓚者。有廉稜銳劌，如劍戟者。又有如虬如鳳，若跧若動，將翔將踴，如鬼如獸，若行若驟，將攫將鬭，風烈雨晦之夕，洞穴開喧，若欲雲欱雷，嶷嶷然，有可望而畏之者。烟霽景麗之旦，巖崿霮霱，若拂嵐撲黛，靄靄然，有可狎而翫之者。昏曉之交，名狀不可摭，要而言則三山五嶽，百洞千壑,靦縷簇縮,盡在其中。百仞一拳,千里一瞬,坐而得之,此所以為公適意之用也。常與公迫觀熟察,相顧而言,豈造物者有意於其間乎?將肧渾凝結,偶然成功乎?然而自一成不變已來,不知幾千萬年,或委海隅,或淪湖底,高者僅數仞,重者殆千鈞,一旦不鞭而來,無脛而至,爭奇騁怪,為公眼中之物,公又待之如賓友,親之如賢哲,重之如寶玉,愛之如兒孫,不知精意有所召耶?將尤物有所歸耶?孰為而來,必有以也。石〔有〕大小,(有)〔其〕數四等,以甲乙丙丁品之,每品有上中下,各刻於石之陰,曰"牛氏石甲之上"、"丙之中"、"丁之下"。噫!是石也,百千載後散在天壤之內,轉徙隱見,誰復知之?欲使將來與我同好者覯斯石,覽斯文,知公之嗜石有自。會昌三年五月丁丑記。

## 石　記　　　　　　　　明　王　鏊

　　石出洞庭山,因波濤激囓而為嵌空,浸濯而為光瑩。或縝潤如圭瓚,廉劌如劍戟,矗如峰巒,列如屏障。或滑如肪,或黝如漆,或如人,如獸,如禽鳥。好事者取之以充苑囿庭除之玩,此所謂太湖石也。石生水中者良。歲久波濤衝激成嵌空,石面鱗鱗作靥,名曰彈窩,亦水痕也。扣之鏗然,聲如磬。○今觀石多出山上,天然嵌空,非盡由水之激囓也。其堅潤可碑可礎,可柱可碱,此所謂黿山石也。一名旱石。《蘇州志》云:堅潤如玉,擊之有聲。刻碑惟此最佳。用之壓堵,世亦罕比。其在龍山之南,有石如七十二峰者,曰小洞庭。綺里東南五里,圻村山路臨水一石,青綠色,周二十餘步,上有峰七十二,因名。黿山之下有如鳥立者,曰雞距石。林屋洞中有若鐘鼓,扣之其聲清越者,曰神鉦石。石公山下有平坦可坐數人者,曰石版。縹緲峰上有如鷙鳥峙者,曰鷹頭石。霄漢嶺南,有若龜者,曰玄龜石。龍頭上側,有嵌空如屋者,曰石屋。新安保之西,有石長而銳者,曰龍舌。

## 太湖石賦　　宋　陳洙

客有嗜太湖石者，圖其形示余，命爲賦。其辭曰：江之東，直走數百里，有太湖分。澄其清湖之浪，相擊幾千年，有頑石分。醜其形，徒觀夫風撼根折，波流勢橫，神助爾怪，天分爾英。駭立驚犀，低開畫屏，素烟散而復聚，蒼苔死分又生。譬夫枯槎浮天，黑龍飲水，鬼蹲無狀，雲飛乍起。稚戲携手，獸眠盤尾，大若防風之骨，窾如比干之心。蜜房萬穿，秋山半尋。子都之戟，前其鏃；韓稜之劍，利於鐔。若乃湖水無邊，湖天一色，露氣曉蒸，蟾津夜滴。伊爾堅姿峭分，寒碧千怪萬狀，差難得而剖悉。我將弔范蠡於澤畔，問伍員於波際，原君厥初，何緣而異。公侯求之，如張華之求珠；衆人獻之，如卞和之獻玉。植於庭圍，視之不足。噫！爾形擁腫分，難琢明堂之礎。爾形中虛分，難刻鴻都之經。用汝作礪分，汝頑厥姿。攻汝爲磬分，汝濁其聲。亡所用之，而時人是寶；余獨掕口盧胡，而笑子之醜。

### 李蘇州遺太湖石奇狀絕倫，因題二十韻呈夢得樂天

唐　牛僧孺

胚渾何時結，嵌空此日成。掀蹲龍虎鬬，恢怪鬼神驚。帶雨新冰净，輕敲碎玉鳴。攙叉鋒刃簇，纓絡鈎絲縈。近水搖奇冷，依松助澹清。通身鱗甲隱，透穴洞天明。醜凸隆胡準，深凹刻兕觥。雷風疑欲變，陰黑訝將行。喋瘝微寒早，輪囷數片橫。地祇愁墊壓，鼇足困支撑。珍重姑蘇守，相憐懶慢情。爲探湖底物，不怕浪中鯨。利涉餘千里，山河僅百程。池塘初展見，金玉自風輕。側眩魂滋悚，周觀意漸平。似逢三益友，如對十年兄。王興添魔力，消煩破宿酲。媿人當綺皓，視秩即公卿。念此園林寶，還須別識精。詩仙有劉白，爲汝數逢迎。

## 和題太湖石兼寄李蘇州詩二十韻　　　劉禹錫

　　震澤生奇石,沉潛得地靈。初辭水府出,猶帶龍宮腥。發自江湖國,來榮卿相庭。從風夏雲勢,上漢古槎形。拂拭魚鱗見,鏗鏘玉韻聆。烟波含宿潤,苔蘚助新青。嵌穴胡鶻貌,纖銍蟲篆銘。屏顏傲林薄,飛動向雷霆。煩熱近還散,餘酲見便醒。凡禽不敢息,浮塏莫能停。靜稱垂松蓋,鮮宜映鶴翎。忘憂常目擊,素尚與心冥。渺小欺湘燕,團圓笑落星。徒然想融結,安可測年齡。採取詢鄉耋,搜求案舊經。垂鉤入空隙,隔浪動晶熒。有獲人爭賀,歡謠衆共聽。一州驚閱寶,千里遠揚舲。覘物洛陽陌,懷人吴御亭。寄言垂天翼,早晚起滄溟。

## 題牛相公宅太湖石詩二十韻　　　白居易

　　錯落復崔嵬,蒼然玉一堆。峰騈仙掌出,鏵折劍門開。峭頂高危矣,蟠根下壯哉。精神欺竹樹,氣色壓亭臺。隱起磷磷狀,凝成瑟瑟胚。廉能露鋒刃,清越叩瓊瑰。灰業形將動,蒐羖勢欲摧。奇應潛鬼怪,靈合蓄風雷。黛潤霑新雨,斑明點古苔。未曾棲鳥雀,不肯染塵埃。尖削琅玕筍,窪剜瑪瑙罍。海神移碣石,畫障簇天台。在世爲尤物,於人負逸才。渡江千筏載,入洛五丁推。出處雖無意,升沉亦有媒。媒爲李蘇州。拔提水府底,置向相庭隈。對稱吟詩句,看宜把酒杯。終隨金碾用,不學玉山頹。疏傅心偏愛,園公眼屢迴。共嗟無此分,虛管太湖來。居易與夢得,俱典姑蘇,而不獲此石。

## 又

　　遠望老嵯峨,近觀怪巑岏。繞高八九尺,勢若千萬尋。嵌空華陽洞,重疊屏山岑。邈矣仙掌迥,呀然劍門深。形質貫今古,氣色通晴陰。未秋已瑟瑟,欲雨先沉沉。天姿信爲異,時用非所任。磨刀不如礪,擣帛不如砧。何乃主人意,重之如萬金。豈伊造物者,獨能知我心。

## 又

烟翠三秋色,波濤萬古痕。削成青玉片,截斷碧雲根。風氣通巖穴,苔文護洞門。三峰具體小,應是華山孫。

## 買太湖石　　　　　　姚　合

我嘗遊太湖,愛石青嵯峩。波瀾取不得,自後長咨嗟。奇哉賣石翁,不傍豪貴家。負石聽苦吟,雖貧亦來過。貴我辨識精,取價復不多。比之昔所見,珍怪頗更加。背面淙注痕,孔隙若琢磨。水稱至柔物,湖乃生壯波。或云此天生,嵌空亦非他。氣質偶不合,如地生江湖。置之書房前,曉霧常紛羅。碧色入四鄰,牆壁難蔽遮。客來謂我宅,忽若巖之阿。

## 太湖石　　　　　　皮日休

兹山有石岸,抵浪如受屠。雪陣千萬戰,薜巖高下刳。乃是天詭怪,信非人工夫。六丁云下取,難甚網珊瑚。厥狀復若何,鬼工不可圖。或拳若虺蜴,或蹲如虎貙。連絡若鉤鏁,重叠如萼跗。或若巨人骼,或如天帝符。胐肛篋筲筍,格礋琅玕株。斷處露海眼,移來和沙鬚。求之煩耄倪,載之勞舳艫。通侯一以眄,貴却驪龍珠。厚賜以睽賫,遠去窮京都。五侯土山下,要爾添崲嶇。賞玩若稱意,爵祿行斯須。苟有王佐士,崛起於太湖。試問欲西笑,得如兹石無。

## 前題　　　　　　陸龜蒙

他山豈無石,厥狀皆可薦。端然遇良工,坐使天質變。或裁基棟宇，礌砢成廣殿。或剖出溫瑜，精光具華瑱。或將破仇敵，百礉資苦戰。或用鏡功名，萬古如會面。今之洞庭者，一以非此選。槎牙真不材，反作天下彥。所奇者嵌空，所尚者蔥蒨。旁穿參洞穴，內竅均環釧。刻削九琳窗，玲瓏五明扇。新雕碧霞段，旋剖秋天片。無力置池塘，臨風只流盼。

### 前　題　　　　　　　　　吳融

洞庭山下湖波碧，波中萬古生幽石。鐵索千尋取得來，奇形怪狀誰能識。初疑朝家正人立，又如戰士方俎擊。又如防風死後骨，又如於菟活時額。又如成人楓，又如害癭柏。雨過上淳泓，風來中有隙。想得沉潛水府時，興雲出雨蟠蛟螭。今來硉矹林庭上，長恐忽然成白浪。用時應不稱媧皇，將去也堪隨博望。噫嘻爾石好憑依，幸有方池幷釣磯。小山叢桂且爲伴，鍾阜白雲長自歸。何必豪家甲第裏，玉闌干畔爭光輝。一朝荊棘忽流落，何異綺羅雲雨飛。

### 前　題　　　　　　　　　宋　胡宿

海岱鉛松妄得名，洞庭山腳失寒瓊。漱成一朵孤雲勢，費盡千年白浪聲。誰向機邊逢織女，直疑巖下見初平。年來賞物多成病，日繞蒼苔幾遍行。

### 西齋初成廡中舊有太湖石數十株因植之庭下　　葉夢得

萬壑千巖不易求，壺中聊寄小瀛洲。稍看硉矹雲峰出，便有檀欒桂樹幽。絕境自知難遽忘，奇蹤爭怪獨能留。山翁已老猶兒戲，漫擬伸眉一散愁。

### 烟江叠嶂并序　　　　　　　　范成大

烟江叠嶂大湖石也，鳞次重複，巧出天然。王晉卿嘗畫烟江叠嶂圖，東坡作詩，今借以爲名。此石里人方氏所藏故物，近年以人功雕鑿者比，尤可貴。

太湖嵌根藏洞宫，槎牙石生齋淪中。濤波投隙漱且囓，歲久缺罅深重重。水空發聲夜鏗鎝，中有晴江烟嶂叠。誰歟斷取來何時，山客自言藏奕葉。江上愁心惟畫圖，蘇仙作詩畫不如。當年此石若並世，雪浪仇池何足書。我無俊語對巨麗，欲定等差誰與議。直須具眼老香山，來爲平章作新記。

### 太 湖 石 歌　　　　　　　元　趙孟頫

猗卷石，來震澤。莽荡荡，太古色。玄雲興，黝如墨。冒八荒，雨萬物。卷之懷，不盈尺。

### 太湖石古風一首　　　　　　明　高　啓

没人采石山根淵，投身下試饑蛟涎。馮夷不解護潜寶，幾片捧出如青蓮。寒姿本是湖水骨，波濤漱擊應千年。初疑鬼怪離洞府，珊瑚鐵網相鈎連。嵌空突兀多異態，雲吐夏浦芝生田。龍鱗含雨晚猶潤，豹質隱霧朝常鮮。清音扣罷磬韻遠，微屬洗出珠窩圓。坐移各岫置庭砌，日照彷彿生紫烟。三峰削成泰華掌，一穴透入仇池天。醉中時倒倚蒼蘚，秋風冷逼吟詩肩。洛陽園墅汴宫苑，當時駢列誇奇妍。黄羅封蓋紫氈裹，萬里貢餉勞車船。奢游事歇家園費，盡仆荆棘荒池邊。人生嗜此亦可笑，有身豈得如石堅。百年零落竟誰在，空品甲乙煩題鎸。又嗟此石何獻巧，自召鑒取虧天全。不如頑礦世所棄，滿山長作牛羊眠。

## 太　湖　石　　　　　　　　　　周南老

世稱湖石貴，玉色自玲瓏。波濤久衝撞，不假斤斧工。溫姿含宿潤，雲霧生冥濛。深宮秘清玩，搜採幾欲空。巨艦運有綱，民力疲已窮。噫歟盤固侯，無地悲秋風。

黿山石。一名旱石。《吳郡志》：青白玉質，可作碑碣。及礱砌堦戺者，則出湖中之黿山。又云：溫潤光瑩，扣之琅琅，有金玉聲。浙西碑石與壓砌緣池，皆取此石，而出不知其數，山如剝皮矣。《蘇州府志》：黿頭山中産青石，徽宗朝採貢，故東南有花石綱，非獨可爲橋板，堦礎之類。有天然玲瓏者，謂之花石，時甚珍之。工人以此資業，且善雕琢。或爲飛鳳走獸，擊之，其聲清越，有金玉之韻。或斲爲佛像器用，靡所不有。又一種色白而溫潤，堪爲玩具，號爲玉石。有胎斑者，光澤可愛，可充硯石，不在端歙之次，工匠尤秘惜之。《東洲叢抄》云：平江黿山石，隨意雕刻，用猪肝研好墨，烈日中塗之，候乾，外澤以蠟，可逼靈壁，然雖色似而無其聲。

## 太湖採石賦　　　　　　　　　　宋　程　俱

建中靖國元年，以修奉景靈西室，下吳興、吳郡採太湖石四千六百枚，而吳郡實採於包山。某獲目此瑰奇之産，謹爲賦云：

吳吏採石於包山也，洞庭鄉三老趨而進，揖而言曰："惟古渾渾，物全其天。金藏於穴，珠安於淵。機械既發，剖蚌椎礦。不翼而飛，無脛而騁。刳山探海，階世之競。迺若富媼贅瘤，則爲山嶽。茂草木於毛膚，包嶄巖於骨骼，與瓦甓其無間，何於焉而是索。今使者窺複穴，蕩沉沙，搜奇礧於洞脚，剔巧勢於丘阿，呼靈匠以運斤，指陽侯使息波。竪江山之崿崿，續劍閣之嵳峨，莫不剔山骨，拔雲根，貞女屹立，伏虎畫奔。督郵攘袂以相睨，令史臨江而抗尊。雖不遭於醯沃，豈有恨於苔痕。嗟主人之不見，似羊牧之猶存。何一拳之足取，笑九仞之徒勤。既而山戶蛾集，篙師雲屯，輸萬金之重載,走千里於通津。使山以爲骨,則土將圮;使玉以爲璞,則山將貧。煮糧之客,嘆終年之無飽;談玄之老,持一法其誰論。嘗聞不爲無益,則用之所以足;惟土物愛,則民之所以淳。怪斯取之安用,非野夫之樂聞。敢請使者。"

吏呼而語曰:"醯雞不可與語天,蟪蛄不可與論年。矧齊侯之讀書,豈輪人之得言。"三老曰:"極治之世,樵夫笑不談王道。至聖之門,鄙夫問而竭兩端。野人固願知之。"

對曰:"上德光大,孝通神明。闡原廟之制,妥在天之靈。以謂物不盛則禮不備,意不盡則享不精。故金瑰琛琲,天不秘其寶;樟楠梗梓,地不愛其生。而青州之怪,猶未足於充庭,故於此乎取之。且鑿太行之石英,採穀城之文石,以起景陽於芳林者,魏明之侈陋也。菲衣惡食,卑宮室,以致美乎祭祀者,夏禹之勤儉也。上方戒後苑之作,緩文思之程,示敦朴以正始,盡情文而事神,此固上德之難名者矣。抑嘗聞之,西有未夷之羌,北有久驕之虜,顧喋血之未艾,乍遊魂而送死。方將不頓一戈,不馳一羽,珍醜類於烟埃,瞰幽荒於掌股,庶黃石之斯在,儻素書之可遇。抑又聞之,三德雖修,不遺指佞之草。萬國雖和,猶豢觸邪之獸。蓋邪佞之盡心,猶膏肓之自膝。惟屬鏤之無知,顧尚方之奘捄。故將鑄采石以爲劍,凜豎毛於佞首。若是,則在邊無汗馬之勞,在庭無履霜之咎也。抑又聞之,堯不能無九年之災,湯不能無七年之旱。雖陰陽之或盭,豈閉縱之可緩?故將放鞭石於宜都,回雨暘於咳呗。抑又聞之,扶耒之子,有土不毛;抱甕之老,有茅不薅。富者侈而貧者惰,游者逸而居者勞。雖齊導之有素,奈狡兔而是逃。故將取嘉石以列坐,平罷民於外郊。抑又聞之,日不蔽則明,川不閼則清。聽之廣者,視必遠;基之固者,室不傾。方披疏而出蠹,俾伐鼓而揚旌。蓋蕭墻之戒,坐遠於千里;朽索之馭,益危於薄冰。矧四者之無告,尤聖人之所矜。故將盡九山之赤石,達萬寓之窮民。"

三老竦然而興曰："聖化蓋至此乎？"吏曰："此猶未也。若其造化掌中，宇宙胸次，彌綸兩儀而執天衡，燮理二氣而襲氣母，此包犧之婦所以引日星之針縷，方將煉五色以補天，育萬生於一府。既無謝於襄城之師，又何驚於藐姑之處？吾其與汝飲陰陽之和，而游萬物之祖矣。又何帝力之知哉？"三老稽首再拜曰："鄙樸之人，聾瞽其知，鹿豕其游，竊臆妄議，乃命知之。"

小洞庭石。在圻村山路。臨水一石，青綠色，周二十餘步，上有峰七十二，故名。

### 登小洞庭石　　　　　　　明　吳　懷

春波飛雪打芳汀，扶醉來登小洞庭。金闕芙蓉千疊嶂，玉壺天地一孤亭。直須橫槊歌明月，更擬浮槎作使星。不獨坡仙誇嶺海，茲游還許冠平生。

### 泛小洞庭觀奇石　　　　　　　王世貞

茲山饒奇石，混沌帝所鑿。墜如渴猿飲，森若驚鶻搏。龍睛過猶閃，猊座望還却。萬竅吸籟號，一柱危嵲閣。玲瓏蔽秋漲，突兀生搖落。赤鯉舷際驚，白鳥波面掠。揮手把青蒼，爲余佐杯勺。

雞距山。在黿頭山下。
玄龜石。在霄漢嶺南。
鷹頭石。在縹緲峰上。
神鉦石。在林屋洞中。《太湖志》：有兩石狀如鐘鼓，謂之神鉦。《地脉道書》：林屋洞中有石鐘石鼓。段公路《北户錄》：洞向東百步有石鐘、石鼓，擊之錚然。

### 震琳震澤中洞庭樂石也。　　　元　王　逢

震遺琳，八琅音。夔擊節，猊應唫。却西琥，謝南金。樂哉幽深。

石公。

石婴。在石公山前，二石相向峙水中。

石板。在石公山前。《蘇州府志》：石公山前有石板，皮、陸嘗游覽賦詩。

## 題石板　　　　　　唐　皮日休

翠石數百步，如板漂不流。空凝水妃意，浮出青玉洲。中若瑩龍劍，外惟疊蛇矛。狂波忽然死，浩氣清且浮。似將翠黛色，抹破太湖秋。安得三五夕，攜酒棹片舟。召取月夫人，嘯歌於上頭。又恐霄景闊，虛皇拜仙侯。欲建九錫碑，當立十二樓。瓊文忽然下，石板誰能留。此事少知者，惟應波上鷗。

## 前題　　　　　　陸龜蒙

一片倒山屏，何時驟洞門。屹然空闊中，萬古波濤痕。我意上帝命，持來壓泉源。恐為庚辰官，因怪力所掀。又疑廣袤次，零落潛鷟奔。不然遭霹靂，強半沉無垠。如何造化手，便截秋雲根。往事不足問，奇蹤安可論。吾今病煩暑，據簟嘗昏昏。欲從石公乞，石板在石公山前。瑩理平如璊。前後植桂檜，東西置琴樽。盡攜天壤徒，浩唱羲皇言。

石琴。

石梁。在石公山下。

龍床石。在石公山南湖水中。諺云：石蛇一半露，黿頭微微出。行舟見兩山，下有龍床沒。

石屋。在龍頭山側，有石巖嵌空如屋。

龍舌石。在新安保西。

黿殼石。在黿山東湖水中。《太湖志》：山有石黿，茲石如黿之殼，舟人往來，恐有觸突之患。故語云："東抵黿殼,西抵黿山。兩舟連網,慳過中間。"

盤石。一名臺盤石,在霄峰頂,廣可布百人席。

扁石。在峧嶺之側,石廣尋丈,又名扁石渚。

龍頭石。在龍渚尖處,入湖一石,形如龍頭,頭向湖州。浙民以其耗稟,擊去其嘴。

雞冠石。在禹期山絕頂,形如雞冠,今被土人鑿去。

團戀石。在前灣烏峰頂。

唐介石。在聖姑廟旁。

凌雲石。在凌雲峰頂。

老鸛石。在新村灣南,有青石形如老鸛,獨立山頂。

棋盤石。在金鐸棋盤嶺上。

釣臺石。在囤山五通祠前,高丈餘,俗呼五通神釣魚之臺。　以上洞庭山。

## 咏釣臺石　　　　　　　明　張　本

黿山釣臺白日幽,烟波來往一扁舟。落花鶯啼鏡天碧,皦月鶴叫空山秋。竿頭星斗三萬頃,笛裏雲霞十二洲。誰是客星能避世,一絲高臥子陵裘。

石壁。在東山豐圻,有大石如屏。

仙人石。在寒山西岸。

## 題仙人石　　　　　　　明　王　琬

聞説蓬萊採藥仙,飛來曾息此山巔。不知何日凌雲去,石上靈蹤萬古傳。

## 前　題　　　　　　　　吳鼎芳

仙人去已久,履跡留山中。山根一片石,歲歲桃花紅。長松響空雨,巖洞紛濛濛。碧嶺挂古月,青溪飛斷虹。此意少人會,聊寄黄眉翁。

飯石。產飯石峰。相傳彌勒寺開山禪師施飯所化,雨後得細白石如糝。

飯　　石　　　　本朝　吳偉業

半空鳴杵臼,狼籍粲如霜。莫救黔黎餓,誰開白帝倉。養芝香作粒,煮石露爲漿。飯顆山頭叟,相逢詎飽嘗。

石浪。在射鴨山下,嶙岣層叠,宛然如浪。　以上東山。

獺石。在馬跡山西,跨水如橋,俗名獺橋。

神馬石。

蝦蟇石。在西青。

獅子石。在伴奴灣。

駝公石。在檀溪外湖水中。　以上馬跡山。

石鏡。在長沙山上,相傳舟行太湖中,人物皆見之,今失所在。

蟹殼石。在二黿山南,若黿殼而差小。

# 林屋民風卷五

## 古　蹟

　　湖中諸山多靈仙之境，而亦有故國之墟、前賢之遺蹟。夫前賢之遺蹟，過之可敬也。故國之墟，可慨也。靈仙之境，可喜也，亦可怪也。山之所以得名者，在林屋，故先列之，餘以次附焉。

### 靈仙之境

　　林屋洞在洞山下，《道書》十大洞天之第九，一名左神幽虛之天。洞有三門，同會一穴。一名雨洞，一名暘谷洞，一名丙洞。中有石室、銀房、石鐘、石鼓、金庭、玉柱、白芝、隱泉、金沙、龍盆、魚乳泉、石燕。内有石門，名"隔凡"。《郡國志》："洞庭包山有宫五門，東通王屋，西達峩眉，南接羅浮，北通岱嶽。"周處《風土記》："包山洞穴，潛行地中，無所不通，謂之洞庭地脉。"《吴地記》："包山中有洞庭深遠，世莫能測。吴王使靈威丈人入洞穴，十七日不能盡，因得《禹書》。"《玄中記》："包山有洞庭，入地下潛行，通瑯琊、東武，穴中左右多有道人馬跡。禹治水過會稽，夢人衣玄繡，告治水法在此山北䃈函中，并不死方。禹得藏於包山石室，吴人得之，不曉，問孔子云：'王居殿，赤烏銜集庭，此何文字？'曰：'此禹石函文也。'"又云："句曲山聞有靈府，洞庭四開，古人謂爲天壇之靈區，天后之便阙,清虚之东窗,林屋之隔沓。衆洞相通,七涂九便,四方交达。天后者,林屋洞中之真君,住在太湖包山下,灵威丈人所入,得灵宝符处也。"《娄地记》:"太湖东小山,名洞庭,纯石巉岩,木惟松柏。山有三穴,东头北面一穴,不容人。西头南面一穴亦然,并有清泉流出。面北一穴,伛偻纔得入穴,外石盘礴,形势惊人。穴里如一间堂屋,上高丈余,恒津润。四壁石色青白,南壁开处侧肩得入,潜行二道,北通琅琊、东武县,西通长沙巴陵湖。吴大帝使人行三十余里而返,云上闻波浪声,有大蝙蝠如鸟,拂杀人火穴中。高处火照不见颠。穴有鹅管、钟乳,冰寒不可得入,春夏方可入。"《五符》:"林屋山一名包山,在太湖中。下有洞潜通天岳,号天后别宫。夏禹治水平后,藏五符於此。吴王阖闾使灵威丈人入山所得是也。"段公路《北户录》:"洞有金沙、龙盆,鱼皆四足。"洞有三门,西门低而阔,南门高而狭,顶有一门,谓之天井。三门虽殊,同会一穴。洞中之石巉岩如刻,绿色澄莹,乳泉暗流,石燕翔舞,金庭玉柱,灵迹异状不可殚纪。向东百步,有石钟石鼓,击之铮然。远十步,别有石门,半开半掩,谓之"隔凡",深不可测。侧身可入,人不敢往。《山海经》:"洞庭湖君山,有石穴潜通吴之苞山。"《晋书·许迈传》迈谓:"馀杭县雷山,近延陵之茅山,是洞庭西门,潜通五岳。"《道书》又云:"山腹中空,谓之洞庭,犹人身之有腧穴,神气之所行。"郭璞《江赋》:"爰有包山洞庭,巴陵地道,四达旁通,幽岫窈窕。"《十道记》:"震泽下有地道,潜通巴陵,龙威丈人之所居也。"程俱《善权洞》诗:"曾闻包山境,中有林屋天。旁通号地脉,岳渎潜鉤传。兹山岂其类,颔洞皆中穿。"《震泽编》:"天顺间,武功伯徐有贞篝灯深入,言见'隔凡'二字云。"

唐元和九年,有李公佐入洞庭石穴间,得古《岳渎经》,文字奇古,编次蠹蚀。公佐与道者焦君共详读之,云:"禹理水,三至桐柏山,惊风迅雷,石号木鸣。五百擁川,天老肃兵。禹怒,召集百灵,搜命夔龍，桐柏千君長稽首請命。禹囚鴻濛氏、章商氏、兜盧氏、犁婁氏，乃獲淮渦水神，名無支祁，形若猿猴，縮鼻高額，金目雪牙，搏擊騰踔。禹授之童律，不能制。授之烏木田，不能制。授之庚辰，能制之。木魅水靈，山妖石怪，奔號叢繞以千數。頸鏁大索，徙淮陰龜山之足，俾淮水安流。"先是，永嘉中有漁人夜釣龜山下，其釣爲物所掣，不復出。漁人疾沉，可五十丈，見大鐵鏁盤繞山足。以告於郡守李湯，命善游者數十人取鏁，力不勝。加以五十牛，鏁乃振動，稍稍就岸。濤驚浪翻，鏁窮，見一獸闖然上岸，蹲踞若獼猿，但兩目不能開，兀若昏醉，涎沫腥穢，不可近。忽開目，光彩若電，衆奔走。獸徐徐引鏁并牛入水，莫知何物也。及李公佐得《嶽瀆經》於洞庭，乃與李湯所見符合，豈《禹書》真有藏於此者耶？

## 林屋館銘　　　　　　　　陳沈炯

夫玄之又玄，處衆妙之極。可乎不可，成道行之致。斯蓋寂寥窅冥，希微恍惚，故非淮南八仙之圖，賴卿九井之記。至若崑山平圃，銀牓相暉，蓬閬仙宮，金臺崛起。南瞰骨臺，傍連飛閣，桂柱瓊軒，日華雲瑞。銘曰：大道既隱，衆聖無門。悠悠太極，誰見玄根。祈年立秦，望仙表漢。髣髴神靈，依稀宮觀。峩峩林屋，輪奐徘徊。庭羅花鳥，室靜塵埃。《具區志》：林屋館即洞庭，前代蓋有宮館，非金龍宇處也。

## 林屋圖跋　　　　　　　　明瞿佑

神仙家有洞天之説，凡名山勝地，揭爲三十六洞天，其外有十大洞天，而左神幽虛之天爲林屋别號，其隩奇靈異可知也。予自幼往來吳會，每過震澤，艤舟垂虹橋下，遥望洞庭之西峰，巒聳秀而蒼翠倚天者，舟人指爲林屋。每欲挾飛仙訪羽客，周覽巖壑，以求一日之適，而迫於行役，不遂所志。數十年來奔走道途，迄無定止，今又邊謫塞垣,密邇沙漠,欲求林泉水竹之瀟灑,以暫消釋其塵坌溷濁,杳不可得。秋官員外郎姑蘇尤君叔茂與余邂逅旅邸,因以此圖見示。披覽之際,但見層巒疊岫,掩映於烟嵐之表;仙宫洞府,隱現於林木之下。湖波萬頃,與天相接,客帆數葉,或先或後。而漁村橘里,微茫縈帶於洲渚之間,清風颢氣,森爽襲人,恍如置身於雲屏烟障而目覩洞天之勝也。然叔茂圖此,蓋爲思其親而作,非徒爲觀玩之具也。余聞唐有陳季卿者,親在江南,亟不得歸省。因訪終南山翁,見壁間寰瀛圖,自謂安得浮渭入河,渡淮途江,以還鄉見親乎?翁乃折階前竹葉爲舟,寘渭水上,令注目視之,即見波濤汹湧,遂登舟,信流至家,見親畢復回,翁猶在坐。季卿嘆息曰:"得夢乎?"翁曰:"異日當自知之。"其後家人來言,以其日至家即回,并在途所題詩句,歷歷可考。此雖神仙幻化,然人心有願,天必從之。況林屋爲大洞天,仙真仙聖之所萃集,而思親者孝子善念,吾知當有默相之者,俾榮歸故里,以遂孝奉之道,何必如季卿之倏忽往來而疑爲幻化乎?叔茂宜善寶此圖,朝夕注想,以致其思,天必從之矣。余雖老,俟叔茂言還,附舟共載而往一遊焉,以償夙昔之志。

## 游林屋洞記　　　　　　　蔡　羽

丁丑五月十一日,通府鏊屋焦公備孝豐之警,事寧且還,聞林屋洞之勝,期與三四士往觀,而羽與。時林霢未斂,客各求道取疾。有頃,咸會於洞門,天亦霽。有小亭與門峙,從解冠履,釋方袍,爲山行裝。南行繞丙門,出於暘谷之上,趺於石壁。壁高,盡見太湖之境。從者曰前有曲巖。復下壁攀木,行里許,次於巖畔。自亭逮丙,逮暘谷,逮曲巖,皆五步一石,十步一潭。巉巉焉獸蹲,淵淵焉龍伏。泉瀄瀄,行樹根,攬朽蘖,去豐草,然後得一伸足。靈祐道士曰:"此毛公壇水也。"壇距洞且十里,而南流出於洞門,大者成川,小者爲潭，爲澗。用是，茲山之樹青蔥堅翠，少花而多根。焦公有山水之趣，與客嵌名巖中。還至亭下，從者已在洞平坂矣。靈祐道士習於乘橇，橇以先驅。洞口微隘，稍前得夏屋穹然，黑颯然豎毛髮。左右請火，公命列炬壁間，下燭潴洄，上照銀屋，石鐘倒懸，無慮數十，夾屋爲石牀丹竈。道士曰："茲所謂金庭玉柱者也。然距石樓神鉦尚遠。"道士內鳴鉦，外奏樂，客各據牀屑石鐘，仰舐乳穴，暑月如盛寒。如是者凡幾室，而室室不同。乃縱左右各爲嚮道，或之丙門，或之暘谷，屏處忽若斷絕而無不穿漏。惟之隔凡者久許，方有人聲還報，火屢滅，不能進。羽怪茲山大不踰他峰，而中包空洞，莫知攸際，靈威丈人所言，有無不可知，求諸隔凡以外，亦無異矣。果幽明之境殊，豈造化者設是巧，不得而窺耶？出洞門，日已暝，煮石乳飲訖，各謝去。

## 遊林屋洞記

姚希孟

左神幽虛之天，十洞天之第九也。有真君主之者，曰"天后"。達峨眉，接羅浮，靈威丈人行七十日不窮。長毛仙客繇張公洞，聞櫓聲而出。唐李公佐從石穴，得古《嶽瀆經》。種種靈詭，宜闕不談。若《山海經》，則典冊可據者，云"洞庭湖君山，有石穴潛通吳之苞山"。而郭景純《江賦》云："包山洞庭，巴陵地道，潛達旁通，幽岫窈窕。"夫楚以名湖，吳以名山，兩洞庭相符，豈偶然哉？許真君曰："山腹中空，謂之洞庭，猶身之有腧穴，神氣之所行者。"旨哉言也。游洞庭必探林屋，探林屋而窮厥奧者，徐武功而下寥寥哉。余非好奇者，於山水偏嗜奇，故不窮林屋之勝不休。初入山行七八里，至洞口，日且昳矣。結束短衫，若赴鬪狀。山僧嶽廟道士暨土人，各夙戒蓺燎以從。相攜而進者，山中張儀、明僧修己。入林也，始進猶沮洳，傴而入，石愈垂，傴僂不可，蹲而躍爲雀，附地而趨爲蟻，手輔足而行爲獼猴。繼乃腹游爲蛇,兩旁差燥,中積濘尺許,瘦小者各緣燥土,魚貫進。余稍偉岸,壓於石屋,不得起,幾成負塗。行久之,石屋稍昂,則起而傴,石旋庳,旋匍匐,前後燎烟瀰鬱無所洩,眼不能瞠。所經千奇萬怪,俱無暇瞬。第聞頂上奔雷伐鼓聲,乃怒濤匈匈相尋也,蓋已在湖底中行矣。烟焰中遥見數字"隔凡從此進",益賈勇直入。大都蛇行十二,傴僂、匍匐各半之,舒體縱步可十三。衣袴皆濡泥,而烟氣衝鼻束喉間,大不可耐。自洞口行約二里許,經一二虛敞處,有石筍仰承,覆趺垂地大如盂。更入有石牀,牀之楣見"隔凡"二字。又數步,得一庭楹,色如青玉,所謂玉柱也。又意靈威所入之處,後人何不到,祇億頓休耳。修已稍俊健,屬其更進。以足探之,內堙窒如石,度不可前,乃磅礴石牀,題名"隔凡"之左,麾秉燎者出,欲俟烟焰息,更尋袁永之所題通仙處。忽有遺炬泥淖中者,火勢逼水,不得張烟,乃復熾。從入者皆困踣,捨余出。洞中石燕千數,遺糞猶惡,與烟相和,令人涕唾交下。而余清狂倍發,歡呼不已,見者謂譫且病也。就石上傴憩少選,神觀皎然,乃外人悾擾如沸,且有迎醫者。余笑而起,第問此何時,或言漏下二十刻矣。時炬烟滅盡,紅燭列兩行,石色照耀,等於脂玉。鐘乳纂纂,作巘崿波浪形,非崩屶倒挂,則膏沸下垂。雕鏤斧削之妙,疑出鬼工。忽石銕劃開,燭影下雲屏擁黛,貝闕垂珠,永巷複道,更闢瑶房。從來詫語丹竈枅栱,形似耳,即石鼓神鉦;聲似耳,若此怪瑋奇璨,恐仙島亦不多得。《真誥》中有石室銀戶之號,不誣矣。惜同游者迫促相繼,然亦飽觀而出,遇石門阨隘,上出則下蹐,下脫則上窘,移時乃得度。既而披余者麕至,黽勉故道,蛇行如初,祇步步惜別耳。然游此亦自有方略,短襟垂腰,窄褎貼肱,犢鼻褌雙,不借蒙頭抹額,兼武人田畯之裝。慎勿攜燎,第持蠟炬數百枝,紗燈與重臺各半,然燭宜多,使照耀如晝,石之瑩潔與自然玲瓏之態,畢獻其奇,將山靈無所遁藏,而不得私爲神仙之有。坐具攜蒲團,恐濕嵐侵人，斗酒猶不可少。余此游變格耳。韓退之登華山，哭不得下。當余之未出，不自哭而人有代余哭者，亦一談柄也。將夜分，達洞外，自入至出，凡爲時者有六。

## 入林屋洞　　　　　　　　　　　唐　皮日休

齋心已三日，筋骨如烟輕。腰下佩金獸，手中持火鈴。幽壙四百里，中有日月精。連亘三十六，各各爲玉京。自非心至誠，必被神物烹。顧余慕大道，不能惜微生。遂招放曠侣，同作幽憂行。其門繞函丈，初若盤薄砰。洞氣黑昳昳，苔髮紅鬖鬖。試足值坎窞，低頭避峥嶸。攀緣不知倦，怪異焉敢驚。匍匐一百步，稍稍策可横。忽焉白蝙蝠，來撲松炬明。人語散頹洞，石響高玲玎。脚底龍蛇氣，頭上波浪聲。有時若服匿，偪仄如見繃。俄爾造平淡，谿然逢光晶。金堂似鑄出，玉座如琢成。前有方丈沼，凝碧融人情。雲漿湛不動，商露涵而馨。漱之恐減算，勺之必延齡。愁爲三官責，不敢携一甔。昔云夏后氏，於此藏真經。刻之以紫琳，祕之以丹瓊。期之以萬祀，守之以百靈。焉得彼丈人，竊之不加刑。石匱一以出，左神俄不扃。禹書既云得，吴國由是傾。蘚縫纔半尺，中有怪物腥。欲去既嘆嗟，將迴又伶俜。却遵舊時道，半日出杳冥。屨泥惹石髓，衣濕沾雲英。玄籙乏仙骨，青文無絳名。雖然入陰宫，不得朝上清。對彼神仙窟，自厭濁俗形。却怪造物者，遣我騎文星。

　　　　　　　　　　　　　　　　　　　　陸龜蒙

知名十小天，林屋當第九。人間三十六洞天，知名者十耳。餘二十六天，出《九微志》，未行於世。題之以左神，理之以天后。魁堆一作"罡"。僻邪輩，左右專備守。自非方瞳人，不敢窺洞口。惟君好奇士，復嘯忘情友。致一作"敘"。傘在風林,低冠入雲竇。中深劇苔井,傍坎繚藥臼。石角忽支頤,藤根時束肘。初爲大幽怖,漸見微明誘。屹若造靈封,森如達仙藪。嘗聞白芝秀,狀與琅花偶。又坐紫泉光,甘如酌天酒。何人能把嚼,餌以代漿糗。却笑探五符,徒勞步雙斗。真君不可見,焚盌空遲久。眷戀玉碣文,行行但迴首。

## 入林屋洞　　　　　　　　　　宋　陳都官

洞天三十六,第九曰林屋。神仙固難名,瓌怪存記錄。曠歲懷尋賞,茲辰幸臨矚。馳神在真游,豈復懦深谷。解襪納芒屩,然松命光燭。初行已傴僂,漸入但匍匐。顧瞻避衝磕,濘滑沒手足。如此百餘步,始可立寓目。或垂若鐘簴,或植若旌纛。有如案而平,有類几而曲。鐫刻非人工,晶瑩燦黃玉。遥知竅穴外,定有金庭籙。凡肥不可往,叩擊安敢黷。鸞鳳無消息,但見白蝙蝠。却還望微明,既出猶喘促。沾衣憐石髓,執悔泥塗辱。庶幾達微慕,養生相吾福。

**林屋洞《仙經》一名左神幽虚洞天,正洞門左觀中,出觀左門又有二門,一名雨洞,一名暘谷洞。**　　范成大

擘水搏風浪雪翻,烟消日出見仙村。舊知浮玉北堂路,今到幽墟三洞門。石燕翻飛遮炬火,金龍深阻護嵌根。寶鐘靈鼓何須扣,庭柱宵晨已默存。

## 和默菴游林屋　　　　　　　元　倪瓚

聞道尋真林屋洞,歸來笠澤路應賒。未須敕賜鑑湖水,所憶傳經許掾家。蒸木烟侵雲去逸,歸樵路逼澗崩斜。只恐武陵迷去向,移船處處遍桃花。

君向山中餌絳霞，行經丘壑路忘賒。仙公久住金庭館，祕訣應留玉斧家。湖上帆將青影度，烟中鳥趁夕陽斜。亦欲維舟候春水，華林相約采松花。

張雨

山中春水泛，蛻骨長於樹。拏舟探穴口，甚深不可渡。窮冬桃始花，爛照珠光處。

### 林屋洞　　　　　明 王賓

華陽西去暗相連，裏面空明別有天。探得神方言不死，閶闔圖霸未求仙。

### 放歌林屋　　　　　劉珏

瓊液新篘貯滿瓢，洞天深處恣逍遙。長歌隱士紫芝曲，相和神仙碧玉簫。月照石牀雲不斷，風生溪樹葉皆飄。蟠桃忽報花如錦，飛渡瑤池酒未消。

陳完

朝登林屋古洞天，乃在具區縹緲峰之傍。夸娥驅山斷鼇足，波心擁出摩青蒼。鞭雷走電神鬼皆奔忙，五丁鑿破白玉岡。中虛一竅覆若屋，燭龍駐景迴天光。石門無鎖雲自扃，呵禁鬼物山之靈。飛泉遠落幾千丈，白練界破青天青。玉樓十二連五城，丹霞翠霧風泠泠。湘簾皺縠捲秋碧，銀屏暉映黃金屏。仙人坐吹紫瑤笙，翠蛟起舞神鉦鳴。悠然見我倒屣出，七鸞九鳳紛相迎。左拜浮丘公，右揖安期生。燒金爛煮補天石，呼吸沆瀣食元精。相攜挾我登天門，足躡紫電風雷奔。羿妃授我丹一粒，玄香碎和紅霞吞。興來濯足银河秋水浑,放歌不怕惊天孙。手挽斗杓酌元酒,陶然醉把骰骸扪。世言蓬莱有弱水,力不胜舟逾万里。何如此洞在山中,日日登临试芒屦。老仙老仙莫我嗔,诛茅卜筑期为邻。溪头旋种碧桃树,桃花一放三千春。

王　鏊

蓬山有路那能到,林屋无扃可数来。宝笈石函难复见,金庭玉柱为谁开。祇愁黯黮浑无地,又恐硁鎁忽有雷。不是隔凡凡自隔,重门欲扣更徘徊。

徐祯卿

划然中割盎然浮,一径微通玉府幽。笼炬渐遥无燕扰,相传有石燕,遇火则触灭。扶筇多蹎有狼忧。余时有蹎坎之厄。苦泥浅渍寒濡足,云石馀觚锐触头。丹刻纵存何处觅,十年饱愿只虚酬。相传有禹穴刻。

文徵明

裹粮怀炬探幽玄,稍即呀呀复旷然。荡潏微闻头上浪,光晶别有地中天。千年何物扃丹刻,相传有神禹丹书在洞。一勺怜君负紫泉。内有紫泉,饮之长生。莫欺虚酬十年愿,祇应凡骨未能仙。

## 与客至林屋洞　　　　　　　　蔡　羽

方丘茂草湿,五月入溪寒。古洞仙媒引,丹林法火观。谁嫌灵迹隐,我爱石楼宽。袖得长生术,常将钟乳餐。

胡缵宗

系马灵宫第几天,紫霞丹灶坐群仙。金庭空阔蛟龙斗,玉柱玲瓏日月懸。改火欲烹山乳食，掃雲初藉石牀眠。隔凡不隔岳陽水，黃鶴飛飛何處邊。

黃省曾

我聞大荒之東有暘谷，千古芳菲耀扶木。六龍騰御不暫停，朝朝挂向枝頭浴。靈氛霞氣飛清曉，流波常泛三青鳥。甘華不種還自生，食之能使生顏好。茫茫仙家幾萬里，包山之谷頗相擬。虛明別有日月光，幽深似隔桃源水。金城王屋皆可通，龍威丈人居此中。赤書讀罷紫冥去，蒼苔滿谷吹春風。接輿落魄歌鳳皇，東天□望蓬萊長。麻姑若得雲車下，携入玄洲不老鄉。

陸　治

雲影梅花鎖洞天，碧崖參錯勢俱懸。欲憑鶴路求丹室，漫借燈光問玉田。地割坤根冬吐氣，穴連海屋下聞泉。仙家自與塵凡隔，到此終應有勝緣。

## 題林屋洞天　　　　　　　　　釋德祥

群山包水水包山，金作芙蓉玉作環。洞裏有天成五嶽，山中無地着三班。白雲彷彿雞初唱，碧海迢遙鶴又還。可惜桃花有凡骨，年年隨浪出人間。

## 游林屋洞　　　　　　　本朝　蔡旅平

群玉蒼然螺髻尖，洞門屈曲徑迂仙。金庭不見靈威履，玉簡空傳夏禹篇。蛟室倒懸鱗甲影，琳宮奇琢鬼神妍。仰觀五色雲霞彩，疑是當年煉補天。

## 林 屋 洞　　　　　　　　　　沈德潛

夙慕幽虛天，來尋古巖壑。沿溪覺履濕，披霧嫌裘薄。洞口境偏側，稍深漸開廓。石壁釀仙鼠，青泥產靈藥。琳竈今依然，天工絕雕琢。想見古仙人，於此棲寂莫。俯看雲烟凝，仰聽波浪作。幽邃得石門，塵凡此間却。仙蹤時往還，徑路通蓬弱。當年門一開，千載封扃鑰。吾生本凡骨，悵望空緬邈。朗誦《真誥》文，出險如夢覺。

毛公壇在包山寺後。《吳郡志》：毛公壇福地在洞庭山中，漢劉根得道處也。根既仙，身生綠毛，人或見之，故名毛公。今有石壇在觀傍，猶漢物也。

## 登 毛 公 壇　　　　　　　　　唐　白居易

毛公壇上片雲閒，得道何年去不還。千載鶴翎歸碧落，五湖空鎮萬重山。

　　　　　　　　　　　　　　　　皮日休

却上南山路，松竹儼如廡。松根礙幽徑，屐顏不能斧。擺屨跨亂雲，側巾蹲怪樹。三休且半日，始到毛公塢。兩水合一澗，漦崖却爲浦。相敵百千戟，共攔十萬鼓。噴散日月精，射破神仙府。唯愁絕地脉，又恐折天柱。一窺耳目眩，再聽毛髮竪。次到煉丹井，井幹翳宿莽。下有蕊剛丹，勺之百疾愈。凝於白獺髓，湛似桐馬乳。黃露醒齒牙，碧粘甘肺腑。檜異松復怪，枯疏互撐拄。乾虬一百丈，髟然半天舞。下有毛公壇，壇方不盈畝。當時雲龍篆，一片苔蘚古。有劉先生鎮壇符，今存於堂。時時仙禽來，忽忽祥烟聚。我愛周息元，忽起應明主。周徵君名息元。三諫却歸來，迴頭唾珪組。伊余何不幸，斯人不復覯。如何大開口，與世爭枯腐。將山待夸娥，以肉投狻猊。燄坐侵桂陰，不知巳與午。茲地足靈境，他年終結宇。敢道萬石君，輕於一絲縷。

<br>陸龜蒙

古有韓終道，授之劉先生。身如碧鳳皇，羽翼披輕輕。先生盛驅役，臣伏甲與丁。勢可倒五嶽，不惟鞭群靈。飄颻駕翔螭，白日朝太清。空遺古壇在，稠叠烟蘿屏。遠懷步罡夕，列宿森然明。四角鎮露獸，三層差羽嬰。迴眸眄七炁，運足馳疏星。象外真既感，區中道俄成。邇來向千祀，雲嶠空崢嶸。石上橘花落，石根瑤草青。時時白鹿下，此外無人行。我訪岑寂境，自言齋戒精。如今君安死，宇君安。魂魄猶羶腥。有笈皆綠字，有芝皆紫莖。相將望瀛島，浩蕩凌滄溟。

<br>宋　陳都官

古壇叠亂石，草木何參差。黃衣守其傍，陳蹟刊豐碑。日初劉真人，齒髮不可訾。但見紺綠毛，被體鬖鬖垂。雲輧一日去，空山留庭墀。弟子散巖谷，荊蓁蔽荒基。晚有周息元，探訪親斬披。白鹿忽跪前，靈符見葳蕤。地勝人既偶，凝嚴起宮祠。束帛下幽聘，良馬維素絲。前朝揖高風，有美皮陸詩。殆今三百年，事去物已隳。喬松委樵蘇，野蔓號狐貍。唯有煉丹井，甘冽無等夷。一酌匪消渴，欽慕尚神禧。

**毛公壇**西山最深處。毛公，劉根也，身生綠毛，故云。有劉道人作小菴，在隱泉之上。　　范成大

松蘿滴翠白晝陰，七十二峰中最深。綠毛仙翁已仙去，唯有石

壇留主塢。竹陰掃壇石槎枒，漢時風雨生蘚花。山中笙鶴尚遺響，湖外人烟驚歲華。道人眸子照秋色，邀我分山築丹室。驅丁役甲莫兒嬉，渴飲隱泉饑餌朮。

元　張　雨

　　方壇蔭奇竹，儼彼毛骨秀。想見黃眉公，時來濯冰溜。一往不可得，尚問何日又。

明　高　啓

　　欲觀漢壇符，東上縹緲峰。葛花墜寒露，夕飲清心胸。月出太湖水，鶴鳴空澗松。真境久寂寥，蒼苔閟靈蹤。嘗聞綠毛叟，變化猶神龍。世人豈得見，偶許樵夫逢。攀險力易疲，探玄志難從。歸出白雲外，空聞仙觀鐘。

韓　奕

　　微茫太湖心，諸山此爲最。宛如海上國，平寬納幽邃。田廬錯上下，人烟萬家聚。柤梨及橘柚，栽植窮地利。想當秦漢間，尚未通風氣。龍蛇不敢窟，人跡未始至。毛公仙骨奇，有福當此地。開荒治丹朮，道成遂仙去。嗟余後千年，恨不身親遇。願執洒掃役，服勤於鼎器。彼生當有分，冀沾於粒棄。嵯峨三尺壇，草藥春來異。縹緲千仞峰，烟霞景仍秘。平生出塵想，矯首徒仰企。浮雲影悠悠，無從候仙馭。山水漫娛人，凌風振歸袂。

陳　完

　　大山矗雲半空起，小山低迴瞰湖水。砅崖轉石相鈎連，勢壓洪濤幾千里。大山小山何壯哉，金碧屏風雲錦裁。玉龍卷水洗秋碧，七十二朵芙蓉開。中有仙家白玉壇，籀文剝落荒苔斑。癡雲駛雨閟靈迹，桃花落盡春風閒。憶昔當年學仙者，麻衣草坐居其下。凝神煉氣守元精，回視人間萬形假。獰龍猛虎馴不驚，撫弄玩狎如孩嬰。鼎鐺爛煮半升水，吸乾日月光華晶。峰頭鑿雲開玉井，一鏡光涵半天影。紫鉛銀汞春溶溶，丹砂煉就芙蓉冷。功成即是神仙徒，雙瞳炯炯虬髯麤。綠毛鬢鬐忽滿體，直須搔痒招麻姑。白日飛昇朝紫皇，驂鸞馭鳳隨翶翔。玉簫聲斷忽不見，碧雲萬里秋茫茫。毛公壇名今獨在，雲林猨鶴空相待。星移物換幾千年，只有青山青不改。

王　寵

石門有遺營，澗道時屢揭。山迴谷籟長，地迥琳宮闊。近峰鬱交青，遙岑瀲虛翠。丹井周前除，雲堂儼昔位。毛公颯羽翼，白日翔鸞鸑。自非山水靈，胡為異人至。石髓不盈握，圖經滅餘字。樵人引蔓行，鹿子銜花戲。蜉蝣不崇朝，浮生溘如寄。荷篠劚黃精，終矣丘園賁。

王世貞

但傳毛公跡，不識毛公誰。丹井久成沒，白雲無復期。一僧酬對少，雙屐厭歸遲。自昔牛羊地，多於鸞鶴時。

釋廣印

黃屋辭仙闕，玄門向北開。驅雞何處去，跨鶴幾時來。殘雪窺丹井，清霜肅古臺。寒烟紆縹緲，一望一徘徊。

本朝　蔡旅平

仙壇荒卧棘籬中，丹井砂牀莎草叢。霜老松枝髯帶白，烟寒楓樹頻留紅。千年鶴跡空華表，一壑苔毛憶故宮。自是青霄乘羽去，悠悠何處訪崆峒。

投龍潭。《吳郡志》：在龜山。《林屋紀遺》：嘉定初，民於山下采藻，獲吳越王所投金龍玉簡。簡以銀製，長九寸，篆文隱然，皆以朱漆填釳，題云"太歲壬戌"，時宋建隆二年也。民爭銀，訴於縣，縣宰吳機索沒入官。其簡文，山間好事者皆傳之。《蘇州府志》：洞庭山林屋洞側有神景觀，唐時歲遣使投龍醮祭，即此處也。《洞庭記》：東臯里湖，在林屋山東，昔吳越王嘗投簡祭禱洞仙水府龍王。其簡以黃白金爲之，上刻奠文，有歲月朔日。其文略曰：伏願斗牛分野，吳越封疆，年年無水旱之憂，歲歲有農桑之樂。自唐迨宋，歲爲祀事。明正統間，亦有人於龜山西灣沙上得一銀簡。國朝康熙丁亥歲，漁人於黿山下得一銀簡，篆刻制度俱如前。

### 舟泊龜山　　　　　　唐　皮日休

龜山下最深，惡氣何洋溢。涎木瀑龍巢，腥風卷蛟室。曉來林岑静，獰色如怒日。氣涌撲臭煤，波澄掃純漆。下有水君府，貝闕光比櫛。左右列介臣，縱橫守鱗卒。月中珠母見，烟際楓人出。生犀不敢燒，水怪恐摧踣。時有慕道者，作彼投龍術。端嚴持碧簡，齋戒揮紫筆。兼以金蜿蜒，投之光焌律。琴高坐赤鯉，何許縱仙逸。我願與之游，兹焉託靈質。

陸龜蒙

名山潭洞中，自古多秘邃。君將接神物，聊用申祀事。鎔金象牙角，尺木無不備。亦既奉真官，因之徇前志。持來展明誥，敬以投嘉瑞。鱗光煥水容，日色曉山翠。吾皇病秦漢，豈獨探怪異。所貴風雨時，民皆受其賜。良田爲巨浸，汙澤成赤地。掌職一不行，精靈又何寄。唯貪血食飽，但據驪珠睡。何必費黃金，年年授星使。

金鐔山。在鳳皇山東三里。《洞庭記》云：吳王藏金鐔於此。大曆中，有人於山上得九石鐔，因立九壇。晉王嘉《拾遺記》云：洞庭山下金堂數百間，仙女居之，有金石絲竹之音徹於山頂。《紀遺集》云：上有娑婆樹，枝葉常青，人欲折之，則有巨蛇毒蠚圍繞。

雉塘。《震澤編》：在練瀆西一里。聖姑兄治田，姑往餉之，爲雉所驚，因而禁絕。自是洞庭無雉。古稱洞庭無三斑，蛇、虎、雉也。侯景之亂，始有蛇焉。

張碩仙婚。《墉城仙錄》云：初漁父於洞庭之岸聞鬼啼聲，四顧無人，惟有三歲女子在岸側，漁父憐而舉之。十餘歲，天姿奇偉，靈顏珠瑩，殆天人也。忽有青童靈人自空而下，來集其家，攜女而去。將昇天，謂漁父曰："我仙女杜蘭香也，謫於人間。"吳建興二年春，復降包山張碩家，有侍婢二人，大名萱枝，小名松枝，贈碩詩曰："阿母處靈嶽，時遊雲霄際。衆女侍羽儀，不出墉宮外。飆輪送我來，豈復恥塵穢。從我與福俱，嫌我與禍會。"乃出薯蕷子三枚，大如雞子，云："食此令君不畏風波，辟寒暑。"碩問："禱祀如何？"香曰："消摩自可除疾，淫祀何益消摩。"謂藥也。既成婚，授以舉形飛化之道，香便絕跡不來。年餘碩舡行，忽見香乘車於山之際，驚喜逕往造香，欲登其車，其奴舉捍之，遂退。以上洞庭山。

### 題杜蘭香下嫁張碩　　　　唐　宋邕

天上人間兩渺茫，不知誰識杜蘭香。來經玉樹三山遠，去隔銀河一水長。怨入清塵愁錦瑟，酒傾玄露醉瑤觴。遺情更說何珍重，擘破雲鬟金鳳皇。

　碧落香銷蘭露秋，星河無夢夜悠悠。靈妃不降三清駕，仙駕空成萬古愁。皓月隔花追嘆別，飛烟籠樹省淹留。人間何事堪惆悵，海色西風十二樓。


　橘社。在東山。唐儀鳳中，吳中書生柳毅應舉不第，將歸湘濱。至涇陽，見一婦牧羊，曰："妾洞庭龍君之女也，嫁涇川次子，爲婢所惑，又得罪於舅姑，毀黜在此。聞君將還，托寄尺書。洞庭之陰有大橘焉，曰橘社。君擊樹三，當有應者。"毅許之，因問曰："子牧羊何用？"女曰："非羊也，雨工也。"毅視之飲齕其異，而大小毛角與羊無異。後越程至洞庭，果有橘社，三擊之，俄有武夫引毅以進，見千門萬戶。頃之，見一大王，披紫執圭，洞庭君也。毅曰："昨至涇川，見愛女牧羊，風鬟露鬢，所不忍視。"取書進之。洞庭君泣曰："老夫之罪也。"俄有赤龍數丈餘，千雷萬霆，擘天而去。已而，祥風慶雲，融融怡怡，幢節玲瓏，簫韶以隨。紅妝千萬，笑語熙熙。中有一人，自然蛾眉，鳴璫滿身，綃縠參差，即前寄書者也。君哭曰："涇水之囚至也。"又有一人，披紫執圭，則洞庭君之弟錢塘君也。言於兄曰："向者辰發巳至，午戰於彼，未還於此。"乃宴毅於碧雲宮，贈毅珠璧，不受。錢塘作色曰："愚有衷曲一陳於公，可則逸雲霄，否則夷糞壤。涇陽嫠妻，欲求高義，世爲親賓。"毅曰："始聞君跨九州，環五嶽，洩其忿怒，此真丈夫。奈何不顧其道，以威加人？毅之質不足以乘王一甲，敢以不伏之心勝王不道之氣。"錢塘逡巡致謝，毅辭去。後兩娶皆亡，鰥居金陵，娶盧氏女，貌類龍女，曰："予即洞庭龍君之女也。涇上之辱，君能救之，此時誓心，永以爲報。泊季父論情不從，悵望成疾。父母欲嫁於濯錦小兒，妾閉戶翦髮，以明其意。值君累娶繼謝，獲奉箕箒，勿以他類爲疑。龍壽萬歲，與君同之。"後徙南海，狀貌不衰，同歸洞庭，莫知其終。橘社樹至今尚在,故名。其地爲社下。

蔡仙鄉。漢蔡經居此學仙,今有丹竈在焉。《神仙傳》云:"後漢中散大夫王方平得道過吳,住蔡經宅。經,小民也,方平以其骨相當仙,語經曰:'汝應得度世,然汝少不知道,氣少肉多,當爲屍解,如從狗竇中過耳。'告經以要言而去。經後忽身發熱如火,汲水灌之,如沃焦石。如此三日,消耗骨立,及入室以被自覆,忽失之,視其被內,如蟬蛻也。去十餘年還家,容色少壯。"《蘇州志》云:"經幼學玄老,工方術,變水成玉,變石成金,服水玉得仙。今吳縣有蔡仙鄉是也。"以上東山。

馬跡。在馬跡山西,有地名西青,石壁屹立,下有兩穴,跡圓各盈尺,深五六寸,水落則見。舊傳秦皇巡幸馬所踐也。或云漢郁史君爲雍州刺史,歸杜圻洲,經從此山,龍馬駐跡留石面,故時人語曰:"朝爲雍州官,暮歸棲故里。"

## 故國之墟

馬城。在神景觀西一百餘步,吳王闔閭於此築城養馬,下有飲馬泉。

鹿城。去馬城不遠,周圍五里,牆壁峻險。闔閭於此養鹿,下有池,水旱自若。

禹期山。相傳禹治水時嘗期諸侯於此。

馬稅城。在登高壇南二百步。馬稅爲梁左金吾將軍,梁祚將□,屯軍於此,陳帝伐之,積水陷城。遺跡猶存。

可盤灣。在五女墳東四里。吳王遊湖,以險阻爲畏,軍且不可渡,於此眺望,曰:"此亦可盤桓也。"故名。

<br>

**可盤灣懷古** 　　　　明　謝　晉

吳王昔日好游樂,錦纜牙檣映寥廓。笙歌移遍太湖濱,何是茲灣可盤礴。灣可盤兮水可旋,歲華安可長留連。惟有灣前古盤石,雨雨風風年復年。

明月灣。在石公山西,有大明灣、小明灣。《洞庭記》:"湖堤環抱,形如新月之彎,因名。"唐僧皎然詩:"停綸乍入芙蓉浦,擊汰時過明月灣。"《蘇州府志》:"吳王曾玩月於此。"

### 夜泛陽塢入明月灣即事寄崔湖州　　　唐　白居易

湖山處處好淹留,最愛東灣北塢頭。掩映橘林千點火,泓澄潭水一盆油。龍頭畫舸銜明月,鵲腳紅旗照碧流。為報茶山崔太守,與君各是一家游。嘗美吳興每春茶山之游,洎入太湖,美意減矣,故云。

### 游明月灣　　　皮日休

曉景澹無際,孤舟恣迴環。試問最幽處,號為明月灣。半巖翡翠巢,望見不可攀。柳弱下絲網,籐深垂花鬘。松瘦忽似狄,石文或如戲。釣臺兩三處,苔老腥蝙斑。沙雨幾處霽,水禽相向閑。野人波濤上,白屋幽深間。曉培橘栽去,暮作魚梁還。清泉出石砌,好樹臨柴關。對此老且死,不知憂與患。好境無處住,好處無境刪。翩然不自適,脉脉當湖山。

陸龜蒙

昔聞明月觀,在建業故臺城。祇傷荒野基。今逢明月灣,不值三五時。擇此二明月,洞庭看最奇。連山忽中斷,遠樹分毫釐。周迴二十里,一片澄風漪。見說秋半夜,淨無雲物欺。兼之星斗藏,獨有神仙期。初聞鏘鐐銚,積漸調參差。空中卓羽衛,波上停龍螭。縱舞玉烟節,高歌碧霜詞。清光悄不動,萬象寒咿咿。此會非俗致,无由得旁窥。但当乘扁舟，酒甕仍相随。或徹三弄笛，或成数联诗。自然莹心骨，何用神仙为。

明　高　启

木叶秋乍脱，霜鸿夜犹飞。扁舟弄明月，远度青山矶。明月处处有，此处月偏好。天阔星汉低，波寒芰荷老。舟去月始出，舟迴月将沉。莫照种种髪，但照耿耿心。把酒酹水仙，容我宿湖里。醉后失清辉，西岩晓猿起。

周南老

秋高木叶下，凉月照湖曲。阴精曜微金，冰壶炯寒玉。露澄彩夺鲜，波涵光可掬。兰舟棹空明，良宵气清肃。万象森寒芒，川泽盱骇瞩。把笛不敢吹，湫龙岂容触。

谢　晋

湛虚一湾秋，冷浸万古色。风定水自磨，烟销鑑常拭。澄光共涵映，清气交侵逼。谁将广寒宫，移入水晶域。眷言永皎皎，毋使云霾黑。

王世贞

扬舲泛淼漫，秋气逼尊寒。蚤餉炊烟合，人家渔网宽。波心插柳翠，石骨嵌枫丹。此夜冰轮色，千年水殿看。

王世懋

商舶隐湖曲，人烟连午炊。平堤规岸出，垂柳抱沙欹。一径入桑梓，兩山明竹枝。千秋綺羅色，今夜月應知。

消夏灣。《吳郡志》："在洞庭西山之址，山十餘里繞之。舊傳吳王避暑處，周迴湖水一灣，冰色澄徹，寒光逼人，真可消夏。"《蘇州府志》："水口闊三里，深九里，烟蘿塞望，水樹涵空，杳若仙鄉，殆非人境。"

## 消夏灣記　　　　明　蔡　羽

山以水襲爲奇，水以山襲尤奇也。載襲之以水，又襲之以山，中涵池沼，寬周二十里，舉天下之所無，奇之又奇，消夏灣是也。灣去郡城且百二十里。春秋時吳子嘗從避暑，因名消夏。自吳迄今，垂二千年，游而顯者不過三五輩，其不爲凡俗所有可知已。湖之峰莫大於包山，山之峰莫大於縹緲，峰高不知其幾里，足裹五十里有畸也。峰之南，水道三十里，爲苕溪。其弗能與苕溪參者，諸巒抱其外也。苕之舟北行三十里，以求縹緲峰，其弗能與峰直者，亦諸巒爲之拒也。四面峰巒交萃，獨以一面受太湖，中虛如抱甕，其南列門闕焉。由門闕東西眂，西爲龍頭山，其次爲小洞庭，爲石蛇，爲舍，爲蕪，爲鼠鬭之石，不得而名焉。東爲大小明月灣，爲石公，爲澤，爲厥，爲三山，不得而名焉。明月之灣，其背爲梭山，厥土墳壚，厥產林禽，鴨腳櫻莽，柚柿梨棗。龍頭之背爲圻峰，厥土白礫，厥產玉石盧橘。中消夏之腹，印浮其上，乍有乍無，爲眾安之洲。帆落洲上，則四面環合，爲屏爲翰，聳妍效謔，以與縹緲朝拱。峰之巔有草無木，其麓多木無草，丹宮梵室，蒙蔽林靄，鐘鳴鼓應，然後知仙釋之廬。魚行鳥過，形影交徹，帆翔其上而莫之知避也。夫地既異而處甚僻，信乎游者之難至矣。儻使移而置之附郭，則撰壼觴、秣車馬者，日不暇給。苟日不暇給，豈獨凡吾灣哉？人將僬僬乎劍負以趨，萬物失所矣。夫造化無意者也，設是灣如有意，鬼神之能不得而與？非冥契其事，孰能樂之？於戲！非惟世之人不得而樂，灣之人亦莫得而樂也。余世居灣上，有所獨得，私志之。

### 游消夏灣　　　　　　　　　　　唐　皮日休

太湖有曲處，其門爲兩崖。當中數十頃，別如一天池。號爲消夏灣，此名無所私。赤日莫斜照，清風多遙吹。沙嶼掃粉墨，松竹調塤篪。山果紅靺鞨，水苔青鬟髻。木陰厚若瓦，巖磴滑如飴。我來此游息，夏景方赫曦。一坐盤石上，肅肅寒生肌。小艖或可泛，《方言》云："小舸謂之艖。"短策或可支。行驚翠羽起，坐見白蓮披。斂袖弄輕浪，解巾敵涼颸。但有水雲見，更餘沙禽知。京洛往來客，暍死緣奔馳。此中便可老，焉用名利爲。

陸龜蒙

霞島焰難泊，雲峰奇未收。蕭條十里灣，獨自清如秋。古岸過新雨，高蘿蔭橫流。遙風吹蒹葭，折處鳴颼颼。昔予守圭竇，過於回祿囚。日爲鑢笛徒，渠曲二音，籉之異名。分作衹裯讐。低刁二音，並單衣。願狎寒水怪，不封朱轂侯。豈知烟浪涯，坐可思重裘。健若數尺鯉，泛然雙白鷗。不識號火井，孰問名焦丘。我本魚鳥家，盡室營扁舟。遺名復避世，消夏還消憂。

**消夏灣吳王避暑處，平湖循山一灣，雲水勝絶。**　　　范成大

蓼磯楓渚故離宮，一曲清漣九里風。縱有暑光無著處，青山環水水浮空。

明　高　啓

涼生白苧水雲空，湖上曾開避暑宮。清簟疏簾人去後，漁舟占

盡柳陰風。

　　　　　　　　　　　　　　　　　　　　　　王　鏊

　　四山環列抱中虛，一碧玻瓈十頃餘。不獨清涼可消夏，秋來皖月定何如。
　　畫船棹破水晶盤，面面芙蓉正好看。信是人間無暑地，我來消夏又消閒。

## 消夏灣覽古　　　　　　　　王　寵

　　帝子樓船天上來，渚宮鸞殿海中迴。山河錦繡千年觀，歌舞風塵萬壑哀。澤國魚龍吟落日，荆蠻雲物悵登臺。茫茫今古渾無賴，直北長安首重回。

## 消夏灣呈鹿泉丈人　　　　　　　袁尊尼

　　草淺波平消夏灣，布帆飛渡破蒼烟。十年舊事真如夢，百里東風信有緣。山望蓬萊居水下，天窺林屋向空懸。仙家高住群鸞鶴，靈境重攀訪侲佺。濕翠四圍環桂苑，寒漪一曲繞菰田。樓臺隱映雲中出，磴道縈紆樹杪穿。過雨淙淙飛潤激，餘春灼灼雜花然。遠疑積塊饒桑野，浮似無根聚邑塵。世外武陵殊縹緲，大荒姑射記虛傳。幽居早遂何求癖，樂志誰如公理賢。瑤圃霜餘嘗橘美，玉盤冰沁饌魚鮮。看鷗盡日憑朱檻，弄月清宵泛畫船。陶令酒杯存妙理，楊雄竹素守維玄。百年足與塵寰絕，一往徒慚俗駕牽。且共流光借俄頃，相陪日日醉溪邊。

　　　　　　　　　　　　　　　　　　　　　　徐　縉

　　五湖饒靈境，澄灣自天開。屏間玉鏡湛，波上雲峰迴。春林窮虧蔽,秋渚盡沿洄。南山信蜿蜒,北阜亦崔嵬。朱旭吐朝爓,蒼雲含暮臺。漁歌月下起,樵唱雲中來。睇隨辰景換,興逐登臨催。緬懷避暑跡,佇立空徘徊。玉殿翳荒草,清躔生塵埃。豪華今何在,蒼莽有餘哀。

黃姬水

湖中靈島峙,島裏別藏湖。石路迴叢薄,烟墟接遠蕪。翠華餘寶地,玉柱秘瑤符。何但能消夏,仙林歲不枯。

周天球

湖上群山翠作堆,山中復有一湖開。毛公石室燒丹畢,帝子樓船避暑來。到眼芙蓉寒自媚,近人鷗鳥晚仍迴。勿論清淺他年事,且把春波潑綠醅。

練瀆。《蘇州府志》:"在太湖鴻鶴山西二里,南入平湖,北通官瀆,本吳王練兵之地。王充《論衡》曰'闔閭常試其士於五湖之側,皆加刃於肩,血流至地',即此處也。"《洞庭記》:"吳王游五湖,經此曰:'此水潔白,如練影之涵空也。'故名。"《吳郡志》:"舊傳吳王所開以練兵。"以上洞庭山。

## 練瀆懷古　　　　　　　　唐　皮日休

吳王厭得國,所玩終不足。一上姑蘇臺,猶自嫌局促。餘艎六宮鬧,艨衝後軍肅。一陣水麝風,空中蕩平淥。鳥困避錦帆,龍踤防鐵軸。流蘇惹烟浪,羽葆飄巖谷。靈境太踩踐,因茲塞林屋。空闊嫌太湖,崎嶇開練瀆。三尋鱟石齒,數里穿山腹。底靜似金膏,磔碎如丹粟。波殿鄭妲醉,蟾閣西施宿。幾轉含烟舟,一唱來雲曲。不知欄楯上,夜有越人鏃。君王掩面死,嬪御不敢哭。艷魄逐波濤,荒宮養麋鹿。國破漬亦淺,代變草空綠。白鳥都不知,朝眠還暮浴。

陸龜蒙

越恃君子衆,大將壓全吳。越有私卒君子六千人。吳將派天澤,以練舟師徒。一境止千里,支流忽然迂。蒼奩束洪波,坐似馮夷軀。戰艦百萬輩,浮宮三十餘。平川盛丁寧,絕島分儲胥。鳳押半鶴膝,錦扛雜肥胡。香烟與殺氣,浩浩隨風駈。彈射盡高鳥,柸觥醉潛魚。山靈恐見鞭,水府愁爲墟。兵利德日削,反爲讐國屠。至今鈎鏃殘,尚與泥沙俱。照此月倍苦,來兹烟亦孤。丁魂尚有淚,合灑青楓枯。

明　高　啓

吳越水爲國,行師利舟戰。夫差開此湖,艅艎試親練。十萬凌潮兒,材比佽飛健。鼓棹激風濤,揚舲逐雷電。當時意氣盛,謂已無勾踐。鷗避去沙洲,龍愁閉淵殿。恃強非伯圖,倏忽市朝變。臺上失嬌姿,泉間掩慙面。至今西山月,恨浸秋一片。猶有網魚人,時時得沉箭。

周南老

夫差習水戰,決漬湖之傍。回瀾匯衝激,破浪瀇汪洋。千艘連舳艫,三軍練艅艎。一鼓山嶽傾,再鼓波濤揚。忽焉君子卒,潛涉江中央。江湖利益失,兵弛不復張。

　　虎山。《洞庭記》云:"吳王於此山築井養虎,因名。後避唐諱,曰武山。"
　　射鴨山。旁有雞山。《洞庭記》云:"昔吳王於此築城養雞,有鴨下山驅雞,王令人射之,血滴石,今尚赤。"

廐里。吳王養馬於此。

煉藥洲。一名煉墩,在菱湖東南,莫釐山北,相傳蔡經煉丹處。

以上東山。

明 吳 懷

三江引去桃花水,露出波心小玉屏。四面海天涵地白,一方烟薺破湖青。登臨有客驚浮世,今古無詩詠落星。若使湖州仍見此,便應添箇看鷗亭。

張 本

仙子竟從湖水去,空餘孤嶼蔚蒼蒼。波心界破青天色,月裏平分白練光。落雁有痕沙自淺,燒丹無主石猶荒。古來遯世真寥廓,一望令人思渺茫。

避暑宮。在馬跡山內間灣,世傳吳王闔閭構宮於此避暑。有井猶存。

明 朱 昱

前代君王避暑宮,水風楊柳亂芙蓉。美人去盡繁華歇,唯有清涼屬釣篷。

楊柳風清水殿涼,荷花無語妒新妝。玉桃珍饌瑤池宴,千載令人笑穆王。

錢 孝

君王憂執熱,擇勝爲離宮。龍舟載嬪御,坐此南薰風。綺疏楊柳緑，水榭荷花紅。百年盤樂地，千古淒涼中。銅瓶碧井塌，來無美人蹤。但見秋雨夜，金颸翦梧桐。湖山宛然在，富貴浮雲空。誰來訪陳迹，白首西青翁。

金鼎湖。《洞庭記》："在杜圻洲西，魚查山東。"《吳地記》："昔吳王泛舟五湖，金鼎沉此，命漁人簇三舟，連網瀘之不得。因名。"《物類相感志》："震澤有金鼎湖，天將雨，有黑沫浮水面，有頃雨至。漁人以此爲忖。"

貢湖。湖西口闊四五里，東南長山，山南即山陽村。《洞庭實錄》云："夏禹治水，曾駐此，故名。"

游湖。湖西口闊二里，東南岸樹里，西北岸長山。《獨異志》云："禹治水至游湖，風濤甚險，有二花虬龍負舟而過，左右恐懼，禹安然。"《洞庭實錄》云："吳王曾於此遊玩，故號。"以上湖中。

## 先賢遺蹟

甪里。《吳郡志》："甪頭即漢甪里，在洞庭山村，漢甪里先生所居。《史記正義》'太湖中洞庭山西南中號祿里村'，即此。"《蘇州府志》："甪里先生本與周同姓，在洞庭西山居，故以自號。子孫遂以爲氏，或作甪氏，後漢有甪若叔者，其後也。"

明　高　啓

高皇本壯士，提劍定四方。晚爲兒女情，悲歌起徬徨。愛子欲建儲，寵姬方侍側。顧驚四老人，謂已成羽翼。大臣豈不諫，孰能幹天機。彼翁何爲者，足見人心歸。始潛避秦君，終出安漢嗣。世羅焉能羈，舒卷聊自肆。我來甪里村，如入商顏山。紫芝日已老，黃鵠何時還。斯人神仙徒，千載形不滅。猶想蒼巖中，白頭臥松雪。

周南老

洞庭之西南,粤有禄里村。中藏避秦人,實爲太伯孫。一出安漢儲,始知德望尊。高皇遂悲歌,顧寵不忍言。羽翼既已成,紛紛奚復論。苟非留侯計,元道終丘園。

綺里。在上真宫西四里。綺里季隱於此。
東村。在鳳皇山南一里。東園公隱於此,常居村之園中,故以自號。
慈里。在綺里西一里。夏黄公隱於此,又名萬花谷。
駙馬臺。在雉塘西一里,隔水王盤龍,爲宋尚書駙馬都尉卜居於此,乃築臺焉。
梅梁湖。《蘇州府志》:"在夫椒山東,吴時進梅梁至此,舟沉失梁。後每至春首,則水面生花云。今洞庭山有梅梁里。"
墨佐君壇。在縹緲峰北一里,水月寺相近。漢延平元年,墨佐君於此置壇求仙。上有池可半畝,前有石高丈餘。其下水分南北,百步許,有地名"吃摘",出茶最佳。諺云:"墨君壇畔水,吃摘小春茶。"一云有石高丈餘,俗號墨君。
登高壇。在緑石山西一里,大石之側,小峰孤立,上有石,古人祀包王處也。壇廢基存。
鋼坑。在葛洪宅南二里,古人於此造鋼甕之屬。元和間,有女道士於此植松求仙,今呼爲楊煉師塢。
桃花源。《震澤編》:"在馬税城西三里,唐寶曆中有禪僧居之。"以上洞庭山。
胥湖。與莫湖連。《吴地記》云:"胥山繞胥湖東岸,西臨胥湖有子胥廟,或云吴王殺子胥,盛以鴟夷,投諸江,吴人爲立祠於江上,號曰胥山。即此也。"《洞庭實録》云:"子胥於此得(鱣)〔鱄〕設諸,以見吳王,後隱胥山,故名。"《具區志》:"今太湖口舟行自此入太湖,故名胥口。"

### 胥口即事六言二首　　　　　　唐　皮日休

波光杳杳不極,霽景澹澹初斜。黑蛺蝶粘蓮蕊,紅蜻蜓裹菱花。鴛鴦一處兩處,舴艋三家五家。會把酒船隈荻,共君作箇生涯。

拂釣清風細麗,飄蓑暑雨霏微。湖雲欲散未散,嶼鳥將飛不飛。換酒帢頭把看,載蓮艇子撐歸。斯人到死還樂,誰道剛須用機。

### 和胥口即事　　　　　　　　　陸龜蒙

雨後山容欲動,天寒樹色如消。目送迴汀隱隱,心隨挂席搖搖。白蔣知秋露裛,青楓欲暮烟饒。莫問吳趨行樂,酒旗竿倚河橋。

把釣絲垂浪遠,采蓮衣染香濃。綠倒紅飄欲盡,風斜雨細相逢。斷岸沈漁䍡䍡,約略二音,漁網也。鄰村送客艨艟。即是清霜刮野,乘閒莫厭來重。

### 胥　口　　　　　　　　　　　宋　孫覿

江闊臥人影,山長送馬蹄。渚蓮紅尚斂,沙草翠相迷。高樹藏雲直,疏篁壓雨低。酒醒渾不記,端是武陵谿。

### 再渡胥口　　　　　　　　　　范成大

古來此地快蓬心,天繞明湖日照臨。一雁雲平時隱見,兩山波動對浮沉。衰鬢都共荻花老,醉面不如楓葉深。罟戶釣徒來問訊,去年盟在肯重尋。

### 胥　口　　　　　　　　前　人

扁舟拍浪信西東,何處孤帆萬里風。一雨快晴雲放樹,兩山中斷水粘空。

### 泊胥口望太湖月中作　　　　　明　胡纘宗

一年此夜月如晝,萬里兹行榻似桴。雲湧樓臺天上坐,樹圍簫鼓鏡中浮。兩山的的河初挂,百瀆盈盈星欲流。況有玉堂徐學士,一聲長嘯洞庭秋。

### 夜泊胥口泛月作　　　　　　　王世貞

灝氣將從合,波光忽自開。初縈匹練動,如擁素車來。出没青千岫,縱横玉九垓。高吟烏鵲語,横槊亦雄哉。

### 胥口觀太湖有懷古昔　　　　　鄔迪光

子胥抱忠藎,頗挾匡吴籌。傷哉賜屬鏤,肝膽苦不酬。寄爽吴門東,遺名尚千秋。我來至胥口,鼓楫獨夷猶。具區三萬頃,晶淼澄雙眸。蒸雲潤穹昊,落日蕩高岙。灝瀁金銀臺,沈濛玫瑰樓。丹霞冠近渚,紫霧衣遥丘。排空組練曳,積塊琉璃浮。波神翊檣艦,雲母奏箜篌。摩風亂警露,叫月舞潛虯。怒濤何湖湆,靈爽或在不。兼思范大夫,慷慨命扁舟。雄圖逝不存,萬古滄波流。余嘉慕激烈,壯志凌九州。懷賢發長嘆,弔古延冥搜。

# 林屋民風卷六

## 名　　蹟

　　湖山之勝衆矣，書之則不勝書。然其最著而名者，不書則不可也，彙而紀之，供博覽焉。

### 勝景

　　劍樓，在石公山，一名風弄，石公之第一重合壁也。巨斧劈靈，雙蠹數仞，中罅成蹊一二武，捫壁徐行，僅可容趾。自麓達頂，穴山而出，兩壁丹青，絢文五采，昂首仰望，渺在雲際。風嘐颱度，如弄管弦，故稱風弄。俗呼一線天云。

風　　弄　　本朝　蔡旅平

　　峭壁重陰朧閣丹，雙崖鋒落劍痕瘢。巖開蘿碧千層覆，洞裂苔青一線寬。望氣祇占雲色暗，窺天難近日光寒。同遊未許相携手，捫石探幽地圻盤。

　　落照臺，在石公山。
　　雲梯，在石公山，石高數丈，峻不可登。虞山嚴澂題。
　　歸雲洞，在石公山西。虞山嚴澂題。

聯雲嶂，在石公山。宋朱緬致花石綱取於此，石上舊勒帖文尚存。

夕光洞。

蟠龍洞，在石公山下。

曲巖，在暘谷洞東北。宋范文穆公成大遊玩處。

### 曲巖記　　　　　　　明　蔡　羽

由暘谷洞東以北，高起千尺，衆竅俱闢，蒼然壁立，曰"曲巖"。巖之名不知厥始，題名刻深而文古勁。石之書曰："淳熙戊戌孟冬朔日，范至先同弟至能至此。"蓋文穆公所游觀者也。洞山全骨無肉，巖前土不能畝而又怪甚。自巖以觀其下之石，若獸怒湍奔，踴躍以進，至巖而止，爲勢急。觀其上之石，若芙蓉雲霓，分布縈繚，瞰巖而峙，爲態舒。急者恒若有所負，足不得停，故行愈力；舒者恒若有所待。客不忍釋，故居愈久。夫造物之設，有玄探，必有顯覽。裒入三洞，顛倒貫穿，莫究厥底，玄之又玄，於此見造化之秘有不得而發者。及登是巖，凡臨東山，藩繞吳江、長洲、大沙，重復尊俎，烟帆雲鳥，隱見方丈。吞吐則宇宙有餘，放蕩則溟海不足，於此見造化之度有不得而際者。余嘗奉躅群公，歲月有事，終以爲艱，弗敢居。余弟師古樂居之，蓋求艱而過奇者也，曰："吾終築於是，請爲文。"作《曲巖記》。

屏巖，在林屋山傍。

### 遊屏巖　　　　　　　明　沈堯中

包山西去洞庭陽，一徑松枝挹露香。絕壁幽開春樹曉，遠峰斜倚夏雲長。壇前幾石留仙女，几上三編識禹王。無事儘教終日坐，漫斟芳醞樂徜徉。

齊物觀，在暘谷洞東。李尚書彌大《道隱園記》：緣山而東，亂石如犀象牛羊，起伏蹲臥乎左右前後者，曰齊物觀。

臥龍峰。

伏象崖，在林屋山上。

萬羊岡，在龍頭山，石皆白晳，蹲踞如羊群，故名。

玄陽洞，在黿山，春時桃花最盛。

玄 陽 洞　　　　　　明　張鳳翼

　　金庭玉柱鏡中懸，傳道玄陽洞壑偏。小有自來元借日，大羅何處不成天。雲開地肺留丹訣，水接桃花長碧蓮。會得童顏如可駐，還騎白鹿逗蒼烟。

前　題　　　　　　沈堯中

　　苦乏登山足，猶堪入洞腰。摳衣沙作褥，秉燭石爲燎。曲竇吞雲髓，深房墜玉膋。赤龍今已矣，銀簡未全消。憩石形將蛻，升臺勢欲翻。睇仙何處是，海上有王喬。

落雲坡，在洞庭山鎮下南一里。

松子洞，在崦邊北二里，深二十丈，甃石作隧道，世傳宋時松子先生隱處。

羅漢松，在洞庭山福源寺殿前，相傳梁朝所植。

羅漢松有感　　　　　　本朝　歸莊

　　福源建自梁大同，創寺之年植此松。歷千餘載寺再廢，

此樹不改青葱蘢。大二十圍高難度，攫挐天際如虬龍。石根
鐵幹苔斑駁，狂風搖動枝錚鏦。夜然長明燈，晨撞萬石鐘。
聲光震耀生靈怪，柯葉常有白雲封。水車之役大木盡，斤斧
欲加鬼不容。天王柏，上方松，昔年來游有題咏，何況此樹六
朝之遺踪。松之名者，今有報國古岱宗。彼以神京名嶽顯，
此獨晦匿於震澤之濱縹緲峰。大材僻處自矜貴，玩賞不辱於
凡庸。天挺植物有如此，人生何必皆遭逢。嗟哉，人生何必
皆遭逢。

古柏，在天王寺内。有古柏堂，處士歸莊題額。
臥龍松，在上方寺前。跨磵有石橋，橋旁古松偃覆，形如臥龍，
今被上方寺僧伐去。

### 題臥龍松　　　　　　　　本朝　歸莊

上方寺下有孤松，舊錫佳名曰臥龍。幽谷難施霖雨澤，名
材空具蜿蜒容。婆娑綠蔭聽流水，跨踞蒼柯見遠峰。僻壤諒
無巡幸事，知君能免大夫封。

仙人茶，在甪里甪菴，乃樹上苔蘚，四皓採以爲茶，至今四時
常青。
萬花谷，即慈里灣也。花果繁於洞庭，彙於慈里。萬卉千葩，
流紅濕翠，園林之趣，四時不同，而游息觴咏於其間，致足樂也，洵
爲洞庭福地。以上洞庭山。

### 萬　花　谷　　　　　　　本朝　蔡旅平

湖上鶯啼桃李濃，湖邊樓閣水雲中。群巖雪滿高低碧，一

鏡霞飛上下紅。遍地松筠仙子宅，沿村雞犬上皇風。栽桃種李家家事，何羨劉郎桑苧翁。

翠峰松徑，在翠峰寺前。宋元間，夾道皆種松。明文待詔徵明詩有"空翠夾輿松十里"之句。正德十五年，爲寺僧所伐，後復補植。

### 憫松歌并序　　　　　明　王　鏊

翠峰，洞庭古刹也。自寺門至官道，皆雙松夾峙，大可數圍，如葆蓋，如虬龍，每風動，聲聞數里。蓋宋元故物也，余甚愛焉。每至，輒坐其下移日。今年夏至，則無復孑遺矣。召其僧尤之，僧曰："縣官征徭急，身之不存，松於何有？"蓋鬻之以充徭費也。吾聞釋氏爲出世法，爲世網不能加也，徭且不免焉，非獨人之加而翦伐於茲松，千年故物且不能逃。於乎，苛政之害如是哉！是歲正德十五年也。

洞庭古寺名翠峰，山門夾道皆長松。蒼皮鱗皴根詰屈，風動十里聞笙鏞。團欒下蔭翠羽葆，夭矯上聳蒼虬龍。不知當年誰手植，云是宋家三百年前之舊物。每當赤日坐其下，時有清風吹鬢髮。因思古人不可見，重是甘棠無翦伐。茲來忽見怪且驚，倒臥道路縱復橫。可憐堂堂十八公，盡與官家充踐更。神呿鬼趡競遮護，崖摧壑陷難支撐。我傷嘉樹因久立，封殖有懷何所及。顛僵力與風雷爭，昏暗如聞龍象泣。龍象泣，何所爲，縣官催租如火急。伊昔秦王法最苛，猶有封爵來山阿。如聞今日值劫數，大斧長鋸交搞呵。深山更深無處避，豈若社櫟長婆娑。年來征稅總類此，誰採野老民風歌。

仙嶠浮空，在芙蓉峰半，明申文定時行題。

吟風岡，在翠峰南麓，張山人本題。

### 題吟風岡　　　　　　明　張　本

青天半入石嶙峋，雲裏風和三月春。滿徑桃花自天地，狂吟時有謫仙人。

毘羅洞，一名羆洞，在眘家嶺下。洞有石觀音像，四時香火不絕。

化龍池，在崧峰之北，雨後飛泉，不減匡廬瀑布。

偃月岡，在象鼻嶺東。

### 避暑偃月岡　　　　　　明　王　鏊

酷暑人間無處避，短輿侵曉過東岡。方塘曲澗清泉激，翠竹蒼松白日涼。苔色便教鋪枕席，藤枝聊可挂冠裳。渴心兩月今朝寫，玉斗無煩勸蔗漿。

濮公墩，在武山。相傳延陵季子有孫名濮婪，避夫差亂，卜居於此。俗呼"濮公"爲"鵓鴣"，王文恪以其名近俚，改爲錦鳩，今亦稱錦鳩峰。以上東山。

熨斗崖，在馬跡山。西青《馬跡山志》：其勢瞰湖如覆熨斗，下容百許人，水清沙碧。

青龍洞。

黃龍洞。俱以石色名。

金沙壑，《馬跡山志》：在山之東，有黃白沙，可塑神像。

金雞墩，在西圩。《馬跡志》：傳聞有金雞鳴其上，則歲大稔。

獅巖，在官長峰。

邵公墩，在檀溪。以上馬跡山。

**第宅** 第宅、園亭、塚墓，《震澤編》載入《古蹟》，今附在《名蹟》後。

范蠡宅。楊循吉《吳邑志》：越相范蠡宅，在太湖包山。按：范氏，陶唐之裔，勾踐滅吳，范蠡乘扁舟浮五湖而居此者也。故宅在杜圻洲北，地方十里，多桑苧菜果。有大杏，云是范氏遺種。又任昉《述異記》云：洞庭湖上有釣洲，昔蠡乘舟至此，遇風，止釣於洲上，刻石記焉。《具區志》、《蘇州府志》云：前志東山翠峰寺，亦范蠡宅，蓋越中自有翠峰寺乃蠡故宅。范文正公有詩。

### 過范蠡宅　　　　　元　吳萊

漠漠寒雲鶴影邊，荒山故宅忽千年。大夫已賜平吳劍，西子還隨去越船。白石撐空存扅扊，青松落井化蜿蜒。徒憐此地無章甫，只解區區學計然。

葛洪宅。《蘇州府志》：在太湖馬石山，洪別傳隱居於此，壇井遺跡猶存。《洞庭記》：晉葛洪宅，去馬城南一里。

　　　　　　　　　　　　　　明　葛一龍

吾家抱朴子，以令求丹砂。一朝棄民社，揮手弄青霞。山中有廬背高嶺，門外煙濤數千頃。雞飛出雲犬吠石，石立如人瞰虛井。井浮丹，花迷村，移家之圖今尚存。豈若遼東丁令鶴，歸來無處訪兒孫。

周隱遥廬，在洞庭包山。《太湖志》：世傳隋人周隱遥嘗結廬學道於此，居址尚存。

### 送周先生住山記　　　　　唐　令狐楚

先生姓周氏，名隱遙，字息元。宗其道者相號爲太玄。先生汝南人也，抱天和沖澹之氣，含至精潔朗之質，玉冷泉潤，松高鶴閑，韜精守道，冥得真契。谷神既存，而長守玄關，無鍵而不開。貞元初，遊蘇州吳縣之包山林屋洞。秋八月，始於洞西得神景觀，訊其居者，曰："距此數里，世傳毛公塢，毛公道成羅浮，居山三百餘歲，有弟子七十二人，聚石爲壇，遺石猶存。爾能勤求，吾請以導。"既行而蘿篠迷密，不知所往。先生冥目久之，逢一物焉，雙眸盡碧，毛色紫而本白，高數尺餘，隨而行之，視乃鹿也。須臾，乃跪止，若有所告，先生默記之而還。至十九年冬，剡木鬜茅，奠厥攸居，得異石一方，上有蟲篆，驗之即毛公鎮地符也。既而鑿戶牖以爲寶，有鶴銜弄冠裳，戲舞於庭砌。後得一井，香白滑甘，溢爲白泉，其傍得古池焉，深廣袤丈，陽驗陰伏，湛如也。初，先生嘗息於洞之南門中，神化怳惚，往往失其所在。遇好風日，亦來人間。將至，必先之以雲鶴，其弟子灑掃香室，俄而至矣。嗟乎，先生之體同乎無體矣，不以晝夜更動息，不以寒暑易纖厚，不食而甚力，走及奔馬，全乎氣者也。雖飲而無漏，止如靈龜，外乎形者也。鹿以導步，神柔異物也。符以存視，道契先躅也。井泉去厲，昭乎仁也。池水不枯，齊其慮也。仙雲靈鶴之驗，去來彷彿之狀，其必神行而智知乎？予叔服膺先生之門，二紀於茲，錄先生本起，見命爲記，凝神遐想，直而不遺。元和十三年八月，華州刺史兼御史中丞令狐楚記。

### 題周隱遙廬　　　　　　　　明　王　賓

從被徵書來內殿，不將修煉事聞干。只稱帝主神功速，一語能教萬國安。

魏信陵故居，《蘇州府志》：在吳縣包山。
章博士宅，《蘇州府志》：在洞庭山。

### 題章博士新居　　　　　　　　唐　賈島

青楓何不種，林在洞庭村。應爲三湘遠，難移萬里根。斗牛初過伏，菡萏欲香門。舊即湖山隱，新廬葺此原。

張祜別業，今不知所在。陸龜蒙《和張處士》詩："聞道平生偏愛石，至今猶泣洞庭人。"元郝天挺注："洞庭山在平江府太湖中，張祜嘗築室於此。"

易老堂，宋無礙居士李彌大所居。彌大以尚書出守平江，不越歲而罷，遂遊太湖，築室於靈祐觀東，名易老堂。

楊少師別業，在明月灣。宋少師楊偊所居。少師字子寬，太師和武恭王存中之子，爲通奉大夫充敷文閣待制致仕，特贈左光祿大夫，累贈少師，謚懿公。早嬰軒裳而棲心丘壑，買洞庭西山明月灣地營別墅焉。

善慶堂，在慈里夏家灣，里人夏元富所居。

### 題善慶堂　　　　　　　　宋　孫覿

居士藏修洞庭野，新架虛堂殊瀟灑。閑門開傍橘柚林，萬顆千株映青赭。居士優游每不出，左列圖書右盞斝。逢迎自覺青眼衆，來往應知白丁寡。莓苔經雨上石砌，蘿薜迎風拂簷瓦。素聞平生臊積善，餘慶當傳累世下。醉揮健筆賦新詩，輒贈堂中樂居者。

休寓室，在洞庭山。宋建炎初，平江太守孫覿僑居於此。

讀易樓，宋俞琰築。琰專門《易》學，嘗作樓故居之側，名讀易，陳剛撰記。

湖山小隱，在消夏灣東，里人沈孟昌所居。

## 湖山小隱記　　　　　　　　　　　明　姚廣孝

吳邑沈孟昌氏讀書力田於太湖西洞庭之消夏灣有年矣，榜其室曰"湖山小隱"，托其方外交清上人徵文爲記。上人曰："孟昌純雅而嚴整，謹恪而巽順。居於鄉，鄉之人敬其德，無敢犯者；使有犯之，亦不較。居於家，親其親，長其長，而弟其弟。年四十，茹澹室慾以修其行，名僧聞人咸樂與交，實人中所難得者。嘗慕（子）〔于〕道，欲求一言以爲進善之策。"余曰："嘻！孟昌雖同邑，而未嘗識也。清上人與余善，知其言必不妄，信孟昌爲隱德君子，故不敢靳其說。"夫士之未顯者，通謂之隱，奚有大小之殊！且古君子如伊尹於有莘，傅說於版築，膠鬲於魚鹽，原憲於委巷，其隱也若有所樂焉，蓋未嘗有意於隱也，烏有大小隱之說耶？夫所謂大小隱者，始於晉王康琚之詩，至唐白居易又有中終隱文，此皆騷人有激而言，非真有大小之隱。後世好奇尚詭，沿襲爲言，故隱之人多有蹟而無實。茲孟昌室居湖山曰小隱者，自卑之謂，非好奇尚詭，有蹟無實焉。余以孟昌誠可謂隱德君子也。惜乎余素與孟昌有未識荊之恨，擬他日歸老故邑，尋孟昌於湖山，相與俯仰盤礴，當以大小之道細論焉。

## 湖山小隱詩　　　　　　　　　　　　梁　時

幽居湖上山，七十二山間。水面棹時放，蘿陰門晝關。盟同沙鳥結,身似野雲閒。長共漁樵醉,行過月下還。

陳　繼

　　太湖之水深且清,遠挹滄海環蓬瀛。烟濤汹湧幾萬頃,自非造化何由生。馮夷此地開宮闕,銀河倒影崑崙裂。頓覺乾坤水際浮,還看日月波間沒。中有一島排晴空,嵯峨秀出金芙蓉。重巒複嶠多異跡,恍疑路與仙源通。陰陰竹樹迷南北,雞犬無聲日易夕。茶林積翠長春芳,橘塢浮香吐秋色。沈君住此經幾年,治亂莫識心恬然。談玄唯探大雄教,訪古獨誦羲皇篇。身閑採藥過雲嶺,隨處烟霞恣吟詠。歸來每值鶴棲時,醉臥花前呼不醒。知君非樂山水幽,所樂山水常優游。古來隱者得高趣,視彼富貴如東流。君今有志亦如此,薄俗紛紛豈能比。會待佳名太史傳,千載湖山共稱美。

西村別業,在消夏灣,隱士蔡昇所居。

## 西村別業記　　　　　　　明　聶大年

　　具區載在職方,為東南巨浸。《禹貢》記"震澤底定",今之太湖是也。洞庭之山,高出湖上,延袤數百里,有橘柚榛栗芋栗之富,魚蝦蘆葦篠簜之利,土沃人勤,又宜秔稻,其人有以自給。至於田園之樂,生殖之殷,山水登臨之勝,則蔡氏西村之別業專焉。蔡為東吳名族,最號蕃盛,而別業又在其居第之西,有水竹亭榭,可以供其遊玩,有良朋佳子弟日觴詠其中,可以適其閒逸。余嘗至湖北之馬跡山,憑高以望,但見湖光如圓鏡,照耀雲日,風帆浪舶,與波上下,漾森無際。顧瞻洞庭之山,滅沒變幻於空濛杳靄間,欲借一葦杭之不可得。而所謂西村之別業,無因一至而寓目焉。今景東氏乃以記文見屬,豈以余嘗得湖山之佳趣,而能模寫其景象於文字間邪?余固不可默也。

夫山與水,仁智者之所樂也。吾夫子嘗曰:"智者樂水,仁者樂山。"又曰:"智者樂,仁者壽。"先儒謂非體仁智之深者,不能形容之若是。然而具區之藪如此其大也,洞庭之山如彼其高也,雲林之奇絶、烟水之微茫,如是其深且遠也,不幸而委棄於荒間寂寞之濱者何限。惟景東氏西村之別業,可以仰而看山,俯而臨水,食其地之所入,以供粢盛伏臘之費,蓋又不出戶庭而湖山之偉觀具焉。景東其能安於義理而厚重不遷者歟?抑亦達於事理而周流無滯者歟?地必因人而後勝,若輞川之莊,西支之村,非王維、杜陵,未必能擅天下後世之名也。景東清慎端厚,抱藝而隱,以詩書訓其子,皆底於成。惟與高人逸士輕車短杖,往來湖山之間,有以自適,無求於人,而湖山之勝迨天造地設,以待夫仁智之士專之耶。宜景東超然有得而趣與予合也,非予記之而誰也。

聽琴軒,詩人徐庭柏兄弟讀書彈琴處。

## 聽琴軒記　　明　陳　繼

包山在具區之中,秀潤屹立,林木掩映,當其最勝而爲山水之大觀者,徐氏庭柏世居焉。庭柏之大父仲賢昔嘗交於趙文敏公,顔其堂曰"誠意"。迨今逾百年間,子孫益蕃,克禮克義。庭柏乃闢軒於堂之東,日集衆兄庭春、庭桂、庭蘭,相與燕處,而命子弟鼓琴以聽之。兄弟怡怡,衎然爲之至樂也,因名之曰"聽琴軒",而請文記之。琴者,樂也。樂以和爲主也。樂之和,其本於天地焉。觀乎陰陽相摩,天地相盪,鼓之以雷霆,奮之以風雨,動之以四時,暖之以日月,而百化興焉者,則天地之和可見也。人心之和而得於天地焉,觀其親之於父子,義之於君臣,別之於夫婦,序之於長幼,而信之於朋友。五者順而不亂,則人心之和可知也。聖人法天地,順人心,制樂以宣其德,故士無故不去琴瑟也。庭柏兄弟以和順之心聽於琴焉,其所感者,則益以兄弟之義而篤厚其情。爲子弟者,化其和,順之德,而鼓於琴焉,其所感者,則益以事親敬長之禮,而篤其道。徐氏之盛,洽然而之雍睦矣,琴豈徒爲之德哉！夫琴取義於禁,君子禁制淫邪而正其心,其有未至,聽其聲則蕩滌邪穢,消融查滓,而自和順於道德矣,琴豈徒爲之禁哉！余聞絲聲哀,哀以立廉,廉以立志,君子聽琴之聲則思志義之臣。庭柏兄弟朝夕聽之而有其思也,烖其鼓者將爲有虞氏之遺音乎！將爲三代之遺音乎！庭柏朝而興焉,會其兄與其子孫於其堂,瞻誠意之顔,則思前人而謹其獨也。各退而休焉,會其兄與其子孫於其軒,聽琴之聲則思古人,而各正其心也。徐氏之教殆亦有序矣。將見其身之修,家之齊,敦乎和順之化者,必由乎琴也,余何爲不記之也。

### 聽琴軒詩　　　　　王　璲

太音寥寥久不作,鄭衛新聲亂雅樂。琵琶箏笛世紛紜,古器雖存亦零落。三尺孤琴見者稀,絃朱軫玉金爲徽。曲調由來尚淳古,自與今樂多相違。初彈春容意閒雅,大宮細羽分高下。繞指遺音響未終,有似牛鳴盎中馬鳴野。再弄淒清何所聞,幽蘭白雪聲沄沄。前角後商相間作,又若雞登木上羊離群。須臾轉變成幽咽,墮井銀瓶絙將絕。飛泉曉迸春巖水,征雁哀鳴寒夜月。悠悠宛宛未能窮,怨恨深愁知幾重。蔡琰思家悲紫塞,昭君辭漢泣秋風。徐君庭柏南州裔,平生自得琴中意。每向高軒聽客彈,鄭衛新聲久淪棄。我生能琴雖未工,此心喜與知音逢。何日携琴到君家,爲君一曲彈南風。

徐尚書宅,在崦邊,徐文敏公所居,有介福堂,致政歸,搆以居母。

### 可泉諸公枉駕崦西草堂　　　　　明　徐　縉

西崦茅堂元寂寞,東籬松菊久荒蕪。豈知蔣(翊)〔詡〕開三徑,漫枉文翁過五湖。架上圖書聊可玩,牀頭尊酒僅堪娛。提携如意爲公舞,零亂青天片月孤。

西山草堂,蔡羽所築,在消夏灣。有玄秀樓,其讀書處。

### 蔡師西山草堂　　　　　明　王　寵

震澤波濤天地迥,百花潭水草堂開。只同康樂披雲臥,時許侯芭問字來。南極客星浮禹穴,中宵海日見徂徠。山林鐘鼎渾無礙,白日長歌空自哀。

### 蔡師玄秀樓與諸友燕集　　　　　前　人

人龍未逢時,林臥觀元化。抗館碧山隈,伏檻滄浪瀉。連巘象雲構,嵌空分石架。明霞麗壁璫,濺瀑翻甍瓦。其陰負縹緲,其陽展消夏。山川恣凝流,乾坤潡高下。端居慰營魂,散帙豐逸暇。觚管間時操,觴酌巡筵逗。我公坐忘疲,樂客窮玄夜。時哉秉燭歡,合坐同所藉。

林西別墅,山人王子徑所築。

### 過王子徑林西別墅 　　　　　明 徐縉

洞庭東畔竹林西，小阮風流靜可樓。天際好山青未了，雨餘芳樹綠初齊。亭開碧沼塵埃絕，樓俯澄湖日月低。鄭谷輞川何異此，玉缸春酒尚能攜。

春草堂，詩人蔡旅平築，在消夏灣東蔡里。
天際樓，蔡旅平游息處。以上洞庭山。

### 書天際樓壁間 　　　　　本朝 周蕃

潛身縹緲，不染俗塵。長林修竹，怡養天真。時乎摘甪里之橘，時乎採消夏之蓴。與物無競，與世無爭。科頭跣足而抱膝，閉門學道以安貧。殆斯世之逸民，與黃石赤松為隣者耶。

### 咏天際樓 　　　　　蔡元宸

地偏雲護處，縹緲入看無。帆影晝行靜，溪聲夜語孤。庭空圍古幹，樓迥鏁明湖。此日登臨興，重來憶畫圖。

鄭駙馬莊，相傳宋駙馬都尉鄭昭扈宋南渡，家山中，其莊在武山西金之陰。山中至今多鄭姓，蓋其後也。

薛將軍故居，《馬跡山志》：在內間灣薛巷。將軍元人，名失傳，鄉先輩談其善兵，屢却亂寇。明正統間，民墾其基，得兵器火藥云。

緱山宅，在東山干山嶺下，元王鵬所隱，中有荷池、松林、竹圃。

歸休齋，在東山楊灣西。里人葉顒讀書，善詩文，官和靖書院山長，後乞歸，置齋故居之側，名歸休。

松軒，在東山金塢，里人葉仲林所居。

## 松軒記　　　　　　　明　俞貞木

　　吳洞庭兩山，屹然對峙於太湖三萬六千頃之中，而七十二峰聯青競秀。高崖深塢之間，嘉樹奇木，貫四時而蒼翠，花卉果實，青黃朱紺，雨露所濡如畫，人烟雞犬之集，彷彿所謂桃源云者，宜乎逸人道民多愛而居之焉。居士葉仲林，家東山之金塢，當青螺峰之下。喬松環立其室廬，山水尤深邃而清遠也。嘗自題其燕休之所曰"松軒"，俾余爲文以記。余嘗以薄宦抵廬山，取大廈之材於穹山深谷中，大松不知其幾千百年，其長數尋，徑六七尺，非千夫莫可挽之於江，信棟梁之材，然於山林亦不多得也。其或偃蹇屈蟠於磵壑之底，而得以保天年者亦有之。此漆園氏所以有論木雁，謂當處乎材不材之間。噫！其旨遠矣。今仲林居湖山之間，守桑梓之素，安隱於其家，教子孫以孝弟力田，得以優游於晚歲，其觀物之紛擾，不啻空華之過目也。將托松以自喻乎？將以松爲友而玩世乎？抑以其後凋之操而景仰乎？是必有取乎斯矣。雖然，數年之間，大雪堅冰，而兩山之木摧折殆盡，獨長松屹立如山岳而無所動，則其托根之深，受命之固，殆有異乎衆木也夫。我於是益有以知仲林之有取於松也。余家本西山，先世丘墓在甪里，他日拜掃，尚當訪仲林於松軒，以求其隱居求志之樂，幸毋靳以告我。


聽濤軒，在武山，隱士吳信所居。

## 聽濤軒記　　　　　　　明　吳信

　　山人厭埃壒之汩没，欲枕流而洗其耳，乃退居湖上，築軒為藏脩之所。軒之外波光淼然，一望無際，風濤之聲時作。人莫能堪，山人聽之自如，因顏其軒曰"聽濤"。客有慕之者，往見而濯纓焉。始至於軒也，清風從蘋末來，浪毬微生若漱玉。然琮琤之聲徹於座，聽之固可以爲樂。居無何，巽二作惡，馮夷逞威，則濤之肆震如迅霆，轟轟鐵騎驟至，恍疑天輪搖而地軸撼。蛟龍奮而鬼神出没。客聞而有畏，山人則嘻然恬然，飲食起居，一不變其常度。薄暮，聲少息，猶喧豗澎湃，若鼓若鉦。客睡不伏枕，乃起告之曰："主之於濤也，其居之久，聽之習乎？抑由神完氣充而能不動其衷乎？是必有旨也。"山人嚦然而語於客曰："吾非居久聽習也，吾非神完氣充而不運於中也，蓋常見夫世之人處險而無切身之害，居安而有不測之禍，故竊審夫有似可懼而不可懼，有似不可懼而可懼者，則於吾軒之濤可聽而不可懼也。且夫水靜者也，非風撓之則不鳴，雖決而可使之東之西，然能盈科而後進，故君子有所取。人之性亦靜也，利欲誘而動之，故有背善而爲惡者。苟以禮法隄防之，則不流於惡。今之人合則刎頸膠漆，否則對面秦晉，言論而干戈生，事爲而鴆毒作。雖絲毫忿怨，必欲擠其死地，其平地風波之惡，有甚於斯濤也。吾故名我軒，蓋將用此而警於彼也。子豈不知，巫峽之水能覆舟，比人心則安流而已。"客聞而悟曰："甚哉，主之善處於物也。聖人言知者樂水，主其知者與。"山人笑而不答。書以記之。

西塢書舍，在東山賀廉墓西，子元忠守墓讀書於此。有亭館松竹，花卉極盛。

王少傅宅，在東山葉巷西，王文恪公所居。

西青小隱，在馬跡山，西青隱士錢孝所居，邵寶撰記。

### 西青小隱詩　　　　　明　沈　暉

馬跡風烟接洞庭，西頭屹立一峰青。巡遊昔枉君王駕，擇勝新開野老亭。避地商巖無俗累，傳家孔壁有遺經。閉門想見多真樂，日夕窗前對翠屏。

　　　　　　　　　　　　　　　杭　濟

丘壑平生磊磊胷，塵泥何地著行蹤。俯觀東海一杯水，高坐西青千尺峰。白石間雲松下榻，清風疏竹澗邊節。讀餘萬卷頭今白，誰起山中此臥龍。

嚴太守宅，在東山施巷南，彰德知府嚴經所居，地名安仁里。靜觀樓，在東山陸巷，王文恪公築。

### 靜觀樓記　　　　　　明　王　鏊

太湖之山七十二，其最大者兩洞庭。兩洞庭分峙湖心，望之渺渺忽忽，與波升降，若道家所謂方壺圓嶠者。湖山之勝，於是為最。樓在山之下，湖之上，又盡得湖山之勝焉。山是莫釐，起伏邐迤，有若巨象奔佚，驟首還顧。遂分為二，一轉而南，為寒山，鬱然深秀，樓枕其岈。一轉而北，復起雙峰，亭亭如蓋，末如長蛇天矯，蜿蜒兩浙。西洞庭偃然如屏障，列其前，湖中諸山或遠或近，出沒於波濤之間，烟霏開合，頃刻萬狀。登斯樓也，亦可謂天下之奇矣。自昔臨觀之美，莫若滕王閣、岳陽樓，以彭蠡岳陽之廣也。然二湖所見，廬山五阜而已。若夫三萬六千頃之波濤，七十二峰之蒼翠，有若是之勝者乎？有若是樓之兼得者乎？語有之：知者樂水，仁者樂山。吾雖未及乎仁知,而於山水則若有夙契焉。心誠樂之,而患其難值也。
迺於是焉得之,又幸其不介於通都要津,適值余故土,余得專
而有之,豈天設地造,特以爲拙者之適,靜中之觀乎？故名其
樓曰"靜觀",而爲之記。

## 宿靜觀樓　　　　　　　　　　　文徵明

抱被何緣三宿戀,燒燈一笑兩人俱。秋山破夢風生樹,夜
水明樓月在湖。盡占物華知地勝,時聞人語覺村孤。不煩詩
句追清賞,太史楣間記是閭。

縹緲樓,在東山朱巷,里人朱必掄築。必掄性豪邁,好聲伎,教
習女梨園數人,構樓以爲歌舞地。必掄當鼎革之後,自留都歸享園
林聲色之樂,垂二十年,至今山中人猶艷稱之。

湘雲閣,在翁巷,處士翁彦博築,以湘妃竹布地成紋,斑斕陸
離,如錦綴繡錯,真奇觀也。處士收藏法書名畫、彝器古玉甚富,皆
羅列其中,游者至比之倪元鎮清閟閣云。

獨醒齋,處士翁澍讀書處。澍即彦博子也,吳偉業稱其齋中圖
書几席,使見者欽其高懷素尚。

## 翁季霖山園即事　　　　　　　　本朝　歸莊

暫將游屐駐山房,端坐還教老眼忙。園叟帶霜收橘柚,家
童臨水飼鴛鴦。行庭花石皆奇玩,開篋圖書有古香。春草亭
中筆墨暇,圍棋一局酒千觴。

## 宿洞庭東山翁氏山樓　　　　　　　葉方藹

澄波萬疊千竿竹,延眺層樓景色寬。過雨山疑經沐見,穿

雲月似隔帷看。渚蓮暗墮紅衣冷，水鳥驚翻翠影寒。心事欲拋拋未得，無言倚遍短長闌。

## 園亭

道隱園，在林屋洞西麓，宋尚書李彌大隱居於此。

### 無礙居士自撰道隱園記　　　宋　李彌大

林屋洞山之西麓，土沃以饒，奇石附之以錯峙。東南面太湖，遠山翼而環之，蓋湖山之極觀也。莽草叢卉，未有過而問者。無礙居士嘗散策遊，乃約工費，助道家而圖之。西則蒼壁數仞，洞穴呀然南向者，曰丙洞。洞東北躋攀而上，有石室窈以深者，曰暘谷洞。緣山而東，亂石如犀象牛羊，起伏蹲臥乎左右前後者，曰齊物觀。又其東有大石，中通小徑，曲而又曲，曰曲巖。居士思晦而明，齊不齊以致其曲，而未能也。巖觀之前，大梅十數本，中為亭曰駕浮，可以曠望，將駕浮雲而凌虛也。會一圃之中，誅茅夷蔓，發秀奇，殖嘉茂，結菴以居，曰無礙，室曰易老。且將棲息於茲，學易老以忘吾年。吾少嘗為儒，言迂行躓，仕不合而去，游於釋，而泳於老。蓋隱於道者，非身隱，其道隱也。居士李姓，彌大名，似矩字也。紹興壬子十一月十五日記。

沈氏園亭，《蘇州府志》：在洞庭鎮下，里人沈仲嘉築。

### 題沈氏園亭　　　宋　孫覿

包山美人構亭子，歸然屹立深園裏。窗近斷巖見怪石，壁臨絕澗聞流水。亭中一架古人書，知是群經及諸史。桐葉滴露下陰砌，橘花隨風飄靜几。美人素厭世俗語，有語利名須洗耳。衡門反關高枕眠，紅日三竿猶未起。

千株園，在消夏灣龍舌山下，宋淳祐初趙節齋種柑橘讀書處。南園，枝頭嶺，葉氏築。

## 南園賦　　　　　明　唐寅

葉君復初，家包山之陽。辟圃數弓，藝樹卉木，築堂面之。春日載和，萬彙條暢，鳥鳴草怒，怡然相對，迨有忘世之想。今冢宰太原公既爲之序矣，復命余賦之。其詞曰：

伊人卜室，於園之南。君子面明，和樂且湛。翫品物之喜怒，鑒流形之吐含。極中星之揆測，廢黃道之討探。薰風入絃，拉黃羲以共語；鈞天在奏，齊贔屭以盤珊。春日熙熙，好鳥關關。樂陽施於厚地，效仁道於高山。賦盤桓以適志，咏歸來以怡顏。珮紉都梁，案具衡芷。曲蹊長徑，芳菲鬱蒼。蝶蘧蘧而飛，燕喃喃而對。萬卉千葩，流紅濕翠。春風窺桃杏之麗華，秋霜感蓼莪之憔悴。鸜僮楚傖，披秧別穗。寒菘露芥，辛夷辣桂。味各因其時，藝各從其類。主者誰氏，其弁伊耆。有嚴來賓，各執令儀。攀條鬮葉，於徑於湄。嘆棠棣有韡韡之華，視枕杜有渭渭之枝。屏風輪匝，步障逶迤。重簷暎樹，曲檻臨池。錯綺羅於竹木，間歌舞於杯匜。布流黄以爲席，浮大白以罰詩。由是嘆爲樂之及時，感斯鄉之吾故。長誦蓽門之章，不美王門之步。銷搖寤言，從容望晤。對壘於北思之産，鄰牆於辟疆之顧。功名忘世外之機，風月有山間之助。隔絕氛埃，清虛窗戶。即此可娛，無心他慕。故因地以自稱，聊引言以爲賦。

婚喪亭，在西蔡里。里當山之中，四境嫁娶喪葬所必由者。舊無奠獻停驂之地，里人蔡昇築亭共之，蔡羽有記。

明秀閣，石公王氏築。以上洞庭山。

真適園，在東山唐股村王少傅宅後。内有蒼玉亭、湖光閣、款月臺、寒翠亭諸勝。

招隱園，在王少傅宅西，其季子延陵築，今屬席太僕本禎，俗稱南園。

集賢圃，在具區風月橋北，一名湖亭。光禄寺署丞翁彥陞築，背山面湖，亭榭水石之勝甲吴下。光禄任俠好客，雲間董尚書其昌、陳徵君繼儒嘗往來吟眺其間。今廢。

### 題集賢圃　　　　　明　范景文

少伯湖中第一山，山中另有一人間。園開透水峰峰出，花斷成蹊樹樹灣。海氣滿前樓閣敞，書燈徹夜酒杯閒。還聞光禄神仙去，不待千年化鶴還。

### 過洞庭亘寰親翁開襟閣　　　　　王世仁

芙蓉飛玉綴丹丘，碾出凌空十丈樓。慢捲湖光銀欲凍，窗含樹色翠交流。杯中竹葉浮深夜，笛裏梅花落素秋。歸路不知何處是，半鈎殘月挂扁舟。

灌圃，在翁巷西，處士翁彥章築。

東園，在翁巷南，席太僕本禎築。

橘莊，在社下里西，里人翁天浩築。中有社西草堂、敞雲樓最勝。

薇畦小築，在武山吳巷，里人吳時雅築。

### 過吳斌文南村草堂賦贈　　　　　　　葉方藹

簇錦名園佳氣多，好春雅集喜相過。樽開綠蟻浮珠玉，花放紅英映薜蘿。獨鶴自來還自去，一池添水又添波。若非世外丹丘地，即是平泉安樂窩。

雙清亭，《蘇州府志》：在東山社下里，宋建炎間通判錢豫避地築。今廢。

望湖亭，豐圻劉氏築。今廢，有巨石淪於湖。

### 望湖亭有感　　　　　　　明　吳鼎芳

孤亭踞磐石，特兀太湖濱。湖流日夜轉，洗盡人間塵。何年淪落空烟綠，烟景微茫飛屬玉。眼前興廢安足論，不見蘇臺走麋鹿。一片苔基點逝波，青山依舊白雲多。憑誰斷送斜陽色，蘆荻蕭蕭聞棹歌。

得月亭，在寒山湖濱，里人王惟道築，吳寬有記。以上東山。

孫覿山莊，在馬跡山耿灣東一里，山麓平廣，覿造園讀書，自作上梁文。

丘家園，在馬跡山大墅灣。《續馬跡志》：丘爲舵師，嘗從明太祖討陳友諒於江中，泊舟北岸，伺友諒過，順流追及，諒以故就殪。丘無嗣，不受爵，終於京師。其園尚存。

悠然亭，在馬跡山內間灣。元隱士錢源築，取陶詩"悠然見南山"意，趙文敏孟頫有記。今廢。

仰止亭，在馬跡山西坍，布政使李濬築。

蒙泉亭，在馬跡山竹塢。

## 塚　　墓

春秋越大夫諸稽郢墓，在消夏灣諸家河，今名陸家河。傍有諸姓數十家，其子姓也。有石碣尚存。

魏司空王杲文舒墓，在慈里，周數十畝，朝廷遣官營葬，賜名皇親苑。子孫百餘家，附墓而居。

五女墳，在可盤灣西北四里。《洞庭記》：晉人五女，父卒，貧不克葬，女各以衣負土成塚，既葬，旦夕繞塚悲號不輟，皆致疾死。時人哀之，因名塚焉。

宋少保高定子墓，在包山寺西。《蘇州府志》：墓在洞庭鄉包山，有墳祠，賜昭先顯慶禪院。按：顯慶禪院，即今包山寺也。《太湖志》：宋參知政事贈少保高定子墓，在洞庭西山。

居士夏元富墓，在仰洪灣。

捲簾使夏杲墓，在慈里。

集賢殿修撰王文輝墓，在涵村塢，建炎中賜葬，周四十畝。

明蔡將軍良瑞墓，在五峰下。

秦巡按伯齡墓，在明灣。

徵士臨淄令王勝墓，在慈里東垓上。

蔡太守蒙墓，在消夏灣。

蔡孔目羽墓，在縹緲峰下。

蔣郎中詔墓，在後堡。

鄭按察準墓，在金鐸山。

勞太守遜志墓，在鹿塢上真宮前。

贈侍郎徐潮墓，在金鐸山。

贈遊擊將軍蔡人龍墓，在陽塢。

本朝主事蔣之綖墓，在後堡。以上洞庭山。

齊干將軍墓，在東山俞塢。

隋莫釐將軍墓,在東山玄極宮前。墓有大樹,相傳隋時所植。

### 題莫釐將軍墓　　　　　　明　吳鼎芳

將軍世上雄,力能搏熊虎。將軍泉下魂,不能禁牧豎。饑鳥啄荒陂,寒日照大樹。

唐席將軍墓,在中席。
宋鄭駙馬墓,在武山東。
寧尚書墓,在俞塢。
葉騎門墓,在俞塢西。
明吳參政惠墓,在翠峰塢。
施修撰槃墓,在偃月岡,楊文定溥志其墓。

### 過故狀元施宗銘墳　　　　明　王鏊

後生何敢望餘芬,斗酒還過董相墳。行指岡巒低偃月,坐疑文彩上成雲。兩山已雪將軍恥,《郡志》:舊傳東西洞庭皆將軍始居之,故兩山無文字。四海猶傳制策文。賈誼天年人莫恨,孔光張禹亦徒云。

封少詹王朝用墓,在蔣塢,弘治間遣官營葬。
王文恪公鏊墓,在梁家山,嘉靖間遣官營葬,邵文莊寶志其墓。

### 過東山拜王文恪賜塋　　　本朝　吳偉業

舊德豐碑冷,吳天敞寂寥。勳名高故相,經術重前朝。致主惟堯舜,憂時在竪刁。百年人世改,野唱起漁樵。

賀布政泰墓,在查灣。

黃給事訓墓,在長圻。

吳翰林文之墓,在武山西金。

嚴太守經墓,在俞塢。

姜太守節墓,在紀茟。

賀紀善廉墓,在西塢。

賀按察元忠墓,在西塢。

葛理問一龍墓,在武山趙巷。

翁副總萬裕墓,在翠峰塢。

路文貞公振飛墓,在法海塢,錢宗伯謙益撰神道碑。

本朝翁同知彥博墓,在東山王塢,錢宗伯謙益撰墓表。

席太僕本禎墓,在澗橋,吳司成偉業志其墓。以上東山。

元華將軍墓,在馬跡山華家嶁,有大石碣存。

海道萬戶曹祥墓,在長沙鳳皇山。

僞吳宮妃墓,在馬跡山雁門嶺西,張士誠妃鈕氏瘞此。

明鈕太守津墓,在馬跡山。

昭勇將軍徐良墓,在馬跡山。

丁按察致祥墓,在馬跡山踏青灣黃蛇背。

吳布政暘墓,在馬跡山張青灣盟頂山。

李布政濬墓,在東村。

王員外就學墓,在內間。

吳舍人伯尚墓,在西灣。

# 林屋民風卷七

## 民　　風

自陳詩之典廢，而民風不上聞矣。然俗之貞淫奢儉，亦司民牧者所當盡心也。故特舉洞庭一山之風氣爲當世覽焉。若他山之事，弗深知，不能述也。

### 民風一

洞庭山濱太湖，有桑麻之業，林澤之饒，俗善植稼穡，善藝花果，梅、杏、桃、李、櫻桃、枇杷、楊梅、橙橘、花紅、梨、栗數種最勝。其族之所聚，連林廣囿，稠直蔚茂，而各以地盛。梅盛於涵村後堡鎮下，櫻桃、桃、李盛於陳巷勞村，梨、橘、橙盛於甪頭，而慈里則植不一種，號爲萬花谷。方甚盛時，數十里內紫綠萬狀，彌望無極。糞多而力勤者，畝可得二三千錢，甚者至萬錢。培治之功，視田數倍。其餘茶、竹、菱芡、魚蝦、繭絲、蘆葦、篠簜之利，一山均用之，而消夏灣爲最。山居五，地居三，田疇則什之二。產業皆世守，非窘急不輕售。人民雖極貧，亦有百金之產，田不出租，貧富皆親荷鋤。九十月，築場納禾，村墟不絕舂。歲杪木葉脫落，黃茅白葦，樵者負擔相望。土沃民勤，其天性也。故男子生十餘歲，即知稼穡艱難，富家貲蓄千金，而樵汲樹藝未嘗廢云。

## 民風二

　　山之人儉而少文，樸愿而信。冠服尚素，雖樵汲耕種，冠不去首。相見每日必揖。世俗所戴狐騷帽，及沙羅綺麗之衣不用，近世雖有用者亦少。家累萬金，終身不肯服裘服。婦人首飾，惟銀器，珍珠寶貝無之。男女衣著，貧富亦無甚差別。平居率青衣布襪，宴會則服杜織紬衣。嫁女娶婦，皆近村比境，如古朱陳之類，從不遠適他處。所重門戶相當，媒妁一言，欣然就聘，財禮奩贈，概不較。男女生十六七即婚嫁，子無贅出。筵席卜晝，不長夜飲，不宴劇。每遠客至，則競相招致恐後。餚饌甚儉，杯盤羅列，惟雞豕魚蝦而已。黃髮垂髻，獻酬交錯，雖田野民家，亦自怡然足樂。

## 民風三

　　民俗最重墳墓，不惜金錢，貧家亦必擇地，從無火厝及暴露數十年之憂。凡治喪事，親戚隣友，祭儀不事虛文，必以貲助喪家，故喪家賴以給用。巨族有祭田，自首春迄改火，壺漿紙錢，道路不絕。祭之日，宗族長幼咸在，極其美備。雖販夫走卒，亦所不廢。無後則宗人主之，鬼無不血食者。

## 民風四

　　俗以商賈爲生，土狹民稠，民生十七八，即出賈楚之長沙、漢口，四方百貨之湊，大都會也。地勢饒食，飯稻羹魚，蘇數郡米不給，則資以食。無綾羅紬緞、文綵布帛之屬。山之人以此相貿易，襁至而輻湊，與時逐往來，車轂無算。富者治產積居，貧者學事富家，或負販，或貰貸以逐利，得息則均析。故楓橋米艘日以百數，皆洞庭人也。先是，楓橋無會館，商賈多投牙行，行玩巧而多姦，往往糶者賤而糴者反貴。山人蔡鶴峰、王榮初倡義建立，擇心計強幹者輪主之。米石扣十錢，給賈人飲食，價隨時低昂，不爲牙行欺，民甚便之。其他行賈遍郡國，滇南、西蜀靡遠不到，到則數年不歸，至鄉人之寓如至己寓，雖流離顛沛，而扶持緩急者不乏人。以故，人多去文學而趨利相矜，以久賈，亦俗之漸人使然也。然民尚禮而好義，不事奢侈，重犯法，家累萬金，猶折節爲儉，從無錢雄自大，沐猴而冠之事。以末致財，用本守之，是故洞庭一山無素封之家，亦無凍餒之人者，大率由此。

## 民風五

婦人惟主中饋，足不履外戶，縱骨肉至親，未嘗輕出相見。夫出賈，門戶則族長主之，婦女總不與聞。即婢妾賤人，閨幃亦極嚴肅。古人謂洞庭之塗無婦人，非虛語也。至於燒香觀劇，袨服靚粧，雖貧賤小家，亦無此陋風。女紅惟食蠶浴繭，暮春時，謂之蠶月，家家閉戶，不相往來。凡女未習笄，即習育蠶。蠶有節目。其初收也，以衣衾覆之，晝夜程其寒暖之節，不得使過，過則有傷，是謂護種。其初生也，以桃葉火炙之，散其上，候其蠕蠕而動，濈濈而食，然後以鵝羽拂之，是謂攤烏。其既食也，乃熾炭於筐下，并四圍剉桑葉如縷者而謹食之，又上下抽番，晝夜巡視，火不可烈，葉不可缺，火烈而葉缺，則蠶饑而傷。火又不可太緩，緩則有漫漶不齊之患。編莛曰蠶薦，用以圍火，恐其氣之散也。束桔曰葉墩，用以承刀，惡其聲之著也，是謂"看火食"。三四日而眠，眠則摘，眠一二日而起，起則餧，是謂初眠。自初而之二，自二而之三，其法盡同，而用力益勞，爲務益廣，是謂"出火"。蓋自蠶出火，而葉不資於刀矣。又四五日，爲大起，大起則蓘，蓘則分箔。蓘早則傷足，而絲不光瑩；蓘遲則氣蒸，而蠶多懨疾。又六七日，爲熟巧，爲登簇。巧以葉蓋，曰"貼巧"，驗其猶食者也。簇以藁覆，曰冒山，濟其不及者也。風雨而寒，貯火其下，曰炙山。晴暖則否。三日而闢户，曰"亮三"。五日而去藉，曰"除托"。七日而采繭，爲落山矣。繭有綿繭、絲繭兩種，非力專而勤，未易治也。凡栽桑一畝，蠶息視田數畝，被服飲食、奉生送死之資賴焉。范石湖詩云："蠶兮努力加餐食，二月吴民已賣絲。"讀之真足興感。

## 民風六

俗以舟楫爲藝，出入江湖，動必以舟，故老稚皆善操舟。消夏灣人多善漁，而魚具最多，皮、陸嘗爲《魚具》詩序其事。二三爲侣，操舟鼓楫，取魚蝦以速賓客，亦山村樂事也。然皆有廬舍，非若他處漁人挈妻孥與外姓爲伍者。漁人以魚入市，必擊鼓賣之。

## 民風七

元旦，夜始分，點放爆竹，啓户獻天，於雷下設粔妝祀神，辨色肅衣冠相拜賀。元宵，扎竹爲龍燈，有長二十節者。遇廣場，則數龍盤繞，蜿蜒生動。富家或搆燈臺，奏竹肉，憑欄賞玩焉。正二月，梅杏桃李，櫻桃菜花，相繼盛放。肩輿行綠樹叢中，萬卉千葩，令人目不暇給。而黄鶯戴勝，復飛鳴上下於幽巖空谷間，所謂武陵桃源，殆未必有此勝概也。穀雨時，牡丹鬭艷，名種來自亳州，好事者平章甲乙，風雨無間。主人開新釀，治櫻笋，應酬頗勞。四月初，户户飼蠶，扃房闥，簡女紅，櫻桃梅子甚盛，枇杷繼熟。五月初，楊梅出市，桃李繼之。芒種後，大雨時行，農夫野老，荷蓑戴笠，躬耕隴畝間。六月，荷花稱消夏灣，每風動綠雲，不覺其炎熱也。而綠樹陰濃之下，遇涼風暫至，坐卧其間，亦可却暑。淵明所謂羲皇上人，惝怳得之。七月初，農人舉村社神，即揚威侯。其各村賽社之像以數百計，旌旗蔽樹，鐃鼓潑天，居人聚而觀之，真舉國若狂矣。順成之年，無不舉行，蓋即古報賽祈年之遺意。八九月，橙橘晃耀如金子，火珠丹房，翠苞隱見於青枝綠葉中。甪頭天王寺尤盛，數百畮間，殆無雜樹，其觀最勝。老桂所在，皆有丹楓黃葉，惟縹緲峰爲最。十月，納禾稼，遺秉遺穗，宛如讀《豳風》一詩，真田家樂事云。臘月無儺，八日之豆粥、廿四之祀竈、除夜之守歲，皆與吳城歲時同。此其大較也。至若玄陽桃浪、甪里梨雲、消夏灣漁舟唱晚、縹緲峰晴巒遠眺、石公山醉月、毛公壇積雪、林屋洞晚烟、慈里觀梅，古所稱洞庭八景也。夫一山之景，日有異觀，一日之觀，人有異趣。當獨趣所會，雖所偕遊，不可告語，所以古來騷人遷客，每於此寄幽情焉，非可謂洞天福地歟？

## 民風八

洞庭編戶，爲里七十有奇。民居散若村落，屋宇甚固。因湖中風雨迅疾，牆必甎，覆必瓦，高數仞，類新安，雖貧冢亦無茅茨之室。地小人衆，儉嗇，畏罪遠邪，重簾恥，尊父兄。父在，餽送贈遺，己不得主。或有招其父兄飲食，則謝如己受賜。兄弟同居，財不私蓄，一人力而求之，三四昆弟均得析。既析煙，亦不遠徙，祖宗廬墓，永以相依。故一村之中同姓者至數十家，或數百家，往往以姓名其村巷焉。生男則力耕服賈，生女則及時匹配。揄長袂，躡利屣之習，民所同恥。以故藏獲婢妾，率他境買來，山中人從不肯鬻賣及以子女爲倡優者，奴僕及身而止。富室生子俱自乳哺，不僱乳媼，貧家婦女亦無有肯出爲乳嫗者。總之洞庭一山，居者耕，行者買，婦女則攻女紅，各有常業。無淫冶之習，無靡曼之聲，無美衣食、務虛浮、游手游食、鬭雞走狗、好勇鬭狠、打降賭博健訟之流，故其民生八九十歲不識訟庭，而鼠狗之盜終歲亦罕有聞也。舊志謂"可望家給人足,而無不測之憂",豈虛語歟?

# 科目 坊表附

自明永樂以來,東西兩山科第最盛,東山多有得大魁者。至國朝,八十餘年寂寂無聞,豈地運之盛衰迺爾耶?翁季霖謂自甲科以及歲貢,俱照郡邑志編次,若薦舉以外,不敢濫收,略存野乘之意。今襲其説,"坊表"則附列於後。

## 進士

**麴信陵** 字宗魏,洞庭山人,唐貞元元年進士,直隸望江縣知縣。

**徐縉** 字子容,弘治戊午舉人,丙辰進士,吏部左侍郎,贈吏部尚書,謚文敏。著有《經筵講義》六卷,《詩文集》五卷。

**蔣詔** 字伯宣,正德癸酉舉人,辛巳進士,工部虞衡司郎中。

**鄭準** 字正衡,嘉靖甲子舉人,隆慶戊辰進士,廣東按察司僉事。

**勞遜志** 字惟敏,嘉靖壬子舉人,隆慶辛未進士,廣東潮州府知府。

**葉初春** 字處元,嘉靖甲子舉人,萬曆庚辰進士,禮科左給事中,贈光祿寺少卿。

**秦嵩** 字中望,萬曆壬午舉人,癸未進士,四川巴縣知縣。

**蔣之紱** 字赤臣,崇禎丙子舉人。皇清順治丙戌進士,刑部主事。

**蔡瓊枝** 字皖森,順治丙戌舉人,丁亥進士,浙江台紹兵備道副使。

**鄧旭** 字元昭,順治丙戌舉人,丁亥進士,國史院檢討。以上洞庭山。

**吳惠** 字孟仁,東山人,明永樂癸卯舉人,宣德丁未進士,廣西右參政。

**施槃** 字宗銘,正統戊午舉人,己未進士,殿試狀元,翰林院修撰。

**葉祚** 字應福,成化戊子舉人,己丑進士,福建右參議。

**賀元忠** 字澤民,成化辛卯舉人,壬辰進士,雲南按察司副使。

**王鏊** 字濟之,成化甲午解元,乙未會元殿試探花,武英殿大學士。贈少傅,謚文恪。

**嚴經** 字道卿,弘治乙卯舉人,丙辰進士,江西吉安府知府。

賀泰　字志同,元忠子。弘治癸卯舉人,己未進士,廣東布政司右參議。

黃訓　字季行,正德庚午舉人,甲戌進士,兵科給事中。

秦大夔　字聖卿,萬曆丙子舉人,庚辰進士,陝西布政使。

王禹聲　字遵考,文恪鏊孫。萬曆戊子舉人,己丑進士,湖廣承天府知府。

吳嘉禎　字吉人,天啓丁卯舉人,崇禎丁丑進士,福建興泉兵備道副使。

施鳳翼　字子翔,崇禎壬午舉人,順治丁丑進士,浙江上虞縣知縣。

李敬　字聖一,順治丙戌舉人,丁亥進士,刑部左侍郎。

周道泰　字通也,明崇禎己卯舉人,順治壬辰進士。

周而淳　字黎同,順治辛卯舉人,壬辰進士,戶部主事。

張延基　字埴允,順治戊子舉人,壬辰進士,四川石泉縣知縣。

陸鳴時　字繡文,順治辛卯舉人,壬辰進士,行人司行人。以上東山。

李濬　字德深,馬跡山人,成化戊子舉人,己丑進士,湖廣布政司。

丁致祥　字原德,弘治甲子舉人,正德戊辰進士,陝西按察司副使。

孫學易　萬曆壬辰進士,四川憲副。

吳晹　字麗中,萬曆癸卯舉人,丁未進士,湖廣布政使。

陳睿謨　字嘗采,萬曆癸卯舉人,庚戌進士,偏沅巡撫。

王就學　字所敬,萬曆乙酉舉人,丙戌進士,吏部員外郎。

徐復陽　字見初,萬曆丙午舉人,丙辰進士,太僕寺少卿。

許鼎臣　字爾鉉,萬曆丙午舉人,丁未進士,山西巡撫。

丁辛　字先甲,崇禎癸酉舉人,丁丑進士,福建浦城縣知縣。

吳伯尚　字敬躋,崇禎壬午舉人,癸未進士,中書科中書。

秦之鑑　字尚明,崇禎壬午舉人,癸未進士,浙江仁和縣知縣。

徐騰暉　字宣仲,順治乙酉舉人,壬辰進士,福建福州府推官。

許之漸　字儀吉,順治辛卯舉人,丁未進士,監察御史。

陳玉瑊　字虞明,順治丙午舉人,丁未進士,中書科中書。以上馬跡山。

吳文之　字與成,武山人,正德庚午舉人,辛巳進士,翰林院庶吉士。

顧綬　字子印,嘉靖甲子舉人,乙丑進士,北直順德府知府。

葛逢夏　字衷之,天啓辛酉舉人,崇禎戊辰進士,關內兵備道副使。以上武山。

## 舉人

沈理　洞庭山人,永樂甲午科,山東登州府同知。

蔡旭　字景暘,永樂庚子科,浙江烏程縣學教諭。著《歸怡集》。

李鏞　字仲韶,景泰庚午科,江西安遠縣學訓導。

嚴瀾　字本之,正德癸酉科。

陸鵠　字斯立,嘉靖甲午科,江西高安縣知縣。

勞珊　字鳴玉,嘉靖甲午科。

蔣球玉　字國華,嘉靖庚子科,湖廣夷陵州知州。

蔡惟忠　字士良,萬曆丙子科,山東沂州知州。

沈藎臣　字孝基,萬曆壬午科,陝西鞏昌府同知。

沈自漢　字超宗,皇清順治甲午科。

王需　字遵時,康熙壬午科,湖廣籍。以上洞庭山。

葉廉　字宗儉,東山人,永樂癸未科,江西上饒縣知縣。

賀廉　字以清,永樂癸卯科,福建按察司知事。

史昱　字元愷,景泰庚午科,江西南安府學教諭。

葉寬　字志洪,景泰丙子科,福建侯官縣知縣。

吳欽　字宗堯,成化丁酉科,江西臨安府推官。

莊鉞　字仲威,弘治甲子科,湖廣應山縣知縣。

陸彬　號樸菴,嘉靖壬午科,浙江天台縣知縣。

姜節　字均修,嘉靖乙酉科,江西南康府知府。著《羲經釋義》若干卷。

葉漢　字雲卿,嘉靖辛卯科,湖廣蒲圻縣知縣。

談經　字汝明,萬曆丙子科,湖廣蘄州知州。

葉宗直　字師皋,萬曆己卯科。

陸萬里　字季鵬,萬曆庚子科。

卜有徵　字伯符,萬曆庚子科,山東萊州知州。

許元弼　字仲良,天啓丁卯科,江西饒州府通判。

周官　字其人,順治丁酉科,以上東山。

鈕慶　字孔沾,馬跡山人,明洪武己卯科,湖廣安陸縣知縣。

許道中　號質齋,永樂乙酉科,河南新鄉縣丞。

陳瑷　字良玉,正德丁卯科,廣西太平府推官。

李鼐　字用之,正德庚午科,河南確山縣知縣。

宋雲龍　字從伯,萬曆戊子科。

劉仁啓　字鼎和,萬曆丁酉科,山東恩縣知縣。

錢豫謙　字行素,萬曆癸卯科。

鈕國藩　字誠所,天啓丁卯科,雲南嵩明州知州。

姚起蛟　字文台,天啓丁卯科,揚州府如皋縣學教諭。

錢國瑞　字開先,崇禎庚午科,湖廣醴陵縣知縣。

李盛時　字中甫,崇禎庚午科。

陳咨稷　字子育,崇禎壬午科,雲南瀾滄兵備道副使。

王來誥　字仲文,順治辛卯科。以上馬跡山。

鄒濡　字汝爲,武山人,順治甲午科,浙江遂安縣學教諭。

# 歲貢

蔡蒙　字時中,洞庭山人,天順間貢,廣西南寧府知府。

陸銘　字汝新,正德間貢,浙江樂清縣學教諭。

王守成　字若谷,嘉靖間貢,河南太康籍。

蔡羽　字九逵,嘉靖間貢,南京翰林院孔目。

陸治　字叔平,銘子。嘉靖間貢。

陸洽　字世沾,治弟。嘉靖間貢。

蔣秀　字子實,嘉靖間貢。

蔡雲程　字萬里，萬曆間貢，山西沁水縣學教諭。著《包山集》。

沈懋光　字伯龍，萬曆間貢，四川龍安府推官。

鳳翕如　字鄰凡，崇禎間貢，湖廣漢陽府通判。

蔡正渠　字丕式，康熙間拔貢。以上洞庭山。

王琬　字朝用，以字行。文恪鏊父。天順間貢，湖廣光化縣知縣。

王銓　字秉之，文恪鏊弟。正德間貢，浙江杭州府經歷。

姜寬　字大本，東山人，正德間貢，廣東曲江縣知縣。

張軾　字子禮，嘉靖間貢，北直開州學訓導。

姜智　嘉靖間貢。

葉具瞻　字子欽，嘉靖間貢，江西峽江縣學教諭。

黃穗　字遂卿，訓子。隆慶間貢，江西南豐縣學訓導。

黃兆熊　字伯威，萬曆間貢，浙江於潛縣知縣。

葉宗魯　號文山，宗直弟。萬曆間貢，直隸無錫縣學教諭。

曹士完　字儆弦，萬曆間貢。

施于國　號冶城，萬曆間貢。

楊萬程　號心宇，萬曆間貢，直隸徽州府歙縣教諭。

王斯鵬　字扶搖，崇禎間貢，直隸徽州府歙縣訓導。

陸樞　字公榮，萬里子。崇禎癸酉科副榜准貢。

朱永譽　字客卿。

陸之訓　字寶周。

葉有馨　字子聞。

費益修　字復之，順治間貢。

葉灼棠　字函公，順治間貢，福建興泉兵備道副使。

翁天游　號心齋，康熙間貢，考授中書舍人，遷河南開封府同知。著《古香堂稿》。

湯鑾聲　字茂昭，康熙間貢。以上東山。

李顥　字可大，馬跡山人。宣德初貢，浙江松陽縣知縣。子潛貴，贈郎中。

馮泉　正統間貢，湖廣常德府推官。

李恂 字寶夫,天順間貢,廣西布政司都事。
殷鈇 字良器,天順間貢,北直淶水縣知縣。
莊大林 號柏堂,弘治間貢,江西分宜縣訓導。
李矞 字潔之,嘉靖間貢,湖廣荆州府通判。
劉薰 字心岵,嘉靖間貢,北直任丘縣丞。
劉章義 字季傳,天啓間貢。以上馬跡山。

## 薦舉

俞貞水 洞庭山人,琰孫。洪武初江西都昌縣知縣。
許曄 字光遠,洪武初應召至京師陳策,既而以老乞歸。
秦伯齡 洪武中監察御史,巡按山東。
秦英 伯齡族人,洪武中舉秀才,授順德府邢臺縣簿。
王勝宗 字紹先,洪武中山東臨淄縣知縣。
秦文彧 字盛之,洪武中湖廣醴陵縣知縣。
嚴正 字子讓,洪武中河南衛輝府照磨,改山東東平州州判,永樂中改唐府典寶。
尤芳 字叔茂,洪武末刑部員外郎。
李琦 鏞之父。永樂中梁府紀善。
嚴鐸 瀾子。萬曆初山東東昌府通判。以上洞庭山。
葉德聞 東山人,洪武初陝西布政使,後徙吳江汾湖,爲甲族。
吳傑 宣德間江西廣陵府通判。以上東山。
鈕澤 馬跡山人,洪武中直隸池州府知府。
葛一龍 武山人,天啓間雲南布政司理問。

## 廕叙

徐玄成 字汝文,文敏子。嘉靖初詹事府知簿。
王延喆 字子貢,文恪子。正德中大理寺右寺副。

王延素　字子儀,文恪子。正德中貴州思南府知府。

王有壬　字克大,延喆子。正德中太常寺少卿。

王延陵　字子永,文恪子。嘉靖初中書舍人。

## 武職

蔡良瑞　洞庭山人,明太倉衛鎮撫,封武毅將軍。子貴替職,還山。今婁東玉峰多其苗裔。

蔡人龍　洞庭山人,天啓壬戌進士,廣西潯州守備。土酋梗化,人龍督兵進勦,爲酋所殺。

王振　東山人,洪武初南京府軍左衛指揮。

湯用　洪武中,福建鎮海衛千戶。

蕭顯　洪武中,陝西甘州後衛千戶。

朱璿　洪武中,淮安大河衛百戶。

翁應玄　崇禎間,南京兵部中營副總兵。

陸鳴臯　崇禎辛未進士,後軍部督僉事兼副總兵。

翁萬裕　崇禎丙子舉人,丁丑進士,河南開封府副總兵。

金履泰　崇禎間山東臨清州守備。以上東山。

錢燁　馬跡山人。明初投誠,佐太祖克敵有功,授指揮,賜半璽券。姪斌襲職。永樂間死於陣。

徐良　永樂初,常山護衛指揮賜昭勇將軍。

馬榮祖　正德間,薦授指揮。

劉尚義　萬曆庚子科,永生州遊擊。會兵變,父子四人皆死於任。

吳玠　萬曆己卯科。

張漖　天啓甲子科,大河衛守備。以上馬跡山。

曹祥　長沙山人,元季海道萬戶,董漕運事。

俞信　長沙山人,永樂初京都密雲衛百戶。

顧旺　衝山人,洪武中北京寬河衛百戶。

## 坊表

遺慶坊　在洞庭山西蔡里，明永樂間爲舉人蔡旭立，陳繼有記。今廢。

登科坊　在姑蘇鄉，景泰間爲舉人李鏞立。今廢。

仙桂坊　在崦邊，弘治間爲進士徐縉立。今廢。

繡衣坊　在甪里鄭涇港西，萬曆間爲御史鄭準立。以上洞庭山。

畫錦坊　在東山岱心灣，宣德間爲進士吳惠立。今廢。

文魁坊　在查灣，宣德間爲舉人賀廉立。

狀元坊　在金塔下，正統間爲狀元施槃立，成化間重修。

世英坊　在岱心灣，景泰間爲舉人史昱立。今廢。

進士坊

繡衣坊　並在查灣，爲御史賀元忠立。

登俊坊

解元坊

會元坊

探花坊

閣老坊　以上五坊在陸巷，爲少傅王鏊立。

登科坊　在倪家湖，成化間爲舉人吳欽立。以上東山。

進士坊　在馬跡山西坘，成化間爲李潛立。

進士坊　在雁門灣，正德間爲丁致祥立。

尚義坊　在武山，成化間爲賑荒中書舍人吳天檜立。

節婦坊　在東山楊灣，嘉靖二十一年爲慎廣鈺妻葉氏立。

節婦坊　在施巷西，崇禎七年爲嚴林妻劉氏立。

節婦坊　在菱田，崇禎十年爲許明妻翁氏立。

節婦坊　在坊前，本朝康熙二十三年爲吳之翰妻金氏立。

貞節坊　在馬跡山內間灣，永樂二年爲史彥妻劉氏立。

# 林屋民風卷八

## 人　物

　　韓子謂：山川清淑之氣，蜿蟺扶輿，磅礴鬱積，雖千尋之名材，不能獨當也。而歐陽子得五代時小説，載王凝妻李氏事，謂一婦人猶能如此，則知世固常有其人而不得見耳。由斯言之，靈氣所鍾，不患無人，而有其人而不得見者，可勝道哉！姑蘇人材甲天下，太湖特西南一隅，數百年來，科第日盛，名士輩出，而里夫巷婦不可以非理撓者，所在多有，殆亦湖山秀異之氣聚而發焉者耶？然深岩窮谷，名湮没而不稱者，十蓋五六也。余特以耳目之所及者表而出之。

## 孝友

### 明

　　陸治，字叔平。世居包山，因號包山。爲郡諸生，入棘闈輒不利，不欲縻學官廩，數上牒請罷。郡守推其才，爲後先奏記，督學令毋煩諸生試，餼如故。會從弟治受經於治，當貢，遜不敢先。督學遂檄治貢，治固讓不已。督學更下書曰："貢士者，爲縣官薦才，亦以表勵風行，非直論資較年也。諸生治博洽躬行，孝友敦睦，以先其弟執經交讓，縮足榮軌，吾甚嘉之。其令以貢士歸，仍表棹楔，稱褒獎恬退至意。"治自是治處士服,堅卧支硎不出。好爲古文辭自娱,尤心通繪事。晚年貧甚,好事家購其畫如珍寶,然不以利動,意有所許,即不請可得。治爲人孝友任俠,父殁,弟妹五人皆治撫育嫁娶。一姊寡居,食貧,迎養於家,殁乃歸葬。鄰有指揮楊某,雅與治善,視衛篆,有軍興羨資,先亡去,御史按覈,以爲指揮實盗之,獄具,而楊貧甚,治貸金代償,楊得免罪。尋坐寔死,治爲斂葬。又顧正叔者,才豪士也,與治結交,罷浙幕歸家,日窘,治歲時遺致餚醪,死復卜地以葬。嘗就父遺城居創先祠,屬弟沼供事粢盛。與沼同居,怡怡至老不忍析。

蔡孝子,名至中,字時卿,洞庭之暘塢里人也。父人龍,所謂玉門先生也,前天啓中,以武進士授廣西潯州府守備,討賊於羅淥洞,力戰而死,載《良將傳》中。至中性孝,有勇力,試爲武學生。隨父之任,朝夕奉侍惟謹。遇士卒,能得其歡心。方玉門之奉檄討賊也,至中願與偕,玉門不許。及玉門陣亡,至中痛幾死,哭請制府,詰諸營失援狀,且勑以盡敵贖罪。既得賊俘,親剖其心,爲位以祭,擗踊哀號,軍士皆感泣焉。既乃率死士深入賊地,求父屍。是時,僵尸遍野,不可别識,乃刺臂血滴之以爲驗,屢刺屢滴,血幾於枯。最後得一頭顱,有紫金網巾環在焉。心意其是,一滴而血果收,且痛且喜,遂負遺骸歸署。事聞於朝,復爲朝貴所抑,謂貪功冒險,以至隕軀,不足贈恤。乃復刺血上書於巡按御史,重爲疏請,得贈玉門爲遊擊將軍,給驛歸葬。至中以悲傷成疾,既終喪,絶意仕進,營甘旨以養母。每遇伏臘祭祀,輒涕泗如雨,久而弗衰。鄉人哀之,稱爲蔡孝子。以今順治六年卒,年四十六。

先人諱名儒,字正方。少孤,性孝友,先祖妣守節五十餘年,先人事之如一日。祖妣羸病經年,先人奉侍湯藥,晨昏無間,浹月不釋衣履。家貧,自力於衣食。凡祖妣之所嗜者,謹進之。祖妣壽終,哀毁骨立,蔬食三年。既葬,廬墓哀號,聞者莫不感嘆。墓在本里，朝夕必往拜，風雨無間。時食不論果蔬，必親薦冢側，徹必泣曰："薦如是，徹如是，思曩日親嘗甘旨時，不可得也。"年七十餘，孝思不衰，述及祖妣守節事，每爲嗚咽出涕。先伯母亦少寡無出，迎養於家，先人事之塲如慈母也。性好施與，歲侵，出粟周急，終不責償。族人中有鰥寡無告者，歲必周濟。壯歲發憤讀書，會鼎革，晦迹田園，披衣戴巾，日與詩僧韻士嘯傲山水間。好誦廿一史，老病不釋手。年七十八卒。山中人至今思之，稱道不置。予小子力衰德薄，不克表揚，附記於此，俟當世賢人君子。

## 本朝

　　蔡積仁，字心涵。少時家貧，祖父無遺產，積仁採樵飛仙山，供父母甘旨。兄弟四人，積仁長。年二十餘，行賈江湖，數年間致金千金。父母殯，弟娶妻，皆積仁力也。弟長，悉以金錢析之，再以餘者分散於貧交疏昆弟，不自蓄私財，可謂富而好行其德者矣。積仁爲人規言矩行，雖賈人子，有端人正士風焉。以故死十餘年，鄉里稱道不置。以上洞庭山。

## 明

　　葉裕，東山人。與歸震川先生游，其行事不少概見。見歸子所作葉母墓誌銘，而知其爲敦厚慈孝君子，且知其母爲貞節自矢之母也。然其中事多不詳，豈所遭之勢有不可明言者耶？姑存其文，俟當世賢者覽焉。其辭曰：

　　葉裕居太湖洞庭山中，泛湖徒步二百里，從予游，然又不常留。數往來江海間，所至語合意即止數日，飲酒高歌，甚歡，即又去，人皆以爲狂生。然與予言其母，未嘗不嗚咽流涕也。嘉靖三十二年五月十三日，母卒且葬，來請銘，悲不能自止。予未爲銘，會有倭奴之難，裕亦去三年不復見。予念裕平生好游，連年兵亂，道途之梗，存亡殆不可知。一日忽復至,則又請其母之銘,悲泣如故。蓋人以爲狂生,而不知其孝之如此也。洞庭人依山居,僅僅吳之一鄉,然好爲賈,往往天下所至,多有洞庭人,至其於父母妻子之歡,猶人也。而裕母所遭異是,獨煢煢以終其身。裕年逾四十,尚未有室家,凡生人之所宜有者皆無之。裕自言初生時,祖母旦夕詛咒,拜其祖之主而字之,曰:"葉士貞,何不以兒去?"母患之,寄之外氏。時葉氏居在澄灣,其外家在湖沙灣,東西相望一里所。外母抱裕,倚門望西山,夕烟縷起。裕思母,黯然淚下。裕每道此,尤悲也。母姓陸氏,卒時年六十五。裕後妻沈氏生子一人。予重其孝而爲之銘,銘曰:五湖洞庭,於是焉生,於是焉死。我爲是銘,其尚何恨,可慰幽靈。

周誠,東山人。四歲失怙。及長,家貧,食不足以贍。爲人傭作,每得肉食,必持歸奉母,母食餘,恐爲妻兒所侵,乃盛以竹籃,懸置屋梁。歸候其母,日輒二三至。鄰翁張某諭之曰:"汝乃傭保,豈若行賈江湖間,較逸且所得恒倍。"誠曰:"雖勞且貧,得朝夕侍母。苟以利棄母遠遊,弗忍也。"母年九十卒,誠亦六十餘矣。每日先謁母墓,而後赴傭所。值風雨,必簑笠在冢側。人怪問之,誠曰:"母在風雨中,子獨家居,心不安也。"陸給事子潛同弟子玄至山中,聞誠事行,召誠而禮異之,且遺金以祭其母,陸幼齡作《孝子傳》紀其事。

金宗悅、宗愉,性友愛,財不私蓄,食不私享,兩家兒女更衣并食。年逾六十,恐子孫或起爭端,因自析産,凡田廬什器,各以義讓,至久不決。兩人之妻聞之,乃相與感泣曰:"手足一體,安可分異!"遂復同爨如初。

丘端,吳江縣人。少孤,與母徙居東山俞塢。家貧,傭作自給。嘗買鮮魚供母,妻匿其半,將以食子。端伺得之,問其妻:"魚有餘否?"妻曰:"亡矣。"端怒且泣曰:"汝死何難復娶,倘吾母萬有不幸,終身豈得見乎？"遂欲出之，妻感其言，後亦以孝稱。母壽終。因母性畏雷，每雷電，雖夜必匍匐號於墓，曰："兒在此。"人稱其孝，至比之王裒云。

金潮蔡，仙里人。家貧，未學。性誠篤，孝敬父母。性善飲，以父不嗜酒，遂戒不飲。父病，醫不能治，瀝血露禱，亦弗效。潮乃刲股和藥進之，立愈。父母卒，廬墓蔬食三年，哀毀骨立。有聞當時臺使者，歲致粟帛，復其家。劉御史鳳贈詩，有"袿翻襟血冷，燈照夜烏深"之句。

沈旵，單身窮困。父耄嗜酒，旵日得傭錢，悉供父飲。飲輒醉，醉即小遺。旵與父共臥，起必以身貼溲處，推父就燥。夜輒更易其處，終父之年如是，父亦不知也。以上東山。

陳世曙，字亮初，馬跡山人。父士仁遭家難避禍，世曙以身當之，幾殆。奉母挈弟妹，僦居湖北鄙，爲塾師，以養母及弟妹。館舍飲食，可懷者輒懷奉母。父歸，病甚，曙刲股和藥以療，家中無知者。年三十四始娶妻。淮安郡丞李公稔世曙賢，具金幣爲聘，世曙即以金歸母，爲中弟娶婦。已兩親相繼歿，拮据喪葬如禮。會屢試不售，遂棄帖括，發憤古聖賢之學，與當世名流往復辯論，必求其是而後已。年六十有六，無子，易簀時作《梅花詩》三首以見志。

## 本朝

王明遠，長沙山匠人也。所得錢，悉買甘旨供母。母病十餘年，朝夕不離母寢。有某家大興作，同業邀之，明遠曰："母老病，奉侍之日短，苟以利棄母，是貨之也，吾不忍。"母死，傾家爲之殯葬，哀號哭泣，務在鞠躬。其兄早殀，嫂失身，遺孤一歲。明遠撫育成人，既娶，出己貲以半析之。山人服其義，咸以孝友目焉。

# 名臣

## 明

葉初春，字處元，洞庭山人。萬曆庚辰進士，授順德知縣。禦寇賑饑，止訟恤民，四方聞其惠政。越三年，行取授禮科給事中，建白得大體。歷左、右給事中。值同官李獻可請豫教，攖上怒，重譴。兵科張棟會初春等具疏申救，奉旨褫職。歸，屏居課子，超然世外。光宗即位，錄遺忠，初春已死。天啟二年，追贈光祿寺少卿。

王鏊，字濟之，號守溪，東山人。成化甲午、乙未鄉、會皆第一，廷試第三。自編修歷官吏部左侍郎。正德元年入東閣，進戶部尚書、文淵閣大學士，加少傅，改武英。四年，致仕。嘉靖初，遣行人存問，曰："朕行且召卿。"未及起而卒，年七十五，賜祭葬，贈太傅，諡文恪。鏊經學弘通，制行修謹，冠冕南宮，迴翔館閣。弘治間，召經筵日講，時上幸中貴李廣，導遊西苑，鏊爲講文王不敢盤於遊田，反覆規諭。既罷，上謂廣曰："今日講官所指，殆謂若等。"大璫入寇，鏊上籌邊八事，又請科舉之外略仿前代制科，如博學宏詞之類，以收異材，事多施行。武宗在諒闇，內侍八人亂政，臺諫交章，中外洶洶。韓忠定文時爲戶部尚書，倡諸大臣伏闕請誅八奄。上怒，召諸大臣切責，衆相視莫敢發辭，獨鏊侃侃危言，而韓繼之。幾定矣，亡何事忽中變，夜詔劉瑾掌司禮，首逐韓，繼逐閣臣劉文靖健、謝文正遷。時瑾詗事者，於擾攘中未悉鏊有危言，遂以人望入內閣。瑾銜韓，必欲殺之，又坐劉忠宣大夏以激變土官逮繫詔獄，鏊前後力爭之，且言："土酋未叛，何名激變？"並減死。或惡楊文襄一清於瑾，謂築邊太費，鏊曰："楊高才重望，爲國修邊，可以功爲罪乎？"瑾時權傾中外，毒流縉紳，鏊不能遏，蹙然見顏面，乞歸。或以拂瑾意，虞有奇禍，鏊曰："吾義當去，他何計也？"疏三上得歸。築怡老園自娛，屏謝紛囂，惟究心性理。嘗作《明理》、《克己》二箴，以自砥礪。林居十四年而卒。所著有《震澤集》、《震澤編》、《震澤長語》、《紀聞》各若干卷。文章以修潔爲工,規摹韓王,有矩法。詩不專法唐,在宋梅聖俞、范致能之間,峭直疏放,自成一家。書法遒勁,兼工篆隸,蓋皆經濟之餘事,而於時文爲尤工也。季子延陵,字子永,號少溪,以父廕爲中書舍人。風流好事。早歲城居,與皇甫汸、張鳳翼結社。有《春社編》,詩曰《王中含集》。兼游戲丹青,人得其尺蹏便面,爭寶愛之。兩奉命封藩,作詩紀遊,贈遺一無所受。尋以養母告歸。爲人溫厚醇謹,舉動壹禀家訓,亦一時有名之士也。以故,吳中稱佳士,無有過延陵者。

賀元忠,字澤民。父廉,見《儒林傳》。元忠成化壬辰進士,由行人擢御史,巡視漕河,出按廣西,發姦摘伏,風裁凛然。遷河南僉事,以憂去。起補雲南,晉副使,兵備金齒騰衝。時木邦、孟養舉兵相攻,禍挐未解,元忠躬冒嵐瘴,往來開以丹青之信。事且就緒,會病乞歸。幕下千人以金贐,不受。夷人作却金亭,以旌其廉。里居二十四年,詔進亞中大夫。又十二年乃没,年七十有八。子泰,字志同,弘治己未進士。官御史,以直言被謫。父子相砥礪,克己矯俗,不增一塵,不拓一畝,食無兼味,衣無兼副,出入坐一小航,人不知其爲軒冕也。以上東山。

王就學,字所敬,馬跡山人。其父死於盜,終身以不得盜爲恨。每飲酣,輒涕洟呼,天人咸悲之。萬曆丙戌成進士,授戶部驗糧廳主事。中官需索橫甚,解戶有累死不得掣批者。就學稱引祖制,章兩上,卒得請,著爲令。旋以東事轉餉,編採聞見,疏可慮者四,可乘者三。語侵執政,不忌。改禮曹,教習駙馬,同鄉顧憲成雅重之。尋調吏部。會仁聖太后梓宮將發,上當送之門。先一日,有遣官恭代之命,就學愕然,即夜具疏以聞。其略言:"皇上之身,皆太后之身也,凡可報恩者,何得復顧其身?今舉期在此一刻,則憑棺痛踊,亦惟此一刻,而獨靳扳送,以致聖孝不終,聖心何安?"上頷之。終以此得罪,無何,削籍歸。

## 儒林

### 宋

俞琰，字玉吾，號石澗先生。先世汴人，建炎中南渡，始家洞庭包山。祖伯成，仕承信郎。父正國，以貢登進士。琰雄邁博聞，過目成誦。寶祐間，以詞賦稱。元初，薦授溫州路學錄，不赴，隱居著書，不復仕進。凡天文地志，仙書怪牒，汪洋枝蔓，皆神會玄解，不習而挈其要領。好鼓琴。精於《易》學，晨起焚香，誦《易》一過，寒暑不廢，歷四十年。自言遇隱者授讀《易》法，得環中之義，其闡發圖說，演繹參同陰符，非苟知之，蓋嘗試之者。人每扣其旨，琰惟以養心寡欲，旁喻善誘，學者從游甚衆。年七十，壯健不衰。一日，命童子具湯沐，易衣冠，危坐，召子仲溫進巵酒。飲畢，曰："吾與汝訣矣。諸書未備者，成之。"言訖，神采不移，翛然而逝。所著有《易說會要》、《周易纂圖》、《周易集說》、《陰符經解》、《參同契發揮》、《易外別傳》、《幽明辨》、《書齋夜話》、《席上腐談》、《絃歌毛詩譜》若干卷，行於世。孫貞木，後以字行，更字有立。虞山《列朝詩選》序略曰："貞木元季不仕，洪武初以薦知樂昌縣，後改都昌，罷官家居。郡守姚善延以訓子。以鄰人事連坐，逮詣京師，卒。建文三年七月也。劉鳳記云以勸姚守起兵，爲衛尉執送死之，誤矣。俞氏爲吳中世儒，居包山，後遷吳郡之南園，號南園俞氏。貞木自都昌還，惟一筐箱，甚重，家人啓視之，一斫柴斧耳。其清苦如此。貞木無子，以族人子毓爲後。毓孫盲，無妻子，入存卹院。吳文定云。"

### 明

施槃，字宗銘，東山人。幼警敏，善應對。隨父遊淮陽，主羅鐸家。與鐸子同學，有都憲張某來，鐸命其子偕見，張試以對聯曰："新月如弓，殘月如弓，上弦弓，下弦弓。"槃應聲曰："朝霞似錦，晚霞似錦，東川錦，西川錦。"張大奇之。未幾歸，補縣學生。正統戊午、己未聯捷，廷試對策，天下第一。入翰林爲修撰，時年二十三。未幾，卒於京邸，天下傷之。館閣諸公，大學士楊士奇而下皆有輓章惋惜。槃早喪母，事後母以孝稱。少登巍科，遇先達應對，言若不出諸口，以此益重。好爲詩雅自負，今散逸無存。性最敏，諸子百家，過目成誦，作爲文章，不待思索。初入翰林院，英宗問："卿家吴下有何勝地？"答以四寺四橋。問："何名？"曰："四寺者，承天、萬壽、永定、隆興。四橋者，鳳凰、來苑、吉利、太平。"英宗大悦，由是名傾當世，湖山亦由此而重。槃雖早終，未爲不壽也。從子鳳，字鳴陽。客淮陰，以所業質倪文僖謙，文僖驚曰："從游者多矣，好古不同流俗，惟鳳一人。"鳳益潛心理學。歸吴，提學御史戴珊敦遣入試，以病辭。錢學士溥以經明行修薦，亦不就。絶意進取，隱居教授，終其身。鳳食貧礪行，敝衣破帷，不易亦不垢。孝友恭順，人皆感化。嘗構亭松竹間，客至相與宴飲，怡然自適，人咸稱爲東岡高士。王文恪鏊有《東岡高士傳》。

賀廉，字以清，邃於《易》學。永樂癸卯，京闈第二人，授連江訓導。校課生徒，終日不倦。陞代府紀善。爲人方嚴簡靖，與人多忤，屢以言觸權貴，故官不大顯，仕終福建按察司知事。歸家杜門不出，一時人才多所造就。山中至今言《易》者，宗賀以清焉。

黃訓，字季行。正德庚午中應天鄉試。試禮部，不第。例入國子監肄業，慨然曰："吾知所以自勵矣。古之學者，耕且養，三年而通一經，三十年而六經立。今既免於耕，其爲功甚易。顧執一藝以白首，寧無耻乎？"由是專意典籍，自六經及諸史百氏，無不淹貫。嘗爲太學都講，辯難不窮，人皆以爲莫及也。訓才氣甚高，不屑意爲舉子業，日肆力於古文辭。爲文奇偉宏壯，頗類其爲人。甲戌成進士。試禮部，冢宰楊公覽其文，奇之，擢第一。當授京職，訓乞南京以便養，公不許，選授兵科給事中，朝士以得人相慶，訓殊不樂也。體素豐下，不任勞，守科候朝，盛夏觸暑，一病而卒。識與不識皆謂：訓不死必能稱其職，非徒以文稱者。訓爲人剛介寡合。其在兵垣，有武弁餽千金，却之。既嬰疾，其人復携金至，詈而絶之曰："吾即死，豈可以是污我耶！"疾未劇，即命市其馬以備棺，爲書以謝父母。卒年三十三，朝野傷之。有詩、古文若干卷藏於家。以上東山。

## 循吏

### 唐

麴信陵，字宗魏，洞庭山人。貞元初進士及第，爲舒州望江令，有惠政。嘗爲請雨文，云："必也私慾之求行於邑里，慘黷之政施於黎元，令長之罪也，神得而誅之，豈可移於民而害其歲？"既卒官，百姓留葬於縣境。宋崇寧四年敕賜靈施廟。

(明)秦伯齡，狀貌奇偉，義不苟合。元末，以世不可有爲，去書業賈。洪武中，商淮北，天子見而異之，召與語，伯齡侃侃而談，指陳當世得失，誠有味其言之也。上悦，拜監察御史。未幾，出按山東，發奸摘伏，風裁凛然。濟寧某氏豪猾，二千石莫能制，伯齡至，悉按治之，人皆股栗。然不專事深刻，故法嚴而人不怨。伯齡爲人公廉，不發私書，問遺無所受，請寄無所聽，居兩月，有政聲，山東縉紳當道俱嚴憚之。執政者薦於朝，當內遷，尋以疾卒於官下。族人英同時舉秀才，陳當世事合旨，授順德府邢臺縣簿，居官亦有聲。

王勝，字紹先。少時好讀書，家貧，躬耕田間，養父母孝謹。會元明之際，海內多事，絶意仕進，家居教授子弟，謝絶賓客。洪武中，詔徵賢良方正之士，郡縣推上勝，勝固讓，郡縣固推勝。勝至京師，召入見，狀貌甚麗，上悦之，拜爲山東臨淄令。是時，臨淄薦饑，民多流亡。勝至，下令招徠之，設法賑濟，復力請當道，捐歷年租稅，民大悦。勝爲人廉静，布衣蔬食，爲百姓倡。折獄片言，務在寬仁,然性又剛毅,不可撓屈。公卿大夫有以私事請寄者,必面斥曰:"吾布衣得官,固當奉職官下,奈何賣朝廷法乎?"終不聽。以此大忤朝貴。乞骸骨歸。歸家,放浪山水,飲酒歌詩,以壽卒。五世孫名儒,見《孝友傳》。

蔡蒙,字時中,年十一舉邑諸生,三試南都不售。貢入國學,歷事兵部,爲尚書馬昂所知,選授溫州府同知。成化戊子,泰順山中鑛賊變起,痍傷滿野。朝命督兵勦之,賊斷道以阻,勢益熾。蒙夜帥壯士五百,伐木通道,官軍宵濟。會天雨雪,賊多凍死。衆議急擣賊巢,蒙曰:"彼烏集之衆,無終日計,苟益兵制其死命,梃而走險,祇激亂耳。可以恩信致之。且我軍士卒多凍倦,可少休。"衆然之,遂推蒙行。蒙復建議編著甲令,立鑛賦長,民始帖然。至浚渠築田,積粟賑饑,溫民感激,詣闕上書,陞本府知府。丁外艱,起轉辰州知府。又丁內艱,補廣西之南寧。爲治廉平不苛,罪無中證,考未竟者,悉原不問。積勞致疾,上章乞歸,越七年卒。以上洞庭山。

## 明

吳惠,字孟仁,東山人。宣德中進士,授行人,奉使占城,涉海七日,遇颶風,同舟者皆驚愕無人色,惠意氣自若,操筆爲文,投海中,風濤頓息。使還,擢桂林知府。時義寧峒蠻結湘苗寇爲亂,臺司議進兵勦滅,惠曰:"諭之不從,進兵未晚。"乃單車抵賊所,賊羅拜歸服。武岡州盜起,詐言推義寧峒主爲帥,洞蠻楊文伯等叩頭自訴曰:"某死,公所貸耳,敢爾耶?"盜遂沮解。修仁、荔浦猺獞數剽掠道梗,惠召諭以威福,人給郡符,使佩之。在桂林十年,化賊爲民,政移獷俗。陞廣西右參政。柳慶夷寇間薄城,城中洶懼,不知所出。惠乘其不備,率門卒夜斫其壘,獲賊首百人,遂驚遁。洗氏女已字人,聞其暴,欲勿與,乃抵言造妖惡語,惠具得枉實,立釋之。尋致仕歸。惠爲人有氣節,遇事敢爲,前後所上章疏皆鑿鑿可行。

里居三十年,田廬不改其舊。好賦詩,善行草。山中人登進士第,自惠始也。

嚴經,字道卿。父文瑛,孝友敦樸,里中推爲長者。經少賈於沛,先達賀元忠謂曰:"曷不就進士舉?"挈遊兩京,淬勵問學,中弘治丙辰禮部試,授南京刑部主事,歷員外郎郎中。遇事裁決如流,尚書張敷華亟稱之。擢知吉安府,命下,宅艱。後補彰德。歲荒旱,民饑,流冗道路,經遍禱群望,雨隨車至。又發廩賑給,流移皆復。郡有疑獄,歷前二守不能決,經覆讞,立爲決遣,咸稱神明。藩府宴餽妓樂,經一切峻却。時流賊披猖,所至殘破,經修陣繕甲,賊不敢犯。奏最,當膺顯擢。掌銓某應召道彰德,無遺贈,銜之,抑不得遷。俄病足,遂致仕歸。年五十五。孫果,字毅之,能詩文,著有《天隱子集》。以上東山。

丁致祥,字原德,馬跡山人。正德戊辰進士,授户部主事,監居庸、德平軍儲,日與諸生講説經義,如家居時。閩廣鹽榷之利,因緣乾没者輒數十萬,部以致祥往,糾摘奸弊,若算勾股,一切清出。又條上利弊五事,皆見採納。先是,漕艘自江達淮,中多淤滯。致祥督漕,興復儀真廢閘,專堰利者以浮議沮之,致祥不顧,爲文勒石,以垂永久,歲省金錢萬計,而運道通達。擢湖廣布政司參議,轉陝西按察司副使,撫漢中流民,恩威並行。在楚在陝,兩遇水災,勸貸賑濟,全活者無算。他所興革,一以實心處之,爬搔釐革,若切於身,必去之而後已。陞湖南布政司參政,遂以老乞致仕。歷官三十餘年,囊無長物,惟題咏篇什甚富。其孫輈,落拓不羈,以文學著名。

吴暘,字麗中,萬曆丁未進士。初授大理評事,平反活九人。遷户部主事,督餉天津。歷員外郎,擢河南知府。時福藩國洛陽,以帝愛子,僮客放縱,吏不得問。暘持己廉潔,守法不阿,輒引義規諷王,王戒左右斂輯,民賴以安。陞浙江僉事,轉山東,尋陞廣東參政。香山澳者，倭奴貿易處也，距香山縣治二十里，倭奴萬指屯聚其中，而奸民爲煽誘，築城，造炮臺，有不軌志。巡撫何公士晉議弭之，以屬暘。暘嚴緝奸宄，杜絕交通，迺召其渠帥，諭以朝廷威德，咸俯首聽命，毀其城，夷其臺。事竣，會何公以逆璫播虐，被禍而去，其績弗獲上聞。尋擢四川副使，陞江西右布政，改福建轉左。時海內多事，征調旁午，暘殫精竭慮，報額獨羡。庚午入覲召見，敷對詳明，上頷之，命仍赴閩。道病歸，卒年五十六。閩撫按叙勸撫海寇功，贈太僕寺卿。

## 良將

蔡人龍，字君伸，號玉門。先世陳留人，宋建炎中南渡，始家洞庭之暘塢村。祖雙塘，父隱西，俱稱好德，爲鄉祭酒。人龍生而奇偉，長喜讀書，能文章。會屢試不售，遠遊楚漢間，與楚漢諸名士相往來。神廟末，四方紛紜，因慨然曰："大丈夫當斬頭陷胸，爲國家任危急，奈何屈首一編，作毛錐子生活訃乎？"遂去書學劍，習武藝，讀太公兵書。中萬曆壬子試，再中天啓壬戌試。時逆璫用事，後人龍第率奧援得善地去，人龍獨不肯屈節，淹滯不得用。乃伏闕上書，謂："國家制武科，收非常之才，效犁庭掃穴之績。今異懦者以優游內地爲幸，其如邊徼之外赤白旁午何？臣願得當一面，效尺寸，誓以馬革裹尸，幸矣。"書上，天子嘉嘆，下其事於本兵，尋授潯州守備。潯州，粵西重鎮，萬山盤蠹，中有潯江，江廣三百餘里。最險惡爲大籐峽，孤籐斗大，延亘兩崖，諸猺蟻度如徒杠。其巨魁藍、胡、侯、槃四姓，窟穴在焉，屢作弗靖。人龍既至，間出奇攻勦，以身先之，戰無不勝。執政交章薦最，當右遷。值四姓遺孼據地倡亂，督府檄人龍會諸屯營合勦之。人龍親自統勁卒夜發，緣木攀蘿，直抵巢後，急擊賊，殺賊數十百人。是時，賊不虞我至，且素易我師，以故乘勝逐北，輜重妻子俱棄走，潛伏榛莽間。賊既逸，人龍度賊必整衆襲我，因自屯兵餌之，而令諸將分伏左右夾攻。夜半，賊果來，人龍奮擊，身被數十創。他營既忌人龍得首功，又素畏猺，莫敢救。人龍裹創復戰，格殺數十人，力盡被執。猺每戮一人，則詰誰何，曰："我蔡守府也。"以不類斫之，再詰，復云，又斫之。既無一人不稱蔡守府者，猺怒，盡殺乃已。蓋猺意欲生公，麾下不知，爭欲代公死，遂遇害。時丙寅八月也。事聞，贈遊擊將軍，給驛歸葬，兵民立祠署左，春秋享祀不絶。

錢燁，馬跡山人。明初投誠佐太祖，克敵有功，授指揮，賜半璽券。姪斌襲職，永樂間死於陣。

劉尚義，中萬曆庚子鄉試，擢永生州遊擊。會兵變，父子四人皆死於任。以上馬跡山。

# 文學

## 明

徐廷柏，洞庭山人。爲人開爽，讀書獵要義，所交皆一時名士。文敏縉之族人也，王文恪鏊嘗亟稱之。

徐震，字德重。父炯，字宗宜。家世好文。山中多任俠尚氣，不事詩書，震力變其俗。少從陳繼學詩，有《弔項羽廟》、《睢陽懷古》、《輓岳武穆詩》傳播遠邇。與劉溥、晏鐸、王淮、湯胤勣、蘇平、蘇正、沈愚、蔣忠、王貞慶倡和，有名於時，稱景泰十才子。久之，謝絶賓客，歸山中。垂簾焚香，雖鄰里無行跡。卒年七十有八。子潮，字以同，能詩工書，好學不倦。後以孫縉貴，並贈吏部左侍郎。震兄章，字德彰，亦能詩。王文恪撰震墓志云："德重與其兄德彰，日相劘切，學益進。"

蔡昇，字景東，號西巖。博涉書史，尤工詩賦。爲人規言矩行，以名教自任。累與鄉飲。建婚喪亭。四方賢人慕其碩德，咸造門求見。《具區百詠》流傳於世。所著有《太湖志》、《西嚴集》。成化中，以子蒙貴封中憲大夫。幼子洋，集《太湖續編》，能繼父風。

蔡羽，字九逵，號林屋山人，又稱左虛子。少未知書，日與群兒走山巔，放紙鳶爲戲。其母數戒之，必泣下，遂折節誦讀。其學邃於《易》，爲程文以應有司，而辭義藻發，每一篇出，人爭傳以爲式。閱四十年，凡十四試瑣院，不售。嘉靖甲午，以歲貢赴選，天官卿雅知其名，曰："此吾少日所聞《易》蔡生耶。"奏授南京翰林院孔目。居三年，致仕歸，卒於家。羽爲人狂放不羈，聰明驚絶人。凡經史百家，無所不通，不習訓詁而融洽貫穿，能自得師。爲文法先秦兩漢，《洞庭》諸記朗峻高潔，可與柳宗元《永州》、李孝先《雁宕》諸文爭長。其隱然自負之意，殆不肯以瓣香屬某氏，而同時諸公與之齊名如文徵仲者，雖雅相許，竊自謂莫己若。王貢士寵與其兄守同學於羽，來居洞庭三年，而其詩學皆羽所指授也。羽早歲詩微尚纖縟，既而滌除靡曼，一歸雅馴。晚更沉著，時出奇麗，見者謂雖長吉不過，則大悔恨，曰："吾詩求出魏晉，今乃爲李賀耶？"其高自標致，不肯屈抑如此。所著有《林屋南館》二集。

徐縉，字紹卿，文敏縉之弟。祖父以貲雄於閭里。父卒，其母蔡携縉依同母弟羽以居。受學於舅氏，詩文皆得指授。初名陵，字少卿。慕李陵之爲人，喜從少年俠遊，躭曜倡樂，盡廢其產。數射策不中，遂棄去。晚年食貧喪子，寄浮屠舍。皇甫汸及張粲、劉鳳掃室布席，爭延致之。年八十六卒。縉少爲詩，與二黄及皇甫涍互相摩切，晚而稱同調者，汸與二黄之子河水、姬水也。河水稱其詩貴華采，尚標致，經營用思，愈老愈深。汸爲醵金刻其集，序而傳之。

陸文組，字纂甫，號延州。爲人樸素，重交與，丰神秀美，和風襲人。始爲賈於淮，夷然不屑。忽覩黄河奔流，恍焉有悟。歸而與友人揚榷千古，遂工詩。松陵王叔承，豪士也，同時以詩鳴，與文組唱酬甚契。嘗遊吳門，學士大夫咸稱慕之，聲名籍甚。雖蕭然四壁，晏如也。其詩淡遠，有王、孟風格。當時謂陸治畫中有詩，文組詩中有畫，目爲"包山二陸"云。有《北山篇》、《鴻里什》、《江上草》諸集行於世。

王守成，字若谷。少歲隨父遊洛陽，補太康邑諸生。嘉靖初貢入成均，不赴選。居家教授生徒，一時名人多出其門下。後歸洞庭，與蔡羽、陸治兄弟交最善。山中人多業賈，不事詩書，守成以文章倡率，風氣漸易。於時葉初春、秦嵩受業成進士，秦惟忠、蔡雲程、沈戀光輩俱其所造就也。守成爲人剛方正直，不苟言笑，與門弟子講解，終日不倦。工於詩文，懶自收拾，晚歲益潛心性命之學。年八十餘，無病而卒。祖勝見《循吏傳》。

蔡旅平，字文若，自號隨安道者。爲人蕭散簡遠，有遺世獨立之概。博涉經史，尤工詩賦。愛賓客，其所交遊皆天下有名之士也。終身不事生産，日與其徒乘扁舟嘯傲山水間，浹月不返。至則屬善繪事者圖其迹，凡山中嵁巖窈谷，曲池幽澗，以及禽魚花草、嘉樹美箭之屬，悉圖而有之。又自作《洞庭紀勝》一集，以誌其勝，屬工書者書之，成一大帙。文章不尚纖縟，記序有柳子厚風格，詩在晚唐溫、李之間。晚年構天際樓、春草堂以自娛，改號天際主人。年八十六卒。孫正渠，字丕式，府庠，選拔貢生，作爲時文，湛深經術，吳中縉紳鄉先生爭延致之。屢試瑣闈，不遂厥志而殁。有詩文稿各若干卷，藏於家，未刻。

秦嘉銓，字存古。補嘉邑諸生。長於詩，尤善屬古文，書法亦遒勁，山中人多寶貴之。嘉銓爲人豪邁，風度俊逸。嘗攝敝衣冠遊市井，識與不識莫不指之曰秦先生也。漁人諸姓居同里，失其先世譜牒，詢諸父老，則云其來尚矣，相傳春秋時居此。嘉銓一日營別業，緣山鑿池，發一石碣，上載"越大夫諸稽郢之墓"，字跡蒼古，類秦、漢人書。嘉銓即告諸姓族屬，俾守祀之，不求其直。復爲植松柏，作墓誌銘，山中好事者争往遊焉，且稱道嘉銓之義不衰也。

## 本朝

蔡汪瑟，字子昭，號惕菴。邑庠諸生。少時讀"曾子曰三省"章，悚然警惕，因以"惕"自號。汪瑟爲人正直，涯岸甚峻，人有過，必面斥之，交友不苟合。工詩博學，至老不厭。家貧，樓一斗室中，布衣蔬食，晏如也。善鼓琴，酒酣輒動操，清音激越，怡然自得。晚年游心地理，不求貨利，與隱士徐昉友，互相歌和，連月不輟。山人咸器重之。年七十餘卒。

蔡銓，字宰均，號丈白。爲人言規行矩，以名教自任。讀書獵要義，經史百家無所不貫。喜吟詩，清微淡遠，有王右丞風格。教授子弟，嚴而有方。子姓中遇争競事，質之銓，不煩辭説，怡然冰釋。家貧，饑饉薦降，族中有金數百金置銓處，銓家累日不舉火，意其必假用矣。未幾往取，封識如故，其操守廉潔如此。所著有《四書講義》、《詩經講義》，甫成，尋坐蹇死，未刻。

陳綸，字世章，號西亭。父文炳，著《四書合參》，病革未成。綸少歲發憤讀書，及壯，好事筆墨，尤以古歌詩自負，希風謝康樂、曹子建一流人物。所著有《江漢草》、《西亭續稿》若干卷。終身隱居不仕，嘯傲泉石間。郡守陳滄洲慕其人，造廬謁之，相得驩甚無厭，恨相知晚也。隨載酒泛湖，歌和累日，稱之曰樂天君子。以上洞庭山。

## 元

葉顒，字伯昂，東山人。父國英，倜儻豪俠。當元季兵興，欲教子，鄉無碩儒，緱山王鵬避亂，依山前葉氏，國英遣子從游。葉以富傲國英，國英曰："我能使兒讀書成器，齊奴不足齒也。"國英與長興耿炳文友，耿延助教宇文諒主家塾，令子就學，國英厚遺其師，輒逾於耿。後諒撤講,至國英家。適江浙提學李祈來訪,一日忽悵怏,國英前謝,李曰:"妻子旅邸,能無動於中乎?"國英已遣人致醪粢(地)〔也〕,他所需必具,祈喜因留國英家。於是顓復從祈學,學大就。後舉浙省孝廉,爲和靖書院山長。嘗慷慨不愜所蘊,挾策走燕京,道梗,流落濠、亳間。明太祖定天下,始克歸,兵後母弟俱亡,家四壁立,無意於世,號"浮丘醉史",放情詩酒,人多憐之。時炳文從討張士誠有功,封長興侯,聞顓困滯,招顓叙通家好,欲爲處業振贍之,且將薦於朝。顓曰:"時去志違,年幾知非,毋庸是爲也。"吳興人多從之講學,留連卒歲,竟旅死。

## 明

吳懷,字鳴翰,號東峰。參政惠之子,少補邑諸生。負氣伉爽,風度翩翩。工書屬文,尤長於詩。詩成,輒手書小楷,多爲人持去,不存稿。累困場屋,潦倒江淮間,鬱鬱不得志。《遇故人》詩有云:"自是五陵多感激,不因流落易沾巾。"臨殁,《夢中》詩云:"忽憶廬山舊巢穴,竹林雲影正飄颻。"語其子云:"吾故本山中僧也。"弟恪,字承翰,亦能詩。

吳文之,字與成。曾祖信,見《隱逸傳》中。文之才性絶人,七歲能屬文,讀書目數行下。未弱冠,中應天鄉試,登正德辛巳進士,選庶吉士。年二十九,卒於京邸。詩文以清新簡健爲工。《新齋》詩:"雨驚秋枕夢,風落夜簾花。"《憶唐儀部》:"沙净明書幌,溪喧答棹歌。"《秋興》:"隔岸水高迷過雁,層巖雲暖綴晴虹。"《聞黃季行消息》:"病裏無家金橐盡,夢中有記玉樓新。"並佳句也,一時爲士林所吟賞。兄大江,亦能詩,與文之有《媲美集》。大江之子九逵,博聞强記,於書無所不讀。所著有《經史異徵》、《繼繼稿》,最著者《梅花賦》、《責志文》,惜皆散失。

張本,字斯植,自號五湖漫士。王文恪退傅家居,從學古文。

嘗讀書福濟觀，爲道士賦《九月梅花》詩，都太僕穆見而使人詗之，本方正襟夜誦，太僕就之晤語，賦詩贈之。或延致爲塾師，門生韓某得其大父私遺金謁寄本，拒之。韓自埋於館下，無何，韓死，本知其藏，驚往白其父兄，發取之。其廉潔不污如此。所著有《五湖漫聞》、《五湖漫稿》各若干卷。黃姬水、張鳳翼共定其詩，陸師道爲傳。

## 本朝

翁澍，字季霖。博學知名，家多藏書，尤善屬五七言歌詩。所交率當世賢士大夫。著《具區志》一編，實足補蔡景東、王守溪之所未逮，而奇逸振屬，序事簡質，卓然成一家言，庶幾閎覽博物之君子矣。以上東山。

## 明

錢孝，字師舜，馬跡山人。植學敦行，隱居授徒。所著《馬跡山志》，詞簡事核，有良史筆法。

（明）薛南，字圖南，夫椒山人。山中之俗，以魚鹽爲業，南獨有志於學，因告其父曰：「兒將爲彼，不爲此矣。」父亦欣然聽之。南遨遊四方，謁諸名人，歸則講求於邑人毛式之、朱信夫、唐希古，益以深造。以孝事親，以友處弟，有無相通，白首不改，庶幾篤行君子云。

葛一龍，字震甫，武山人。少嗜古力學，挾策遊燕、趙、齊、魯。援例補國子生。累試棘闈，不第。歸以娛親，孤吟獨賞，足不出山，而詩凡數變。蚤年工剪刻，多清綺之句，晚歲出入鍾、譚，稍近楚調。然交遊日廣，貲財散盡，止薄業在南都，歲必一至，寄身闤闠喧填中，而繩床席門，苦吟不輟。謁選，吳橋范文貞公景文識其名，異而問之曰：「得非吳下詩人葛震甫、人呼爲葛髯者耶？」召之及階，奮髯聲喏。文貞目而笑曰：「是矣。」除雲南布政司理問。嘗攝州縣篆,多惠政,不私贖鍰,宦橐蕭然。所著集十餘種,在都門有《擊筑草》、《景陵譚》。元春序之曰:"天涯久滯,觸物悲思。忠孝不暢,心有斷續,震甫之所謂筑也。然震甫逸情高致,埋照於車塵馬足之間,彼都人士以爲必有所營於此,而孰知震甫殆不然也。有營者所以度日,久住者所以忘情,此皆詩人之息機任運,似趨實舍,而苦吟終日可爲一快者也。"此深知一龍者矣。子承夏、御夏、昭夏,皆能詩,惜俱殀亡。

# 林屋民風卷九

## 人　　物

### 隱逸

**漢**

角里先生，姓周，名術，字元道。周泰伯之後。一號霸上先生。今洞庭山西南有角里村，其故居也，因以自號。

綺里季，姓吳，名實，字用禄。隱居洞庭山之綺里，因以自號。今石橋馬跡尚存。

東園公，姓唐，名秉，字宣明。隱居東村之園中，故以自號。

夏黃公，姓崔，名廣，字少通。隱居慈里灣，有井，名黃公泉，清冷無脚，至今存焉。史稱"四皓"，即此四人也。其後更隱於商雒深山中。

**後周**

洞庭生者，易姓，柏其名。父易安，爲征西將軍。生甫八歲，從之塞上，即諳騎射，雖老兵宿將不能過者。從父巡城，敵兵擁至，父欲走，生曰："走則城與俱陷，止則以身當之，姑戰以決雌雄可也。"即大呼馳前，手刃其牙將數人，敵兵氣折，遂退。帥府定功，授生爲征西府參軍，生聞而恥之，笑曰："吾以一戰博參軍哉？"而其父見時事日非,中原多故,亦密誡生曰:"吾爲官守,義不可去。汝今猶可全身,後日得全易氏之祀,吾心慰矣。"生涕泣受命,乘夜以一小舟渡江而南,止襄陽。襄陽多才人,生日與吟和,遂以詩名一時。由是楚中豪右爭欲致之,生以爲煩,乃往江南覓佳山水以卜居,得太湖之洞庭,遂結草廬於山之麓,隱其姓氏,自名爲洞庭生焉。生既居洞庭,拾芋橡以自給。春秋佳日,輒持竿釣魚,風雨卒至,則箕踞長嘯,俟風雨過,緩步行歌以還。時蘇州都御史向士完,賢人也,聞其名,欲遣使招之,度不可屈,乃遣其子向成易儒服徒步往山中與之爲友,久遂成莫逆。向成故善詩,與生咏賦,頃刻數千言,而生文思超卓,出向成上。成間以精微蘊奥之義質之於生,生口若懸河,詳分縷析,不少休。成益心欽之。會歲饑,生孑然無倚,士完乃令成以千金遺生,生不受,謝曰:"不貪爲寶,貧士之常。"成曰:"非敢以污君也,倘可奉爲買山錢乎?"生乃受之,市花卉以玩日,不留一縉。生年二十一未有室,士完有女,年十九,成妹也,士完數使成言之,欲納生爲婿,成曰:"生隱士,大人以勢位臨之,必不可。"士完乃上表,自言老病,願乞骸骨,解印綬。辭官與成見生,生談論竟日,相得甚歡,後卒以女歸焉。生又嗜酒,每沽酒獨酌,必向西坐,設兩樽,引滿澆地拜,拜輒嗚咽不起,起乃以壺酒立飲,蓋心念其父之在邊也。其枕席間嘗有涕泣處,妻子詰之,終不以告。及病,乃邀士完及成告之曰:"吾本姓易氏,家世閥閱,父安爲征西將軍。今特以世故自引來山,蒙大人之惠,賜之矜恤,俾就室家。今以天命不克自興,所著詩文一千六百卷,并子二人,悉以累大人,不至湮易柏之名,絶易氏之祀,足矣。"遂卒,年二十九。士完大驚歎,具禮殯葬。既而問其女,初未嘗見其挾册吟題也。生死未一年,其父安以忤旨誅死。而其後二子炯、烜皆隱居樂道,至今子孫不絶焉。
《勝國遺編》。

## 宋

散髮書生，不知其姓氏。居洞庭山，每科頭披髮，故自名散髮書生。時高宗南渡後，金兵日迫，賴岳武穆、韓蘄王、張魏公輩分兵統護。生每從田夫野老訪問邊警，若語之曰金兵敗，則喜動顏色；若曰我師敗，則悲不自主，仰天大叫，輒至嘔血。後病死。有書一篋，人發而觀之，則《史記》一部，旁有小楷，皆其評註，所論皆獨出意旨者。今其書不傳。李玉中《稗聚》。

蘇福，吳人也。有奇才，八歲時父命賦新月，福應聲曰："氣朔盈虛又一初，嫦娥底事半分無。碧紗籠就青銅鏡，一幅先天太極圖。"父大稱賞。應試舉，輒不遇，便超然名利。慕古夏黃公之名，徙居洞庭之慈里灣，流連山水，諷詠竟日，與其友陸子羽田山人隱居弗出。後子羽山人應張魏公之命，出爲河南府推官，益孑然無侶，時於風雨中獨乘扁舟，往來湖中。以洞庭本西山，乃倣孔稚圭《北山移文》，作《西山移文》，以致諷子羽山人焉。《見聞雜記》。

## 元

馬國珍，居馬城，應召至京，爵之不願，力祈還山，賜號靜逸處士，復賜《御寶》詩。其詞云："儒人馬國珍，稟性剛明，持身雅正，讀書學道，志操逸於古人，樂善安閑，簡靜宜爲君子，不爲祿仕，甘分山林，可號靜逸處士。"

曾雲卿，少時與張信爲友。信出仕，每勸雲卿同行，雲卿笑而不答。信既去，則汲湖水洗其耳。後信爲銓曹，屢使使招之，雲卿卒不往。徙其家於西山之陰，業蔬圃以自給，而信心重其爲人，輒物色之不得也。會有出爲吳邑推官者，信具書一封、禮幣一襲，致推官，且誡之曰："余故人曾雲卿，管、樂材也，必爲我求之。"推官既至吳，即親至洞庭，訪所謂曾雲卿者。曰："此地有灌園曾翁，無曾雲卿也。"推官乃易服，懷書幣，偕一客以過之，入門，問："曾翁在否?"有孺子出,對以"在園中樹藝",且請客坐。進退言語,皆有儀節。其室僅數椽,而琴書羅列,不類田野民家。少頃,雲卿挾耒以歸,見二客,驚問曰:"客從何來?"曰:"從京師來,至吳遊學,聞翁高,以故願望見翁。"乃易服相見。坐次談及朝事,推官問曰:"張銓曹一時人望,且居洞庭,翁當識之。"雲卿曰:"銓曹才有餘而學不足,不可任大事。所云爲趙魏老則優,不可爲滕薛大夫者也。"推官曰:"今朝廷倚張公,付以東南半壁,有何事不可了?"雲卿曰:"恐非他一人了得。"推官起曰:"張公令某等請翁共濟。"即出書幣置几上,請與同行。雲卿鼻息隱隱,不復有言,若自咎歎者。推官力請不可,辭以詰朝上謁。明晨往候之,門閉不啓,啓門而視,書幣不開而室已虛無人矣。推官復命,信撫几歎曰:"求之不早,實懷竊位之羞。"因作詩曰:"遺大投艱,集於藐身。邁相我國家,端賴雲卿。雲卿不來,予罪曷箴。高山流水兮,惟冀自珍。"《石田雜記》。

洞庭漁人,不知其名姓。喜讀楚騷,每日漁畢,計所獲可支數日糧,即沽酒一壺,挾楚騷一册,登西山之巔,舉杯獨酌,朗吟《山鬼》一過,輒復痛歌浩飲,飲醉便以壺所餘澆山石土,牽衣大叫曰:"屈子!屈子!"倚石長眠,若羽化者。人之見之,以爲仙也。後不知所終。《林氏日抄》。

## 明

許曄,字光遠,以隱士有文名。洪武初,召至都,以所著《詩經義》進,復陳省刑薄稅之策。因賦詩曰:"布衣蒙召入京師,足躡春風步玉墀。父老喜除秦法令,儒生重見漢威儀。九重鸞鳳翱翔日,四海魚龍變化時。自古金陵多王氣,聖君應建萬年基。"上喜悦,欲授以官,曄稱老乞歸。賜布袍,遂其素志。故山中有許山人茅亭。
以上洞庭山。

## 元

王鵬,字九萬,東山人。博洽經史,隱干山之北。至正間徵之不起。著有《緱山集》。

## 明

吴信,字思復,世居東山之武峰。爲人踐履篤實,以明經潔行著聞。廓然獨居,不至城市,人皆聞而慕之。晚年離世絕俗,爲學益力。有《柚莊稿》、《山居雜詠》。弟敏,字思德,少補博士弟子,酷嗜吟咏。自以所見不廣,走湖襄淮汴,求訪名流。及歸,放情山水,與兄信、弟紀唱和,以詩名,吴中人比之三謝云。所著有《聯珠集》。

王銘,字警之。鏊兄。少隨父任光化,年未艾,歸卧湖山,絕跡城市,號曰"安隱"。鏊立朝三十年,人不知其有兄也。弟銓,字秉之,以府學生貢入都。值逆瑾亂政,嘆曰:"此豈求仕時耶?"遂授迪功郎告歸,與其兄徜徉山水,扁其堂曰"遂高",號"中隱"。所著有《夢草集》,皆與兄倡和作也。

## 義俠

## 宋

楊七,洞庭人也。與楊么爲兄弟。么既反,岳武穆奉詔討之。七乃條陳么可滅事宜,即招降諸策也。武穆用其計,么遂平。武穆列其功於朝,詔封之爲武散郎,固辭不受。李玉中《稗聚》。

## 明

嚴鐸,字元振。九歲值家難,大父陷縲絏,鐸持刃怒曰:"春秋大齊襄復九世讎,今不三世,能坐視乎?"家人解慰之曰:"若壯而訴之朝,刃諸國,當不愈於刃諸巷乎?"鐸唯唯。已就塾學,爲文頗穎悟。尋以諸生入國學,上海陸文裕公深爲司業,拔其文爲六館程式。值倭夷入寇,鐸以策干軍門曰:"太湖口,昔中山王進兵地也,請戍守。"鐸舟還,突與倭遇,戒曰:"勿急擊,須其渡襲之。"倭半渡,鐸鼓舟進,手射殪三酋,賊惶駭走,獲軍輜鎧仗甚夥。瀕湖遠近得不被兵,皆鐸一戰力也。巡撫曹邦輔上其功,詔從優銓叙。鐸詣闕,乞終養,陳情慨切,上許之。母歿,謁選授東昌府通判,職治漕河。鐸視水要害作隄防,易置夫役,終免徙决之患。監視臨清關稅,得羨千餘金,悉資河工。檄攝府篆,安靜無擾,臺使者交薦,將超擢,會同官有忌之者,鐸堅意乞歸。放情山水,絶口不談世務。年七十六卒。

　　蔡維寧,字以寧。弱冠入長安,工部尚書柳佐一見奇之,遂定交。時柳方董役慶陵,維寧實佐經畫,以勞例授官,不拜。會逆璫毒流縉紳,柳欲上疏發其奸,病不能起,泣語維寧,維寧奮筆代草,烈烈數千言。疏就,柳已病革,其家人竊焚之。維寧忠憤不得抒,慟哭出都門,賦詩以見志。璫誅,維寧踴躍之臨清,拜告柳墓,道病而返,竟卒,年三十一。先是,山中挖煤爲害,維寧倡同志,作《挖煤謠》上當事,得禁止。維寧好爲詩,歿後,其友王倪、金俊明輯其遺詩,名曰《秋陵獨響》。

## 本朝

　　蔡來信,字成之,號鶴峰,西蔡里人。景東先生之子姓也。父開,字玄錫,吳庠諸生。爲人端方,載在縣志。來信少孤,家貧力食,挾微貲行賈四方,克勤克儉,遂以致富。輕財重義,立祖祠,建義塾,歲時宴會,必以規言矩行誡諭族黨。歲祲,出粟賑饑,山中人多所全活。又歲出餘貲,分散於貧交、疏昆弟。建胥口、木瀆兩橋,置義塚,鋪山路,無善不爲。年八十六,壯健不衰,施惠於一山者無算。累與鄉飲,言語動作,一以古道自處,洵可謂有齒有德之君子也。子汝震，字聲遠，敦厚慈孝，力行善事，能繼父風。

蔣子芳，後堡人。爲人正直，教授生徒，始終不倦。與隱士徐枋爲莫逆交，歌詩飲酒，相得驩甚。山中遇絕嗣塚墓，子芳捐束脩，爲之添土立石，著其名，春秋治二篋祀之，復作詩文弔焉。

王元美，性好施與，專趨人之急，所感德以百數。建天王寺山門、羅漢寺前夾墩界兩處茶亭，冬夏即其内施湯水，行人便之，至今蒙其惠。

鍾士華，字方宇，慈里人。家貧，傭保自給。康熙戊子、己丑，饑饉薦至，日一粥，不再餐。妻勸以子女易米，士華怒曰："身可死，不可辱也。"後米價騰貴，益窮窘，食累日不下咽。妻欲行乞，士華怒曰："身可死，不可辱也。"遂自經死。鄉里哀之，稍爲振贍，妻子得以無恙焉。士華爲人誠實，終身不敢爲非，雖傭保者流，亦可爲士之辱身賤行者風矣。

葛以位，字允弘。爲人慷慨，家累千金，盡其有以振人不贍，諸所嘗施，終不責償。先是，山中人多溺女，會郡有育嬰堂，以位捐貨設留嬰堂於鎮下里，復爲文勸戒，人皆感化，全活子女無算。以上洞庭山。

# 明

陸俊，字伯良，東山人。狀貌奇古，好著古衣冠，人咸以爲狂生。然伉俠負氣，講論世務。其家先爲馬甲，悉其害，嘗草疏擬叩閽。大意以北人習馬，南人習船，南人爲馬甲，太宗權時之制也，宜令南北各復其舊。又言："吴下官田稅十，民田稅一，均之則國用不虧，民不困。"又言："錢久不鑄且竭，宜復五銖，備一代制。"又言："州縣官剋下，宜時糾察。"又言："鹽法急，盜滋多，弛其禁，盜將自息。"其書數千言，屢易稿，無間寒暑，行坐寢食，得一字即起易之，欣欣然告人以爲必可行也。始於當道，若不聞，已不問貴賤賢愚，遇人輒授之，又榜之通衢，市人皆目笑之，俊自若也。其後馬甲得除，田稅稍均，言者實采其說。俊雖不用於世，而志亦稍慰焉。年八十四卒。子奎，克承父志。弘治間，秦晉大饑，奎輸粟往賑，詔授承事郎。奎曰："損益盈虛，天道也。出粟賑饑，國章也。顧煩君上榮我乎？"棲隱山中，以觴弈娛老。

吳天檜，字原敬。父敏，見《隱逸傳》。天檜氣度弘遠，弱冠長區賦，凡三十年，不以累人。人感其德，稱爲吳四糧長。建渡水橋，至今民蒙其惠。成化中，以賑邊授中書舍人。弘治間，吳中歲祲，天檜發粟賑饑。事聞，詔以"尚義"旌之。後結廬翠峰，自號"蘿屋"。

朱良知，字致甫。少讀書，饒才略，負經世之志。嘉靖間，倭夷入寇，良知結束從戎，多所匡建。倭平，治裝之南都，爲海忠介瑞所知，引爲莫逆交。一時臺省機務非良知弗決也。忠介性孤峻，門無揖客，凡馬政、踐更、鋪戶、倉兌諸役，議必行者，民咸不便。良知條書相告，多所匡正。戊子歲大祲，民不堪命，所在剽掠，當事議亟勦滅。良知嘆曰："百姓饑窮，故爲盜賊。宜少挺緩，瓦解雲散矣。奈何迫劫，使爲亂哉？"遂請於官，出橐裝千金，買粟賑濟，計口給籌，凡五月而民始安。臺司欲上其事，當得官而良知謝不願也。忠介公崖異自好，頗爲同官所忌，歿於官，無子，櫬莫能還。好義者雖樂賻，顧有所畏憚，無敢竊左足而先應。良知憤然曰："有官如此，忍使其骸骨不歸故土乎？"乃置醵中衢，先以黃金十金投焉，三日得五百餘，遂還葬於瓊。良知即發裝歸山，曰"朱布衣"，從此遯矣。所著有《平倭志》、《紀異錄》、《留京偶筆》、《家訓三十六條》。《弔忠介公詩》，載《古今全史》。

翁參，字良預，號春山。《蘇州府志》云：參少讀書，了大義，不樂爲博士業，乃治裝遠遊。客清源，歲大疫，死者相枕，參買地郭外，爲叢冢瘞之。建東獄行祠，即其內延耆宿訓誨閭里，義聲震齊魯間。既歸，吳郡守縣令聞其名，往往咨之以事。吳獄隘不勝繫，而宿囚黠悍，輒凌其新入者。參請廣獄室，別處鬼薪以下，而身任其費。嘉靖間，海倭入寇，已躪西洞庭。參出家財，募鄉勇捍禦，東山賴以全。守令賢之，聞諸臺使者，旌其廬。曾孫彥博，字約之，爲人有才幹。當鼎革時，山中奸徒作亂鄉里，有焚劫之禍，彥博倡率好義者，殲其渠魁，一山始獲晏然。有蒙師高某課徒過嚴，一子遂至殞命，彥博弗介意，復延師三年，人（復）〔服〕其長厚云。事具錢謙益所撰墓表。

鄭庚，字惟金。性謹愿，不趨時俗，與人交不設町畦。隆慶間，知縣劉應望委爲耆正，多所建明。免里之貧不堪役者八十餘家。嘗爲族人代輸，轉漕北上，所費出自己橐，不計也。二兄析父遺産，庚讓弗取。族人爲鬻地爭持者累年，庚密償厥值，而兩家怨釋。鄰人秦某願售所居，庚不忍其去，厚遺而却之。其周急繼困，性所樂爲也。孫元亨，能詩，著有《一有吟》。

馮星，字炯之。束髮事游俠，以膂力自雄。先世所遺巨貨，咸散給族之貧者。會倭警，有寄帑千金者，越三載始來，發篋授之，封識宛然，即家人弗知也。星涉學素寡，晚好誦讀，坐卧一小樓，曠懷弔古，短章寄興。萬曆間，巡按御史甘士价獎其義，勞以粟帛。年八十四而終。

陸萬里，字季鵬。居碧螺峰下，因自號碧螺生。生長身，慷慨有膂力。會勢宦辱諸生章某，章萬里友也，發憤仗義助章，宦銜之，幾斃豪暴手。單騎入都，將擊登聞鼓，時撫按以其事聞，乃止。選貢，入南雍，中庚子試。與吳中名士倡七子社，以文行相砥礪。年五十二卒。子樞，字公榮。

## 本朝

席本禎，字寧侯，端攀子。本禎廣額豐頤，具大人相。援例爲太學生。事父母以孝稱。有祖祠在翠峰，歲時上享。會其宗人立義莊、義塾，爲文以記。崇禎辛巳，江南大祲，本禎捐八千金賑饑，由吳以達旁郡，多所全活。應撫黃公希憲以聞，優旨褒獎，予以官。本禎以親老固辭，且上言願助國家討寇，請輸所有以佐軍。上嘉其忠，即家授文華殿中書兼太僕寺少卿，誥贈祖、父如其官。副節使移封唐藩，崎嶇兵間，未及報命而返。時中原多故，湖湄萑苻嘯聚，本禎以全力彈壓，地方賴以少安。卒年五十有五，祀鄉賢祠。吳偉業志其墓。子啓圖，字文興。以例貢授中書舍人。好施與行善，有才力。其教東山人行紡織，冗費悉出己橐，期年而業成。至於槁死梁涉，餔餒絮凍，施惠於一鄉者無算。其歿也，鄉人哭弔者盈門。著有《畜德錄》行於世。汪琬志略云：若舍人者，可謂有德有言之君子也。

## 貨殖

### 宋

夏元富，元豐間人。《生壙記》云：元富居洞庭之慈東里，爲一鄉著姓。年十六，賈於四方，三十八而貲產豐積。於是治第宅，置舟舫。爲人好文，嘗夢鳳集於簷，蓮生於庭，明旦孿生二子，遂小字曰鳳，曰蓮。鳳後名昊，拜忠翊大夫、捲簾使。蓮學佛於山之水月寺，法名道原，見《仙釋傳》。人以爲鳳蓮之應。

### 明

翁邊，字文夫，號少山。東山人，父參，見《義俠傳》。申文定《時行誌略》曰：君少挾貲渡江踰淮，客清源。清源百貨之湊，河濟海岱間一都會也。迺治邸，四出臨九逵，招徠四方賈人。至者襁屬，業蒸蒸起。已察子弟僮僕有心計强幹者，指授方略，以布縷、青靛、棉花貨賂，往來荆楚、建業、閩粵間，甚至遼左、江北聞其名，非翁少山布勿衣，勿被。於是南北轉轂無算，海內有翁百萬之稱。同時許志問，字冲宇，善治產，積居與時逐，家累巨萬，即所居創大第。至今言富者，必稱翁許云。

席端樊，號左源，端攀，號右源，亦以行賈起家，富埒翁氏。翁衰而席始興。兄弟學賈松江，善治生。年十七，父卒，協力運籌，策遣賓客子弟，北走齊燕，南走閩廣，不二十年貨累巨萬。凡吳會之梭布，荆襄之土靛，往來車轂，無非席商人左右源者。今子孫修業而息之，善富者一再世未已也。東山自翁許赀雄，席氏繼興，子弟多去文學而趨利。

## 游寓

### 春秋

范蠡，字少伯，楚宛三户人。蠡既雪會稽之恥，乃乘扁舟浮五湖，居太湖之包山。《蘇州府志》：居洞庭東山，誤。

### 宋

孫覿，字仲益，晉陵人。大觀三年進士。覿自建炎初由內閣出守平江，未幾罷政。慕郡西山水之勝，泛舟濟太湖，登洞庭山，日與詩僧、韻士嘯傲於豐林邃壑間，頗有所得，遂僑寓於山之陽，名其舍爲"休寓室"云。

范朝宗，字伯海。能詩，有《巖栖集》。晚從釋氏卜居洞庭。

李彌大，字似矩，郡人。崇寧間進士，嘗爲顯謨閣直學士、朝散郎，遷尚書。紹興二年，出守平江，蒞任不越歲而罷。游太湖，登諸山，築室於靈祐觀東，名"易老堂"焉，自號"無礙居士"。又有道隱園、架雲亭，彌大嘗自作記，其址尚存。今林屋洞谷磨崖刻有《李尚書無礙菴記》。

鄧若水，字平仲，蜀之井研人。嘉靖間進士。理宗即位，應詔上封事，語侵史彌遠。以格當改官，爲彌遠所抑，不復仕進。隱太湖之洞庭山。賈似道在京，聞其名，辟參軍事。若水雅思其鄉，乃起從其招，由是歸蜀。

錢豫，字康功，郡人。宣和初舉進士，通判楊、黃、滁三州，官至朝奉大夫。建炎中，避地東山社下里，築雙清亭。

# 明

路振飛，字見白，號皓月，廣平曲周人。天啓乙丑進士。母袁氏夢虎入室而生。振飛廣額豐下，尚論古人，以范希文、文履善自許。由涇陽令行取監察御史，極論宰輔冢宰某某等誤國狀，皆人莫敢指者，朝右凜然。出按福建，再按蘇松，條上布解、白糧、漕兌、櫃收、差役五弊，父老嘆周文襄再生也。崇禎癸未，由光祿少卿擢都察院右副都御史，總督漕運。闖賊渡河，陷晉，振飛以全力捍淮，擒叛人呂弻周、武愫，而忌之者滋甚，用田仰代振飛。旋奉母諱，道梗，僦居東山。時三吳鼎沸，山中一日數十驚，賴振飛以少安。後卒於粵。贈太傅，謚文貞，返葬於東山法海塢。錢謙益撰神道碑，銘有云："洞庭新宮，夫椒舊壤。忠魂正骨，藨此陳莽。"其子孫守冢，居山中。

# 列女

## 宋

王氏，靖康間人。居洞庭之消夏灣。年七歲，有奇才，作宮詞七百首，傳播四海。高宗南渡，建都錢塘，聞其名，使納爲妃。氏對使者曰："二帝未還，敵邦未殄，便志晏樂，英主諒不出此。"使者去，即飾衣妝，拜父母曰："女死，大人無遺憂矣。"即入房闔户自經，遺書於几上曰："以此復爾主。"少頃，果有緹騎來，見已死，即以詩復命。高宗感泣，下詔贈之爲貞烈夫人。李玉中《稗聚》。

## 明

馬氏，沈塤之妻，馬良之女。塤亡，孀居三十五年，固守節義，終身不改適。

夏氏，山陽人，蔡仲彬妻。仲彬商於淮陰，娶夏氏女，甚孝且賢。夫亡，年方二十，哀毁盡禮，終不改適。郡縣以聞，永樂間旌其門。

蔡氏，名妙寧，消夏灣蔡仲簡女，徐襄妻也。洪武末，氏年三十，夫亡守節。撫子義成立，娶馬行景之女。年二十餘，義亦卒，馬守節，終身克紹姑志。鄉黨以姑婦咸有節操，名其居爲"雙節堂"。

馬氏，沈鎮之妻，馬林之女。年二十七而孀居，堅心守節。事姑，甘旨湯藥，奉養無違，歷三十二載如一日。

徐氏，文敏公姪女，東陽里沈成德妻。事後姑至孝。年二十三成德旅死，遺孤三人，依依襁褓，家徒壁立。樓一斗室，風雨不蔽，洴澼絖以支饘粥，指手龜裂。日一飯，不再餐。勉令子讀書，三孤皆成立。長子蓋臣，舉孝廉，歷官鞏昌府同知。氏守節五十五年，卒年七十五。

徐氏，沈應禮妻。父鳳池，伯鳳岡，俱以義俠稱於鄉里。氏年十有七歸於沈，生子戀孝、戀思。而應禮卒，氏時年二十七。壽八十七而終。氏生而端淑，不苟言笑，事有拂意，不形於色。夫既死，語戚媼曰："從一而終，分也。況藐諸孤在，可恃以自固。事吾舅姑，訓吾子，所以卒事吾夫也。"後子讀書能文，試不利，氏慰勉之曰："立身行己，儒者事也。盡若事而已，遇不遇，命也，夫何憾？"其識見明達如此。

鄧氏，慈里王爾思妻，維德祖妣也。祖妣年二十四生我父正方、伯正雅，而皇祖亡，家貧窘，飲食不給，祖妣矢志守節，夜然燈紡績，每至達旦。後歲數大饑，日一粥不繼，艱苦備嘗。撫孤成立，伯正雅娶蘇氏，年十九。成婚一載，正雅公亦歿，無出，伯母慟幾絕，兩目皆瞽，終身衣麻茹素，克紹祖妣貞操。祖妣年七十一，伯母年五十九而卒，會家貧無力，不克請旌。

范氏，消夏灣嚴士元婦也。氏家楚沔之拖船埠，士元父子忠商於沔，聘氏為養媳，年十二挈歸洞庭。已士元復從父游楚，貲盡流落，竟死不歸。氏性孝，事姑弗怠。姑憐之，欲令更適，曰："吾有夫，將安適乎？"後有人傳士元更娶者，因勸改嫁，曰："吾有姑，將誰養乎？"既士元物故，姑以天年終，鄰里俱勸其改嫁，曰："吾老矣，敢自辱乎？"家貧，業鍼黹，給姑飲膳。晚年奉事金仙，不肉食。年八十有三，以處子終其身焉。

金氏，後堡蔣二樓祖母也。氏年二十而夫死，生子尚未一年，氏苦志守義，撫子成人，娶婦張氏。張年十八，夫亦死，生二樓，亦未一年也。兩孀婦同室而寢，辟纑以支饘粥。張事姑甚孝，姑病，氏湯藥旬月無難色。二樓長，事祖母與母亦孝。金年八十，張年七十五，以壽卒。

蔣氏，即蔣二樓女也。適甪里鄭戀思。明季，山中盜大劫，二樓家遇盜，盜與二樓仇，氏歸寧，適盜至，二樓出奔，盜劫其貲而火其家。將以污氏焉，氏遁走，盜逐之，窘急不得脫，摟一松樹，盜露刃逼之，氏大罵曰："盜敢污我耶？"盜斫其兩臂，臂斷而摟如故，盜驚去。越一日，屍立而臂仍摟樹，夫至，始仆地焉。遠近聞者，咸驚駭聚觀。

## 本朝

陸氏，字鎮下，沈凌谷子，未成婚，夫死。父母欲改字之，氏哭泣不願，父母屢諷之，氏必不願，乃止。祝髮焚修，獨居一室，足不履外户，事父母尤孝。卒於康熙九年，年七十。

陸氏，涵村人，鎮下沈維揚妻。維揚賈於楚，爲賊殺死，氏年二十一，訃至，痛不欲生，幾死者數矣。夫兄曲諭，求宗人之子立以爲後，乃止。家無餘財，紡績自給，嗣子成人，業賈，養母至孝。氏年八十六卒。嗣子名鍾英，字簡生。

戚氏，東蔡里蔡士賢妻。士賢病久，氏竭力醫襀，奩貲盡傾。疾革且死，子亢宗在襁褓，士賢屢顧之，氏泣曰："君恐我他適，故不忘此子耶？"嚙斷左食指以誓。士賢死，氏年二十一，舅欲奪其志，氏曰："吾所以不死者，以藐諸孤在也，奈何以非義迫我！"引刀裂其面，示不可奪。家貧，力紉綴，紡織自給。後饑饉薦至，家道益落，日一飯不給，人所不能堪，氏獨處之泰然。夜然火紡績，撫子成人，娶吳氏。子婦皆極孝，營甘旨以養母，母偶有拂意，子與婦必長跽而請，俟歡欣乃起。氏年七十二卒，時康熙四十四年正月。亢宗至今述之，未嘗不嗚咽流涕也。

沈氏，沈君璧女，徐洪載妻。年二十八無子，夫病劇，氏不梳櫛，奉侍湯藥，浹月不解衣帶。夫憐之，易簣，爲囑之曰："汝年少無子，守節非計之得也。"氏泣不應。夫死，有以改嫁諷者，氏引刀破其面，曰："寧死無顏對他姓子也。"聞者俱爲泣下。孀居五十餘年卒。

王氏，明灣黃子嘉妻。氏年十六，成婚三月，有身，子嘉行賈粵東，旅死。生子謙益，家貧，衣食不能給。夫兄元錫憐其志，爲稱貸以周之。子成立，奉養無違。氏年八十八。

陶氏，郡人，適石公王炳文。結褵四月，夫死，氏有身兩月，矢志靡他。生子政安，教訓有方。居家遠尼媼，布衣蔬食，澹泊自甘。每食必設位祭其夫，侍坐祝曰："妻在此，汝彊飯。"嗚咽流涕，至老不改，鄉人哀之。年七十有六。

蔡氏，圻村人。父野亭，母王氏。野亭遘篤疾死，時氏在娠甫六月。母氏苦志守義，以貞節聞。氏年未二十，適同里秦公茂，生子榮。公茂有楚游，歸未一月，虐疾死。氏年二十二，痛不欲生，姻黨以藐孤幼慰勉之，乃長齋布衣，一如其母。康熙三十年七月卒，年五十一。母子皆以貞節聞。

蘇氏，慈里張靖侯母也。氏年二十四，夫死，誓不復嫁，撫孤食貧，守節五十餘年，年七十八卒。

徐氏，新村灣殷爾仁妻也。父養初，養初多病，氏年十四，事父以孝聞。適爾仁，爾仁死，氏時二十三歲，生子啓旭，終身衣麻茹素，足未嘗出外戶。啓旭成立，事母亦孝，鄉里多稱焉。

朱多姐，慈里朱顯甫女。年二十，字徐某，未娶。顯甫農家子，貧甚，兇徒鄭紹甫欺之。紹甫者，里中亡命也，父子橫行，平民畏之如虎狼。一日入女寢，欲亂之，女佯許，期其夜來。鄭去，女泣曰：“不從，禍及父母。從則何以爲人也。”遂自經死。親族皆畏鄭之惡，莫敢言。殯時，顏色如生，里人述之，凜凜也。越四年，紹甫梯牆忽墜，專呼服謝罪，謂妻曰：“朱多姐同卒數十輩共至，欲殺我矣。”言訖，嘔血死。少頃，妻亦呼服，相繼死，時人咸以爲快。女死在康熙三十五年四月，鄭死在三十九年七月。後十餘年，紹甫子鄭三惡極，被仇人殺死。

烈婦黃氏，兵場里人，圻者胡某妻也。夫死，舅姑以其年少無出，欲奪其志，諷之再三。氏哭泣不從，夫弟私納人聘，迎娶至門，氏佯歡欣，整嫁衣，入寢室堅閉，久之寂然。群壞戶入，氏已經於榻，時康熙三十六年秋。山中人遠近致奠，文人爲作記傳。沈宰公繼室張氏，才女也，作《輓黃烈婦序》以悲之。

徐氏，山東里莫某妻。年二十而夫死，無出，夫族以其貧窘，莫肯嗣。氏獨居紡績，操守凜然，守節五十年，鄉里不識其面。康熙辛卯中秋夜卒，年六十六。

胡氏，郡人胡賓侯女，適東蔡里蔡丕顯。年二十八而孀居，氏遂守志不渝，易釵珥，勤紡織，以自給，歷三十餘年如一日。

倪氏，黿山倪元明女。年十七嫁頭圖橋金仲元子。仲元淹楚不歸，氏以不得奉侍，成婚四月，促夫往求，抵武昌，旅病死焉。遺腹生子瞻郎，氏遂盡易其釵珥衣服，挈孤與同母兄至楚，遍求其翁及夫骸骨歸。翁老病，氏力事織紝，朝夕奉養無違。後三十年，宰邑者以節孝奬其室，氏謝曰："此吾分也，何以奬爲！"峻却不受。郡守陳公聞而歎曰："安得此賢節婦乎！"賦詩贈之。

葉氏，前灣葉長卿之妹，渡渚朱某妻。年二十五生子瑞林，四歲而孤，葉誓不復嫁。勤劬劈績，以立門户，守節四十餘年，無二志。

王氏，石公里人，歸圻村蔡某。年十九，生子文升，未逾月而夫病革，王瀝血露禱十晝夜，目不交睫。既死，傾奩資以支殯費。事姑撫子，矢志靡他。或以言餂之，輒怒曰："從一而終，分也，忍以身爲兩家婦耶？"家貧，女紅自給，教子有義方。卒年四十一。

王氏，慈東里王善問女。適甪里鄭寅錫子。年二十四，夫夭亡，氏布衣蔬食，日挫鍼以支饘粥。事舅姑甚孝，先意承志，啜菽飲水盡其歡。以上洞庭山。

# 明

葉氏，蔣灣葉顯宗女。年二十，嫁俞塢曹順。未幾順死旅邸，舅姑欲改嫁之，不從。舅必欲嫁之，一夕自縊於簷下，翌日其夫骸骨適歸，遂合葬。時景泰四年六月。

葉氏，幼有志操，聘於周氏。周氏子無行，葉泣曰："忍以此身自污耶？"誓死不與成禮。久之，周氏子死，父母欲嫁之，又泣曰："忍以一身許二姓耶？"欲自引決，乃止。祝髮爲尼，去往寒山菴。又賀氏聘於張氏，將成禮矣，其夫忽卒。訃聞，其家欲止，賀曰："我已心許之矣,禮不可不成。"遂盛服以往,及其門,易衰服,撫棺哭之慟。持喪三年,終不肯歸。久之,亦祝髮爲尼於寒山菴。二人自力衣食,成行凛然,其下皆戒勑精潔,皆八十餘終。

王妙鳳,許嫁吳奎。奎母有污行,女穢之,不肯行。父母喻以百方,不得已往,姑自若也。奎嘗商於外,妙鳳獨與姑居。一日,姑與所私飲,命氏溫酒,氏從爨室舉燎火警之,其人入爨室,戲紾其臂,因大哭曰:"我此臂亦爲人所汙耶。"遂引刀斷之,終亦不明其姑之惡也。逾旬卒,年二十六。後里人白於縣,縣鯁姑婦之議,寃不獲伸。

徐氏,廣西桂林中衛千户徐光女,吳孟實妻。孟實從兄孟仁官桂林,因娶。年二十七,生子聰,二歲而孤。守節不嫁,經理家務有法,教子勤劬不輒。

金氏,歸賀元吉。元吉早亡,遂守志不易。或以言諷之,輒怒曰:"安有士夫家婦而再嫁者乎?"事姑尤孝。王文恪鏊謂寡居而孝,尤所難也。

葉氏,適閶門朱綸。綸商海外,溺海死焉。葉誓不再嫁,事姑撫子。未幾,子復死,父曰:"無依矣。"將歸之於家,不可乃求宗人之子立以爲後,力事紡織以給,終不改適。

曹氏,張孟舉妻。年二十二,孟舉夭亡,父母欲奪其志,氏引刀斷去食指,曰:"矢不拾他姓物矣。"孀居四十五年。奉孀姑金氏,同室而寢。弘治十七年,姑年九十卒,氏旦暮號慟,哀毁成疾,不久亦卒。翰林吳文之有詩弔之。

吳氏,洞庭山人,東山賀元良妻,嘉靖初旌表。

俞氏,吳縣庠生顧春妻,嘉靖間旌表。

葉氏,嵩下人慎廣鈺妻,嘉靖末旌表。

朱氏,翁希姚妻。年十六歸翁,未期希姚客死,無出。室如懸磬,氏力紉綴紡織,養孀姑周氏。姑病,侍湯藥,浹月不梳櫛,不釋衣帶，調護備至。後失火，焚其廬。明年，盜夜劫掠。又明年，復被劫。饑寒困苦，人所不能堪，而（秦）〔奉〕姑之禮如初。每夜然燈火，紡績達旦以致之，族人稱其節孝。

堵氏，馬跡山人，適李祐。未期年，父翰往視之，因挈歸寧，舟過湖，父墮水，人莫能救，氏躍入水，救父不得而死。事在正德十二年。

葉氏，年及笄，未字。父母相繼歿，弟沈方在襁褓，人勸之嫁，指其弟曰："痛失怙恃，寧忍舍之而去耶？稍長議之。"及沈成童，人又勸之，復答曰："俟成立議之。"及沈既冠婚畢，宗黨咸曰："昔爾父奄棄，宗祀伶仃，賴爾貞孝，撫弟成立。弟既婚矣，今當爲爾議姻事。"乃笑曰："豈有少而不嫁，老反嫁人者乎？"終身未嘗出外户。及其歿也，弟沈喪之三年。嘉靖中，郡守姜公旌其門曰"貞義"云。

周氏，年十九適曹憲輅。越二年，憲輅病羸，竭力醫禳，盡傾奩貲。歷五年，憲輅病篤，囑其兄，善爲妻身後計。氏泣謝，誓不獨生。踰日，憲輅卒，氏從容爲夫沐尸易衣，并衣己衣，周身密縫之，縊於夫側。明日，兄來叩門，寂不聞聲，破扉入，則二尸在焉。時崇禎戊寅正月。

周氏，吳安忠妻，年十六歸安忠。越九年，安忠卒，遺腹生一子，氏善撫之。家貧無業，日挫鍼以給。事姑至孝，訓子有義方。中年鄰家失火，焚其居，僅存一室。人罕見其面。子夭，又撫其孤孫，儉勤淑慎，年八十一而卒。

鄭氏，翁枝蒨之妻。年二十四，枝蒨卒。氏布衣蔬食，足不出户，居家遠尼媼，絕巫覡，事舅姑孝。卒年五十九。

劉氏，嚴林妻，崇禎七年旌表。

翁氏，許明臣妻，崇禎十年旌表。

嚴氏，張頗妻，崇禎十三年旌表。

賀氏，嚴士驄妻。士驄之父若愚，以諸生遊魯，爲魯國主教授，隨父家於郯城馬頭集。崇禎辛巳，流賊攻郯城，大掠馬頭集，士驄負幼子出奔，賊入其家，將掠賀氏以去，氏以死拒之。賊使所掠鄰媼與婦善者，以語誘之，氏怒曰："汝喪廉恥從賊，更欲汙我耶？"賊露刃逼之，氏大罵，遂見殺。一女亦遇害。

## 本朝

　　馬氏，年十七，適周文遂。越五年，文遂病且死，屢顧氏，氏曰："君不我忘，恐我他適也。"以刀斷左手一指爲誓，文遂死。居二年，姑歿，服除始歸寧。父母以其年少無出，欲奪其志，婉言諷之再三。氏哭泣欲死，家人多防伺之，氏佯歡笑如常，且整嫁衣，防伺遂懈。夜半自經死，衣袂肅然。氏生於崇禎己卯，死時年二十六。

　　周氏，年十六嫁葉嬰暉，結褵一月，嬰暉行賈松江，逾年以疾卒。訃至，氏遂自經死。山中人釀金致奠，遠近雲集。又吳氏女許嫁於葉，葉氏子病，贏媒妁度其必死，謂吳父母曰："葉氏子疾革矣，盍爲爾女更擇所歸乎？"吳聞之，自縊於寢室。吳死在戊申八月，周死在己酉十月。

　　陳氏，年二十適嚴信任，二十六而信任死，乳哺孤兒，不三載，子復殤。氏日夜冀其翁之葬其夫，凡七年而後葬。家貧，惟以女紅自給。未葬，即撿諸爲人刺繡者，歸之自製附身服物，皆整辦。葬之三日，往奠於墓，哭盡哀，歸而於其夜自經死。

　　金氏，吳縣庠生吳之翰妻。康熙二十三年旌表。<sub>以上東山。</sub>

## 明

　　劉氏，山東泰安州人，馬跡山史彥妻。永樂二年旌表。

　　錢氏，迎春鄉人，年十六歸里人姚冕，生一女。成化十九年，冕客死，柩還，氏迎哭舟次，赴水以殉，親族援救之。服闋，夫兄私納人聘，氏覺之，投於池，復救甦，家人防之甚密。知不免，乃佯許之，防少懈，一日薄暮，淅米釜中，謂女曰："汝爇火，吾少睡，糜成報我。"比女往見寢室堅閉，叩而啼哭，眾驚，壞户入，氏縊於榻。以家貧，闕旌典。

丁氏，丁致寧女，適同里孟文學。生一子，曰恩孟。客死於汴，氏年二十二。撫孤食貧，爲子娶婦。既而子又早卒，撫其孤孫。年八十終。嘉靖間，里人王邦憲白諸當道，獎曰"貞節"。

## 本朝

周氏，丁志皋妻。明季僦居江陰。鼎革時兵至，志皋挈氏匿田間，兵執志皋刃之，氏號哭，以身蔽志皋，兵挨之起，則抱持愈固，怒而殺之，至死猶不解。兵去，志皋卒得生。以上馬跡山。

## 明

周氏，適武山葛承瑾。承瑾旅死臨清，氏年二十七，遺孤之畏甫七齡，伯氏皆早亡。上世纍纍十棺，俱未葬。氏力事織紝，竭盡勞瘁，以撫孤成立。命之畏營葬遺棺。卒年七十三。

吳氏，席時龍妻，崇禎十二年旌表。

## 本朝

張氏，吳嘉諭妻，康熙二十二年旌表。以上武山。

## 本朝

朱氏，長沙山謝爾長母。年十九，夫死，遺腹生子爾長。舅姑以家貧，力逼改嫁，朱誓死不從，撫孤食貧，終身勤劬不輟，守節五十四年卒。爾長請諸當事，獎其室。

姚氏，年二十嫁同里紀某，後九年，氏有身四月，夫死。生子克榮，親族無一倚恃之人，煢煢孑立，衣不蔽體，日食不再餐，撫孤成立。饑寒困苦三十餘年,年六十卒。

孝婦顧氏,王瑞昭妻。瑞昭早亡,氏守節不嫁,事後姑甚孝。姑病三年,奉侍湯藥,隆冬盛暑,晝夜不寐。姑復病痢年餘,氏竭力醫禳,鞠躬盡瘁,生養死葬之事,罔弗盡禮焉。又郁士鱺妻陸氏,年二十九,夫死,家貧窘,矢志守節,事姑尤孝。樓一斗室中,風雨不蔽,與孀姑同室而寢。勤勞紡績,以支饘粥。鄉里俱以節孝稱之無間。以上長沙山。

韓氏,橫山韓茂槐女,適同里王某。結褵兩月,夫旅死西蜀,氏誓不再嫁。盡出其貲財產業,散給於夫族之窘急者。守節六十餘年,終不改適。

《堯峰文鈔》載洞庭東蔡里蔡某妻周氏女烈一段,徇一偏之說也。夫事不目見耳聞而臆斷其虛實,可乎?余於周氏事知之甚悉,故不載。

# 林屋民風卷十

## 人物附錄

**仙釋**

**漢**

劉根,潁川人。隱居嵩山,諸好事者自遠而至,就根學道。根既仙,身生緑毛,人或見之,故名毛公。令狐楚云:毛公道成羅浮,居山三百餘歲,有弟子七十二人,聚石爲壇,遺址猶存。張泉《列仙傳》云:根後修隱吴之洞庭山,遍身生毛,昇去,因號毛公壇。或曰毛公即靈威丈人也,或曰毛公即毛萇也,未知孰是。

**隋**

周隱遥,字息元,洞庭山道士,自云甪里先生孫。學太陰煉形,死於崖窟中。囑弟子曰:"撿視我尸,勿令他物相干,六年後更生,當以衣裳迎我。"弟子守視,初甚臭穢蟲壞,惟五臟不變。如言閉護之,至期往視,身已全。起坐,弟子備湯沐,以新衣迎歸。髮鬢而黑,髭簶而直,如獸鬣焉。十六年,又死如前,更七年復生。如是三度,凡四十餘年。且八十歲,狀貌如三十許人。隋煬帝召至東都,尋懇還本郡。唐貞觀中,召至長安,館於内殿,問脩習之道,對曰:"臣所脩者,匹夫之事,功不及物。帝王一言之利,萬國蒙福,得道之效速於臣人。區區所學，非萬乘所宜問也。"復求歸山，詔遂其所適。

## 唐

周生，太和中廬於洞庭山，以道術濟人，吳楚敬之。後出遊廣陵佛寺，有三四客偕來。時八月望，霽月澄瑩，生自言能挈月致之懷袂。或疑其誕，或喜其奇。生命虛一室，翳四垣，使無纖隙。取筯數百，呼僮以繩聯續架之，曰："我將此梯取月去。"乃閉戶。久之，客步庭中伺焉，忽覺天地曛晦，聞生呼曰："月在此矣。"開室視之，乃舉其袖，出月寸許，一室通明，寒入肌膚。客再拜謝之，却閉戶，其外晦，食頃如初。

神皓和尚，字弘度，姓徐氏，姑蘇人。天情耿潔，風韻邁朗，幼負脫俗之姿，依杭州龍泉寺一和尚出家。天寶六年，詔擇真行，一州許度三人。神皓獨居薦首，因隸籍包山福願寺。初進具於興大師，次通鈔於曇一大師。五夏未登，學精三藏，天台宗旨，難爲等夷。十講律鈔，三昇壇場，傾江而東，願禮其足者甚衆。嘗引錫西望，想包山舊居，遂命舟而還。乾元間，請住開元寺，誦《法華經》九千餘匝。遊四大寺，登五老峰。貞元六年十月十一日，遇疾，顧門人維諒曰："我去世後，汝若置塔，可歸洞庭。"言畢而逝。是夜，琉璃色天，星實如雨。春秋七十五，僧臘四十三。見皎然《塔銘》。

### 神皓和尚寫真讚　　　　唐　釋皎然

虎頭將軍藝何極，但是風神非畫色。方顙明眸亦全得，我豈無言道貴默。雙扉曙啓趺坐時，百千門人自疑惑。

宋懷深，號慈受。宣和初，詔住汴京大相國寺。靖康改元，力請還山，優詔留之，確不可奪。已遍走江浙，住靈巖三年。後得包山廢院，欣然駐錫，一時檀施輻輳，殿宇聿新。懷深以兵火之後，不欲煩人，而施者自遠至，惟恐弗受，紹興初入寂。

道原，字玄禪，夏元富子，即元富夢蓮而生者也。學佛於水月寺，嘗對御演法，宣賜錦衲。還鄉，住持東山翠峰寺，嗣明覺大師。

## 明

景隆，字祖庭，號空谷，黿山陳氏子。童時不茹葷，趺坐若禪定。稍長，出家虎丘，爲石菴和尚行童。洪熙間，給牒爲僧。宣德初，詣杭州昭慶受戒，依師住靈隱。後往天目禮祖塔，憩錫一載，刻苦參究。忽有省，因造懶雲，剖露心法，懶雲大喜。所著《空谷集》三十卷，心宗洞達，儒釋通貫。大理卿吳公誌之。卒年五十二，自作塔銘於武林西湖之修吉山院，名正傳。有《正傳十咏》在集。

通潤，字一雨，姓鄭氏。兒時晝夜啼哭，抱入寺，見佛，或遇僧，即止。嬉戲大樹下，累磚成塔，指爪禮拜。稍長，辭家，祝髮長壽寺，究心大乘經論。高僧雪浪講《楞嚴》於無錫華藏寺，以書招潤，乃往，與雪山呆公、巢松浸公同參。隨雪浪至金陵之花山、京口之焦山，歷十餘年。雪浪没，卓錫虞山北秋水菴。已而，應天界之請，與浸公大弘雪浪之道，諸方皆曰：巢雨二師，雪浪之分身也。卜居瑷禪師鐵山，改爲二楞菴。疏《嚴》、《伽》二經，自稱二楞主人。後移住花山，又移中峰。天啓四年示寂，世壽六十，僧臘四十六。註經二十餘種，約法性則有《法華大竅》等書若干卷，約法相則有《惟識集解》若干卷。崇禎元年，法子汰如河、蒼雪徹奉潤全身葬於中峰。虞山錢謙益爲塔銘。以上洞庭山。

## 五代

雪寶重顯禪師，遂寧李氏子。出家普安院。受具之後，橫經講席，究理窮玄，詰問鋒馳，機辨無敵。參謁智門禪師，豁然開悟。出住翠峰寺,後遷雪竇開堂。一日,出杖屨衣盂,散及徒衆,乃曰:"七月七日復相見。"至期,盥沐攝衣而逝。謚明覺大師。

天衣義懷禪師,永嘉樂清陳氏子。世以漁爲業,兒時坐船尾,父得漁,付師貫之,師不忍,乃私投江中。父怒笞之,師恬然如故。長遊京師,依景德寺,爲行童。後至姑蘇,禮重顯禪師於翠峰,尋爲水頭。因汲水折擔,忽悟,作禪機偈曰:"一二三四五六七,萬仞峰頭獨足立。驪龍頷下奪明珠,一言勘破維摩詰。"晚年以疾居池陽杉山菴,遂示寂。崇寧中,謚振宗禪師。

## 明

智勤,東山沈氏子。既冠,薙髮投法海寺,苦志精修,尋受具戒。參禮名山,足跡半天下。後歸俞塢,里人迎住興福寺。檀施雲來,鼎新殿宇齋堂,日誦《華嚴》不輟。勤小空色相,戒體無毀。年八十餘,顏色精瑩,步履如飛。正德八年五月,辟穀五十日而化。世壽八十九,僧臘六十。葬俞塢之岡,王文恪公爲塔銘。以上東山。

## 明

馬山人,不知名氏。以其居馬跡山,故稱之。洪武初爲柁工,從太祖大戰彭蠡,甚賴之。不受官賞,惟日求一醉,上命光禄官給之以酒,天寒大雪,醉卧屋角,上解衣覆之。俄而竟去,不知所終。蓋周顛仙之流亞也。

## 明

大香,號唵囕,武山人,姓吴氏,族名鼎芳,字凝甫。爲人蕭散簡遠,飄飄然若在塵壒之外。少歲工於古歌詩,與范汭刻意摹唐,刊落凡近。有《披襟倡和集》行於世。年未三十,生四子。一夕夢大士告曰:"偕爾佛子,傳佛慧命。"因展兩手,光作布滿空界,反照身心,瞿然而悟。遂斷絶妻子緣，入雲棲，祝髮蓮池大師像前，時年已四十矣。過潔溪，登聖日峰絶頂，欣然卓錫，布石爲忘歸臺，語徒衆曰：「他日堆骨於此石縫，吾事畢矣。」崇禎丙子九月八日，結跏而寂。徒衆瘞之，如其言。世壽五十五，僧臘一十六。著《雲外集》、《經律集錄》十餘種。

## 土產

吳中風味，鱻出太湖，果蓏出兩山，其品甚衆，然不能悉書也，書其尤異者。

橘，出洞庭山者佳。《禹貢》：揚州，厥包橘柚，錫貢。洞庭，揚州分也，其貢橘久矣。《本草》云：橘非洞庭不香。又方氏《泊宅編》：洞庭橘極難種，凡橘一畝，而培治之功數倍於田。其見重固宜。《南唐近事》：鍾傳鎮江西，以曆日包橘柚，中有客發射，云：太歲當頭立，諸神莫敢當。其中有一物，猶帶洞庭香。蘇文忠公《黃甘陸吉傳》：陸隱於蕭山，楚王召至，封爲洞庭君。蓋以洞庭爲橘所由出也。《南史》有人題書尾：「洞庭霜橘三百顆。」宋張耒詩：「十年不摘洞庭霜，喜見新苞照眼黃。」梅堯臣詩：「洞庭朱橘未弄色。」則古來詩人文士，凡言橘必首稱洞庭，其名傳天下可知矣。橘之品不一，最貴者名綠橘。皮細多液，比常橘特大。未霜深綠色，臍間一點先黃，味已全，可啖。平橘、比綠橘差小，色純黃方可啖，其皮入藥。蜜橘、以甘得名。糖囊、舊名塘南，吳文定公以其甘易今名。朱柑、色最紅。染血、似朱柑而小。早紅、皮薄而先熟。漆碟紅、皮鬆而早熟。洪州橘、種自洪州來。福橘、種自閩來。襄橘。種自襄陽來，皮粗。至春味甘，其品稍下。○名見《震澤編》。今多凍死，僅存三四種。

### 洞庭獻新橘賦　　　唐　(可)〔何〕頻瑜

洞庭之遠兮，亘全楚而連巨吳。路悠悠以窮塞，波淼淼而平湖。遠國之奧壤，中華之外區。〔風〕土所宜兮，四方各異。

209

珠果斯出兮，諸夏或無。至於白商謝，玄律改，風落遥林，寒生窮海。枇杷落而將盡，荔枝摘而不待。然後浮香外散，美味中成。照斜暉而金色，帶曉潤而霜清。圓甚垂珠，琪樹方而向熟；味可適口，玉果比而全輕。在《禹貢》非它，於周制則郁。充厥苞於林下，發使者於江沱。裹橙不得而雜，楚柚不得而和。所獻者皆嘆其美，所貴者不以其多。歲崢嶸而已晚，路崎嶇而甚遠。齊方物以坌入，離本枝而不返。其價可重，其味可珍。固綠蒂而未變，施素錦而猶新。若夕發於南國，已朝奉於北辰。匪雕飾以自媚，實羽翼以因人。獻芹者既非其匹敵，獻桃者何足以等倫。豈比夫江北則枳，江陵則洲。隨樝梨而莫逐，備職貢而無由。同碩果而已矣，望君門兮阻修。美哉！植物斯多，結實者衆。斯橘也，來則備乎淮浦，生則阻乎雲夢。獨擅美於當今，及歲時而入貢。以"湖海清和，遠人修貢"爲韻。

### 諒公洞庭孤橘歌　　　　　　　　　顧況

不種自生一枝橘，誰教渠向堦前出，不羨江陵千木奴，下生白蟻子，上生青雀雛。飛花蘑葡旆檀香，結實如綴摩尼珠。洞庭橘樹籠烟碧，洞庭波月連沙白。待取天公放恩赦，儂家定作湖中客。

### 揀貢橘書情　　　　　　　　　　　白居易

洞庭貢橘揀宜精，太守勤王請自行。珠顆形容隨日長，瓊漿氣味得霜成。登山敢惜鶩駘力，望闕難伸螻蟻情。疏賤無由親跪獻，願憑朱實表丹誠。

### 贈故人重九日求橘　　　　　　　　韋應物

憐君病後思新橘，始摘猶酸色未黃。書後欲題三百顆，洞庭須待滿園霜。

### 早春以橘子寄魯望　　　　　　　皮日休

箇箇和枝葉捧鮮，彩疑猶帶洞庭烟。不爲韓嫣金丸重，直是周王玉果圓。剖似日魂初破後，弄如星髓未銷前。知君多病仍中聖，盡送寒苞向枕邊。

### 襲美以春橘見惠次韻酬謝　　　　陸龜蒙

到春猶作九秋鮮，應是親封白帝烟。良玉有漿須讓味，明珠無纇亦羞圓。堪居漢苑霜梨上，合在仙家火棗前。珍重更過三十子，不堪分付野人邊。王僧辯嘗爲荆南，得橘一蒂三十子，以獻梁元帝。

### 洞庭山維諒上人院堦前孤生橘樹歌　　釋皎然

洞庭仙山但生橘，不生凡木與梨栗。真子無私自不栽，感得一株階下出。細葉繁枝委露新，四時常綠不關春。若言此物無道性，何意孤生就來人。二月三月山初暖，最愛低簷數枝短。白花不用鳥啣來，自有風吹手中滿。九月十月爭破顏，金實離離色殷殷，一夜天晴香滿山。天生珍木異於俗，俗士未逢不敢觸。清陰獨步禪起時，徙倚前看看不足。

### 新　橘　　　　　　　　　　宋梅摯

千頭霜熟摘來新，包貢虔脩望紫宸。他日功成許高退，社中還結素封人。

### 橘　園　　　　　　　　　　范成大

橘中有佳人，招客果下遊。胡牀到何許，坐我金碧洲。沉沉翳絲山，垂垂萬星毬。奇采日中麗，生香風外浮。折贈黃團雙，珍逾桃李投。拆開甘露囊，快吸冰泉甌。熱腦散五濁，豈止沈疾瘳。未知商山樂，能如洞庭否。

### 觀橘有懷　　　　　　　元　鄭允端

滿林霜落洞庭西，橘柚青黃照眼齊。念我已無慈母奉，故人書後不須題。

### 謝包山蔣世英橘樹　　　　　明　劉珏

十樹殷勤雨後分，枝間猶帶洞庭雲。懸知秋暮山亭上，纔擘霜紅便憶君。

### 謝濟之送橘二首　　　　　　吳寬

得月亭邊碧樹攢，及時摘實仗園官。報君嘉惠如相稱，須是閩中荔子丹。

黃紅錯落滿雕盤，如見珊瑚間木難。莫把糖囊名更改，齒牙真不帶清酸。

### 陸山人自洞庭惠橘　　　　　皇甫涍

霜珍遺何處，乃自毛公壇。遠貴瑤池實，香傳碧樹寒。悠然白雲意，宛在黃金盤。三咽比瓊藥，從君躡彩鸞。

### 洞庭揀橘　　　　　　本朝　錢謙益

龍頭畫船載清醥，李娟張態歌喉少。迴塘十里接包山，一曲《霓裳》鋪未了。五宿澄波皓月中，玻璃地界水晶宮。海山深鎖君知否，近岸還防引去風。

真柑，出洞庭山東山。周處《風土記》：柑，橘之屬，滋味甜美，特異者也。有黃者，有赭者。赭者謂之壺柑，即乳柑也，亦名真柑。《吳郡志》：真柑出洞庭東西山，柑雖橘類，而其品特高，芳香超勝，爲天下第一。浙東、江西及蜀果州皆有柑，香氣、標格悉出洞庭下。土人亦甚珍貴之。其木畏霜，又不宜旱，故不能多植。一顆值百錢，稍大者倍價。安定郡王以釀酒，名"洞庭春色"。蘇文忠公爲作賦，極道包山、震澤土風，而極於追鴟夷而酌西子，其貴珍之至矣。又有"三日手猶香"之詞。蘇舜欽亦嘗有"洞庭柑熟客分金"之句，則不待言而知其美。紹興中，歲入貢，號絶品。《橘錄》云：真柑皮細而味美，熟最早，藏至來春，其色丹。右品爲最珍者也。

## 洞庭春色賦并引　　　　　宋　蘇　軾

安定郡王以黃柑釀酒，名之曰"洞庭春色"。其猶子德麟得之以餉余，戲作賦曰：

吾聞橘中之樂，不減商山。豈霜餘之不食，而四老人者，游戲於其間，悟此世於泡幻，藏千歲於一班。舉棗葉之有餘，納芥子其何艱。宜賢王之達觀，寄逸想於人寰。嫋嫋兮春風，泛天宇於清閒。駕洞庭之白浪，漲北渚之蒼灣。攜佳人而往遊，勸霧鬢與風鬟。命黃頭之千奴，卷震澤而與俱還。糅以二米之禾，藉以三脊之菅。忽雲蒸而霧解，旋珠零而涕潸。翠勺銀罌，紫絡青綸。隨屬車之鴟夷，款朱門之銅環。分帝觴之餘瀝，幸公子之破慳。我洗盞而起嘗，散腰足之痺頑。盡三江於一吸，吞魚龍之神姦。醉夢紛紜，始知毫蠻。鼓包山之桂楫，扣林屋之瓊關。臥松風之瑟縮，揭春溜之淙潺。追范蠡於渺茫,弔夫差之悍鰐。屬此觴於西子,洗亡國之愁顏。驚羅襪之塵飛,失舞袖之弓彎。覺而賦之,以授公子。曰:嗚呼!噫嘻!吾言夸矣,公子其爲我刪之。

### 洞庭春色吟　　　　　　　　　前　人

三年洞庭秋,洞庭言柑也。太湖洞庭山上出美柑,所謂"洞庭柑熟欲分金"也。香霧長噀手。今年洞庭春,玉色疑非酒。賢王文字飲,醉筆蛟龍走。既醉念君醒,遠餉爲我壽。餅開香浮座,盞凸光照牖。方傾安仁醽,莫道遠公嗅。要當立名字,未用問升斗。應呼釣詩鉤,亦號掃愁帚。君知蒲萄惡,正是嫫母黝。須君瀲海盃,澆我談天口。

### 曾宏父分餉洞庭柑　　　　　　曾　幾

黃柑送似得嘗新,坐我松江震澤濱。想見霜林三百顆,夢成羅帕一雙珍。流雲噀霧真宜酒,帶葉連枝絕可人。莫向君家樊素口,瓠犀微齼遠山顰。

### 次韻謝天鏡上人送柑二首　　　元　張　雨

肚能緊束三條篾,手亦親栽兩顆梨。尚憶黃柑三百顆,好山多在洞庭西。

塵中誰識羅公遠,一嗅香柑瓣瓣輕。不似枇杷金彈子,只供遊俠打啼鴬。

### 訪曉菴禪師供余洞庭柑　　　　明　張　和

十年不到白龍潭,延慶名僧始一參。石鼎未烹陽羨茗,金盤先獻洞庭柑。簷前暮雨霑天棘,席外春風動石楠。明日又從江上別，九峰惆悵隔晴巒。

## 瑞柑詩并引　　　　　　　　　王　鏊

洞庭柑橘名天下，弘治、正德之交，江東頻歲大寒，其樹盡槁。民間復種，又槁。包貢則市之江西、福建，謂柑橘自此絕矣。余圃漫栽數株，丁丑秋，樹有五十餘顆，皆珍柑也。其餘纔盈二尺許，亦結五十餘顆，山人争謂之瑞，喜而賦之。

洞庭千樹緑，化逐鶴林仙。寂寞荒園裏，累垂寶顆駢。揚州傷錫貢，合浦詫珠還。瑞應憑誰記，靈根自此傳。

橙，出洞庭山，若柚而香。大者名蜜橙，吳人多買以爲湯品。按格物論，橙屬薰高，枝葉不類於橘。亦有刺大者如杯，包黃皮厚，蹙皺如沸。香氣馥郁，可以熏衣，可以芼鮮，可以漬蜜，真佳實也。

按：自永樂三年大水傍湖，橘樹悉以浸死。景泰四年冬，大雪積五尺餘，明年正月，太湖冰厚二尺，諸山橘十槁七八。弘治十四年至十六年，連歲大雪。萬曆八年大寒，自胥口至洞庭山，人皆履冰往來，山之橘盡斃，惟橙獨存。厥後復種植，國朝初日盛。康熙九年，大水漂没。二十二、二十九兩年，太湖冰凍月餘，行人履冰往來，柑無遺種，橘橙僅有存者，於是山人多不肯復種，而衢州、江西之橘盛行於吳下矣。其亦氣數之一變乎？

枇杷，一名盧橘，出東山之白沙、紀革、查灣、俞塢諸處者佳。其品有二：實大而色白、味甘酸、獨核者名白枇杷，實差小而黃色者名金蜜礶。宋建中初，詔江南枇杷歲爲次第貢，吳人乃以枇杷配閩之荔枝。故郭祥正詩："顆顆枇杷味尚酸，北人曾作荔枝看。未知何處真堪比，正恐飛書内蠟丸。"

楊梅，出洞庭山塘里、涵村、慈里者佳。若東山豐圻、俞塢、横陰諸山皆有之，品稍下。

梅，出洞庭等山，其佳種有四：實小味酸，方吐花即可噉者，名吐花酸；鬆脆多液，入口無滓者，名消梅；質圓而大，可以蜜漬，可以蒸製者，名脆梅，亦名時裏梅；實小而堅，初冬方可食者，名十月梅。按：《詩疏》："梅，杏類也，樹及葉皆如杏而黑。"《吳郡志》有《梅譜》。

杏，出洞庭等山，吳俗有沙杏、油杏之別。《地里志》：范蠡宅在湖中，有海杏大如拳。今猶有大如小兒拳者，豈古范氏遺種歟？

桃，品不一，最大者名半劤桃。白色而味甘者，名銀桃。熟最早者，名壽星桃。形如盤盂者，名盤桃。一名蟠桃。如茄者，名茄桃。方春結實，入冬始熟者，名凍桃。又一種光澤如李，味酸甜者，名李光桃。脆而綠者，名綠桃。

李有三種：青脆李、黃姑李、紫粉李。

林檎，一名來禽，俗所謂花紅是也。似柰而小。王右軍有《來禽帖》。

梨，出洞庭山角頭。《蘇州府志》洞庭所產梨有數種：蜜梨、林檎梨、張公梨、白梨、語兒梨、消梨、鵝梨、大柄梨、太師梨。

柿凡三種：七寶柿，種自七寶，故名。牛心柿，以形名。油柿。以色名。

櫻桃，出洞庭山，實大而色紫者名羅漢櫻。食多令人如醉。三山、徐侯山皆有之。又一種質圓而小，名櫻珠，宋范成大有"漁網蓋櫻桃"之句。

香櫞，出洞庭山東山，其種有四：細皮而先黃者，名秋櫞；皮麤入冬漸黃者，名冬櫞；與冬櫞相似，方春始發香者，名春櫞；耐久，能藏至五六月。實差小而皮赤者，名朱櫞。然有色無香，品稍下。由其皮可以釀酒，人亦珍之。

木瓜，出東山。《詩》有木瓜、木桃、木李之別。《本草》云：木狀如柰，花生於春末，深紅色。其實大者如瓜，小者如拳。《爾雅》謂之楙。按：此瓜霜降後色漸黃，芳香特甚，每顆重二三劤。好事者購之,爲書齋清供。其餘木桃、木李,實小而圓,品稍下。

棗,一名白露蘇。鬆脆味甘,至白露始熟,故名,俗呼白落蘇。一名赤蟑螂。赤色肥甘,俗以其形似,故名。

栗,香味勝絶,微風乾之尤美。

銀杏,一名仁杏,一名鴨脚。子實圓者名圓珠,長者名佛手。宋楊萬里詩:"深灰殘火略相遭,小苦微甘味最高。未必雞頭如鴨脚,不妨銀杏伴金桃。"

## 謝濟之送銀杏　　　　　　　　　　明　吴　寬

錯落朱提數百枚,洞庭秋色滿盤堆。霜餘亂摘連柑子,雪裏同煨有芋魁。不用盛囊書復寫,料非鑽核意無猜。却愁佳惠終難繼,乞與山中幾樹栽。

## 匏菴謂木奴與鴨脚子同至不宜見遺仍次前韻　　王　鏊

江南鴨脚少登盤,價貴殊方爲到難。終與木奴風味別,點茶聊稱腐儒酸。


蒲萄,實紫而味甘,亦有白色者。

芋魁,出馬跡山,一名蹲鴟。《史記》:文山之下沃野,有蹲鴟。注:蹲鴟,芋魁也。宋陸游詩:"糁白芋魁羹。"

西瓜,出東山之周家湖,武峰之雞山,形如橄欖,味極甘鬆,庾信所謂"甘瓜開蜜筩"者是也。

茭,即菱也。出洞庭山消夏灣,東山之南湖葑山下。《吴郡志》:今人但言菱,諸家草木書亦不分別,唯王安貧《武陵記》"四角三角曰芰,兩角曰菱",今太湖所産多四角,俗稱爲鮮菱云。

蓮實,出葑山南湖。王延壽《魯靈光殿賦》"緑房紫的注蓮子"

也。張藉《采蓮曲》："青房圓實齊戢戢。"

菰米，一名雕胡，出東山菱田。按：《本草》菰又謂之茭白，結實乃雕胡，黑米也。《周禮》"六穀"注："稌黍稷粱麥苽。苽，雕胡也。"左思《吳都賦》"稻秀菰穗"注云：菰，草名，其子有米可食，故云穗。杜甫詩："波飄菰米沉雲黑。"又："滑憶雕胡飯。"

蓴菜，出洞庭山消夏灣、東山菱田之月湖。《圖經》云：蓴乃菜之上味，生水中，葉似鳧葵。三月至八月，莖細如釵股，短長隨水淺深，名絲蓴，味甜軟。霜降後，萌在泥上，粗短，名瑰蓴。《本草》云：春夏蓴長肥滑。《雞距集》：四月，蓴生莖而未葉，名雉尾蓴。五月，蓴葉舒長，名絲蓴。《吳郡志》：蓴味香滑，尤宜芼魚羹。晉陸機入洛，見王濟，濟指羊酪謂機曰："吳中何以敵此？"機云："千里蓴羹，但未下鹽豉耳。"太湖採蓴自明鄒山人始。

### 贈鄒舜五採蓴　　　明　陳繼儒

洞庭山下西風起，只解家家採菰米。鄒郎好詩復好奇，撐出太湖風浪裏。湖中採蓴自今始，蓴絲翠摘蓴冰紫。湘之芼之曰西子，飲之食之曰圜綺。未許屠門大嚼兒，輕向蓴羹浪染指。父老一喜還一憂，伊誰拈動江南秋。將無此味傳蘇州，採蓴采茶如虎丘。眉公大笑君勿慮，説著蓴鱸勸歸去。季鷹死後無步兵，當路何人曾下箸。

笋，出洞庭山竹塢嶺、東山、俞塢者佳。

茶，出洞庭包山者，名剔目。俗多細茶，出東山者品最上，名片茶，製精者價倍於松蘿。

何首烏，諸山皆有，惟馬跡山爲盛。一名野苗，又名交藤，又名野合，又名地精。苗蔓相交，葉有光澤，赤根，遠不過三尺。春秋採之，日乾，治痰癖、風虛、心脅諸疾，久服益精駐顔。酒下最良。或謂昔有何姓者，採服其根而髮愈黑，故名。

白芝，出林屋洞中。《道書》：林屋洞中有白芝。

長春藤，千歲藟也，生太湖。唐姜撫服太湖長春藤。

苹，出太湖中。周穆王時，塗循國獻鶴，唼以太湖之苹。

緅绵紬，出洞庭山，諸村皆有，圻村者尤佳。從水中瀘成緅紋，雅素可愛。最上者名郁素，以其始於郁氏故也，價過於吳紬。

布，出東山，本朝康熙間創自中翰席啓圖。

絲，出洞庭山，堅白壯者爲琴絃，世罕匹。

绵，出洞庭兩山，世稱湖绵。

白魚，《吳郡志》：出太湖者爲勝。舊説此魚於湖側淺水菰蒲之上産子，民得採之。隋時貢入洛陽。吳人以芒種後壬日謂之入梅，梅後十五日謂之入時，白魚於是盛出，謂之時裏白。葉氏《避暑録》："太湖白魚實冠天下。"按《大業雜記》："白魚種子，隋大業六年吳郡貢入洛京，勅付西苑内海中，以萬把別遷，著水十數日，即生小魚。取魚子法：候夏至前三五日日暮時，白魚長四五尺者，群集湖畔淺水中有菰蔣處，産子著菰蔣上，三更産竟散去。漁人刈取草之有魚子著上者，曝乾爲把。故洛苑有白魚。"

鯿魚，一名魴魚，《爾雅》："魴，魾也。"今之鯿魚。《山海經》：鯿即魴也。陸璣疏："魴魚廣而薄，肥甜而少肉，蓋細鱗之美者也。"杜甫詩："魴魚潑潑色勝銀。"宋景文詩："鱠縷薦盤鯿縮項。"

黿，似鼈而大，有重數百斤者，漁人獲之以祀神。

河豚，太湖所出。甚少，清明時漁者偶得之，人莫敢食，酒肆買以供客，取其鮮活，毒易洗除，不致傷人。

鱸魚，《吳郡志》：生松江，尤宜鱠，潔白鬆軟，又不腥，在諸魚之上。江與太湖相接，湖中亦有鱸。

鱖魚，蘇文忠公《赤壁賦》"巨口細鱗，狀如松江之鱸"，即此也。

鬆細無骨,有斑彩,不下鱸魚。

鯉魚,諸魚之中,惟鯉多壽,能神變。遇雲霧,飛越山湖。《吳郡志》:"鯉腴鮺出太湖。隋大業十二年,吳郡獻之,純以鯉腴爲之,一瓶用四五百頭,味過鱣鮪。"

鯽魚,至冬味肥美,吳俗有"寒鯽夏鯉"之諺,亦有用此爲鱠者。杜甫詩"鮮鯽銀絲鱠"是也。

破浪魚,形似鯔而小,細鱗肉腴,每風浪輒游泳於其中,漁者罕遇,世甚珍之。

鱴魚,一名刀魚,《山海經》所謂"洞庭之湖其魚多鱴"是也。又《爾雅翼》:"刀魚,長頭而狹薄,腹背如'刀',故以爲名。"與石首魚皆以三月、八月出。郭璞《江賦》:"鰻鱴順時而往還。"俗呼刀鱴魚。

銀魚,瞿宗吉詩有"笠澤銀魚一尺長"。又張子野詩有"春後銀魚霜下鱸,遠人曾到合思吳"之句。其狀類鱠殘。

鱠殘魚,按《博物志》"吳王孫權江行,食鱠有餘,因棄之中流,化而爲魚。今有魚猶名吳餘鱠者,長數寸,大如筯,尚類鱠形。"按:此即今之鱠殘魚也。陸龜蒙詩:"分明數得鱠殘魚。"

鮒魚,《呂氏春秋》"魚之美者,洞庭之鮒"是也。一名土鮒,陳克詩:"土鮒爛斑竹篰赤。"又名土哺,近人詩:"生菜盤邊土哺魚。"按:此魚附土而行,不似他魚浮水,故名。吳興人又呼爲鱸鯉,以其質圓而長,與黑鯉相似,其鱗斑駁,又似鱸魚也。

比目魚,一名鮃魚,兩魚並合,乃能游。按《爾雅翼》:"南越謂之板魚,淛謂之鞋底魚,亦謂之箬葉魚。"

蟹,出太湖。大而色黃、殼堅者曰湖蟹,冬月肥美,謂之十月雄。陸龜蒙"蟹志相傳稻之登"也。率執一穗,以朝其魁,然後從其所之,早夜靡沸,指江而奔。漁者緯蕭承其流而障之,曰蟹斷。陸游詩:"團臍磊落吳江蟹。"又:"赤蟹輪囷可一劻。"

### 寄賈耘老　　　　　　　宋　沈偕

黄秔稻熟墜西風,肥入江南十月雄。横跪蹒跚鉗齒白,圓臍吸脇斗膏紅。薑須園老香研柚,羹藉庖娘細劈葱。分寄横塘溪上客,持螯莫放酒杯空。

### 初冬憶蟹　　　　　　　高似孫

天雨洞庭霜,寒驅蟹力忙。全然空俗味,只是作詩香。酒已方纔熟,橙猶未肯黄。讓渠茶竈火,和月煮滄浪。

針口魚,《吴郡志》:"魚口有細骨半寸許,其形如針。春時羣集松江長橋之下,土人撈取以爲乾,餉遠,味甚腴。"

班魚,形似河豚而小。春夏孕子嘗數千百,輒自食之殆盡,留二子。

雉,出東山。毛羽鮮明,五采炫耀,一名錦雉,一名雞雉。《左傳》所謂五雉,此其一也,俗名野雞。

緑頭鴨,一名野鴨,出太湖中。

鳿鵒,水禽,《吴郡志》:"陸龜蒙嘗得之於震澤,黑襟青脛,丹爪,嘴色幾及項。龜蒙哀其野逸而囚録籠檻,爲賦詩焉。"

鴛鴦,出太湖洲渚中,一名文禽,匹鳥也。狀似鳬,毛有文彩,雌雄未嘗相離。

鹿,出馬跡山,有蒼鹿、玄鹿,其角可以製膏。相傳玄鹿爲脯,食之令人多壽。

麞,鹿屬也,出洞庭等山。居人獵取爲脯,香味殊勝,品過於鹿。

兔,諸山皆有,洞庭山獨無。有蒼色,有白色。白色者目赤如砾。

## 賦　　稅

　　蘇財富甲天下。湖中諸山,蓋所謂一卷之多耳,歲賦亦幾萬石,固可知其富也。夫取於上者富,則存於下者有幾？經國者其能無動心乎？
　　十八都,在長沙山,統圖二,屬南宮鄉。
　　户五百三十二。
　　口二千六百六十。
　　田地山蕩二十二頃十一畝二分一釐九毫。
　　本色米麥豆一百七十三石九升八合八勺。
　　二十四都,在大貢、小貢山,統圖一,屬西華鄉。無人居住,附廿五都。
　　山蕩一百零三畝一分。附廿五都。
　　本色米麥豆一石八斗八升九合一勺。附廿五都。
　　二十五都,在衝山、漫山,統圖一,屬西華鄉。
　　户一百四十二。
　　口九百九十四。
　　田地山蕩一十五頃十九畝一分三釐五毫。
　　本色米麥豆一百八十八石三斗九升八合九勺。
　　二十六都,在東山,統圖四,屬遵禮鄉。
　　户六百七十四。
　　口三千八百七十。
　　田地山蕩八十五頃八十九畝五分八釐九毫。
　　本色米麥豆四百三十四石一斗一升八合一勺。
　　二十七都,在東山余山,統圖二,屬遵禮鄉。

户二百三十一。

口一千六百一十七。

田地山蕩一十八頃九十四畝八分六釐八毫。

本色米麥豆四百六十七石九斗二升五合四勺。

二十八都，在東山，統圖十五，屬震澤鄉。本朝均出空圖一里，併入水鄉。

户二千六百五十二。

口一萬四千零十五。

田地山蕩一百五十頃三十七畝九分二釐二毫。

本色米麥豆四百三十石七斗五升五合三勺。

二十九都，在東山，統圖十五，屬蔡仙鄉。本朝均出空圖二里，併入水鄉。

户三千二百八十五。

口一萬六千四百二十五。

田地山蕩二百零五頃七十二畝六分九釐六毫。

本色米麥豆一千一百二十五石六斗六升二勺。

三十都，在東山，統圖六，屬蔡仙鄉。

户一千四百八十三。

口七千四百一十五。

田地山蕩七十五頃九十二畝五分八釐九毫。

本色米麥豆一千六百二十五石四斗二升三合四勺。

三十二都，在洞庭山、葉余山、黿山、渡渚山，統圖十，屬姑蘇鄉。

户一千八百零四。

口九千零二。

田地山蕩八十四頃四十五畝四分七釐。

本色米麥豆七百一十八石六斗五升一合八勺。

三十三都，在洞庭山、橫山、陰山，統圖十一，屬姑蘇鄉。本朝均出空圖六里，併入水鄉。

户一千八百六十二。

口九千三百一十。

田地山蕩一百一十三頃一十三畝二分四釐一毫。

本色米麥豆三百三十石一斗一升七合一勺。

三十四都，在洞庭山，統圖十一，〔屬〕姑蘇鄉。本朝均出空圖五里，併入水鄉。

户一千五百二十五。

口八千零二十五。

田地山蕩一百八十五頃五十三畝六分八釐。

本色米麥豆一千五百七十二石一斗八升七合五勺。

三十五都，在洞庭山，統圖十二，屬洞庭鄉。

户二千四百一十二。

口一萬六千四百七十二。

田地山蕩二百一十二頃六十五畝七分二釐一毫。

本色米麥豆六百九十一石三斗五升四合五勺。

三十六都，在三山、澤山、厥山，統圖三，屬洞庭鄉。

户六百十二。

口三千零一十二。

田地山蕩二十七頃九畝七分五釐四毫。

本色米麥豆五百四十六石五斗四升九合一勺。

三十七都，在洞庭山，統圖十，屬長壽鄉。本朝均出空圖二里，併入水鄉。

户一千六百八十五。

口一萬零零一十一。

田地山蕩一百二十五頃五十五畝三分九釐八毫。

本色米麥豆三百一十三石八斗四升六合二勺。

三十八都，在洞庭山，統圖十一，屬長壽鄉。本朝均出空圖三里，併入水鄉。

户一千七百一十。

口一萬零一百九十七。

田地山蕩一百三十八頃六十四畝四分三釐四毫。

本色米麥豆三百七十四石七斗零七勺。

十七都，在馬跡山，統圖三，屬常州府武進縣迎春鄉。

户一千七百八十九。

口九千六百三十二。

田地山蕩二百二十四頃七十二畝四分三釐四毫。

本色米麥豆一千九百二十一石二斗四升九合。

# 水　　利

太湖，東南之水委也。濱湖之田，旱則灌，潦則泄，故歲之豐凶視湖之盈縮，非獨濱湖之田而已。三州之民皆有賴焉。水利之學所以不可不講也。前人之論詳矣，顧第弗深考，其有可舉而行者，則具列焉。

## 宋郟亶奏略

熙寧三年，崑山人郟亶自廣東機宜上奏，言治田利害。其論古人治低田、高田之法曰：

昔禹之時，震澤爲患。東有堰阜，以隔截其流。禹乃鑿斷堰阜，流爲三江，東入於海，而震澤始定。於環湖之地尚有二百餘里，可以爲田，而地皆卑，猶在江水之下，與江相連。民既不能耕植，而水面又復平闊，足以容受震澤下流，使水勢散漫，而三江不能疾趨於海。其沿海之地亦有數百里可以爲田，而地皆高仰，反在江水之上，與江湖相遠，民既不能取水以灌溉，而地勢又多西流，不得蓄聚春夏之雨澤，以浸潤其地。是環湖之地常有水患，而沿海之地常有旱災，如之何而可以種藝耶？古人遂因其地勢之高下，井之而爲田。其環湖卑下之地，則於江之南北爲總浦，以通於江。又於浦之東西爲橫塘，以分其勢而碁布之，有圩田之象焉。其塘浦，闊者三十餘丈，狹者不下二十餘丈，深者二三丈，淺者不下一丈。且蘇州除太湖之外，江之南北別無水源，而古人使塘深闊若此者，蓋欲取土以爲堤岸，高厚足以禦其湍悍之流，故塘浦因而闊深，水亦因之而流耳，非專爲闊其塘浦以決積水也。故古者堤岸尚出於塘浦之外三五尺至一丈，故雖大水不能入於民田也。民田既不容水，則塘浦之水自高於江，而江之水亦高於海，不須決泄，而水自湍流也。故三江常浚，而水田常熟，其塈皋之地亦因江水稍高，得畎引灌溉。此古人浚三江，治低田之法也。

## 蘇軾奏略

元祐六年，左朝奉郎蘇軾自知杭州歸，奏狀略云：

三吳之水瀦爲太湖，太湖之水溢爲松江，以入海。海水一日兩潮，潮濁而江清。潮水常欲淤塞江路，而江水清駛，隨輒滌去，海口常通，故吳中少水患。昔蘇州以東，官私船舫皆以篙行，無陸挽者。古人非不知爲挽路，以松江入海，太湖之咽喉，不敢梗塞故也。自慶曆以來，松江始大築挽路之長橋，植千柱水中，宜不甚礙，而夏秋漲急之時，橋上水常高尺餘，況數十里積石壅土，築爲挽路乎？自長橋、挽路之成，公私漕運便之，日葺不已，而松江始艱噎不快。江水不快，軟緩而無力，則海之泥沙隨潮而上，日積不已，故海口湮滅，而吳中多水患。近日議者但欲發民浚治海口，而不知江水艱噎，雖暫通快，不過歲餘，泥沙復積，水患如故。今欲治其本，長橋挽路固不可去，惟有再鑿挽路於舊橋外，別爲千橋。橋洪各闊二丈,千橋之積,共二千丈。松江水道宜加迅駛,然後官私出力,以浚海口。海口既浚,則江水有力,泥沙不復積,水患可以少衰也。

## 單鍔風土記略

元祐中,宜興人單鍔作《陽羨風土記》,其略謂：

荆溪受宣、歙、蕪湖、江東數郡之水,行四五十里至震澤。古人以溪流不足以勝數郡奔注之勢,復於震澤之口開瀆百條,各有地分之名,而總謂之百瀆。又開橫塘瀆一條,綿亙四十里,以貫百瀆而通瀨湖諸鄉阡陌之外。蓋橫塘直南北以經之,百瀆直東西以緯之。既分荆溪之流下震澤,由震澤入太湖,抵松江,由江入海,是以昔年未嘗有水患,而震澤亦不爲吳中害。今荆溪受數郡之水不少減,而百瀆橫塘大半堙塞。又蘇、湖、常三州之水潴爲太湖,由松江以入海。慶曆二年,以松江風濤,漕運多敗,官舟遂接續築松江長堤,界於江湖之間。堤東則江,堤西則湖。江之東即大海,堤橫截江流五六十里,震澤受吳中數郡之水,乃遏以長堤,雖時有橋梁,而流勢不快。又自松江至海浦諸港復多沙泥漲塞,茭蘆叢生,堤傍亦沙漲爲田。是以三春霖雨,則蘇、湖、常、秀皆憂瀰漫,雖增吳江一邑之賦,顧三州逋失者不知幾百倍矣。今欲洩太湖之水,莫若先開江尾茭蘆之地,遷沙村之民,運其漲泥。鑿吳江堤爲木橋千,以通陸行,隨橋磧開茭蘆爲港,走水下流。開白蜆、安亭二江,使太湖水由華亭、青龍以入海,則三州可無水患也。

## 郟僑書略

浙西昔有營田司,自唐至錢氏時,其來源去委,悉有堤防堰閘之制。旁分其支派之流,不使溢聚,以爲腹内畎畝之患,是以錢氏百年間,歲多豐稔,惟長興一遭水耳。暨納土之後至於今日,其患方劇。蓋由端拱中，轉運使喬維岳不究堤岸、堰閘之制，與夫溝洫、畎澮之利，姑務轉漕舟楫，一切毀之。初則故道猶存，尚可尋繹，今則去古既久，莫知其利。營田之局，又謂閑司冗職，既已罷廢，則隄防之法，流決之理，無以考據。至乾興、天禧之間，朝廷專遣使者興修水利，遠來之人不識三吳地勢高下，與夫水源來歷及前人營田之制，不過採愚農道路之言，以目前之見爲長久之策，指常熟、崑山枕江之地爲可導諸港浦而決之江，開福山、茜涇等十餘浦。殊不知古人建立隄堰，所以防太湖泛溢，淹没腹内良田，今若就東北諸渚決水入江，是導湖水經由腹内之田，瀰漫盈溢，然後入海。所以浩渺之勢常逆行，而潴於蘇之長洲、常熟、崑山，常之宜興、武進，湖之歸安、烏程，秀之華亭、嘉禾。民田悉已被害，然後方及北江、東海港浦。又以水勢方出港浦，復爲潮勢抑回，所以皆聚於四郡之境。當潦歲積水，而上源不絶，瀰漫不可治也。此以驗開東北諸渚爲謬論矣。愚今者所究治水之利，必先於江寧、潤州治丹陽練湖，相視大岡，尋究函管水道，決於北海。常州治宜興滆湖沙子淹及江陰港浦，入北海。以望亭堰分屬蘇州，以絶常州輕廢之患。如此，則西北之水不入太湖爲害矣。又於蘇州治諸邑限水之制，闢吳江之石塘，多置橋梁，以決太湖，會於華亭、青龍而入海。仍開浚吳淞江，官司以鄰郡上户熟田例敷錢糧，於農事之隙和僱工役，以漸闢之。其諸江湖風濤爲害處，並築爲石塘。又於彭匯與諸湖瀼等處尋究，昔有江港，自南經北，以漸築爲隄岸，所在陂淹築爲水堰。秀州治華亭港浦，仍體究柘湖、澱山湖等處，向因民户有田高壤，障遏水勢，而疏決不行者，並與開通，達諸港浦。杭州遷長河堰，以宣、歙、杭、目等山源決於浙江。如此，則東南之水不入太湖爲害矣。所謂旁分其支脉之流，不復爲腹内獻畝之患者，此也。

### 陳彌狀略 附曹胤儒水利續議

隆興二年，詔江浙勢家園田，堙塞流水，諸州守臣按視以聞。平江府委陳彌作《相度水利狀》，略云：

常熟之浦二十有四，皆北入於江。崑山之浦十有二，皆東入於海。擇其宜先治者，白茅、七鴉等十浦。

明曹胤儒《水利續議》云：七鴉、白茅二浦在婁江之北，蓋太湖之水注於吳淞，吳淞淤塞，併入婁江。婁江亦不能盡容，溢入於此二浦。七鴉浦上接陽城湖，陽城界長洲、崑山之間，受蘇郡葑、婁二門迤東至和等塘、真義等浦之水爲多。白茅浦上接昆承湖，昆承界崑山、常熟之間，受蘇郡閶、齊二門迤北雲和等塘、宛山等蕩之水爲多。然白茅不但南受吳淞、婁江之水，而且西受宛山蕩之水，宛山蕩上承無錫運河，則太湖之水溢於漏湖者，亦此分瀉。而蘇郡西北虎丘山後，長蕩之水更多白茅是歸。昔人云"沿江泄水，惟白茅爲大"是也。此二浦宜浚。

### 元潘應武論略

潘應武言："太湖受三吳之水，溢流而下吳淞江二百六十餘里抵海。一下急水港五十里，下澱山湖周圍二百五十里，由港浦而入海。錢氏置撩軍四部七八千人。宋置農田水車使者，後復創水軍，專充工役。自後軍散營廢，河港由是湮塞。"又言："太湖三萬六千頃，西北有荊溪、宣、歙、蕪湖、宜興、溧陽、溧水數郡之水。西南有天目、富春、湖州、杭州諸山溪奔注之水，瀦聚於湖，而由震澤、吳江長橋東入松江、青龍江而入海。古制，溧陽之上有五堰，以節宣、歙、金陵、九陽江之水。宜興之下有百瀆，以疏荊溪之水，皆源也。江陰而東，置運河一十四瀆，泄水以入江。宜興而西，置夾苧於塘口、大吳等瀆，以泄西水，皆委也。源之不治，既無以殺其來之勢，委之不治，又無以導其去之方，如之何其不爲患也？吳江長橋通長數十丈，舊係木橋立柱，通徹湖水入江，由江入海。曩時非不能運石築隄，蓋因湖水泛溢，故作此數十丈之橋以泄之，以衝激三江之潮淤耳。今則壘石成隄，雖爲堅固，而橋門窄狹，不能通徹湖水。前都水監於石隄下作小洞門一百五處出水，然水勢既分，不能通泄。又被橫塘占種菱荷障礙，難以衝激，隨潮沙上，於是淤塞三江，致令水勢轉於東北，迤邐流入崑山塘等處，由太倉劉家港一二處港浦入海。此吳中所以多水患也。"

## 明歸有光論略

太湖入海之道，獨有一路所謂吳淞江者，顧江自湖口距海不遠，有潮泥填淤反土之患。湖田膏腴，往往爲民圍占，所以松江日隘。昔人不循其本，沿流逐末，取目前之小快，別鑿港浦以求一時之利。而松江之勢日失，所以延至今日，僅與支流無辨，或至指大於股，海口遂致湮塞，此豈非治水之過歟？近世之論，徒從事於三十六浦，間或有及於松江，不過疏導目前壅滯，如浚蟠龍、白鶴匯之類，未見能曠然修禹之跡者。余以爲治吳之水，宜專力於松江，松江既治，則吳中必無白水之患。而從其旁鈎引以溉田，無不治之田矣。元泰定二年，都水監任仁發開江，自黃浦口至新洋江，江面才闊十五丈。仁發稱古者江狹處猶二里，郟氏云吳淞古道可敵千浦，其江旁縱浦小時猶見。其闊二十五丈，則江之廣可知。今治松江，必令闊深，水勢洪壯，與楊子均，而後可以言復禹之跡。若惜區區漲沙茭蘆之地，雖歲歲開浦，而支本不正，水終橫行也。

按：揚州之地勢甚卑，太湖之爲澤甚大。太湖，衆流之匯也。《禹貢》曰："三江既入，震澤底定。"震澤，太湖也。三江入海之路既不壅塞，則下流已順，震澤自底於定，不潰溢也。由《書》言，則江之通塞，太湖之震定繫焉。自後浸以湮廢，三江之迹滅没不見，松江僅存，亦隘而失其舊。故蘇、常、湖三州之菑，無代無之。元大德辛丑之秋，湖水挾颶風入姑蘇郡城，民居公署所在皆倒，死者十八九。至正、至順間，又太湖水翻，淹没漂流，不可數計。明永樂、天順、正統、弘治、嘉靖間，亦被其害。本朝庚戌尤甚。他若傷禾稼，壞室廬，因水而詘於歲賦，自三國之太平後，未易更僕數也。五代時，吳越錢氏置有都水營田使，宋有農田水車使，元有都水營田使司及行都水監，皆專爲浚水道，築田圍而設。至明夏忠靖、周文襄、海忠介諸公，皆治有成績，吳民賴之。然屢修屢廢，弗能經久。蓋三江既湮，洩湖水以入海者，惟一松江。而吳江之長橋、石塘又從而障於上流，是以水行不快，易致壅塞。近年又少雨多旱，人不復知其爲害，以致江流日細，港浦日淤。司是土者皆閉其口而不論。天災流行，國家代有，若因循不治，設遇大水洊至，能保其不一溢乎？然三江古道已不可復，爲今日計，惟有大開松江而已。松江開，則下流順，震澤之水有所歸；松江不開，則下流塞，震澤之水無所去。其理勢如此。宋周環言：臨安、平江、湖、秀四郡低下之田多爲太湖積水浸灌，緣溪山諸水接連，并歸太湖，東南由松江入海，東北由諸浦入江。其沿江洩水，惟白茅浦最大，宜令有司開決。又歸震川《上秦分司書》言：下流多壅水，欲尋道而出，不得其道，則漲漫橫暴而不制，以此見松江不可不開也。《舊志》有水利六法：一曰治田之法，主郟亶說；二曰濬下流之法，主單鍔說；三曰分支派之法，主郟僑說；四曰開淤塞之法，主蘇軾說；五曰疏遠流之法，主周環說；六曰障來導往之法，主潘應武說。又有治松江、浚海口、疏長橋石塘、築圩岸、立堰壩諸論，皆鑿鑿可行者。自來議水利者不察，務爲目前苟且之計，屢開而屢塞，天下事因循則一無可爲，奮然爲之亦未必難。矧先時而預防，其爲力較易也。附論之，俟議者採擇焉。

# 林屋民風卷十一

## 官　署

太湖諸山渺然物外，父老相傳自古無兵革之患，信哉。茫茫大浸，雖有武夫千群，何所用之。昔兀尤過吳門無所得，詢之，則其民皆避於洞庭兩山故也。當時胡馬飲江，所在焚剽，何所不有。茲山獨晏然，信神仙之福地也。而鼠狗之盜，安能保其必無，於是，乃有巡司與太湖營之設焉，然亦鮮矣。

甪頭巡檢司。宋時本在湖州呂山界，元祐八年遷設於洞庭山甪頭。明洪武間，再遷於後保。正統間巡檢劉瑄重建官廳。今衙門已廢，設官如故。

### 甪頭巡檢司衙署序　　宋　朱俊明

甪頭山據太湖，湖之廣三萬六千頃，周五百里，迤二三百里。唐白樂天詩云："十隻畫船何處宿，洞庭山腳太湖心。"蓋太湖山若洞庭者七十二，甪頭山又據其心，乃山之勝境，漢四皓甪里先生家焉。甪山之名始此。山迴百餘里，谷邃川廣，盜徒剽掠，往往有之，民遭患者數。元祐八年，有司請罷呂山巡檢，徙甪頭，與馬跡、香蘭事例同，立酬獎。經百八十餘載，兩山之民咸受其惠。營寨兵級固壯，善於水勢，長於勇敢，雖有盜徒，無所施其暴。噫！朝廷之置寨者，爲民禦盜患也。人民之獲安生者，賴朝廷之有營寨也。甪頭自創建迨今，幾數百載，四境寂然，不復聆剽掠。若然，則寨之有益於民豈淺淺哉？寨級柯瑫等具始末求序，且刻石焉。乾道七年中秋後三日，福州進士朱俊民撰。

東山巡檢司。明成化十八年，巡撫都御史王恕奏准設於渡水橋。明末廢。本朝康熙二十二年里人吳時雅倡衆重建。

香蘭巡檢司。在馬跡山寨前灣，今所稱衙門坡是也。設於宋，明廢。

太湖營。國朝康熙四年浙督趙廷臣題設。

遊擊一員，衙門在洞庭山甪頭大步山上。

守備一員，衙門在烏程縣大錢。

千總二員，江南衙門在黿山，浙江衙門在小梅。

把總四員，一汛守吳縣東山；吳時雅倡建衙門於湖亭橋西。一汛守吳江縣吳漊；一汛守宜興縣周鐵橋；一汛守烏程縣皇川。

邏兵一千人。江南五百人，浙江五百人。

## 防湖論略　　　本朝　翁　澍

具區延袤五百餘里，其來源去委，有若瀆、若溇、若溪港浦淹之類，凡二百六十有四。全吳險要莫大於此。向來論兵防者多未之及，豈非古今一大曠典耶？或曰具區諸山，古來兵燹莫及，奚必設兵而守禦之？不知大兵下江南，志在城郭，則山林在所必遺。若盜賊則不然，志在擄掠，棄城就鄉。當元季，長興烏合之衆剽掠洞庭諸山，巡司率山人分曹併力禦之。民間立義兵萬戶、千百戶，實爲此也。明嘉靖甲寅，而倭寇又一中之。山人勇悍輕生，不藉官兵，自相抗禦，立寨於東山者八，曰嘶馬哨、梁山哨、渡船營、北湖口寨、長圻寨、豐圻寨、毛園哨、蔄山營，於洞庭者六，曰大勝寨、石公寨、黿山寨、甪頭寨、龜山寨、廟山寨。其後倭寇既滅，諸寨遂廢。明末大盜宋毛三、偽將黃蜚等聯艅出没，尋皆敗亡。至本朝康熙二年，巨寇赤腳張三焚劫木瀆，皆由太湖，此其徵也。況具區汪洋三萬六千頃，跨蘇、湖、常三郡，而三郡之賦稅較他郡特重，邇年以來，民力竭矣。倘旱潦頻仍，撫綏不得其道，則潢池弄兵，事有可虞，豈可以吳民脆弱而忽之？余故條列防湖論略，以備司民牧者採擇焉。

## 防湖論略二

防湖之策，以禦境外之賊為先。夫盜賊淵藪，大都在宜興、長興之深山。其入湖要道，如宜興之荊溪、東氿河、忻溪、直瀆，烏程之大錢是也。若無錫之獨山門、浦嶺門、吳塘門，武進之下埠港，吳縣之胥口、石塘、五龍橋，吳江縣之吳家港、花涇港、練樹港、珊闕口、七里港，此皆登陸要道。已上諸處，須令水兵整備船艦，勤勤巡視，防西南以遏賊入湖，防東北以截賊登岸。所謂門户既固，堂奧自安也。鄭若曾《江南經略》云："太湖雄跨諸郡，鹽盜出没，逋亡伏匿，險莫甚焉，大非澱、陳、漏、練之比。萬一世變，巨寇從溧陽、宜興下太湖，直擣姑蘇，或南衝吳興，北衝毗陵，可不慮哉！故防湖以設險要為先務，而設險要正所以禦境外之賊也。"

## 防湖論略三

防湖之策，尤以洗剔腹內之賊為主。夫腹內之賊，必先治其致賊之原。若太湖諸山居民以種植爲業，兼事商賈，獨東山之民多游手、賭博、打降、健訟之輩。或搭臺演戲，開場窩賭。每至上元節，以龍燈爲名，聚飲歃血，拳勇成群，地方釀成此輩，誠致盜之原也。今欲清盜原，責在司牧者，得其實跡，舉一二巨魁置之重法，則懲一警百，匪類知所畏懼，而地方清，盜源塞。東山固多巨族，自鼎革以來，十室九空，膏粱子弟流爲匪類者不少。如康熙十八年白沙吳鵬萬結納亡命百餘人，揭竿斬木，勢將燎原。太湖營把總擒鵬萬，申撫憲，殱其羽黨，東山始獲晏然。今設有踵鵬萬不軌之志，伏匪於草莽中者，可不慮哉？膺是任者，其毋忽諸。

## 防湖論略四

防湖之法，與陸地不同，其與江海又不同。欲熟知湖中之境與風水之性，非漁網船不可也。漁船大者桅六道，或五道，或四道，無間寒暑，晝夜在湖。其船無櫓無槳，每二隻合爲一舍，狂風怒濤，駕使最利，素爲賊之所畏。雖蓄貲鉅萬，賊不敢近。聯而綜之，爲太湖攻戰第一。其次剪網船，船雖狹小，最爲迅快。又其次絲網船，駕使不過三人。其最小者爲(划)〔划〕船，三四人盪槳如飛，疾於剪網，但不用風帆，不利波浪，備之以探報，諸舟所不及矣。其遇賊也，以槳超淖泥潑賊舟，舟滑難立，大爲賊之所憚。之四者皆漁船之可用者也。其他港漬出入，船名甚多，皆遲鈍，不適於用。近時太湖營設立一二巡船，其形與小鮮船相似，而風帆迅快，頗堪駕用，但不能如漁船之習於風波耳。然漁船未經刷集，一旦用之，欲望其出死力，不能也。須平時籍之於官，蠲其重役，給以獎賞，專委一廉能有司，每月點閘之，亦虞此輩禦盜適足以爲盜耳。

## 防湖論略五

本朝立制，凡外任官員，以盜案考成，有罰俸降級之例。故地方官不利於獲盜，盜或就擒，反怒失主，脅令勿報。即報，亦改盜爲賊，減十爲五。婦女任其姦淫，居積恣其罄掃，及赴公庭，輒寬之，曰此饑民耳，此小偷耳。釋縛之後，如虎生翼。故被劫之家每吞聲，不敢爲失主。是誨盜也，非弭盜也。爲今日計，當致嚴於失盜之考成，尤當加賞於治盜之官府。如獲盜幾名者紀錄，幾名者加級，則地方官勇於捕盜，而盜風自息，將來無燎原之患矣。豈僅僅太湖一隅而已哉。

# 支　　山

洞庭之支山，前詳志之矣。其餘則並載於此，峰嶺亦依次附列焉。

莘山。《太湖志》名大龜山，在東山南麓。

寒山。《姑蘇志》作韓山，在山西麓。以上東山。

官長山。《毘陵志》馬跡左峰，雄冠諸峰，若官長然。

### 題官長山呈李方伯　　　明　歐陽席

野色蒼茫裏，孤高見此山。亂雲棲石磴，疏雨漲溪灣。巖帶青霄遠，松臨古屋閒。箇中人似玉，能透利名關。

晝山。在山之中，南北行人過此恰午，因名。

馬鞍山。在牛塘灣西。

小胥山。在耿灣。《馬跡志》世傳子胥被讒死於此,鄉人登山哭之。

店下山。在山東麓。以上馬跡山。

雞山。在武山南麓,吳王養雞處。

### 題雞山　　　　　明　顧　超

　　童岡多廢石,當日鬭雞山。漁浦南湖影,桃花西子顏。檣聲來小港,塔火見前灣。無數遊仙客,問津殊未還。

射鶚山。在雞山之旁。見《古蹟》。

### 題射鶚山　　　　　明　吳　敏

　　東山空闊原野平,吳王養雞築高城。秋天饑鶚未飽食,側翅下攫殊無情。守城武士心尤惡,旦夕窺玆捕雞鶚。雕弓一射羽箭發,鶚也時從半空落。山人學射藝漸精,遂使山無鶚鳥鳴。却思勾踐侵吳日,何不令之射越兵。

檣子山。一名鳳皇山,在山東麓。

木青山。在山南麓。以上武山。

# 峰　嶺

莫釐峰。隋莫釐將軍居於山,因名。東山之主峰也,不及洞庭縹緲高。

### 與嚴太守道卿同登莫釐峰　　　　　王　鏊

　　微雨發春妍,東風花外軟。良朋約佳遊,遙指莫釐巘。平生山水心,老脚肯辭繭。壺觴紛提攜,曲磴屢迴轉。小憩山之腰，秘境漸披葳。紫翠蓋幢翻，青黃繡裯展。須臾造其巔，四顧目盡眩。太湖小汀瀅，風帆時隱現。吳門俯可掇，越嶠杳難辨。摩挲舊題名，斑駁半苔蘚。日斜下山椒，窅爾迷近遠。門途值樵夫，失脚悔已晚。懸崖颭伶俜，絕壑窺渳沵。熹微認前村，山寺吠鳴犬。解衣得盤礴，仰視坐猶喘。韓公鐫華嶽，正自恐不免。登高弗知厭，持用戒軒冕。

### 望莫釐峰　　　　　　　　　王世貞

已憑藜杖恣攀緣，興盡還勝入剡船。遠水蒸霞開色界，空林答響奏鈞天。蓮花倒挂雙帆影，橘柚寒收萬井烟。最是莫釐堪騁望，吳門匹練為誰懸。

### 遊東山登莫釐峰二首　　　　申時行

莫釐千仞削芙蓉，賈勇先攀最上峰。陡絕丹梯凌日觀，依稀玉檢護雲封。澄湖漸隱中流楫，遠寺微聞下界鐘。敢謂勝遊同謝傅，東山蠟屐有遺踪。

千峰雲氣俯岩嶢，萬籟松濤起泬寥。巖岫欲浮波浪出，蓬瀛不隔海天遙。御風直欲凌三界，捧日猶疑近九霄。莫怪狂瀾頻駭日，閒身久已伴漁樵。

### 九日登莫釐峰　　　　　　　　歸莊

勝地登高杖短筇，層岡迤邐度深松。漸窮歷亂雲端石，盡出青蒼湖上峰。漠漠長空飛雁鶩，茫茫大澤臥蛟龍。良辰擬醉江州酒，有客攜樽山半逢。

翠峰。《太湖志》：名席溫山，在翠峰寺後。

芙蓉峰。在楊家灣華嚴寺後。
九峰。
蒻帽峰。在莫釐峰南。
高峰。在俞塢北。
飯石峰。在彌勒寺後。

### 飯石峰晚步　　　明　吳鼎芳

白鳥不飛處,雲光和水凝。自吟松下路,遙見寺中燈。夕爽山無雨,春寒澗有冰。隔花相問訊,月照荷鋤僧。

碧螺峰。在靈源寺後。

### 詠碧螺峰　　　明　王鏊

儼雙峰兮亭亭,忽霧繞兮雲橫。岡巒紛兮離合,澗壑黯兮崢嶸。望夫人兮不遠,路杳杳兮難征。

崧峰。在碧螺峰北。以上東山。

| | |
|---|---|
| 公子嶺。一名父子。 | 攢雲嶺。 |
| 牛場嶺。 | 陸村嶺。 |
| 張公嶺。 | 彈子嶺。 |
| 柯家嶺。 | 王家嶺。 |
| 湯坎嶺。 | 墩頭嶺。 |
| 金家嶺。 | 唐里嶺。 |
| 楊家嶺。 | 新安嶺。 |
| 陳公嶺。 | 東灣嶺。 |
| 夏家嶺。 | 安頭嶺。 |

慈唐嶺。　　　　　栖賢嶺。
法華嶺。　　　　　湖漫嶺。
金鐸嶺。　　　　　峧嶺。
望崦嶺。　　　　　後埠嶺。
棋盤嶺。　　　　　支嶺。

### 春日過支嶺　　本朝　陳　邁

桃李深深夾岸叢,漁郎不在武陵東。花爭艷冶暄朝日,柳倦低徊喚曉風。春到雲山青未了,天涵烟水碧澄空。蒹葭寂寞魚龍窟,錦繡開圖浪暖中。

峧子嶺。　　　　　甪村嶺。
新廟嶺。　　　　　金材嶺。
黃磧嶺。　　　　　拋壺嶺。
曹家嶺。　　　　　蔡母嶺。
南灣嶺。　　　　　華畝嶺。
明灣嶺。　　　　　竹塢嶺。
潘家嶺。　　　　　秦家嶺。
團子嶺。　　　　　北門嶺。
黃泥嶺。　　　　　西湖嶺。
砂磧嶺。以上洞庭山。

### 題砂磧嶺　　本朝　蔡旅平

微茫幾點漾萍蕪,好鳥鳴春隔岸呼。望處青天交遠岫,遙空白浪狎乘桴。烟深樹色雲霞嶼,氣混湖光山海圖。身世兩忘幽興劇,夕陽松際看歸烏。

昝家嶺。　　　　　　金牛嶺。
犀牛嶺。　　　　　　分水嶺。
西子嶺。　　　　　　象鼻嶺。
戴家嶺。　　　　　　千山嶺。
塘子嶺。　　　　　　石屋嶺。一名東嶺。
化煉嶺。俗名化錢嶺。　白豕嶺。康熙間，里人朱必掄甃以石。
蝦啜嶺。　　　　　　砂嶺。
白沙嶺。　　　　　　吳灣嶺。
周灣嶺。　　　　　　平嶺。以上東山。
分水嶺。　　　　　　勝子嶺。
內間嶺。　　　　　　山西嶺。
桃花嶺。　　　　　　牛塘嶺。
十墅嶺。　　　　　　雁門嶺。
耿灣嶺。　　　　　　西村嶺。
張清嶺。　　　　　　寒山嶺。以上馬跡山。
行香嶺。　　　　　　火石嶺。
陳嶺。在武山。　　　　拱翠嶺。在長沙山。

# 鄉　　里

土壤交而風俗相似者，謂之鄉。統而計之，爲鄉九。
南宮鄉，在長沙山，名新安里。
西華鄉，跨衝山、漫山，名懷義里。
遵禮鄉，跨東山、余山，名守義里。
震澤鄉，在東山，名閭城里。
蔡仙鄉，在東山，名白門里。
姑蘇鄉，跨洞庭山之北、橫山、陰山、葉余山四山之界，曰梅梁里。

洞庭鄉，跨洞庭山之南、厥山、澤山三山，名玄宮里。

長壽鄉，在洞庭山，名習義里。

迎春鄉，在馬跡山，名竹山里。

## 灣　塢

兩山襟抱，民聚居之，謂之灣。兩山相夾，謂之塢。塢在洞庭山者二十二，在東山者二十五。灣在洞庭山者二十一，在東山者二十。其餘諸山統計灣塢二十九。

金鐸灣。　　　　　　渡渚灣。

南灣。　　　　　　　東灣。

西灣。　　　　　　　後步灣。

前灣。　　　　　　　新村灣。

黿山灣。　　　　　　可盤灣。即石公灣。

練瀆灣。　　　　　　陳思灣。

龜山灣。　　　　　　張家灣。

明月灣。　　　　　　消夏灣。

西湖灣。　　　　　　夏家灣。

仰洪灣。　　　　　　浮灣。

衙里灣。以上洞庭山。　　宋家灣。一名白雉灣，吳王得白雉於此。

岱心灣。　　　　　　楊家灣。

張家灣。　　　　　　金灣。

卜家灣。　　　　　　查灣。

上楊灣。　　　　　　下楊灣。

澄灣。　　　　　　　沌灣。

重亨灣。　　　　　　馬李灣。

| | |
|---|---|
| 石橋灣。 | 蔣灣。 |
| 寒山灣。 | 白沙灣。 |
| 吳灣。 | 周灣。 |
| 天井灣。以上東山。 | 苦竹灣。 |
| 檀溪灣。 | 鈕埼灣。 |
| 耿灣。 | 伴奴灣。 |
| 雁門灣。 | 頓藤灣。 |
| 踏青灣。 | 山西灣。 |
| 桃花灣。 | 內閣灣。 |
| 竹塢灣。 | 莨橋灣。 |
| 西村灣。 | 張青灣。 |
| 寨前灣。 | 新城灣。 |
| 西坢灣。 | 東坢灣。 |
| 大墅灣。 | 小墅灣。 |
| 蓬坑灣。 | 牛塘灣。以上馬跡山。 |
| 小姑灣。 | 下黃灣。以上三山。 |
| 長沙灣。在長沙山。 | 葉余灣。在葉余山。 |
| 橫山灣。在橫山。 | 陰山灣。在陰山。 |
| 水月塢。 | 羅漢塢。內有羅漢寺，因名。 |
| 桃花塢。 | |

## 桃　花　塢　　　　　　　唐　皮日休

夤緣度南嶺，盡日穿林樾。窮深到茲塢，逸興轉超忽。塢名雖然在，不見桃花發。恐是武陵溪，自閉仙日月。倚峰小精舍，當嶺殘耕垡。將洞任迴環，把雲恣披拂。間禽啼叫櫟，險狖眠砰礣。微風吹重嵐，碧埃輕勃勃。清陰減鶴睡，秀色治人渴。敲竹鬭錚摐,弄泉爭咽嗢。空齋蒸柏葉,野飯調石髮。空羡塢中人,終身無履襪。

陸龜蒙

行行問絕境,貴與名相親。空經桃花塢,不見秦時人。願此爲東風,吹起枝上春。願此作流水,潛浮蕊中塵。願此爲好鳥,得棲花際鄰。願此作幽蝶,得隨花下賓。朝爲照花日,暮作涵花津。試爲探花士,作此偸桃臣。桃源不我棄,庶可全天真。

本朝　蔡旅平

地絕塵囂客夢涼,山深太古日偏長。林間鳥醉花爲酒,簷外雲眠石作牀。犬吠棘籬多傲色,烟橫茶竈襲幽芳。携僧共話前溪月,鐘度峰腰露滿裳。

| | |
|---|---|
| 葛家塢。 | 徐勝塢。 |
| 鹿塢。 | 陳家塢。 |
| 王家塢。 | 屠塢。 |
| 周塢。 | 野塢。 |
| 毛公塢。 | 涵村塢。 |
| 大塢。 | 暘塢。 |
| 包山塢。 | 天王塢。 |
| 梅塘塢。 | 資慶塢。 |
| 曹塢。 | 張塢。 |
| 竹塢。以上洞庭山。 | 俞塢。 |
| 西塢。 | 閭塢。 |

率嘍塢。一名法海塢。　　東曹塢。
西曹塢。　　　　　　　顧塢。
西卯塢。　　　　　　　長泉塢。
長潮塢。　　　　　　　姚塢。
葉塢。　　　　　　　　盤龍塢。
蔣塢。　　　　　　　　大塢。
王塢。　　　　　　　　梅花塢。
金塢。　　　　　　　　西子塢。
秦家塢。　　　　　　　馬家塢。
石家塢。　　　　　　　翠峰塢。
白雲塢。一名小塢。　　嘶馬塢。以上東山。

# 村　　巷

民居湊集謂之村，民居湊集有路焉謂之巷，真他鄉落不能悉數也。鳴雞吠狗，烟火萬家，可謂睥睨者乎。

涵村。　　　　　　　　塘里。
疃里。　　　　　　　　新安。
下金。　　　　　　　　大步里。
小步里。　　　　　　　東村。見《古蹟》。
吳村。　　　　　　　　南徐村。
北徐村。　　　　　　　植里。
慈里。見《古蹟》。　　　甬里。見《古蹟》。
綺里。見《古蹟》。　　　陸村。
辛村。一作"新"。　　　王村。
馬村。　　　　　　　　崦裏。一名崦邊，在潊紫山下。是山產煤，明崇禎初，山民乞煤爲害，巡撫曹文衡勒碑永禁。

## 題崦裏　　　　　　唐　皮日休

崦裏何幽奇，青腴二十頃。風吹稻花香，直過黿山頂。青苗細膩卧，白羽悠溶静。塍畔起鵾鵝，田中通舴艋。幾家傍潭洞，孤戍當林嶺。罷釣時煮菱，停繰或焙茗。峭然八十翁，生計於此永。苦力供征賦，怡顏過朝暝。洞庭取異事，包山極幽景。念爾飽得知，亦是遺民幸。

　　　　　　　　　　　　陸龜蒙

山横路若絕，轉楫逢平川。川中水木幽，高下兼良田。溝塍墮微溜，桑柘含疏烟。處處倚蠶箔，家家下漁筌。駭犢卧新茇，野禽爭啄蓮。試招搔首翁，共語殘陽邊。今來九州內，未得皆恬然。賊陣始吉語，狂波又凶年。吾翁欲何道，守此常安眠。笑我掉頭去，蘆中聞刺船。余知隱地術，可以齊真仙。終當從之遊，庶復全於天。


| 前保。 | 後保。 |
| 鎮下。 | 梅梁村。 |
| 東蔡。 | 西蔡。 |
| 圩村。 | 金村。 |
| 後步。 | 陳巷。 |
| 勞村。 | 吳巷。 |
| 甪村。 | 金鐸村。 |
| 中腰里。 | 兵場里。 |
| 梅園里。 | 華畝里。 |
| 秦家堡。 | 黃家堡。 |

仇巷。　　　　　　　　張巷。
胡巷。　　　　　　　　楊巷。
蔡巷。　　　　　　　　徐巷。
景巷。　　　　　　　　金巷。
許巷。　　　　　　　　洞山下。
塔頭。　　　　　　　　田下。
涵頭。　　　　　　　　南陽。
魯馬。　　　　　　　　鎮下。
匯上。　　　　　　　　錢墳。
山東。　　　　　　　　馮王山。
峧上。　　　　　　　　黃家途。
余家途。　　　　　　　石路頭。
山下。　　　　　　　　馬家場。
石井頭。　　　　　　　東暘匯。
蛇頭山。　　　　　　　莫家坎。
曹家底。　　　　　　　沈家場。以上洞庭山。
唐股村。有唐孝子割股療親,因名。　桃源村。
鈕家村。　　　　　　　周巷。
施巷。　　　　　　　　葉巷。
翁巷。　　　　　　　　下席。向有上、中、下之稱。
坊前。　　　　　　　　社下里。

## 社山放船　　　　　　宋　范成大

　　社下鐘聲送客船,凌波摘鼓轉蒼灣。橫烟裊處雞豚社,落日濃邊橘柚山。八表茫茫孤鳥去,萬生擾擾一舟閑。湖心行路平如鏡,陸地風波却險艱。

| | |
|---|---|
| 茭田。 | 寮裏。 |
| 金塔下。 | 上金。 |
| 小長巷。 | 白沙。 |
| 紀革。 | 陸巷。 |
| 王巷。 | 朱巷。 |
| 嚴巷。 | 張巷。 |
| 陳巷。 | 南望。 |
| 北望。 | 胡沙。 |
| 王舍。 | 北葉。 |
| 南葉。 | 崧下。 |
| 豐䃩。 | 長圻。以上東山。 |
| 西金。 | 吳巷。 |
| 下塔。 | 官莊。 |
| 東湖。 | 厥里。夫差豢馬處。 以上武山。 |
| 宋家巷。 | 丁家巷。 |
| 薛巷。 | 秦巷。 |
| 姚巷。 | 蓮巷。以上馬跡山。 |

# 港 瀆

太湖延袤五百餘里，其瀕湖支派有若瀆、若溇、若溪港浦淹之類，凡二百六十有四。或受山澤之水注於湖，或泄湖水入之江海。説者謂猶是禹之遺跡，則覩兹巨浸，不益深明德之思乎？備列之，爲後之治水者觀覽云。

| | |
|---|---|
| 牛家港。 | 槐家港。 |
| 鐵家港。 | 雙林港。 |

薛埠港。 西丁家港。
吳漊。 南路字港。
薛家港。 方港。
張港。 葉港。
曹家港。 蔣家港。
東丁家港。 五界亭港。
雙家橋港。 陸家港。
西丘廟港。 更樓港。
撈蕪港。 小楊港。
王家溪港。 徐楊港。
五齊港。 南盛港。
沈家港。 張家港。
通浦。 大廟港。
郎家港。 新開港。
湯家港。 廟橋亭港。
烏梅港。 寰聯港。
鷺鷀港。 時家港。
羅家港。 棟樹港。
凌家港。 鴉鵲港。
趙家港。 白浦。
破車港。 百嫂亭港。
打鐵港。 東朱家港。
西朱家港。 葉家港。
張其港。 甘泉港。
宋家港。 雪落港。
創港。 吳家涇。
東潘奇港。 西潘奇港。

西鬼字港。

方港。

茅柴港。

白龍橋港。

長橋。吳淞江口,係入湖第一險要。

鮎魚口。

莫舍漊。

白沙港。

黃洋灣。

黃墅港。

射瀆港。一名韓圖港。

香山港。

銅坑港。

隋舍港。

直湖港。

新安港。

塘於淹。

獨山門。

間江口。以上屬無錫縣。

下瀆。

符瀆。

墓瀆。

黃瀆。

歐瀆。

毛瀆。

師瀆。

徐瀆。

珊闕口。

直瀆。

韭溪。

徹浦橋港。

七里港。

夠杖港。以上屬吳江縣。

溪橋港。

木履港。

新涇港。

菱湖港。

胥口。見《古蹟》。

塘橋港。

游山港。

烏角溪。以上屬吳縣。

洪於淹。

赤城溪。

吳塘門。

浦嶺門。

戚墅港。屬武進縣。

陳莊瀆。

五千瀆。

葛瀆。

堵店瀆。

彭瀆。

趙瀆。

後師瀆。

河瀆。

251

宋潰。　　　　　　陽溪潰。
白潰。　　　　　　龔潰。
北津潰。　　　　　中津津。
新潰。　　　　　　歷潰。
前黃干潰。　　　　菱潰。
杜潰。　　　　　　南津潰。
後黃干潰。　　　　鴨舍潰。
伍賢潰。　　　　　牛路潰。
廟潰。　　　　　　馮港潰。
大浦潰。　　　　　龔師潰。
蛇潰。　　　　　　李莊潰。
新漕潰。　　　　　馬家潰。
俞家潰。　　　　　鄭潰。
寺莊潰。　　　　　高莊潰。
西寺潰。　　　　　臺莊潰。
握潰。　　　　　　盛潰。
陽潰。　　　　　　茅耆潰。
張潰。　　　　　　北朱潰。
河淡潰。　　　　　梁新潰。
土潰。　　　　　　南朱潰。
魏潰。　　　　　　凌潰。
呂潰。　　　　　　烏潰。
王塔潰。　　　　　荊溪潰。
定誇潰。　　　　　虞潰。
岸潰。　　　　　　須潰。
許家潰。　　　　　高涇潰。
季家潰。　　　　　竹門潰。

前塘瀆。
許墓瀆。
吳瀆。
蔣瀆。
陳陟瀆。
山瀆。
吳溪瀆。
蠡瀆。
長令瀆。
胡瀆。
苦文瀆。
蘆瀆。
丫臼瀆。
莊野瀆。
雙瀆。
梅塘瀆。
上瀆。以上屬宜興縣,所謂荆溪百瀆。
金村港。
夾浦港。
謝莊港。
雞籠港。
杭瀆港。
盧瀆港。
後村港。
竹條港。
逢浦港。
石瀆港。

斯塘瀆。
永昌瀆。
蔡瀆。
焉瀆。
堵墟瀆。
楊巷瀆。
甄箄瀆。
大墟瀆。
沙塘瀆。
古龍瀆。
官瀆。
草瀆。
陰陽瀆。
無口瀆。
市橋瀆。
杭瀆。
香蘭山港。
上週港。
烏橋港。
丁家港。
大陳港瀆。
石屑港。
金雞港。
新塘港。
殷南瀆港。
福緣港。
新開港。

花橋港。　　　　　白茅港。
竇瀆港。　　　　　小陳瀆。
蔡浦港。　　　　　濮潑港。以上屬長興縣。
徐漊港。　　　　　小梅港。
西山港。　　　　　顧家港。
官瀆港。　　　　　張漊港。
宣家港。　　　　　楊瀆港。
泥橋港。　　　　　寺橋港。
紀家港。　　　　　湯家港。
諸漊。　　　　　　沈漊。
安漊。　　　　　　羅漊。
大漊。　　　　　　新涇漊。
潘漊。　　　　　　幻湖漊。
西金漊。　　　　　東金漊。
許漊。　　　　　　楊漊。
謝漊。　　　　　　義高漊。
陳漊。　　　　　　濮漊。
五浦漊。　　　　　蔣漊。
錢漊。　　　　　　新浦漊。
石橋漊。　　　　　湯漊。
城漊。　　　　　　宋漊。
喬漊。　　　　　　胡漊。以上屬烏程縣。

## 港　瀆

　　兩岸相夾，舟可宿者，謂之港，又謂之瀆。民居湊集，出入非此不便，故隨所居之地，港亦名焉。

中橋港。
徐巷港。
東村港。
龜山港。
崦裏港。
綺里港。
慈西港。
疃里港。
陳巷港。
壽鄣港。一名徑瀆。
圻村港。
東灣港。
更樓港。
大步港。
山下港。
直瀆港。
勞家橋港。
頭陀橋港。
山東港。
暘塢港。
練瀆。舊說西山有三斷，壽鄉、
甪頭、練瀆也。
具區港。
席家湖。
殿前港。
漾橋港。
王家涇。

後保港。
黿山港。
新橋港。
馬村港。
下金港。
慈東港。
匯上港。
馮山港。
勞村港。
亭子港。
塔頭港。
塘里港。
涵村港。
小步港。
甪頭港。一名鄭涇。
金鐸港。
石人浜。
鎮下港。
後步港。
明灣港。
黃瀆。以上洞庭山。

長涇浜。
金家湖。
葉巷港。
施巷港。
油車港。

澗橋港。　　　　　查灣港。
寒山港。　　　　　陸巷港。
朱巷港。以上東山。　吳巷港。
葛家港。以上武山。　橫河。
桃花浜。　　　　　內間濆。
牛塘濆。　　　　　西村濆。
張清濆。　　　　　撒濆。
新濆。　　　　　　大濆。
馬濆。　　　　　　航涵濆。
李家浜。　　　　　東泉浜。
檀溪浜。　　　　　錢家浜。
官浜。　　　　　　後灣浜。
秦巷浜。　　　　　姚巷浜。
龍灣浜。　　　　　北浜。
中浜。　　　　　　南浜。以上馬跡山。

## 洲　　磯

水中沙磧，蘆荻生之，謂之洲。水中有石，平可坐者，謂之磯。

角頭洲。一名西嵎山，《洞庭記》名新嵎山，在角頭山鄭涇西北，上有神祠。

於家洲。在消夏灣西，上有居人數十家，皆於姓，故名。

煉藥洲。俗名煉墩，在東山，(山)東南。見《古跡》。

余山洲。在余山西北。

匯擔洲。在二鼉山西南，一名匯擔浮。

三洋洲。在漫山之北，上有廟塔。

甑蓋洲。在衝山之旁，一名甑蓋浮。

東沉磯。在筆格山西。

西沉磯。在五浮山西。

岸崿磯。在三山南四里。《舊志》引《水經》禹治水牽山之事。按：朱伯原謂閭巷之談，故不錄。

楊公磯。在洞庭山西垓山外，俗名楊公樁。

陰山磯。在陰山之東。

紹山磯。在紹山西北。

米貯磯。在馬跡山東北，與錢堆山相對。

窑竈磯。在北嵎山北，有石嵌空如竈，故名。

扔折磯。在洞庭山西北，一名柿折磯。

蘭座磯。在大雷山西蘭嘴外。

九星磯。在南湖白洋灣外，有九石，因名。

姑蘇磯。在南湖菱瀆外，近姑蘇山。

吳梁磯。在茅圻嘴外。

魚息磯。俗名徐息磯。《馬跡志》：去山而西，入湖里許，陂陀下浸，隨水紆曲，可泊漁舟，故名。

小雷磯。在洞庭山西南，與小雷山相對。

# 渡

兩岸阻水，須舟而濟，謂之渡。其相去不過數里，而風波之惡，每至不可測。甚矣水之不可狎而玩也。

洞庭渡。在胥、莫二湖之間。　　莫釐渡。在菱湖南闕口。

馬跡渡。一名苦竹渡，北對蒲溪。　　長沙渡。在胥口北闕口，黃茅山外。

# 橋

兩岸相阻，須梁而濟，謂之橋。橋以石建，橫木而濟者少。

金鐸橋。
馬村橋。
五徐橋。
舍瀆橋。
後保橋。
鎮瀆橋。
慈灣橋。一名徐勝橋。
橫塘橋。
鄭涇橋。
澗橋。
甪里橋。一名鄭涇橋。
渡渚橋。
東村橋。
上方橋。
保安橋。以上洞庭山。

通源橋。一名湖亭橋。
衆安橋。
綠野橋。
廣利橋。
楊家橋。
仙橋。
內間橋。
富德下喬。
迎春橋。
馬瀆橋。

勞家橋。
中橋。
新橋。
楊木橋。有兩，一在瞳里，一在諸家河。
頭陀橋。
社瀆橋。
大橋。
慈西橋。
壽鄉橋。蔡昇有記。
馬跡橋。虞宗□有記。
下金橋。
黃瀆橋。
羅漢橋。
永安橋。
具區風月橋。一名渡水橋，舊橫木以濟。元至正間，周富七郎始建以石。明弘治九年，里人吳天檜重建，楊循吉有記。
施巷橋。
永寧橋。
重亨橋。
澗橋。以上東山。
盛湖橋。
蘇家橋。以上武山。
富德上橋。
太平橋。
大瀆橋。
東泉橋。以上馬跡山。

普安橋。
積善橋。以上長沙山。
漫山橋。在漫山。

鳳仙橋。
三山橋。在三山。

# 林屋民風卷十二

## 祠

《舊志》列寺院後，今別爲一條。此皆有功烈於民者也，豈可與異教同科。

至德之感人，甚矣哉！廉頑立懦，百世下猶興起焉，宜鄉人至今奉祀不絶也。

延陵季子祠，在武山錦鳩峰下。本名壽寧菴，元至正間，吳逢辰於先壟之右建祠，塑季子像，命僧主香火，撥田若干爲費。本朝康熙間，裔孫時雅具呈巡撫湯斌，請列之祀典。

四皓祠，在洞庭山綺里。

席建侯祠，在翠峰寺東，祀唐吏部尚書席公豫、景福間武衛將軍温。

劉龍圖祠，在水平王廟中，龍圖諱宴，仕宋都官員外郎。建炎間，寇犯常州，公駐兵水平王廟，出奇大破之，追寇至宣城，戰殁。事聞，詔進龍圖閣待制，官其四子，立廟死所，額曰"義烈"。常民德之，以其駐兵於廟，遂附祠焉。

明　朱　昱

赤眉萬衆掃如飛，腥血隨風濺鐵衣。父子一門忠孝節，千年下壺是同歸。

周文襄公祠，在水平王廟中。祀明工部右侍郎、巡撫江南廬陵周公忱。公撫吳十九年，奏減糧額七十餘萬，吳人德之，郡邑多有其祠。

路文貞公祠，在蔚山廟中。祀明都察院右僉都御史、總漕江南廣平路公振飛。公自鼎革時，保障東山，鄉人附祀於廟。

## 附

龍女祠，在東山豐圻，一名白馬廟。《舊志》：相傳柳毅寄書龍宮，繫馬於此，故名。翁季霖謂其事屬荒唐，不足道。

吳妃祠，在三山。《續志》：三山有吳妃太姥祠。

明　謝　晉

海中三島神仙宅，湖上三山神女家。姊妹晨妝明綠水，往來峰頂弄烟霞。

# 廟

《祭法》曰："法施於民，則祀之。以死勤事，則祀之。以勞定國，則祀之。能禦大菑，則祀之。能捍大患，則祀之。"神廟之設，原以衛社稷，祈豐年也，非此族也不列此。

包山廟，在祇園寺西，一名包王廟，取護衛包山一境之義。《蘇州府志》：唐咸通間，郡從事皮日休祈禱有應，與陸龜蒙皆有詩。今飛仙山、金鐸山、植里山、渡渚山皆其別祠也。《洞庭記》言即越臣毛朗祠。

唐　皮日休

白雲最深處，像設盈巖堂。村祭足茗粣，水奠多桃漿。著篷突古砌，薜荔繃頹牆。爐灰寂不然，風送杉桂香。積雨晦州里，流波漂稻粱。公惟大司諫，憫此如發狂。命予傳明禱，祇事實不遑。一奠若肸蠁，再祝如激揚。出廟未半日，隔雲逢淡光。蠻蠻雨點少，漸收羽林槍。忽然山家犬，起吠白日傍。公心與神志，相向如玄黃。我願作一疏，奏之於穹蒼。留神千萬祀，永福吳封疆。

陸龜蒙

靜境林麓好，古祠煙靄濃。自非通靈才，敢陟群仙峰。百里波浪杳，中堂簫鼓重。真君具瓊響，髣髴來相從。清露濯巢鳥，陰雲生畫龍。風飄橘柚香，日動旛蓋容。將命禮且潔，所祈年不凶。終當以疏聞，特用諸侯封。

赤闌相王廟，又名東相明王，在消夏灣東南。《洞庭實錄》：神姓桑，名湛璧，兄弟三人，並有靈跡。居民立祠祀之。《姑蘇志》：相傳王爲吳闔閭築城，死而爲神。又云赤闌即赤門，相王即伍相，皆無考，姑並存其說。

水平王廟，在消夏灣衆安洲。神像與几案皆石爲之，湖中多有此廟。《毘陵志》云：后稷庶子佐禹平水，誨人浚導，因祀之。宋建炎間，郡守周杞修建，明嘉靖間重修，唐鶴徵有記。《蘇州府志》：太湖水神廟，方俗號平水王廟。宋慶曆間，知州事胡宿奏請列諸祀典。又云：舊傳神即漢雍州刺史吳人郁使君也。馬跡山分水嶺亦有其廟。

郁使君廟，在太湖衝山。使君吳人，漢惠帝召拜雍州牧，爲政得體。及卒，人仰其德，因立祠爲神。後唐同光二年，吳越王錢鏐追封爲某王，暨二子贈左右將軍，再搆祠於衝山。景德四年二十九世孫聳修建。

靈佑廟,在東山莫釐峰東麓,今亦稱新廟。内祀玄武及劉猛將。按:神姓劉名錡,紹興間爲江淮浙西制置使,死而爲神。因驅蝗有功,景定四年勅封揚威侯、天曹猛將之神,其勅文尚存。《吴縣志》:宋建炎四年建,諸山多有其廟。

楊灣廟,在東山楊灣。《震澤編》:一名顯靈廟,祀劉猛將。棟宇壯麗,不知始於何時。明崇禎間,僧大全募建前殿,改爲胥王廟。

明　蔡　昇

朱牖玲瓏碧砌幽,青山西面水東頭。楊灣風月三千頃,總是門前一段秋。


關帝廟,洞庭山有二,一在大步里,一在囤山東。山有五:一在翠峰大塢,本朝順治間里人席本久建;一在靈佑廟側,明萬曆間建;一在沙嶺;一在白沙;一在武山。

東嶽廟,在下席之西,俗稱張師殿。相傳宋開寶中,里人張大郎感於神人,捨地建。明永樂間重修,天啓間毀,崇禎間復建,吴惠有記。

靈濟廟,在渡水橋東,宋紹興中建。明景泰間,吴參政惠重修。今廢。

湖沙廟,在楊灣西,唐貞觀三年建。

騎龍廟,在長圻。

蒔山廟,即真武行宫,在蒔山南麓。明嘉靖間建,傍有伍大夫祠。

湖神廟,在渡水橋東。本朝順治間席太僕本禎建。

靈應廟,在射鵰山,明萬曆間建。

雞山廟,在雞山。

## 附

聖姑廟，《吳郡志》：廟在洞庭唐介山，晉王彪二女相繼卒，民以爲靈而祀之。《紀聞》引唐人記洞庭山聖姑祠廟云。《吳志》姑姓李氏，有道術，能履水行，其夫殺之。自死至唐中葉，幾七百年，顏貌如生，儼然側臥。遠近祈禱者，心至則能到廟，心若不至，風迴其船，無得達者。今每一日沐浴，爲除爪甲，傅粧粉，形質柔弱，只如熟睡。蓋得道者歟？《辨疑志》：唐大曆中，吳郡太湖洞庭山中有昇姑寺、昇姑廟。其棺柩在廟中，俗傳姑死已數百年，其貌如生，遠近求賽，歲獻衣服、粧粉不絕。人有欲觀者，其巫祕密不可，云："開即有風雨之變。"村閭敬事，無敢竊窺。巫又云："有見者，衣裝儼然，一如生人。"有李七郎荒狂不懼程法，率奴客啓棺觀之，惟朽骨髑髏而已，亦無風雨之變。二說今皆無考，姑存舊傳云。《蔡志》引《紀遺集》：鴻鶴山西有神女祠，隱士洪業號爲聖姑山。貞元五年，刺史於頔發棺，容色如生，手觸處化爲飛塵。元和中，再建祠宇，遷於辭姑山。寶曆中，觀察使李德裕毀之，後復建。事並荒誕，姑存其說，題咏概削不錄。

# 寺　　觀

於乎！三代而下，異教何其紛紛乎！太湖，吳之一隅耳。山水絕勝之處，則必有道院、梵宮、神廟依焉，何其盛也，而浮屠氏尤甚，故不得而削。不削，所以著其法之繁且盛也，然其來則遠矣。

包山寺，在毛公壇東南二里。初爲包山禪院，院內有鐘，記云：梁〔天監中再葺，〕大同二年置爲福願寺。（天監中再葺）唐上元九年改今名。高宗賜名顯慶寺。靖康中，慈受和尚居之，詔復賜舊名，王銍爲記。明萬曆間，天王殿毀，里人蔡鳴雷重建。

### 雨中遊包山精舍　　　　　　唐　皮日休

松門亘五里,彩碧高下絢。幽人共躋攀,勝事頗清便。翌翌林上雨,隱隱湖中電。薜帶輕束腰,荷笠低遮面。濕屨黏烟霞,穿衣落霜霰。笑次度巖壑,困中遇臺殿。老僧三四人,梵字十數卷。地稀無夏屋,境僻乏朝膳。散髮抵泉流,支頤數雲片。坐石忽忘起,捫蘿不知倦。異蝶時似錦,幽禽或如鈿。篆箬還夏刃,栟櫚自搖扇。俗態既斗藪,野情空眷戀。道人摘芝菌,爲余備午饌。渴興石榴羹,饑憐胡麻飯。如何事於役,兹游急於傳。却將塵土衣,一任瀑絲濺。

　　　　　　　　　　　　　　　陸龜蒙

包山信神仙,主者上真職。及棲鐘梵侶,又是清涼域。乃知烟霞地,絕俗無不得。巖開一徑分,柏擁深殿黑。僧間若圖畫,像古非雕刻。海客施明珠,湘蕤料<small>平聲</small>。淨食。有魚皆玉尾,有鳥盡金臆。手攜鞞鐸佉,<small>唐言楊枝</small>。若在中印國。千峰殘雨過,萬籟清且極。此時空寂心,可以遺智識。知君戰求勝,尚倚功名力。却下聽經徒,<small>生公有聽經石</small>。孤帆有行色。

### 寓包山精舍　　　　　　　　明　俞貞木

精舍包山側,緣崖曲路微。到池雲弄影,入户月流輝。烟靄青蘿屋,山圍白板扉。松杉寒愈秀,猿鳥靜相依。境勝忻神適,情忘與世違。莫爲簪綬累,期與爾同歸。

　　　　　　　　　　　　　　　徐　震

屋下清泉屋上山,薜蘿深處扣柴關。尋僧欲問三生話,使我能偷半日閒。雁没浦雲秋色外,鶴歸庭樹夕陽間。人生未惜歡游少,石壁題詩記往還。

沈堯中

高士樓真處,山名自此聞。橋流丹峽水,門鎖洞天雲。寺靜羅秋色,僧閒卧夕曛。眼前皆是道,何事問包君。

### 包山遠眺　　　　　本朝　沈德潛

一身縹緲巔,孤筇此凌厲。魚龍氣上騰,鳥雀飛難庋。顧盼流遠目,水接長天勢。林巒互出没,雲霞散明麗。天風颯然來,烟濤卷無際。何處辨三州,茫茫見陰翳。泛舟緬遐舉,銀房想委蜕。古人不可招,仙踪杳難繼。動我白雲懷,行從鳳高逝。

孤園寺,在消夏灣五峰嶺下。一名祇園寺,一名下方寺。梁大同四年,梁散騎常侍吴猛捨宅爲之。寺有五峰堂,元趙文敏孟頫書額。後廢,敕賜蔡氏爲塋。

### 記　　　　　　　　宋　李居仁

釋氏稱給孤園,祈陀太子之園也。長者以黄金布地,得八十畝,施爲寺。自後其教有給孤園之語焉。南朝散騎常侍施所居爲寺,名孤園。噫!其心必有契於施給孤園者之心,而以孤園名寺耶。不然,則他人以其事符於施給孤園者之事,而以寺名孤園耶?抑猛之名多載儒典,斯則崇釋。其爲人也,儒耶?釋耶?予嘗求猛之行,夏月不驅蚊,恐去己嚙親。夫人能孝於親,必能悌於長。孝悌也者,雖本天性,出儒教,然釋氏教亦不外乎語人以善而已。猛愛親，性善也。崇釋，好善也。若猛者，善人焉，施所居爲寺，宜乎有其事也。復聞猛好道術，回豫章，江急莫可濟，畫水成陸路而行。夫猛好道學，長生也。好釋，求不死也。二者教雖殊而意則一。若猛者，釋、道兼好者焉。施所居爲寺，宜乎有其事也。寺在陳、隋間規模宏麗，棲僧半千。唐初有徹導師者，脫俗於其間，宗風大振，實居猛之居也。既而導師以人夥務繁，無以成學，乃作別室於北山麓，即今上方院也。會昌間，黃巢寇作，寺弛僧絕，惟上方流裔克存。宋咸淳年，僧有名能、名輝、名門者，欲興其廢，共力而爲，遂募緣於鄉之巨室，多獲其助。銖積寸累，成五十餘楹，亦以猛之址也。工畢，請記於余，余嘗閱郡乘，知寺肇於猛，故不辭而書猛之行云。

### 孤園寺　　　　　　　　　唐　皮日休

艇子小且兀，緣湖蕩白芷。縈紆泊一磧，宛到孤園寺。蘿島凝清陰，松門湛虛翠。寒泉飛碧蟥，古木鬭蒼兕。鐘梵在水魄，樓臺入雲肆。巖邊足鳴鑾，樹杪多飛鷚。香莎滿院落，風泛金霹靡。靜鶴啄柏蠹，閒猿弄楥倚。小殿薰陸香，古經貝多紙。老僧方瞑坐，見客還強起。指茲正險絕，何以來到此。先言洞壑數，次話真如理。磬韻醒閒心，茶香凝皓齒。巾之劫貝布，饋以旃檀餌。數刻得清淨，終身欲依止。可憐陶侍讀，身列丹臺位。雅號曰勝力，亦聞師佛氏。陶隱居常夢見佛像，謂己曰："爾當七地大王，號曰勝力也。"今日到孤園，何妨稱弟子。

陸龜蒙

浮屠從西來，事者極梁武。巖幽與水曲，結架無遺土。窮山林幹盡,竭海珠璣聚。況即侍從臣,敢愛烟波塢。幡條玉龍扣,殿角金虬舞。釋子厭樓臺,生人露風雨。今來四百載,像設藏雲浦。輕鴿亂馴鷗,鳴鐘和朝檜。庭蕉裂旌旆,野蔓差纓組。石上解空人,窻前聽經虎。林虛葉如織,水淨沙堪數。遍問得中天,歸修釋迦譜。

明 高 啓

欲問南朝常侍宅,已爲西域化人宫。山僧歸帶漁舟雨,湖鳥來聞粥鼓風。橘柚垂簷秋殿暗,波濤驚座夜堂空。給孤長者誰曾見,應在烟雲杳靄中。

上方寺,在消夏灣西北二里。唐會昌六年僧徹導開山,本名孤園上方寺,宋嘉泰間僧無證重建,改今名。明初爲叢林,正德間廢。

上 方 寺 　　　宋 范成大

艤棹古消夏,搘筇新上方。珠灣鎖員折,冰鏡沉空光。楓纈醉晴日,橘黄明早霜。閉門松竹徑,隨處有清涼。

明 謝 晉

岧嶤湖上山,山上青蓮宇。臺殿接層霄,鐘磬徹水府。門垂纓絡柏,枝新幹蒼古。披拂當清風,參差舞翠羽。峩峩深雲樓,眺遠足憑俯。島嶼相參錯,乾坤互吞吐。我來當永夏,赫日正亭午。苔静不生塵,樹陰常帶雨。嗟予好静者,久與囂俗伍。苦海日轉深,真源了無取。得獲上方人,一語開肺腑。便當脱塵服,歸依向禪祖。

### 暮投上方寺　　　　　　　　吳鼎芳

瞑色投荒寺，行盤翠幾層。磵花分積雪，橋月遞流冰。一宿同僧被，孤吟借佛燈。曉看山下路，濕氣滿霜藤。

福源寺，在攢雲嶺下。梁大同二年，吳縣令黃禎捨山園建，隋大業中廢，唐貞觀中復興。宋紹興間毀，慶元初僧志寧募衆修葺，并置寺田。嘉定間重建。明萬曆間殿圮，四十六年又建。

### 福源寺田記　　　　　　　　宋　王公振

田疇利，天下尚矣。神農作耒耜，后稷教稼穡，一或去食，人類絕矣。釋氏雖以虛無爲教，至饑食渴飲，未嘗與人殊。鐘鳴鼓奏，展鉢待哺，非有田疇，則何以哉？福源肇於梁之大同，廢於隋之大業，復於唐之貞觀，火於國朝之紹興。殿宇歸然，古跡僅存，東西廊廡映帶，皆比年草創之規橅也。寺初未有阡陌。慶元改元，比丘志寧奮發宿心，營浮屠宮。抵儀真，會里人勞公檀越相與言曰："學道無有自空虛入者，常住二時，盍謀饔粥之計？"乃慷慨興念，與錢三十萬歸。今之掌事慧通，戮力營置田二十一畝有奇。惠明又募衆，積勤累年，合爲八十餘畝。歲有常產，以充凈供，始免謀食之憂，有金穰之應，無水毀之虞。彼給孤施園，知末而不知本，妙意設食，可暫而不可常，視此孰勝？恒沙有竭，此食無竭，勞氏之德溥矣。予遊西山十二年，知寺僧亦不妄食人之施者，於是乎書。嘉定十二年二月望日三山王公振撰。

### 遊福源寺　　　　　　　　明　謝晉

行過攢雲嶺，來登環翠堂。聽松忘念慮，就竹坐清涼。自喜群賢集，寧知老衲妨。行杯莫停駐，嘉會勝流觴。

本朝　顧　苓

山深不見赤塵櫻，谷口人從綠霧行。玉振碧房晴噴雨，香生霞壁晝啼鶯。空庭搖落秋容淡，虛室瀟疏天籟鳴。荷衲栽詩鐘磬發，僧歸敲月石泉盟。

天王寺，在馬稅城桃花塢。唐大中元年鑿井得天王像，宣宗賜額爲天王禪院。宋宣和間改賜今名，紹興初更爲十方禪院。明洪武初歸併上方寺，後復興。

明　高　啓

深寺隱桃花，幽幽在山阻。諸天藤蘿外，昏黑路防虎。聞說春時遊，辛夷花可數。

### 再過天王寺有感　　　　　　　　王　鏊

深鎖禪扉暫一開，竹間那復舊池臺。歲寒只有庭前柏，五十年前見我來。

舊日沙彌今老禪，白頭我亦異當年。見恒河性依然在，莫爲浮生一惘然。

### 憩天王寺　　　　　　　　　　　徐　縉

九十春將暮，松楸願始償。山靈知我病，野鳥笑人忙。古澗流餘潤，殘花送晚香。徘徊未忍去，棲息贊公房。

入雲尋古寺，倚杖叩禪關。谷靜時聞鳥，林深不見山。道心真淡泊，春事已闌珊。十載憐重到，何妨信宿還。

水月寺，始爲水月禪院，金書扁額猶存，在縹緲峰下。梁大同四年建，隋大業中廢。唐光化中，僧志勤因舊址結廬。天祐四年，刺史曹珪以"明月"名之。祥符間，詔易今名。山產茶最佳，謂之水月茶。又有無礙泉，紹興間始名。

宋　湯思退

　　畫船橫絕湖波練，更上雕鞍窮翠巘。霜橘半垂黃，征衣盡日香。　　鐘聲雲外聽，金界將松映。何處是華山，峰巒杳靄間。

明　謝晉

　　林泉多有寺，水月更宜禪。鶴睡依僧定，龍歸護梵天。夜廊風磬徹，秋殿露燈懸。坐久心澄澈，冰壺體湛然。

華山寺，在慈里北，舊名華山院，一名觀音院。本在胥湖之北，宋元嘉二年安禪師所建華山院也。隋大業間廢。唐開成間僧契元移今處，里人徐世業捨山爲之，咸通間賜今名，釋懷深作記。

宋　胡松年

　　余罷自平江，謀居霅川。過洞庭西山，暫寓觀音院德雲堂。坐挹湖山勝概，亦足以少洗簿書役矣。數年兵火之禍，何所不至，獨此地清涼安穩，豈非林屋洞天，金庭玉柱，爲神仙窟宅，有物常護持耶？余願掛冠終老此間也。

　　小舟乘風飛鳥過，萬頃雲濤縱掀簸。此行要是快平生，無數青山笑迎我。山根隱約見人家，槿籬茅屋埋烟霞。宛似秦人種桃處，川原遠近紛香葩。杖藜徑踏華山去，試問蓮開今何許。路迷絕壑蔭松筠，身到半山聽漁鼓。道人爲我開雲堂，是中境界渾清涼。幽磬時和野鳥語，飛泉暗瀉巖花香。文書照眼本吾事，雁鶩箸行敗人意。造物似憐厭世囂，挈置湖山煩一洗。何人夜呼隱去來，向年得喪真山崖。金庭玉柱永不改，人間劫火空飛灰。

葛勝仲

　　弱水無風到海山，慈容親禮紫旃檀。亭亭寶刹凌雲近，湛湛清池漱玉寒。橘瘦暗飄紅萬顆，竹迷曾蒔綠千竿。藕花不是南朝夢，真有殘香透画欄。

**華山寺** 在西山盡處，多泉泓，僧房中數處有之。
有湯岐公、胡茂老樞密、孫仲益尚書諸公題詩。　范成大

　　五湖西岸孤絕處，旃檀大士來同住。性空真水遍清涼，隨緣出現無方所。蒙泉新潔鑑泉明，瀹茗羹藜甘似乳。何須苦問蓮開未，桂子菖花了今古。三翁綵筆照青霞，從此他山都不數。我今閒行作閒客，暫借雲窗解包具。魂清骨冷不成眠，徹曉跏趺聽粥鼓。腳力有餘西塢盡，明日灣頭更鳴櫓。却上東山喚德雲，別峰應在銀濤許。

明　徐　章

　　烟霞深鎖梵王宮，石壁蒼苔路幾重。山入半空風作雨，水流深澗玉爲龍。亂搖雲影千竿竹，怒吼濤聲萬樹松。正欲登臨遍遊覽，夕陽敲斷講時鐘。

**法華寺**，在金鐸山嶺。

明　吳　惠

奉詔南還三月天，乘閒來訪法華禪。兩重山色西湖上，萬井人烟夕照邊。祇樹有陰眠伏虎，野花無意落啼鵑。南州群從多英俊，醉後揮毫興浩然。

謝　晉

招提高倚翠巖層，試屐孤尋邂逅登。竹樹陰森疑有鳳，房廊深靜似無僧。林間預掃延賓榻，龕內長明供佛燈。底事到來禪寂地，此心無喜亦無憎。

實際寺，在崦邊北二里。宋端平二年僧智明建，後廢，報忠寺僧凌雲復創。

明　謝　晉

偶來尋實際，兼得扣聲聞。禪寂松濤起，香銷藥草薰，荒墳環淨土，小逕入慈雲。我亦維摩伴，襟懷絕世氛。

候王寺，在渡渚山。《姑蘇志》作"后黃"。相傳吳越王渡湖，僧候之甚虔，王喜，賜名。宋慶元四年建，明正統五年修。

西小湖寺，在縹緲峰北二里，乃觀音教院也。巔有一小湖，名海眼。太湖波浪起，此中波浪亦湧，蓋水脉相通云。相傳唐乾符中，有沉香觀音像汎湖而來，小湖僧迎得之，有草繞像足，投之小湖，生千葉蓮花，至今有之。《蘇州府志》：西小湖天台教寺，舊名觀音教寺。《洞庭記》：寺傍有池名小湖，湖有重臺蓮花。明初歸併上方寺，永樂間僧惟寅重建，嘉靖間圮，天啓三年復建。宋孫覿題贊，明曾榮有記。

### 咏西小湖　　　　　　　　唐　白居易

湖上山頭別有湖,芰荷香氣占仙都。夜涵星斗分乾象,曉映雲霓作畫圖。風動白蘋天上浪,鳥棲寒沼日中烏。若非物外多靈蹟,爭得長年水不枯。

明　蔡　昇

曾上西南第一峰,小湖開滿玉芙蓉。碑橫古砌千年寺,經散空堂半夜鐘。明月照時巢有鶴,暗雲收後水無龍。杜陵重發雲門興,布襪青鞋覓舊蹤。

### 下縹緲峰小憩西湖寺　　　　徐禎卿

歷盡嶔崎馬倦行,長松迎路寺門平。生蔬薦雨僧齋薄,寒榻眠雲客思清。龍藏護深高閣靜,佛燈光照小池明。西來爲訪靈仙蹟,併與禪家結晚盟。

文徵明

迴嶺懸藤稍倦攀,稅鞍中路得禪關。百年清淨山中債,半日浮生竹院閒。小雨磬聲延午夢,方池雲影淡秋顏。此行別有堪誇事,得與高僧共往還。

東湖寺,在涵村東新安嶺。宋咸淳二年建,一名東小湖寺。寺有一池,與西小湖相望,故名。明初歸併翠峰寺,嘉靖間僧涵虛重建。

石佛寺,在黿頭山,就石壁鐫成三佛像,極工,因名。殿宇上下傍壁，皆連山之石，蓋工人取石之巧而爲之也。《吴郡志》：黿頭山舊有金石佛菴。按：即今石佛寺也。

普濟寺，在黿頭山金村，一名文化寺。《姑蘇志》：普濟菴，宋慶元二年僧性源建。

長壽寺，在甪頭鄭涇橋東。唐天祐二年，刺史曹圭奏建居民鄉約所也。今被營兵所據，佛地即爲寢室，穢褻不堪，寺僧側目而視。

齊星寺，在塘里東北。梁大同四年與孤園寺同建，隋大業中廢。

資慶寺，在涵村湯塢，五代清泰間建。

明　徐禎卿

啼禽聲斷野花疏，一徑桑陰到淨居。松偃重門分兩院，竹開別徑有精廬。茶炊竈火薪唧鶴，飯洗雲波鉢繞魚。慚示山僧塵土面，靈珠何日拔泥淤。

文徵明

老衲深居湖上山，松扉斜掩磬聲寒。袈裟對客妨秋定，蔬筍開厨破晚餐。未愧逡巡留偈子，自緣疏野戀蒲團。歸來烟月篇章富，乞與幽人得細看。

王世貞

徑轉峰迴寺宛然，古橋深處鎖㶏㶏。客將流水同無住，僧似長松不記年。法食喜分龍女供，禪房幽借鹿麏眠。行歌頗愛歸途好，屧齒斜陽乍一穿。

羅漢寺，在消夏灣東北。晉天福二年僧鈔道建，明初歸併上方寺，永樂間重建，今廢。

明 謝 晉

保恩前代寺，紺宇白雲封。鳳尾扶搖竹，虬髯古怪松。風清蟬韻咽，日轉桂陰重。更待炎威息，來尋物外蹤。

報忠寺，在黃瀆，梁天監間建。以上洞庭山。

翠峰寺，在東山翠峰塢。《吳郡志》：唐將軍席溫其所捨宅也，宋初重顯禪師説法於此，時有龍出井，羅漢亦隱樹而聽。明萬曆間，僧良瑞修天王殿，復建藏經閣。

宋 李彌大

昔白樂天爲姑蘇太守，游洞庭山，題詩翠峰寺，有"笙歌畫船"之句。紹興壬子，彌大守平江，閲月而罷，片帆來游，首訪翠峰，追懷古昔，擬樂天體，聊記其韻。時異事別，各遂所適之樂耳。

山浮群玉碧空沉，萬頃光涵幾許深。梵刹樓臺噓海蜃，洞天日月浴丹金。秋林結綠留連賞，春塢藏紅次第吟。擬泛一舟追范蠡，從來世味不關心。

入翠峰寺　　　　　　　明 吳 寬

步轉危峰路豁然，梅花叢裏見青天。春泥不污登山屐，又過長松啜冷泉。

陳 霽

白雲幽谷訪禪宫，絶磴迴巒有路通。澗響乍驚林麓雨，松聲長帶石樓風。泉深古湫龍應伏,碑斷荒基墙已空。聞説南宗留影在,欲將心法問休公。

文徵明

空翠夾輿松十里,斷碑橫路寺千年。遺踪見説降龍井,裹茗來嘗悟道泉。雪竇禪師道場中有降龍井、悟道泉。伏臘滿山收橘柚,蒲團倚户泊雲烟。書生分願無過此,悔不曾參雪竇禪。

法海寺,在法海塢,《吴郡志》:隋將軍莫釐捨宅所建。後梁乾化間,改名祇園。宋祥符五年,易今名。明萬曆間重建天王、彌陀二殿,崇禎間重修。

明 吴 寬

行盡松杉嶺漸平,日高深谷喜新晴。山樓飯罷渾無事,獨倚危欄聽水聲。

華嚴寺,在芙蓉峰下。梁天監二年僧戒真建,本朝順治間重建。
興福寺,在俞塢。梁天監二年干將軍捨宅建,明成化間僧智勤重修,天啓間又修,吴文定公寬記。

### 興福寺小憩 　　　　　　　　明 吴 寬

九塢寒泉一磵流,遥從木末望山頭。春風未掃禪林雪,更爲梅花半日留。

### 同張裏齋王少溪諸君遊興福寺 　　　　吴 擴

盤迴巖谷樹千章,碧澗寒泉繞石房。挾子野禽流静語,試花盧橘送幽香。山圍梵宇開圖畫,天接湖波入混茫。共道烟霞元抗跡,洞庭形勝古仙鄉。

靈源寺,在碧螺峰下,寺有靈泉,故名。梁天監元年建,元末毀,明正統間重建。

### 靈源寺僧求詩從所創韻而賦　　　元　葉　顒

散花丈室靜焚香,小小雲龕穩勝床。須信定中還有定,莫言方外更無方。青蓮滿眼非真色,白月流金只慧光。今日相逢陪軟語,塵緣俗慮一時忘。

### 靈源寺贈友人　　　　　　　　　　前　人

碧螺峰下靈源寺,草木無多屋半荒。一自先生儘居此,山雲山霧盡文章。

徐禎卿

家城歲晚欲迴舟,山寺攜衾作夜遊。愛月不妨寒步影,岸冠微覺露濡頭。蒲團對語僧圍燭,菊宴分題客詠秋。怪是思清還廢寢,鐘聲爲破小堂幽。

能仁寺,在長圻東嶺,一名長圻寺。梁天監二年僧道適建。寺有泗州墙池,池甚淺,大旱不涸,舊傳有墻影倒懸,今亡矣。

明　王　鏊

長圻東轉路迴槳,宮殿憑虛炎未安。日月自開銀世界,星河光動玉闌干。雙林花雨青春暖,萬壑松風白晝寒。我欲飄然凌絶頂，五湖烟水縱奇觀。

彌勒寺，在飯石泉下。《吴郡志》：唐乾符間，吴越王建，德潤禪師開山，寺有白蓮池，山岡雨後往往得細石如米粒，相傳禪師所施飯也。

### 游彌勒寺　　　　　　　　　明　賀元忠

蹤跡年來臨九州，飯峰回首重追遊。榻前燈影詩仍在，世上塵勞役已休。野鶴莫疑心未穩，孅禪真與性相投。更參天竺先生訣，浪蕩乾坤得自繇。

永福寺，在武山。梁大同二年建，明弘治間重修。

### 聖僕宿永福寺同賦空字　　　　明　葛一龍

蕭然何所有，瓢笠與青童。住可爲山長，來先問石公。梅遲若待客，松嫩已知風。一宿東林社，花龕對雨空。

### 雨宿永福山房喜陳懋功至　　　　前　人

歲杪百爲集，偶逃山寺中。不分朝與暮，相對雨和風。吾友郡城到，蕭條情況同。清談竟一夕，燈黯石牀空。

高峰寺，在俞塢。北梁大同元年建，隋廢，宋祥符間重建。寺後有樓塑如來涅槃像，俗名卧佛寺。

### 高峰寺觀卧佛　　　　　　　明　楊文驄

古佛何年卧，危樓萬綠支。寧關生死事，可識去來師。廢井流丹葉，荒苔隱白槌。古今誰獨醒，高枕笑鴟皮。

保安寺，在查灣南，建置無考。以上東山。

祥符寺，在馬跡山寨前灣。《馬跡志》：唐貞觀初建，將軍杭惲捨山爲之，名靈山菴。宋大中祥符間改今名。元末廢。明洪武二年重建，宣德十年天竺比丘知瀾重修，胡濙有記。正統十三年賜佛經一藏。《毗陵志》：居重湖疊障間，最爲清絶。

橫山寺，在橫山，有雲隱堂，最勝。

明　徐　章

懶逐輪蹄走市廛，却來林下重盤旋。天開圖畫丹青繞，嵐近樓臺紫翠連。春水落花孤島外，夕陽歸鳥片帆前。閒情不獨耽幽僻，爲喜山僧似皎然。

### 渡太湖憩橫山寺　　　　申時行

鼓枻凌鮫室，登山入鷲林。片帆依樹落，孤錫傍雲深。草徑留丹井，松濤和梵音。盈盈惟一水，猶隔洞庭陰。

中峰寺，在三山。唐咸通九年建。

三峰寺，在三山。唐咸通十三年僧直銓建，曹熙爲記。

深砂寺，在長沙山。

靈祐觀，在洞庭山林屋洞傍。舊名神景宮，唐乾符二年建，相傳宮廊百間，環繞三殿，故名。百廊三殿，今亡矣。宋天禧五年，詔郡守康孝基重建。《洞庭記》：唐周隱遙曾居於此。

### 曉次神景宮　　　　唐　皮日休

夜半幽夢中，扁舟似鳧躍。曉來到何許，俄倚包山腳。三百六十丈，攢空利如削。遐瞻但徙倚，欲上先躩鑠。濃露濕莎裳,淺泉漸草驕。行行未一里,節境轉寂寞。靜逕侵沉寥,仙扉傍巖崿。松聲正清絕,海日方照灼。欻臨幽虛天,萬想皆擺落。壇靈有芝菌,殿聖無鳥雀。瓊幢自迴旋,錦旌空爛錯。鼎氣為龍虎,香烟混丹臒。凝看出嶺雲,默聽語時鶴。綠書不可注,雲笈應無鑰。晴來鳥思嘉,崦裏花光弱。天籟如擊琴,泉聲似摐鐸。清齋洞前院,敢負玄科約。空中悉羽章,地上皆靈藥。金醴可酣暢,玉豉堪咀嚼。存心服燕胎,叩齒讀龍蹻。福地七十二,茲焉堪永托。在獸乏虎驅,於蟲不毒蠚。嘗聞擇骨錄,仙誌非可作。綠腸既朱髓,青肝復紫絡。伊余乏此相,天與形貌惡。每嗟愿憲瘇,常苦齊侯瘧。終然合委頓,剛亦慕寥廓。三茅亦常仕,竟與珪組薄。欲問包山神,來賒少巖壑。

陸龜蒙

曉帆逗碕岸,高步入神景。灑灑襟袖清,如臨藥珠屏。雖然群動息,此地常寂靜。翠澗有寒鏘,碧花無定影。憑軒羽人傲,夾戶天獸猛。稽首朝元君,褰衣就虛省。研空雪牙利,漱水石齒冷。香母未垂嬰,芝田不論頃。遙通河漢口,近撫松桂頂。飯薦七白蔬,杯釃九光杏。人間附塵躅,固陋真鉗頸。肯信扞鰲傾,猶疑夏蟲永。玄津蕩瓊甃,紫汞啼金鼎。盡出冰霜書,期君一披省。

### 三宿神景宮　　　　　　　　皮日休

古觀岑且寂,幽人情自怡。一來包山下,三宿湖之湄。況此深夏夕,不逢清月姿。玉泉浣衣後,金殿添香時。客省高且敞,客床蟠復奇。石枕冷入腦,筍席寒侵肌。氣清寐不著,起坐臨堦墀。松陰忽微照，獨見螢火芝。素鶴警微露，白蓮明暗池。窓櫺帶乳蘚，壁縫含雲蕤。聞磬走魍魎，見燭奔羈雌。沆瀣欲滴瀝，芭蕉未離披。五更山蟬響，膚發如吹箎。杉風忽然起，飄破步虛詞。道客巾異樣，上清朝禮儀。明發作此事，豈復甘趣馳。

陸龜蒙

靈蹤未遍尋，不覺谿色暝。迴顧問棲所，稍下杉蘿逕。巖居更幽絕，澗戶相隱映。過此即神宮，虛堂愜雲性。四軒盡疏達，一榻何清零。去聲。髣髴聞玉笙，敲鏗動涼磬。風凝古松粒，露壓修荷柄。萬籟既無聲，澄明但心聽。希微辨真語，若授虛皇命。尺宅按來平，華池漱餘凈。頻窺宿羽麗，三吸晨霞盛。豈獨冷衣襟，便堪遺造請。徒探物外趣，未脫塵中病。舉手謝靈峰，徜佯事歸榜。

下宮觀，在靈祐觀西。今廢。

仙壇觀，在毛公壇側。《姑蘇志》：漢平帝時建，初名洞真宮，至宋改今額，即毛公福地也。今廢。

上真宮，在龍頭山西三里。梁大同四年，隱士葉順昌捨園宅建。宋元豐中，道士葉紹先重修，陳于撰記。

唐　皮日休

逕盤在山肋，繚繞窮雲端。摘菌杖頭紫，緣崖屐齒刓。半日到上真，洞宮知造難。雙戶啓真景，齋心方可觀。天鈞奏響亮，天祿行蹣跚。琪樹夾一徑，萬條青琅玕。兩松峙庭際，怪狀吁可歎。大蟎騰共結，修蛇飛相盤。皮膚坼甲冑，枝節擔貙貛狂。罅處似天裂,朽中如井胥。襹襹風聲疢,跁跒地力瘆。音攤。根上露鉗釱,空中狂波瀾。合時若蒼莽,闊處如輾轅。儼對無霸陣,靜問嚴陵灘。靈飛一以護,山都焉敢干。兩廊潔寂歷,中殿高巑岏。靜架九色節,閒懸十絕幡。微風時一吹,百寶清闌珊。昔有葉道士,位當昇靈官。欲箋紫微志,唯食虹景丹。既逐隱龍去,道風猶此殘。猶聞絳目草,往往生空壇。羽客兩三人,石上譚泥丸。謂我或龍胄,粲然與之歡。衣巾紫華冷,食次白芝寒。自覺有真氣,恐隨風力搏。明朝若更住,必擬隳儒冠。

陸龜蒙

嘗聞昇三清,真有上中下。官居乘佩服,一一自相亞。霄裙或霞粲,侍女忽玉妃。坐進金碧腴,去馳飈歘駕。今來上真觀,怳若心靈訝。祇恐暫神遊,又疑新羽化。風餘撼朱草,雲破生瑤榭。望極覺波平,行虛信烟藉。閒開飛龜帙,靜倚宿鳳架。俗狀既能遺,塵冠聊以卸。人間方大火,此境無朱夏。松蓋蔭日車,泉紳拖天罅。窮幽不知倦,復息芝園舍。鏘佩引涼姿,焚香禮遙夜。無情走聲利,有志依閒暇。何處好迎僧,希將石樓借。

洞靈宮,今不知所在。《洞庭記》:唐至德二年里人葉超玄捨宅爲之。後廢,長慶中重建。今復廢。

西昇觀,在圻村上岸。《洞庭記》:梁大同四年置,隋大業三年廢,唐至德二年重建。今廢。以上洞庭山。

玄極宮,在東山靈祐廟東。

## 菴院 尼菴不錄。

釋道之有菴院,可削也。舍寺觀不居,而雜處四民,二氏之教衰矣。東山之尼，人呼爲尼妓，夫獨非佛門弟子哉？甚矣，二氏之教衰矣。

柑橘院，在龍頭山涵村。唐大和二年建。院本壇址，福源寺、神景觀交爭，刺史白居易判云："自有太湖，即修常祀；既修常祀，即有此壇。壇是官壇，州縣自合爲主。地非私地，寺觀不合交爭。"遂没官而立斯院。今廢。

寶石院，在黿頭山北。今廢。

甪菴，舊名接待菴，在甪頭寨西二里。

無礙菴，在林屋洞南。

石公菴，在石公山上。

橘香菴，在攢雲嶺福源寺前。本朝順治間僧大燈建。以上洞庭山。

天衣禪院，本翠峰寺别院，一名翠峰山居。天衣義懷禪師悟道處。明萬曆間建藥師殿、遠翠閣，天啓間建大悲壇。本朝康熙九年建微香閣，重修遠翠閣。

### 翠峰山居過陳仲醇　　　　　明　吴鼎芳

仄徑峰陰入，青霞拂曙關。好聞常住寺，無意亦看山。飲鶴空潭上，烹泉亂竹間。㮈頭雲一片，飛去不知還。

北奇菴，在白沙之南。宋咸淳間，鄒寺丞捨宅建，明初歸併法海寺，天順間重建。

金菴，一名紫金菴，在西卯塢。唐時有胡僧建，貞元間廢，後復建。中有十八羅漢像，裝塑極工。

雲石菴，在翠峰小塢。

三峰菴，在蒻帽峰下。明嘉靖間建。

雨華菴，在葉巷北二里，一名雨花臺。明萬曆初建，本朝順治間席本楨重建。

本朝　錢謙益

拂石登臺坐白雲,重湖浦溆似迴文。夕陽多處暮山好,秋水波時木葉聞。玄墓烟輕一點出,吳江靄重片帆分。高空却指南來雁,知是衡陽第幾群。

法華菴,在馬家塢。
大悲菴,在大塢關帝廟東。
古雪菴,在翠峰寺西。本朝順治間僧心净建,康熙間重建。
真勝菴,在平嶺。隋唐間建,明弘治間重修。
翠微菴,在靈佑廟後。以上東山。
栖雲菴,在檀溪。宋寶慶元年僧海福建,元末廢,明洪武初重修。萬曆間建觀音閣。
妙湛菴,一名龍泉菴,在分水嶺北。宋慶元二年建,明洪武間重修。今廢。
青龍菴,在桃花灣東。明崇禎間中丞陳睿謨建。以上馬跡山。
武山菴,在武山之巔。

### 初夏武山菴　　　　　　　明　吳鼎芳

寺門新綠蔭,一逕野棠風。幽處逢僧慣,閒心得句工。竹陰過瀑冷,巖翠墮樓空。坐覺初長日,寥寥清磬中。

廣濟菴,一名渡船菴,在莫釐渡口。元至正間建,明永樂中重建。

### 渡水菴後樓　　　　　明　吳鼎芳

樓當山盡處，未曉棹歌催。樹色村村間，湖光面面來。水寒秋鳥過，風急夜漁回。兩岸蘋花白，月明僧渡杯。

高真堂，在東山嵩下梁家瀬。宋時建，元季兵毀。明成化間重建，王文恪公有記。今廢。

雲居道院，在馬跡山西村，舊名葛仙丹室。元時鐵巖鈕道人於此修煉，今歸併水平王廟。

## 用兵紀略

兵，凶事也。王道不行，而干戈起焉，志之以考得失。

魯哀公元年，吳王夫差起師伐越，越王勾踐迎之江，至於五湖，吳人大敗之於夫椒。

陳末，齊明帝子蕭瓛爲吳州刺史。陳亡，吳人推爲主，據東吳。隋使宇文述討之，瓛立柵於晉陵城東，留兵拒述，自將從義興入太湖，欲掩述後。述進破其柵，迴兵擊瓛，大破之。瓛以餘衆保包山，隋將燕榮復破之，瓛逃於太湖民家，爲人所執，送長安，斬之。

隋大業末，江東盜起。吳郡爲沈法興所據，及李子通與杜伏威戰敗，自江都東走太湖，集散兵二萬人襲吳郡，破之。唐武德四年，子通敗，乃降。

宋高宗建炎三年二月，金人攻常州，岳飛提兵督救。時盜郭吉寇略州境，聞飛至，遁入太湖。飛遂移屯宜興，遣王貴、牛高等追破之，餘衆悉降。

十二月，金人復犯常州。劉晏時屯青龍，鎮江守臣周杞出奔請救，晏率精鋭七千出奇大破之，駐兵夫椒山。寇再至，晏選舟師迎戰於太湖，降其衆千五百人。

四年二月，金人犯平江，同知樞密院事周望棄軍奔太湖。又犯崇德，詔徵鄉兵，發太湖洞庭東西兩山千艘，命甪頭巡檢湯舉總之，陣於簡村。金人又犯吳江，守將巨師古不戰而潰，更以太湖民舟爲嚮道，歸於洞庭西山。金人遂進據郡城，縱兵焚掠，死者五十萬人。

理宗元年，出濟王竑居湖州。湖州人潘壬以史彌遠廢立不平，率其黨雜販鹽盜千餘人，夜入州城，擁戴濟王。榜曰："今領精兵二十萬，水陸並進。"人皆聳動。比明視之，則皆太湖漁人也。王知事不成，遣使告於朝，而自率州兵討平之。已而彌遠矯詔殺濟王。

德祐元年，元伯顏兵逼行都，道阻不通。提刑徐道隆率兵取道太湖勤王，尋敗死。

陳宜中之誅韓震也，其部曲李世民挈妻孥士卒逃至平望，殺巡檢，縱兵放火，殺略人民，由小長橋透出許市。時潛說友守郡，不能捕，遂走入太湖，由宜興至建康，降於元。其軍初在江下殺人甚多，殿司兵在吳江亦不能敵，多爲其擁入江水，死者甚衆。

元至正十六年，張士誠據平江，分兵陷湖州、松江、常州諸路，用太湖爲餉道。十七年二月，明太祖克常州，下長興。五月，俞通海、趙鹹以舟師略太湖，入馬跡山，降士誠將王貴、鈕律。十八年，太祖命徐達等斷太湖餉道。先是，攻宜興不下，聞其城西通太湖，乃遣丁德興絕湖口，城遂破。副將廖永安戰於湖，乘勝深入，被擒。二十六年，太祖命徐達、常遇春帥師二十萬征張士誠。達等至太湖，遇春擊士誠兵於湖州港口，擒其將尹義、陳旺，遂次洞庭山，進至湖州毘山。又擊敗其將石清、汪海。士誠悉發境中兵爲援，遇春統奇兵，從太湖入大錢港，乘其後，與戰，大敗之。湖州下，并克嘉興。徐達則由太湖直抵吳江，屯兵石里村。吳江降，張士信駐軍湖上，不敢戰。十一月，敗之尹山橋，又敗之於鮎魚口，進逼姑蘇。吳元年，攻拔之，擒士誠，蘇州遂平。

明嘉靖三十三年，倭夷入寇。夏六月，圍蘇州。同知任環擊却之，賊由石湖入太湖。吳江知縣楊芷、舉人周大章、生員吳詰等帥水兵戰於鮎魚口，擒斬五六十人，賊由吳江平望而去。三十四年五月，賊自海虞由木瀆入太湖，將往無錫，津吏盡伐，溪樹梗河，不能入，復返掠橫山，敗溧陽史氏之援兵，遂泊黿山，而掠洞庭西山殆盡。復至武山，吳令康某令兩山團長翁參、徐術調義兵，圍賊數匝。參等募虎獵，以藥弩乘風帆往來射之，應弦即死。佛郎機、鉛錫銃、火箭等四面齊發，賊大潰。耆民周瓚等悉力追之，賊多以貨物棄湖中，水兵、官軍爭取之，賊復從故道遁去。

## 災異

天災流行，國家代有，救災恤民，長民者之責也。志之以備覽觀。

漢惠帝五年辛亥夏，大旱，太湖涸。

吳太平元年丙子八月朔，大風，太湖溢，平地水高八尺，古木拔盡。

宋元嘉七年庚午十一月，太湖溢。

唐長慶二年壬寅，大雨，太湖溢，平地乘舟。

長慶四年甲辰，大水，太湖決。

宋祥符四年辛亥，太湖溢，壞民廬。

熙寧八年乙卯夏，大旱，太湖水退數里，內見古丘墓、街衢、井竈。田無稼，民大饑。

元豐四年辛酉七月，大水，西風駕湖水浸没吳江民居，濱湖廬舍蕩盡，長橋亦摧去其半。

元豐五年壬戌，大雨，太湖水溢，長興受害。

嘉定十六年癸未五月，大雨，太湖水溢，漂没田廬，男婦溺死無算，歲大饑。

政和元年辛卯冬，大寒，積雪丈餘，洞庭山橘皆凍死。明年，伐而爲薪，葉少蘊作《橘薪行》。

元大德五年辛丑七月朔，大雨，太湖水挾颶風湧入蘇州郡城。吳縣學廟堂崩爲韲粉，縣治民居多捲入半空，死者八九。

天曆二年己巳冬，大雨雪，太湖冰厚數尺，人履冰如平地，洞庭柑橘悉凍死。明年秋，大水。又明年春，三吳之人饑疫死者數十萬。

至順元年庚午，大水，冒村郭，淹民田，饑饉相籍。

至順二年辛未，歲恒陰，太湖溢，漂民居幾三千，溺死男女幾六千。

至正二年壬午，大水，田禾淹沒，復大風，駕太湖水湧入民廬，頃刻倒蕩，名曰"湖翻"。吳萊作《儂言》以紀異。

明永樂三年乙酉，久雨，太湖溢，傍湖橘樹悉浸死。

正統九年甲子七月十七日，大風暴雨，晝夜不息。太湖水高一二丈，濱湖廬舍四望無存，東西兩山巨木盡拔，漁舟漂蕩，不知所之。

正統十四年己巳正月六日，太湖中大貢、小貢二山鬭，開闔數次，共沉於水。已而復起，鬭踰時乃止。是年大水，無秋。景泰中復然。

景泰五年甲戌，大雨雪，自四年冬至正月，雪深丈餘。行人陷溝壑中，禽獸草木皆凍死。夏大水，至秋亢旱，高鄉苗槁，民大饑疫。

天順五年辛巳七月，大風雨，太湖溢，漂沒民居，死者甚衆。

成化十年甲午五月，東山產蛟，水暴漲，法海寺金剛漂出谷口，吳承翰妻子三人流至湖濱而死。

七月十七夜，迅雷大雨，有肅殺聲來自西北，抵馬跡山雁門灣，東去，壞民屋幾三百，壓死者五六人。千斛巨舟攝於山麓，宿鳥多仆斃。

成化十二年丙申八月，水。十二月，大冰。太湖阻凍，舟楫不通者踰月。

成化十七年辛丑八月十五日，蝗來自北，墮地，食稼及草茅葦葉殆盡。是夕五更，大雨如傾，湖水溢，漂没廬舍禾稻不計其數。明年大饑。

弘治五年壬子春，霪雨。至五月，大水，太湖汎濫，田禾盡没，民多流徙。

弘治十五年壬戌，十六年癸亥，連大雪，積四五尺，東西兩山橘柚盡斃無遺種，王文恪公有《橘荒歎》。

弘治□□年，太湖濱小山自移，初緩漸急，望湖而趨。一村民見之，大呼，衆皆錯愕，山亦隨止，離舊址數畝。

正德五年庚午夏，大風從東南來，自胥口至大湖東偏，水涸三十里。群兒從湖濱拾得金珠器物，及青緑古錢大小不一制，漸行漸遠，搜浮泥，得磚街，闊丈許。湖心有聚磚如突者，有環砌如井者，皆歷歷可辨。時水兩日不返，人共易之，競入淖而搜，至三日有聲如雷，水如雪山奔墜，搜者無少長皆没。時五月，湖水橫漲五十日始平。

正德八年癸酉十二月，大寒，太湖冰，行人履冰往來者十餘日。

正德十三年戊寅十一月，東山周宗智家一牝雞育卵四顆，忽自投入竈中，燎盡毛羽而出，不三日重生，五彩羽衣，高冠長頸，翰音司晨，化爲牡雞。

嘉靖元年壬午春，旱，河渠枯涸。三月至六月，大雷雨。七月二十五日巳時，大風，古木盡拔，具區水嘯，沿湖室廬人等皆漂没。

嘉靖二年癸未五月，大旱，民不得稼。六月，太湖有龍與蚌鬭，聲震兩山。龍自雲端直下，其爪可數十丈，蚌於水面旋轉如風，仰潰其涎，亦數十丈。三四日夕乃息。久之，漁人於洞庭山側得死蚌殻,可貯粟四五石。

七月三日,大風拔木,湖溢,漂溺民居。王文恪公有《紀大風》詩。

嘉靖八年己丑六月初九日,蝗飛蔽天,積地寸許。有司令民撲捕,東山之民五日内得二百餘石。

嘉靖十三年甲午三月初二日,太湖雨雹,大如拳石,草木廬舍被損。

嘉靖二十年辛丑五月,一虎自湖北至東山俞塢,人被傷。鄉人殷思式倩長興虞人射死於法海塢,重二百五十四斤。

嘉靖二十四年乙巳,大旱,饑疫相籍,浮尸載道。

嘉靖二十八年己酉春,太湖汛溢。

萬曆八年庚辰冬,大寒,湖冰自胥口至洞庭山,毘陵至馬跡山,人皆履冰而行。九年冬復然。

萬曆十年壬子七月十三日,大風雨拔木,太湖嘯溢,歲侵。

萬曆十七年己丑夏,大旱,太湖涸,民饑。

天啓七年丁卯冬十月七日,夜怪風作,湖波騰湧丈許,再宿乃平。

崇禎十一年戊寅秋,旱蝗從東北來,沿湖依山苗稼被災。

崇禎十四年辛巳夏,旱蝗。米騰貴,斗米價三錢,饑民絶食,富姓發粟賑濟,山民獲安。

崇禎十六年癸未,天愁旱蝗,春夏大疫。

本朝順治八年辛卯,大水。米騰貴,每石價四兩五錢。九年亦然。

順治十二年乙未,地震。

康熙七年戊申六月,地震。太白晝見,地生白毛。

康熙九年庚戌六月,大水漂没田廬,三州人民淹死無算,多年棺木漂蕩不知所之。

康熙十一年壬子七月，大蝗，水旱相繼。

康熙十五年丙辰六月，大水，太湖溢。

康熙十八年己未八月旱蝗，不傷禾。

康熙十九年庚申八月，大水，太湖溢。

康熙廿二年癸亥十一月，大寒。太湖冰凍月餘，行人履冰往來。

康熙廿九年庚午七月，大風雨。屋瓦皆傾。十一月，大寒，太湖冰凍月餘，東西兩山橘橙盡斃。

康熙四十六年丁亥，大旱。四十七年戊子，大水，民饑。

康熙五十三年甲午七月，湖水挾颶風入南湖，胥口至長沙山二十餘里，水涸，踰時乃來。

## 雜記
《舊志》有荒誕不經事，概削不錄。

事有細碎不書，則若有缺，書之則不勝其書也，彙而紀之終篇焉。

唐正元中，太湖松江之口有漁人爲小網數船，與其徒十餘人下網取魚，無所獲，惟得一鏡，纔七八寸。漁者恚不得魚，棄鏡於水。移船下網，又得此鏡。漁者異之，取鏡自照，見其筋骨臟腑，歷歷可怖，其人悶絕而仆。衆大驚，共取鏡鑒形，照者即仆，皆嘔吐狼籍。最後一人不敢照，直取投之水中。良久，扶持仆者始醒。明日，復往下網，所得魚多於常時數倍。其人先有疾者，自是皆愈。詢故老云：此鏡在江海，數百年一出，人亦常見。《原化記》。

唐張志和，自號烟波釣徒，浮家泛宅，在五湖震澤間。作《漁父詞》云："西塞山前白鷺飛，桃花流水鱖魚肥。青箬笠，綠簑衣，斜風細雨不須歸。"憲宗時，畫其像，訪之江湖，不可得。志和之兄松齡，懼其放浪而不返也,和其詞云:"樂在風波釣是閑,草堂松桂已勝攀。太湖水,洞庭山,狂風浪起且須還。"後與顏真卿同遊平望驛,志和酒酣,起爲水戲,施席於水上獨坐,飲酒嘯歌,去來如掉舟聲,復有雲鶴隨之上下。遂上昇而去。

宋宣和間,楊蜜,字之損,爲吳江丞。治所枕太湖,雲濤洶湧,震動牕戶。廳西有湖山堂,堂設石棋局及石墩二。一日薄暮,聞下子聲,小吏走觀,見青巾二人對弈。聞人來,即起,凌波而去。視局上,已五十許子,蜜案爲圖,以視善弈者,歎其妙而莫能殫其意。父老相傳以爲奇事。圖嘗板行,今逸之,堂亦更爲廳事矣。丞郭某所記。

建中靖國間,郡人朱勔賂中貴人,以花石得近幸,時時進奉不絕,謂之花石綱。常採得黿山一石,長四丈有奇,又郡宅後白公檜一株,世傳樂天手植。創造大舟,費錢八千緡以獻。時常、潤河渠淤淺,重載不前,乃先繪圖以進。徽宗賜名"神運昭功敷慶萬年之峰"。自春至冬,方至京師,詔置於艮嶽。由是勔寵日盛,父子建節鉞,弟姪數人皆結姻帝族。即居第創雙節堂,畫徽宗御容,置於一殿,使監司郡守就此以朝朔望。勔嘗預宴,徽宗親握臂與語。勔遂以黃帛纏之,與之揖,不舉此臂。至於園夫畦丁,藝精種植及能叠石爲山者,朝釋負擔,暮紆金紫,如是者不可數計。宣和三年,以勔擾民,民多思亂,遂伏誅。《吳中舊事》。

東山傅永紀,正德初商遊廣東,泛海被溺,獲附舟木,三日夜流至孤島。島惟叠石礌砢,遍無纖草,所服之衣嚙吞殆盡。度不能存,呼天泣曰:"居於山,饑必至死。附於木,或可得生。"乃復附木,出沒波濤七日,至海濱,見一漁翁張網獨立,乃拜書詢爲某處,漁翁書示曰:"佛郎機國。"原本"機朗佛國",疑誤。永紀又書曰:"我夏人也,覆舟隨波至此,賴君可以生乎?"漁〔翁〕遂允爲館穀,久之意氣彌篤,以女妻之。永紀善爲紙竹扇,一扇鬻金錢一文,不二年,至於鉅富。佛郎王召見,授以爵。正德末年,佛郎太子以永紀爲通事,進刀劍於華夏，武宗禮遇優渥，永紀遂勿復去。嘉靖初，罪其私通，乃致之庾死，時年四十八。《五湖漫聞》。

李禎，不知何處人。按《王文恪公集》："正德五年，吳下大水，饑莩載塗，有司奉命檢災賑饑，而往往旁緣以爲利。予伏林下，竊傷之，竊恨之。甪頭巡司李禎領檄散財於鰥寡甚均，且有憂民之言，予甚多之，乃因其像贊之曰：'勿謂位卑，其才乃充。勿謂惠小，其心乃公。屏盜之迹，時乃之職。拯民之痌，時乃之功。'蓋一命之士，存心於愛物，則九重之仁不隔於困窮。噫！彼貪濁位都顯融，受若直，怠若事，瘠其民，肥其躬，雖曰侈，然菇於上得不報爾愧於其中耶？"夫李禎，一巡司耳，得附文恪公之文以不朽，誰謂廉吏不可爲與？

洞庭山消夏灣蔣舉人某，屢試春官不第，遂棄去，效壟斷之徒而尤之。雞鳴而起，至日之夕，執籌數緡，孳孳惟有貨賄是急，居積取盈，算入骨髓，周卹義事，雖至親不拔一毛。不數年，稱高貲矣。錢神作祟，盜劫之，鞭撻炮烙，慘於官刑。申而入，漏盡而出，罄其所有，席捲一空。盜喜過望，於是縛牲載酒，即以蔣氏之物賽願於小雷山神。山在湖中，斷岸數十里，絕無民居，惟荒祠一區。群盜乃泊舟其下，悉登祭焉。祭畢，酣飲大醉，自恃邏兵，莫能踪跡我也。不虞舟師截纜以去，揚帆掠柁，飄然長往。盜醒，覓舟不見，無如之何。凡賈舶經過，知爲盜也，戒弗敢近。時值嚴冬，凍餒之極，駢首就斃，無一存者。此翁季霖得之陳曼年所云。夫蔣之積財誨盜，盜之祈福得禍，舟人晏然而有之，亦不知其何所終也。螳螂捕蟬，雀併啄之。雀未下咽，而彈射及矣。義外之利，意外之變，相尋於無窮。嗚呼！豈非嗜利者之明鑒哉！

洞庭山馬家墳，有古松一株，大可合抱，挺然參天。本朝順治甲午，海上有警，當事者議造戰艦，於是有封樹之令。有司至洞庭，見古松遂封焉。其子孫丐免弗獲，又貧無以爲賂，乃相率號泣塚上。是夜,鄰居聞哭聲嗚嗚不絶,至夜半,忽聞大聲,如裂百丈繒帛者。旦視之,則古松自本至末已裂破死。於是馬墳一境,墓木得免,人稱之爲烈松。

太湖波濤湍激,瀕湖土田有蝕於湖者,謂之坍湖。有漲沙爲田者,謂之新漲。新漲易隱而難明,故民日享其利。坍湖往往有賠糧之累。此亦司民牧者之所宜知。相傳古所沉處有三:一在香山數里外,《圖經》云吴王壽夢故城在胥湖口。今香山潘氏里有司徒墩,遺址尚在,其砂硬石硬,猶爲舟患。一在南湖寶林寺外,舊傳寺在湖心,徙入二十里許,所徙故地皆沉。未沉時有童謡云:"赤烏二年徙此寺,赤烏三年太湖沉。"按:赤烏,吴大帝年號也。一在白墙堰,堰在洞庭山北,三面有山如抉,涵水一灣,圍可三十餘里。惟西控太湖,中有墻基,亦爲舟患。漁人言此中多魚,然其下巨石嶙峋,網過之必爛,無完出者。按:明開國户籍皆因宋、元,獨洞庭籍中有三十都一區無徵,其土地户口如故。或云此一區沉在宋、元間。

# 附錄一：見聞錄

我山蔡鶴峰者，有齒有德之君子也。爲人規言矩行，樂善好施，累與鄉飲，有君家景東先生風焉。年八十有四，精力不衰，曾玄五代。《書》曰"惠迪吉"，又曰"作善降之百祥"，鶴峰之謂矣。予不揣固陋，集成是編，跽鶴峰正之。鶴峰曰："子之集止於一山，然一山之外其爲見聞者廣也。"因示《見聞錄》一册，予喜甚，並梓之，以識鶴峰之留心善士，而善之士得爲鶴峰見聞者，誠可□云。

陸雲鵬。業精於醫，壯歲無子，力行善事，老而彌篤。其所作爲，大抵皆忠厚長者之行也。更與同志五六人共相勸勉，期于弗懈。年六十餘，有三子，俱成人。

曹敬環。洞庭甪里人也。父性最吝，疾革，敬環載往城中就醫。凡所用參苓食物，俱貴買而賤告之，務令父欣然就食。雖非大節，亦曲意承志之一端。

石佛寺僧瑞旭。通醫術。戊子春，治費姓疾愈，餽以二十餘金。是歲荒歉，瑞旭悉出其所有以拯隣民之疹病者。己丑春，又力募繆宦，助米三十石，沾實惠者二百餘家。

葛家塢葛巨公者，天性最孝，爲人又慷慨仗義。有友人寄一銀箱，遇風舟覆，箱已失去。巨公不惜身命，復爲得之，歸還其友，不少苟也。

洞庭李節歸。李懷葛次女，蔡仲魯第四子婦也。娶一載，夫客死。李氏聞訃，哭甚衰。六日不飲食，欲以身殉。舅姑爲繼嗣以慰其志，稍稍飲食，茹齋縞素，没齒無喜色。

徐惟敏。爲人慷慨鯁直，家貧樂善。戊子己丑，饑饉薦降，隣多疹病者。惟敏心爲憫惻，又以家無餘貲，特展轉勸募，得米若干。正欲分給，忽有蠹役以私行分派沮之。惟敏挺身白諸當事，當事然其言，隣居幾百家皆惟敏一人保全也。時太守陳公聞其人，欲贈以匾。惟敏曰："吾非邀譽，何用匾額爲？"

李韓友。五歲喪父，其母冰霜自矢，守節五十餘年。韓友性至孝，竭力事母，又時以旌表母節爲己任。丁亥春，鑾輿南幸，韓友不惜身命，冀得上達。卒不果，復具呈當事，展轉匍匐，終以家貧沮于吏胥。

范淳芳。三歲失怙，母胡氏苦志守節。淳芳事母至孝，冀得旌門之典，以彰母節。然家道式微，不克應胥吏之費。秪以身心艱苦，匍匐監司大吏之轅，歷訴苦求。撫吳者自湯公以迄宋公越三十年，始得遂志。今母年七十八，體羸多病，而淳芳盡心湯藥，朝夕奉食，不遺餘力，胡氏可謂有子矣。

孫天錫。幼孤苦，志力學，即李韓友西賓也。歲得脩資十四金，以八金爲家常薪水，所餘六金償父存日逋欠。其品節端方，不苟于財，已可概見。

烈婦黄永祥妻劉氏，住蘇城桃花塢。永祥糊扇爲業，逋客貨銀十餘兩無抵，投河自盡。婦阻之不能，救之無及，亦投水畢命。里人並買棺斂之，顔色如生，共即其所居爲祠以祀。

虎丘斟酌橋西，向有顧烈祠。以厥夫被冤繫獄，問重辟，婦欲伸雪無由。直指使至，亦不能省釋。婦一子止四歲，迫欲救夫，遂携利刃，兼書其夫冤苦始末，直趨使者堂陛，投詞而自刎，須臾畢命。使者驚憐其事，即爲審釋，夫不冤死。人共立祠于白公堤外，揭一聯云："捐生豈讓奇男子，不朽誰如女丈夫。"房有二三進，後不知誰何拆去,其址無存,可慨也。

吳郡張禹千長子維洛娶陶文式姪女,女年十九。成婚一月,舅蒞任粵中,病劇。夫往省舅,相繼而歿。氏矢志苦守,事姑至孝,教嗣子有方。

# 附録二：《四庫全書存目叢書》所收《林屋民風》鈔録本卷七《民風》

## 民　　風

《震澤編》云："湖中諸山地屬吳，而與吳亦或有不同。吳城之俗文也，而山人近於陋，吳城之俗奢也，而山人近於嗇。陋似質，嗇似儉。質與儉君子其亦有取乎。"《具區志》云："諸山風俗去古未遠，獨東山近時則不然。富者以貲相高，鮮衣精饌，峻宇雕牆，叠石鑿池，以供娛樂。多遊手健訟之輩。女子則靚妝袨服，燒香遊玩，愛聽梨園。凡婚喪以至燕集，務矜華褥。信鬼神，好淫祀。"袁宏道《遊記》云"民競刀錐，俗鮮風雅"是也。二書所載皆言東山大概，予以西山事特爲論次，俾採風者悉覽焉。

## 教　　子

夫生子不教，家之索矣。然訓導又必自少時始。吾山之最可風者，方其少時，概不與之銀錢，恐其私買食物，開其嗜慾之端也。倘有私財，必究其所自來，恐其非分之獲也。其防微杜漸如此。且子弟弱冠而不能業儒者，即付以小本經營，使知物力艱難。迨其諳練習熟，然後付託親朋，率之商販，則子弟之迫於饑寒者鮮矣。

## 兄　弟

吾山兄弟衆多者，農工商賈，量才習業，所得錢財悉歸公所，並無私蓄。間有才能短拙，不諳生理者，必待其有子成立，始以家產均分，並無偏私。此風比户皆然也。維德幼時，族中有兄弟爭產者，邀集族黨至家廟議。時先君子正方公爲族長，向其兄弟云："倘外人欺凌汝子，而奪汝子之產以與己子，汝意何如？今汝等爭奪，不過自爲子若孫計，乃欺汝父之子以富己之子，汝父安乎？否乎？汝等自問可乎？不可乎？"彼兄弟皆感泣而釋，自後傳聞一山，以爲兄弟爭產之戒云。

## 婦　女

婦女惟主中饋，足不出中門，言不聞閫外。縱骨肉至親，未嘗輕出相見。如丈夫出外，則門户事宜皆託親族長者料理，婦女總不與焉。至于燒香觀劇，從未有是。

## 聯　姻

山中著姓世爲伉儷，故其子女賢愚無不悉加。所重相女配夫，未嘗嫌貧擇富。媒妁一言，欣然相就。即寸絲片茶，遂爲聘幣，並無門户錯配之患，亦無遠嫁離山之女。

## 嫁　娶

凡婚嫁惟以質樸爲主，所以財禮妝奩概不計論也。而及冠及笄，無不咏《桃夭》之什。古人云：必待資妝豐備何，如嫁不失時吾山得之矣。

就婚入贅，因家貧子壯，不得已之事耳。吾山雖極貧人，從來無有。蓋閨幃嚴謹，恐使異姓雜處也。

## 媒妁

媒妁本非謀利之道,故親族之友契者爲兩姓執柯。謝媒花紅之説概未之聞。至于請庚傳帖,皆媪僕奔走,謂之媒使。因隨意犒勞,則有之矣。

## 喪葬

喪葬之禮,尤從朴實。蓋雖不以天下儉其親,亦決不忍爲觀美而久暴親棺也。總之,貧富不等,各盡其力,不使化者有風露之悲。

## 慶弔

慶弔之禮,但量己力之能否。不論儀物之厚薄,故雖百文,亦相餽贈。

## 酒席

歲時伏臘,杯酒往來,苟非親族等夷之人,不得預于座間。貧富非所論也。所用殽饌,即冠婚宴會,不過雞豕魚蝦而已。珍饈異饌,概非所尚。

山間筵席,大概卜晝。長夜宴飲,廳堂演劇,概未之聞也。惟是座有緼袍,席無珍異,而獻酬彬彬,隱然有三爵不識之戒焉。

## 禮貌

里族中每日相見,雖短衣草履,或跣足科頭,亦必作揖。蓋朴實成風,惟知禮貌無失,不以衣冠不備爲嫌也。卑幼之見尊長,不待言矣。

## 餽　送

兄弟同居之時，其內親及友，概無私相餽送之禮。有餽送者，即細微食物，莫不致于父兄。其犒使答禮，亦從父兄處分焉。且有以儀物餽于父兄，或招其父兄飲食者，子弟見之，必謝如已受賜也。

## 稱　呼

山俗稱呼各循其當然之序。相對無爾我之稱，卑幼之于尊行，亦無背呼其字之理。其叔伯兄及姑嫂妯娌，固無足怪，即外姓尊長，父黨交遊，群居相呼，亦無是也。

## 房　產

山間房屋堅固朴素，家家世守。如子孫蕃衍，住居褊窄，則恢弘左右，或置別業以分授衆子。其祖居則嫡長承受，永無更替毀棄之理。至于田地山蕩，皆屬恒產，苟非敗壞至極，必不肯稍廢分寸也。較之朝東暮西，遷徙無定者，不啻天壤矣。

## 墳　墓

墳墓風水，山間最重。若他處以親柩暴露，或火厝者，聞之莫不怪異。故山中即貧賤小家，亦必擇安穩乾暖之地葬親，大姓愈無論也。春秋祭掃，百世如新，永無發掘之慘。不爲道路所侵，不爲耕溉所及，不爲豪勢所奪。至于樹木，亦不敢毀傷。子孫世守，至愼至重者也。

## 祭　掃

春祭于墳，不過清明。秋祭於廟，不過寒露。無廟則否，貧富皆然。凡係著姓，必有祭田。凡祭田，子孫不得分奪棄賣，其約最嚴，其守最固。其子孫不論嫡庶，輪流承當。祭之日，子孫長幼畢至，以次拜奠，極其豐備。祭畢而飲，尊卑長幼，群聚以爲樂。

## 讀　書

有明之時，山中科第蟬聯。國朝以來，漸乃稀少。蓋洞庭之讀書者，大概以粗知句讀，稍識理義爲常。舉子之業，習而不精也。若富厚之家、聰俊子弟，未嘗不延師就傅，篤志藝文。然必待文理精通，方許應試。一試不售，即廢焉改業矣。所以讀書者多，而成名者少。然邇年以來，亦漸趨於科舉矣。

## 耕　種

洞庭耕種，尤盡辛勤。山渚湖干之際，阡陌縱橫。平原壙野之間，桑麻交錯。高者無隙地，下者無閒田。故麻麥有幪幪之慶，禾役有穟穟之觀。良以家無貧富，無不從事田疇。即爲士爲商者，苟有餘閒，亦即負耒耜也。

## 樵　採

洞庭周圍不及百里，田地僅什之一二，而山居八九。草木繁殖，旦旦而伐，薪芻之需賴焉。所以居民不論貧富少壯，皆事採樵。深秋之候，負擔相望。蓋土瘠地狹，出息無幾，而能溫飽是賴，類皆勤勞之力也。

## 漁　船

江南固稱澤國，而洞庭猶在水央。罾網之設，取魚蝦以供歲時。速賓客，固山村之樂事，不擇人而能者也。若夫以漁爲業者，不過二三爲侶。操舟鼓栧，皆有廬舍。非若他處漁户，挈妻孥與外姓爲伍者。

## 畜　牧

雞豕之畜，比户皆同。諺云：庄家不養猪，秀才不讀書。既藉爲肉食之便，又可爲糞溉之資也。但見豕羊雞犬，出入于桑麻掩映，桃杏參差之間，令人作武陵世外想。

## 蠶　桑

貧家富室，皆以養蠶爲出熟。蓋絲綿之利足當數畆田租。所以愛護桑株，過于花果。而繅繭抽絲，婦女咸拮據爲之也。然皆服尚麤儉，衣不服帛。賴以辦賦，細絲去賣。粗者紡績，織爲杜紬。其綿繭、繭穀，皆可以成綿。打線以續綿紬，其細密結實，十倍湖紬。古詩云："遍身羅綺者，不是養蠶人。"蠶婦辛勤，由來著矣。

## 花　果

花果之木，不可悉數。苟宜于土，無不種植。桑麻掩映，桃李成林。盧橘秋登，楊梅夏熟。園收銀杏，家有黃柑。梨樹成雲，梅花似雪。凡所栽培，不可殫記。非極絢爛之觀，足見勤勞之俗。

## 租　佃

有田之家，自耕者多。其或經商於外，抑或其田不在本村，則出租亦所不免。然租田者亦即親朋之輩，所以山中無業主、佃户之稱，無承攬租由、催甲之例。而稱呼交際，依然等輩，並無貴賤之殊云。租山地者亦然。

## 傭　工

傭工之人，皆因己之田產既少，又無貲經營，故於親族鄰里之家，得其僱直，代爲力作。自不以爲卑賤，而人亦未嘗卑賤之也。

## 船　戶

山間船户，概非下賤。蓋小本經營，自駕船隻，往來近地，雖舊家子弟亦自爲之。故其裝載客貨，乘搭便人，總無駕船之稱。合觀租佃傭工，風俗敦厚，較之他方，誠獨異耳。

## 好　惡

好善惡惡，人之公心，山民寧獨有異耶？所異者，好善如好色，惡惡如臭也。凡閭里子弟，苟有孝悌勤儉，抑或品行不端直，其父母愛之嫉之，自不待言。傳聞合山，即指爲勸戒。一善一惡，世成口碑。

## 稱　頌

凡忠孝廉節之行足以感動貪頑者，閭閻父老講論稱道，如親睹焉。至於富厚之家，縕袍草履，擔糞荷鋤，固他方所恥笑者，而山民亦莫不稱美也。蓋家尚儉朴則稱之，志尚清潔則稱之，孝悌忠信則稱之，概不以外飾爲榮辱耳。

## 鄙　薄

山中風俗，朴實相沿。若夫美衣食，務聲名，健訟好事，言語虛花，交接吏役，干謁縉紳，藉勢以自誇，憑納職以自大，器用華麗，酒饌豐盈，雖足炫燿他方，山民莫不厭惡鄙薄，視爲炯戒。至于敗壞，援濟無人也。抑或富饒之人而宗族貧困，不肯力爲周濟提携者，則其鄙薄於人，更無地自處矣。

### 畏　懼

山民商賈之外，漁樵耕讀，各有職業。間有浮浪子弟，有田產而不耕，有詩書而不讀，以經營之本爲遊冶之資，以堂構之遺爲宴飲之地，甚至賭博爲生，沉湎酒色者，親戚鄉黨莫不望之如魑魅，避之如陷阱，畏之如檮杌，不使子弟與之通言語。接交遊賓客之會，酒席之間，傳聞畏懼，莫不以爲怪異焉。

### 坐　賈

山中貿易，無分毫虛價，即他鄉過客，從不欺詒。其所賣貨物亦不過油鹽米布而已。珍異貴重，非所需也。山中之店無有不做豆腐者。

### 商　販

商販謀生，不遠千里。荆湘之地，竟爲吾鄉之都會。而川蜀兩廣之間，往來亦不乏人。苟無貲本，負販亦所不惜。

### 鄉　情

異鄉相見，倍覺多情。雖誼屬疎闊，至鄉人之寓，如至己家。有危必持，有顛必扶，不待親族也。即或平素有隙，遇有事于異鄉，鮮有不援助者。如其不然，群起而非之矣。

### 公店 即會館

業于商者，楚地爲多。故下水之貨，以米爲常物。山中商民惟向生意之穩當者爲之。上水則紬緞布匹，下水惟米而已。險道所不爲也。但山中田少，必仰給于客米。而楓鎮牙行奸猾，最多欺弊。俗名打夾帳。糶者所得每賤于時價，而糴者則加貴焉。譬如時價每石一兩，糴者出一兩一錢，而賣者止得九錢。山人蔡九霞、蔡鶴峰、吳仲昭、葛允洪、王榮初等始創公店於楓鎮。朝夕時價，不得而欺。其例即公舉商之公正有才能者，按季輪流掌店。所到山商之米不投外行，而外行及山民遂就買于公店。每石用銀一分二厘，外行斛酒六厘，本店六厘，即以供客薪水，益商利民之善舉也。

大凡賒欠必稍貴于現買，而山民賒米不惟不加貴，比現買每石反少一分一厘。蓋現銀例投外行，則扣外行經手斛酒，而賒米竟至公店，重於鄉誼，并本店六厘亦讓矣。乃信行久著，約期兌銀無誤，故賒米亦猶現糴耳。

### 領　　本

凡經商之人未必皆自有貲本，類多領本於富室者。蓋其平日勤儉，忠信有餘，雖無立錐之地，而千金重託不以爲異。恒例三七分認，出本者得七分，劾力者得三分，賺折同規。富家欲以貲本託人謀利，求之惟恐不得也。山中向有二人領本於富翁。一有家産，一係赤貧。富翁乃以千金付赤貧者，而有産者反不得領。或問其故，翁曰："吾固視其行止何如耳，貧富非所計也。貧者忠信可託，而有産者素無信行，兼好虛誇，況發本經營，豈在準其田産耶？"不五年，而有産者固見敗壞，赤貧者家漸殷實，方知富翁有目云。

### 扶　　持

山間之人，有困守家山，或他鄉流寓，素無浮浪之名，而適遭蹇厄之時者。小本維持，人人慷慨，不待其告貸求領也。至若游手不羈，以無行致困者，則雖求告，亦無從耳。

## 交　易

　　房産交易不用草議，亦不立下契。價概九五折，契概書絶賣。及至貧苦加貼，又未嘗不稍稍通情。其有原價取贖者，除書任憑造葬字樣之外，歲無遠近，決不撕揹。蓋親友之子孫苟能重復祖業，無不樂成其美耳。至於作中非親即友，概無得中物之例。

## 姬　妾

　　男婚女嫁，貧富各如其偶。若賣女作妾，斷無此風。所以下賤小家，總極貧苦無依，終不肯貪圖財利，忻羨富貴，將女爲人姬妾者也。

## 乳　媼

　　富家養子，皆親自乳抱，不僱乳媼，而貧賤小家亦未聞出爲乳媼。若子初生而母即亡者，則就乳鄰家或有之也。

## 賤　役

　　山間貧苦之民，苟非向係他人奴僕，而擡轎送盤，伴當隸卒之事，必不肯爲。至如樂工鼓手，賤而不齒，故皆世籍云。

## 婢　僕

　　富家奴婢，其來自他處。山中之人，總無有鬻賣男女者。其向係奴僕，今至極貧，亦有舊主照顧，不令其鬻賣男女者也。
　　撫馭婢僕，嚴而有恩。飽暖饑寒，苦樂均受。而訓戒頗嚴，即見鄰里，如對家主。婢至二十左右，即聽其父母擇配。或家主爲之婚嫁，並無失時之怨。僮僕及身而止，不令其子孫服役，然名分整肅，百世不易也。

## 僧　　尼

邇來僧尼道士充塞里巷，雜處四民。纏擾誑惑，罔作妖慝。若洞庭一山，僧道雖有，然皆僻處深塢，採樵自食，與居民無擾。因行商者多，槩無齋飯化緣之例。倘有殿宇不募，自有慨捨施主。至若婦女入寺燒香，不待誠諭，無此陋風。而尼姑皆老年無靠者爲之，故洞庭西山無尼妓之蠱焉。

## 廟　　宇

洞庭廟宇，不過先賢土穀之祠，大概因社壇隙地爲之。然茅茨幾椽，非有廣廈細旃也。葢有用之土，何至爲不毛之地乎？

## 治　　蠶

每歲暮春時治蠶。蠶有節目：其初收也，以衣衾覆之。晝夜程其寒暖之節，不得使過。過則有傷，是爲護種。其初生也，則以桃葉火炙之，散其上。候其蠕蠕而動，濈濈而食，然後以鵝羽拂之，是爲攤烏。其既食也，乃熾炭于筐下，并四圍剉桑葉如縷者而謹食之。又上下抽番，晝夜巡視，火不可烈，葉不可缺。火烈而葉缺，則蠶饑而傷。火又不可太緩，緩則有漫漶不齊之患。編經曰蠶薦，用以圍火，恐其氣之散也。束桔曰葉墩，用以承刀，惡其聲之著也。是爲看火。食三四日而眠，眠則摘。眠一二日而起，起則餒，是爲初眠。日初而至二，自二而至三，其法盡同，而用力益勞，爲務益廣，是爲出火。葢自蠶出火而葉不資於刀矣。又四五日爲大起，大起則薙，薙則分箔。薙早則傷足而絲不光瑩，薙遲則氣蒸而蠶多濕疾。又六七日爲熟巧，爲登簇。巧以葉蓋，曰貼巧。驗其猶食者也，簇以藁覆，曰冒山。濟其不及者也，風雨而寒，貯火其下，曰炙山，晴暖則否。三日而闢户，曰亮三。五日而去藉，曰除托。七日而采繭，爲落山矣。《具區志》云："要唯東西兩山爲盛。"然西山之民力勤而守專，恐東山有所不逮也。

## 時　　節

元旦夜始，分點放爆竹。啓户獻天于雷下，設粔妝，祀神辨色，肅衣冠相拜。賀元宵，札竹爲龍燈，有長二十節者。遇廣場則數龍盤繞，蜿蜒生動。富家或搆燈臺，奏竹肉，憑欄賞玩焉。梅花莫盛於後堡鎮下，梨花推之角頭，花繁稱于慈里，桃李最盛于玄陽，此數景尤爲最勝。寒食祭掃，雖販夫走卒，亦所不廢。自首春迄改火壺，漿紙錢，道路不絶。清明插柳檐下，穀雨時牡丹鬭艷，名種來自亳州。好事者平章甲乙，風雨無間。主人開新釀，治櫻筍，應酬頗勞。四月初，户户飼蠶，謂之蠶月。扃房闔簡，女工端午祀先，争勝六月，荷花稱於消夏灣。七夕穿針，中秋夜香。蟋蟀賭鬭，西山不興。臘月無儺，若八日之豆粥，廿四之祀竈，除夜之守歲，與荆楚歲時同，此其大較也。總之，洞庭較之諸山，風俗不同。居者力耕，行者服賈游閒少訟，獄稀可望。家給人足，而無不測之憂也。

## 附古志風俗

湖中諸山大概皆以橘櫾爲産，多至千樹，貧家亦無不種。以蠶桑爲務，地多植桑。凡女未及笄即習育蠶，三四月謂之蠶月，家家閉户，不相往來。以商賈爲生，土狹民稠，民生十七八即挾貲出商，楚衛齊魯，靡遠不到，有數年不歸者。以舟楫爲藝，出入江湖，動必以舟，故老稚皆善操舟，又能泅水。其土貴凡栽橘，可一樹者值千錢，或二三千，甚者至萬錢。國朝初間，橘樹廣，其價貴，故山民有蓄貲。庚午冬,樹遭凍死,無力培植。況浙橘多出,價賤大半,山民近無宿糧,亦由此也。其民勤,有蓄千金而樵汲樹藝未嘗廢也。其俗厚,民間無淫冶賭博之肆。兄弟析煙,亦不遠徙。祖宗廬墓,永以相依。故一村之中同姓者至數十家,或數百家,往往以姓名其村巷焉。其屋宇固,蓋因湖中風雨迅疾,牆必甋,覆必瓦,雖貧家亦鮮茅茨之室。其冠服樸,尚時制之巾,雖樵汲耕種,巾不去首。世俗所戴髮幘紗羅,綺麗之衣不用,近世雖有用者亦少。其婚喪儉而少文,凡治喪事,親族鄰友祭儀不事虛文,必以貲助喪家,故喪家賴以給用。凡嫁女娶婦,不適他境,皆近村比境,如古朱陳之類。其餘歲時慶弔,人情物態,與吳城同者不復載。見《舊志》。

# 洞庭山金石

# 序

遜清金石之學，遠軼前修。自分地、斷代、存目、圖譜、記載、考證、釋文、廣例而外，專載一隅之地，以自成一書者，所在皆是。若林同人之於昭陵，王森文之於石門，孫淵如之於泰山，黃小松之於嵩洛，陸繼輝之於龍門造象，吳兔牀之於陽羨摩崖，劉燕庭之於鼓山蒼玉洞，翁覃溪、周中孚之於九曜石刻，姚彥侍、錢保塘之於涪州石魚，鄒叔績之於紅崖刻石，羅雪堂之於龍泓石屋，其尤卓卓者也。騰衝李印泉閣揆既繼我吳潘瘦羊博士之迹，著《虎阜金石經眼錄》成，復裒集洞庭山所得墨本，爲《洞庭山金石》二卷。自李唐來，若詩文，若墓誌，若塔銘，若經幢，若刻經，若造象，若橋柱，若井闌，若坊表，若題名，若摩巖擘窠書之屬，無不一一搜采。而官吏文告，寺廟功德碑不與焉。受讀既竟，乃作而歎曰：洞庭自王文恪作《震澤編》以來，若翁氏澍之《具區志》，王氏維德之《林屋民風》，金氏友理之《太湖備考》，吳氏定璋之《七十二峰足徵集》，雖汗牛充棟，而展轉沿襲，於金石尤不完不備。甚者，於壇廟寺觀之碑碣，又別具成見，曰二氏之文，概不列入。藉微印公是書，異日徵文考獻於莫釐縹緲閒者，將何所取資哉？印公遍游兩山，訪古墓，尋招提，以及明以來賢人君子之第宅、園林，著爲游記，既彰彰在人耳目矣。復輯是編，於冢墓，則得諸稽郅闞德潤之跡於禹期山、諸家河；於寺觀，則得陳怡菴《法華院碑》於金鐸山，張文僖《水月禪寺記》於堂里塢，張用軫《金公素天王寺碑》於馬稅城，吳孟仁《法海寺記》於法海塢，吴文定、王文恪、文待詔《興福寺碑》於俞塢，胡儼《候王院記》於渡渚山，蔡九逵《孝嚴庵記》於堂里，文文肅《福源寺記》於攢雲嶺；於祠宇，則得王氏、吴氏、席氏、葉氏、葛氏、嚴氏、金氏於莫釐，徐氏、蔡氏、秦氏、鄭氏、沈氏、朱氏、周氏、陸氏於包山；於壇廟，則得《禹王廟碑》於北崿，《水平王廟碑》於瓦山，《蕭天君廟碑》於元山嘴，《馬城宮碑》於馬村，《北極行宮碑》於葑山；於塔銘，則得獸庵住禪師、水心法師於顯慶寺，曉峰昕上人於天王寺；於題名，則得守溪、可泉、林屋、壽承、竹汀、木夫、梅溪、匪石、惕甫、霽青、湘舟、履卿、子鶴諸賢；於詩刻，則得西堂、冬木兩老人遺著；於傳狀，則得翁覃溪之《徐東村傳》，錢南園之《徐節孝傳》。而尤拳拳服膺者，則爲沈堯中《天王寺碑》中警句。堯中之言曰："無所利而愛，爲仁，生機也。有所利而愛，爲貪，殺機也。生物者，物還生之。殺物者，物還殺之。"印公特著朱墨標而出之，若不勝企慕之思者，其志之所存可知矣。印公劬學嗜古，搜剔幽隱，每發前人所未發。如《咸通再樹經幢記》，則補《馮志·金石門》、《吴郡金石目》之闕；丙洞許輔等題名，則匡《寰宇訪碑錄》之謬；無礙居士《道隱園記》，則勘《具區志》、《林屋民風》、《七十二峰足徵集》之誤；范至先題名，則正馮志誤作"玉先"之失；《護國天王禪院記》，則據舊志《職官表》以證太守盧公之爲簡求；晹谷洞摩巖，則補舊志《職官》趙彥權之姓名；開禧陀羅尼經幢，則證宋時常州、湖州均屬平江府。舉凡顧亭林先生所謂"金石足以闡幽表微，補闕正誤"者，印公無不決剔而稽證之。則是編之傳世，蓋將遠軼乎自來專載一隅之地金石以自成一書者之上，豈僅僅爲考古者備故實已哉！己巳孟冬，中吴佩諍王謇。

# 洞庭山金石卷一

騰衝李根源印泉輯

## 西　　山

**唐**

**會昌陁羅尼經幢**東幢　正書。經文不録。奉爲四恩三有及法界生靈，敬造此幢，咸願同登覺路。唐會昌二年壬戌九月八日，寺僧文鑒等同建。沙門契元書。同建幢前試右武衛長史陸榮。大匠吴郡陸永、司馬弘鐫。捨石施主：汪朝演、劉日蒼、徐朝、黄增寶、劉褒、司馬連、張少逸、楊眭、劉迪、劉膺、劉權、劉傳造、陳岳、劉藥師、劉素、劉仲甫、陸永、劉倫、楊良、劉伯倫、劉仲文。助捨石施主：僧法昕、僧懷德、僧靈鑒、僧士倰、蔣竦、陳通、陳廿二娘、薛十五娘、陸□□、□□□、柳四娘、吴七娘、朱八娘、陳四娘、陳□□、秦六娘、葉三娘、劉十一娘、張十五娘、蔣三十娘、王二十九娘、黄七娘、周二十娘、馬十一娘、朱三娘、許十一娘、吴和□、□□□、劉□、葉□、馬□□、秦□□、秦位、蔡□□、倪琛、趙□、徐□、陳達、□□、盛文、鄒□、劉忠□、段□、朱□、包□、許幹、黄鈺、顧浩、陸從諫、蔣公觀、秦□、朱炭、顧峰、秦希、葉永、馬達、黄弘□、周師貞、顧宗、陳成、陸惟道、戴懷義、葉縝、吴宣、艾道弘、秦晶、顧中孚、王象、懸亮、吴元詹、徐君造、葉綰、鄒元復、申屠净、張仁簡、奚英、吴□□、吴□倰、馬

317

雲、吳公贊、黃贊、許諫、李儉、葉恆、蔣寮、蔣□忻、蔣榮、蔣運、司馬遏、葉元貞、陸任永爲亡考妣、吳泛洸、施主前睦州參軍陸仲英、助緣前試武衛長史陸榮、都維那僧士儒、上座僧志温、寺主僧仲宗、仕□、惠宗、榮□、士滿、義惠、鑒津、士瑜、長□、仲宗、文忠、中允、鑒初、道琮、淳□、契宗、僧名、文鑒、志温、士儒助緣惠正、士峰、如雲。內有舍利二十七粒。幢八面，面三行人名，分鐫每面經文之下。<small>陸榮、陸永、僧士儒、志温、文鑒名重見。</small>幢起七級，最低級鐫蟠龍，第二級鐫經，第三級造佛象八軀，全高一丈一尺。在包山顯慶寺山門之東，故俗稱東幢。

**陀羅尼經幢**<small>西幢</small> 正書。經文不録。《包山禪院再樹陁羅尼幢序》："金人出世，起自西天。漢帝永平年中，教流東土，歷運洎乎巨唐，一千八百餘祀。其間興廢，具載文繁。今者，曾經武宗恩命沙太空門幢石真文尚存全字。吳郡信士陸珣，身爲居士，□慕覺王加□高位，重修樹立，先爲亡考妣及法界生靈同霑勝福，時咸通四年歲次癸未□□□三□十二□樹。"劉氏姪文運，男文達、文逞、文逸助緣。施主陸元岫、朱温□□仲芳、蔣静、劉傳造。押衙兼鎮遏使陸。院主僧仲翱。僧長交、僧法良、僧金納、僧法諲、僧法傳、僧法全。大匠□司馬弘。同造人劉昌。盡人□貞<small>此四字不可解。</small>幢八面，經文分鐫六面，面七行，第一面、二面、四面字尚可讀，第三面、五面、六面剥蝕。幢起七級，最低級鐫陸珣樹幢序，二級鐫經，<small>經下鐫佛象一軀。</small>三級造佛象八軀，全高一丈一尺。在包山顯慶寺山門之西，故俗稱西幢。陸珣序在幢之底層，人不易見，故《馮志·金石》、《吳郡金石目》均未載。江陰繆氏雖經著録，誤序爲記，誤癸未爲癸丑。惟葉氏語石親見之，今命門人鄭偉業伏地抄寫全文著於編，字頗精湛而未泐也。

據上兩幢觀之，有唐之世，包山文物燦然可觀，命名之字亦雅馴不俗。且陸、蔣、秦、葉、顧、黃、周、劉、鄒、徐已爲山之著姓，何今之諸家世譜無不託始於靖康以後之名宦，皆曰南渡遷山，而當時著姓之裔祀究消滅於何所耶？此余不能無疑意也。

# 宋

**靈佑觀修建記** 行書。額篆"建觀年月"四字。當郡准宣命人內供奉下缺神景宮只有老君殿并廊下缺醮勳使況國家祈福之處不下缺觀一所及置排醮家事宜令詳下缺司尋差官吏相度地址，計料材下缺宣命依奏遂差吳縣主薄孫汝弼下缺天禧五年二月起始建造大殿官廳下缺凡四十閒。至本年告訖，尋已聞下缺景宮林屋洞神仙福地今來畢工，乞朝廷下兩制撰碑文降下勒石。并改下缺聖朝盛事，以形不朽，聊誌建宮始末。天禧五年十月一日，尚書都官員外郎知下缺權觀察支使王文志、節度推官皇甫源、權觀察推官廳公事陳愚、宣德郎守太子右贊善大夫通判軍州兼管内隄堰橋道勸農事賜緋夏侯圭下缺高二尺八寸，十四行，行十四字，後一行雙行，夾書人名。在鎮夏靈佑觀。古名神景宮，俗稱嶽廟，距林屋洞約三五百步。《馮志》載："天禧五年十月，本觀有二碑，曰《靈祐觀記》，曰《靈祐觀勅文》。"碑是一是二，待考。

**許輔等題名** 正書。温陵許輔、□江葛清同瞻真洞，元祐孟秋十有七日書。高二尺五寸，廣一尺二寸。二行，行八字。丙洞摩巖。《寰宇訪碑錄》載有"元年"字，誤。

**無礙居士道隱園記** 正書。林屋洞山之南麓，土沃以饒，奇石附之以錯峙，東南面太湖，遠山翼而環，蓋湖山之極觀也。草莽叢梏，未有過而問者。無礙居士嘗散策以游，迺約工費，助道家而圃之。其西則蒼壁數仞，洞穴呀然。南向者曰丙洞，自洞之東北，躋攀而上，有石室窈以深者，曰"暘谷"。緣山而東，亂石如群，犀象牛羊起伏蹲卧乎左右前後者，曰"齊物觀"。又其東，有大石，中通小徑，曲而又曲，曰"曲巖"。居士思晦而明，齊不齊以致曲，而未能也。巖觀之前，大梅十數本，中爲亭曰"駕浮"，可以曠望，將凌空而躡虛也。會一圃之中，夷篁茅，發奇秀，殖嘉茂，負來岡，隱然南指，結菴以居，曰"無礙"，室曰"易老"。居士將棲息於是，學《易》、老以忘吾年也。居士少爲儒，言迂而行躓。仕則不合而去，游於釋而泳於老，蓋隱於道者，非其身隱，其道隱也。居士李姓，彌大名也。紹興壬子十一月十五日記。

　　進武校尉嚴璪、借補承信郎李章、下班祗應沈思通、幹辦劉崇證刊。高五尺，廣四尺，十六行，行二十一字。暘谷洞摩巖。《蘇志·職官》載：彌大，郡人，紹興二年閏四月以顯謨閣學士、左朝散郎知平江，五月提舉江州太平觀，在平江任僅六日云。《具區志》、《七十二峰足徵集》、《林屋民風》所錄全文均有增改，與石刻不符，蓋以著書者未至石下摩挲也。

　　**范至先題名**　　正書。范至先、范至能、張元直同游林屋洞天。至先之子葳，及現、壽二長老俱。淳熙戊戌孟冬朔。高二尺五寸，廣二尺，五行，行七字，暘谷洞摩巖。《馮志》誤"至先"爲"玉先"。文穆字，《宋史》、《蘇志》均曰"致能"，此曰"至能"，可備參考。范刻書法剛勁，刻工精美，神采奕奕，照耀具區，當爲山中摩巖第一。文穆石刻，葉氏《語石》記之至詳。

　　**東湖寺僧祖勤自示詩刻**　　正書。盤石獨坐心自安，小池清水雪漫漫。大地山河銀世界，風鼓雲飛蓋日寒。摧殘古木春無變，地爐火盡少人觀。此景此時宜著力，來人莫作等閒看。偎岩兀坐，因觀雪片侵衣，地爐灰冷，此時幻身如同木石，遂成此偈五十六字遣懷，聊發一笑耳。時歲次淳熙癸卯仲冬二十九日，住山祖勤自示。高一尺三寸，廣二尺，十二行。在涵村新安山本寺。

**護國天王禪院古記**　行書。本院元號桃花塢，僧惠信庵居，漸建廊廡佛殿。鑿井，拾銅天王一尊。於唐大中元年，本州太守盧公備奏宣宗皇帝，賜額爲"天王院"也。後淳熙間，因開基展拓，重建三門。於瓦礫之內有斷碑，不全，略有其字也。古詩云："桃花滿塢誰與栽，春至夭紅錦幛開。劉阮昔年嘗邂逅，葛仙遊此久徘徊。山前見有葛洪煉丹井，其水甘甜，四時不涸，遠近居民皆飲其水也。創成院宇方纔辦，鑿井天王湧出來。其天王當下開井，鑿斷手指頭，今見存，香火供養。想是劫前今有分，流傳千古作其魁。"淳熙十六年四月□日，徒弟僧妙增重立。住持傳法僧了然。高一尺三寸，廣二尺三寸。十八行，行十二字。在馬稅城天王寺。此刻詩語粗俚，應從略。惟山中宋刻不易得也，故備錄之。《馮志‧職官》：唐代蘇州刺史盧姓三人，曰盧周仁，曰盧商，曰盧簡求。周仁太和八年任，商開成元年任，簡求大中十二年來於茲邦，所謂太守盧公者，殆簡求也。

**趙彥權禱雨題名**　隸書。紹熙甲寅，久不雨，農以旱告，知縣趙彥權致禱龍洞，陳珣、姚熹同來，五月十三日。方一尺五寸。五行，行七字。暘谷洞摩巖。彥權名，《蘇志‧職官》缺。

**楊坦然等題名**　正書。汴水楊坦然敬謁林屋洞天，都城倪彥直、羽衣支天益同拜。紹熙甲寅下元日。高二尺五寸，廣一尺二寸。三行，行十字。丙洞摩巖。

**趙希實等題名**　正書。□汴趙希實、孟輝父□□□□來此，因覽□□□□而返。慶元己□□八日□識。高一尺五寸,廣一尺。四行,行十字。暘谷洞摩巖。希實,慶元三年知吳縣,事見《蘇志·職官》。

**開禧陁羅尼經幢** 正書。時開禧改元乙丑閏中秋吉辰樹。住山橘林野衲嚴祖謹願。承節郎平江府湖常州太湖水面用頭巡檢巡□□□□,迪功郎吳縣尉巡捉私茶鹽□□□□□。幢八面,七級,十二節。底鐫經文及蟠龍,二級鐫年月、人名、幢贊。贊七字一句,共三十句,分刻四面。中有"此塔自唐會昌間,創興時立分東西。我今廣結衆人緣,命工復樹此二塔。添新換舊干雲霄,追還數百年前事。普願預名諸僧俗,善根與塔同堅固。"又金剛一軀,三級鐫經文,五級造佛象,頂起蓮花,全高一丈五尺。在鎮夏雙塔頭村。據此知湖州常州均屬平江府,而甪頭巡檢則隸屬於府也。

**趙明朮等題名** 正書。趙明朮、柳子忱因視園田,來遊林屋,甲辰九月旦日。高彥禮、劉元幹同行。高三尺,廣一尺五寸。四行,行七字。暘谷洞摩巖。細審書法、刻工,確爲宋人之作。甲辰,淳祐四年也。

**陳翼叟等題名** 正書。陳翼叟、魯道夫、夏仁父、林信夫,僧知昌,淳祐壬子九月同遊。高二尺,廣一尺八寸。五行,行五字。暘谷洞摩巖。

**高斯道壙志** 正書。先考諱斯道,字不器,姓高氏,世爲卭之蒲江人。曾祖考諱黃中,故累贈太子太傅;妣樊氏,贈濮陽郡夫人。皇祖考諱聿璹,故鄉貢進士,累贈開府儀同三司;妣譙氏,贈成國夫人。皇考諱定子,故資政殿學士,光禄大夫致仕,累贈太師、成國公；妣黃氏，累贈魏國夫人。公少好學，稔聞家庭詩禮之訓，從表叔父鶴山魏公講學，諸經義疏靡不該貫。長有文聲。紹定辛卯，以詞賦與鄉貢，尋受父蔭，補通仕郎。嘉熙丁酉，再舉於浙漕。初調監彭州堋口鎮稅，次任京西等路督視軍馬、行府準備差遣，改差沿江制置使司幹辦公事。考舉及格，以成公執政嫌，差監西京中嶽廟。尋改通直郎，差知建康府句容縣，未赴。丁父憂，免喪。知隆興府南昌縣。歲饑，力行荒政，全活甚衆。世族彊奪民產，遣僕誣訴於縣，要公必從，公械其僕，豪民率家奴破獄奪之。公白臺府，求棄官去，不許，豪民卒抵於法。時有薦公者，謂其盡力捄荒，不畏彊禦，皆實事也。秩滿，添差提領戶部犒賞所主管文字，長吏轉薦者再。有旨，特添差通判吉州。吉，文物郡，歲大比，公董試事，有司命題少舛，士譁不已，公爲剖析，皆慰悅而退。虜偷渡於鄂，制置司委公督造戰艦，不擾而集。部使者置分司於州，以公主之。寇迫鄰郡，公與帥守協力爲備。或議毀城外民居，公白郡已之，人情以安。差知興國軍，未赴。除監行在都進奏院，尋罷，主管建昌軍仙都觀。差知德慶府，既畢陛辭，復以煩言免。再奉仙都祠，投閒十年，室如垂罄。聚指數百人，不堪其憂，公處之泰然，日以書史篆籀爲娛，仕進之念泊如也。熟於典故，人或問之，應答如流。吳中臺府鼎立，未嘗有毫髮干請。或有咨訪，則諏經訂律以告，亦無隱焉。天性孝友，父命無違，成公祿賜，分給族姻，奏蔭遍及兄子，公皆贊成之。至公遇郊恩，復先以蔭從子，人以爲難。公生於開禧三年五月丁亥，卒於咸淳八年六月癸丑，享年六十有六。階自從仕郎至朝議大夫，爵吳縣開國男，食邑三百戶。元配黃氏，繼室家氏，俱贈恭人。八男子。長純嘏，承事郎，僉書建康軍節度判官廳公事，早卒。次純仁，承奉郎，監嘉興府華亭縣袁部鹽場。純心，承奉郎。純魯，修職郎，信州司戶參軍。純實，登仕郎。純吉、純質、純意、純吉爲叔父後。八女子，長適朝請大夫通判鎮江軍府事鄭喆，次適從政郎瑞州司理參軍楊承翁，次適從政郎待部史方澤，次適宗學内舍平奏名趙若賢，次許適將仕郎尤璘，餘尚幼。孫男二人，百能、百志。孫女六人。諸孤忍死，卜於九年春正月壬午，奉公之柩，葬於吳縣洞庭鄉包山成公墓之東麓。日薄事嚴，未能謁銘於當代名公，姑序敘歷大概，以爲壙志。孤哀子純仁等泣血謹識。眷弟朝請郎樞密院檢詳諸房文字家鉉翁填諱，吳珍男德明刊。

　　高五尺。二十二行，行四十三字。墓在包山顯慶寺圍墻内之西北隅，距其考定子墓約十丈。民國初年，盜伐定子墓，出金魚、玉人、晶印諸物。吳穎芝先生暨劉君肖雲入山查勘，復發見斯道墓。墓穴中空，穎芝先生秉燭入穴，得是碑，取出嵌之包山顯慶寺大雲堂壁。復封樹建碣曰"宋朝議大夫高公斯道墓"。民國十四年，吳中保墓會長吳蔭培，吳縣西山行政委員劉澍同立定子墓碣，曰"宋少保高公定子之墓"。均高四尺。是時，元兵大舉入寇，未三年宋亡，故志中有"日薄事嚴，未能謁銘於當代名公"云云。

　　**王兑等題名**　　正書。處士王兑、老宿凌德真、住持張師沖、監齋宋師禹、知莓劉日常、監修錢景元。高二尺五寸，廣一尺。三行，行十字。暘谷洞摩巖。

# 元

　　**張君捨山立祠之記**　　正書。額正書"張君捨山立祠之記"八字。《易》曰："積善之家，必有餘慶。"又曰："寂然不動，感而遂通。"是二說者，其吾佛所說善惡感應之謂歟？夫善猶形，而慶猶影。善猶聲，而慶則響也。爲善而獲慶，猶形立而影隨，聲發而響答，未有感於此而不應於彼者。歲在庚寅，張君德新往貢林丘，忘儒釋之形骸，説親戚之情話，慨然以樂天華髮無兒之憂爲己憂，願捨長壽鄉松山三十畮，入東小湖上方院常住求福田。利益善念一萌，有相之道。其明年果獲釋氏抱送之祥，繇是喜動於中，添捨山地十畝，以報佛恩。夫婦以百歲之後，爲春秋祭祀計，命立石以紀實而示方來，與此山相爲長久。住山<small>善慶</small>喜而得其説曰"始君之施松山而得男，是爲善而獲慶矣。今又增施利以圖不朽，豈非善愈積而慶愈有餘者乎？若然，則富壽多男子，當持此語以爲君祝"云爾。時至元甲午七月吉日，東小湖上方院住山釋記。高四尺。十四行，行十六字。在涵村新安山東小湖寺。

**爐座題字** 正書。姑蘇鄉三十二都元山保居住奉聖弟子金亮，爲家眷等所伸情旨。伏爲至正九年八月初七日，爲自身在外夜夢告，許通天都府五顯靈觀大帝星源靈順祖殿心香一炷，保安平，善人志不貞元，許信心鐫造香爐一座，入祈福保安議會。惟願永充行宮殿上供養，專祈聖力保庇，家居清吉，人口安寧，四席三元，常逢吉慶。至正十年二月日，奉聖弟子金亮鐫。高五寸，廣一尺。十八行，行十字。在禹期山普濟寺。<small>花紋古樸。</small>據其文辭觀之，乃黿山觜屯山墩蕭天君廟中物也，未知何時移之於此。<small>普濟寺又名文化寺，吴太傅闞澤故宅改建。</small>

# 明

**鄭涇橋題字** 正書。大明洪武二十九年孟夏吉辰鼎新重建。高一尺，二行。在甪灣鄭涇橋下。

**慈受象刻** 法駿繪。象高三尺。慈受自題象端云："小師法駿傳吾陋容，兼以求偈，强言應之。本來面目，云何圖畫。一落丹青，千般醜差。殃害衲僧，聞風即怕。老來無地可藏身，一菴聊寄包山下。建炎二年臘月三十日，慈受老僧題。"獃菴跋於象之右側曰：

"結草住山獃菴道人法住自幼時獲覿此像於包山,其後觀音勝禪師請去以久。永樂丁亥,復迎此山供養。董用鎸石,俾來者有所瞻仰。時宣德丁未六月二十七日也。"方外士南坡陸日紆書,朱道誠刊。全石高五尺。在包山顯慶寺。此雖屬宋人原本,而鈎刻於宣德間,應次於明。

**包山顯慶禪寺碑記** 正書。額篆"重建包山顯慶禪寺碑記"十字。 寺在吳邑包山,山居具區中,塵跡寥絶,而群峰矗矗相應,平疇沃壤,喬林佳木,曠衍而鬱深者,又出諸山。所謂"洞天福地"者乃其所,實吳中之絶勝也。寺又擅山之最勝。《郡志》載:包山寺當六朝之初爲勝地。梁天監中,始再崇葺。至唐高宗,賜名顯慶寺,爲大叢林,庇僧千衆。肅宗改名包山寺。陸龜蒙、皮日休所賦《包山精舍詩》是也。後毁於宋之政和中,復興於靖康間,由慈受深禪師之所主也。建炎間,賜額爲包山顯慶禪寺。至國朝,其隳圮又盡矣。積歲既深,荆榛蕪穢其地,過者見之,咨嗟感傷曰:"佛地其若是也?"永樂初,有獃菴道人法住者,慨然而來,誅茅斬地,以葦蓆爲一室居之,力勤苦行。宴坐之餘,禮誦不輟,遇人必以慈愛勸之。由是,敬愛之者日附,委財爲其用者接迹而至。遂建屋數十楹,供佛有所,栖禪有所,延賓有所,庖廥有所。又成造三石佛像,復新二石塔,其費亦不少也。於乎!法住可謂能以佛道而動人者也。方其壯時,長者爲擇婚,幣行而禮僅完,乃往謝於婦家,告曰:"室家非所願也,吾志在學佛。"即與之絶婚,衣粗食糲,不知有寒暑者幾十年。今耄矣,人皆稱爲真佛子。求余記者,山中之人張彥珍也。宣德三年九月望日,翰林院五經博士、兼修國史官廬山陳繼撰。徵仕郎、中書舍人吳郡顧謙書丹並篆額。本寺獃菴道人法住徒弟覺源立。 高五尺。十八行,行三十一字。在包山本寺。

**包山顯慶寺石造如來三世佛**三軀　　宣德間獸菴住禪師造,載陳繼《包山顯慶寺記》。　高七尺,在包山本寺。

**沈季文佛塔**　正書。　包山顯慶禪寺,伏承本邑長者沈季文,施財重建石塔一座,所願現生五福咸臻,他報二嚴俱備者。時宣德四年己酉十月望日,住山獸菴道人法住立。元峰朱璁鎸。　四面八級,第二級正面刻字,三四級造佛象十餘軀。全高九尺。在包山顯慶寺。

**宣德陀羅尼經幢**　正書。　贊曰:"宣德重建,呆菴住持。添新接續,道合其中。諸佛歡喜,龍天感通。施財助力,福慧無窮。"八面七級十二節,最下級鎸蟠龍,第二級鎸贊語,第三級鎸經文,一面完好。第五級造佛象,頂起蓮花。全高一丈四尺,與開禧幢對立於雙塔頭村。開禧幢在路東,此幢在路西,觀音菴內用作屋柱,半砌墻中。

**資慶寺鐵磬**　宣德七年四月。高二尺,在蕩隝本寺。

**水月禪寺重創殿記**　正書。額篆"水月禪寺重創殿記"八字。賜進士出身、翰林修撰三山陳用記。賜同進士出身、工部主事艾集書丹。徵仕郎、中書舍人彭城劉鉉篆額。　佛氏寶方金刹之居,較之天下,於吳獨多,而水月禪寺者又爲吳之最勝。其地據洞庭西山縹緲峰,勢上凌雲表,下尊湖心,波澄林鬱,石峭崖傾。而寺居之峰下,則坦然平曠,壑秀泉清,雖嵩丘蘭若不是過也。古之詞人雅士,未有不登眺而發於謌詠者,若唐之白樂天、蘇子美,俱有題讚刻於寺石。考其《郡志》,寺由隋大業閒勤禪師開創基址,逮至趙宋,有僧夏玄禪師治其寺事,名聞當時,御書金額,勅爲禪院,居僧三百餘人,宗風大闡,遠近響應。是時,人皆稱其"水月",雄於他寺。流及元季,罹於兵燹,佛殿僧房悉爲煨燼,所存者惟靈觀聖殿而已。夫廢於一時,而後百餘年,雖有僧徒,未有能振起者,何也?蓋佛法盛衰關於其時,時崇之則盛,弗崇則衰。方今是寺之興,茲遇聖朝清明,褒崇釋道。由是(雉)〔薙〕髮入佛者,有名妙潭,字古清,洇包山鄭氏子也。自幼發(釋)〔誓〕願爲無隱禪師之弟子。精修學業,嚴飭戒行,故其才德聞於人耳。宣德五年三月,奉教府檄文,主其寺事。以身率衆,食淡衣麤,以經營爲己任,不捨其晝夜之勤。募緣興造,鄉邦檀信,聞之爭發橐貲爲助。妙潭仍捐己積以具未備。卜吉肇工,營創大雄寶殿暨山門廊廡,衆室像設供具,靡所不備,凡三年始成。甍棟穹崇,榱桷翬飛,金碧光彩,輝山耀水。於是,水月寺之奇勝悉復其舊焉。今年春,以狀其寺事屬客來京師求余文以記之,歸刻於石,俾來世知其嘗勤於是寺也。予惟成立之難,自非有卓越才智之士閒出而主之者,則曷能以興廢墜、振滅熄而遂成其大事哉?不然,何其歷年之久,至妙潭得遇於斯時,始能奮發經營。岹嶤壯觀,滋起一新,豈非師之才德足有動乎人者,故成此而不難也。矧茲法門彌盛,庶幾可傳於悠遠,而師之功亦可謂大矣。是宜志之,使他日主水月者,當以師爲法焉。於是爲記。 宣德八年歲次癸丑春二月上吉住山沙門妙潭立石。耆舊僧宗企、元峰楊景和鐫。 高六尺。二十行,行四十五字。在堂里陽本寺。

**重開山猷菴住禪師塔銘** 正書。 師爲法住,字無爲,號猷菴。姓張,族出蘇之吳縣。父榮甫,母顧氏。師以元之至正壬寅十月二十三日生。自幼簡言好静,不事游嬉。年十九,白父母,求出家。俾禮員照菴古鏡圓公祝髮。鏡乃萬峰和尚得法高弟,每以萬法歸一策勵之,令其日夕參究。然疑礙無所入,乃謂鏡曰:"我己事不明,誓不求度。"遂蓄髮,行杜多行。鏡以偈示之,其略曰:"而今未到安閑地，且作人間有髮僧。"自是晦迹於法華院，結茅禪晏，不閱閫者數年，人皆以維摩稱之。永樂初，詔天下古額寺院，名山勝地，聽從僧興復。師欣然而作曰："包山乃慈受禪師道場，蕪没已久，又無僧徒起廢，我當往任其事。"遂披荆入山，依林結屋，端坐久之，豁然有省。惟自慶幸，然不取證有道，恐涉偏執，於是之京，參古掘俊公於天界寓所，機契，以聲偈送曰："大哉，般若波羅蜜，是過量人，方搆得無爲，有志便承當得來，不費纖毫力。"翩然東歸，觀古鏡於聖恩，鏡迎笑曰："且喜大事了畢。"遂以竹杖付之，偈曰："紫竹林中觀自在，如常顯露不瞞人。一莖草上黄金父，圾垃堆頭净法身。"辭還包山，四方禪衲慕其高致，多來依居，遠近庶士咨詢道要者甚衆。咸謂安衆之所卑隘，遂經畫拓而大之，施財獻技者鱗萃。首建殿宇，莊嚴像設，極其美麗。不數年間，化成一大寶坊，凡誘進來學，惟以念三昧一門，勸人修净土業。自是，送供營齋者絡繹盈路，至今不少替。宣德七年三月，忽示微疾，謂其徒曰："吾不久存也，汝等當勤修道業，時不待人，勿令後悔。吾冠時曾剃□□□功於進脩，不違求度。今耄矣，復以壯年故事剃鬚髮，被法服，以表有始有終。"力疾安坐。四月十五日晚靈浴更衣，與衆訣別，跏趺念佛而逝。世壽七十有一。以陶器奉全身塔於寺之後。今寺祠堂所奉重開山第一代獸菴禪師者，即維摩。然其閒形服雖異，而戒行純謹，終始不脱僧相。後之覽是銘者，當求其履踐之處，毋以其跡而議也。契經云："内祕菩薩行，外現是聲聞。"獸菴以之。其徒覺源以塔銘來謁，余固辭弗獲，遂叙其始末，爲之銘曰："爰自垂髫，厭世喧囂。逮冠入道，塵慮頓消。既得圓顱，心要是務。決志咨參，不違求度。自爾韜晦，結茅巖阿。頂巾被衲，僉曰維摩。撥草瞻風，遍尋宗匠。一語投機，本懷斯暢。聿來包山，畚礫剪棘。成大瑶坊，咸仰厥德。將戢化權，復爲僧相。臨終告別，孰不傾向。全身陶葬，而樹塔焉。謁辭立石，垂億萬年。宣德八年歲在癸丑五月望日，翠峰禪寺住持吳郡沙門宗謐撰。"金庭外史蔣璿書并篆額。本寺徒弟覺源立石。元峰朱璁鎸。　高五尺。二十四行，行四十一字。在包山顯慶寺。

**法華寺銅爐**　大明宣德年製。高八寸，在金鐸山本寺。

**僧錄司正映贈妙潭行偈**　正書。額篆"僧錄司贈行偈"六字。　法身無相無背面，絕思絕量絕知見。隨緣赴感應群機，水月光中常顯現。靈山一會非古今，巍巍相好皆黃金。菩薩應真參左右，雄雄護法翊天神。古清長老堅宿願，要於人天示方便。兩年京國叩檀門，迺志迺心今已滿。三伏炎天烈如火，曉掛颿征掭歸柁。洞庭七十二峰頭，到日夫容開朵朵。　古清潭長老，蘇之洞庭西山水月禪寺重開山第一代住持也。既已一新佛殿、觀音等宇，山門廊廡，復走京都，干謁檀施，雕裝佛、菩薩、羅漢、諸天伽藍聖像一堂，及鑄造鐘磬爐瓶，回寺供養。其用心亦勤矣。茲來山中，懷香需語以華其行，予加其志，非碌碌住持者比，故說長偈，以塞其請云。大明正統元年歲在丙寅夏閏六月初吉，僧錄司左講經兼靈谷禪寺住持正映。　余受經於華山寺，不揣才疏德薄，自宣德庚戌承恩叨爲住持，重開黃葉之基，至壬子歲，創建佛殿山門等宇。甲寅冬，詣京雕裝聖像，蒙南京僧錄司大和尚偈贈回寺，因感其德之至，恐久沈没，故刻石以示無窮。水月禪寺重開山第一代住持妙潭，同徒覺安、覺定立石。元峰朱士源刻。　高五尺。二十行，行二十五字。刻在陳用撰《水月寺重創殿記》碑陰。

**法華院佛殿記**　正書。額篆"重建法華院佛殿記"八字。　佛之去，遠矣。其所傳者，言也。言之所傳，道之所存也。其道之著，皆所以制人爲善，使庸夫愚婦樂趨向之，而去其貪妄殘忍之心，而有陰翊治化者也。而我朝海内熙洽，仁漸義磨，□天下之民，囿於仁義之中者，蓋法堯舜也。然而佛教之設，天下之寺若棋布星列，其道日以□盛，闡揚宗旨而宏其教者，蓋有以馴庸夫愚婦之心，而於世教亦有所助也。蘇之具區中，金鐸山之西，群峰錯秀，掩合而獻奇詭者，屏列南北，有峰矗然而起，蔚然而深秀。山之巔，廓然而平，有佛剎翼然臨其上者，曰"法華院"。在宋乾道中永日禪師者，愛其地之幽勝，結屋以爲棲禪之所，欲渠渠之構而未得。人慕其道，薰其善，樂施而傾心向之，乃建殿宇，延僧衆，而香火日熾。至國朝洪武初，院僧曙初巖者繼其席。初巖之徒普春，字融谷，學端行端，爲禪林之漾名者。初院之建，歷年既深，而殿宇剥没傾敗者日甚。普春奮然曰："吾爲釋氏，豈獨求善已也。報四恩，資三有，誰非吾事，豈可使茲院之弗振耶？"即傾己貲以倡召工作，衆掄材而樂施。與其徒賓旭殫力經營，晝夜籌畫，勞勤□已，乃建正殿，及三世諸佛、十八羅漢，建觀音大士閣，度以四大部經，建天王寶殿，建集僧堂，以及寝息之所，庖湢之所，庫庾之所。棟宇戢戢，丹碧相發，入而覩之，恍然不知其爲人境也。逮至正統初，普春之嗣孫慧曇撤去正殿，復鼎建而新之，連甍接棟，輝暎前後。故人過具區而不至者，則以爲恨。蓋其形勝奇絶，外帶具區波濤之險，內抱峰巒之勝，故名山未有與之相角者也。慧曇介余友徐君庭蘭疏其事，請余記之，以刻於石。於乎！天下之事，莫不積而後成，前有作者，後以繼之。茲院之新，微普春曷能成之？微慧曇曷能繼之？若慧曇者，可謂善繼之尤難。余爲記之，以告來者，俾嗣其志，故顯夫佛之道大而亦有□世教者。語之以遺普春，乃副都綱瑾孚尹之法子，爲首座於北禪，賓旭主包山禪寺云。翰林院五經博士兼□□國史盧山陳繼撰。徵仕郎中書舍人同郡□□忠書并篆額。正統戊午仲冬繼業住山原畈立。　　高六尺。二十四行，行三十六字。在金鐸山本寺。已中斷爲二截。

**候王院記** 行書。額篆"重建候王院記"六字。 朝列大夫、國子祭酒、同修國史胡儼撰。中憲大夫、太常寺少卿永嘉黃養正書。賜進士、文林郎、行在大理寺左評事吳郡張祝篆。 洞庭山居太湖中，水清土潤，卉奇木秀，有洞天福地之勝。候王院居山之東麓，實據乎山水之間。寺有古碑，文云：昔吳越錢王嘗濟湖來山中，而寺當渡口，僧知王之來，候之虔甚。久之，王亦知僧之虔，悅之而賜今名。歲久隳圮，竟成荒墟。釋有覺源者，出甲族，自幼脫俗，習佛氏教，嘗復包山廢寺。里人知其能，將要之，亦欲其復是廢者。或曰："覺源一身，儲無擔石，曷能爲是耶？"或曰："不然。覺源於佛氏教，苦學力修行，成道悟言，能信於時。善能動於衆，久矣。兹其來興是院，鄉之崇佛者心能密助之，奚患弗就。且今之候王，必若昔時之包山也，豈能爲彼，不能爲此哉？"遂强要之。覺源慨然唯曰："此吾之志也。吾宗佛數十載，興崇佛宇，亦行其教耳。包山，佛地也。候王，亦佛地也。興於彼，而不興於此，亦何局於一方哉？"於是振錫將辭包山，其徒懇留，覺源持志不從，遂詣候王廢院，惟荊棘而已。乃結茅以居，刀耕火耨，衣麤食糲，甘淡苦之風，守寂寞之戒，遐邇巨室，聞其風者，如佛之敬，悉以資助其營建。銖積寸累，暨數寒暑，三佛殿成，棲禪之室，庖湢之所，佛像供設之具，巨細畢備，一鄉里咸賀候王廢院得人而克成焉。來請文刻石以記興廢。覺源涉躐儒典，善爲詩，嘗游於余，故不辭而爲之記，而樂爲之書。時正統五年歲在庚申夏六月吉旦。立石僧正果、善慧、惠端、同道、顧行、善清。元山朱澐鐫。 高六尺。十八行，行三十四字。在渡渚山候王寺。

**天王禪寺記** 正書。額篆"重開山天王禪寺記"八字。 護國天王禪寺，在蘇之吳縣。去郡城西南四十里，有湖渺然，曰太湖，廣三萬六千頃。湖之中有山，屹然曰洞庭，寰拱七十二峰，巒岫嶒崒，巖壑深險，而奇卉佳木，鬱紆陰翳，曰桃花塢，有葛洪煉丹井，泉甘而肥，居民所汲。唐大中初，僧惠信始來結菴，爲宴坐經行之所。闢廊廡佛殿凡若干楹，因鑿井得銅天王，太守盧公請額爲"護國天王禪寺"。宋淳熙間，住山了然增構山門，而規制稍具。歷兹以往，寺日凋弊，棟攲梁朽，階拆序圮，佛僧之奉，不復如昨，馴至爲荊榛瓦礫之墟。宣德辛亥歲，南明石佛西竺裔公高弟諱一月，號曰桂庭，航葦過山，覩斯勝境，慨焉有興舉廢墜之志，然未經用之資。乃麤衣素食，遍扣雄門，一時輸財薦帛之士，從之而歸。桂庭量已橐之儲，可供土木之資，即鳩工聚材，重建殿堂、山門、廊廡，以及廬舍、庖湢之屬。作諸佛菩薩像，飛甍雕桷，塗丹堊青，一新俞奐。於是四衆緇白莫不瞻仰贊歎，謂足以光前而振後也。未幾，桂庭將赴餘杭，主保壽禪寺法席。以爲寺之廢興，雖曰有數，苟無述作，何以爲來者之勗哉？爰伐石求文，屬予記之。嗟夫！佛者，西域聖人也。其教行於東土，蓋亦有年。法幢所樹，多天下名山，必聖智融明、事理不二者，方能經度指授，作新繼述也。竊嘗見之叢林衲僧，往往以斯道爲自任，以修造爲鉅功。至於興作，則中道而止，豈不以其善心方萌，而利欲累之哉？此予所以重桂庭之能成始成終而不墜也。遂識其寺顛末，爲來者告。若夫晨鐘夕磬，集大衆而祈福報恩，此有桂庭之常課耳，予不盡著，以記歲月云。正統八年癸亥四月初吉，文林郎、大理寺左評事吳郡張用軫撰并篆額。僧文淨書。重開山第一代比丘一月徒弟惠謙、惠讓、普顯同立石。元山朱玹鐫。　　高四尺。二十行，行三十二字。在馬稅城天王寺。

**吳惠等法華寺詩刻**　行書。　　奉詔南歸三月天，尋朋更訪法華禪。兩重山色西湖上，萬井人煙夕照邊。柢樹有陰眠伏虎，野花無意落啼鵑。南州群從多才俊，醉後賡酬興浩然。予自述職南歸，因得訪西山親友，相與詣法華，謁世則陳先生，而止息、月初二上人

333

款留竟日,醉後走筆,以識歲月。同游者,徐君宗宜、宗文、宗明、宗曜,並其姪德新輩,皆在陪列。而携酒倡酬者,則有徐君克弘,偕西席陳君益英、世生、世本,暨宗學周先生,凡十人焉。時正統戊辰春三月望後九日,中順大夫、桂林府知府東麓吳惠書。

當年曾拜九重天,老去惟參玉版禪。陶令清風蓮社裏,遠公遺迹虎溪邊。揮戈難挽馳西日,啼血誰聽向北鵑。不有使君同倡和,更於何處一怡然。九十翁南坡徐煥。

山頭仙梵出湖天,千載燃燈幾世禪。章甫客來紅日下,袈裟僧候白雲邊。石池春水生科斗,花逕東風叫杜鵑。醉後使君揮彩筆,詩成擲地一鏗然。廬山陳寬。

兜率莊嚴別是天,化成金碧遂栖禪。群龍護法隨方外,五馬來遊自日邊。香篆未殘清睡鴨,春光漸老怨啼鵑。朱輪欲去留詩句,雲錦光華一爛然。南州徐庸。

洞庭春盡水如天,弭棹登山訪老禪。嵐擁碧螺迷上下,雲橫金界滿中邊。異香彷彿有蒼蔔,紅雨依稀無杜鵑。千古裴休諳釋理,使君今日又同然。京兆杜瓊。　　書條一石,三十七行,行十二字。在金鐸山法華寺。


**水月禪寺中興記**　　正書。額篆"水月寺中興記"六字。　　賜進士、翰林院修譔、儒林郎郡人張益撰。從仕郎、中書舍人同郡沈爲忠書。太常寺少卿、兼經筵侍書廣平程南雲篆額。　　蓋聞佛以無爲法,流入中國,與儒道鼎立,跡雖不同,其化人爲善之心則一而已。故歷代崇之,其殿堂皆極宏麗,盤踞華夏。於是三教迭興,然閱世既久,不能無廢墜焉。若洞庭之包山縹緲峰下水月禪寺,有泉甘美,異乎諸水,歲旱不枯,寺因泉而勝,泉得寺而名。肇建於梁大同四年,宋大理評事蘇子美詩有"水月開山大業年,朝廷勅額至今存"之句。至唐光化中,僧志勤飛錫止此,愛其山水鬱秀,仍舊址構屋數百楹，樓衲三千指。迨天祐間，刺史曹珪改爲"明月"。越七世，迄大宋祥符初，重勅今額。元季，薦罹兵燹，蕩爲莽墟，惟五顯靈官殿巋然獨存。幸遇聖朝隆治，際會昇平，未遑恢復。宣德改元，住持妙潭創建山門、廊廡、大雄殿。未幾，潭恬退，所司乃舉大璋珪禪師主之，辭弗獲已，即乘舟來蒞法席。道經吳淞，見斷碑露於江滸，視之有"祝延水月"四字，遂載之歸。緇素咸謂師宿有緣契，興復之兆先見於斯耳。師亦猛省，罄傾鉢貲，鳩工庀材，建四天王殿，塑像供具，金書額扁，寶飾神容。次營丈室、庖湢、庫庾。繚垣闢逕，甃石儲泉，缺者補之，圮者完之，朽腐者易而新之。由兹，水月之舊觀復還矣。乃托方外交時濟，走狀來京，乞予文以識之。予嘉師能繼志勤之志，述妙潭之功，同振宗風於昭代，遂按狀掇其概，勒石以垂後世，俾若徒朝誦暮禪，上報四恩，下資三有，陰翊冥感，如月印水，似水涵月，水月交輝，非同非別，與天壤俱久而罔極也。是爲記。　大明正統十四年龍集己巳夏四月二十四日，住持沙門如珪立。幹緣道童毛道堅、楊晟、沈能，本寺覺安、覺定、道昇。元峰朱伯玉鎸。　高七尺。二十行，行三十八字。在堂里隖本寺。

**水月寺詩刻**　正書。　兹值文明盛世，方内外人咸蒙至治。珪生居長洲甫里田野，幸入緇流，復承恩命，叨住名山，不勝慚愧。雖不能大闡宗風，勉且苦修本行，草創山門，開池闢路，塑繪四天王像等事，效古制，立碑文以記歲月。古今名僧文士題贈佳章，恐久湮沒，錄刻碑陰，傳於悠久，雖非當代奇功，亦可爲千年之勝事也。住山如珪謹識。

唐白樂天題："昨夜夢陞兜率宮，今朝忽到此山中。樓臺映日瑠璃碧，石砌蒸雲瑪瑙紅。衲子爐存煨芋火，野人杖立聽松風。巒峰四面開圖畫，清爽滿懷詩未攻。"

宋蘇子美題："水月開山大業年，朝廷勅額至今存。萬株松覆青雲塢,千樹梨開白雪園。無礙泉香誇絕品,小青茶熟占魁元。當時飯聖高陽女,永作伽藍護法門。"

南京僧錄司左講經唯實《送珪大璋住水月寺》:"梵宮瀟灑洞庭潯,臺殿參差蘚逕深。水月交輝涵碧漢,雲霞散彩映琪林。白鷗浴日波翻雪,黃橘垂秋樹綴金。人世一塵飛不到,開堂演法稱禪心。"

住山如珪奉和:"一峰高出具區潯,寺建峰前歲月深。每愧才疏非遠老,卻憐境勝似東林。池新已映初圓月,砌古猶存舊布金。到此渾然忘世慮,時時學佛即觀心。"

太原王越次韻:"山開水月太湖潯,蘇子留題歲已深。光炫丹青新寶殿,名聞朝野舊禪林。梅花寒噴千巖雪,橘實秋垂萬樹金。中有上人能悟法,此生應斷去來心。"

桂林府太守吳孟仁《重遊有感》:"匆匆十載已如流,存歿空教念昔遊。滿目煙霞頻感興,到窗風雨忽疑秋。勤公名勝今何在,蘇老文章孰更酬。此日登臨情頗愜,清時佳賞欲何求。"

前住持妙潭《次韻自勉》:"品題未必出時流,縹緲峰前記勝遊。水月光中修定慧,煙霞堆裏度春秋。青年創業心猶在,赤手扶宗志已酬。叨住名山如此了,微軀退食復何求。"

住山如珪奉和:"泉名無礙自長流,覽勝重煩五馬遊。子美遺文今百世,志勤創業已千秋。煙霞雅趣偏能適,今古佳章豈易酬。會得詩禪歸極處,何須向外別尋求。"

研山復性子尤稷寄贈:"香刹高居縹緲峰,碧波深處寄靈踪。林明月照歸巢鶴,渚暗雲隨出洞龍。竹筧分泉朝洗缽,蓮臺施食晚鳴鐘。欣逢嘉運重興復,永勒碑揚教外宗。"

住山如珪奉和:"招提孤絕倚雲峰,開創年深有異踪。塔底定埋充食雁,壁間曾畫點睛龍。講堂演法晨揮麈,香積分齋夕扣鐘。虛位已叨真忝竊,自(漸)〔慚〕無德振綱宗。"

里人馬笆題贈:"白雲深處舊招提,水月高標孰與齊。水似禪心清不垢,月如僧相净無瑕。桑林社日人多集,花塢春風鳥亂啼。今日我來聞聽講,恍疑身已到天西。"

包山蔣璿題贈:"臺殿重重一化城,晨昏鐘鼓四嵒聲。人煙不見山家遠,車馬能通石路平。嶺帶浮雲晴亦暝,水涵明月夜偏清。禪翁念我迷塵事,半日留連話死生。"

毘陵朱昺題贈:"縹緲峰前梵宇開,丹青樓閣倚崔嵬。禪因水月光中悟,人向煙霞嶺上來。泉脈流通無礙沼,天花飛繞講經臺。自從創始勤師後,未審中興第幾迴。"

同邑濟生陳德奉贈:"金刹高依縹緲岑,承恩來住已年深。色塵不染身非相,水月長明佛即心。聽法有龍臨講席,談玄多士繞禪林。師今恢振宗風了,曾是當年授鉢針。"

分鐫四層,刻在張益撰《水月禪寺中興記》碑陰。

**天王禪寺記**　　正書。額篆"重建天王禪寺之記"八字。　　嘉議大夫、禮部右侍郎、前翰林院侍讀學士吳郡金問撰。中憲大夫、太常寺少卿永嘉黃養正書。徵事郎、中書舍人郡人錢昺篆。　　蘇之包山多梵刹,而名與郡城叢林相角者,獨天王禪寺焉。寺擅包山之勝,迴巒疊嶂,掩映四望。或頹或伏,或偃或立,或仰而欹,或起而特,或蜿蜒若虬龍,或飛翔若鸞鳳,千態萬狀,皆天作地造,獻奇呈巧,環拱寺之前後左右者。而蘇之名山巨刹,未有與之角勝者也。寺在山之桃花塢,建於唐大中元年。有僧惠信,結菴以居,鑿井得銅天王像。刺史盧公達於朝,始賜額曰"護國天王禪寺"。乃建佛殿、天王殿、(三)〔山〕門廊廡。迨及宋南渡,寺厄於兵燹,蕩然一瓦爍之墟矣。淳熙間,僧妙成重開山鼎建,展拓地址,視舊有加。入國朝洪武□,寺復毀,遂爲荒荆蔓草之場,是地入民籍,已犂其庭矣。邈然故迹,無有存者。宣德間,浙僧一月過之,愀然歎曰:"兹寺擅名山之勝,今迹滅聲息,吾忍使之不振哉?"乃起廢爲己任,於是誅茅獨棲，脩苦行，暑寒不就涼燠，乃募財建法堂及棲禪之室。正統戊午，德昕禪師主其席，欲大新之。弊衣糲食，苦心勞形，人見之者，無不爲之感動。地之入於民者，悉以來歸。人慕嚮之，捐財薦貨，川赴丘積，召匠掄材，首建大雄寶殿，次及僧寮之室，庖湢、庫庾之所，與凡法所宜有者，莫不具備。像三世佛、十八羅漢，髹彤金碧，輝映林谷，與層巒疊嶂相煥發，蔚然成一叢林矣。德昕恐後昧所知，爰伐石，求書其廢興之故，用告於來者。余嘗觀世之興廢雖關乎數，莫不由人力而爲也。蓋負荷有人，則以廢爲興，直易易耳。夫有興於前，必有成於後。觀一月創其始，微德昕不能成其終，皆可書也。德昕號曉峰，俗姓查氏，爲吳縣陸舍村人。入包山法華院，禮曇竺芳師而師之。既而忡忡然若不足，復從僧錄司右覺義道興師學，故其有所自云。　天順二年二月吉日，第一代住持德昕同徒文清、文淨、文澄、世緣、善明、道堅、道一立石。　高四尺。二十二行，行三十五字。在馬稅城本寺。

**法華寺銅磬**　正書。陽文。天順二年中秋吉日，錫峰喬材造。高二尺。十行，行八字。在金鐸山本寺。

**曉峰昕上人壽藏銘**　額篆"天王寺昕上人壽藏銘"九字。正書。　死生一命也，猶晝夜之火然。是以古之達人不以生故而欣，不以死故而戚，惟順受其正而已矣。在李唐時，有若司空圖，預爲壽藏，而君子不以爲非者，謂其能知死生之道也。若夫方外之士，又以死生爲幻化，而其心之欣戚，漠乎不動於中矣。所以昕上人預爲生前之藏，余則嘉其達也。上人名昕，字曉峰，吳縣陸舍村人。俗姓查氏，父孟昇，母朱氏。上人自幼即厭處塵俗，嗜素澹，有出塵之想。父母不違其志，年十三，命禮法華竺芳曇公爲師。脩持戒行，誦閱內典，皆能精通。宣德癸丑歲，遂往京師請度。復師僧錄司右覺義興公，其於清規白業，益加造詣精奧。既而蒙聖恩，得給牒披剃。思欲東還故山，而都門諸山謂上人道行精確，宜主名刹。由是簽舉之主包山天王禪寺，爲第一代住持。初天王爲山之大叢林，自遭兵燹以來，鞠爲灌莽之墟矣。浙東僧月公雲遊至山，見是基址寬廣，峰巒秀異，即結草爲菴居之。次第建立房宇，莊嚴端壑，樹植松檜，其工亦不爲少。及上人至，道風播揚，人多施與，則又落成大雄寶殿、諸僧室、井竈，金碧炫耀，輪奐一新矣。天順癸未歲，上人年躋五十，嘗自言曰："人生亦草上露，水中泡耳。一旦奄忽，豈無歸真之所乎？使其身没之後人爲之，孰若吾生前爲之乎？"因即山之地，命工開窀穸，堅樸完好，晦明坐卧其閒焉。復具狀謁余，請記其事而銘之。余與上人交久，知之爲詳，其可靳乎。上人弟子三人，曰清、曰浄、曰澄，徒孫曰釗、曰鑑、曰鉞、曰鏡，曾孫曰雲。猗歟曉峰，德行高崇，克明始終。縱壽至頤，半已過之，去日難知。預築松阡，通乎九泉，以待其天年。天順七年龍集癸未長至前三日，南州徐庸撰。　徒文清、文澄，徒孫成釗、成鉞、成鏡，曾孫佛雲、佛震、法慧、法印、法輪、能香、仁桂立。　高四尺。二十行，行三十五字。在馬稅城天王寺。

**義井刻字**　正書。天順甲申秋。高二尺半，在東村。

**三清勝境坊**　正書。成化甲戌建，在東村。

**長壽寺鼎建香花橋記**　正書。成化十年七月立。高四尺，在用灣本寺。<sub>大半泐蝕。</sub>

**東湖院柏庭房創業記**　行書。額篆"東湖院柏庭房創業碑記"十字。　硒松道人成旭日東撰。雪樵朱士雲書丹并篆。　吳城西有太湖三萬六千頃，有山七十二，惟洞庭爲最。中居十八招提。斯院也，古稱東湖上方院。《洞庭記》云："此東湖上方之院，非山南上方院也。"名跡久遠，屢興屢廢，前因多而不悉舉。在宋淳熙間，祖勤刻石，詩章尚立，所有蕩然。至國朝宣德中，有慶禪師顧斯產址，若刺其心焉。雖不能宏振規模，縛茅聚石，苦守歲寒，是亦有志者也。正統間，月溪澄禪師主之，大建法堂一所，與徒冏、潤、原、浩、惠五人守之。冏也，以道爲心，以心爲道，不時經營。當景泰間，度德祺爲賢弟子，自云願足。德祺圓頂方袍，登壇具戒，爲法門器，丁丁有聲。是院也，始有一，月溪没，而爲四，大熙長而居東，辭以疾衰，命祺主之。祺也早參天目，榮號柏庭，當時天目有望於柏庭。觀今之經營，若反掌之易，可謂能事哉，得不負於大熙、天目二公之望。爲亭臺、樓閣、堂房，皆得其宜。名其奉佛之亭曰"金仙亭"，名其行道之臺爲"月華臺"，樓名"怡禪"，堂名"清梵"。山林園池，築石墻以固之。其工也深，其計也長。欲使後人知成立之不易，必刻堅珉以樹之。福溪徐君敏德與柏庭交久，助碑具狀，謁余爲記。記之。余惟佛法西來，日盛月新，每得其人而永振之。由此觀之，誠在人也。今之東湖，是亦昔之東湖。斯言也，豈特美於柏庭之爲也，實欲感發後人之所守也。余年不惑，如鳩附巢。爾方有成，我心遥遥。將見他日，五山並秀，三竺争高。是爲記。　成化癸卯孟夏上浣之吉，住山比丘德祺同徒福、銘、志立。元峰朱懷德鑴。高四尺。十九行，行三十三字。在涵村新安山東湖寺。

**羅漢寺大磬**　弘治八年，信士張宁盛造。高三尺，在兵場里本寺。

**明故陸處士墓志銘**　正書。弘治丙辰十月，同郡馬紹榮撰，永嘉姜立綱書，錢唐林章篆。高六尺。二十四行，行四十字。在涵村陸氏祠。

**王鏊紀游石刻** 行書。 弘治乙丑十二月七日,鏊爲西洞庭之游,過法華寺,題詩乃去。同游者,解元唐寅,文學蔡羽、洪照、鄭淮、徐鵠。吏部侍郎東山王鏊書。 朱懷德鎸。 高一尺五寸,廣三尺。十一行,行五字。在金鐸山法華寺。

**水月寺大鐘** 弘治十八年己巳僧成志募鑄。高五尺,在堂里隖本寺。

**王鏊等題名** 正書。曲巖二大字,横書。 弘治乙丑臘八,吏部右侍郎王鏊來游,本郡秀才門生蔡羽、南京解元門生唐寅同侍。張圭命石工鎸之。高二尺,廣三尺。七行,行六字。洞山摩巖。刻工極劣,雙鈎之,未經鏟底。曲巖在洞山之巔,山腹中空,爲雨、暘、丙三洞,統名曰林屋洞也。

**偉觀**二大字直書。 正書。少傅王鏊書,高二尺,丙洞摩崖。光緒初年石崩墜地,今存洞山無礙菴。

**馬愈法華寺詩刻** 行書。 九日登高上洞庭,只嫌佳節少晴明。仰攀列宿珠璣動,下睇群山培塿形。誰箇量如天地闊,老夫詩似太湖清。諸君好賦驚人句,休冷黃華此日盟。成化庚子九月九日,登法華寺之作,留示曉堂上人。賜進士第、成德郎、刑部主事郡人馬愈書。正德丙寅五月五日,比丘成珍立石。朱鳳刻。 高一尺五寸,廣三尺。十四行,行七字。在金鐸山法華寺。

**王鏊游華山寺題記** 正書。 洞庭諸寺之景,華山最勝,遊者至暮而不能歸也。正德四年十二月五日,柱國、少傅王鏊題。時同遊者七人:勞鱗、蔡羽、蔣詔、徐紳、蔡鬻、蔡習、汲□。 主僧良琪立石。大鑫元山李伯文刊。高四尺五寸。六行，行十字。在慈里華山寺。吳門王佩諍君賽海粟樓藏造象一石，舊爲寺中之物。文曰："大宋元嘉二年，歲在乙丑，洞庭山華山寺池中生千葉蓮花，以應皇家同一切衆生康寧樂。元嘉三年丙寅正月，徐州刺史楊謨造。"背刻曰："邑主貝儒宣、邑子周度、邑子孫豪供養。"面造象七，乘馬者二。背造像一，象下鐫千葉蓮花，字遒勁，刻工精美。劉宋刻石，吾鄉爨龍顔外，此爲第二石，豈徒爲吳中鴻寶也哉？高約一尺，寬五寸。清末長洲縣知縣昆明蘇品仁所得，今歸王君。王君嗜學好古，自能保存無失。

**王鏊法華寺詩刻** 行書。 法華我重來，丹崖縱飛步。長松擔青天，修竹亂無數。北岡瞰空闊，風帆在其下。陰橫紹千山，歷歷皆可覩。蓬萊亦咫尺，神仙在何處。安得乘飛雲，飄然從此渡。正德己巳冬十二月九日，重游西洞庭之法華寺。其境幽勝，僧復清修好文，再宿而不能去也。時同游者，爲徐鵬、蔣詔、嚴瀾、徐冠，皆秀士；徐紳良臣、光孝皆聘君也；成琳、成珮、芳蕚、志華，皆開士捧硯者；净戒、净權，皆後來之彦也。故悉著之。光禄大夫、柱國、少傅、兼太子太傅、户部尚書、武英殿大學士、知制誥、同知經筵、國史總裁王鏊題。 高四尺。九行，行二十二字。在金鐸山法華寺。

**王鏊曲巖詩刻** 正書。 蓬萊有路那能到，林屋無局可數來。□□蟲書誰復見，金庭玉柱爲誰開。只疑黯黮渾無地，又向砰鎗忽有雷。不是隔凡凡自隔，乘風我□過天□。正德己巳仲冬，太傅王鏊題。 長二尺五寸，廣一尺二寸。七行。洞山摩巖。

**焦思明題名** 正書。 正德丁丑夏五月十一日，思明備戎太湖，偕舉人蔣詔、嚴潤，秀才蔡羽、徐紳、馬丕、馬鯤□□□□關中焦思明題。 長二尺，廣三尺。九行，行六字。洞山摩巖。 思明，蟄屋人，蘇州府通判。巖閒有殘刻三段，剥蝕已久，加工洗剔，未易顯露,聊記存之。

**林屋洞天**四大字直書。　篆書。　正德十四年仲春游此,崔秋趙□書。　長三尺,廣一尺。林屋洞摩巖。此稱林屋洞,即雨洞也。

**蔡羽等題名**　正書。　蔡羽、袁表、勞珊、蔡衍、袁衮、文彭、陸鵠、蔡範、蔡楚材、陸栩十人至此。　長二尺,廣五尺。十行。丙洞摩巖。

**徐震墓表**　正書。額篆"静菴徐公墓表"六字。額字兩旁鎸鹿鶴。　中順大夫、詹事府少詹事、兼翰林院侍講學士、同修國史、玉牒經筵官郡人吴寬撰。中憲大夫、太常寺少卿、經筵官、兼修玉牒海盧馬紹榮書。通議大夫、吏部左侍郎河東韓文篆。　徐之先爲婺之桐山人,後徙吴之洞庭山,遂爲邑之著姓。自其先好延郡中儒者爲塾師,以教子弟。惟其重文雅,凡四方名士游其門者不絶。静菴自爲童子,得於薰染者既多,故其學識廣而甚遠。又洞庭在太湖中,巖壑奇麗,林木茂密,爲天下極勝處。静菴上下登臨,殆無虚日,平生得於娱弄者既熟,故其思致美而甚清,發而爲詩,縟麗鮮新,語皆可誦。若西蜀晏鐸,海昌蘇平,一時所謂詩人也,静菴與之倡和,偃然不相下。歲久,積成卷帙,故劉文恭公實序之。静菴諱震,字德重,静菴其自號也。爲人不獨以詩名,其尊重不苟,自守介然。郡大夫歲行鄉飲禮,雖屢請不赴也。與人交,情誼周至,然非其人,輒謝絶之。篤於教子,不令就生業以損其志。嘗曰:"金帛之豐,愈於學問之積耶?"家故有厚産,不喜自奉,累斥以周貧乏。有鬻田者,必過與之直。或以屋售,後念其露居,竟還之。蓋其德之厚如此。静菴既老,造一室,左圖右史,日静坐頤神,不預世事,如是者幾二十年。以弘治三年閏九月三日卒,享年七十九。配鄒氏,繼顧氏。子男四人，曰：淮、濚、濂、潮。孫男十人，曰：輅、鳳、鵬、麟、輊、鷗、鸞、縉、紳、纓。女五人，曾孫男五人，女三人。以卒之又五年，葬於金鐸山之原。淮等既求王諭德濟之銘其墓，復求予文表之。蓋往歲予嘗訪濟之於湖上，登高以望，所謂洞庭者，宛然在目。且聞其中多隱君子，以吟咏自樂，謂異日往游其地，必將訪之。如靜菴者，其人已，而今何遽卒耶？豈其年已高，固不可得而待耶？若其詩，或傳至京師，嘗略讀數篇，未假深□而徒想其風致於湖山之間，以表其隱操如此。知靜菴者，其亦以予言爲然乎？　高七尺。二十二行，行三十八字。在金鐸山徐墓。

**徐潮墓表**　正書。額篆"處菴徐府君"八字。　通議大夫、掌詹事府事、吏部左侍郎、兼翰林院侍講學士、專管誥勅、經筵官郡人吳寬撰。嘉議大夫、吏部右侍郎、經筵官、前詹事府少詹事、兼翰林院侍讀學士郡人王鏊書。太子少保、兵部尚書、兼東閣大學士姚江謝遷篆。　吳縣有徐氏，族大且故。在宋曰三奇，自婺徙吳，始擇洞庭之勝家焉。歷十餘世，四分其族，曰庭蘭，居南偏，人稱"南宅"以別之。庭蘭好文禮士，爲山中鉅人。生宜，宜生德重，有祖風。四子，府君其季也。母曰鄒氏，而府君爲顧氏出。諱潮，字以同，號處菴。徐氏宗族既盛，府君處其間，偉然不群。稍長，莊重自持，不苟言笑。於是，諸兄皆成立，父使析產治生，府君不忍去，獨依其父以居。事不專主，必稟而後行。旦暮侍奉，内敬外愉，甚得子道。及居喪，執禮毀瘠，寢苫喪次，未嘗内處，有古孝子行。至待其兄，曲盡其道，有人所難處者，兄卒撫其姪，恩意藹如。若其嗜學，以讀書爲第一義，自少屹屹研求不倦。攻詩學書，具有法度。生子縉，甫垂髫，教之即嚴，曰："無蹈他日失學之悔也。"縉締姻於今吏部侍郎王公，資遣入京，戒諭就學。縉竟登鄉舉，貽書訓之，勿遽自滿，當以古人學業自期。縉將取甲科，以榮其親，而府君之訃至矣。府君娶沈氏，子男三人：長即縉，次紳，次纓。女三人：長適蔣詔，次適朱伸，次許馬叔雍。其年五十二，以弘治十四年六月廿四日卒。卜是年十二月十六日葬於金鐸山之原。縉既請吏部公爲銘，復欲予表於墓上。予知徐氏已久，而與其父子且善，乃叙其事行遺之。蓋隱處之士，不得施爲於世，則所見者止此。然有可推而知之者，觀其孝友之行乎於家，可以知其治國之道；觀其勤勵之學積於己，可以知其居官之法。古以德行、文藝賓興乎人者，知其可移而用也。敬書以表之。　高七尺。十九行，行四十一字。在金鐸山徐墓。

**胡纘宗等題名**　正書。　明嘉靖甲申之秋，郡守胡纘宗，郡人郭田、周仲仁，郡推左季賢，郡人侍讀徐縉、行人蔣詔、指揮張瑪信至此。舍人胡初書。郡人張浩刻。　方二尺。七行，行七字。洞山摩巖。

**暘谷洞**三字直書。　篆書。天水胡纘宗書。長二尺，廣一尺。暘谷洞摩巖。

**吳縣三十四都一啚里社碑**　正書。嘉靖五年四月，吳縣知事楊叔器立。在東宅河勞家橋長壽菴。又御駕山下鹿村龍安橋堍所立三十二都三啚碑文，與此同，不別載。

**東嶽神祠記**　正書。額篆"林屋洞天"四字。　夫山川社稷、五嶽四瀆，率登祀典，故知惟土有精，惟山有靈，信非兆怪興妖，聿求禋祀也。仰稽秦漢唐宋，踵行封禪，第緣祝嘏有徵，豈皆侈心滋蔓。矧泰山爲群嶽統宗，下自蠢蠢，上暨於朝廷，咸有功德，宜其崇奉敬信，寰宇盡然。吳之太湖，中峙兩山，稱東(山)〔西〕洞庭。卑諸峰而居殿最者，曰縹緲。東指一脉，爲洞山林屋，即道書十大洞天之一也。靈縱異蹟，載諸郡乘，劖諸巖壑，諦傳於故老之編言久矣。洞西百步許，昔有神景觀，靡究厥始。宋天禧五年，勅改靈佑觀，刻石紀事，而勝國因之，籍没於龍飛洪武之歲。今之東嶽行祠，又居觀西偏。《晉書·許邁傳》載洞庭潛通五岳。祠之建兹土，殆有自矣。景泰中，松陵羽生金碧峰來求隱地。碧峰諳道術，修煉東皋，里人沈氏翊贊改作，偉於舊貫。凡六傳而至張雲田、曾舜英。舜英歆仰祖風，恆慮弗逮，覩嗣業之漸夷，悼法流之不衍，謀諸鄉彦沈翁元玉，且曰："廟貌不飾，無以示潔，神不依也。殿閣不宏，無以助美，山不勝也。圖之未能，願授以教。"沈翁嘉其志而許之。時年八十有一，不以老辭，乃偕同里張翁晉賢，矢心經畫，夙夕靡懈。伊始於四月之望，至九月已訖功。凡祠之蔽一撤以新，拓隘升卑，更致爽塏，周繚孔固，位列既嘉。斯舉也，財樂於施，而人不知費；事樂於趨，而工不告勞；不日底成，見者驚嘆，而莫知所繇。舜英竊喜副所願，丐予爲記，勒於堅珉，以昭後來。予惟君子貴成天下之事，雖然，事豈易成者哉？存乎其人而已耳。是故，財，天下大命也，欲人願捐而莫之惜者，惟公在我。逸，人情所安也，欲人願勞而莫之倦者，惟勤在我。區處規度，僉適所宜，欲人亟稱樂取，莫可疵其短者，惟識在我。吁嗟二翁，予丈人行也。素欽其兼有是三者，則夫兹廟之成，固無難已。予不欲没人善，故併書之以爲記。大明嘉靖七年歲在戊子陽月吉旦，吳庠生洞山馬鯤撰。里人徐鷺鐫。　高六尺。二十行，行三十六字。在鎮夏靈佑觀。

**贈吏部侍郎徐潮誥封碑**　正書。嘉靖七年閏十月二十四日。高七尺。十六行，行三十二字。在金鐸山徐墓。

**孝嚴菴記**　正書。額篆"重修孝嚴菴記"六字。　翰林孔目林屋蔡羽撰文。錫邑篆文儒士繆硯篆額。郡庠生外姪陸鳴球書丹。　孝嚴菴在包山縹緲峰西麓，徐君濟第五世祖妾顧氏守節之居。五世祖諱國，在趙宋淳祐間，爲閩莆田縣學諭，致仕歸田。顧歸焉未幾，學諭公卒，顧方笄，誓不更嫁。家人將奪其志，旬日間眉髮盡白。遂□□□菴於學諭墓側，終老於此。咸淳己丑，進士阮登炳重之，扁曰"孝嚴"。蓋推先王因孝教愛，因嚴教敬，使後人無忘之義。宋人譔學諭墓碑，載及其事。至元大定間，第九世祖曰貴一者，析券中又道之甚悉。我國初□□者□□尚在。歷百七十餘年，菴之椽棟毀墜，垣壁傾圮，惟故墓而已。濟與族弟蒙絲等矢謀於合族之人，更欲新之。謀諧而工作，彌月而就緒。落成之日，禮復義宜，人熙神忻。走余記其實。予謂貞烈一事，趨人所難，而在妾媵中尤不多見。唯莆田公正己率物，脩身齊家，能以忠孝之理感孚乎人，故其刑於之化有如此者。而其終始完節，揚懿無窮，則又必有一念精誠，能動天地，格鬼神所致，豈偶然哉！何遠歷數朝，旌典不及，得非處深山窮谷，名未聞上之人乎？屋三楹，崇二丈，闊十武，中奉其主。茲舉也，雖一婦事，足以厚天下之風化，勵百襈之人心，綱常倫理，咸係於茲，故記之以補郡乘之缺。嘉靖庚寅歲仲夏吉旦，玄孫淶鵝、渭濛、桂桐、杞軒、轅鵰、永玲、濟絲、組梅、線尤、世則。等立石。元峰朱承翰鐫。　高五尺。十六行，行四十字。在堂里徐嘉墓門。

**文徵明遊華山寺題記**　　行書。　嘉靖癸卯二月八日，徵明同諸客遊華山寺，汎平湖，沿支港而入長松。夾道萬杏明香，怳然如涉異境。寺雖劫廢，勝概具存。相與讀故碑，溯三泉，不竟日暮，遂留宿寺中。客自城中來者，湯珍、張瓚、王曰都、陸師道、王延昭。山中客，蔡範、陸栩、陸鵠、勞珊、蔣球玉。僧大鑫立石。　高五尺。都百零二字。在慈里華山寺。

347

**王一陽等題名** 正書。 慈水王一陽、松陵趙敬助,時嘉靖丙申暮春同遊此。 長五尺,廣一尺。二行。丙洞摩巖。

**顯慶禪寺之碑** 行書。紹興二年正月戊寅,王銍記。嘉靖三十八年己未書。刻書人名佚。胥門吳應祈刻。碑末署名曰:蔡師古、須賫卿、馬氏净、陸宜經、袁魯望、蔡休徵、蔡伯玉、蔣國華、蔣學集、蔡敏學、蔡茂卿、蔡世卿、陸元卿、陸凱卿、陸魚卿、蔣懋弘、勞惟習、勞惟敏、勞惟忠、勞惟哲、勞惟明、殷廣圓。長約八尺。二十三行。已毀。今存四塊并額,在包山本寺。《馮志》載王銍撰碑有二,一《包山禪院記》,靖康元年,一即此碑。未知是一是二,待考。

**馬城廟羽士張丹丘禱雨靈應文** 正書。 賜進士第、翰林院編修、兼修國史京兆馬一龍撰。 嘗謂遠而莫測者,天之道也。寂而可感者,天之神也。以莫測之道而格於寂感之神,抑於穆不已之妙節實爲之宰歟?苟謂天無預於人,而人不可以格天,則感應之理,其殆涉於誣誕耶。聖王御極,世際隆平,雨暘時若,物阜民豐,斯運之常。間有旱乾水溢,豐歉異地,偶時之所值,數之所乘,人能修德以應之,則天鑒在兹,意亦可回天。斯理昭昭,無容喙者。厪吾聖天子龍集歲之癸未,吳鄉旱劇,罔有飲□。郡守可泉胡公東方禮募法術之士,無驗者。特羽士丹丘修真於洞庭山之馬城廟,里人不敢薦,當道不及聞。是山之碩士,若盤谷徐君崦西冢宰,率衆致虔,赴羽士請之再,就壇案行罡訣,踰日而雨,秋穫倍登。善詩文者,各以之贈。妄者或云偶然,衹之。越歲戊申,旱亢甚焉,乃相謂曰:"三日不雨,苗則槁矣。吾土之民,其殆饑矣。仁者切於救民,羽士祈靈先堂,應天澤民,忍視今日之嗷嗷哉?"丹丘謝曰:"今炎伏不雨,亦厄運所值,予何術以弭之?"衆懇莫辭,於是□建壇□,復爲祈禱。刻日雷電交作更沛澍雨,須臾霈霂,溝澮皆盈。民乃大悦,且往慶焉。始之詆者,怗然敬服。石川張公有頌誌異。至於己未歲,孟河子適過吳門,聞丹丘時壽七裘有六。是夏驕陽赫赫,水澤揚塵,矧經倭難,民氣屏息,丹丘歃歠作曰:"惜乎吾老矣,氣不能以合氣,神不足以凝神,顧此尤宜憐惜。"於是掖以登壇,炎蒸方熾,一指顧間,速於前應。禾乃登,民乃寧,術可以造民者若茲。吾聞桑林代牲,宮庭密禱,善言而災星退宿,悔過而熒惑滅芒,是皆位極萬方,一旦可以格天。若一羽士,屢致天應,不能無疑。噫!上天之明,惟誠是鑒。羽士亦有異人之術,幼習道教,禮真武神甚謹,而存心沖淡,操行真靜,標格脱灑,不累塵俗。吳之士大夫靡不欽譽,矧其精一之神,克純有素,故其應焉,夫何疑?羽士張姓,紹芳其法名。因記其行,故併述。嘉靖三十九年歲次庚申菊月吉旦,孫馬大初拜手立石。　高五尺。十九行,行四十字。在馬村馬城宮。

**蔣球玉墓表**　　行書。額篆"明故奉訓大夫夷陵州知州蔣君墓表"十五字。　賜進士第、奉政大夫、雲南提刑按察司僉事、前吏刑工三部郎官、國子五經博士安定皇甫汸撰文。徵仕郎、南京太僕寺主簿高陽許初篆額。江左周天球書丹。　夷陵刺史蔣君卒,其友人徐隱君繗狀其事,同年林太史公樹聲爲之銘,亦足考裔於往牒,流輝於來葉矣。元子太學生宇志猶欲表其墓,乃請於司勳氏,將以昭潛德而永孝思,志誠可嘉矣。夫包山之陽,消夏之灣,堂而封者,大夫之阡歟。君諱球玉,字國華,別號平丘生。其先自成周時封旦子伯齡於蔣,以國爲氏,傳至漢澄、宋之奇,皆以通侯顯,子孫散處河洛間。高宗時,司樂偕石輝南渡,始居毘陵。再徙包山,遂爲吳人云。曾祖渾,祖旻,父軫,皆褐玉韜光,因山修業,有桑麻橘柚之饒,比素封焉。伯父詔,成廟時登辛巳進士,超拜御史,稍復其始。君生而英敏絶倫,八歲誦詩書,二七善文辭。嘗攜之母家,從外王父翰林蔡公,一見器之,曰:"□□御者,此兒矣。"弱冠博極群書,咸通大義。補鄉校弟子員,試輒居諸生右。里中鉅室,爭遣子弟從之游。□□元庚子歲當比,領薦南畿,後屢試春官,俱不第。歎曰:"吾自謂下筆言語妙天下,取青紫若俛拾地芥,然阨於數奇,非文之罪也。□□金殫,髩凋顔改,不復能與少年馳逐矣。且古人或以推擇垂勳,或由群舉熙績,奚必區區一第乎?"甲子謁選,銓□□□夷陵缺□□楚方有戎事,地當巴蜀孔道,素稱綵劇難理。天官氏廉得君才,乃就□闕下,拜爲夷陵刺史。一命而爲大夫,朱旛皂於□□銅符□銀艾,亦足爲榮矣。棒檄歎曰:"豈不懷歸,畏此簡書,我之謂矣。暫圖將母而後之官,未晚也。"乃□□□馭扶疾遄征□□□華,竟卒於舟中,去家僅百里。乃不克死於牖下,天乎命哉?年纔五十有六耳。子志譽之太學,司成而下,若博士掌故,咸敬禮之,曰:"是平丘子耶?蔣氏代不乏人矣。"諸孫並森森秀發,君其不死哉。詳具志中。或曰:"大夫未嘗涖官臨民,□采□□,曷用表之?"司勳氏曰:"昔仲□以懿行表鄉萬石以醇謹範族,故刑於之化,可以御邦,孝友之善,是同爲政。《詩》《書》所稱,曷戾焉?"君處昆弟間,推財設□取□□□□賴舉火、户蒙燔券者多矣。又好爲然諾,專務趨人之急。包山去城府□遠,湖牵風濤□□一□□□□不聽於已□□□□君之□言倭夷犯山中,君出鏹召募義勇,授以奇策,一境獲安。山有津曰鎮下水□□犯□□□□□□□十人□□民免於患。以此數端,往試一州,則其興鄭國之渠,弭渤海之盗,空太丘之獄,棄高陵□□何有□□今已矣。天下□□□爾父母□乎。夷陵之民聞訃,輟舂罷市。曰祀子產於東里,葬朱邑於桐鄉,吾□□人敢忘兹義!乃想魂□□□尚爲□□□坎伐鼓佺□屢舞□□推此□侯□浦侯之來兮完□與袴侯之不來兮捨斯及斧生不□其澤兮死顧受其祜□之□□□□其言書於墓石。　高六尺。二十二行,行五十字。在消夏灣西蔡蔣墓道。仆。

**水心法師碑銘**　正書。　按輪王運樞，皇劫增長，慧炬應當昌熾，詎謂水心法師說法耇年，倏爾委化。嗚呼！闡揚大教，實皆曾受靈山密記，被幻空勝士真俗融徹，往往三千威儀，合度八萬細行無闕，登果非遙。至於閻浮末季，率多逆行，權化誠難以一二粗迹較量。若鳩摩羅什餐鍼弄世，寶誌公產於鷹巢，種種殊異，疇克枚舉。但使其妙解圓頓法門，一行半偈，真能利益將來，縱一犯諸棄，曷免輪轉墮落。苟靈知不昧，度脫有期，非同群類無因，故清涼判曰："見聞為種，八難超十地之階；解行在躬，一生圓曠劫之果。"是知依法不依人者，通達無上。以人廢法者，迷懵沈淪。此《法華》所以既讚歎法師功德，而又反覆歷陳，謗法師之罪報靡救。然則為法師者，固宜自勉，以求速疾出纏入聖。而在諸人，亦安可輕議法師以招無央之眚累哉？又況一朝欲括囊無礙辯才，志希教外別傳者乎？若師該通內外，何可復得？余之所述，蓋有本也。

　　師諱慧淵，號水心，吳縣義金里人也。俗姓朱氏，多劫利根，寄生凡庶，類蓮花出於淤泥，天然香潔；若瑤璧蘊於堅石，自在溫純。七歲，出家西洞庭包山寺。包山乃洞天靈境，上階六曜，下徹九淵，號天后便闕寺，即欲界禪居，名聞五竺，秀甲三吳，為開士化城。昔慈受續雲門之燄，源深流遠；三段著神異之蹟，像在譜涇。始師投禮靜山祝髮，推尋法派於獸菴住禪師，為十四世孫。雖承習瑜珈，旁工詩翰，久之忽翻然自奮，於是參依月田禪師，三載無爽，正念皈依，得受止觀音趣。尋往古杭具戒，繼於西塔閱藏，矧復梵韻清朗，歐字逼真，在資勝作。會稱千億佛號於吳山，掩關書十六觀經，時幻居和尚精研大乘諸部，適開講天池，座下千眾，師與其中。絳帳談經，獨康成為不可及；毘盧藏海，許蜜子堪與同游。其後，幻居講《華嚴》大鈔於抱甕園，未半卧痾，命師接席，始充副講，終獲傳衣。《法華》、《楞嚴》，重為敷演，冥詮奧義，多所發明。耆舊厭心，歎賞不已。郇知義愈精而應無住，辨已極而欲忘言。余時同一味道人陸與中隨喜戒壇，久嚮師名，懇乞一見。與中平素右宗左教，師方欲置講參禪，密意相投，宿緣有在，遂執弟子之禮，虔申請益之忱，迎歸莊所圓通菴供養。無何，遘疾骨立，咸謂不起。師略無挂牽，但書片紙寄與中曰："此殼漏子付與道人。"苟非了達本來，何能爾爾。與中遍請良醫投劑，漸次平復。又以師之故，特倡重廣精舍。師辭，暫返吳下，彼有在家弟子韋本明，堅請家園調攝，藥餌有加。既而天池僧大涵仰師一時龍象，四衆楷模，頓語每能誘俗導迷，譚鋒足以摧魔降外。禮意稠疊，願於本山高建勝幢，普潤法雨。師以家山在邇，先德猶存，首須省祖，次後應期。逮濟太湖，率犯風浪，衝寒跋涉，宿疾遂深。乃囑徒曰："交臂無停，壑舟難固。雖楊枝生肘，蓮花承足，莫非虛假。爾輩當以悟爲期。吾今告終，不可徒效世間哭泣，增長情見。"言訖，端坐而逝。師氣垂絕，復現形於鄰居弟子遁雲曰："與汝別矣。"雲見師飄然而出，無殊平日，速趨榻所，果化去矣。世壽四十二，僧臘二十九。茶毘起窣堵波於祖塋之次。

嗚呼！浄穢一土，延促同時，不盡世諦之疑，永障真常之理。若師者，孰得而漫測其所至哉。師嘗撰《募修高麗寺疏文》，本省張參議偶爾一見，亟稱名筆。先是，十洲方公從免官歸，好與緇褐往還，有人問師曰："方公潛心內典有年，至沒未窺藩籬，無少發明，諸師恬然坐視，何也？"師答曰："十洲雖具信根，而無煙霞氣，往往入山猶盛威儀，飭輿從，彼藍縷衲子，承其光臨護持已過望，何暇款論。至如錢八山公輩，葛巾草履，誠與世殊。然墮在尊貴已久，專騁一己見解，籠絡諸方，安能復受宗匠鉗鎚？其視楊大年、張無盡，虛心屈己，參禮尊宿，以求了決，豈不遠哉？"可謂至言矣。至於酬二善士"生滅同異"之難、釋《普門品》宜顯威應之徵求之講肆，特爲穎出。念師與余曩篤忘形之契，去春屬余作《水心記》，其時默已心許。兹者，其孫來詢錄實猥臨，志圖不朽，與中念舊衘恩，樹石表揚。於是，乃次第其素履而銘之曰：

包山洞天聖境，精靈代産至人。法師不系世類，闡教已具正因。行化隨緣應現，末後一念即真。弟子伐石頌美，普聞他界遐齡。

嘉靖四十五年歲次丙寅冬十月，新安海印居士方道成撰。汝南定靈道人黃姬水書并篆。門下陸光宅同嗣孫來詢立石。郡人章仕刻。　高四尺。二十七行，行六十字。在包山顯慶寺。

**盤龍岫**三大字直書。　　正書。萬曆辛巳冬十月吳令巢□傅光宅題。高五尺。三行。在橫山盤龍寺。橫山又名甲山，距洞庭西山八里。

**思亭吳公捨山園建菴記**　　正書。　　萬曆六年，蘇城東禪寺僧竹林者抵我山中，歷觀林屋暘谷，叢林蓊鬱，巖壁交輝，此可焚修，宜營靜室，欲化一袈裟地，結宇澄心。適遇里中善士竹軒、竹亭二公，同小亭、仰亭等參問思亭公，公曰："是某祖遺世業，自我承分。四公齊聲勸化，捨地營菴。此地原係宋朝平章事李彌大學道無礙菴故址也，既欲營菴，願將盡捨。"當時立寫親筆捨契，交付竹林永遠承業。天隨人願，十方糾捨良財，菴堂頃就。傳諸法子宗孫，焚修香火，地久天長。自立交單："其山二畝二分，其園地一畝一分三釐，本庵僧自立户，辦納科餉。辦餉之外，應等户役差徭，毫無干犯，亦無親房外人指稱有分。"護法伽藍鑒格證明："思亭吳公者，宿具靈根，慈悲廣大，割祖宗血産，建三寶香燈。伏願其子孫繁衍昌隆，金爐中龍煙不斷，玉盞内慧日長明。無邊福海，世世沾恩，永爲記。"捨山建菴，檀樾思亭吳純悌同男沂州庠生馬負圖、孫男馬作昌，勸捨地助緣。檀樾竹軒沈璟、竹亭沈珂、小亭吳純孝、仰亭吳純忠、開山和尚竹林大禪師、徒孫性誨立石。萬曆四十二年八月二十一日樵海道人張源書記。　　高五尺。十八行，行三十二字。在洞山無礙菴。

**無礙菴銅鐘** 萬曆四十二年冬月吉日。高四尺,在洞山本菴。又一鐘,高五尺。光緒十八年壬辰仲秋,洞庭西山三十五區第九洞天,里人沈敬壽謹鑄。

**鄭氏亡祔敘略** 正書。萬曆甲申仲冬既望,包山陸鳴球撰。高四尺。十六行,行二十八字。在甪里東明山鄭氏始祖塋上。

**沈堯中詩刻** 正書。 包山西去洞山陽,一徑松枝浥露香。絕壁幽閒春樹曉,遠峰斜倚夏雲長。壇前九石留仙女,几上三編識禹王。無事儘教終日坐,漫斟芳醖樂徜徉。萬曆戊子夏日,偕蔡孝廉士良憇飲終日作。嘉禾沈堯中題。　丙洞摩巖。此刻磨前人之刻重鐫。《林屋民風》載此詩,"山"誤"庭","閒"誤"開","九"誤"幾"。

**天王寺碑** 正書。 余遊洞庭,過桃花塢,止天王寺。詢其所自,唐大中元年鑿井,得天王像,因以賜額,所從來遠矣。洞庭故多柑,本寺尤佳,翠色亭亭,絕異它植。有老衲者,松陵人,備詳所以植之之術。蓋老圃之流,余甚嘉之。老衲又云:"山居荒寂,藉此爲檀越。近爲里井苛求,幾叢厲階。"余又憐之。嗟夫!物有可愛,行道之人皆愛之。但愛有二途,無所利而愛爲仁,生機也;有所利而愛爲貪,殺機也。生物者,物還生之;殺物者,物還殺之。嘗見有勢力之家,酷嗜淨土形勝,或爲園池,或爲第宅,一旦勢衰力敗,不旋踵而拱手還之。蓋天道好還,出爾反爾。況古來寺刹,歷世久遠,亦必有神物憑之不可侵也。且明興,歸併寺觀,吳中不下數百,尚不及此,誰能廢之?唯是普結善緣,廣行方便,自有福田遺於子孫,又何必妬人之所有乎?感而書此,以示勸也。萬曆十六年歲次戊子仲夏之吉，賜進士第、奉議大夫、同知蘇州府事嘉禾沈堯中執甫譔并書。住山沙門可明立石。 高七尺。十五行，行二十六字。在馬稅城本寺。"愛有二途"數語，理極精切，發人猛省，余深服膺之。

**伏象巖**三大字直書。 行書。萬曆己丑中秋，吳郡張元舉題。方三尺。洞山摩巖。

**送肖川江公督石於吳績成還任序** 正書。萬曆十八年歲在庚寅春二月，賜進士第、中順大夫、知湖州府事、前南京刑部郎中勞志撰。邑人吳魔祈書。金翺、朱恩、屠思、唐權等同立。高六尺。十八行，行四十字。在黿山觜屯山墩蕭天君廟。

**包山禪寺誦佛碑** 正書。萬曆丙申年孟春正月。高四尺。二十二行，行四十四字。在包山顯慶寺。

**普濟寺石佛題字**二段。 一、萬曆丙申年季夏吉旦，揚州府興化縣西五坊居奉佛祈福信人李子安同妻顧氏捐資，倩造毘盧遮那法身聖像一尊，懇求恩庇，嗣子早添，更保男華嚴目疾清明，關煞無阻，吉祥如意。勸緣比丘清瑄立。高五寸，寬四寸。八行，行十二字。二、萬曆丙申歲七月吉旦，吳縣三十二都朱墓村聖姑明王土地界居，敬奉三寶，信人殷治，倩工精造彌勒尊佛石雲像一尊，願老年康健，壽算延洪，冀門闌永遠清寧，吉祥如意。清瑄拜書。高五寸，廣四寸。八行，行十二字。刻在禹期山本寺佛身之側。

**重修石佛寺記** 正書。萬曆己酉孟冬十月。高五尺。在龍渚石佛寺洞口。

**重建天王殿記錄** 萬曆辛亥仲春朔日,里人徐國序立石并書。長洲張敬箕鐫。高三尺五寸。在包山顯慶寺。

**蕭天君廟爐座刻字** 正書。吳縣三十二都一啚信士朱天祿、朱天悅、朱應滔,萬曆四十六年六月。長九寸,廣五寸。五行,行二十字。在黿山嘴屯山墩本廟。

**福源寺銅鐘** 天啟三年歲次癸亥八月,欽差提督太嶽太行山等處司禮監太監王宗、住持性天監鑄。龍紐花文,極精。高四尺。在攢雲嶺本寺。

**福源寺鐵鑄如來三世佛**三軀。 高一丈一尺,工精美,象圓滿。王宗捐資鑄。羅漢十八軀,色施五彩,工精,王宗捐塑。在攢雲嶺本寺。

**福源寺鐵爐鐵點** 點天啟五年,爐崇禎二年。在攢雲嶺本寺。

**普濟禪寺碑** 行書。額篆"勅賜普濟禪寺鼎建碑"九字。 憶先文定謝相印以歸,蓋三遊洞庭云。遊必裹糧而往,往輒旬餘而返。探奇選勝,所至蘭若,命緇侶陳說前代興廢事,以寄憑弔。如普濟禪寺,其一也。寺故址在禹期山下,背兌臨震,廓然淨土,始自吳太傅闞澤捨宅爲寺,後以在寺賑饑,大同八年,因賜名普濟云。梁天監中,稍稍修飭,備鹿苑、雁堂之勝。距今六百載而遙,日就頹圮。里中豪猾復以虛糧中之,僧徒數鳥獸竄去。歲戊寅,中丞周公來撫是邦,廉知其弊,爲省無產而課者如干石。而珒上人發大願,力能次第鼎新之,構殿曰大雄閣,曰華嚴軒,曰環碧。其他方丈精廬稱是。寺外清流映帶,跨以飛虹,曰香華。榛者以闢,傾者以起,翼翼煌煌,較舊有加。客爲予言,珒故孔氏子,系出宣尼,以童真入道，居恆茹苦食荼，爲諸沙彌率。所習四禪八解，暇則視生産，畜牧而孳息之，斬艾耕畬，摻作惟謹。若居士，若遊客，諸樂以財施者，甚善即施，而弗好者，亦夷然不屑也。今刹那更新，所捐白鏹若干緡有奇，皆其俯仰之所拾取也。非然，則樵牧樹藝之所封殖也。非然，則忍嗜節欲之餘之所寶嗇也。予曰："异哉！吾聞西方聖人空諸所有，四大百骸，無所不捨。又聞儒者之言曰：'何以生財？曰儉。'夫珊上人，而若纖若縮，促刺不名一錢，不足當禪門棒喝。獨其庀財天地者，還以莊嚴三寶，庶幾得儒者之儉而空。用之，誰謂火坑中不具一清涼界耶？"客听然而進曰："是則然矣。夫具宰官身者，即現宰官身而爲説法。兹土也固爾先大人還其轅，亦惟大夫賜之一言，以爲山門重。矧廢興興廢，轉輪輪轉，不容針芥。微上人之智力苦行不及此，大夫其毋忘爾先大人衣冠出遊之所，請授簡而勒之石，謂之先志。"賜進士第、通議大夫、欽差整飭蘇州等處邊備、兼巡撫順天等府地方、都察院右副都御史、前南京太常寺卿、太僕寺少卿、三奉敕提督京邊東西二路馬政、兵部四司郎中、員外主事吳郡申用懋撰。皇明天啓歲次乙丑孟春吉旦，住山焚修八十比丘清珊弘洗心焚香拜立。檀越清糧長者徐禋、旌善長者費銓。里人金存謙書。吳郡杜國禎鐫。　　高七尺。二十行，行四十字。在禹期山本寺。

**普濟寺詩刻**　行書。　　御筆親題冠士髦，鑪聲唱入五雲高。千尋日觀懸金榜，十里春堤度彩旄。仙仗分騎珠勒馬，中官擎賜綵羅袍。清時幸得同儀鳳，敢負生平學釣鼇。右詩登第作，遊洞庭普濟寺，書於華嚴閣，時行。

何年劫毀空王殿，藉爾重開祇樹林。龍藏自依青嶂繞，雁堂新闢白雲深。池分阿耨供香積，鳥和迦陵演法音。黃葉漸看飛滿砌，紛紛如布給孤金。己亥秋仲遊洞庭普濟寺，贈鑑池上人，錫山安希范。

竹樹幽深處，雲房傍水棲。浮萍無繫蒂，飛絮不沾泥。露冷諸天净，波澄萬慮齊。鑑空池不染，花與月俱迷。右詩似鑑池上人，須之彦。

青鴛白馬梵王家，覺路高開四照花。獨自經行過夜半，不知寒月上袈裟。右似鑑池上人，錫山鄒迪光。

虎溪閉月引相過，帶雪松枝掛薜蘿。無限青山行欲盡，白雲深處老僧多。右題僧院一首，文震孟，似鑑池上人。

霜覆鶴身松子落，月分螢影石房開。文震孟又書，似鑑池上人。

清池如鑑映虛空，身住浮山萬頃中。五袠乍臨僧臈少，三乘一悟性源同。未論傳鉢成初果，若説開山是首功。秋滿寥天懸寶月，醍醐相慶桂花紅。鑑池上人五十，辛丑仲秋錢允治賦壽。

赤山步頭霜樹紅，清波門外水浮空。高僧説法魚龍聽，盡在蓮舟一葉中。右武陵贈僧一首，王穉登，似鑑池禪師。

小築名山近，幽偏意自融。疏牕含竹雪，高枕漱松風。山海流觀外，乾坤坐嘯中。何言未深隱，吾好在墻東。夙尚在巖穴，欲惟塵垢氛。結茅兹得地，遺世不如君。高舉看黄鵠，幽期指白雲。山郵書昨至，許爲削移文。右《山居雜詩》二首，爲鑑池上人書，周天球。

小亭帖岸綠陰齊，望入雲峰西轉西。茶後香前貪一覺，深松細雨叫黄鸝。陳繼儒，似鑑池師。

富貴各有底，貧賤寧必終。濁塗總屯邅，何不學赤松。食飲太和液，守雌還其雄。真成會變化，抗翼想鴻濛。遊仙詩，書似鑑池上人，朱鷺。

喬柯怪石鬱葱然，静對心猿摠不繁。夢斷數聲何處笛，起來雙眼傲青天。右園居即事，杜大綬，爲鑑池禪兄。

空門昨日學逃禪，歸向長林静夜眠。桐影滿堦塵蹟掃，任教明月向人圓。右月夜，張鳳翼，似鑑池禪兄。

花雨長傍法筵飛，底是談經慧解微。弱絮沾泥渾似我，禪機問取已忘歸。右答千江上人，書似鑑池老師，朱紘。

十里長松數鹿群，閑來石榻掃秋雲。照池朗月逢支遁，繞戶清風著廣文。法自九蓮臺上選，泉從八德水邊分。於今江海逃名處，何似茲方籍碧芸。右遊靈谷寺，爲鑑池禪師書，南華霆。

精廬近住白雲丘，梵唄常聞事靜修。花雨散餘禽就掌，雷音談處法空流。鑑池水接曹溪脉，石澗煙浮智海舟。夜坐山南誰作侶，支公獨共許詢遊。書贈鑑池老師，幸教之，堅白道者性咸。

洞庭峰巒七十二，震澤波濤三萬六。漁網渾疑天上行，人家盡向雲中宿。蒼茫何處碧山居，一卷床頭種樹書。雨後枇杷霜後橘，每憐消渴寄相如。右遊太湖一首，爲鑑池禪師，王穉登。

短棹尋春過虎溪，路曾經歷未全迷。林香豈爲栴檀發，谷靜唯餘怖鴿栖。僧梵晝隨清磬遠，禪心閒共白雲齊。欲知姓字頻勞問，檢點新詩醉與題。遊普濟寺，贈鑑池上人一首，謝長康具稿。

天啟歲次乙丑孟春吉旦，住山八十比丘清琿焚香拜立。里人金存謙拜書。吳門杜國禎謹鐫。高六尺，分五層。二十行，行十二字。刻在普濟寺申用懋碑陰。申文定諸詩多與寺無關，全文應略，惟寺已頹敗，興復無日，恐日久就湮，特存之。

**福源寺記**　正書。額題"重興福源寺記"六字。　吳洞庭山之有福源寺也，自蕭梁大同二年創也。是時，吳邑宰黃公禎實施寶林，而僧普國爲開山祖。歷世久遠，興廢靡常，毀於隋之大業，復於唐之貞觀，災於宋之紹興，重建於南渡之嘉定。陽燄空花，雪泥鴻爪，其事其人，俱不可得而考矣。入國朝，而寺僧俱以徭役重困，散走四方，紺殿珠林，鞠爲茂草。至嘉靖中葉，比丘洞然縛茆三楹，焚修於此。攻苦茹淡，踰三十年，饑甦窮寠，嘯呼白草。歿而戒其徒性天,惓惓以興復古刹相囑累。性天爾時合十受記,私自誓願踐此遺言。萬曆辛巳,有均田之令,邑宰傅公光宅爲減重額,捐積逋,寺於是不苦國課,興有基矣。後三十年辛亥,乃始拮据爲重興計,少師申文定公徵君、王百穀先生,皆有募文爲之助揚。米粟金錢,寸累黍積。性公擔瓢笠,沐風雨,踰江漢,取材於楚,捍勞忍苦,以集厥事。又七年戊午,經始營建,更五年,爲天啓壬戌,迺底於成。嗚呼,其艱哉!甲子之冬,邑宰萬公谷春以事入山,停驂瞻禮,署其額曰"福源古刹"。蓋自黃公施地以來,歷千三百年,成壞遞變,而傅公寬其征,萬公落其成,三邑宰後先相望,爲德於茲寺者,薪薪相續也。性公請余文爲記,以昭垂來禩,俾知肇造之不易。請三年而意彌勤,余迺因之重有感矣。大千世界,建治銷毀,不離一念,隨感斯形。大同之時,像教宏興,造寺寫經,所在而是。如黃公治吳,他事無所考見,而名與福源共爲不朽。又如茲刹,俄而攢星耀日,俄而冷風飄塵,俄而剪翳剔荒,俄而鼓魚唄梵,故知萬法無常,惟心自造。緇流法社,來居來游,倘有悟,於斯乎爲聲聞,爲緣覺,爲菩提薩埵,雖妙等二覺,拾級而升,無有外於一念者。毋徒委有漏之因,爲人天小果而忽之哉。至如性公自受記以來,首輕徭役,次取材,次鳩工,一生精力惟此一事。施爲次序,井然不紊,成於幾十年中,而不怠不躁。乃至乞文爲記,亦且三載,終無倦色。又知一念堅固,無事不辦。豈特有爲法之榜樣,即見性明心,成佛作祖,津梁階級,於此亦可以頓悟矣。中興之功,與開創者相映不磨,則其細焉者也。時皇明龍飛崇禎戊辰十月之望,太子中允、兼翰林院侍讀、前國史脩撰文震孟著。住持比丘性天徒孫海印盥掌拈香拜立。

高六尺。二十二行,行四十四字。在攢雲嶺本寺天王殿廢基上。寺中鐘磬諸物皆中涓王宗所造,意其建築之資亦多出於王宗。記中不惟無稱頌之語,絕無一字齒及。文肅正色立朝,凛然不可犯之概,即此亦足以覘其略焉。對立康熙五十年七賢山禁採石碑一石。潘耒生記云

360

所見宋嘉定間王公振寺記一碑，則尋未獲。

**羅漢寺爐座題字**　正書。　崇禎四年十二月孟春，吳縣三十二都一圖信人柴汀同妻朱氏喜捨香爐一座，保吉祥如意。住持通源。　高三尺，鐫蟠龍，極精。在兵塲里本寺。

**西湖寺鐵鐘**　崇禎丙子仲春。　高四尺，在涵村本寺。

**曲巖**二大字橫書。　篆書，丁泉宗書。高八寸，廣一尺六寸。洞山摩巖。

**天下第九洞天**六大字直書。　正書。高七尺，二行，林屋洞摩巖。

**第九洞天**四大字直書。　一篆書，一正書。林屋洞摩巖。

**雨洞**二大字直書。　草書。每字徑約一尺。林屋洞摩巖。

**洞山**二字。　正書。洞山摩巖。

**丙洞**二字直書。　一正書，高一尺五寸，廣五寸。一篆書，高一尺二寸，廣五寸。丙洞摩巖。

**龍渚山造象**四軀。　釋迦牟尼佛象一軀，觀世音菩薩象一軀，蔡門沈氏造。觀世音菩薩象一軀，吳門蔡氏造。文殊菩薩象一軀。吳門鄧氏造。每象各高三尺，摩石佛寺後山東北巖壁。

**石佛寺觀音洞造象**　葉召臣、殷拱、王問言等造，共象三十二尊。龍渚石佛寺摩巖。

**石造三官象**　高三尺。

**石造真武象**　高三尺。左上角缺。
以上二石刻工精美，當爲宋元時物，不亞吳城報恩北寺石家堂，即使年代再晚，亦必與殿中朱天禄造爐同時也。在黿山嘴屯山墩蕭天君廟。

## 清

**蕭天君神案刻字**　正書。順治庚寅三月，吳縣二十二都八啚陳彝、李應元、李仲華、陳光祖、朱茂章供奉聖殿案前石桌一座，吉祥如意。　廣約二尺。在黿山嘴屯山墩本廟。福主行宮坊，乾隆四十九年建。

**蕭天君廟神坐刻字**　正書。　順治庚寅夏四月，吳縣三十二都一啚朱守仁、陳光相、沈以成、張士倫、章成學、張佐明、張成彦、張文禮、張忭、張應惠、朱子奎、張鳳翔、張成智、張成相、金存禮、柴思才供奉。　廣約一尺，三坐同。在黿山嘴屯山墩本廟。

**封禁採石石刻**　順治十二年桂月，里人勞明志書，勞轆篆額，本啚朱月山刊。高五尺。二十四行，行六十四字。在黿山嘴屯山墩蕭天君廟。外廳示刻石一，乾隆三十一年菊月。

**洞庭西山東湖禪寺碑記**　行書。額篆"東湖寺碑記"。洞庭西山東湖禪寺，乃古十八招提之一也。代遠人遥，難以備考。自宋淳熙來，祖勤、月溪閒世一出，碑碣彰彰。無何，荒蕪殆盡，惟一老衲枯守數椽。新朝鼎革初，燕都天祐師携錫南來，慨然有恢復之志。後老衲以古木售工師，其夜，樹神輒向師乞命，師於是放下蒲團，誅茆斬棘，奮然以東湖爲己任。初不計心力之難給也。今未三紀，百廢具興，非夙有願力者不能至是。聞祐師向曾專制一方，擁篲九鄱，固以天大將軍身而脫卸鐵衣，著此戒袗，兼其嗣西宗、紹翊、劻贊饒有異才，故其成倍速。入其門，則爲天王殿，爲大雄寶殿，爲廊廡。左右之側，爲廚庫，爲齋堂，爲客舍，爲僧寮、庖湢。更宛轉而上之，則師所燕息處，曰祖堂。園中茶千棵，竹千竿，枇杷楊梅、橙橘櫻桃約千樹。柴山百畝，石垣一匝。殿傍古井一，古木一，方池二。種種莊嚴，皆祐師與西宗手爲之經理也。嗟嗟！東湖之興豈易言哉？祐師乘大願海，以不思議力恢弘巨刹，亦安知非祖勤、月溪輩之再來乎？祐師與笠庵家大兄爲方外友，一日屬余爲記，因略序其端末，以勒諸石。倘後有不守清規者，當擯斥之，一針一草，慎毋忽視之。天祐諱自在，大興人。賜進士及第、中憲大夫、國子監祭酒、前翰林院侍讀、分巡大梁道、河南提刑按察司副使、内翰林國史院編脩華亭充齋沈荃撰并書。賜進士出身、翰林院編脩、前弘文院庶吉士沈世奕篆額。皇清康熙十三年歲次甲寅拾壹月長至日穀旦，吳興沈中摹丹上石。　高六尺，五層。層十五行，行九字。在涵村新安山本寺。

**雪山道人詩刻**　正書。　丁未閏月孟夏日，同諸君子奉陪金太傅息齋老居士遊東、西兩洞庭雜詠。

《同宿翠峰寺有感》：古刹僧希見，空山馬亂行。良宵懷雪竇，<small>翠峰乃雪竇顯禪師道場，故云。</small>靜夜聽松聲。不作人間夢，相忘世上名。未能同一宿，安得悟三生。

《與息翁汎湖口占》：並汎木蘭舟，人生信若浮。山移帆不動，風定水長流。君有烟霞癖，我無名利憂。志同堪作友，謝事五湖遊。

《同遊林屋洞》：息翁七十五，好道共僧遊。洞府乾坤古，仙家歲月悠。水流丹竈滿，雲過石牀留。不入最深處，安知境勝幽。

《同遊大龍渚》：水落龍宮現，玲瓏非鑿穿。門多皆破浪，洞小悉藏天。玉柱擎山立，金鐘借石宣。追陪消永晝，猶勝探千年。

《同登縹緲峰》：縹緲峰頭望，群山拜下風。有天皆眼裏，無剎不胸中。但見舟如葉，那知身在空。非僧境界大，翁量亦難窮。

《一線天》：青山赤壁如人擘，仰面中窺露線天。不用女媧重煉補，斷崖自有白雲連。

《歸雲洞吟》：千秋玉洞待仙來，照水榴花朵朵開。湖上好山看不盡，白雲片片又飛回。

《與息翁登金家嶺看落照，是日愈覺日長，坐久不見日落，因興人促歸，賦此遣興》：盡道光陰速，偏翁看日長。天宮原不夜，佛國本平常。堪笑輿人拙，可憐舟子忙。欲歸家裏去，借問在何方。

《同宿甪灣鄭君玉家，偶賦》：鄭氏家聲遠，幽居紫靄閒。佳賓推相國，賢主讓青山。石榻和雲臥，柴門向水關。閒人如野鶴，飛去又飛還。因宿兩宵，故云。

《承諸君子同息齋居士過余舊隱羅漢山居，又蒙題"心空及第"四字贈余，賦此以謝》：不入荒山裏，焉能見古風。但存松節操，惟愧竹心空。緇素衣雖別，僧儒道本同。感君題四字，泉石頌無窮。古吳雪山道人德濟具草。

讀諸咏，景真語悋，妙在自然。蓋無意爲詩，而臻詩之妙境者也。請作詩者參之。息齋老人金之俊評。康熙歲次丁巳仲夏穀旦書。　書條一石，四十二行，行二十字。在兵場里羅漢寺。


**新建關帝廟碑記**　　正書。　　康熙戊午年戊午月日時，恊鎮江浙太湖等處地方副將，今陞定海城守左都督姚世熙，恊鎮江浙太湖等處地方都督僉事李鳳翔、江浙太湖右軍參將、管守備事吳自禮、江浙太湖右軍守備吳斌同立。　高七尺，在衙里關廟。

**封禁龍渚山採石石刻**　正書。　康熙十九年七月，縉紳繆肜、蔡瓊枝、葉時章、徐元弼等四十餘人同立。　高六尺，在龍渚石佛寺。外府廳示刻石七：一康熙四十七年十二月，一嘉慶十一年，一嘉慶十二年五月，一嘉慶十六年九月，一道光七年閏五月，一道光二十八年三月，一光緒九年八月。又《重修碑亭記》，蔡鴻模撰。小龍山蕭天君廟前有永禁開採十大字，摩巖。又頌總督鐵保等禁採石德政一石。

**東湖寺鐘**　康熙癸酉年，梅季宣造。高三尺，在涵村本寺。

**羅漢寺碑記**　行書。額篆"重興古羅漢寺華果山場碑記"一十二字。　前住虎邱塔院寓泗洲寺安隱堂蒿菴本黃撰。楚夢澤山人鶴舟元祚書丹。賜進士出身、翰林院庶吉士華亭沈宗敬篆額。姑蘇西洞庭山有古羅漢寺，始建於晉天福二年，爲妙衛法師演天台教觀之地。而法師登座説法，辭音朗潤，談辯如雲。當其法筵大啓，有奇偉開士二十餘輩，絡繹而至，同來論義，闡發淵微。學侶聞之，歎未曾有。乃至期畢，群賢告辭，法師亦不堅留，設伊蒲盛饌以餞之。當是時，檀越施凈資以成就道場者，咸獲勝福。法師示四衆曰："此雲集法侶，皆從石梁五百聲聞中來，應響助宣，佐我弘揚一心三觀之旨。"四衆皆以爲異。於是有司上表奏聞，遂得賜額曰"羅漢寺"。事載僧史，信而可徵者也。元末復造，毀於紅巾。明永樂間，僧悟修重建，不久又廢。天啓二年，覺空禪師諱道具者，親從天童密雲悟老祖棒下，得無生忍，來遊吳趨，尋山以居。乃得古寺基，遂於荒蓁蔓草之中結茅養晦，遠近人士咸敬服其本色。住山遂各施資，於是乎梵宇重興。本朝順治七年，洞宗雪山濟和尚來住此山，奉養其母，有睦州織履之風。內閟禪宗，外現净土，智真行實，爲太傅息齋金公所敬信，而未嘗一登太傅之門也。其徒補石堅長老，事師至孝，緇素歎服。從虎丘佛智孝和尚受具足戒，往來參請於余座下者十餘年，會得身心一如身外無餘之第一義諦。余乃囑其禪净兼脩，當於水邊林下，長養聖胎。長老能不負我所囑，潛蹤脩净，不露圭角，視近世之奔走紅塵，趨附勢餤而曲求枉化者，謂之賢矣。其徒道解、福果，職任監寺，與其孫祥慧等同心協力，恢復舊業。經營拮据，陸續置辦，所有楊梅枇杷，松竹茶園，花果柴山，約計柒拾餘畝，刀耕火種，守分住山。可謂後起有人。將來或有志參究上乘，紹繼宗風，未可量也。兹者，選石樹碑，乞余爲文，因叙建寺歷來始末，並略述其一門行業清白，勒石永垂千秋不朽云爾。龍飛康熙甲戌三十三年四月吉旦立。計開山場園地：楊梅山三十一畝，寺基并竹園花果地三畝，茶亭茶園山柒畝，路十五畝，嶺頭上梅樹地壹畝零柒釐，羅漢山捌畝貳分，寺後柴山柒畝，又三畝五分，香花橋柴山貳畝柒分。　高六尺。十八行，行四十六字。在兵場里本寺。

**東蔡宗祠碑記**　　正書。額篆"東蔡宗祠碑記"六字。　古者，士以下祭於寢而無廟禮也。然祭於寢，則近褻；祭後先不以時，則近慢；群子姓不聚於其所，則近渙。廟立，則奉主藏於函；有事，則啓函焉。昭穆必序，俎豆必備，長幼親疏必會，此先王尊祖、敬宗、合族之義。士有志立家廟，即浮於禮而不失尊祖、敬宗、合族之義。緣人情而爲之，孝也，亦禮也。簫竊聞先大父靈巖先生，晚年亦皇皇，惟以立家廟、追養厥先爲志，惜乎有其志而未及爲也。豈當時無爽塏之基可卜耶？抑役繁賦重，無暇寧居，因循遲暮，至病劇彌留，竟弗克搆以成其志耶？噫！可歎也已。康熙二十有三年甲子，會有族人欲毀其堂，叔氏紹先公輩慨焉偕群族長，謀釀金直彼而存是堂，堂存，立爲家廟，誠一時之機緣，通族之義舉也。益與群族長約:"南貧北富,阮家且然,矧吾族之素封無幾。今日之舉,忍不問其菀枯,若詘於貲而力不逮於輸者,亦使慨輸歟?由是言之,則不能無有無豐殺之別矣。雖有有無、豐殺之別,決不可有有無、豐殺之別留於心目間,以開他日之口實。吾儕爲義,尚其希文正范希文之爲義哉。《尚書大傳》曰:'廟者,貌也。'先祖形貌所在也。蓋穆然閟靈之所,一切穢濁,如居貨、停喪、浴蠱之屬,凡我族人,斷不獲肆言,衆共任意,攸爲擾亂。"我先公也,慮深遠矣,言之詳矣,僉同俞矣。於是俾工人繕輯之,丹艧之。其几筍、鼎彝、籩篚之物,靡不畢具。乃庸特牲告廟祇,奉始祖龍圖閣祕書公、仲伯公、武毅公、貴四公、孟六公、悅四公、行簡公、畊隱公、愛筠公、聽松公、月蓬公、蘭谷公,暨通顯飛泉公、闇培公,皆藏主焉。祭則福於斯,出則告於斯,歸則面於斯。歲時節序,子孫彙征羅拜,林林總總,自庭徂堂,殊無隙地,蓋甚盛也。然非導首無以要其成,非董治無以竣其工,非嚴謹無以立其紀律,三者之講,叔氏有焉。叔氏可謂孝乎祖考,又推祖考之志,孝乎高曾,以迨無窮者矣。嗟夫!仁人孝子,有志追養,而或力有不足以副之者。力足以副矣,又必俟有機緣,至後之子若孫始得成其志。則家廟之立也,厥惟艱哉,是不可以無紀。二十世孫霞莊簫頓首拜撰。二十二世孫元燮沐手拜手書丹。康熙三十七年歲次戊寅且月穀旦。　高四尺。二十行,行三十九字。在消夏灣東蔡蔡氏祠。

**蔡氏祠堂碑記**　　行書。額篆"蔡氏祠堂碑記"六字。　　吳有兩洞庭山峙具區中,而西山縹緲峰爲七十二峰長。峰之陽,蔡氏居焉。山中皆聚族而居,友漁樵,樂林圃,俗尚淳朴,有上古風。蔡氏子姓尤讀書敦行,故群推蔡氏爲人宗。自建炎迄今,歷六百年,家聲不墜,由其本親親尊祖之義以垂訓也。於今肇建始祖祕書公祠,而益歎爲不可及矣。往予閱袁中郎《洞庭游記》,稱方內居然第一,輒神往石公、林屋閒。曾訂老友息關共游，不果。息關亦公裔也，近郵書至京師，屬爲祠堂記，將泐之石，以計久遠。余未獲身攬其勝，而懀慕往哲，得附名氏共山之高，共水之長，固所願也。按：公諱源，字世洪。尚宋長公主，官直煥章閣祕書郎。宋高宗南渡，護蹕臨安。子三人。長太伯，曰維孟，遵父命奉母趙夫人居此，自號洞庭遺逸。《禮》云："別子爲祖，繼別爲宗。"似始遷之祖，太伯也。然卜此爲退休地，寶公之初志卒葬臨安，不得與趙夫人合兆，勢或使然。隨父居湫者，母其母。奉母居吳者，父其父。安得不共尊祕書公爲不遷始祖乎？次仲伯，曰繼孟。三季伯，曰承孟。仲伯之系居湖州之嗣莊，或居蔡墰。其初，仲伯時來省母，亦搆宅於縹緲峰下，山中因稱爲東、西蔡。其暘塢一支，則從蔡墰來者也。因武毅將軍出鎮，留居婁東，而蔓衍於玉峰、雲閒。因贅於錫，雋於錫，而入籍無錫，皆仲伯之系也。季伯之系居湖州之小山，今德清一支是也。三支各派，而群奉太伯爲大宗。太伯之系，有遷本山之圻村、石橋、甪頭者，有遠而遷板村，而橫林，而毘陵者，有遷楚之長沙者，有遷泗、亳閒者，有遷宿遷而之瀋陽者。而西蔡固百川之宿海，萬木之蟠根也，而宗祠缺焉。詩人所謂"烝衍烈祖，以洽百祀"者，其謂之何？祕書公十八世孫來信，身任其事，糾子姓共襄之，以奉始祖祕書公、趙夫人祀。而三支昭穆，以次祔焉。經始於康熙丁丑年仲秋，告成於庚辰年仲春。豐棟飛甍，既崇且備。春秋會祀於祠，少長咸集，薦牲灌醴。獻酬已畢，宗長之耆年有德者，聚宗人而申之以孝友睦婣之義、收族訓族之道，即具於報本返始之中。是誠仁人孝子之用心，視世之封殖以自厚者，相去遠矣。抑余又聞之，人生之所樂寄，死而魂魄必憑依焉。祕書公不及退休於山，其眷眷於兹，當無或已，則永厥烝嘗，固所以遂公未遂之志也，詎可已耶？按：禮惟大宗得祀其始祖。是舉也，考之朱子及宋文憲公所推論，無不合。其亦弗愆於禮者歟？爰記之，爲聿念爾祖者勸。賜進士及第、經筵日講官、起居注、禮部尚書、兼管翰林院掌院學士事、教習、庶吉士韓菼頓首拜撰。康熙庚辰仲春月上浣穀旦,十八世孫來信同男汝震敬立。　高六尺。二十一行,行四十七字。在消夏灣西蔡蔡氏祠。

**秦儀墓碣**　正書。題曰"故宋翰林駙馬都尉元德秦公,娥明公主合墓"。康熙四十二年歲次昭陽協洽之桂月立。高五尺。在消夏灣飛仙山。

**雙塔頭茶亭記**　康熙丙戌四十五年桂月,僧明悟立。高三尺。在包山口雙塔頭村。

**華山寺鐘**二　一、康熙四十九年僧少月造,重三百四十斤;一、康熙六十年歲次辛丑比丘萱開造。均在慈里本寺。

**歸雲洞石案刻字**橫刻。　正書。康熙癸巳春季穀旦,胥母馬居士供奉萬年臺一座。　在歸雲洞。

**實際寺碑記**　行書。洞庭西峰招提一十有八,各據其勝。歷代鉅公遊覽,多吟咏以紀其事,誌書可考也。若黃瀆之報忠,澩紫之實際,尤爲絕勝。第寺創自蕭梁,隳於明季。先年,報忠之主僧含章,洎徒虛一,徒孫靈雲,淬勵精勤,以興復山門爲任。歷三十餘年而後落成,殿閣煥然。雖主僧經始之功最難,實靈雲襄贊之力居多。歲在庚午,里人因實際寺毀廢已久,振興無人,共合十敦請靈師曰:"實際湖水縈帶,峰巒屏繞,塢水清潔,如甘谷菊泉,飲之卻病延年。昔謝晉有'松濤藥草'之句,以茲名勝,置之荒煙蔓草間,伊誰之責耶?況師鄧紳嫡裔,性行敷衆,則山靈之有待於師,非一日矣。"師瞿然曰："殿址荒蕪，半爲居人所侵，興之豈易易哉？"固請，乃稽首大士前，筮之得吉，遂往創建，則實際始理根源矣。時有尤鶴栖先生、錢宮聲先生，更爲作引勸募，鳩工庀材，天人協應。自插草以迄於成，機緣浩大，鉅細悉符所願，若神默助之。乃得殿宇甫竣，只存舊大士像，前係增塑。聞郡中承天古刹，所有香相數尊，靈師虔請供奉，即白邑主得允所請，世尊亦示夢於毛氏善信而有執香送佛入山之兆。正苦城河湫隘，山航難渡，靈師夜禱佛前，無水奈何，而慈尊默顯神力非常，及至天明，河水驟漲，可謂僧願佛慈，兩彩一賽。登舟，將抵寺岸，山閒居士遙望，燈火煌煌，若列炬燄，絡繹而來，群奔湖畔。惟見靈師載佛數尊，屢顯靈異，因師之至誠所感，衆皆欽之。迄今二十餘載，師徒苦志經營，始得殿廊崇煥，規模弘敞。院側數武，有塚壘壘，左右有石幢，係本寺歷代瘞處，并清理重整。嗟乎！靈雲既助師重修報忠，復自創建實際，遂得徒衆，力艱任巨，以匡師志。所謂人傑地靈，其宏願勇力，洵爲法中龍象哉。從茲晨鐘暮鼓，與湖聲並揚，甘露天花，共山光偕麗，不大生色於十八招提哉！余志山水閒，壬辰春暮，訪勝金庭，偶因雨留山房，得稔靈師之志願、事之顚末，爰爲之記。古吳胥郊雁宕馮盛蕙撰。　本郡護法鄧旭、徐秉義、錢中諧、尤侗、毛人宿，本里護法徐虞卿、勞純元、徐夏侯、徐商珍、許堯章、吳韞玉、吳君威、戚宗獻、吳天祥、戚君來、勞文榮、徐運先。東山靈源道煜書。本山戚舜臣鐫銘。康熙五十五年歲次丙申三月日，住持僧法慧同徒果復立。　高七尺。十九行，行五十三字。在澱紫山麓本寺。

**徐嚞墓碣**　正書。題曰"徐氏始祖之墓"。雍正甲辰二十五世孫錫昌書。高四尺。在堂里村中。

**包山甪里鄭氏建祠堂碑記**　正書。額篆"克昌厥後"四字。

蓋自天子至於仕宦悉有廟，士庶有寢。然雖尊卑貴賤不一，而爲子孫者，追遠之義則同。故君子將營宮室，必先立祠。夫祠也，報本之地也。夫祖宗艱難創業，德庇子孫，至數十百年後，而在天之靈竟不獲安其所，而食俎豆馨香之報，豈是理乎？吾潜之公，以趙宋南渡，來自滎陽，遂占籍於吳之甪里。地號鄭涇，所由起也。迄今二十有一世矣。康熙壬辰春，客楚族衆各捐貲公積，居家亦各捐貲，協力得玉字圩基壹畝肆分壹釐陸毫，謹擇於雍正二年甲辰孟秋之望經始，於次年二月落成。厥土燥剛，厥位西向，前後二進，計十間，廂樓四間。於是潜之公以下，均設主以奉焉。大者祖而小者宗，流源有別。左爲昭而右爲穆，次序無棼。時長幼咸集，成乃言曰："吾鄭氏於昭代以來，書香未著，蟄守林泉。然自知難、石南兩翁開先文獻，隆慶間，御史衡菴公文章德業名震一時，至今嘖嘖人口。厥後，明經不乏，茲賴祖宗之靈，族衆之力。雖春秋霜露，庶得致如在之誠，而報本於萬一。然而克展孝思者，則不專是焉。夫題姓揚名，承先啓後者，喜相慶，憂相恤，無非光厥祖，即無非報厥祖也。"乃從而歌曰："慶成孔安，享祀不忒。旨酒欣欣，祖考來格。永言孝思，孝思維則。子子孫孫，兢兢業業。"成，一族之長，衆推一言爲誌，深愧不敏，聊以一言書石而爲記。創首孝基、弘文、潤之、靖侯、素培、書培。監造成之、漢臣。龍飛皇清雍正十三年八月既望吉立。　高六尺。二十二行，行四十八字。在甪里鄭氏祠。捐資人名碑一石，年月高度與此同。

**羅漢寺鐘**　雍正十二年荷月比丘樂山同徒本源造。高四尺。在兵場里本寺。

**夕光洞**三大字直書。　正書。乾隆元年春王樑書。高二尺。石公山夕光洞摩巖。

**蔡九逵象贊**冠服象。　額篆曰"名流奕世"四字。象右篆"蔡九逵先生象"六字。行書。　贊曰：猗歟先生，吾宗之望。學究天人，文章宗匠。易洞騰聲，才高意廣。姑蘇才子，十人之上。輯譜睦族，既修且創。官惟孔目，寄情高尚。樓標元秀，裣情朗暢。亭開劍戲，翰墨逸宕。具區洪波，縹緲列嶂。鍾於先生，斯文之貺。余生也晚，景仰不忘。誦讀遺編，神馳心嚮。噫嘻幸相，去之未遠。覿儀容之個儻，爰即圖以作贊，以是爲家之寶藏。乾隆元年清和月之上浣敬題於桐華書屋。祕書公二十世孫書升拜手。　高六尺。在消夏灣東蔡宗祠。

**徐忠壯公祠堂碑記**　正書。額篆"徐忠壯公消夏灣祠堂碑記"十一字。　賜進士出身、誥授通奉大夫、內閣學士、兼禮部侍郎嘉興錢陳群拜譔。賜進士出身、敕授文林郎、翰林院編修東沙柏謙拜書并篆額。　予讀《宋史》，至建炎之際，歎當時賢將林立，若岳武穆飛，宗忠簡澤，韓忠武世忠，曲將軍端，皆具忠義勇略，使勿掣其柄，勿沮其鋒，任用不疑，則中原可復，二帝可還。乃受蔽奸邪，若殺若罷，主秦檜之和議，甘南渡以偷安。父母之仇，終身不報，良可痛惜也。而其時與諸名將比烈者，則徐忠壯公徽言。公少負忠節，喜譚功名，以材武應詔，賜武舉絕倫及第。官武經郎，歷知保德、晉寧軍，兼嵐石路沿邊安撫使。當公之知保德也，時將伐燕，命招討河西帳族。帳族拒，公迎戰，奪天德、雲內兩城。童貫嫉其功，檄回。金人圍太原，分兵絕餉道，隰石以北，命令不通。公以三十人渡河，一戰破之。金人再犯京師，樞密聶昌以便宜割河西三州隸西夏紆禍，軍民大恐。公率兵復之，陰結汾晉土豪，約復故地，則奏官爲守，長聽世襲。條其事以聞，召公聽王庶節制，議遂格。迨河東郡縣淪沒，晉寧孤壤屹立，金人圍之，公以死守。裨校李位、石斌啓郭納寇，公上馬決戰，殺傷甚衆。見勢不可敵，拔佩刀自刎。金兵猝至，挾持以去。金將婁宿遣公所親信說公降，公罵不已，宿射殺之。高宗聞公死狀，謂公臨難不屈，報國死封疆，勝唐之顏真卿、段秀實，加寵勸忠，贈晉州觀察使，謚忠壯，再贈彰化軍節度。嗚呼！天生忠義勇略之將，使當太平之世，寧謐四夷，非不足以垂名傳遠，徧歷之險阻艱難，而又撓之抑之，令不得專征閫外，定亂扶危，卒至貫胸抉脰以死，此豈天之所以成之？不如此則名不垂而傳不遠，抑亦宋祚之將衰，雖有忠義勇略之將，無能爲役也。公，越之西安人，後嗣遷吴之洞庭西山。祠建於康熙壬寅閒，背縹緲峰，臨消夏灣，門三楹，面離位。門内爲堂，堂後爲正寢。奉公木主，次奉公六世孫正字公澄，暨始遷祖學錄公圻下亦得以世序祔祀焉。築樓兩廂，貯祭器、家乘，西爲守訓齋，栽花疊石。齋後爲庖湢所。子姓四宣、四德、士修、惇義、四綏、惇復等共襄其役，而四綏實竟其緒。復偕惇復、德成、綏捐祭田於祠，以計永久。病革不能語，猶執子監手，畫"祠未立碑"字，囑之。昔過湯陰，謁武穆祠，英風凜然，經潤州，謁忠簡祠，惜其謀議不用。來吴中謁忠武祠，想見放居西湖，跨驢携酒，淪落不平之概。然諸祠皆塵封煙鎖，蔓草盈庭，獨公祠據湖山之勝，歲時子孫會聚，蒸嘗無闕，俎豆常新，則公生前之功與諸賢將垺，而身後之所享過諸賢將遠矣。予與瀘州刺史綏交久，郵札來京，請予作記。因括公本傳，應之。他日乞身歸田，當訂洞庭之遊，拜公祠下云。大清乾隆三年歲在著雍敦牂大荒落月穀旦立。吴郡顧觀侯鐫。　高六尺。二十行，行五十四字。在消夏灣徐巷徐氏祠。

**包山寺鐘鑪**　鑪乾隆十六年六月吉旦蘇郡梅文玉造。高五尺。鐘<sub>無年月</sub>。高七尺，在包山顯慶寺。

**徐巷港記**　行書。乾隆二十二年五月。書條二石，在消夏灣徐巷。

**徐巷港建築瀆渚轉水墩記** 正書。乾隆二十三年。高五尺。在消夏灣徐巷。

**文昌宮磚塔記** 正書。乾隆二十五年春。方二尺。十一行，行十字。在甪灣文昌宮。

**重建玉虹橋記** 正書。乾隆二十六年歲次辛巳九月三日，玉峰蔡煓撰。苕上嚴其焜書。真州陸端篆額。 高七尺。十六行，行四十字。在堂里。瀋河告示刻石，嘉慶二十四年四月。

**澹菴蔡公墓志銘** 正書。乾隆二十九年十月，詹事府少詹事楊宗撰。鄭永鳴書并篆額。 高六尺。二十九行，行四十字。在疃里宋巷。澹菴名之俊，捐職州同蔡振之父碑，覆有亭。

**贈奉直大夫蔡之俊誥封碑** 正書。乾隆二十八年九月二十日。高六尺。在疃里宋巷。

**靈佑觀鐘磬** 磬，乾隆二十九年孟冬月，高三尺。鐘，道光元年嘉平月，高四尺。在鎮夏本觀。

**東園徐氏祠堂記** 正書。額篆"東園徐氏祠堂記"七字。 吳縣西洞庭山，在震澤中，穹巖邃壑，備諸瑰異。東園在山北，尤僻左。相傳四皓東園公居此，蓋里中至今有東園公祠云。而徐氏世居其地，其先出自宋靖康間諱棋者，自大梁遷吳之光福市，號汴河公。汴河公之第三子，諱揆，爲太學齋長。當青城之難，上書請帝還宮，殉節以死，贈宣教郎，以官其後。其事具載《宋史》。列朝崇祀。六傳至萬一公，以寶(佑)〔祐〕二年遷於東園，是爲東園始祖。其後支派繁衍，散處楚中。在應城，則有諱養量者，前明萬曆丁未進士，累官南京兵部尚書。在竹溪，則有諱成楚者，萬曆丙戌進士，累官禮科給事中。在孝感，則有諱昇者，本朝順治壬辰進士，官長葛縣知縣。在沔陽，則有諱國柱者，乾隆癸未進士，官吳堡縣知縣。然皆以東園爲本宗。予以乾隆丙戌九月遊林屋洞，門人徐生琚來迎，遂造其家，留一宿。明晨，生導予縱步巔崖墟落間，驚濤泱瀁，秀嶂環列，恍然置身塵世外，予顧而樂之。既歸，生復踵門，奉幣再拜，請爲其祠堂記，將刻諸麗牲之碑。夫東園固天下絶境，而徐氏之聚族且數百年，又有宗祠以鳩子姓而妥先靈，春秋享祀，不懈益虔，徐氏之世德可謂長矣。記曰："君子將營宮室，宗廟爲先。"蓋自命士以上，皆有廟，惟庶人祭於寢耳。但廟非有爵者不立，非宗子亦不立，且亦祭至四世、三世、二世而止。蓋於自仁率親、自義率祖之中，又不失辨等威、別名分之意焉。顧禮緣義起，未爵而世禄則祭之，宗子去國，支子亦祭之。是故，凡有祭田者，皆可立廟，是亦世禄之義也。支庶有貴者，亦可立廟，是亦代宗之義也。唐王珪以不立家廟見劾，古之重家廟也如是。至於推而上之，以及於始祖，則自伊川程子始以爲宜，而其後因之不變。《朱子家禮》謂祠堂在正寢之東，所述規制甚備。而我世宗憲皇帝《聖諭廣訓》亦曰"立家廟以薦烝嘗"，則今日祠堂之制，凡族大者皆得立之，明矣。徐氏之祠，中爲享堂，後爲寢室，門廡廊階、夾室庫藏畢具。奉始祖萬一公居中龕，其下以次祔，各以妣配，並南向，豈非合古禮，遵今制者哉？吁！尊祖，敬宗，收族，仁人之所用心也。末俗澆漓既多，忽而不務，且物力日艱，故家巨室轉盼凋敝，雖有其心，或且無力營之。洞庭山窮水斷，地特幽奧，民多勤力治生，以起其家。家各有祠，閎麗靚深，崒崔相望，而山北以徐氏爲冠。庶幾淳風厚俗之永留於茲山也與。祠創於乾隆十三年四月，落成於十四年十一月，凡糜白金九千餘兩。族之人醵貲成之，而董其事者，則十四世孫聯習等也。乾隆三十二年歲次丁亥仲春上澣，賜進士及第、誥授通議大夫、內府光祿寺正卿、前內閣學士、兼禮部侍郎、日講起居注官、翰林院侍讀學士、翰林院編修、歷充丙子順天鄉試丁丑會試同考試官己卯福建鄉試正考試官、國史館平定西域方略館纂修官王鳴盛拜撰。　高六尺。二十二行，行四十九字。在東村本祠。

**重建觀音殿功德碑記**　正書。乾隆三十二年歲次丁亥秋月。高四尺。在堂里隖觀音菴。菴廢。

**重塑靈顯蕭天君聖象碑記**　正書。乾隆三十三年戊子二月，吳江震澤縣人民張晉夫、張君茂、王秀芝、金華卿等公立。高六尺。在黿山嘴屯山墩蕭天君廟。

**歸雲洞鐵鑪**　乾隆三十四年春月，朱家象、家賢同造。高三尺。在歸雲洞。

**燕喜亭記**　正書。乾隆庚寅，林屋張士俊撰。門人徐維行書。高三尺。在堂里彈子嶺。

**續建蔡氏宗祠碑記**　行書。額篆"續建蔡氏宗祠碑記"八字。吳縣包山蔡氏，其先出自宋祕書郎、直煥章閣諱源，是爲遷吳始祖。予曩者爲《圻村蔡氏祠堂記》，已詳言之矣。圻村一支，乃小宗，別立祠者也。而大宗世守祕書公祀者，當康熙庚辰，先已立有宗祠。凡大門三閒，過亭一閒，儀門內兩廡六閒，正堂三閒。十八世孫來信實董其役，韓尚書菼、朱檢討彝尊業記之矣。迄今已數十年，規制尚未備，堂宇庫陋，栖主無所。今二十世孫奕璋復偕兄奕璘、弟奕璠，率族人捐貲增建後堂三閒，拜臺三閒，以舊堂改爲前堂。又於其左右各添夾室及拜臺，右六閒，左二閒。又作書屋三閣，如舫形者，一取張融"陸居無屋，舟居無水"，東坡"宛丘學舍小如舟"之語也。其外又添庫房、厨房。合舊所有，共四十五閒。糜白金五千兩。經始於己丑季秋，至庚寅季冬告竣。其地則吳縣三十七都三啚也。走書幣乞予文記之。予於是益歎蔡氏之世德可謂長矣。蓋嘗論之，宗法之立，先王之所以敦本治也。自大宗之法廢，而人不知尊祖。小宗之法廢，而人不知敬禰。則於同族同宗同姓，有視之如塗人者矣，而其弊要皆由於祠堂之不立。夫祠堂不立，則享祀闕，無以發其報本追遠，油然孝弟之心。不序昭穆，則不知尊卑長幼之序。不合食，則無以鳩其宗人而動其一本之愛。其渙散畔違，澌然相委以去也，固宜。自昔海內故家，關西則有柳、薛、韋、裴，山東則有王、崔、盧、鄭，吳中則有朱、張、顧、陸，過江則有王、謝、袁、蕭。其家法之美，載於史者，詳矣。而要必其行宗法，修譜牒，建祠宇，數者畢舉，故家法永焉。唐王珪以不立家廟見劾，甚矣古人家廟之重也。《朱子家禮》於祠堂之制，亦詳言之。今蔡氏自宋至今數百年，而祠堂煥然。來信肇建之奕璋等增益之，世德抑何長哉。吾見宗法行而家法愈永，將軼朱、張、顧、陸諸姓而上之者，必蔡氏也。且記曰："別子爲祖，繼別爲宗。"祕書公，別子也。自祕書以下之冢嫡，世守其祀者，所謂繼別之大宗也。禮惟大宗得祀其始祖，則茲祠之立也，不尤善與。曩予遊洞庭，與奕璘訂交，而未得識奕璋、奕璠兩君。每念湖山勝境，輒神往其地不置。又聞蔡氏之能立祠以合其族，愈樂其風俗之厚也，於是乎書。賜進士及第、誥授通議大夫、內府光祿寺正卿、前內閣學士、兼禮部侍郎、日講官、起居注、翰林院侍讀學士、翰林院編修王鳴盛頓首拜撰。祿里鄭士椿書丹併篆額。大清乾隆三十五年歲次庚寅十二月吉旦立。　高五尺。二十二行,行四十字。在西蔡本祠。

**吳縣甪頭司巡檢席君遺愛碑**　乾隆三十八年歲次癸巳秋七月,進士及第、通奉大夫、光祿寺卿、前內閣學士、禮部侍郎王鳴盛西莊氏撰。林屋道人顧天峻書丹。閭山紳士耆民立石。高五尺。二十行,行四十八字。在鎮夏靈佑觀。

**靈佑觀碑記**　正書。賜進士及第、誥授光祿大夫、兵部尚書芝庭彭啓豐撰。本觀後學顧天峻書丹并篆額。西山辛村金聖□刊。高五尺。十五行,行二十三字。在鎮夏本觀。府廳示刻石五石:一康熙四十八年正月,一乾隆三十一年六月,一道光二十五年八月,一道光二十八年三月,一光緒十六年三月。

**留嬰堂記**　行書。篆題"留嬰堂碑記"五字。　蘇郡蕃庶甲天下,有人滿之患。民間生子,或不舉。育嬰堂之建,由來久矣。而吳縣洞庭西山,在太湖中,混涵汪茫,民環山而居,別成聚落。舊有留嬰所,在賜隩里。凡有棄嬰,暫留於此,付乳媼乳之,轉致郡城之堂。是山民多商於楚南,每歲公捐銀米,歸堂恊濟。乾隆十年三月,堂中司事者以經費不足,卻洞庭所送嬰兒不收,於是司事蔡文元鳳彩呈蔡宏望、鄭洪文,具呈本府,請仍舊留養。蔡煓、秦萬祥、蔡謙益、蔣道新、蔡琦又繼以請。知府事趙公允其議,檄行勸飭之。諸善士又遍爲丐募,以襄義舉。行之至今罔替。乾隆四十年,歲在乙未之春,諸善士又相與同志會而謀曰:"是所也,全活者雖多,然或遇嚴寒酷暑,大風雨湖水漲溢,舟楫未便時,嬰兒之斃於路者,固不能無也,將奈何?且屋宇陿隘,不足容多人,非經久計,盍更諸?"乃前購善地,建爲是堂。大門三楹,中堂三楹,西偏書室三楹,庖廚二楹,乳婦嬰兒所居十餘楹,其餘廊廡及東西厢又若干楹。起工於是歲之三月，落成於十月。在三十五都、三十七都三啚西蔡里宴舞橋之東，地廣約二畝。南向又置義塚一區，廣約四畝，距堂里許。共糜白金二千兩有奇。諸善士共相傾助，克底於成。將廣爲儲(待)〔偫〕，更立規條以垂永久，爰伐石樹碑，具列諸善士姓名於陰，而虛其陽，求余文之。予爲好生者，天地之大德；字幼者，聖王之仁政也。不忍人之心，怵惕惻隱之心，人心之所同然者。當生齒日繁，物力易絀之會，重以吳之衝劇，凡方面監司、郡邑守令，兢兢焉日鉤覈賦調讞決，猶日不暇給，安能瑣屑向民閒代謀其乳哺飼養事？乃民之願也，天良未漓，出治生餘力，捐資行善如育嬰堂，豈非古道之獨存者與？嗚呼！此寧有敲扑之督於前而程限之迫於後者耶？人皆有所不忍，信然矣。矧洞庭湖山奧區，與人境隔遠，俗尤淳樸，宜乎諸君子之踴躍争赴，若營其私也。伏讀雍正二年世宗皇帝諭旨，因京師廣寧門有普濟堂以養老疾，廣渠門有育嬰堂以養嬰孩，敕各省督撫未建者悉補建，且必於通都大邑人烟稠集處行之，特賜帑金以重其事。由今溯昔，又五十餘年矣。生齒繁，物力絀，宜倍於前，而育嬰如故，兹亦人心相維繫之一端也，豈不重哉？抑兹堂之設，不在通都大邑，而在僻壤，是又因地制宜，而適與聖諭之義有不相悖者也。乃書其顛末爲記，庶幾後之君子同有善心者，守其良法美意，俾永永而可繼云。賜進士及第、通議大夫、内府光祿寺卿、加一級、紀錄三次西莊王鳴盛撰。香城蔡九齡篆。雲谷鄭鸞書。乾隆丙申春三月勒石。　五層刻，高五尺。在消夏灣西蔡本堂。府廳告示刻石三：一嘉慶十二年五月，一道光七年閏五月，一道光二十八年三月。

**上方寺記**　行書。額篆"重修上方寺記"六字。　賜進士第、奉議大夫、大理寺右丞、前監察御史吉郡宋儀望撰。吳中名區，惟太湖爲勝。湖有七十二峰，皆見圖記，惟縹緲峰爲最勝。吳王夫差嘗即山之灣爲清暑宮，宮廢，多占爲寺。今所稱上方寺者，唐會昌六年浮圖人道徹所創。宋嘉泰中，釋無證新之。殿宇樓閣，飛棟連甍，雜出林木烟雲間，最稱雄麗矣。迄於近歲，寺傍腴田多爲豪民侵占，僅存磽瘠百數十畝，各僧苦於輸陪，多逃移他所，寺就頹落。嘉靖戊申，予奉命出令吳中，首詢民隱，理徭賦，創役田，簿書供應，迎送酬答，至日昃不暇休。每思遊太湖諸山，尋昔所稱十八招提，與一二方外高士談説名理，解迷縛，未能也。又載歲始以清田之役遍歷太湖，而因登於縹緲之最高峰，下視諸峰如蠹螺然。予乃扣船而歌，其始飄飄然，若昔所謂羽化而登仙者之爲。既返宿上方，則寺廢已十數年，因謂父老曰：“兹山靈擅一區，後數年，寺當復興。”乃命衆覈其荒頓，稍爲蠲補，尋即別去。自後予羈官内臺，奔馳齊趙吳楚，又嘗巡河洛，涉崤澠，遵龍門，歷覽秦晉之墟，然寤寐所至，則未能一日忘情於太湖諸峰間。今去吳且十年，得以在告家居，忽寺僧惠雨至自姑蘇，因跽告予曰：“予寺賴君侯清理虛賦，僧漸復業。歲在戊己，殿宇載新，始君辛亥之言殆合矣。願乞一言，以示來世。”予怳然太息曰：“嗟乎！吳中以財賦甲天下，佛宇琳宮遍滿鄉邑。富室巨賈，施佛飯僧，一無鄰吝意。田野細民，終歲力作，不能伴本，至語以奉佛，即傾囊無所顧，蓋習使然也。邇歲海寇竊發，賦役繁興。長民者略農事而議干戈，百姓苦於供應，日朘月削，咸有怨心。雖説以仁義，示以刑罰，猶不能聽也。今惠雨輩手持一疏，遊説邑里，即能歛財鳩工，大興殿宇，雖其志行勤謹，善爲衆生開誘，亦以佛之法多持因果冥報之説，有足以感動人者。故吾儒顯言仁義，不如佛氏陰談禍福。彼仁義有常而禍福難測，宜乎民之響應而樂施之也。雖然，今儒者談仁義，又多佐以佛語，以爲得最上乘法，則佛氏之入人豈徒細氓已哉？”惠雨曰：“賦不清則寺僧不復，君侯往昔之言，要不可謂山靈無助也已。”予既感其言，遂書其事，俾題刻諸石。嘉靖庚申春三月之吉。　此碑明嘉靖間大中丞吉郡宋公儀望所作也，僧惠雨受而藏之爲世寶。乾隆乙未春，雪峰上人句余書而壽諸石。夫自嘉隆以迄於今二百餘年，風霜兵燹，故家文物鮮有存焉。而梵宮剩墨，渾脫淋漓，光色瑩湛，予茲不敢謂非先朝一法物也。噫！佛寺之在洞庭西山者一十有六，上方其一。其銷沈滅没於寒煙衰草，何可勝道，乃獨歷劫長存以不壞，又能表章前賢遺迹如是夫。惜余書法不敏，邯鄲學步，不無媿恧云。吳興嚴其焜跋。　馬上雲刻。高八尺。十九行，行四十六字。在葛家隖本寺。

**含靈壇刻字**　正書。乾隆四十三年春日。高三尺。在包山顯慶寺。

**西山節烈祠碑記**　正書。額篆"節烈祠碑記"五字。　洞庭西山土厚而民淳，一切澆漓之風未及漸染，人皆重倫教，尚廉恥，故孝子悌弟，仁人義士，接時而生。而婦女之以節烈著者，時見於里黨之內。蓋先王之世，教化深而德澤厚，故妃匹之際，其貞一不渝者，如飲食日用之行所無事然。是以前古民俗，節烈不甚稱，非無節烈也。夫人而能爲節烈也，逮夫後世先王之化既邈，民各肆其嗜欲而不能自防。至夫婦之道日薄，有不能相保，至同於鳥獸行者，而後節烈之行特顯於衆人。因是著爲旌淑之典，爲之表厥宅里，更或隆其廟貌，凡所以正人心厚風俗也。西山風土固殊，而有事於表暴激勸者，其道則一，則節烈祠之建不容後焉。先是，雍正元年，詔天下守節婦女，一切窮檐蔀屋，俱得上陳。時山陬海澨，概邀旌門之典。既又命天下有司於所治建節孝祠，凡既經旌表者，奉主入祠，春秋致祭。聖天子崇獎人倫，無微弗顯，無遠弗徹。嗚呼！可謂極盛也已。西山爲吳縣一隅，其節烈婦女，俱經吳縣祠祀。然有潔白之行，皓如日月，而世代既遠，未及上陳者。又西山距城百里，有波濤之險，狂颷怪雨，每至斷渡。春秋時享，子孫至不能瞻拜，於禮仍闕。於時西山蔡子宏望與同志謀於本山公所,別建一祠,自唐宋以來,史書志乘有可徵考,及見聞確實,幽抑未顯者,並得入祠,春秋致祭,同郡城例。而子孫將事其中,不致風濤間阻,貽憾寸心,此又補聖朝典禮之所未備者也。夫西山習尚淳樸,其地故多節烈,又累年以來,歷被褒崇,獎勸井里,坊表巍峩相望。而秉夷好德之士復能推廣仁恩,以補典禮之所未備,將宋賢所云"餓死事小,失節事大"者,益浸入於婦女之心,人心日以正,風俗日以厚,推而廣之,教化大行,五常惇叙,王政於是乎成矣。因西山人士之請,志其建祠緣起如此。祠在石公山歸雲洞旁,屋凡十五楹。創始於乾隆戊午孟冬,落成於辛酉嘉平。共費白金壹千貳伯拾兩。其經理董率者,蔡子宏望之功爲最。至於左右贊襄,則王子爾份、鳳子景韓、蔡子文元、黃子洪毅、鄭子洪文也。故例得並書。乾隆六年辛酉冬十二月,賜進士出身、翰林院庶吉士沈德潛撰。賜進士出身、翰林院庶吉士蔡揚中書丹。勅授儒林郎、奉天府承德縣知縣、前江南徐州府沛縣儒學教諭蔡書升篆額。前堡馬友益鎸。　　高七尺。二十一行,行四十八字。在石公山本祠。

**重修馬城宮玄帝殿碑記**　　正書。北辰耀魄□與太微五帝、古王者,分祀之於圜邱西郊。而後世道家宮觀,亦祀玄帝。玄爲赤黑色,則玄帝其即五帝中之黑帝叶光紀與?抑耀魄寶也。令甲有真武廟,以祀北極佑聖真君。真武與玄帝,其一耶?其二耶?余亦未之考也。記曰:"有其舉之,莫敢廢也。"天下州縣宮觀之有玄帝,其來也久矣,是宜不可廢。抑俾斯民春秋祭賽,聚會於此,以聯其涣散不屬之情,而因以酒食燕饗,序少長,秩威儀,發其合敬同愛之意,是即神之所以佑啓吾民也,而烏可廢也?民之不可以祀上帝,其分也。然而人皆本乎天,故範金爲像,神道設教,以萃其涣,使之相親,蓋其權也。洞庭西山馬城宮,自漢永平中建廟以來,舊有玄帝殿。唐白樂天守蘇州，從道士曹洞玄之請，更名"靈濟"，以水旱之禱有應也。然至今土人猶仍其始名云。歲久頹圮，行且爲瓦礫場矣。我皇上龍飛之十九年，道士柳玄微募得徐尚友等捐資，建三元閣，而玄帝大殿工費浩繁，尚未克興功。迨三十五年，徐母沈太君率其子天衡，洎姪孫慎昭等，嘉玄微誠懇，復捐資創建斯殿。是歲三吳大水，太湖分倅楊公勸東、西兩山諸百姓醵金賑饑，而西山百姓所捐尤多，置東西南北四廠，分給貧民。自春徂夏，菽麥既登，賑務告竣，而東廠尚餘米三十六石有奇。楊公喜民瘼之獲紓，感神祠之就廢，因推古人先成民而後致力於神之義，欲以此米移修帝殿。諮於衆紳士徐殿華、勞五先、徐咸和、徐景陽、徐景能等，衆議僉同，共襄樂助，而後闔山衆姓聞風共應。於是乎柳玄微遂得有所恃，以鳩工庀材，經始於乾隆三十五年十月，越明年十月落成。玄微託予門人徐子佩玉請記於予。予思所以記斯殿之義，未得也。既而曰得之矣。斯固民間之所崇奉，而其所奉則天帝也。天之德曰生，故聖人體仁，所以法天也。人與人相聚而有相親相愛之意，是天地之心所呈露也。今共處一鄉之中，漠然視若秦越，求如《周禮》所謂睦婣任卹者，幾難數遘。一旦爲設天帝像，赫然而奉之曰："斯即我之大父母也。"民胞物與之念，有不油然而生者乎？所謂神道設教，以萃其渙者，此也。嗚呼！風俗之美，固不必盡歸之琳宮神像，然而舍是義則無足以記斯殿者。若夫玄帝之緣起，與道衆宮觀所以祀帝之由，則何庸泥哉？玄微道行清飭，好從儒者游。又能勤苦勾募，振起廢墜，在彼法中閒，足昌其教也。復得勤民敬神之賢牧守，輕財好義之良薦紳，相與共襄其成，是皆可書也。予故記之，而備衆紳士之名左方。賜進士及第、通議大夫、光祿卿、前史官王鳴盛盥手敬撰并篆額。大清乾隆丙申歲小春月吉玄門弟子孫東明沐手謹立。　書條一石。每行二十字。在馬村馬城宮。

**洞庭堂里徐氏祠堂記** 正書。額隷"洞庭堂里徐氏祠堂記"九字。 賜進士出身、經筵講官、户部左侍郎、兼署錢法堂事務富陽董誥撰。萬物本乎天，人本乎祖，故禮有五經，莫重於祭。三代盛時，自天子以至官師祭於廟，庶士庶人祭於寢。載在曲臺，彰彰可考。秦漢以後，天子太廟外，惟元勳貴戚始得立廟。其餘臣民，僅倣庶人祭寢之禮，構堂而奠，於是始有祠堂之名。温公《書儀》、紫陽《家禮》皆著之於篇，垂爲祭法。其制彙祖宗之主於一堂，無昭穆，廟無東西房，簡約朴素，下於廟制數等。然其所以揭虔妥靈，一也。西洞庭山堂里徐氏，其先居浙之衢州。宋建炎初，晉寧節度使謚忠壯公徽言身殉國難，其從子矗從高宗南渡，累官侍御史、樞密都承旨，來守平江，卒葬洞庭之堂里，是爲堂里始遷祖。有子七人，其六歸衢，惟次子宣奉大夫大本廬墓，不忍去，遂家堂里。歷元、明迄今，族日繁衍，而宗祠未建。向來匱主寓虔顧節婦所居孝嚴祠中，春秋薦禴，隘陋不足以展事。其族賢者悄焉憂之，相與哀金積鏹。乾隆丁酉四月始定基於蛇山之東，伐木鳩工，匠人引斤，圬人操墁，陶甓礱石，輻輳捆至。閲歲再朞，至己亥某月，通觀厥成。周垣山環，崇閎雲闢，中構正寢五楹，栖神藏主。其旁曲廊、齋閤、庖湢之屬，靡不備具。嚴嚴翼翼，鉅麗瑰偉。宗支逖邇，交走瞻眺，咸饜乃心。鑱磨穹碑，屬予紀述。予維吾人尊祖、敬宗、收族之道有三：一曰宗法，二曰宗譜，三曰宗祠。宗法聯支庶以旁治昆弟，宗譜奠繫世以下治子孫，宗祠致烝嘗以上治祖禰。三者雖相須爲用，不可偏廢。然祖宗爲九族所自出，而祠宇實其憑依，所在較爲重，故必宗祠既建，然後四時展禮之餘，祭畢而燕惇其齒讓，而宗法可復也。合族以食，序其昭穆，而譜牒可修也。禮所謂行一事而三善皆得者，不且於此徵之歟？堂里諸君子，殫心竭力，創而建之，可謂知本矣。洞庭在太湖巨浸中，巖壑幽邃，風俗淳古，而徐氏尤讀書好禮，篤於倫紀。數年以來，家乘、祭田、義塾，凡敦宗睦族之務，既漸次興舉。今復構茲祠堂，以伸其報本追遠之誠，此豈庸衆所易及者哉？昔韓昌黎作《衢州徐偃王廟碑》，言偃王修行仁義，故其後世名公鉅人，繼迹史書，鬱爲十望之九。嗚呼！是豈獨衢州爲然哉？吾於是祠亦有厚望焉。吳興嚴其焜書。乾隆己亥三月立石。　高七尺。二十一行，行四十四字。在堂里徐氏祠。

**洞庭堂里徐氏祠堂記**　行書。額篆"洞庭堂里徐氏宗祠碑記"十字。　賜進士第、翰林院庶吉士、加一級烏程閔惇大撰。古者，天子、諸侯、大夫、士咸有宗廟，然其間等威截然。諸侯不得祖天子，大夫不得祖諸侯，以至祧壇墠鬼，所祭之世數，皆斷以爵秩之崇卑，不相假借，其嚴如此。秦漢後，祀典殘闕，臣民祠宇不領於禮官，任其禴祭，祭無所限制，於是有以庶士而祖公侯，匹夫而追祭數十世以上者。非僭則誣，失禮莫甚。故吾於堂里徐氏之祠堂，深有所取也。徐氏系出偃王誕後，世家彭城。唐永泰間，有諱資者，始自彭城徙居丹陽。光化中，資六世孫練復自丹陽徙居衢州。宋乾道初，資十五世孫矗官侍御史、樞密都承旨，出守平江，卒，葬洞庭之堂里。其次子宣，奉大夫大本廬墓以居，遂爲堂里人。迄今族日繁熾，乃規地虵山之東，創建宗祠。始於乾隆丁酉四月，洎己亥某月成。門檻庖湢，循序備舉，中構正寢五楹，奉大本爲堂里始祖，兼崇祀其高祖尚書屯田郎、直史館、贈通議大夫邁，曾祖昭慶軍節度使量，祖贈光禄大夫潛言，父矗即承旨，而以堂里累世之祖祔焉。或謂："徐氏十望，九本偃王，故唐衢州刺史放立廟祀王，而韓吏部碑記推其子姓之賢，歸本於王之仁義。今堂里出自衢州，獨祧王而祖屯田，禮與？"予應之曰："禮也。古聖制禮，以德權爵，以爵權世。偃王雖有文德，然以世揆之，久在祧壇墠鬼之外。放之立廟，殊爲過舉，何況今日以爵衡之，則偃王實周之侯伯，大夫尚不得祖，何論士庶？唯屯田生於趙宋，時代差不甚遠，爵秩復與偃王懸殊，而大本始居堂里，實堂里始祖。上溯其高曾，尤合禮親親以三爲五，以五爲九之義。故準之以爵，度之以德，斷之以世，不得不祧偃王而祖屯田也。禮固宜然也。"嗚呼！自三代廟制既湮，而民之建祠者類希高鶩遠，動踰古制。乃徐氏獨不僭不誣，以禮自範，寧非孝思維則者歟？予故叙而論之，垂示後世。至其棟宇之合度，規制之嚴翼，春秋薦薌之豐潔誠敬，則人所共覩，不必詳述也。乾隆己亥四十四年三月初吉，吴興嚴其焜書并篆額。　高六尺。十六行，行五十字。在堂里徐氏祠。

**堂里徐氏祠規刻石**　正書。乾隆四十四年季春，烏程嚴其焜書。宗子維緝同合族立。書條二石，在堂里徐氏祠。

**重建水月禪寺大雄寶殿記**　正書。賜進士及第、光禄大夫、兵部尚書長洲彭啓豐撰。佛正法住世五百年，像法一千年，末法一萬年，未嘗不欺其流光之遠也。《華嚴經》云：菩薩有四法，終不退轉無上菩提。一者見塔廟毀壞，當即修治。又梵天王等白佛："若人爲世尊，及聲聞弟子造寺院處，我等當共守護，令離一切諸難怖畏。"是以寶王建刹，天人拱衛，乘願再來，引繩經地，默而成之，不言而信。固非凡識遍計可得卜度也。洞庭西山水月禪寺，隋大業間勤大禪師所創。趙宋御書金額，敕爲禪院，宗風大闡。元季毀於兵。至明宣德五年，妙潭禪師始建大雄寶殿，暨修廢壞，復其舊。翰林修譔陳用記之。自國朝以來百三十餘年矣，僧徒寥落，殿宇傾頹，過其地者，有黄葉溪風之感。蘭洲徐公，信士也。名啓新，字正揚，世居西山堂里。於乾隆己巳春往遊其間，心竊閔之，奮然有興葺之志。時年二十有七，私禱曰："余至六十，當力成之。"汔今己亥歲，荏苒三十載，已近六旬，而此志未嘗一日忘。乃鳩工選材量石，重興大雄寶殿三楹兩落翼，納費一千六百金。經始於春，至秋告竣。寺僧一輪大師住持之。徐公曰："是可以酬吾願矣。"爰倩余作記。余竊念靈山佛法，付囑宰官長者，爲之護持。今人入廟過寺，未始無善念生，但不能察識推廣，旋生而旋置之。孰是末法之初，發清净心，修莊嚴土，金姿寶相，永賴閒安，一時志或未遂，而遲之既久，而終克符其始願哉。苟非信之深，誠之至，而諸佛菩薩，聲聞羅漢，及天龍八部十八伽藍，實鑑臨之，何以致此！亦可見一輪師之德行感人，有莫之致而致者。是爲記。大清乾隆四十四年己亥春三月，監院爥嚴佛弟子吳興嚴其焜書。　高六尺。十八行，行三十八字。在堂里隖本寺。

**琴山石隄記**　行書。賜進士出身、工部侍郎、前內閣學士、禮部侍郎、甲午科江南正主考蔗林董誥撰。西洞庭山孤峙震澤巨浸中，四面瀕湖，而西南一隅尤浩淼無際。荊溪百瀆，吳興七十二漊之水，胥匯於是，濤瀾闊壯，震盪天地。濱湖諸港，歲受洪波衝擊，泥沙淤塞。舟行遇風，猝難入港，恆惴惴然懷覆溺憂。堂里巨姓徐氏、東皋聖坤、正揚、覲宸諸公惻然閔之，念非築隄捍水，濬港藏舟，不足以紓大患。爰各傾私橐，規地立址，西起琴山，東訖港口，橫截湖心，高築長隄。先壅土樹椠，櫛比星拱，度可堅久，方敷以石。塊巘聯屬，長二百六十有四赤，廣三分之一，崇半之。砥平繩直，甃砌鞏固，以捍外湖風濤之勢，使不得內侵。緣隄疏重港門，務深廣，以濟湖中遇風之舟，使疾可入港。經始於乾隆癸巳秋九月，越明年二月隄成。初，堂里舊有湖神廟，專祀五湖諸神，湮廢有年。及隄既成，乃復建廟於是隄之上，以告成功，以答神貺，禮也。東皋聖坤賢而好禮，予久慕其名。而東皋族姪受天翽翽儒雅，與予交厚，今年八月，擷其築隄巔末，郵書請記。予聞施不在大，以濟人爲功；行不在奇，以垂久爲德。今徐氏諸君子，不吝一族之財，而拯千萬人之覆溺，不苟爲一時之計，而屏千萬世之水患，功德孰大於是！《易》

曰："積善之家，必有餘慶。"自今以後，徐氏之族所以日新月盛，久而靡燼者，即可於是決之矣。予故紀其事於石，以爲異日左券云。乾隆己亥四十四年孟夏之月，吳興嚴其焜書。琴山，俗名浮頭山，計一十二畝有零，係我族祖遺私山。乾隆庚寅歲，契賣與我文肇，號爲營建文昌閣，鎖鑰一灣水口之計，並公爾忘私之所爲也。契存敦厚堂。　琴山履之，洞然有聲，其下嵌空，形家咸謂不宜架屋。重則沈，輕則浮，理固然也。況鳴琴之上，豈容累物。原議文昌閣一事，另擇善地爲是。　琴山向無林木，今樹以松，匪直爲觀美也，且利一灣。其湖神廟，或僧或道，看守此山，祇許於隙地種植花果，落實取材，不可戕賊松樹，有害風水。倘我族有無行之徒私行斫伐，察出以盜論。石隉及湖神廟落成，並琴山山價，共用紋銀一千六百兩有奇。堂灣徐聖坤、徐正揚、徐觀宸、特白、沈國祥、胡永行鐫。全碑四層，每層十六行，行九字。高八尺。在堂里徐氏祠。

**水月寺大慈寶閣記**　　額篆"重建水月寺大慈寶閣碑記"十一字。正書。　　賜進士出身、翰林院庶吉士、改知江寧縣事錢唐袁枚撰并書丹篆額。洞庭古多名刹，峙列山之上下。又多靈異，如郡志所載"沈香觀音浮湖而來"之類是也。山之縹緲峰下水月寺，相傳大慈閣建自梁大同中，供奉準提法像。年湮世遠，興廢迭更，圮墟久矣。己亥之秋，余偕徐君西圃挂帆湖上，遍歷諸勝，至堂里心遠堂宿焉。里爲西圃世居，與水月寺相去不逾一里。支筇縱步，游觀其處。至則所爲大慈閣者，是版是築，登登憑憑，早應答於翠隩山谷之間。噫！斯閣之興，得毋神助耶？不然何廢之久，而興之速也？西圃愀然言曰："領先慈遺命，余勉力爲此，告竣尚需時日。"且進一言曰："先君子毓庵公，生男子四，長即余不肖維則也。先慈姓馬氏，曾夢一女子冒頭跣足，狀若比丘，前來募修廟宇，掌示'莊界廟'三字。且指腹中云：'當兆熊羆。'覺而異之，已而果生維則。乃訪求所謂莊界廟者，在甪里之西偏，然而册入兵防，改設斥候，是難修葺。今越三十餘年，維則承命兢兢而不克藏事，罪戾滋大。於是因念諸佛菩薩本無定相，修莊界廟有格，或建他所，稍可以答是命，所以有大慈閣之舉也。"言訖涕零，囑余志其巔末。余謂孝以繼志爲難，義以達權爲重。嗟乎！世之人子析薪而弗克負荷者，其能免乎？即不然，而築室道謀，不潰於成者，未嘗無之。凡天下事，高軌難追，藏舟易遠，往往令人有遺憾焉。今大慈閣之重建也，於以繼前人之志，於以達變通之權，事雖無預於莊界廟，而心即修莊界廟之心也，豈徒區區樹名邀福而已哉！計用金三百有奇，閣凡三楹二層，軒廊旁列。居寺之中央，古木參差，巖花錯落。登斯一覽，則奇有獨擅耳。他如正法像法，藉以闡揚，爲稱頌功德，則有住持浮屠名一輪者在，毋煩余贅云。大清乾隆四十五年歲次庚子孟夏穀旦勒石。　高六尺。十九行，行三十五字。在堂里水月寺。此文《小倉山房文集》不載，結銜可疑，似出僞託。第庚子之歲，隨園確游西洞庭，登林屋、石公、縹緲峰，宿堂里徐西圃家，有詩十餘首，見詩集。

**歸雲洞刻字**　正書。乾隆辛丑季夏，甪頭司王千秋造。在石公山歸雲洞。

**霖泉記**　草書。額篆"霖泉記"三字。　衆安洲在消夏灣中，四面環水，水外環山，紅菱碧蓮，紫蓴綠蘋，左縈右拂，儼一瀛洲也。洲之高不過一仞，大不踰數畝，雖巨浸不没。上有水平王廟，舊傳后稷庶子佐禹治水有功，因祀之。其神甚靈。廟前有水一泓，深九尺，廣四尺，曰"霖泉"。其名不知厥始。是泉也，去湖數武耳，色清若鏡，味甘若醴，與湖水絶殊。揆其品，當不在惠山下也。竊怪昔人著書者，如無礙□□龍山、華山，毛公黃公諸泉之在西山者，皆一一並志，而霖泉獨遺焉。豈太湖三萬六千頃，而此泉平挹汪洋，故略而置之與？抑未遇賞鑑之人，故湮没而無聞與？然此泉固有異於他泉者，潦不溢，旱不涸，風雨晦明之際，時有雲氣升騰其中。故老云先時禱雨輒應。乾隆癸未，吳中大旱，自五月至於六月不雨。巡撫陳文恭公禱於水平王廟，時方盛暑，天無纖雲，既乃取泉水一盂，拜致神前，方出廟，大雨如注，四境霑足，綠疇彌望。萬衆歡呼，以爲神之報答如響，而泉之靈應一何至斯也。歲戊戌，吳中又旱。方伯履安增公親至廟下取泉，致神禱已，即陰雲靉靆，沛然下雨，苗之槁者浡然而興，是歲竟有秋。噫嘻！泉之爲物，大抵以色之勝、味之佳見重於騷人雅士，爲適口之資而已。而此泉更能興雲施雨，潤澤萬物，恩膏遍於千里，旱災袪於頃刻，上不煩賑卹，下不罹饑饉，其有功於國家，有德於斯民，不大且厚哉！顧泉僻在小洲，蕪沒於榛莽茅茭，過而訪者，不免有草穢之嘆。居人因疏其底，砌其旁，繞以花石之闌，將鬱埋於千百載者，今特表而出之，固人之不敢沒其靈哉，亦泉之能自顯其靈耳。書於石，所以誌此泉之靈，他泉未可與並也。乾隆四十八年歲在癸卯秋八月，里人徐開雲撰并書。

　　高五尺。十七行，行三十四字。在消夏灣瓦山水平王廟。

　　**霖泉井欄**二大字。　　乾隆癸卯鄭永鳴。大字篆書，署款行書。高一尺五寸。在瓦山水平王廟。

　　**西洞庭山重修上真宮碑記**　行書。乾隆五十年秋八月朔日，賜進士出身、誥封奉政大夫、前湖南知岳州永順兩府事、澧州直隸州知州王闐伯撰，錫山葉有本書。書條一石，在綺里隖本宮。

　　**砥泉**二字。　　正書。乾隆丙午上元前一日，玉峰孫銓題。高二尺。縹緲峰西南面摩巖。泉清泚，旱不涸。

　　**詒穀塘**三大字。　　乾隆丙午仲春。在諸家河頭。

**元帝殿碑記**　正書。乾隆五十一年丙午三月，汜水縣知縣易水周晉湖撰，星梅徐備經書丹。高四尺。在縹緲峰下北門嶺元帝殿。

**葛家隖重建文武二聖閣記**　正書。乾隆五十二年九月，林屋張士俊撰，雲谷樵人鄭永鳴書。高一尺五寸，廣四尺五寸。二十八行，行十九字。在葛家隖上方寺。功德碑二石，嘉慶元年八月。

**上方寺記**　正書。額篆"重修上方寺記"六字。　上方寺興於唐，重建於宋，盛於明初，衰於正德時。《具區志》詳之矣。所未及詳者，僧惠雨之重修也。惠雨修於嘉靖庚申年，維時嚴文清爲之募疏，宋中丞爲之記，并有顧東白、茅鹿門、王仲山、張伯起諸名家紀以歌詩，是誠洞庭僧寺之盛事。自是迄今，幾三百載，殿宇又半傾圮。丙午歲，寺僧雪峰偕其徒孫雨蒼，募緣復修之，較前增建元武殿一所，功期月而竣。予惟佛寺之立，所以廣佛之教也，而其盛衰興廢，則各係乎其僧。我山招提之勝十有八處，古名僧之最著者，於唐則有神皓和尚，五代則有義懷、雪竇兩禪師，宋則有懷深、道原，明則有景隆、智勤、通潤諸師，俱超然方外，爲釋氏人物，而寺賴以傳。比近以來，琳宮之廢者，或廢矣，其存焉者，亦概荒涼寥落，不甚爲山林助。是豈一興一廢，一盛一衰，理數固然歟？蓋道必以人而傳，寺必以僧而勝，無功行以感人，則暮鼓晨鐘，遂孑孑然爲虛器矣。雪峰與雨蒼素以能修著於山中，今果克載新其寺，則實可謂善承衣鉢者。予既爲兩僧喜，又竊爲上方幸，故以詹詹之言爲叙崖略也。但不知登名山，訪古刹者，有肯繼嚴、宋諸家贈以篇章，輝映前之盛事否？所深望也。　吳興嚴其焜篆。西里蔡九齡撰，楓江周昌杞書。乾隆五十二年歲在丁未十二月朔日立石，胥門譚一葵刻。　書條二石，在葛家隖本寺。

**徐氏崇祭修祠規程**　正書。乾隆五十四年。書條四石，在徐巷徐氏宗祠。

**鳳松溪公遺惠田記**　正書。崑山朱鈞撰，壽湄朱銓書。乾隆五十四年己酉冬十一月，鳳氏合族立。書條三石，每條二十二行，行十二字。在石公山梧村鳳氏祠。

**歸雲洞鐵爐**　乾隆五十八年歲次癸丑仲春。銘曰："人華物華，有所以久。億萬斯年，歸雲洞口。洞兮鼎兮，合併金石。此心不渝，佛與爲一。"丙午科舉人蔡九齡撰。無錫南門良冶許四房元和造。　高七尺。在石公山歸雲洞。

**洞庭甪里沈氏祠堂碑記**　隸書。　三代以上，世官世禄，故有宗法，自命士以上皆立家廟。唐宋以來，無此制矣。古今異宜，不可執古以論今也。然而親親尊祖敬宗之道，合族以食，序以昭穆之遺意，則猶有可追者。於是乎祠堂興焉。記曰："禮以義起。"其祠堂之謂與？吳縣西洞庭山，山環水會，居民自成聚落，風氣樸古，不與外人同。其間爲祠堂以奉其先而祖其族者，尤多閎敞，予數記之矣。癸丑甪里沈氏，復以祠堂工竣來請爲記。按：沈氏世居吳興武康，故稱吳興沈氏。至梁隱侯爲東陽太守，後人復以官爲望，由是有吳興、東陽，一源二流焉。宋隆興間，仲嘉公諱禾，攜其子宣教公，遊吳西洞庭，愛其山水之勝，遂卜居於鎮下里。公博通群書，性嗜泉石，構園於林屋旁，人稱沈氏林亭，名人題咏頗多，事載郡志。雖僑寓洞庭，仍歸老於浙西。宣教公諱欽，字曰逸素。仕宋爲西蜀成都校官，仰承父志，實始卜築定居，是爲遷山始祖。第二世長曰十五提幹卧雲公，次曰十六提幹愛雲公。甪里一支，愛雲公後也。溯自第六世仲舒公，遷消夏灣。第十二世繼相公，別號匯灣，家貧身病,賫志以殁,二子尚幼。配鄭孺人守節撫孤,晝夜紡績,疲十指以給饔飱。孺人,甪里名家女也。甪里者,漢四皓甪里先生栖隱地,林壑幽秀,桑麻蔚然,故孺人攜二子復往遷焉。孺人雖艱苦備嘗,未嘗有慰於夫族之無依賴。名長子曰思灣,次子曰慕灣,誌勿諼也。二子成立。孺人以明天啟五年年八十有一而終。迄今甪里雲礽蕃衍,皆繼相公裔,要皆鄭孺人之所貽也。且□以宗法論,則卧雲公爲宣教公之大宗,而愛雲公爲小宗。至繼相公,是又愛雲公後之□立者也。別建堂以祀之,奚不可哉?抑鄭孺人特一弱女子耳,乃能出險濟屯,別闢宅里,昌厥胤嗣。古人以先妣配祖,而《朱子家禮》亦載祠主之制,當以夫婦同主,如鄭孺人不尤稱此制耶?於是繼相公之五世孫曰□□□□□□□□□□□□□率其子姓,曰文昭等七人,曰士鑒等八人,經始於乾隆壬子季夏,落成於癸丑仲秋。前爲門,中爲堂,後爲寢,翼爲廊廡。絜齋之所,祭祀之所,庖爨之所,靡不具。夫沈氏已於鎮下里固已有祠矣,而甪里則相距數十里,春秋祭享,恐爲風雨所間阻,此則支祠之所以不可不建,而禮以義起者。沈氏洵能得禮意也,尊祖敬宗之道,合族序和穆之法,其在斯乎!其在斯乎!予故樂得而記之。進士及第、誥授通議大夫、内府光祿寺正卿、内閣學士、兼禮部侍郎、日講起居官、翰林院侍讀學士西沚王鳴盛撰。吴興嚴其焜書并篆額。　高六尺。二十行,行四十六字。在甪里沈氏祠。祠廢。碑在風雨中,薜蘿纏蝕,可惜也。

**洞庭秦氏宗祠記**　行書。額篆"洞庭秦氏宗祠記"七字。　余經洞庭西山,信宿於秦氏之新祠。天方雨,不可以遊,主人曰翁秦子謁余而言曰:"用中從事於斯三年矣,今始成。先生之來,殆天假之緣也,敢乞新祠記。"余曰:"秦氏盛於吾邑,余嘗爲淮海先生祠堂記矣。君之祖何始乎?"翁曰:"始淮海。"余曰:"然則與梁溪同派乎？"翁曰："淮海同也。淮海五世孫，宋贈金紫光祿大夫益之公，始遷洞庭。所謂各宗其宗，而派別支分，各祖其祖，而情親意睦。昔錫山宗老太音先生有言曰：'欲疏遠之相聯屬也，則必自一氣之無乖離始。欲子孫之無忘其祖宗也，則必自子弟之能敬其父兄始。'故用中之建祠也，始於淮海，暨始遷祖及於累朝以來三十餘世之主昭穆列焉。先生其可以賜一言乎？"余曰："余之不文，其何以文？雖然，昔者君家太音先生高忠憲公弟子也，高忠憲公曰：'吾之一呼吸，而在吾之親在也。吾親之一呼吸，而在吾之祖在也。吾祖之一呼吸，而在不可知之祖在也。不可知之祖在，天地始交之呼吸在也。於戲，嚴哉！吾之身即親也，即祖也，即天也。吾之兄弟，吾之宗，吾之族，皆親也，皆祖也，皆天也。是故君子之孝，沒身焉而已，無不孝也，則無不敬也。於戲，嚴哉！是故君子一舉念，而弗敢忘親，一舉口而弗敢忘親，一舉足而弗敢忘親。修諸心者謂之五德，修諸躬者謂之五事。修諸世者，謂之五常。修此三者之謂敬，且謂不忘親也，不忘祖也，不忘天也。'"高子之言如此。而翁既得其意矣，余復何言乎？若夫世德濟美，君家之忠孝節廉，載於史册，光於邑乘者，不可勝紀，不待余言。其祠之經始於某年月日，落成於某年月日，經費若干，督工某某，例得書，有祝祠刻石嵌於壁，已書，不復贅。賜進士出身、誥授中憲大夫、權四川按察使司、甘肅甘涼兵備道、前工科給事中、浙江道監察御史、兼戶部郎中、欽點己卯科順天鄉試同考官、庚辰會試同考官、欽命甲午科四川鄉試監臨官、欽差督理七省糧儲、戶部坐糧廳、兼銅玫河道梁溪顧光旭撰并書，時乾隆五十九年歲次甲寅九月廿日。金閶譚一夔刻石。　　高六尺。二十行，行四十四字。在消夏灣秦家堡秦氏祠。

**蘇族義松碑記**　正書。萬曆壬午年春三月中浣立。乾隆甲寅年　月重建。屏山蘇相撰，浙東何曉成篆額并書。高五尺。二十行,行四十八字。在慈里義松庵。

**秦氏祭文刻石** 　正書。乾隆五十九年,顧光旭書並跋。書條三石,在秦家堡秦氏祠。

**震澤底定**四大字,面刻二字。　正書。鄭士椿書。高四尺。在甪里北崦禹王廟。

**徐母殷孺人節孝題詞** 　嘉慶元年曲阜桂复題簽。"貞壽毓賢"四字,劉墉題。《徐節婦殷氏事略》,乾隆六十年仲春大興翁方綱撰并書。嘉慶丙辰長至河間紀昀跋一段。錢塘吳錫麒題詞。戴衢亨五古一首。張問陶七古一首。欽州馮敏昌七古一首。洪亮吉七絕一首。青浦王昶七古一首。梧門法式善七古一首。慎齋羅□五古一首。耘圃顏檢跋一段。二餘蔣棠書殷太君節孝徵詩册後一段。書條共十五石,在東村徐氏祠。

**偶憩亭重建記** 　正書。嘉慶元年丙辰季冬,梅溪徐維善撰。書條一石,十行,行十二字。在堂里徐氏宗祠。

**林屋洞記** 　嘉慶二年仲春,太湖□□□李柱思撰并書。甪頭分司陳作梅監造。高五尺。二十行,行四十字。在林屋洞口。仆斷二截。

**僊府**二大字,橫書。　正書。陳作梅修。林屋洞摩巖。

**重建義松庵記** 　正書。嘉慶二年三月初五日,唐里徐宗珏撰,桐溪汪雲溁書,濆川王承烈篆額。高六尺。十六行,行三十六字。

在慈里本庵。

**包山諸祖偈贊刻石** 篆隸兼行書。唐三段祖師偈、宋慈受祖師贊、明呆庵祖師贊、固如祖師偈、清山曉祖師詩、柯庵祖師偈、蔭南和尚偈。嘉慶丁巳春,楚南馬金聲書,包山灑掃行人了元刊。書條二石,在包山顯慶寺。山曉《包山寺》及《毛公壇》二詩,清雅可誦,并錄於編:"雙塔凌霄不記年,包山入望尚森然。登堂僅識狄庵碣,飲水深思慈受泉。地脉龍蟠收王氣,石根雷動見諸天。漫愁花雨香狼藉,自有披雲人再還。""湖山勝地稱林屋,仙子當年隱玉珂。跨鶴不堪尋舊跡,浮槎猶幸可乘波。煙霞自昔生金鼎,丹竈於今長綠蘿。羽化毛公何處問,荒壇風雨暮來多。"

**旌表節孝徐母殷太孺人事略題後** 正書。婦人之義,從一終也。遭變而或渝,可乎?不可。則壹其志以帥其氣,而亦遂無難為之事。何也?天定之也。孟子曰:"盡其心者,知其性也。"知其性,則知天矣。知天之所以賦吾何如,素位而行之,不自誣,又何論其為茹荼,為集枯。古來巾幗男子,非嫻於婉娩之訓而知之,則其生質之美而自能知之。知之徹,始終以蹈之,夫是以霜烈玉瑩,光照史乘,命自我立,雖氣數亦莫之能勝也。閼逢攝提格之歲,得友徐子明理於都下,讀其母殷太孺人旌表事略,仰而起敬曰:"信矣,其知天之至者也。"方其失所天,時年二十有八,老姑衰頹,明理甫五齡耳。又自其始來作賓,□家徒四壁立。夫子授徒於外,甘旨之奉,恃操作佐其半。及夫子丁外艱,以哀毀致疾卧牀者五年,生事蓋可知矣。及遭大故,又數值饑年,惟賴一身,兩目十指,日紡績,篝鐙恆至丙夜,僅以獲濟。遣明理就外傅讀書,督責無少假貸。歲疫,遍里中無免者,獨其家得不染,人皆欽以為鬼神默相之矣。及姑之喪,年八十有四,孺人之色養者蓋二十有六年。而舅與夫子皆未葬也,乃罄歷年銖積寸累之物,命明理擇地,同時並安窀穸。噫嘻！孺人之所處，可謂極難者矣。而惟知天之至，安之亦如其常。貧可藥也，不待求方。力足食也，奚用贏糧。抒其心所自得，而道遂以大光。乾隆五十有二年，歲在强圉協洽，受朝廷旌表，是天之所以報孺人，實孺人善順承天之所致也。《詩》曰"自求多福"，兹非其驗與？明理徇徇，精黄帝岐伯術，自言受業有自，雖未明其爲太孺人所使，然可意而知之也。士方未達時，利物莫良於是，是太孺人甘節之吉，濟身以及家，而因以濟世而未有涯也。謹盥手滌硯，再拜書簡。長至日，昆明錢澧。

吴門徐心田遊京師，非志於名利也。蓋以其祖東邨先生行實，及母殷太孺人節行屬友爲傳述之，此心田平生心血所在也。予既爲東邨先生作家傳，又爲殷太孺人撰事略，一時賢士大夫皆爲題辭，而昆明錢南園通政所題，自爲一册。心田以其末有餘紙，復屬余書其後，以識惓惓不忘之意。嘉慶二年歲在丁巳夏五月二日，北平翁方綱。

書條五石，每石二十行，行七字。在東村徐氏宗祠。此文《南園集》中不載。"壹志帥氣，盡心知性。霜烈玉瑩，光照史乘。命自我立，雖氣數亦莫之能勝"諸語，錢先生雖爲殷孺人書傳，不啻自寫其生平。鄉人小子讀之起敬。閼逢攝提格爲乾隆五十九年甲寅，次歲乙卯九月二十八日，先生卒於京寓。《清史稿》載先生擬劾和珅，爲珅所鴆，年五十有八。蓋踰卒時未逾年云。先生書法世已論定，此作堅剛無倫，尤所寶貴。余嘗謂魯公如生公同時，亦當以公爲畏友也。

## 徐東村處士傳

吴門耆舊多矣，獨以行誼表著鄉閭者，曰東村徐處士。處士諱聯習，字循先，東村其號也。爲有宋靖節公揆之二十一世孫，世居吴縣西洞庭山之東園村。漢時唐秉之隱居處也。處士父則伊世有名德，處士昆弟五人，次最幼，賦性聰敏，髫齔時即以孝親敬兄爲職志。家貧，無力讀書，然經傳一過目已能成誦矣。

生平善會計，業商賈於衡湘間，然行篋常以書册自隨，恆語人曰："舟車間，聖賢誠正之學不可一刻忘也。"以故，貨殖數十年，恂恂儒雅，以省身飭行爲本。遇親族貧乏者，必曲計周恤，無倦容，無德色。江湘數千里間，遊客往來，皆能道其事。晚歸里中，念徐氏宗祠久弗葺，邀族子共糾貲建築，躬自擘畫，朝夕督理，寒暑不輟者三年而落成。於是祠宇煥然，徐氏之族永志焉。然處士亦因之精力殫矣。老得痰喘疾，遂於卧榻間命子倫滋召族元姪孫正科至前，而泣語曰："吾殆將不起，宗祠草創甫就，而祀事爲重。吾所有者，水田二十畝，今以十畝捐入作祭産，吾子孫其踵事以篤成之，吾志畢矣。"命倫滋出其券，正科筆其語於後，不三日而逝。蓋生於康熙二十三年，而卒於乾隆十八年十月四日，年六十有九。娶鄒氏，生女三；側室李氏，生男倫滋，孫明理。明理狀其行略，遊京師而俾予爲之傳。處士不爲舉子業，而能躬踐實學，可謂難矣。生平業貨殖，而能以敦崇宗祀爲先，可謂能承先而貽後矣。厥孫明理博學精醫，交遊當世，而能以闡揚祖行爲先務，處士可謂有繼志者矣。是皆合於史法者也，故得具書。乾隆六十年歲在乙卯春正月二十日，資政大夫、文淵閣直閣事、内閣學士、兼禮部侍郎、加一級大興翁方綱撰并書。

予既爲心田尊兄撰家傳及事略，復書於册後五律五首：

吳下徐昌穀，知懷北地親。烟花銷靡麗，肝膽切輪困。不及心田子，能傳祖父真。手携冰雪卷，無寐念先人。

遊子恩暉報，千秋一片心。追摹陳水泳，感激海山深。他日珊瑚網，重鐫翰墨林。江頭春草綠，吹滿洞庭陰。崑山水氏，温陵陳氏，兩節婦詩文卷并見朱性甫《鐵網珊瑚卷》内。

苦節非畸行，神明下鑒知。所書惟據實，相託以無欺。盡是孤兒淚，何須幼婦辭。不虛風雪裏，策蹇走京師。

馮子秋鷹眼錢，公駿馬行。爲君摹絹素，如此寫平生。綠罨人俱去，青萍匣一鳴。寸心耿耿事，不是博榮名。昆明錢南園爲君畫馬，欽州馮魚山爲君畫鷹，二君皆不以畫名，而心田以良友手迹，皆裝藏於篋。

南浮極湘楚，北道出居庸。知己覃溪外，同岑幾客逢。松筠心共在，湖海氣來供。淡得論詩意，茶煙硯一峰。

嘉慶二年歲在丁巳夏五月二日方綱。

傅正書詩行書。書條四石，每石二十四行，行十字。在東村徐氏祠。

**錢大昕等題名**　隸書。　嘉慶丁巳十一月戊寅，嘉定錢大昕及子東淳、壻瞿仲容、門人袁廷檮、鈕樹玉、東山金宜遠、周綵來游林屋，信宿神景觀，期而未至者，吳縣潘奕雋、奕藻也。　高二尺五寸，廣一尺五寸。六行，行二十字。暘谷洞摩巖。此作秀逸渾勁，爲山中明清兩代刻石之冠。

**顯慶寺碑記**　行書。額篆"重建包山顯慶禪寺碑記"十字。夫考姑蘇洞庭包山古刹顯慶禪寺，建自六朝，爲勝地。梁天監中，始再崇葺斯院，由來已久，然歷經興廢不一。唐高宗賜額"顯慶"，爲大叢林，嘗居萬指，陸龜蒙、皮日休之賦包山精舍是也。中興三段祖師示寂，演偈石幢刻文，會昌二年壬戌九月，僧文鑒立，沙門契元書《佛頂尊勝陀羅尼》云云。大宋靖康初，慈受大士，前賢王銍記。明永樂年，獸菴禪師，宣德間廬山宰官陳繼記之。由法燈分坊而北山堂者，在崇禎時，檀信等延固如法師徒無躍字達鎔，鼎建禪堂。至國朝順治拾年癸巳，建大雲堂。於康熙二年癸卯，固公歿，弟子無躍、善雲、貢九，傳至兆隆。丁未，然公請山曉和尚。乙丑，合院僧協建大殿。丙寅，建大悲閣，繼住柯葬禪師字元慈。庚午，同善公建凝香塔院。己卯，建天王殿鐘樓，僧德幢募。杭城信士王懋官捐。請三藏經卷，閱山、柯兩師《包山語錄》。庚子，賜"敬佛"二字，敕書住隆安寺之《奏對錄》，太傅金之俊爲序。乃斯院一大盛也。至乾隆六年辛酉,僅存沙彌貢九焉。護法等請學成長老徒蔭南,字際樹。癸亥,歷圃須善人捐資,金大護法慨贖劣者朗棄騰字圩山地一則。甲子,修鐘樓。丁卯,重建祖堂。辛未,信士徐桂榮鑄天香爐。乙亥,信士吳允斌、鄧文璽鑄大金鐘。癸酉,婁水紳士等延蔭公繼住南廣寺,修殿。邑侯賴大護法記之。而大德兆隆字了元,別號五松,係震澤縣籍趙氏,父敏公,母褚氏。出世雍正乙卯,戒於金陵華山慧居律院,欽賜紫僧伽黎。大沙門文海大律師嗣蔭公下。戊寅,僧了岐恊募,築石場,修大殿、鐘樓、大悲閣、大雲堂、藏經樓、塔院等處。壬午,合寺僧建津梁。丁亥,卜葬貢師。冬,置後路山地三則。己丑歲,程大護法給吳邑僧嵒慧明戶辦糧弓口斗則印册。戊戌,吉葬蔭師。壬寅,增置藥師樓肆楹,及阿悶門園后路,傍置山地一則。辛亥,重建嫩桂樓。壬子,構紫圃等房。嘉慶二年丁巳,東里蔡竹庭居士贊緣重修天王殿。戊午,重建大山門。己未秋,重建厨屋、香證閣、聞經山房等處。信士周開文同眷鑄造正殿梵鐘。合寺僧恊募修大殿鐘樓。正所謂王信布經,佛子恢名,誦勿突兮矣。而五松上人克承先志,率衆焚修,勤儉修理,勸鏤經板,課閱經典,羨如支道林耶。斯所爲釋氏宗旨不悖矣。予前任西山,欽其有道,爰令四子皆皈依焉。乙卯冬,復蒞茲土,公餘過訪,見其徒道一、具壽、恆昌等,搬石運土,增築護山墻垣,環計百十五丈有奇,不避寒暑,勿辭勞瘁,今已告成。索余爲之記。僕雖不文,聊記其巔末,以誌大師啓後承先之意云爾。敕授儒林郎、原布政司經歷廳、江蘇太湖甪頭司、前任鐘溪司護理、宜興縣分縣事霞漳陳作梅和南撰。寄楚後學洞山氏馬大成金聲書丹并篆額。包山顯慶禪寺住持沙門兆隆、元等同立。大清嘉慶四年歲次己未六月吉旦,崦西沈佩瞻鐫。　高五尺。二十四行,行四十六字。在包山本寺。記顯慶之經歷至詳,雖不文,仍錄存之。

**東蔡宗祠增修碑記**　正書。嘉慶六年，歲在辛酉三月朔日，祕書公二十三世孫琯撰。高五尺。十五行，行三十八字。在消夏灣東蔡本祠。

**重修水月寺大悲閣記**　草書。　吳郡有古蘭若，曰水月寺。其地據西洞庭縹緲峰之麓，距堂里徐氏居一里而近。寺中有閣，奉準提像曰"大悲閣"。相傳昉自蕭梁，所從來久矣。乾隆庚子，家西圃覩是閣之幾廢也，建而新之。適簡齋袁先生遊林屋，遂爲之記。越二十有一年，歲在壬戌，繚以周垣多頹落者。於是西圃嗣子克家，以母命捐白金百八十兩，庀材運甓，揀日鳩工，垣墉焉，塗墍焉，丹者霞如，白者雪如，無幾何時，頓還舊觀。工既竣，復屬予記之。予生平足跡未到洞庭，其林壑之美不能覼縷也。猶憶數年前，與西圃昆季遊，叔子心梅，最工詩，尤樂數晨夕，歷五六寒暑無閒。嘗誦其《題僧一輪禪定圖》五言古詩云："我來看薔薇，高僧正清課。相對並無言，相看惟默坐。不見天花飛，但見金輪墮。月出三生來，鐘殘一世過。即此是禪機，如來不說破。"未嘗不歎其超絕。因詢一輪持何刹，始知有水月寺者。其後晤西圃，出簡齋所爲記示余。余愛其文之工，又慕是閣庀木之勝，以不獲登眺爲恨。迄今大悲閣復煥焉一新，而西圃、心梅則皆成古人矣。是閣也，因其舊而修葺之，遂以弗墜先緒如是。然則堂構之繼美，德業文章之焉奕，豈不以其人哉。意者有大於是閣者存，而不僅區區一大悲閣也。予既有感於西圃昆季之存没，又嘉克家之能繼志，思有以進之，故爲之說如此。若夫湖山之奧曠，樹石之清奇，他日蠟屐扶筇，繼簡齋後而遊焉，尚當援筆賦之。嘉慶七年秋八月既望，賜進士出身、翰林院庶吉士、改授知縣平江徐華嶽撰。水月寺住持竹巖，監院清池、松筠勒石。　書條一石，在堂里隖本寺。

靈佑觀永禁分房碑記　正書。嘉慶甲子歲三月清明日。書條一石，在鎮夏本觀。

蔡氏義田碑記　正書。嘉慶九年季冬，二十三世孫穆文同弟紹武、紹成撰。高四尺。十一行，行三十六字。在消夏灣東蔡蔡氏祠。

王仲淮詩刻　行書。　廿年游艮嶽，六月上危巒。始與名山識，曾經異地看。瘦同春筍削，奇勝夏雲盤。石壁留題句，湖光滌筆寒。嘉慶己巳夏月歸自汴梁，偕賀平圃、周愛溪、嬾漁來游題壁。東山王仲淮。　高二尺五寸，廣一尺二寸。五行，行十五字。石公山摩巖。

周綵詩刻　隸書。畏炎趨净境，□□上屠顔。絶巘一亭古，孤雲千叠還。落昏前代碣，波盡別州山。無恙石公在，寧同艮嶽攀。嬾漁周綵。　高二尺五寸，廣一尺。四行，行十六字。石公山摩巖。

禹王廟記　隸書。額篆"重修禹王廟記"六字。　太湖中，東西南北四嶼皆立大禹廟，報底定之功也。甪里鄭涇之東北曰北嶼廟，貌較諸嶼爲最。乾隆戊子，里人鄭氏、沈氏重修之，於梁木上得"梁大同三年重建"之識。夫曰重建，則非創明矣。梁以前無碑可考，不足徵也。自梁迄今千二百餘歲，其閒踵而修者，諒不下數十次，亦無碑可考，不足徵也。戊子之役，閱工二稔有餘，費計千緡有奇。凡殿宇廊廡，暨旁落土穀諸神祠，以及南北河堤，皆是也。工作浩大，經營相度，殊苦心不記。董其事者，蓋鄭、沈諸同人實有力焉。嘉慶乙丑春，里人復集議，捐資生息，以爲歲修之費。永懷明德，善繼前人，乃於己巳正月重修之。僉曰："是不可不有以示後來者。"爰爲之記。嘉慶十四年仲春月，西里蔡九齡謹撰。吳興嚴其焜分書。里人沈正潢篆額。潘坤揚鐫。　高七尺。十三行，行二十九字。在甪里北崦本廟。北崦又名西崦，再名新崦，見《洞庭記》。

**鹿飲泉**三大字。　正書。嚴其焜書。高二尺。葛家隖上方寺後山泉旁摩巖。

**盤龍寺鐵爐**　嘉慶十四年丙寅春。高五尺。在甲山盤龍寺。

**王仲淮題名**　正書。嘉慶十四年十月，東山王仲淮來游。高二尺，廣八寸。二行，行七字。暘谷洞摩巖。

**重修水平王廟記**　正書。嘉慶十七年八月，里人公立。書條一石，在瓦山本廟。另有咸豐五年八月書條一石，鐫捐功德人名。

**重修靈佑觀記**　正書。嘉慶十八年十月，告養學博蔡九齡撰并書。董事蔡世維、蔡遂根、蔡受天、蔡楚堂立。書條在鎮夏本觀。

**游林屋洞記**　正書。寓於目者，爲遊。載諸筆者，爲記。記其遊，即以詳其實也。林屋洞居十大洞天之九，《道經》謂左神幽靈之天。石竇銀床，金庭玉柱，世傳仙窟。或云洞分四支，東、西、南、朔達千里而遙，甚至龍威跡異，七旬莫窮。百六鴻文，竊窺大道，雖誌載可稽，而失於雅馴，則涉於虛渺矣。今年春二月，南園掃葉莊陳植丈芸、朴澹吾、格榘亭昆弟，唯亭王元于喬，苕溪金雲逵蓊霞，并余六人，襆被遊洞庭。語涉林屋之奇，澹吾應曰："明知古人不我欺，未曾身歷終懷疑。"余曰："然。盍與子一探乎？"於是放舟洞下，捫薜蘿,剥苔蘚,讀古今人銘勒,鮮有詳其實者。訪諸山僧樵牧,尤不足徵。時春潦積洞口,未能遽入,乃於山之上下四旁,察其脉絡,引指南規其方向。洞口向西,靈佑觀當其面,無礙菴偏其後。洞之左裂如半户,高可矚。洞之右,覆如半盂,低可窺。有"紫林泉"篆刻可識。兩洞中通,繞而南,則丙洞在焉。繞而東,則暘谷洞在焉。兩洞中隔,蓋林屋洞統其脉,而餘皆山之旁竅也。林屋又云雨洞,以俗稱龍洞,龍能致雨,故名。越一日清晨,與同人易草屩,去裘服,命舟子陳九皋、小沙彌霜林秉炬導前,奴子彭齡、沈藝,挽緪尾後。初入黏漬,十步外水深没踝,洞覆如屋,横可布尋,高可掉臂。中有四穴,西南者二,東北者一,皆淺狹易窮。惟中竅幽窅,架若浮梁者,則洞之正脉也。始則自西而東,由是折而南,復折而東,凡四起三伏。伏則匍匐,起則徜徉。水高於外,然後知形之下也。氣煦於内,然後知潛之深也。洞底廓如,初入偏南,若葫蘆束蒂,上有覆石如笠。題"如天之覆"四字,大可三寸,取天形穹窿之意,不復記誰何人書餘多題墨,有可辨,有不可辨。東壁穿一竇,高浮於膝,入可旁通。倚北西向,逗水光一綫,跡之則紫琳洞口,光射而入也。洞中石腦迸濡,蝙蝠緣掛,懸石礫砰,各具象形。扣之則鳴,撫之則膩,向所謂鐘磬床几者,殆即是歟。明天順間,徐武功曾於洞之不可入處鑿"隔凡"二字,今則搆跡泯然,豈世遠年湮,非豆火迂光所能燭見耶?嘗考楊泉《物理論》,土精爲石,石氣之核也。氣之生石,猶人筋絡之生爪牙,戕則落,蓄則長。然則洞無風雨之蠱,斧鑿之施,唐鮑溶不云乎,"石長泉脉閟",有以哉。夫然而所稱神仙詭異,即謂之不誣也可。洞既窮,燭盡而返。按緪約三十三丈有奇。是游也,同人力竭氣沮,襟袖淋漓,非好奇也,欲以實澹吾陳子之語耳。後之覽者入林屋,於余言而信,即不入林屋,於余言而亦信。謁石公,泛龍渚,登縹緲,跨莫釐,歸述是記,勒石,付無礙菴西懷上人,列諸牖廊,以誌斯遊云爾。嘉慶二十四年己卯二月,元和金有容介如氏撰。長洲陳格榘亭氏書。穆近文齋鐫。　書條一石,四十三行,行二十二字。在洞山無礙菴。

陳氏祠規　正書。嘉慶二十五年小春。書條一石,在涵村陳氏祠。

縹緲雲聯四大字,橫書。　行書。大清道光元年上元日,長沙羅琦。每字徑約三尺。石公山摩巖。琦,善化人,嘉慶末年任蘇州府知府。

印心石屋四字橫書。　正書。清宣宗書,太子少保、兵部尚書、兩江總督陶澍謹領恭摹上石。在龍渚石佛寺。此刻余凡六見,一揚州平山堂,一鎮江焦山,一蘇州滄浪亭,一光福銅觀音寺,一東山古雪庵,一即此也。

徐靖節公祭產執帖　正書。江蘇布政司給徐計勳,道光五年十一月二十八日。方二尺。在東村徐氏祠。

高天眉等詩刻　行書。靈境遍探搜,高亭爱小留。感懷鴻爪跡,鑿壁紀同游。道光戊戌三月二十日,嘉善高天眉似山、東山葉承銑秋頻、葉基鼐彝香來此,題名紀游。　高二尺。石公山摩巖。

修鎮下山田路記　正書。道光十三年歲次戊戌孟秋月,東園徐坦撰。梅里費榮書。書條二石,在鎮夏靈佑觀。

錢泳等題名　隸書。道光己亥四月六日錢泳席煒金鳴佳同游題記。方一尺五寸,五行,石公山摩巖。

**朱氏宗譜序** 正書。《周禮》"小宗伯掌三族之別以辨親疏"，"小史掌邦國之志以奠繫世"，至詳且悉。自秦燔典籍，《周官》之法不行天下，數典而忘其祖矣。降至魏晉，尤重門閥，故有九品中正之設，以類族辨物。唐季五代，世系多舛，近則家各有譜，寓尊祖、敬宗、收族之道，用意良美。吳邑包山，風氣淳樸，而藏陽號朱氏，尤推名族。壬寅秋，祠宇落成後，重修宗譜，其族人明漢乞叙於余。既同邑，且素所深契，何敢辭。按其先明初諱敬源，字上先公，原籍常熟邑。洪武間，遷居包山。越七傳諱應麟玉如公，文學彪炳，修葺家乘。明季，散亡於兵燹，其族屬有至湖北之潛江者，有至四川者，且有出繼於山前文村之金氏者，而守其祖邱故廬不數人。迄今椒衍瓜綿，象賢濟美，凡所謂孝弟、睦姻、任卹之道，靡不備至，此譜所以作也。其未遷以前，闕軼莫考，楚蜀宗裔亦待搜訪。始於上先公爲遷吳始祖，以下世次遞降，信而有徵，有合於蘇氏譜自我作之義。嘗慨夫世之競以門第相誇，往往影附華宗，棄其本宗，而遠祖他人，是誠何心？又或謬誤相沿，而令其祖宗謂他人父，謂他人昆，返躬自問，安乎不安？此而有作不如不作之爲愈也。朱氏是軼，不忘祖，不誣祖，有得於先王奠世系、辨親疏之遺意焉。宜其族多賢達，而特立獨行之士，代有其人，爲包山之名族也夫。道光二十二年歲次壬寅秋八月朔日，經筵講官、太子太傅、武英殿大學士、上書房總師傅、管理戶部事務芝軒潘世恩撰。 高四尺。十六行，行三十二字。在東宅河朱氏祠。此序是否潘文恭公作，抑書人有所改竄耶，待考。

**鄭訓遠詩刻** 行書。挂帆今向洞庭游，四面湖光一望收。忽見石公湖上立，風濤閱歷幾千秋。

更攜石母俯湖蹲，雲影天光勢欲吞。我爲石公吟舊句，衆山羅列似兒孫。

翠屏高嶂白雲鄉，一抹嵐光未許藏。愛此煙崖應欲拜，呼兄不獨米襄陽。

道光乙巳小春來游莫釐峰，承家樂□叔邀同嚴耦梅、□小亭、庭芝、朱耘梅諸君子，并攜家葆園、曉珊、靜山諸弟，壽卿、薇仙兩姪游此，偶題。吳縣鄭訓遠稿。

高二尺，廣三尺。十五行，行十二字。石公山摩巖。

**黃安濤等題名**　正書。　道光乙巳六月五日，嘉善黃安濤、郡人顧湘舟、羽士吳山芸同游尼姑蘭，因侍。　高一尺八寸，廣二尺。六行，行五字。石公山摩巖。

**黃安濤等題名**　正書。道光乙巳六月五日，嘉善黃安濤、仁和沈炳、長洲顧沅鍾、吾□□吳三逸同游西山。　高一尺五寸，廣一尺二寸。林屋洞摩巖。

**張式等題名**　行書。道光丙午長至後五日，錫山張式、東山朱和羲、鄭傳鈞同游。　四行。石公山摩巖。

**眾議舉延僧碑記**　正書。道光二十六年閏五月吉日一二六區人公立。在禹期山文化寺。另有府廳禁採山石示刻四：一乾隆十一年榴月，一乾隆十五年五月，一嘉慶二年十月，一道光二十一年九月。

**張抱生等題名**　正書。張抱生、鄭明齋、朱子鶴同來游。道光二十六年冬日。　高一尺五寸，廣一尺。三行，行七字。林屋洞摩巖。

**陳孚恩等題名**　行書。咸豐紀元中秋佳節，新城陳孚恩子鶴、元和韓崇履卿來游，歸安姚廣平紫垣時榷篆東山，得圢驪末，因題。

方二尺。歸雲洞摩巖。

**重修水月寺緣起** 正書。咸豐九年春月，西泉徐□書。書條一石，在堂里隖本寺。

**鳳氏宗祠義田記** 正書。王鳴盛撰，金祖静書，咸豐十一年春鳳氏合族立。書條四石，每條二十二行，行十一字。在石公山梧巷本祠。

**顧若波等題名** 正書。同治七年，顧若波、李丹崖到此。 高二尺五寸。一行。石公山摩巖。

**重修關夫子廟記** 正書。同治八年秋九月，長沙梁雲山静藩甫立石。書條一石，在衙里本廟。

**仁和吳□題名** 隸書。同治八年□□□四日時□□□□穀登場□□□□仁和吳□□□□鎮夏泉□□□□游第九洞天齊物觀明日□□□□引深隔□□□□。 高一尺四寸，廣一尺五寸。八行。林屋洞摩巖。爲斷碑，壓蔽半截，故闕字。

**汪福安等題名** 行書。 同治己巳九月二十五日，汪福安耕餘、吳恆仲英、袁鍾琳亦齋（目）〔自〕鎮夏至鄧尉，道經石公，登來鶴亭，望縹緲、莫釐諸名勝，並訪雲梯，大字題名，小憩漱石居，飲茗而去。 長二尺。歸雲洞摩巖。

**太湖營重修官廨記** 正書。同治九年歲次庚午竹醉日，武功將軍、任游擊事、果勇巴圖魯梁雲山立石。承德郎候補知縣古潭梁慶昌撰并書。星沙劉勳曉篆額。高一尺五寸,廣四尺。三十行,行二十八字。在甪頭寨,舊太湖營游擊署。

**浙江水師前營陣亡弁勇祭掃碑記** 正書。同治九年,承德郎、浙江補用知縣長沙梁慶昌撰並書。奉直大夫、候補鹽運判湘西楊守信題額。太湖游擊梁雲山立石。高一尺五寸,廣四尺。三十行,行二十六字。在甪頭寨,舊太湖營游擊署。

**節孝鄒周氏墓誌銘** 正書。額篆"節孝鄒周氏墓誌銘"八字。
鄒周氏,吴縣甪里人。其父名號不著,善治圃,常自稱圃老老云。氏幼而孤,依母張氏採樵鬻薪以度日。稍長,力大性剛,能負薪百斤。母以樵蘇終非女子事,令就東家媼學鍼黹,敏巧絶倫,遂爲人傭繡,得資供母膳且有餘,人皆以"繡龍姑娘"呼之。因字曰繡龍。年十四,許字勞村鄒銀河。既聞銀河趨邪,不務正,母欲背盟,氏泫然流涕,執不可。明年,贅於家,結褵之夕,謂其夫曰:"聞子無行,實羞見子,所以不即死者,徒以有老母在,且猶冀子萬一之能改耳。今待子三年,如能改行,與子成好,未晚也。"遂治別榻以寢,其夫亦無如之何。而蕩廢如故,鄉黨不能容,逐去之。母亦漸衰多病,呻吟牀榻,氏侍湯藥弗稍衰。數年,母殁,氏號泣,幾不欲生。已而勉治喪葬,悉由己力。是後出入言笑,益自謹。積貲買橘地一區,躬自灌溉,早實以蕃息,常倍於人。急難有告者,罔弗應。壬戌正月,雪甚,橘盡凍萎,氏橘獨全。是秋,價又大昂,人曰此天所以報孝義也。氏年二十九,銀河死於浙之長興,氏得耗,即往取其柩,成服,營葬如禮,竝償其宿債三十餘金。未幾,有武弁陳某慕其義,屬里嫗往媒之,氏怫然曰:"某無目矣,我豈再醮者耶?夫在我視之猶死,夫死我視之猶生,苟有二心,天雷殛之。"言詞決絶,嫗懼而退。庚申之亂,屢欲自盡,衆尼之,輾轉避山谷間,同行女伴賴其扶攜之力居多。癸亥七月，聞賊大股至，語人曰："平生未遭強暴辱，前年之避，乃倖免耳。顧人孰無死，與其玷而後死，孰若不玷之爲貴乎？吾志決矣。"明日，視之面色不變，而氣已絕。衆莫測其所由，皆驚歎羅拜，相呼以神。時年三十有六。以姪周成才爲後，葬於馬公山之麓。銘曰：月孤彌明，松寒愈勁。皦皦獨行，發乎至性。雖巾幗而丈夫不如，如之何弗敬。同治十年歲次辛未季秋之月，邑人孫意撰書并篆額。里人公建。前堡馬文元刻字。　高六尺。十七行，行三十六字。在石公山節孝祠。

**諸稽郢墓碣**　隸書。題曰"越大夫諸稽郢之墓"。光緒十一年仲冬，德清俞樾書。暴式昭樹立。高五尺。在消夏灣諸家河。此爲洞庭山第一古墓，墓旁村民皆稽郢裔嗣也。

**闞澤墓碣**　正書。題曰"吳太子太傅闞公之墓"。公諱澤，字德潤，會稽人，事蹟見《三國志》。大清光緒十一年仲冬，德清俞樾書並記。暴式昭立石。高五尺。在禹期山文化寺前。

**靈威丈人得大禹素書處**　篆書。光緒十二年春正月德清俞樾書。滑縣暴式昭刻石。高四尺。林屋洞摩巖。

**秦敏樹詩刻**　行書。光緒十二年丙戌夏五月謁元德公墓。二十五世孫敏樹題。書條一石，在消夏灣飛仙山秦駙馬墓門。

**金雲詩刻**　行書。一卧西峰百慮刪，青松白石伴癡頑。江湘浪跡功名小，母子粗安夢寐閑。靖節早辭彭澤令，子陵甘老富春山。平生悔識公卿裔，枉得虛名半世閒。光緒丙戌桂秋蔭村金雲題。　高一尺五寸，廣一尺二寸。七行，行十一字。暘谷洞摩巖。

**秦敏樹詩刻**　行書。石公偕婦隱,萬古棲煙渚。不知別離愁,相對耐風雨。石公。

白雲識歸路,依依尋洞口。洞中古佛寒,衣被白雲厚。歸雲洞。

山梯走苔跡,直上浮雲端。青天亦可階,獨立愁高寒。雲梯。

巨靈劈劍樓,石瘦老蛟泣。未得斬樓蘭,蒼茫倚天立。劍樓。

空亭上碧苔,何人招鶴來。寂寂青山裏,梅花開復開。來鶴亭。

山雲凝舊青,湖雲漲新白。雲中古仙人,留雲臥朝夕。聯雲幛。

山閒別有天,一線漏新雨。雨霽天更青,茫茫閉太古。一線天。

山高受朝陽,洞深含夕照。塔影倒入湖,驚起蒼龍嘯。夕光洞。

右詩予庚戌秋游石公所作,彈指三十七年矣。徐婿禹東索書摩巖,重拂其意,勉志鴻爪。時光緒丙戌重九,蔡子冶伯爲鈎勒上石,林屋散老秦敏樹并識。

此刻骴毀,道光乙巳春,前人摩巖鈎刻其上。敏樹,山中聞人也且如此,其餘尚足責哉?　高一尺六寸,廣三尺。歸雲洞摩巖。

**尤侗大悲觀音頌石刻**　行書。吾聞昔人言,衆生墮八難。惟有此一念,能呼觀世音。今此河沙國,墮難千萬億。一人呼一聲,乃至無量數。隨聲所呼處,佛無不赴救。謂有千手目,遍滿虛空界。則是所救者,八萬四千人。人數亦有盡,云何爲廣大。蓋因所呼者,此念即大悲。現前觀世音,人人悉身具。吾願一切衆,同發大悲心。不煩觀世音,終日低眉坐。觀音作是觀,觀人先觀我。若觀觀音象,面目無似處。《大悲觀音頌》,侗少作,丙辰春日□閱弇叔疏讚,喜而書之。長洲悔庵尤侗。

右頌於天王寺得之,因摹刻石公歸雲洞觀世音座前,以永其傳。光緒丙戌,距書時二百有六年矣。滑臺暴式昭書并記。

高一尺,廣二尺。歸雲洞摩巖。《西堂雜俎一集》卷七載此文,"惟有此一念"作"惟有一念在","云何爲廣大"作"云何稱廣大"云。

**易順鼎詩刻** 行書。石公山畔此勾留,水國春寒尚似秋。天外有天初泛艇,客中爲客怕登樓。煙波浩蕩連千里,風物悽清擬十洲。細雨梅花正愁絕,笛聲何處起漁謳。光緒丁亥仲春庚辰,雨中游石公山,易順鼎實父。　高一尺,廣三尺。歸雲洞摩巖。

**易順鼎詩刻** 正書。安期服丹砂,茅君揮金案。兹山信瓌奇,仙聖多翔眷。石鏡湛虛明,瑶華鬱葱蒨。丹霞散成彩,素氣浮如練。雲生吳越陰,日落江海見。周子既鳳騰,鮑生亦鴻寠。素書尚磨滅,圖諜復誰辨。玉柱不可求,金庭徒神觀。雖殷獨往志,豈釋依方戀。含情勞寫心,如何覺不變。光緒丁亥二月辛巳,游林屋洞天,武陵易順鼎仲實題。滑縣暴式昭選石。大匠馬文源鐫石。高四尺,廣三尺。十行,行十二字。暘谷洞摩巖。

**毛公石壇**四大字。　據陸廣微《吳地記》。光緒丁亥二月易順鼎。大字篆書,側款二行,正書。方四尺。包山毛公壇摩巖。壇廢。

**敬佛**二大字。　正書。清世祖書。順治庚子十月初三日,景山便殿親書,面賜山曉晳和尚。光緒丁亥春正月壬午,臣刑部學習郎中、湖南乙亥恩科舉人易順鼎敬瞻。吳縣生員臣徐澧敬摹。光緒十三年丁亥八月初七日,吳縣太湖角頭巡檢司巡檢臣暴式昭敬刊。高六尺,在石公山印月廊。"敬佛"二字刻石,余昔居嶺南,重修曹溪南華寺,掘土得一石,斷爲二截,命工嵌之六祖祖庭。《尤西堂集》有《御書記》一首云:"世祖御書'敬佛'二字,以賜木陳老人,刻石,以一本貽伺。"是知清世祖所書"敬佛"字不少也。

**佛頂尊勝陀羅尼經幢**　光緒癸巳桂月吉日,住持省濤、監院譯祥募建。沙門銘谷敬書。高二丈,九層,六面。面六行,行八字。

又一層，鎸《寶塔序》，六面，面四行，行六字。在蕩隄資慶寺。

**蕭天君行實記**　正書。光緒十六年閏二月。紀略曰：天君姓蕭，五昆弟，曰琮，曰瓛，曰璟，曰瑒，曰瑀。蕭巋子，梁武帝玄孫，昭明太子曾孫，隨末盡節於此云。甪頭巡檢司巡檢暴式昭撰。高四尺。十六行，行六十一字。在黿山觜屯山墩蕭天君廟。蕭氏死難事並見正史及《具區志》。暴巡檢山中諸刻皆闡幽表潛之作，可傳無疑。豈得以其位卑而少之哉。

**茶亭碑序**　正書。光緒二十三年孟春月，陽羨趙菁士撰。項永齡篆額。在甪里山後茶亭。

**東湖寺鐵鐘**　光緒二十一年四月，住持法參鑄。高五尺，在涵村本寺。

**甪里棃雲**四大字。　正書。光緒二十五年春月，巢園老人題。高四尺。在金家嶺。

**秦敏樹詩刻**　行書。　與蔡君康伯、沈子默瑟游龍渚石佛寺，讀《禁採石碑》書感。消夏灣釣叟秦敏樹。　書條一石，在龍渚石佛寺。

**蔡氏公建祠堂引**　正書。蔡才炳撰。書條一石，在消夏灣西蔡蔡氏祠。

**壽**大字。　印鈐宗室耆英。高四尺。在甪里仁壽寺。

413

**石公**二字直書。　　正書。周金然。每字徑約五寸。石公山摩巖。旁摩巖禁採石示一方。又告示碑二，一康熙四十七年二月，一道光二十年六月。

**歸雲洞**三大字直書。　　行書。嚴澂書。高丈餘。石公山摩巖。

**讀聖賢書行仁義事存忠孝心**　　行書。宿松徐綱書。高七尺。歸雲洞摩巖。

**竹坡詩刻**　　行書。題爲"石公山□□禪院題壁"，款署"竹坡"。高五尺，廣二尺。十二行。歸雲洞摩巖。

**礪嵒**二字橫書。　　篆書。廣約二尺。石公山摩巖。

**壽**大字。　　草書。字大一丈。石公山摩巖。側有款識，未經架梯求之，以其無義意也。

**雲梯**二大字，橫書。　　篆書。每字徑約三尺。石公山摩巖。

**聯雲幛**三大字，直書。　　篆書。每字徑約五寸。石公山摩巖。下有令帖一刻，方二尺，餘字模糊。《具區志》載宋朱勔取花石綱於此。

**山鄉淳古**四大字，橫書。　　正書。乙丑初冬，里人邵雲題。黿山觜屯山墩摩巖。

**水樓聯雲**四大字，橫書。　　正書。黿山觜屯山墩摩巖。

**古龍山泉**四大字，直書。　　正書。高四尺。在圻村。

**坊表**先祖母黃恭人苦志撫孤,得旌建坊,故根源所到之處,每見節孝坊,必敬必式。茲游所得諸坊備錄如次。

節孝總坊道光十八年十二月。聯曰:"彤管聯編林屋秀,柏舟共泛太湖清。"又曰:"北闕恩綸頒白屋,西山淑媛萃蒼珉。"秦兆琛妻鄧。乾隆四十二年八月。沈冠群妻周。嘉慶十五年十月。蔡應標妻沈。道光二年二月。費大桂妻沈。道光十三年。孔毓珽妻金。道光十九年。蔡□遠妻秦。蔡宏績繼妻徐。蔡秉□妻鳳。黃真照妻蔡。徐維行妻鄭妾金。鄒文梁妻蔡。以上十二坊在石公山,尚有仆毀者五坊姓氏無考。沈永坤妻葛。沈城妻蔡。以上二坊在鎮夏。孝子葛汝翼。乾隆四十一年。沈兆源繼妻王。以上二坊在匯里。孝子□時楨。乾隆十四年十二月。徐三辰妻周。乾隆三年八月。葛洪濟妻黃。乾隆二十八年。蔡軒明妻殷。百歲。蔡乾岳妻吳。蔡南琳妻秦。以上六坊在消夏灣。秦德海妻蔡。乾隆三十八年。蔡茂綏妻陸。嘉慶二十四年。鄭匡世妻徐。秦光耀妻江。葛在廷妻吳。蔡順宣妻徐。以上六坊在龍渚石佛寺,尚有倒地數坊,姓氏無考。鄭儒童妻曹。沈九韶妻葛。以上二坊在甪里。徐舜耕妻王。序天妻鄭。姒娣雙節,聯曰:"松筠同志皆千古,桓孟衣冠萃一門。"在東村。共三十一坊。

《馮志》載《西山唐神景觀林屋洞碑》、開成三年。《包山寺碑》、僧契元書,會昌二年。《宋靈佑觀中書門下牒》、大中祥符七年。《水月禪院記》、蘇舜欽書,慶曆七年。《上真宮記》、陳于撰,元豐中。《甪頭司巡檢署記》、元祐八年。《華山寺圓通殿記》、釋惟深撰,建炎元年。《元山保井閘題記》、乾道九年。《沈宗等題名》、寶祐二年。《祇園寺記》、李居仁撰,咸淳年。《明覽勝石》、王鏊書。《清來鶴亭記》、沈德潛撰,雍正十一年。《林屋洞記》,程思樂撰,書嘉慶三年。均在西山,尋而未見。

## 近刻

**隔塵**二大字,直書。　行書。癸丑夏,吳江金天羽來游。　高一尺六寸,廣二尺。四行。石公山摩巖。

**朱梁任題名**　正書。民國二年夏,朱梁任來游。　高二尺,廣八寸。二行,行六字。石公山摩巖。

**屈映光呂公望題名**　正書。民國四年,奉命巡視各屬,由嘉而湖。輶車既遍,遂泛太湖,周覽形勢,簡閱兵艦,小憩於此。靈巖倚空,天水一色,頗極壯觀。題翰崖石以志鴻爪,時四月三日也。浙江巡按使臨海屈映光。嘉湖鎮守使呂公望同游。金華劉焜、杭縣陳懋勳、安吉莫永貞、吳縣陳熙咸隨巡按使到此,並題。　長四尺,廣三尺。共九行。石公山歸雲洞摩巖。

**造極**二大字,直書。　正書。丁巳閏二月,獨登縹緲峰,吳蔭培題。　高二尺,廣二尺五寸。四行。縹緲峰摩巖。

**張一麐等題名**　正書。民國九年端陽後一日,崞縣梁善濟、樂清蔣希召、吳縣嚴家熾、周德馨、張一麐同游。　高四尺,廣二尺六寸。四行,行八字。金鐸山法華寺摩巖。

**張一麐等題名**　正書。民國九年端陽後一日,崞縣梁善濟、樂清蔣希召、吳縣嚴家熾、周德馨、張一麐同游,一麐書。　方一尺。六行。石公山摩巖。

**凌文淵題名**　行書。民國十五年三月十五日,劉君肖雲導游石公龍洞至此，留題。同游者，吳縣顧俊人、室人陳慈民。海陵百梅樓主凌文淵直支縣筆。　長二尺，廣一尺五寸。丙洞摩巖。

**李根源等題名**　隸書。民國十八年偕李學詩、李克戎、張自明、鄭偉業同登，李根源題。　高二尺五寸，廣一尺八寸。四行，行六字。縹緲峰摩巖。

**金庭第一峰**五大字，直書。　行書。張自明書。高三尺，廣一尺。二行。縹緲峰摩巖。

**水天晚碧**四大字，直書。　正書。騰衝李學詩書。高四尺，廣一尺二寸。二行。石公山摩巖。

**李根源等題名**　隸書。民國十八年偕從兄學詩、劉澍、蔣涵、李克戎、吳心頤、張自明、鳳思永、鄭偉業、僧大休、大乘來游，李根源題書。　高五尺，廣二尺五寸。五行，行九字。石公山摩巖。

**大休息處**四大字，橫書。　正書。大休自題。廣四尺。包山顯慶寺摩巖。此僧大休預營生壙也。

**湖山供養**四大字，直書。　隸書。大休詩僧壽藏，民國十八年李根源題。　高四尺。三行。在包山顯慶寺後。

**屯山墩**三大字，直書。　隸書。　民國十八年騰衝李根源書。高六尺，廣三尺二寸。三行，行十字。黿山嘴屯山墩摩巖。

**龍渚**二大字，直書。　篆書，署款正書。民國十八年鄭偉業書。

高一尺四寸,廣一尺二寸。三行。圻村龍渚摩巖。

**甪頭寨**三大字,直書。　隸書。民國十八年李根源書。　高五尺五寸,廣二尺。二行。甪頭寨摩巖。

**遊賞嶺**三大字,直書。　隸書。民國十八年李根源書。　高五尺五寸,廣二尺二寸。二行。甪灣遊賞嶺摩巖。

**慶嶺**二大字,直書。　篆書,署款隸書。慶嶺,一名虵頭山,俗稱金家嶺,載鄭坤《洞庭記》。民國己巳六月,李根源來游,書。　高二尺八寸,廣五尺。九行,行五字。甪灣金家嶺摩巖。

**雷渚**二大字,直書。　篆書,署款正書。　民國十八年,鄭偉業書。　高一尺四寸,廣一尺二寸。甪灣雷渚摩巖。

**海眼池**三大字,直書。　篆書,署款正書。白樂天題有詩,民國己巳夏李根源來游,書。高二尺五寸,廣二尺。四行,行六字。西小湖寺摩巖。

**金鐸山**三大字,直書。　隸書。李根源。　高二尺五寸,廣一尺二寸。二行。金鐸山法華寺摩巖。

**重修洞庭西山東湖禪寺碑記**　隸書。吳縣吳寶恕撰,騰衝李根源書,吳縣張一麐篆額。西洞庭兀立太湖中,其峰最高者曰縹緲,與東山莫釐峰對峙,若金、焦然。山中居人數千家,散爲數十村落。其閒名勝,則有林屋藏書之洞,四皓隱居之鄉,劉根、葛洪之僊蹟,吳王夫差屯兵養馬、玩月銷夏之遺蹤。而琳宮梵宇,隱占陬區,不可殫計。山林清寂，不染塵俗，往往得異僧焉。寺之最著者，稱三菴十八寺，東湖其一也。寺在山北新安嶺，面山臨湖，坐得勝概。其創建之始不可知，然山中寺宇多起於梁大同天監時，度東湖亦無大先後云。亘千年，寺之廢興者屢矣。其間廢而復興，伊誰之力，率多不可考。其可知者，宋有祖勤、月溪，國朝之初則有天祐、紹翊，其他無聞焉。自是二百餘年來，日就頹圮，廢不復興。今法參和尚，山人也，故世家子，幼業儒，棄而學佛，爲東婁心慧大師高足。始來此山，敝不可處，視其屋，上破而旁穿，入其門，側出而洞後。釋迦坐露，僧房漏日，喟然曰："是而無以修葺之，將湮没滅迹，鞠爲茂草，予咎其安辭？"乃議於鄉之父老，鳩錢興工，土木瓦甓悉具，梓人、匠人畢集。晨夜展力，不日告成，而所謂天王殿、大雄殿，以及客舍、齋堂、庖厨、湢匽，無不一新，法參於是信有力焉。按心慧在東婁，得布金地，創構靜真禪院，香火炎燺，學佛者爭趨。今法參重修東湖，師承不墜，雖創與因不同，其有功於佛門則一。心慧又善幻多技能，不蔡知人休咎，奇中不爽。法參佗日大徹悟通，其術亦何難企其師之所能耶。故於其成也，樂爲之記。

　　本寺光緒之季，得我法太祖法參振興之，繼之者爲我法祖界通、我師崇德，皆清修苦行，三世不墜。此文乃吴學士爲參祖所撰，未刻石。今李公印泉游山到此，乞書丹鐫石，永之無斁。法裔林安謹記。中華民國十八年歲在己巳七月吉旦，住持僧林安刊立。
高六尺。十九行，行三十五字。在新安山東湖寺。

**李根源題名**　　隸書。横山，一名甲山。民國十八年來游，登絕頂，殆李白所謂"別有天地非人間"者也。騰越李根源書。　　高四尺，廣一尺六寸。三行，行九字。在甲山盤龍寺。

# 洞庭山金石卷二

## 東　　山

### 明

**翠峰寺銅鐘**　大明宣德七年壬子八月丁亥朔，越二十四日庚戌，翠峰住持沙門崇□鑄□□□□□□當今皇帝萬萬歲□□□□官僚同增祿□。沈氏善清、沈氏二娘、王氏妙謹、吳氏善安、徐氏妙清共七十餘人。　紫銅鑄成，花紋精美，上蟠龍紐。高六尺，重約二三千斤。寺廢，今在翠峰隖唐武衛將軍席溫祠中。

**法海寺記**　正書。額篆"重建法海寺記"六字。　賜宣德丁未進士、亞中大夫、食祿正三品、廣東承宣布政使司右參政致仕同邑里人吳惠孟仁撰。福建等處提刑按察司知事同郡賀廉以清篆額。河南衛輝府汲縣儒學訓導同邑史昱原凱書。重建法海寺僧善琳偕吾友施廷樂，以儒士吳思復狀，具寺之廢興之由、修建之次第，請予爲文記之。按：寺居蘇之吳縣洞庭東山莫釐峰之下，山勢秀拔，群峰下繞，茂樹長林，穹深奧邃，一塵不到，而有清白二泉之靈異，寺獨據其勝焉。考寺之始，創於隋義寧中。相傳莫釐將軍捐宅爲寺，舊名"祇園"，世遠莫究其詳。宋祥符五年，有齊禪師者，斷臂請額於朝，敕賜名"法海"。其崇樓廣殿，悉毀於元季之兵。寺舊有一十一房僧，多淪没。迨我朝平一區宇，於是平山、久軒、正軒、西軒四房之僧歸紹餘緒，而逸菴、俊公輩，草創廬舍於山門之外，以圖興復。洪武辛未，詔爲叢林祝讚道場。永樂中，照公用明至其寺。辛酉，廼作大雄殿於故址，工力甚鉅，規模宏廣。此寺之所由興也。殿粗成，而公化去，繼用明者然公唯山，而力底於有成。適壽寧菴僧玓公無照歸併來寺，乃復海雲房不紹寺□□業精於梵行，人樂助之。洪熙乙巳，鑄洪鐘。正統癸亥，作四大天王殿，繼作伽藍殿，而其用工亦甚鉅矣。丁卯，唯山偕其徒法震又作觀音殿，塑五十三參，鑄銅觀音像。天順己卯，智遠作祖師殿，唯山又作彌陀殿，塑三聖、十八羅漢像，復搆延明之堂，清趣之閣，凭雲、環翠之樓，以館賓客往復。而凡兩廡三門，僧舍、庖庫，無一不備。自興復迄今，歷四十餘年而克成，由唯山傾囊倡衆，毫積銖累而作也。今智清欲增作三大士殿，亦將不日而成功焉。夫洞庭二山，佛宫不少，若其六殿相望，飛甍傑構，與碧螺、縹緲相高。像設崇嚴，金碧鮮麗，與洞天林屋輝奂，尠有如法海寺之勝也。其間經營制度，則唯山功多焉。蓋公資禀閎爽，偉兒長身，才智不群，而能研極宗旨，爲時老宿之所推重。今年已躋八十又四，戒行精專，愈老不衰，而又遭逢我國家太平之日，故其成功非他人之所能及也。然則寺之興復，豈非有待於時與其人也哉？寺之成故可書，而諸僧爲國祝釐報本之誠，用心之勤，皆不可不書。前武功伯、大學士徐公元玉來山中，留憩累日，而歎賞寺之成功不易，顧謂予曰："不可無文以垂永久。"因公之命，遂不辭而併書之。時天順六年歲次壬午五月吉旦。沙門善琳楚崖立石。吴門章杲鐫。　高七尺。二十四行，行四十二字。在法海陿本寺廢殿基上。

**葉孺人墓碣銘**　正書。額篆"封孺人葉氏墓碣銘"八字。　資政大夫、太子少保、禮部尚書、兼文淵閣大學士、知制誥、修國史、經

421

筵官博陵劉吉撰。奉訓大夫、南京兵部員外郎同郡李應禎書。承德郎、南京刑部主事練圻馬愈篆。吳縣之洞庭有巨姓焉，曰王氏。王氏之老成人，曰朝用，倜儻而賢，知襄陽之光化縣，未幾致仕，與其配葉孺人泊處田園相樂也。已而孺人感疾，成化戊戌十一月二十有七日卒。光化歛殯已，命其子翰林編修鏊具行實請爲銘。惟昔士大夫廉名介行，重當時、聞後世者，非獨以所學所存之高，亦由其有内助之良，如斷機勉學，提甕出汲者焉。若孺人非斯人之徒歟，可無銘哉？按狀，葉之先亦吳縣名家，中稍微，至孺人父廣林，居鄉里，信義著聞。孺人自幼習女紅，諳父訓。時光化父惟道爲子擇婚，久難其人，及聞其賢，即納聘焉。入門果端序温良，事舅姑孝，奉祭祀敬，遇親屬有禮意。及光化自邑庠入太學，淹滯二十餘年，家值歲惡，攻苦食淡，日課鏊兄弟讀書。光化少篤學，掃一室不通人，穴其户以進飲食。後孺人以示鏊兄弟曰："識之，此范氏之帳也。"隣有酗酒而罵者，戒家人勿與校，其人卒慙謝。光化在太學，閧以久淹爲歉，及至任，鏊復官翰林。孺人未嘗有愠喜之色，而惟以守廉慎刑爲居官勸。不忍聞聽事有鞭朴聲，見隸卒之寒餒，輒憫念若切身然。光化歸，贊相之力尤多。其言曰："人當知足。君貴，子亦有仕禄，不歸何俟？且君負直氣，不諧於時，今不歸，後將有悔矣。"故光化感悟，未滿考，即乞歸。歸篋不增一物，惟舊衣數襲，然廉退之譽，自是益籍籍遠邇矣。逮鏊分禄以養，則又曰："此上所賜，雖不腆，必以分諸族人及所知貧乏來需者，庶吾心得安饗焉。"人由是多感其惠。居常無一語及閫外事。家人有過，輒爲掩覆。姻戚有德於己者，不敢忘。慈愛所及，雖婢使，皆祝延其壽。及事當節義，乃更嚴不可犯。介婦吳柩至自京師，或曰："俗忌旅死者，不可復入室。"不聽，躬引殯於室，而後葬。里有失節婦來見，斥之出，曰："無汙此座。"所生丈夫子三人，長曰銘，次鏊，次銓。鏊成化甲午鄉試，明年會試，皆第一，廷試第三，賜進士及第。官滿三載，因推恩，孺人始受封。方期耄耋以享遐福，未浹歲，奄然逝矣。距生永樂己亥，得年六十。女一人，適葉璇。孫男女六人。葬以卒之明年三月初四日，墓在山之蔣塢。始鏊入翰林，予歎其才器不易得，至是又知其家教有本，而積慶有自，則於銘也，烏乎辭。銘曰：玉韞於匱，煇光燁如。蘭紉爲佩，芳馨弗渝。有美孺人，德章似之。以教其子，以相其夫。用昌厥家，恩封是綏。忽焉長逝，聞者含悲。蔣塢之原，卜葬有期。最銘懿行，百世其垂。　　高五尺。二十三行，行五十字，字寫歐、柳，極精。在花隴池。

**興福寺記**　行書。額篆"東洞庭興福寺記"七字。　翰林院修撰、儒林郎吳寬著。奉訓大夫、南京兵部武選清吏司員外郎李應楨書篆。吳地多水，其最鉅者曰太湖。湖中多山，其最鉅者曰洞庭。洞庭爲山，周可百五十里，中有穴，相傳禹藏治水符於此，因名。其東十里，有山相距而差小，其勝略等，人稱東洞庭以別之。當波濤浩渺間，兩山對峙，鬱然若翠，儼如畫圖，殆道家所謂蓬萊、方丈者。民環山而居，善植果木，歲世擅其利，而屋宇閭巷，聯絡暎帶，忽不知其爲山林也。其尤勝處，往往有佛寺據之。成化十五年二月既望，予與李兵部應楨爲東洞庭之游，自岱心吳氏肩輿行十里許，入俞塢，得寺曰興福。主僧恩復出，迓予延登其後小閣。是時梅花方盛開，望之如白雲，崖如莫辨。山有九塢，九塢之水合流，循寺門而行。松根石罅，水聲淙淙，意甚樂也。予既留詩而去，未幾，北上京師，車馬塵埃中，未嘗不一想東洞庭之樂。一日，有僧扣門來謁，予熟其貌，蓋昔者復公之徒也。其言曰："興福爲寺久矣，甚恨無文字刻石可考往者。辱游覽，惟幸畀之，此智勤所以來者。"予嘗悉其寺據山水深遠處，殊爲幽僻，宜學佛者所居。其徒歲食田園所入，可以自足，而予所接如復如勤者，又皆恭謹，能守戒律學佛者，予何愛一言而不爲記之。寺建爲梁天監二年，傳有干將軍者所捨宅，故在山之東麓,始居者曰清禪師。至唐遷於此,其後興廢,遠莫能知。可知者,廢於國初,而深如邃公復興之,二傳仍廢,而僧亦絕矣。景泰間,今復公始自其山法海寺從里人之請而來,凡建門堂殿閣數十楹,而佛像咸具。蓋智勤實相其事而成之。復公字正宗,有徒五人,智勤其一也。智泫、智濂、善寧、善溶、善聰、智溧、智仁、善端、善昂、善明,成化十六年歲次庚子孟春吉旦立。西麓朱士雲鐫。高五尺。二十二行,行三十六字,字得歐、柳神韻,宜乎明代吳人書法,以李公爲首屈也。在俞塢本寺。

**興福寺重修記** 行書。額篆"興福寺重修記"六字。 賜進士及第、翰林院編修、文林郎王鏊譔文并書。賜進士出身、奉政大夫、南京兵部郎中葉祚篆額。吾山在吳郡西偏,而限以大湖之險,四方之人無所爲而至。山可六十里,民環而居者且萬家。尋常之地,相與側足而耕之,世食其所入,自貢賦外亦若無所事乎四方者,故其俗無甚富,然亦無甚貧。民生不見外事,而安於簡固。歲時令節,往來餽貽,囂然成俗。其最善者,野無盜賊,市無奇巧,無賭博,無冶容,而爲僧者,亦皆精勤苦節。山故有九寺,興福在俞塢,號僻而小。元季兵興,僧徒解散,寺亦旋廢。入國朝,既興又廢。景泰間,有恩復者始居山之法海,能以道伏其衆,俞塢之人相與迎居之。其徒智勤,從之者數人。塢有九峰,左右環合而中空。自上望之,深如井底。前有小路,入其中,乃更寬衍平饒。復日課其人,以時蒔藝。暇則歸而求其所謂清净者,久之成俗。長成楊梅盧橘,羅列交蔭,長松千尺,仰不見日。復戒其徒,無敢食肉飲酒者。客至,焚香煮茗。而每歲所入益饒,乃市材僦工,蒐廢基,葺頹垣,起舊材爲佛殿三間,次爲山門,爲齋堂,寺以復完。夫自浮屠之法興,往往侈爲宮殿,以事其所謂黃金地摩尼林者,較之興福,其觀則偉,其力則易,然其坐費吾人也,儒者病之。豈獨儒者,雖彼教如達磨者,蓋亦病之也。惟復也,竭其力之所能,不以逸乎己;盡其力之所出,不以費乎人;行其心之所安,不以逐乎財好。蓋雖遊方之外,而有山人之風焉。吾山風俗之厚乃至此。然吾私與山人約,立爲鄉約數條,吾且與父老以身先之,冀賢如復者又倡其徒相與率而從之,則吾山風俗之厚,當復有遠乎此也。遂刻之石以考其成。智濂、善舉、善端、善溶、善昂、善聰、宗瓊、宗瑚、宗佩、宗璽、宗璘,成化十八年春正月辛卯立石。　高五尺。二十三行,行三十五字。在俞隝本寺。

**震澤底定橋記**　正書。額題"重建震澤底定橋記"八字,正書。天地初分,禹開九州,而有五湖。湖之最者,西太湖也。地跨三洲,湖涵三萬六千頃之波瀾,汪洋如鏡,映浸七十二峰,若星之羅列。峰之嘉麗者,東西二峰,層崖叠嶂,中藏金庭玉柱,林屋洞天之福地也。人傑地靈,天下名山勝境,莫能及焉。《書》云:"震澤底定。"具區風月亘古,二橋因名之。具區風月橋建山之陽,武峰之西,今人皆曰渡水橋。震澤底定橋建於是之碧螺峰下,人亦皆曰石橋。始祖朱安宗建於紹定間。橋之南地丈許,鑿義井以利居民日汲。橋之北地一方,用磚砌,曰坪磐,以便鄉之吉凶迎送。至我聖朝成化壬寅,天雨驟□,水漫,石珊磚泛。今後裔朱濟民□萬石長葉以□等各施己資,買地營料,命工落成,故立石鐫註出銀高尚芳名,以傳於後,庶不負前人創製之盛事云。費宗哲、朱天祥、葉以彰、楊貴琛、朱惟學、朱景德、朱天瑞、金彥輝、徐以仁、葉潮遠、葉邦用、居大本、葉天和、周克敬、徐明惠、葉顯宗、葉潮寬、張廷裕、周以清、季彥舉、嚴子富、張廷玉、張廷瑞、嚴宗政、朱良美、葉汝明、朱元禎、葉繼綱、朱元祐、張汝和、朱惟廣、徐宗盛、吳茂良、陳士林、朱子盛、周孟璣、朱子良、張世英、張宗本、金氏、葉世暉母、周氏、金瑛母、朱氏、葉天和嬸。時歲在成化乙丑七月吉旦,後裔朱濟民謹譔并書。

西峰李菴鐫。　　長五尺。十九行,行二十八字。在石橋頭敬德里前。

**玉庭禪師永福寺記**　正書。額篆"玉庭禪師永福寺記"八字。弘治四年歲舍辛亥夏六月初吉,賜進士出身、前奉政大夫、修正庶尹、戶部郎中江陰方□□撰。賜進士第、奉政大夫、河南按察司僉事、前江西道監察御史賀元忠書。中順大夫、廣西南寧府知府同邑蔡時中篆。住山慧琛立。　高六尺。十七行,行三十八字。在武山翔翅山永福寺。反仆舊大雄殿廢基上,僱工扛起,視之,字多剝蝕,不能錄全文。

**王朝用誥封碑**　正書。弘治七年九月初六日。高八尺。十一行,行三十五字。覆有亭。在花隴池。

**王惟道阡表**　正書。額篆"顯考徵士府君阡表"八字。　嗚呼,我顯考徵士府君,以布衣卒於家,葬包山之蔣塢且四十年。山之人至於今,思之不衰,其君子曰:"孰有如徵士之寬弘方亮,以禮率人者?"其小人曰:"孰有如徵士之恭儉慈惠,矜恤我者?"及朝用承乏光化,撫有民社,山之人曰:"徵士之澤也。"孫鏊及第,入翰林,山之人又曰:"徵士之澤也。"顯考之盛德,其深且遠者,不肖孤不及知,其所以充於家,刑於里閈,覆幬於後人者,山之人至今能言之。蓋自國初,始以重典剗薙奸頑,海內改觀易聽。洪熙、宣德以來,天下日趨於樸。包山在太湖中,故其民尤重犯法,不肯祿仕,聞有為弟子員者,恐懼逃匿。顯考獨好讀書,其學亦無所師授。閒得朱子《小學》及《四書》,晨夕諷誦,至忘寢食,曰:"少吾不及學矣,老吾不廢,庶少有得。"且遣朝用為弟子員。時浦江鄭氏家法聞天下,見其精義續編,即與族人議倣其規矱,曰:"三代之禮,吾未能遽復也。

若此，其亦可以漸行矣。"山之俗鬼，其親死則舉而焚之，且不知爲服，獨以布帕其首而號。顯考居先大父喪，始黜浮屠，寢枕苫塊，制五等服，削杖，銘旌功布，一如禮制。山之人譁且笑，後稍有信者，及今山之巨家，喪祭率以禮，顯考之教也。長樂府君卒於官，柩至，衆以爲客死而入室不祥，且不利於生者。顯考曰："果然歟？吾自當之。"山之人多逐什一之利，少亦嘗與其儕至湖襄間，其儕殖魚豕利不貲，而傷生動以千萬。即命舟還之，曰："若是，得利若丘陵，吾不爲也。"積著於山，稱貸與與之，不能償者復與之，卒不能償，對其人取券焚之。山之人歸之如流水，卒無不償者。長萬石於鄉，不督稅而賦集，君子以爲仁。嗚呼！禮之廢久矣，今士大夫講究於禮，非不詳且精也。而夷考其行，於家於國，則亦多因簡陋，踵訛舛，以爲古禮未可猝復也。自漢以來則然矣。顯考一布衣，學復無所師授，獨慨然以爲可行，行之不疑。而山之人果從之而變，禮其不可復也歟？顯考雖未嘗仕，而惠之及於物者深。雖不爲言語文字之學，而禮之行於家者嚴。其遺行在人，不肖孤不敢贊，亦不敢沒也。顯考世系履歷生卒，前工部主事劉君昌既誌於墓，朝用獨掇其大者，泣而表之墓，以詔我後世子孫，俾無忘焉。弘治七年歲次甲寅十月丁亥朔十有三日，男誥封奉直大夫、右春坊右諭德、前知湖廣襄陽府光化縣事朝用表。嘉議大夫、吏部右侍郎、前詹事府少詹事、兼翰林院侍讀學士孫鏊書并篆額。　高七尺。二十二行，行四十字。在花隴池。

**王朝用墓表**　正書。額篆"誥封中憲大夫詹事府少詹事兼翰林院侍讀學士王公墓表"二十四字。　古稱鄉先生歿而祭於社者，惟其修德謹行，可師法而已矣，其道未必行也，其行未必遠也，然且以俎豆尊禮之。今有身具其道，出而行乎人，歸而行乎鄉，又使其子輔相明天子而行乎天下，則其没，豈直一社祭之足云哉。其在朝廷也,則報功之典行焉,其在鄉邦也,則銘功之碑樹焉,與夫戔戔於丘園而僅自成者異矣。嗚呼！具是道者,惟光化公。公諱琬,字朝用,吳邑包山人也。少篤於學,以經術聞。成化中,起家太學生,拜令光化。光化,襄陽屬邑也,始罹劇賊之後,民物瘡痍,慰撫之,咸獲安理。凡招徠流人萬餘家,俾復版圖。迪以詩書,寬匿復生,化嚚爲良。是公之仕也,而其道行乎人矣。當是時,貴官以剝奉爲能,殺戮爲功,公不之合,而今吏部侍郎公亦且及第登朝,公遂解綬歸。累封至中憲大夫、詹事府少詹事、兼翰林院侍讀學士。年八十五,以弘治癸亥二月終於正寢。凡家居垂三十年,敦履清約,以行誼爲鄉人率先,有化之者。是公之歸也,而其道又行乎鄉矣。惟公之道不竟於施,得侍郎公以其道事上,爲生民福,罔不本之於公。是公之位雖不足也,而其道實行乎天下矣。夫道患不能具,具矣,患不能行,既具而行,在公爲備。故儀其仁,則仕可思也。師其儉,則居可稱也。宗其教,則澤可廣也。有德如此,歿不表見,可乎？於是,侍郎公以歲乙丑正月十一日丁酉葬公於蔣塢先塋之原,而請書墓門以爲表。嗚呼！公之道,以誠爲本而推焉以達者也。雖嘗行於身與其子,而鎮浮矯僞,其有功於鄉邦尤大,後之人尚其無忘先哲而思所以尊式之哉。晚學弘農楊循吉撰文。延陵吳爟書丹。長洲吳奕篆額。　高五尺。十九行,行三十七字。字寫《皇甫碑》,與惟道表出一手,無毫黍之差,其皆爟書而託名於爟歟？抑皆爟書而惟道表署爟名歟？在花鹼池。

**王朝用神道碑**　正書。賜進士及第、榮祿大夫、太子太保、禮部尚書、兼武英殿大學士、知制誥、國史、經筵官餘姚謝遷撰文。賜進士第、嘉議大夫、南京都察院右副都御史長洲陳璚書丹。賜進士第、中憲大夫、都察院右僉都御史新淦劉纓篆額。維王氏世居吳之太湖東洞庭山,曾祖諱廷寶,祖諱伯英,考諱惟道,皆有隱德。公諱琬，字朝用，後以字行。以其子鏊貴累封中憲大夫、詹事府少詹事、兼翰林院侍讀學士。弘治癸亥二月初二日卒。訃聞，上以濟之講筵侍從之勳，推䘏有加。既命有司營葬域，復遣官諭祭於家，蓋異數也。公少時質甚魯，其學甚力。初爲邑庠弟子員，屢應鄉試不偶。進太學卒業，復不偶。成化癸巳，以監資授官，知襄陽之光化縣。荊襄居湖南之奧，土曠山深，四方流聚，所在以千萬計。於時劇賊劉千斤者倡亂，朝廷命將出師剿平之。而流民散居山澤尚多，執事者慮復生變，議盡驅出境，至縶其孥，火其居。公在光化，獨事招徠，與上官忤。既而朝廷遣都御史原公傑來撫安，公乃肩輿入山，諭以威德，編爲里社，緩其賦役，民遂帖然，無異土著。又選其俊秀爲弟子員，時躬臨考校，以示勸懲。募壯勇爲民兵，俾習射，用銀錢爲的，中輒與之，民益翕然思奮。而上官主驅逐之議者滋不悅，顧以爲迂。又兵之後，公私赤立，疲憊未甦。中貴人銜使命往來太和山者，徵求需索，殆無虛日。公曰："剝窮民，媚權倖，以圖苟容，吾不忍爲也。"遂棄官歸，時歲在戊戌。於是濟之已及第，入翰林爲編修者三年矣。明年己亥，拜敕命，進階文林郎。弘治甲寅，進封奉直大夫、右春坊右諭德。己未，又進今封。公自歸吳，別築室於城西，因號"靜樂居士"。晚益高簡寡出，歲時鄉飲，郡大夫請爲賓，亦不赴。優游泉石，怡然自得。公素羸，中年後漸充，壽幾耄耋，步履飲啗如少壯。一日體中小不佳，盥櫛更衣，寢至夜半而逝，享年八十有五。娶葉氏，累贈恭人，有賢行，先公二十有六年卒。子男四人。長曰銘；次即鏊，今爲吏部右侍郎，文行器業，雅負時望；次曰銓，府學生，亦有文名，屢試未偶；次曰鏐。女三人，皆適名族。孫男八，女四。曾孫男二，女一。初恭人卒，卜葬山之西馬塢，既而公命遷葬蔣塢先塋之次。至是，諸子奉柩合葬焉。公存心仁厚，篤於爲民，仕竟不達，未究所蘊。濟之克成其志，駸駸顯庸，所至蓋未可量。昔宋王晉公直道不偶，而其子魏公以相業顯，三槐世澤,累世不泯,君子以爲仁者有後之驗。公豈其後也邪！何王氏之多賢也。遷與濟之爲同年,以道誼相友善者三十年。於兹聞公行事頗詳,兹濟之以公神道碑見屬,遂不辭而爲之。銘曰：東南百川,匯爲具區。洞庭中峙,旁奠三吴。屼嵂崙淪,虚涵靈孕。孰鍾其美,三槐之胤。百三肇立,發祥濬源。千七萬八,派衍支分。星羅環居,其盛者季。秉善不渝,厚積累世。公生嶷嶷,少成若愚。憤悱淬礪,爲君子儒。牛刀小試,光化劇邑。瘡痍呻吟,撫摩安集。惟民生厚,惟土是安。胡蟄而驅,而迫之還。矧兹疲憊,公私赤立。使韶憧憧,征需日急。錘肌啄髓,予何寧忍。亟脱吾責,勿貽伊哂。吴城西偏,洵静且樂。有子成志,皇三錫爵。溪流澄澈,可以濯纓。丘壑逶迤,杖履經行。矍鑠是翁,充養有道。修然長往,亦既大耄。敕塋兆域,蔣塢之涯。宰木欣欣,媲美庭槐。　高七尺。二十六行,行六十八字。在花隴池。

**俞塢興福寺山居記**　正書。額題"興福寺"三字,正書。　嘉議大夫、吏部右侍郎、前詹事府少詹事、兼翰林院侍讀學士王鏊記。憲大夫、都察院左僉都御史劉纓篆額。佛之道,其亦有資乎静耶？佛之所傳者心,而或撓焉,則安得而寂？或淆焉,則安得而清？或翳焉,則安得而明？是故有資乎静也。苟静而定矣,然後惟其所之,静亦静也,動亦静也。洞庭有湖山之勝,而恒患於偪。獨所謂俞塢者,窈然而深,曠然而平衍。長松攙天,嘉花異果,羅列分峙。興福寺獨據其勝,占其幽,而勤上人又擇其巉絶之處,作山居焉。旦暮率其徒,焚誦罔怠。勤年八十二矣,終日蔬食,容貌如少壯者,其亦有得於静耶？若吾人所治者,果何？静而安,而慮,而得,皆生於静也。顧日擾擾焉,日馳乎外,非名而利,有如勤之静且專耶。吾不能無愧於彼也。雖然,吾有疑焉。不知勤之静也,湛然之中,其有所主乎？無所主乎？有所主,則著。無所主,則蕩。則所謂静而定者,其亦難乎?故因其居之成,爲記諸壁,而因以問之。成之日爲弘治乙丑春正月之望,暨徒孫子俊、慧谷、宗瓊、道金、懷恩、方瑞、德耀、惠衡、廣玉、祖準。西麓朱鳳鐫。　高四尺。十四行,行三十字。《太湖備考》諸書載此文,與碑刻對校,字之不同多至數十,蓋由以書著書之失也。在俞隖本寺。

**興福寺石塔造象**　無年月。四面鐫佛象八軀。塔高一丈二尺。在俞隖本寺。

**王伯英誥封碑**　正書。正德四年四月十日。二十行,行二十九字。

**王惟道誥封碑**　正書。正德四年四月二十日。二十六行,行二十四字。

以上兩勑合刻一石。伯英,鏊曾祖也。高四尺。在花隴池。

**玉帶泉井欄**　正德九年,王鏊舟置。正書。高二尺八寸。在陸巷王文恪公祠前。

**王鏊修祖墓記**　正書。　先少傅之葬,孝宗皇帝遣官治塋域,樹碑亭三。亭以石爲之,□久也,而武康石脆,忽爲風雨所摧,歲久不治。鏊義不煩有司,欲以己貲治之。族長皆曰:"水木本源之心,誰其無之?"爭出財力。孫鎮、延義、延學又率先各治其一,旋復舊觀而加美。後之子孫,尚思所自而嗣修之,不至毀墜,斯可謂孝矣。正德丁丑冬十一月,孝孫鏊、鈿、鏐、銓、錦、朴、有周等重修。　高四尺。十行,行十九字。在王朝用誥封碑陰。

**靈佑廟碑記**　正書。額篆"重修靈佑廟碑記"七字。正德□□年□月。字全剝蝕。高五尺。在今新廟路旁。仆。

**慧雲堂**三大字。　正德丁丑少傅王鏊題。大字篆書，署款隸書。高六尺。在興福寺大雄殿。

**泗洲池**三大字。　少傅王鏊題。正書。高四尺。在長圻能仁寺。寺廢，寺基爲勢家占作墳域。

**諭祭王文恪公碑**　正書。維嘉靖歲次甲申九月壬戌朔，越十五日丙子，皇帝遣直隸蘇州府知府胡纘宗等，諭祭於致仕少傅、兼太子太傅、户部尚書、武英殿大學士、賜太傅、謚文恪王鏊曰："惟卿性行端嚴，文學優贍。甲科振美，翰苑蜚英。史局編摩，經筵講讀。屢持文柄，載綰院章。旋晉詹端，遂升銓部。忠勤茂著，望實兼隆。特擢上卿，入居祕閣。典司綸（綍）〔綍〕，參預樞機。名重儒林，心殫國政。方切委任，懇乞休閒。宜享壽齡，佇期召用。訃音忽上，傷悼良深。篤念老成，備加褒卹。贈官賜葬，稽行易名。仍命有司，特頒諭祭。卿靈不昧，尚克欽承。"臨竁再諭祭。　高七尺。九行，行三十字。

**諭祭王文恪公第二碑**　正書。維嘉靖三年歲次甲申九月壬戌，越二十八日己丑，皇帝遣直隸蘇州府知府胡纘宗等，諭祭於致仕少傅、兼太子太傅、户部尚書、武英殿大學士、贈太傅、謚文恪王鏊曰："惟卿翰苑名儒，先朝耆俊。優游田里，遽報長終。首七、二七、三七、四七、五七、六七、七七，奄忽倏臨，益增哀悼。載申諭祭，以慰卿靈。九原有知，服此休命。"　高七尺。二十六行，行六十九字。

兩敕分鐫兩石，各覆有亭。在梁家山王文恪公墓前。

**王文恪公神道坊聯** 海內文章第一，山中宰相無雙。門人唐寅再撰并題。 正書。在梁家山王文恪公墓前。按：子畏卒於嘉靖二年癸未十二月二日，見祝允明撰墓志銘，文恪薨於三年，墓地又爲文恪薨後所卜，至四年乙酉正月初一日葬，題墓聯語其自何來耶？

**二十九都七啚里社碑** 正書。嘉靖五年二月吳縣知縣楊叔器立。高二尺五寸。在俞塢三元宮。

**吳氏壽寧菴祠堂記** 正書。額篆"武山吳氏重修壽寧菴祠堂記"十二字。嘉靖壬辰秋八月。碑字全剝蝕。高六尺。在武山錦鳩峰下吳季子祠。

**震澤吳氏祠堂記** 正書。額篆"震澤吳氏祠堂記"。嘉靖壬辰秋九月朔旦，將仕郎、南京國子監學正、前京闈鄉貢進士雲間沈雲撰並書。徵仕郎、北京翰林院、中書科中書舍人同邑王延陵篆額。碑字半剝蝕，略云："吳君瑞卿來告予曰：鳳翔世家於震澤之東山，居北錦鳩峰之原，六世祖諱壽寧者卜之吉，葬厥考諱澤、妣劉氏，乃於塋東擇地一丘，爲堂三間，以祀始祖延陵季子，旁則祀濮公以下高曾祖禰云。"鳳翔，瑞卿名也。高六尺。在武山錦鳩峰下吳季子祠。徐乾學譔碑，尋未得。

**碧霞元君廟碑** 正書。額篆"重修碧霞元君廟碑"八字。嘉靖二十一年五月二十日，邑人葉應奎譔文。里人姚朴書丹。南京禮部儒士里人姚溥篆蓋。三山吳世爵刊。碑略云："吳縣東洞庭碧螺峰下有祠曰靈順，創自貞觀二年。弘治二年，土人居俊領官帖復建，未久復圮。嘉靖中，土人朱秉蒙、朱軾捐資重新之云。" 高六尺。二十四行，行五十六字。在楊灣靈順宮，今胥王廟旁。

**吴毓恆墓碣** 正書。嘉靖甲辰春正月。高四尺。在武山。

**興福寺慧雲堂記** 行書。額隸"興福寺慧雲堂記"九字。 佛之教，以清净寂滅爲道，以無爲爲有，以空洞爲實。室廬服食，一切有形，悉爲幻妄。是宜其無所事事也。而祇陀太子舍園以立精舍，須達多長者布金成之，所謂給孤祇園者，固佛之始事也。故其徒所至，必據名山，占勝境，開基造寺，精嚴像設，以隆其教。彤宮紺宇，極其壯麗，不以爲侈。此非獨爲鐘梵經禪之地，而高人勝士遊觀習静，亦往往憩迹焉。吴之莫釐山，即所謂東洞庭山者，在太湖之心，延袤百里。居民聚落，棋布方列。中多佛刹精廬，湖山暎帶，林木蔽虧，最爲勝絶。然與城市限隔，游者必凌波涉險，非好奇之士，不輒至也。弘治壬戌，余與友人浦有徵、王秉之汎舟，出渡水橋，絶太湖而西，躡屩以登，由百街嶺而上。始自翠峰，歷能仁、彌勒、靈源諸寺，延緣登頓，轉入俞塢，至興福而次止焉。興福視諸刹爲劣，而松筠陰翳，流瀨琤琮，九峰迴合，室宇靚深，余憩戀久之，不能去。是夕，宿寺之慧雲堂，主僧勤公老而喜客，焚香薦茗，意特勤誠。余與二客飲酬賦詩，蕭然忘寐。夜久僧定，寂無人聲。山月入户，林影參差，恍然靈區異境。去是四十年，幽棲勝賞，至今在懷。比余歸自京師，問訊舊游，則當時僧宿俱已化去，堂亦就圮。僧嘗一葺之，旋葺旋壞。至嘉靖癸卯，壞且不存。嗣僧永賢積其田園之入，衣資之餘，極力起廢，艱難勞勩，踰年而成。榱棟望隆，基備宏敞，悉還舊觀。及是賢以余有山門事契，因余故人子李衍謁文以記，且曰："寺昉於梁之天監，廢興之詳，具吴文定、王文恪二公記文可考。

而此堂建自宣德庚戌，抵今嘉靖戊申，百有二十年矣。中閒一再廢興，而莫有記之者，恐益遠而遂失之。願一言以書其事，以示後人。"余維吳俗歸信佛果，僧廬佛刹，在昔最盛。考之郡乘，不下千數，存者無幾。至於今，摧毀益甚，叢林巨刹，往往掬爲茂草，而其徒視之亦不甚惜，豈其人能以寂滅空幻爲性，以無爲爲道耶？夫惟有爲而後可以無爲，積實而後可以空洞，天下蓋未有無所事事而能有成者。佛之道雖不可以吾儒比倫，而業之廢興，則皆有所循習而致。所謂精於勤而荒於嬉者，佛於儒同也。彼視宮室爲幻妄，棄成業而不葺，謂吾佛之道如是，則夫祇陀舍園，須達布金，非佛教耶？爲是説者，漫爲大言，以自蓋其慵惰無能之愆耳。賢師不以空無自恕，而以有爲自力，賢於其徒遠矣。而所爲惓惓斯堂之葺者，豈獨鐘梵經禪之計，亦所以行其教也。余於釋典内文多所未諳，而獨不欲以有爲爲吾賢師病。若夫遊觀習静，雖非師之本志，而山門勝踐，固有所不可廢者，於是乎書。前翰林院待詔、將仕佐郎、兼修國史長洲文徵明著并書。嘉靖二十八年歲在己酉二月既望住山永賢立石。吳才鼎刻。　　高五尺。二十三行，行四十字。此碑法乳右軍，當與李書兩碑爲東山石刻冠冕。"百街嶺"即"白艻嶺"之誤。在俞隖本寺。

**蘇州府社倉事宜記**　　正書。額篆"蘇州府社倉事宜記"八字。夫爲政，以養民爲先也。民之於禮義也，急於水火，一日不脩，則近於禽獸。然養道缺，則興起難，雖施之以教化，弗行也。故由是而爲非者多矣。古人知其然，故百畝什一，養之厚矣。又時行之，以補助之政，此小民所以獲安其生而從善也輕。後世養法既廢，而補助不行，民肆其救死不贍之心，將無不至焉。彼無爲善之資，長民者亦安得而强率之哉？嘉靖丙寅，余承乏是邦，覩俗侈化敝，亟欲一正之。復念民力殫匱，難與更化。深惟朱子社倉之制，得補助

435

之遺意，於是行所屬州縣定議，銳然舉行。蓋欲民耕耨得有所恃，財不殫於倍稱之息，而俯仰稍裕，庶非心可戢，而禮義可興也。蒙兩院及兵道諸公軫恤民瘼，共主成之，而言官之建白，户部之檄行，適重厥事。爰同僚屬多方勸相，惟士若民，聞風倡義，樂相捐助，貯諸各里中。計太倉以下，諸邑所積米穀，各不下數千石，誠可垂諸久遠，永爲民利。兹更慮或者不察，視爲繁文，其法（寢）〔寖〕至廢弛，米穀或至浸没，則不惟今日朝廷愛養元元之德意，臺省諸公一時嘉惠之盛心，及本府經時籌畫之區區，皆重爲可惜，而小民生養之失所，良心之湮没，猶夫舊矣。於是修録其經理顛末、歛散事宜，既勒諸碑石，復刻爲成書，以永其傳。嗟乎！一夫不獲，皆我痌瘝，撫育生全，本吾仁體。今倉中事規雖已略備，然奸弊易生，方與賢有司悉心共圖，未敢晏然而已也。後來牧兹土者，應同此心，剔其弊蠹，補其缺遺，斯爲美善，亦吴中百世之利哉。賜進士出身、知蘇州府事廣平蔡國熙撰。署吴縣事、本府同知吴宗吉識。明隆慶二年十月。吴縣二十八都區邑庠生葉應奎書丹。邑庠生楊應科篆蓋。社正卜元泰、社副朱鰲建立。　碑下截鎸社倉條規約二千餘字，詳切明備，養民善政也。惜字多泐損，難備録，從略。高六尺。二十四行，行二十四字。在楊灣胥王廟。

**高峰寺鐵鐘**　萬曆十年壬午春正月。高五尺。在俞塢本寺。又名眠佛寺。

**席温墓碣**　正書。題曰"始祖唐武衛將軍之墓"。萬曆十二年歲次甲申孟春，二十六世孫席鑑等重建。高五尺。在東前山中席巷。

**永福寺鐵鐘**　萬曆十八年孟春，許伯誠蔣文昌造。高六尺。在武山翔翅山本寺。

**漢壽亭侯廟碑記**　正書。額篆"重修漢壽亭侯廟碑記"九字。萬曆二十二年歲次壬申仲夏月，張舜平撰。高五尺。二十三行，行四十四字。在白沙關帝廟。

**翠峰禪院記**　正書。額篆"重修廣福翠峰禪院記"九字。　嘗閱《魏略》，載漢哀帝時，博士景盧□受月氏使者浮屠經，劉向序《列仙傳》，得僊者一百四十六人，其七十四人在佛經，則漢成哀間東土已傳佛書。而《漢武故事》云：昆邪王降得金人之神，置甘泉宫，其祭不用牛羊，惟燒香禮拜。又帝穿昆明池，得黑灰，問東方朔，云可質之西域道人。則是梵教之入，自元朔、元狩之間而已然矣。傅奕、韓退之輩，顜顜於後漢明帝時，非直覩其所顯者哉？宋有王懋者，讀書博辯人也，嘗言薛正己記仲尼師老聃，師竺乹，其説皆歷歷有據，則佛入中夏，又豈止武帝時耶？達磨、宗(果)〔杲〕皆禪學之高者，以造寺寫經爲人天小果，以看經念佛爲愚人，則修造工役可少哉？可少哉？第工役之興，屬之有力焉則濟，屬之無力焉則隳，不獨一佛刹爲然。然世稱有力，不過宰官、檀越，謂可倚以辦大事，或終其身一無所建，而布衣韋帶之士，苟有志焉，則事求可而工求成，往往有所建立，以垂不朽。故達者不必可恃，隱者不必可遺，亦視其所以爲之而已。吳地多水，其最鉅者曰太湖。湖中多山，其最鉅者曰洞庭。中有穴，相傳禹藏治水符於此，因名。其東十里而遥，又山相距而差小，其勝略等，人稱東山以別之。其尤勝處，往往有禪寺據之。寺有廣福、翠峰者，在莫鳌峰東南之麓，當兩山對峙，鬱然蒼翠。又山有九塢，九塢之水合流，循寺門而行，松根石罅，水聲潏潏，殊爲幽僻。地形勝而棟宇雄麗，屹然一名藍。蓋俗氛所不能至，而佛院之所融攝也。歲久，廢興皆莫能考。其創造，相傳席將軍宅而捨以建焉。唐天寶間，雪寶禪師於此闡經説法，致神龍出井而聽。其高足弟子天衣妙契禪旨，嘗親汲爨，爲衆僧都養，寺右忽湧異泉，既甘且洌，名之爲悟道泉。宋淳熙戊申元日建塔，迪功郎盛章爲之記，亦不言其始末。予惟自孫吳國於江左，蘇之有寺，蓋自此始。蕭梁踵其故習，好佛愈甚。一時穹廬廣殿，遍於國中。今試詢其肇建之代，無非赤烏天監而已。緬歷年既久，遂一旦成墟，俄而臺傾，居然城化。閒修於嘉靖中葉，葺於萬曆初年，雖忘存恢復，力欲圖新，然作輟相循，罔克有濟。至山中翁居士遵迺瞻仰興嗟，徘徊寄慨，嘗曰："寺之功甚鉅，此未及其半，吾當次第成之。"遂發菩提心，資弘覺力，念此先君之堂，搆成彼比丘之道場，起頹爲壯，易壞爲美，補缺爲完，工不爲勞，財不知費。其俗人曰："俞！孝哉！吾家之賢子也。幸厥觀以成。"其居人曰："俞！良哉！吾邑之仁人也。亟厥成以勸。"始焉哀入之施，繼而捐己之力。謂功宜自大雄殿始，乃謀建於先，次以天王殿於後，高廣深闊，一如舊制。凡所像設，亦無不備。值席君董成其事，君豈席將軍之裔耶？其扁則周吳縣應鼇所題。即搆堂以安清缽，築室以嚴淨居。東西表乎兩山，前後煥乎二殿。種種莊嚴，咸臻嘉麗。依然白太守小憩，王學士游覽之舊焉。不惟山靈川祇亦大歡喜，山爲寺而秀，泉爲寺而清，人之蹟爲寺而勝，復爲一大叢林矣。寺未有記，寺僧復初感居士好義樂施，以大兼小，以難致易，故成就之如此，恐無以示後人，請識其事，庶幾支遁買山在肯搆之意歟？夫城市都邑，佛既不欲居，學佛者且不可居，今遠引而去，像設其佛於深山大谷之間，枕石飲泉，以求其所謂道者而居之，則彼之居既得其所，此山寺之建所以爲嘉，而於殿之設樂爲之記也。世之有力者，不肯爲，與爲之而弗底績，又安足數哉？工之重修，始於甲午春日，畢於戊戌中秋，記之日爲庚子之七月七日云。大明萬曆二十九年歲次辛丑孟夏之吉，方外士張妆譔，寺僧體元篆，穹窿山樵周肇基書。耆民翁遹，督工席溓，建碑僧復初，住持性蓮。募緣通習，同徒良瑞，同住山海桴。三山李惟美刻。　　高五尺。二十八行，行四十八字。在翠峰隝本寺廢基。功德人名碑一石，年月高度俱與此同。文太冗長，且多抄襲語，應不錄，以寺已廢，特存之。

**吳兑夫墓表** 正書。額篆"重建元處士兑夫吳公墓表"十字。萬曆丁未孟冬上浣之吉，二十四世孫吳宿等合族重建。碑字半泐，載吳公生於皇慶癸丑，卒於至正二十年。碑陰鐫順治十四年丁酉仲春助資修墓人名。高八尺。十九行，行四十三字。在武山錦鳩峰下。

**蒚山北極行宮碑記** 正書。洞庭之東，莫釐之南，崎峰疊嶂，□□□至曰重□□者。居民□密，雞犬相聞，誠厚□□□之前一峰靈，峙於太湖之濱，而名爲蒚山，不知何所稱也。相傳春秋時，吳相國子胥曾駐於此，雖不可稽，而勝跡猶有存□□□稱爲胥扶土地，有自來矣。舊有□□土穀神祠，而其殿宇經年歲之久，頹垣敗壁，壞簷疏牖，不蔽風日，莫有能葺之者。嘉靖乙卯年，值倭夷入寇，猖獗東南，居民汹汹。邑侯康公到山，建立營寨於是山之巔，招集鄉兵，里人殷訓命爲團長，巡警操練，以爲防禦。而玄帝仁威，胥扶英爽，每每顯聖，故倭夷望風退避，不敢睨視，一方藉以安妥。平治之後，邑侯欲建北極行宮於山之陽，重修土穀神祠於其右，以爲永遠香火之奉，久之弗克。嘉靖甲子歲，有道人鄭一誠者，淛西人也，慕山之名，雲遊至此而居焉。齋戒矢誓，欲□邑侯之願。迺殫志慮，竭精力，日則募化各方，櫛風冒雨，夜則焚香誦經，禮拜祝贊，無時少懈。里人韓儲□□見其心之誠，志之堅也，迺捨山舊祠之前，用爲基址。復延聚鄉之耆老議成勝事。於是里人潘巽、周欽、許廷璧等慨出資財，共爲首唱，而一山之人聞風捨施者，共計銀二百兩有奇。□義士遴選是冬吉日，鳩工卜築，經之營之，匝月落成，而一誠之功居多。諸朔望日，山之人扶老攜幼，凡有疾病災眚，旱潦豐歉，祈禱克應。邇年復建龍頭殿亭於是山之巖，倣效武夷之佳景也。廟貌聿新，而文彩焕然矣。里人張發祥，好施善士，曩已蠲貲捨塑，今壽登八秩，感覆庇之恩，私自慶幸，復欲勒石以垂不朽。命其二子來京，丐余爲文。余昔曾登是山，見其形勝，詢其土人始末之由，得聞其詳，而其事跡豈口述哉？況爲民禦災捍患，實非淫祠，正禋祀也，故書而刻之。千百禩之後，則知創始之人厥功尤著，而嗣美之功又豈小小哉？是爲記。賜進士出身、任南京國子監博士崑邑周汝礪頓首拜撰。萬曆乙酉季春三日，義士張天祥男雷、震立石，後學朱親仁薰沐拜書，募緣道人鄭一誠仝建，三山李國馨刻。　高六尺。二十三行，行五十一字。在葑山廟。碑反仆廟門外，僱工扛起，鈔録之。

**檀波羅密**　正書。崇禎二年二月吉旦，葛一龍等立。高六尺。三十一行，九層。在俞隝興福寺大雄殿。

**清凝道院鐵鑪**　崇禎戊寅季春，席樊席攀造。在莫釐峰下本院。

**胥王廟鐵瓶**二。　崇禎十三年九月，吳縣十八都十四圖楊灣里信士姚爲國爲光造。在楊灣本廟。

**明故光禄丞翁公亘寰傳**　正書。崇禎辛巳春正月，賜進士出身、通政司觀政馮士驊撰。四川瀘州儒學訓導河東薛益書。

**明故光禄丞亘寰翁公墓表**　正書。崇禎辛巳孟春，楊廷樞撰。文崇簡書。

**明光禄丞亘寰翁公墓誌銘**　正書。張溥撰。馮士驊篆額。周恭田書。

**明故光禄勳亘寰翁公行狀**　正書。潁川陳宗之撰。

**先考亘寰府君行略**　正書。天啓壬戌四月七日。
以上五文，分刊五石，每石分寫六層。

**翁亘寰先生誄**　正書。崇禎辛巳春正月，長洲朱隗撰。平原陸廣明書。

**翁亘寰先生哀詞**　正書。汪厦撰。彭城金俊明書。
以上兩文合刊一石，每文分寫三層。

亘寰名彦陞，卒於天啓二年。逾十七載，崇禎十四年始入窆。建碑六方，碑皆名作，各高七尺，平列墓左。在新廟路旁。

**蔡羽等詩刻**詩四首。　隱君家居何所有，繞屋三百青琅玕。香煙一炷生清曉，讀罷《黃庭》衹内觀。碧山學士，正德十四年仲冬。
抱膝長吟後，三杯軟飽餘。清風數竿竹，長日一編書。芥舟。
湖上幽亭竹暎扉，涼陰如水顧口違。小齋日與炎威抗，來乞清風爲解圍。武峰吳文之。
《題席竹亭詩》：夜雨忽朝雲，千林生白煙。谿鷟魚潑潑，松舞鶴翩翩。掃榻竹中石，洗頭雪寶泉。深山白酒熟，都愛菊華天。九衢蔡羽書。崇禎壬午春四世孫□刻識。
書條一石，在翠峰隖席武衛温祠。

**賀鳴岐墓碣**　正書。弘光元年孟春。高四尺。在槎灣。以弘光年號最少，故録存。

**席本禎夫婦誥封碑** 正書。額篆"奉天誥命"四字。 奉天承運皇帝制曰：司清切於三臺，望隆月省；定絲綸於五字，秩晉天閑。蘭署增華，荀班式重。爾文華殿、中書舍人、太僕寺少卿、晉階一級席本禎，風高萬石，書擁百城。生先憂後樂之鄉，韋素而志殷；饑溺當小往大來之運，章逢而誼切。儲胥災魃頻仍，儆黔敖而賑粥；游氛孔熾，踵卜式以輸邊。寬九重錢穀之咨，賴茲心計；領六厩孳繁之任，佇乃宏籌。尚歌駉牧於陪卿，庶映鳳池於內史。茲用覃恩，受爾亞中大夫，錫之誥命。螭頭獻納，資黼藻於銅龍；豹尾驅馳，益勵勤於鑄馬。

制曰：雲清畫省，朝資綈繡之材；星燦華楣，家藉箴圖之贊。爾文華殿、中書舍人、加銜太僕寺少卿、晉加一級席本禎妻吳氏，毓範延陵，標芳吉壼。結褵以歸君子，粉酏克虔；振佩以宜家人，鉛華是屏。而且惠均鍾釜，恩施來梓里之歡；業贊絲麻，摻作助藻材之美。爰升庸於雞樹，應晉品於龍縑。茲用封爾為淑人。翟衣方賜，欣同拜於麒麟；象服初頒，佇偕榮於驃騎。弘光元年二月。 高八尺。十四行，行三十六字。覆有亭。在澗橋席太僕墓上。

**席本禎墓表** 正書。額篆"故太僕少卿寧侯席君墓表"十一字。 賜進士出身、嘉議大夫、宗人府府丞、前太常寺卿、通家眷弟宋徵輿譔。前中憲大夫、贊治尹、太常寺少卿、通家眷弟王時敏篆額。前刑部四川清吏司主事、調南京工部都水司主事、奉勅督理杭州抽分、通家眷弟葉國華書。 高八尺。二十二行，行六十一字。覆有亭。在澗橋席太僕墓上。

**鄭釗墓碣** 正書。題曰"宋駙馬都尉鄭公之墓"。高五尺。在武山西金山麓。

**施槃墓碣**　正書。題曰"明翰林院修撰宗銘施公之墓"。坊題"施狀元墓"。高四尺。在古隝。又名西嶺。

**黃飛龍墓表**　正書。額篆"明故處士黃飛龍墓表"九字完好，碑文全泐。高六尺。在長圻雄黃磯。

**二十八都旌義碑**　正書。字全剝蝕。高五尺。在楊灣胥王廟。

**紫泉**二字。　正書。高一尺，廣二尺。翠峰隝古雪居六角亭下摩巖。

**縹緲樓叢帖**　書條十石。李懷琳草書《斷交書》三石，黃庭堅行書一石，米芾行書二石，葉國華草書《蜀道難》四石。今主人王氏云縹緲樓故物，朱必掄所刻也。按：國華，崑山人，萬曆乙卯舉人，官刑部主事。精於詩，工書法，行草、八分皆妙。朱氏與李、黃、米同時鉤刻，嵌之層櫚廊，豈無所見哉？國華子奕苞之學，尤冠絕一時，與姜宸英、施閏章、陳維崧、歸莊齊名。

**印度造觀世音菩薩象**一軀。　紫銅鑄，高二尺。僧謂宋元時物。觀其銅色製作，總不在明以下，應次於此。在碧螺峰靈源寺。又銅佛象五尊，各高尺餘。

# 清

**胥王廟鐵爐**　順治戊戌年秋月。高四尺。在楊灣本廟。

**靈源寺鐘磬**　磬，康熙二十一年仲冬長至日宿雲堂重建，弟子道記通譯助。高三尺。鐘，乾隆七年。在碧螺峰本寺。

**法海寺鐘** 康熙己巳八月。高四尺。在法海隝本寺。

**泰伯仲雍祠祭典刻石** 正書。康熙四十年二月。高五尺。十五行，行四十字。在白沙仲雍祠。汪琬撰《吳仲雍祠碑記》，已不存。

**吳序商壙志銘** 正書。康熙四十二年六月，欽召博學鴻儒翰林院檢討加陞翰林侍講尤侗撰。高五尺。二十六行，行八十一字。在白沙仲雍祠。序商，名文灝，即重建仲雍祠者也。

**席氏祠堂祭產記** 正書。乾隆二十一年十月。書條二石，在翠峰塢席武衛祠。

**文昌陰隲文** 正書。跋曰："戊寅夏，母氏患瘧。自秋徂冬，醫藥罔効。森閱丹桂籍所載，凡誠心祈禱者，靡不響應。爰於己卯新正四日，詣武峰庵帝君前，叩籲立願，鐫刻陰隲文碑，貯於殿壁，冀同志者轉相摹搨，實力奉行，母病遂得少減。未及半月，即霍然愈矣。因乞錢君楷法上石，謹述顛末，以彰帝德，并志感驗之速如此。洞庭東山吳大森謹識。乾隆己卯十月朔日，錢襄謹書於樸雅齋。"
書條四石，在武山西金山武峰庵。

**紫金菴淨因堂碑記** 正書。額篆"紫金菴淨因堂碑記"八字。吾山招提蘭若不下數十處，其最幽折而寂靜者，莫如紫金菴。今相沿稱曰"金菴"。菴創自梁陳時，其殿制古樸可愛，殿中有十八應真像，怪偉陸離，塑出名手。余遊於蘇杭名山諸大刹，見應真像特高以大，未有精神超忽，呼之欲活如金菴者也。殿後有隙地，榛蕪日久，住持道宏大師出世而有才能，以其全力創爲堂五閒。前廊後室，高敞堅緻，工費甚鉅，歷四五年而後告竣。總用白金七百餘兩。噫！盛矣哉。中供藥師佛，旁爲師徒棲息之地，居之亦安矣。吾友吳君萊庭與表姪金子玉相讀書金菴，適堂之成，請名於吳君，名之曰"净因"，而未暇作記，因請記於余。余拙於古文，才華不逮吳君遠甚，吳君之所未暇操筆者，余何敢傲然爲之，謹辭。而道宏之意肫切再三，金菴又與先塋相密邇，余兒孫輩亦嘗讀書其中，誼不可吝一言之贈。而道宏適被地方不靖之徒無端搆衅，前分守太湖劉公偏聽萋菲，幾致善果中阻。旋荷當道明公主持剖雪，方得是非別白。將見大師暨令徒若孫居之益安，焚脩得所。道宏復申前請，因爲誌其工費之繁重，遭際之艱難，道宏志願之精專，才能之卓犖，故其所成就如此，其爲法門之俊傑，金菴中興之祖無疑矣。余不通内典，不能作佛家語，如□□□晚年著述滿幅，皆《楞嚴》、《法華》者，但執吾儒生之技，記其事之梗概云爾。乾隆二十六年歲次辛巳，篛帽山人邱賡熙譔。雪漁鄭斌書丹。　碑末附捐資姓名四行，不錄。高六尺。十三行，行三十九字。在西隝本菴。庵中別立五尺碑一方，字全泐。其時代當在此石數百年前也。


**王氏丙舍條規**　正書。乾隆二十八年五月，王奕組撰。書條一石，在紀革王氏支祠。


**保定府知府席蓑誥封碑**　正書。乾隆四十五年正月初一日。高七尺。覆有亭。在武山石家上席蓑墓上。


**王世鈞祖父母父母誥封碑**　正書。乾隆五十年。世鈞祖顯蛟，父奕組。世鈞，江西進賢縣縣丞也。書條四石，在紀革王氏支祠。

**王碧山墓表** 正書。額篆"清馳贈奉直大夫河南洛陽縣丞碧山王公墓表"十九字。賜同進士出身、翰林院檢討、通家侍生李象鵾撰。賜進士出身、分巡直隸霸昌道、兼理屯田糧餉、前掌京畿道監察御史、翰林院庶吉士、年通家侍生黃鳴傑書丹。賜進士及第、誥授光祿大夫、經筵講官、禮部尚書、內廷實錄館正總裁、兼武英殿總裁、尚書房總師傅、加三級、通家侍生汪廷珍篆額。高六尺。二十二行，行三十八字。在紀革王氏支祠。

**太原王氏三世墓表** 正書。賜進士出身、資政大夫、兵部侍郎、教習、庶吉士時庵蔣元益撰。賜進士出身、山西直隸隰州永和縣知縣姪元孫關伯書。穆大展鐫。書條三石，在紀革王氏支祠。關伯後官澧州知州，錢南園先生督學湖南，曾爲關伯題王文恪象，見《南園遺稿》。

**王氏饗堂雜刻六種** 一、《重修子本公禹山公墓記》，乾隆五十三年十一月王世鈞撰，竹墩沈榮達書。一、《祭費規程》，乾隆五十五年十二月。一、《重修王氏祖墓記》，西峰蔡葵撰，裔孫世桂敬書。一、《修梁家山賜塋記》，乾隆五十七年二月王世鈞晚塋記。一、《申伯捐置祭產記》，乾隆五十九年如月朔世鈞記，世毅書。一、修墓題名，嘉慶二十年四月。共書條十三石，在花隴池。

**武山茶亭記** 正書。乾隆五十七年。書條一石，在渡水橋武山開觀音庵前。

**席莨墓誌銘** 正書。額篆"清故河南開歸陳許道東周席公墓誌銘"十六字。乾隆五十七年十一月二十七日，太子太保、文華殿大學士無錫嵇璜撰文。都察院左副都御史青浦王昶書並篆。東周莨字也。高七尺。覆有亭。在武山石家上席莨墓上。

**河南開歸陳許分巡道席葭墓坊聯**　正書。綸音："易俗移風，廣德心而徵治理；飭躬率屬，謹亮節以樹風聲。"在武山石家上席葭墓上。

**紫金庵鐵鐘**　洞庭東山紫金庵住持永成募鑄。嘉慶六年六月，徐東山孫士賢、孫尚賢、陳茂荃立。高四尺。在西隝本庵。

**鈕樹玉王芑孫等題名**　正書。嘉慶辛酉，莫秋，鈕樹玉、唐元□、葉鈞、周采同來。嘉慶丙寅，王芑孫後來登。　高二尺五寸，廣二尺。四行，行十字。槎灣玉筍峰摩巖。

**惠安堂記**　正書。額篆"洞庭東山公建惠安堂新設義冢記"十四字。嘉慶丁卯冬十月，吳縣施源撰并書。高六尺。十六行，行四十六字。在漾橋惠安堂。

**王氏宗祠鐵鑪**　嘉慶十三年九月，河南同知王申伯鑄。高三尺。在石橋敬德里本祠。

**包大明王廟記**　正書。嘉慶十三年歲次戊寅季秋月，陳仁鍾等立。高四尺。在武山翔翅山石家上。

**王氏祖墓坊聯**　正書。四面雲山，神仙世界；百年閥閱，將相人家。　嘉慶建元十有七年，王芑孫書。　在花隴池。

**重修靈源寺碑記**　正書。軒楹臺榭，廣墀複宇，遊觀之勝，苟作非其時，侈過其制，則《春秋》書之，太史紀之，故雖王公之尊，不敢輕役其民。至浮屠之宮，竭天下之民力，奔走恐後，世莫有議其非者，吾不知其故也。彼其師以虛無寂滅爲教，而崇奉其教者，顧必范金以像之，築宮殿以棲之，非大惑與？然山川城郭，必有升望降觀之地，惟浮屠之制，崇高累級，出軒檻臺榭之表，足以曠覽形勝。所在登高明而遠眺望，感時賦詩，則又君子之所不廢也。我鄉有靈源寺，古矣。建自梁天監元年，至建元末毀。明正統閒重修。本朝乾隆年閒，大殿圮，金增王公又倡修之，厥後屢壞屢修，皆寺僧主其事，惟易檐改塗而已。寺故有空翠亭、可月堂、來鶴田，明太傅王文恪公紀遊之所也。今其閒或存或廢，無可殫究。壬申夏，寺僧爲余言，寺殿及兩廡日就傾圮，慮所以修之費且千餘緡以上。語曰："千金之裘，非一狐之腋。"持舍衛城鉢以行脚四方，僧事也。而謀於余，且丐一言爲鄉導。余謂："僧行矣，惟桑與梓，順事恕施，此當與鄉紳士共商之。"時適有王雲巖居憂在籍，聞此舉，甚踴躍，承先志也。又得信齋徐公，雖非本寺檀那，而亦樂施倡修，不辭勞勩，邀集各善士赴寺議捐，謬推余兄弟三人領其事。是日，隨緣書數，又飭寺僧鳴梆募化萬人緣以資經費。乃於癸丑秋諏吉起工，至乙亥春落成。其庀材鳩工，奔走而經營者，竹溪鄒公獨任其勞也。其佛像莊嚴，悉取而金碧之者，由善男女發願指捐，而雲莘王公實集其成也。夫佛固非藉庇於人，某等亦非求福於佛，惟有其舉之，莫或廢之，患其廢，而謀有以修之，亦以保古刹存古蹟云爾。是爲記。大清嘉慶二十年歲次乙亥孟冬吉立。候選太常寺博士、戊午科舉人葉長福撰。朱福奎書。勸捐王世登、王仲洭、周蓮、張亦諟、王鼎伯、潘永鑾、徐文增、葉長福、王松伯、王世承、賀其仁、鄒源淳。　高四尺。十七行，行四十字。在碧螺峰下本寺。

**周嬾漁墓碣**　正書。嘉慶二十一年丙子十月，鈕樹玉書。高四尺。在玉筍峰。

**王氏家塾記** 正書。嘉慶二十四年歲次己卯仲夏,松巖王伯需書。書條一石。三十七行,行十二字。

**王氏支祠規條十則** 正書。嘉慶二十五年孟春上浣之吉,松巖王伯需書。書條一石,三十八行,行十六字。

**王氏祭田記** 正書。嘉慶二十五年。書條一石,二十九行,行十二字。

以上三石在紀革王氏支祠。

**靈源寺鐵鐘** 光道元年張保淳造。高四尺。在碧螺峰本寺。

**印心石屋**橫額。 正書。清宣宗御書,太子少保、兵部尚書、兩江總督陶澍謹領恭摹上石。在翠峰塢古雪居六角亭。亭中嵌有民國新鐫《六角亭記》書條一石。

**净雲菴碑記** 正書。賜進士出身、前知甘肅會寧山丹縣事守樸齋居士鄭長鑅撰。净雲菴者,洞庭東山楊灣村之左,簀峰之麓,背山面湖,一小清幽蘭若也。溯自明嘉靖二年,由彌勒寺西隱堂桂巖和尚始創大殿及旁屋幾楹,爲清修之所。晨鐘夕梵,師弟相繼。迨國朝乾隆初,其後裔鑑亭師因本寺乏人,不克兼理。有契合福建安溪縣李姓即公和尚,乃從柏林寺迦陵音禪師薙染具戒。閱數載,而禪師退院矣,即公欲覓佳山水,因游在山,鑑亭師即敦請住持,將所有什物檢點交付。其時基址雖廣,創建爲難。公每以晨夕祝佛之資,計日積累,修舉廢墜,意不欲藉布金之助,以爲積苦而成者,其事乃能垂悠久也。逮八十一歲圓寂,後,德山師繼其衣缽。菴向有香火地,所入亦稍裕,遂於乾隆三十八年鳩工庀材,重建佛殿、觀音殿，並於旁添構精舍數楹，一切莊嚴皆於具備，蓋閲十有二載，而蕆功焉。嗚呼！可謂勞矣。其徒印傳師踵事增華，復起造文武二帝閣。因菴右餘地，前住慧如師於康熙五十九年讓於周氏建祠，乃於路南相度地勢，亘複道以聯絡之。又於前開築湖埠，自乾隆五十七年至嘉慶十三年，經營盡瘁矣。又十有六載，净雲菴遂巍乎焕乎有祇樹雙林之勝焉。噫！世之人席高堂大廈之蔭，有一傳而弗肯構者矣，有再傳而棄厥基者矣。世世相承，漸推漸廣，往往難之。況白雲茅屋，爲廣嚴家風，即不更累崇階，宏開丈室，固無礙於清净之宗，誰得從而訾議也耶？今是菴住持，乃歷三世而善繼善述，若深以弗克負荷爲羞，豈非我佛慈悲，有以默佑其成哉？如來説莊嚴佛土者，即非莊嚴，是名莊嚴。誠能明乎此旨，即印師之守先傳後，邈乎弗可尚已。因師之乞予記也，用即其大略，删蕪就簡，更演説以歸之。後之住持者，倘不忘始事之勞，固守弗替，俾菴與湖山並垂不朽，豈不美哉！豈不幸哉！住持比丘印傳謹立。大清道光二年歲次壬午孟夏月穀旦。　碑末印傳述其法祖三世事略，計字七行，不録。高六尺。十五行，行四十八字。在楊灣簣家山本菴。

**楊灣修繕道路記**　正書。道光二年十一月，王用昌、陳寶源、吳謙益、周佩青立。書條一石，在楊灣簣家山净雲菴。

**牟山丙舍記**　正書。道光乙酉秋七月，元孫席世柄撰。書條一石，在俞塢席氏祠。

**重修莳山路文貞公祠記**　小楷。洞庭東山之支峰，南臨太湖，曰莳山，有路公祠焉，祠祀前明太子太保、吏部尚書、兼文淵閣大學士謚文貞者也。按公以甲申五月罷總督漕運、巡撫淮揚，明年唐王立於福州，即拜公左都御史，而公赴召，則公之流寓東山，不及二年爾。斯時湖中多盜,相傳公教山中人以迎神習武事爲防禦計,山人賴之。公子澤溥亦有名,即所謂路舍人脱顧亭林先生於難者也。公既家於東山,傳之將二百年,而後嗣絶,祠宇傾圮,莫之修也。於是吳子倡議出錢而新之。鳩工庀材,三月而成。屬予爲記。夫以公之忤逆璫,斥奸相,(磔)〔磔〕賊黨,護宗藩,鞠躬盡瘁,卓然爲明季柱石之臣,此其氣節固足以增重於湖山,而享祀弗替矣。豈獨保障一山而山人宜有以報之耶?余每慨梵宫琳宇,人皆樂爲捐輸,而先賢之祠輒漠然置之。豈非忠孝節義之事,使人慨慕,轉不敵二氏福田利益之説易以鼓動衆人歟?然而士君子之維世道也,必使人慕忠孝節義之心,有以勝其求福田利益之心,而非漫同乎流俗。則吳子此舉,其亦知所本矣。吳子藏得公自書所撰《張承業傳》,又得今釋所撰公傳,慨然想見其人。又言公墓在法海塢,宜有以禁其侵軼也。是不能無望於好義之君子,爲之謀置祭産,以永春秋之祀。吳子名埁,候選布政司理問,邑之楊灣里人。其相率出錢者,具列於左。道光十有七年歲次丁酉春月,候選訓導王鎏撰。震澤施兆源謹書。　書條一石,在莳山本祠。

**浄雲菴記**　小楷。韓子曰:"業精於勤。"世之人日用由之而不知其故者,比比矣。吾乃得之於浄雲菴僧淡如,淡如之言曰:"菴自即華和尚以八十一齡之功行得以重建觀音殿,德山和尚繼之,建大殿,砌大路,造東西側樓,修查灣嶺。惠芳和尚又繼之,建文武二帝閣、過街樓、妙香樓及諸平屋,鑄大鐘,置桑地,成現在規模。"此菴磽瘠爲東山最,其能成此規模者,即華而下,躬親操作之力居多。蓋能勤人之所不能,勤而後能成人之所不能成也。其詳紀印傳和尚手録,並鄭紀薌大令碑文中。余綜其概而爲之記。嗚呼!淡如可謂能知其故者矣,事無鉅細,有創有因。自其因者觀之,苟不究前人之締造艱難,宴然以爲固有,必至不加愛惜,從而隳棄之。通邑大都，閻閈相接，不數十年，盛衰豐歉懸殊。其昧者謂爲地運，吾不韙也。剏者則不然。如此菴，其始固荒蹊窮谷也。彼三僧者，無尺寸之助，第虔課誦以感發人天好善之心，省口食，積材力，初亦何能決其成？累時閲歲，探其篋，則樑題瓴甋之資聚矣。是即常人所爲，添衣添食，而不足其欲者也。未幾，匍匐告功，嶺修矣，路治矣，樓閣巍矣，是即常人所爲酣眠閒蕩之日月，而老僧手胼足胝，以爲分寸可惜者也。夫如是至於三世，其成就若此，誠不爲過。然則天下無事不可剏，無人不能剏，顧問其勤與不勤耳。彼苦於無成者，可以恍然矣。淡如方踵前功，益加恢廓，焚修種植，無晷刻閒，是三僧之所不及勤者，此菴成就，正未有艾。吾願有業者之悉事乎勤，則風俗日敦，民生日裕，更不僅此菴之永有賴也。道光十九年歲在己亥夏四月，署太湖同知錢塘吴廷榕撰并書。　　書條一石，在楊灣簀家山本菴。

**荷盤山人自爲墓志銘**　　正書。蓋篆"荷盤山人自爲墓志銘"九字。　　金匱江文煒篆蓋。吴縣蔣鎔經書丹。鎏葬先考妣於洞庭東山之荷盤峰，自爲壽藏於旁，因號荷盤山人。頻年多病，恐一旦溘先朝露，乃援趙岐、杜牧之例，自爲墓銘。予友能爲古文者二人，沈子敦垚、張淵甫履。今子敦亡矣，身後之文當以屬之淵甫。山人姓王名鎏，初名仲鎏，字子兼，號亮生，吴縣人。家世詳所爲大父行略，及先府君壙記中。四歲入塾，七歲父深亭公令讀《荊軻傳》，淚下不可止。深亭公曰："孩子有至性，可教矣。"年十一，挈之游陝西，值教匪亂，路梗，遂還漢口，迂道入潼關，登秦嶺以至商南，備嘗險阻。十二讀先文恪稿，學爲時文。既而縱觀諸名家，獨喜誦金正希、黃陶菴稿。稍長，讀賈生、陳同甫文，慕其爲人。年二十，補諸生，屢試不遇。蕭山湯公金釗以禮部侍郎督學江蘇，賞其文，歎爲學人，得食餼。三十後，喜爲考據之學，成《鄉黨正義》十六卷，《四書地理考》十四卷,《毛詩多識編》十二卷。深亭公見之喜,因命修家譜二十卷。又爲《太湖廳志例》一卷,欲修志,未果。又因陳確菴《聖學入門書》,欲爲《大小學廣要》,積稿數十卷,不克成,乃刪爲《聖學入門書演義》十二卷。歎曰:"此書有體有用,可一洗考證家之瑣悉、詞賦家之浮筆,而墨守兔園册子者,更無論也。"又選當世有用之文,曰《國朝文述》,選當世有益之詩,曰《國朝詩持》。其論古文也,本諸六經,以闡道明倫、經世考典、褒貶達情爲主。其論詩也,本諸孔子,以興觀群怨、事父事君、多識及專對、達政知道爲宗。所著有《鏊舟園詩文稿》若干卷。然山人所最自信者,惟《錢幣芻言》一書。謂三代下,惟鈔法可以通井田之窮。富國富民,正人心,美風俗,實基於此。宋、金、元、明,雖行之而未得其術也。通政顧公蒓勸之梓行,尚書何公凌漢深賞之而不及用,總督林公則徐欲用之而不果言,此外知之者鮮矣。山人常依侍郎沈公維鐈學幕,先後八年,北眺居庸、渤海,南瞻白嶽、黄山,時復慷慨悲歌以自勵。歸而慕宋陳起隱於書肆,嘗言生平有三恨三幸:親存不能侍養,一恨也;不得爲諫官,盡言天下事,二恨也;欲刻天下好書而無力,三恨也。父母命我讀書,一幸也;天資非下愚,觀書時有心得,二幸也;游覽四方,遇通人,三幸也。不溺於妻子,不惑於仙佛,勤學古人,自知不足,惻愍民物,發於詩文,是其爲人大略云爾。銘曰:我前有人兮,鑒我衷腸,許我追隨而翱翔。我後有人兮,鑒我文章,爲我起舞而激昂。湖山蒼蒼,湖水洋洋。青松翠柏,翳我幽堂。鬼樂此以徜徉。 書條二石,在紀革王氏支祠。

**王亮生傳** 正書。道光二十五年乙巳三月,震澤張履撰。吳縣陳紹景書。吳中譚如蘭鐫。全傳共千二百餘字,既錄墓銘傳,從略。書條四石,在紀革王氏支祠。

**重修靈源禪寺碑記**　正書。原夫洞庭翠巘，來源自廣水之遙；豸嶺青峰，絕壁分包山之秀。遊觀以此稱勝，浮屠於焉著盛。岡高偃月，胥江與越水交輝，寺號靈源，瀑響與梵音互答。愛湖山之佳麗，歌叟勾留；俯泉石之幽閒，詩人嘯詠。碧螺左抱，石題懷王太傅風徽；嵩麓右環，丹煉溯葛仙翁古蹟。記斯寺也，建自梁天監元年，至建元末毀。明正統閒重建。本朝乾隆年閒，王公金增繼倡修之。嘉慶壬申，王雲巖、王雲莽、徐信齋等推余先君子昆弟復創捐以資修葺。癸丑起工，乙亥落成。迄於今，又歷有年矣。曩游冷落，廢趾荒涼，柱礎雖存，輝煌非昔。但有臥碣殘碑之髣髴，巋然瑞比魯靈；顧此寒煙落照之縱橫，宛爾烏來楚幕。鼠穴危牆，難辨龍蛇之畫；蠹穿巨桶，幾疑蝌斗之文。彼夫搗衣指石，猶留遺構於女嬃；若論選佛名場，不少輸誠於乞士。倘再謀將伯，恐勝跡之遂湮。敢獨任仔肩，庀良材而重搆。爰籲同人之欣助，永尊斯地之憑依。覆簣爲基，是在成城之志；及泉乃止，非同築室之謀。是舉也，始於己亥，成於庚子。先伯父介澝公與叔祖扶九公獨任其勞焉。成裘集腋，家希片玉之珍；上雨旁風，佛託一椽之庇。重新廟貌之觀瞻，自在檀那之踴躍。謹記。道光二十有七年，歲在強圉恊洽林鐘之月穀旦，葉承鑠撰并書。　高五尺。十二行，行四十字。在碧螺峰下本寺。平列創修功德人名碑一石。

**葉氏重修家祠門樓記**　正書。道光二十有八年，葉邦鑑等立。書條三石，在朱巷葉氏祠。

**重修路文貞公祠墓記**　小楷。同治戊辰，鯧安唐太守攝太湖廳事，徵文考獻，與山之人士王君浩生等修葺故輔路文貞公祠墓既竣，馳書命記其迹。象濟嘗游隱梅菴，時偕屠君石臣造莳山，拜公遺像，讀壁閒王君亮生碑記。蓋道光十七年，吳上舍塏嘗新之，又搜刊公遺文一册，云將請於有司保公墓，今得太守修治，事可永久。按公行狀，殁嶺南十年，柩歸，留葬法海隅新阡，爲我清順治十五年。其先太夫人袁殁時，國變道梗，公方解任，有復黃總河書云："已失家，鄉又無，即次負土郊外，爲母築壠。"今墓中爲大冢，旁有兩袝，其制稍殺。前無碑碣，疑公袝於母穴，未敢懸斷。謹題"路氏先墓"四大字，鐫於石闌。又祠記謂公無後，詢之鄉人，庚申以前，歲有人至。公有三子，今祠龕之左有公長子澤溥夫婦，及其長子夫婦主。澤溥三子，長元齡，終曲周里第，配王氏，明文恪公五世孫女，主題"康熙丙寅終於洞庭東山葉巷"。子一燁。又二主，一爲蓮洲，娶萬氏，疑即爲燁。三子，麟、壎、鳳。一爲孔嘉，生乾隆某年，配周氏，疑燁子。子三，步朝、步法、步芳。則皆公長子之後。孔嘉生於乾隆，其子當爲道光時人。而咸豐之時，墓祭尚有人也。又公殁以順治四年，而亭林先生有《曲周拜文貞公祠》之作。而長孫尚終於故第。公次子澤淳、太平，又有孫元謝、元升，此皆於狀可徵者。祠中故有玉蘭，上舍詩稱公裔孫嘉善縣丞泰手植。泰非吳產，當爲別子之後。太守試一訪求，并籌歲時祠祀之費，以期勿替，則益善矣。公僑居東山時，嘗因賽社，藉鄉人結舟師以禦潰兵，時得安謐，相戒無犯。而其保障淮甸，救吳重困，功在東南。身後廟貌之興廢，不足爲公輕重，而諸君子先後亟亟圖之者，表忠敬賢，賢父母之責，而學士大夫秉彝之所同也。同治七年戊辰六月，秀水楊象濟譔。沈景修書。　書條二石，在葑山本祠。

**養力亭**　光緒五年己卯孟夏，江南太湖副將湘潭雷玉春題建。中立雷公欄碑。高六尺。在殿涇港。

**路文貞公傳**　正書。額篆"明路文貞公傳"六字。　公諱振飛，字見白，號皓月，廣平曲周人。天啓乙丑進士，授涇陽知縣。不建逆奄祠，多惠政，縣人皆繪圖祀之。崇禎辛未，召入爲四川道御史，疏劾宜興、烏程、巴縣三相國，湖州冢宰，及山東二撫臣，舉朝憚之。癸酉，巡撫福建，有貪殘縣令，公褫其衣，繫之獄，乃奏聞，人心大快，屬吏惕息。海寇劉香連結紅夷入寇，鄭芝龍、黃斌卿等連戰，破平之。公發縱之力（舉）〔居〕多，叙功加一級，賜金幣。丙子，巡按蘇松，吳中積弊，皆悉心釐剔。會常熟奸民訐奏鄉宦錢謙益、瞿式耜，公疏申救，忤旨降謫。大兵入燕齊，烽燧告警，而流寇橫熾於中州，徐泗之間道途多梗。上知公才，癸未，擢僉都御史，總督漕運，巡撫鳳陽。公至，擒土賊張方造、王道善、程繼孔等。及逆闖勢益鴟張，公遣將防河，又令鄉里團結義勇，各保邨坊。千里淮壖，屹然金湯之固。已而高傑、劉澤清等擁兵而南，爭欲渡淮，人心恇擾。京師既陷，賊帥南下齊魯，海岱望風奔潰，公力扼其衝，鹹斬賊帥，保障江淮。顧福王既立，朝局紛然以翻逆案、修前隙爲事，爭謀於公，而代公者至矣。初，高傑之南矣，鳳督馬士英欲倚爲重，遣人迎之。公謂大將宜禦寇門庭，不得入内地，阻之不得前，卒取道鳳陽至揚州。及士英道淮而南，公禁舟兵不得上岸侵掠，又留其火器禦賊。士英不悦。撫寧侯朱國弼，職在護漕，闖賊勢急，即離鎮擅取福建解京銀十餘萬，寄淮安庫而行。公與力爭，國弼亦銜公。及士英當國，國弼進保國公用事，遂共排公。公屢奏捷，忌公威名，卒不叙功，更誣以侵餉，起田仰代公撫淮，淮人不服，幾至激變。會公亦以母喪去任，流寓蘇州。南京陷，公率家丁保洞庭山，而閩中隆武詔使至。初，公至鳳陽謁陵，識唐王於高牆，因疏請恩卹罪宗。至是，王即位，念公舊德，特召爲左都御史，與季子澤濃入閩，遂拜吏、兵二部尚書，兼文淵閣大學士。澤濃賜名太平，授職方郎，遣徵兵湖南。公與時議多不合，凡三疏，辭不允，在政地前後僅兩月。及仙霞關潰，公失乘轝所在，航海趨廣州。廣州復陷。久之，復航海至廣州順德縣，悲憤成疾而卒，乙酉後四月也。遺疏陳時政四要。

贈左柱國、太傅，謚文貞。公清正方剛，嘗"燭姦指佞，不黨不阿"八字勒佩之。生平不以詩名，國變後始作韻語若干篇，名曰《非詩草》。長子澤溥，中書舍人。光緒五年歲次己卯冬十月上澣三日，特用道江蘇候補知府、知太湖廳事長白桂昌書。　高五尺。二十行，行四十二字。在䓫山本祠。

**路文貞公墓道記**　行書。烏乎！此前明吏部尚書，兼文淵閣大學士北直路文貞公墓也。天啓中，公以進士令涇陽，有政績。崇禎四年，內召官御史，首劾奸輔周延儒，直聲振天下。已而出按福建，又按蘇松，請除輸布、收銀、白糧、收兌四大患，民困大蘇。因辦常熟奸民張漢儒誣訐鄉官錢謙益、瞿式耜獄，語刺權輔溫體仁，體仁恚，擬旨責降河南按察檢校。累遷至光祿少卿。十六年，擢右僉都御史，總督漕運，巡撫淮陽。明年，流寇熾，北都陷，福王立於金陵，馬士英秉政，以姻婭田仰爲淮撫，公則遭母憂去位，家無可歸，流寓洞庭東山焉。未幾，南都又陷，閩中立唐王。王在高牆時德公，既即位，拜公爲左都御史。遣間使，懸重賞，必募致公。乃赴召，道拜太子太保、吏部尚書、兼文淵閣大學士。至則日進讜言，而王不能悉從。大兵進仙霞關，王倉黃走汀州，追赴不及。汀州破，公流入海島。明年，又赴永明王召，卒於嶺南，家人輿其喪歸東山。烏乎！方明社之屋也，諸生布衣，揭竿起義，陷胷絕脛而不顧。或遁空山，不食周粟，江南嶺北，往往有之。公受朝寄，爲國屛翰，眷戀四主，閒關萬里，卒以死殉義。不爲三吳私，顧獨大有造於三吳。吳之人尸而祝之，爲葺祠於䓫山，而於公墓未加意焉。維昔甘棠被愛，公琴見珍，毅魄所藏，不重於樹乎哉。桂昌承乏太湖，敬謁梅棘，彌望煙蔓，牛羊远跡縱橫，墳土多傾剝。訪問子孫，無復存者。恐就湮沒，遂檢勘墓道四至八到，培修完整，立石繪圖，屬之惠安堂主者，歲時稽察，毋使圯毀。夫守護先賢祠墓，有司之責也。繼而葺之，猶有望於後之君子。時在光緒五年己卯冬十月朔日，特用道江蘇補用知府、太湖同知長白桂昌謹記并書。　書條一石，在葑山本祠。

**東山省文貞公祠墓記**　行書。九世祖文貞公，爲前文淵閣大學士，忘身殉國，終於江蘇之太湖洞庭東山。山人感公忠義，爲營墓於山之法海塢，建祠於葑山之陽，春秋致祭，至今不衰。而爲之裔者，轉莫悉公所終之地，其抱疚復何言。念修少時，先君子嘗詔之曰："文貞公自遭明季播遷，不知所終，迄今已二百餘年，更難查訪。然公之忠義，終不至葬地無聞。而我後人，亦終不容以代遠年湮而忽之。"念修佩之不敢忘。歲丙子，試北闈，晤吳人之應試者，能言公保障湖山事，然猶未敢謂即終於斯也。去年冬，邑尊季唐虞公傳諭，以奉到江蘇太湖理民府桂移文查公後裔，始備悉公祠墓所在。蓋桂公蒞任太湖，即訪公事蹟，修祠墓，勒碑石，欲得公後人而付之，故不憚遠求於數千里之外。念修等奉諭，即馳赴洞庭，瞻拜祠墓，謁桂公而謝之。蓋感泣之情，有不能言喻者。嗚呼！公大節炳若日星，既得諸前哲表彰於二百數十年之前，復得賢太守維持於二百數十年之後，不可謂非山靈之呵護，亦公之忠義有以致之也。念修等去公已九世，曲邑去洞庭又數千里，而能得公所終之地，夫又豈此生意計所能料！雖然，非桂公心儀先達，念及後人，則東山之俎豆縱可常新，而北地之支流終多抱憾。嗚呼！如桂公者，能多得哉！爰記其事，勒石祠旁以誌感佩。同知銜、江蘇補用知縣仁和劉葆宸書。光緒七年歲次辛巳仲夏之月穀旦，直隸廣平府曲周縣裔孫路念修、世琛、紫電、自起敬立。金匱周秉錩刻。　高五尺。十六行，行三十二字。在葑山本祠。

**重塑葑山寺神將記**　正書。光緒九年歲次癸未六月上浣，菪溪厲公紀豐第撰。桐鄉張坤蔭書。里人薛壽海率子松年敬塑。高三尺。在葑山北極行宮。

**重建唐武衛將軍祠堂碑**　正書。光緒十二年歲次丙戌五月，徐元龍撰。翁壎書。高五尺。十二行，行三十九字。在翠峰塢席武衛祠。

**孫公亭**　光緒二十三年五月，東山紳民爲太湖同知孫毓驥建。在殿涇浜。

**靈源寺寺產石刻**　正書。光緒二十六年三月初五日，太湖廳同知何希曾。略云："靈源寺地，原有九十六畝。自遭兵燹，僧衆死亡殆盡。所有寺地，或被鄉民趁僧亡無主之際冒領改戶，致多散失。現存地七十五畝有奇，勒石永保，不得盜買盜賣云。"高四尺。在碧螺峰本寺。

**莫釐峰觀音菴鐘磬**　鐘，光緒三十二年，高五尺。爐，光緒三十二年，高三尺。磬，光緒三十四年，高三尺。均住持慧空鑄。在莫釐峰本菴。

**葑山寺鐵鐘**　光緒三十三年小春，僧雲募鑄。高四尺。

**土山路亭記**　正書。宣統三年，吳毓麟撰。陳亮熙書。高四尺。在殿前。

**浙江知縣雲騎尉世職王熙恩傳**　正書。書條一石，在俞塢王君冑祠。

**古槎灣**三字,橫額。　正書。乙卯秋七月,顧本仁書。在槎灣。

**河南同知王申伯墓坊聯**　正書。　山勢北來環玉筍,湖光西望接金庭。　在槎灣。

**梯雲**二字。　隸書。浣香居士書。高一尺,廣二尺。茆場嶺雨花庵摩巖。

**雄黃磯**三字。　正書。高二尺。長圻摩巖。

## 坊表

**節孝總坊**　在湖亭,光緒十一年建。張文俊妻嚴。康熙四十五年。張啟序妻徐。居聲球妻張。朱長均妻金,長坤妻蔣。以上四坊在楊灣。王奕經妻周。在石橋頭。葉晸德妻張。乾隆三十年。王羽蔚繼妻周。百歲,乾隆年。葉長英妻徐。葉綏坤妻馬。葉裕庭妻席。以上四坊在陸巷嵩下。朱倫緯妻葉。在寒山鎮。鄭華崇副室徐。張文聚妻徐。嚴明逵繼室唐,副室馬。以上三坊在槎灣。張仁鑑妻許。乾隆十四年在殿涇港。鄭啟鍾妻陳。在漾橋。施有禧聘室吳。乾隆二十四年在施公橋。嚴徵乾妻。乾隆五十五年。席存謨妻劉。道光十四年。以上二坊在鈕家巷。金澍妻席金,熙俊妻周。嘉慶六年。石宏深妻葉,石士福妻嚴。以上二坊在金塔下。席德源妻葉。在俞塢。吳永肩妻葛,吳定功妻翁,吳志華妻鄭。在武山吳季子祠側。共計二十四坊。

《馮志》載宋洞庭彌勒寺井欄刻字、建乾三年。《元老子象下太上常清靜經》、趙子昂繪並書。《明洞庭高真堂碑記》、王鏊撰。《碧雲寺記》、文徵明書。"嘯巖"、唐寅書。"吟壇"、葛正佩書。《清伍公廟碑》、陳瑚撰,康熙壬子。《靈虛宮高真堂記》、葉燮撰。《薛文清公祠堂碑》、陳宏謀撰。《太湖義渡碑》、劉鴻翱撰，道光六年。《修濬太湖大缺口碑記》。劉鴻翱撰，道光乙丑。又《太湖備考》載"吟風岡"三字，文徵明書。均在東山，尋而未見。

## 近刻

莫釐勝概四大字，直書。　正書。丁巳閏如月，登縹緲峰絕頂。越日，又登此。吳蔭培題。　高三尺，廣一尺五寸。三行。莫釐峰摩巖。

曠觀二大字，橫書。　正書。張一麐。高一尺五寸，廣四尺。莫釐峰摩巖。

雲濤極望四大字，直書。　行書。辛酉春，吳江金天羽。高二尺六寸，廣一尺一寸。二行。莫釐峰摩巖。

莫釐峰三大字，橫書。　隸書。民國十八年六月，前國務總理農商總長李根源書。高二尺，廣六尺。莫釐峰摩巖。

張自明等題名　正書。　民國十八年五月，偕騰衝李學詩、吳縣居廷揚、鄭偉業、侍印泉師來登莫釐峰。龍陵張自明題。　高五尺，廣二尺六寸。五行，行八字。莫釐峰摩巖。

湖心積翠四大字，直書。　篆書，署款正書。蘇子美詩字，民國己巳鄭偉業。　高三尺，廣一尺六寸。三行。莫釐峰摩巖。

玉筍峰三大字，直書。　隸書。　民國十八年來游，李根源題。

461

高四尺,廣三尺。三行,行七字。槎灣玉筍峰摩巖。

**碧螺春曉**四大字,直書。　隸書。民國十八年,靈源寺僧宏度屬騰衝李根源書。　高四尺,廣二尺四寸。二行。碧螺峰靈源寺摩巖。

**碧雲洞**三大字,橫書。　隸書。民國十八年,李根源書。高八寸,廣三尺。長圻碧雲洞摩巖。

**可月堂**三大字。　隸書,署款正書。大學士王鏊。此蘇州洞庭東山碧螺峰靈源寺木牓,住持僧洪度、監院大乘以其爲山中名蹟,鈎摹上石,屬騰衝李根源題記。民國己巳七月。　高四尺。四行。在碧螺峰靈源寺。

**靈泉**二大字,直書。　隸書。根源。高二尺。在碧螺峰靈源寺。

**錦鳩峰**三大字,直書。　隸書。王文恪公舊題。民國十八年李根源來游補書。高二尺五寸,廣二尺八寸。五行,行五字。武山錦鳩峰摩巖。